JN039739

Héros-
criminels
de la
Belle
Époque

Zigomar

LÉON SAZIE

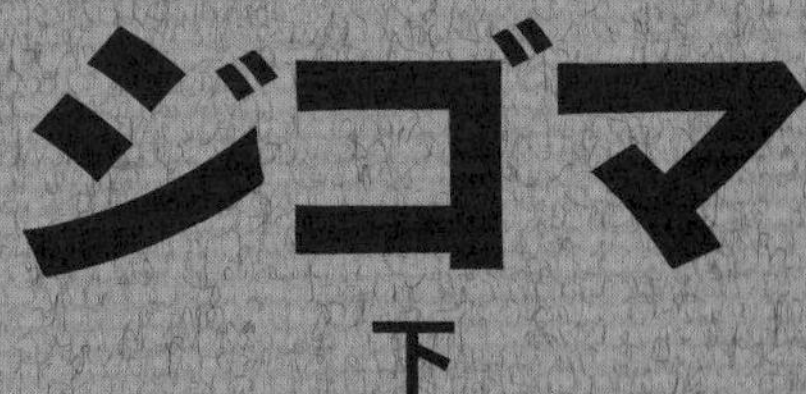

ジゴマ

下

レオン・サジ

安川孝
訳

ベル・エポック怪人叢書

国書刊行会

ジゴマ　下✺目次

第2部　ライオンとトラ

第3部　裁きの刻

（上巻目次）

第1部　不可視の支配者

第2部　ライオンとトラ

主要登場人物

ポーラン・ブロケ……警視庁治安局刑事長
ガブリエル……刑事。ポーラン・ブロケの部下
ラモルス……刑事。ポーラン・ブロケの部下
シモン……刑事。ポーラン・ブロケの部下
ボミエ……警視庁治安局長
ユルバン……予審判事
モントルイユ……モントルイユ銀行頭取
ラウール・モントルイユ……モントルイユの息子。弁護士
ロベール・モントルイユ……モントルイユの息子。医師
レモンド・モントルイユ……モントルイユの娘
マルスラン……モントルイユ家の召使い
ド・レンヌボワ大尉……レモンドのフィアンセ
アリス・ド・ブリアル……ド・ブリアル侯爵の娘。レモンドの親友
ド・カゾモン大尉……アリスのフィアンセ
ド・マルネ伯爵……ド・ブリアル侯爵の甥。ド・ラ・ゲリニエール伯爵の友人
イレーヌ・ド・ヴァルトゥール……ド・ヴァルトゥール伯爵の娘。レモンドとアリスの親友
ブリュネル……モントルイユ銀行の会計課主任
ベジャネ……モントルイユ銀行の公証人
メナルディエ夫人……零落した未亡人
リリー・ラ・ジョリ（リレット）……メナルディエ夫人の娘アンリエット。お針子
マリー……リリーの姉
ロラン……会社経営者。モントルイユ殺人未遂事件の容疑者
オクタヴィー……ロラン夫人
ビルマン……オクタヴィーの父。農場経営者
アンドレ・ジラルデ……オクタヴィーの友人
フォスタン・ド・ラ・ゲリニエール伯爵……没落貴族。モントルイユ殺人未遂事件の容疑者
リュセット・ミノワ……女優。ド・ラ・ゲリニエール伯爵の愛人
デュポン男爵……ド・ラ・ゲリニエール伯爵の友人
ヴァン・カンブル男爵……投資家。ド・ラ・ゲリニエール伯爵の友人
トム・トゥウィック……アメリカ人刑事
クラフ……カフェバー〈アヴェロンっ子たち〉の経営者
赤銅色がかったブロンド髪の女……？
ジゴマ……？

ベル・エポック怪人叢書

ジゴマ　下

装画　榊原一樹

⑮章　野ウサギの心

敵の手に落ちるや、恐怖に慄き(おのの)ポーラン・ブロケは動揺していた。身体全体が恐怖の震えで揺さぶられていたのだ！……かぶせられた分厚く重い羊毛のラシャの頭巾の下から、歯がカタカタ鳴る音が聞こえたのだ！　彼は抵抗しようとしなかった。それは無駄なことだろうし、そもそも勇気の湧き上がりもなく、格闘や反抗すら考えもしなかったから、抵抗しなかったのだ。

こうして彼をかついだ男たちは写真技師のアトリエに入ってきた。彼らはポーラン・ブロケから上着、ベスト、シャツを剝ぎ取り、上半身を裸にすると、拷問器具に彼の両腕を縛り付けた。

われわれがすでに見たように、ジゴマの法廷は整っていた。

ポーラン・ブロケは椅子に座らされた。丈夫なロープを両脇の下に通され、彼にはどんな形なのかわからない器具にこのロープが結びつけられた。彼はいっそう激しく震えた。復讐の磔刑が準備されているとわかったからだ。

ジゴマが合図した。刑事を取り囲んでいた男たちの一人がラシャの頭巾の結び目を解き、囚人の頭からはずした。ポーラン・ブロケはあたりを見わたした。突然の明るさにくらんだその目は激しい恐怖と強い不安でまん丸になり、視線は曖昧で当惑していた。彼は震える口を開けた。叫んで、助けを呼びたかった……だが、圧迫された喉からはいかなる言葉も出てこない。両脇には黒い覆面カグールをまとった二人の男が、正面には黒い布で覆われたいくつかのテーブルのうしろに、同じように覆面カグールをまとった、ただこちらは赤の覆面カグールをまとった男たちがいた。この黒と、赤の上には恐るべき象徴的なＺの浮かび上がっているのが見えた。

誰も微動だにしていなかった。熱にうなされる夜に奇怪な悪夢を見ているようだ。

ポーラン・ブロケの目は、集会を取り仕切る金の縁取りの覆面カグールに釘づけになっていた。彼の眼差しはますます怯えているようだった。この不動と沈黙が不安をさらにかきたてた。死刑囚でさえ、夜明けにこれほど恐ろしく悲劇的な目覚めを迎えなかったろう。

刑事がこのとき見せた恐怖と不安の様子をＺ団は楽しんでいるようだった。覆面カグールの目穴から、彼らの目は勝利とよろこびの輝きを放っていた。ついに金の縁取りの覆面カグールの人物が口を開いた。まったく不動のままであった。彼は言った。

「やあ、ポーラン・ブロケ！」

刑事はわれに返り、恐るべき悪夢から覚めたように頭を振り、口ごもった。

「私はそうじゃない……ポーラン・ブロケではない！」

陰鬱で悲痛な長い沈黙がこの思いがけない否定のあとに続いた。刑事を取り囲む男たちは女人像柱(カリアティード)のごとく身じろぎせず、テーブルのうしろのほかの者たちもスフィンクスのごとく驚くほどじっとしていた。

喉を締めつけられたしゃがれ声で刑事はふたたび言った。今回は声の調子をあげようとした。

「断言するが、ポーラン・ブロケではありません……」

この言葉に対して一同は同じように沈黙し、平然として微動だにしなかった。ポーラン・ブロケは左右に顔を向け、もっとよく理解してもらうのを望むかのように、そばにいる人物たちに訴えかけた。テーブルのうしろ、つまり法官席の者たちは遠すぎて聞こえていないと彼は思ったのだ。だが、これらの監視役はさきほどと同じく動かなかった。覆面カグールが呼吸でわずかに揺れ動いているのを見なかったら、それらが石やブロンズ、生気も感覚もない無機物でできていると刑事は思ったろう。

しばらくすると、この男の、この拘束された男の恐怖で満たされたこの光景にようやく満足したかのように、金の縁取りの覆面カグールがふたたび口を開いた。

「ポーラン・ブロケ、一度ならずおまえは確認することができたな、ジゴマが最強であることをな」

ポーラン・ブロケは依然として否定したかった。

「私はちがう……」彼ははじめた。

しかし、ジゴマは、この役割を担う人物は彼をさえぎった。

「黙れ。ジゴマが許したときに話せ！」

彼は続けた。

「おまえは幸運に助けられた！　偶然というものが、つまり、この警察にとっての神が一度おまえに大盤ぶるまいをしてくれたのだ！　神は、ジゴマが課した判決からおまえを救った。おまえより前は誰も脱出できなかったあの巨大な墓場から、神はおまえを引っぱり出してくれたのだ！」

ポーラン・ブロケはブツブツと言った。

「しかし、私はそうじゃないと言っているわけで……」

ジゴマは聞いていないようだった。彼は続けた。

「おまえは、ラ・バルボティエールから生還した。そして、われわれがセーヌ河のほとりでおまえの死体を見張るのは時間の無駄だと、おまえみずからがここにやってきてわれわれに教える気配りをしてくれた。大変結構だ」

ポーラン・ブロケは主張した。

「私はラ・バルボティエールには行っていない！　行ってい……」

「ジゴマは」演説者はポーラン・ブロケの言葉をかき消すように声を大にして言った。「あの夜、おまえの勇気、おまえの勇ましさ、おまえの猛々しさに敬意を表した。そして今日もまた、ジゴマはおまえの新たな試みに対して賞賛を示している！」

「それは私ではありません！」

「ただ、おまえは理解しなければならない。偶然が一度おまえを助けたが、偶然よりも大いなる力を持っているジゴマは、復讐を遂げなければならなかったということを。この復讐を、われわれは果たそう。ふたたびおまえはジゴマの手に落ちた。そして今回は、偶然に委ねられるものはなにもない」

ポーラン・ブロケは口ごもった。

「どうかお許しを！……お許しを！……」

ジゴマは叫んだ。

「許しだと！　おまえが許しを乞うだと！　おまえが！……ポーラン・ブロケ、おまえが！　おまえがジゴマに許しを乞うだと！」

彼は長々と大笑いした。

「おやおや！　じつに奇妙なことだ！　驚くだけの理由はあるな。ポーラン・ブロケが許しを乞うんだから！」

「なぜなら私はポーラン・ブロケではないのです！」

「いいだろう……先に進む前に言わせてもらおう。われわれはここで、今晩、もっとも見事な勝利のよろこびを味わっているのだ！　われわれはだいぶ前からこの刻を待っていた。そして、おまえのように、策謀をめぐらせてきた。罠を仕掛けることができるのは、ポーラン・ブロケ、おまえだけではない。力と策略を発揮できるのは〈ブロケ精鋭部隊〉だけではない……ブロケ分隊のメンバーたちは見あげたものだが、ジゴマのメンバーも彼らにひけをとらない！　これが証拠だ」

しばしの沈黙のあとジゴマは続けた。

「さて、おまえは手先にわれわれの友人クラフの店を見張らせた。だから、われわれが安全だと考えていた〈アヴェロンっ子たち〉は罠だらけになった。

われわれのメンバーの何人かがここに来るために車を使うとき、ポーラン・ブロケの配下の男たちが跡をつけた。ヤツらはわれわれの新たな隠れ家を発見した。ふくよかで感傷的なメリドン夫人の繊細な心を震わせるために、ポーラン・ブロケの部下が軍服を着てやってきた。

最後に策謀をめぐらした。そして、ジュルマの家でラ・バルボティエールでの冒険を繰り返そうとした！　それは勇敢なことだった。それは認めよう……だがそれはおまえたちにとってはバカげたことだ。そして、驚くべきは、逆の意味を持たない稀な諺のひとつであるこの諺を、おまえたちが忘れたことだ。〈火傷をした猫は冷たい水を恐れる〔最初の失敗に懲りて必要以上の用心をする〕〉ジゴマはもうだまされない」

長いセリフのあと毎回そうするように、演説者はいったん話をやめ、それからふたたび続けた。

「こうしてポーラン・ブロケがメリドン夫妻の家のまわりに張り込みを仕掛け、その網でわれわれを捕まえようとしていることを、われわれは知ることになった。しかしわれわれもまた、それから逃れるためのすべてを準備したのだ。この戦いがジゴマの勝利となるようにな！

われわれは、Z団の男たちがはしごをよじのぼるのをおまえにゆっくりと見てもらった。

おまえがベルを鳴らすふりをしながら、部下のラモルスが実に巧妙に型を取った合鍵を使って家に侵入するのを、われわれはほうっておいた。

ただ知っておくのだ。合鍵をつくるための蠟がジュルマの鍵にわずかに残っていたがゆえ、ジゴマはおまえがどんなふうにしてメリドン氏の家具付きの建物に侵入するのかがわかったことをな。

同時に知っておくといい。今晩、事務所の夜番はZ団の男だったことを。そしてポーラン・ブロケは家に入った時点で、用意周到ながら、すでにジゴマの囚人になったことをな。

おまえは、ジゴマが支配する家に入ったのだ。おまえに警戒心を抱かせる疑わしいことはなにもなかった。おまえは三階までやってきた。用心からおまえは階段にある避難用小部屋の小さな扉に鍵をかけた。

それは用心深いことだった……確かにおまえはそうしなければならなかった。

しかしジゴマはそれを予測し、錠前の留め金のネジを入念にはずしておいたのだ。だからおまえが押した錠前の本締は、固定されていない受座を噛み、そのときZ団の一人が強く動かぬよう抑えていた。つまりおまえが鍵をかけたと思ったこの扉は解放されていたのだ。

扉のうしろには、二人のZ団のメンバーが待機していた。おまえが扉を開けたら、さっきおまえが安心してふたたび階段をのぼりはじめるとすぐにされたことをするためにな。

そして、いま、おまえはここにいる。おまえにとって磔刑の椅子となるそれにつながれているのだ。というのも今日われわれは、おまえを殺すだけでは満足できない。もっとじっくりと復讐し、捕らえられたおまえから恐怖の利益を引き出したいのだ！」

「お許しを！　お許しを！」ポーラン・ブロケは叫んだ。

そして彼の目からはいまや涙がこぼれていた。

ジゴマは驚いて一瞬止まった。彼と同様、手下たちも、自分たちの前で椅子に座り、激しい恐怖に襲われ、危機と拷問の告知を前にブルブルと震え、こんなにも臆病で、こんなにも無気力なこの男を、すっかり驚いて見ていたのだ。ここにいる全員は、ラ・バルボティエールの巣窟でのポーラン・ブロケの勇ましさ、その賞賛すべき態度をおぼえていた。処刑を求めて叫ぶ多勢のZたちを前に、ポーラン・ブロケが腕組みをし、傲慢にも軽蔑するように笑いながら立ちはだかっていたのを、ここにいる全員は目撃していたのだ。

　いまと同じくらい恐ろしかったあのとき、ポーラン・ブロケは壮麗で、騎士のように気高く、驚嘆すべきふるまいを見せた。だが、いまや彼はブルブルと震え、恐怖で汗をかき、怯え、うろたえる臆病者だったのだ。泣いて許しを乞う腑抜け野郎！

　しかしジゴマが、この予期せぬ場面にいつまでもかかずらうことはなかった。彼は合図をした。ポーラン・ブロケのうしろにいた二人の男が囚人の椅子に近づいた。彼らは、椅子のうしろに取り付けられた締め上げ機の四つのハンドルをまわした。

　ポーラン・ブロケが痛みから喚（わめ）こうとするところ、前にいた男の一人がすぐに玉状の綿を口に噛ませ、叫び声を抑えた。

　椅子の背後に取り付けられた、この締め上げ機はスペインの例のガローテ〔スペインの鉄輪絞首刑、ならびにそれに使用する器具。椅子に座らせた死刑囚の首に鉄輪をかけ、それを締め上げる処刑方法〕の小型版だったが、首を締めるのではなく、ハンドルで操作する首枷で、両腕と両肩を縛り付けたロープを引っぱるというものだった。ロープは四肢を反対方向に、つまり、可動方向とは逆向きに引っぱった。したがって、痛みは激しく、圧力を加えていけば、手首、前腕、上腕、最後に肩というように、さまざまな部位が仮借なく次々と砕かれていくだろう。礫刑は恐ろしいものになるにちがいない。そのうえそれは長時間続くだろう。死が不幸な男を解放するのは、筆舌に尽しがたい苦しみを長く味わったあとだろう。ポーラン・ブロケは、どんな種類の拷問が課せられるのかすぐに理解した。彼は絶望した。

⑯章　ガローテ

ジゴマはふたたび合図をした。死刑執行人は締め上げ機をまわし、ロープを緩めた。ポーラン・ブロケは息をついた。

「これでひとまわしだ」ジゴマは静かに言った。「これであとがどんなものか想像できるはずだ」

ポーラン・ブロケは哀れな声で悲鳴をあげた。

「お許しを！　お許しを！」彼はまた言った。「殺してくれ、苦しめないでくれ。私はポーラン・ブロケではない」

ジゴマはしばらく黙って彼をじっと見ると、言った。

「拷問を中断しよう……そのかわり話せ」

「話す？」

「そうだ。質問に答えろ。真実を言え、こちらが知りたいことを教えろ」

「それであなたは私を苦しめないのでしょうか？」

「そうだ……答えるか？」

「私に上司たちを裏切れと？」

「答えるか？」

「できない……殺してくれ」

ジゴマの合図でふたたび彼は猿ぐつわをはめられ、死刑執行人は締め上げ機を一回まわした。喚くことのできないポーラン・ブロケは身体を動かして苦しみを逃れようとしたが、両足も両腕と同じように縛り付けられていた。あらゆる動きが許されなかった。

数秒間、彼はこんなふうに置かれた。それから一回目のように緩められた。ふたたび猿ぐつわがはずされた。彼はうめくだけだった。

「話すか？」ジゴマが尋ねた。

ポーラン・ブロケはひどく苦しみ、頭を垂れていた。

「お許しを！　許してくれ、すぐに殺してくれ！」

「話すか？」

「お許しを！」

「じゃあ、さらにもうひとまわしだ。今度は、手首が砕けるぞ」

「やめてくれ！　やめろ！」

「話すか？」

「わかりました！」

ジゴマは尋ねた。

「なぜおまえは、ポーラン・ブロケではないと言っているんだ？」

「それは本当だから……本当だからです……」

「ここの全員がおまえだと見抜いた。全員がおまえを見抜いているんだぞ」

「そうです。私であると見抜かれているはずです！　まさに私は、ポーラン・ブロケであると信じられなければならないから」

「なぜだ？」

「なぜならポーラン・ブロケが死んだと、認めたくないから」

「死んだ！　ヤツが死んだ、そう思われているのか？」

「そうです、彼は死にました……まさに死んだのです……」

「本当か？」

「ラ・バルボティエールで殺されたんだ！」

「ああ！　ポーラン・ブロケがラ・バルボティエールで殺されたと、なぜ知っている？」

「まずはクラフのところで、あなたが彼の死刑を執行した夜、Z団の連中がそう言っていた。それから爆発のあと捜索がおこなわれて、二つの死体が見つかった」

「二つの死体は誰だ？」

「背中を刺されて殺された巡査の死体」

「もうひとつは？」

「ポーラン・ブロケ！」

「もうひとつの死体は巡査に随行した警視ではないのか？」

「ちがいます。ポーラン・ブロケの死体です」

「間違いだ」

「私は本当のことを言っている。私が嘘をつけるとでも？……本当のことを言っているんだ」

「ポーラン・ブロケはどこで見つかったんだ？」

「崩落した大きな天井の近く、竪坑の口のところ。彼が投げ捨てられたと思われている場所です」

「それから……」

「それから、竪坑は夜の激しい雨でいっぱいでした。溺れたポーラン・ブロケの死体は水面に現れた。それで、彼が死んだことが知られたくなかったから、巡査の死体と同じように下水道清掃人の死体だということにした。彼は隠されて運ばれたが、それは死体が彼だと特定され、ポーラン・ブロケがジゴマの犠牲になったと知られ、世間を動転させないためでした！」

ジゴマは参謀を順々に見て、問いかけたようだった。参謀は返事の代わりに覆面カグールを傾けた。ポーラン・ブロケの話は、嘘をつこうとするのがあまりに無謀と思われるような方法と状況で語られたから、信用できるものだと強盗たちには思われた。

ジゴマは重ねて尋ねた。

「だが、ポーラン・ブロケの分隊は解体されていない、分隊員は解散していない」

「そうです！」

「誰が指揮を執っているんだ？」

「ガブリエル！」

ふたたび沈黙。ふたたびジゴマの無言の問いかけ。ふたたび覆面カグールの裁判官の同意。明らかにスパイたちはすでにこれらの情報をジゴマに与えていたのである。ラ・バルボティエールの事件以降、〈ブロケ精鋭部隊〉と呼ばれる刑事の分隊に与えられた指示命令にはガブリエルの名前が記されていることや、ガブリエルが親愛なる故人を引き継いだことを、ジゴマは熟知しているにちがいない。だからこのときのポーラン・ブロケの裏切りは、得られた情報を立証するものだったのだ。

ジゴマは囚人にさらに尋ねた。

「ヴァン・カンブル男爵夫人の首飾りの盗難を知っているか？」

「それは噂になっていた。詩人のアンティム・スフレがこの騒動についていろいろな人に話していた……しかしいかなる告訴もおこなわれなかったので、関わるべきことではなかった」

「では、ジェームズ・トゥイルとは誰だ？」

「知りません」

「用心しろよ！」ジゴマは言った。「ハンドルをまわして必要なことをはかせるぞ」

「知りません……知らないんだ……」

「いいだろう。このジェームズ・トゥイル、それはおまえだ」

「ちがう！」

「それはポーラン・ブロケだ！」

「ちがう！」

「まだ嘘をついているな」

「ポーラン・ブロケはラ・バルボティエールで死んでいる。だからジェームズ・トゥイルは彼じゃない」

「われわれはそれを知ることになる」

彼は合図をした。死刑執行人はふたたびポーラン・ブロケの口に猿ぐつわをはめた。彼らはハンドルをまわした。すると不幸なポーラン・ブロケは耐えがたい苦痛に身をよじった。冷たい汗が額から流れ、目は充血し、このあと死刑執行人が猿ぐつわをはずすと、口は血の混じった泡でいっぱいだった。

「さあ」ジゴマは尋ねた。「ポーラン・ブロケではないとまだ言い張るのか？」

ポーラン・ブロケは答えた。

「そうだ……」

「もう一度ハンドルをまわせば記憶が鮮明になるかもな。白状しろ、ポーラン・ブロケだったのか？」

「この苦痛で嘘をつくことだってある」

「じゃあ、このジェームズ・トゥイル、おまえはこの男についてなにも知らないのか？」

「彼はアメリカ人の盗人だとわれわれは思っている」

「それから？」

「悪事を働き……パリを去った」

「なぜそう思うんだ？」

「ガブリエルは確認するまでもなかったが、ダイヤモンドを売り捌くために首飾りはばらばらにされて、イギリスに運ばれたらしい」

「本当のことを言っているのか？　もう一度ハンドルを……」

「本当のことだ」

ジゴマはポーラン・ブロケにひと息つかせた。不幸な男の胸はあえいでいた。彼はひどく苦しんでいるようだった。そこでジゴマは、どんな男であっても、こんな苦痛のなかで真実を偽ろうだなどという超人的な精神を持てるはずはないと思った。

しばらくすると、彼はその恐るべき尋問をふたたびはじめた。

「ところで、おまえは」彼は言った。「ポーラン・ブロケであることを否定しているが、じゃあ、おまえは誰なのだ？」

「分隊員です」

「普通の〈ブロケ精鋭部隊員〉か？　幹部か？」

「いや、普通の〈ブロケ精鋭部隊員〉です」

「任務は？　役割は？」

「私は与えられた役割によって今晩不幸な目に遭っているんだ。ポーラン・ブロケを演じなければならないという」

「つまり？」

「つまり私は、ポーラン・ブロケに似ているということです」

「ほかの人間にこんなふうに似ることはできない……ありえない……」

　ポーラン・ブロケは青白く、痛々しい顔を振りながら答えた。

「不幸にも、そうなんです。わかるでしょ、こんなに似ていることを不思議がられたのはこれがはじめてではないんだ……」

「本当なのか？」

「私がその証拠だ！」

　ジゴマは囚人をじっと見たが、ポーラン・ブロケは苦しんでいるようで、気絶して倒れる寸前のように見えた。頭が肩の上に垂れ、長々とため息をつき、抑えた声で不満を口にした。

「おお！　なんて苦しいんだ！　なんて苦しさだ！」

「なぜ、おまえはポーラン・ブロケになりすます必要があるのだ？」ジゴマは尋ねた。

「彼の死が知られてはならない同じ理由のため、人々を不安にさせないため、ポーラン・ブロケが恐るべきZ団をあいかわらず追いまわしていることを人々に信じさせるため……」

「本当か！」

「そうやって世論を満足させるんだ、警視庁への苦情、要求や要請を避けるために……それと同時に、ありふれた強盗を大胆にさせないためにです。それから」

「それから？」ジゴマはひやかしたように言った。

　ポーラン・ブロケはすぐには答えなかった。彼は息を整えているようだった。まるでいまこのように言ったせいで強い苦痛に襲われたかのように、そしてこの残酷な拷問の苦しみによってさらにうちのめされたかのように。

「それから」彼はゆっくりと話しだした。「要するにポーラン・ブロケを見せなければならないからだ。いつまでも彼を隠しておくことはできない。だから、私が選ばれた、似ているから。たびたび表に出されたのは私だ。それに、ラ・バルボティエールの事件の前、本物のポーラン・ブロケがほかのところで行動しているとき、私はパリに残り、姿をみせ、与えられた役割を演じていた」

「それは成功したのか？」

「はい！　ポーラン・ブロケに瓜二つの人間がいるだなんて誰も疑わなかった。今晩、はじめて……」

ジゴマは死刑執行人に言った。

「この男の所持品を調べろ。ポケットにあるものを持ってきてくれ」

ポーラン・ブロケが所持品を調べられているあいだ、強盗団の首領は言った。

「おまえが本当のことを言っているという証拠がポケットから見つかれば、それでよしだ。約束通りにおまえは拷問を逃れられる！　おまえが嘘をついていたら、ハンドルが何回かまわされ骨を砕き、嘘をついたことを後悔させてやる」

ジゴマの机の上にいろいろなもの、リボルバー、短刀、カツラ、何枚かの紙が置かれた。ジゴマはモノには気にかけず、何枚かの紙だけに目を通した。

「名前も住所もない！」彼はポーラン・ブロケに言った。

「ないです！　そんなもの絶対にない。それは、われわれに与えられた職務についての文書だ。番号しか記されていない、われわれはそれぞれ番号を持っている」

ジゴマは声に出して読んだ。

「ジュルマの家に入る……アトリエを見る、聞く……三階に戻る……窓から合図する……」

それから彼は言った。

「〈ガブ……〉と署名してあるな」

「ガブリエル。そう、わかるでしょう、指示を与えているのはガブリエルだ、ポーラン・ブロケじゃない！　この紙には私への指示が書いてある、極秘のだ。捕まるなんて思っていなかった。だから、この指示は自分を弁護するために準備したものではない。それは、私が言ったことが事実であることの証拠だ」

ジゴマは答えなかった。彼はふたたび微動だにしなかった。そして沈黙した。ポーラン・ブロケはまたうめきはじめた。すると、ぞっとするようなこの沈黙を断つかのように、情けない、メソメソした調子で彼はふたたび話しだした。

「嘘なんてついてない、本当のことを言ったんだ。指示を与えているのはガブリエルだ。今夜の討伐を準備したのは彼だ。ただ彼にはリーダーとしての力はない。だから企ては成功しない、あなたがそれを見破ったから。私といえば、いまバレてしまった」

苦しみにまたうめいたあと、彼は加えた。

「私がポーラン・ブロケではないという証拠は、あなたが私を捕まえたことだ」

「われわれは、すでに一度ポーラン・ブロケを捕まえたことがある」

「はい。でも彼は二度捕まるような男ではありません。彼なら、Z団が占拠する家に単独で侵入し、新たなラ・バルボティエールにまたしても足を踏み入れるミスは犯さないでしょう。

私はといえば、従わなければならなかった。そしてこれがその結果だ。

ポーラン・ブロケなら階段の扉を、錠前がしっかりと固定されているかどうかを確認しないで閉めたりはしない。彼なら、扉のうしろに誰もいないことを確認しないで階段をのぼり続けはしないでしょう。私はといえば、錠前のネジが抜かれていたなんて考えもつきませんでした」

ジゴマと参謀は微動だにせず、考えていることを読み取らせず、ポーラン・ブロケの言うことを聞いていた。彼らはポーラン・ブロケを信じているのか、それともまだ疑っているのか？　彼らはポーラン・ブロケをもてあそんでいるのか、それともポーラン・ブロケに騙されたのか？　覆面カグールでその答えが覆い隠される、不安極まりない問題である。

ようやくジゴマは口を開いた。

「おまえの任務はなんだ、やるべきことはなんだった？」

「指示メモを見ればわかります」

「詳細を教えろ」

「ガブリエル、その配下一同、分隊すべてが家を囲む。私はただジゴマの集会を確かめ、それから合図をする」

「その合図とは、どんなものだ？」

「長い笛のひと吹き」

「おまえのポケットには笛はない」

「指笛を吹くはずだった、大きな音で」

「どんな調子でだ？」

「ピーゥーイ」

「それだけ？」

「それだけ！」

それからジゴマは合図した。死刑執行人がポーラン・ブロケの手首に付けた鉄枷をはずし、椅子から抱えあげ、立たせた。ポーラン・ブロケは震えだした。

「なにをするんだ？」彼はうめくように言った。「拷問はしないと約束したじゃないか、卑怯だ、汚いぞ。約束しただろ。許してくれ！　全部、言ったんだから……」

死刑執行人の一人が布の猿ぐつわを彼の口に入れ、叫んだり、うめいたり、懇願させないようにした。いまや両目だけに彼の恐怖は現れていた！

二人の死刑執行人はかなり重い、木製の長椅子を持ってきた。彼らはポーラン・ブロケをその上に寝かせ、固く縛り付けた。ただし両脚はほどいておいた。ポーラン・ブロケは長椅子にただ寝かされたときのように、両脚を動かすことができた。それは残酷の極みだった。というのも同時に彼らは、天井に結びつけたロープをポーラン・ブロケの首にかけ輪奈結びしたからだ。こうしてポーラン・ブロケが動こうとし、長椅子と一緒にひっくりかえれば、首から吊るされ窒息するよう、彼らはロープを調節したのである。次に彼らはポーラン・ブロケの胸にダイナマイトをくくりつけた。このダイナマイトにはかなり長い導火線が付いていて、その先はジゴマの机から出ていた。そして死刑執行人の一人が机の上に火のついたロウソクを置いた。

そうしてジゴマは立ち上がった。参謀も彼に倣った。そしてジゴマは仰々しく言った。

「おまえが誰であろうが……例の分隊の巡査であろうが、一般の〈ブロケ精鋭部隊員〉であろうが、幹部であろうが、じつにおまえは奇妙なくらいポーラン・ブロケに似ている。おまえはヤツの顔を持っているが、ヤツの精神は持っていない！

ジゴマは敵を裁くことを好む。

ジゴマは、ラ・バルボティエールでポーラン・ブロケを捕まえたとき、その勇ましさ、勇気、度はずれの大胆さに敬意を表した。死を前にしたヤツが勇壮だったがゆえ、われわれの勝利はより美しいものとなったのだ。

アイツは、ジゴマにうち負かされるに値する敵だった！　だがおまえは、おまえは情けないヤツだ、野ウサギのような心をしている。ここに来てから、おまえは罠にはまったひもじいジャッカルのように震えている！　おまえは死にそうなくらい怯え、そして泣くことしか、許しを乞うことしかできない！

ポーラン・ブロケなら死刑執行人に勇敢に立ち向かっただろう。アイツなら裁判官を罵っただろう。そしてアイツなら拷問のまっただなかで笑っただろう。

ポーラン・ブロケなら自分が仕える大義のために死にゆく兵士としてふるまっただろう。だがおまえというヤツは仲間を裏切り、上司を裏切り、自分の義務に背（そむ）いた。おまえは恥ずべき人間だ……だらしのないヤツ、臆病者だ。

ジゴマはおまえを犬のように蹴りとばし、そして敬礼の代わりに軽蔑を浴びせる」

そして彼は導火線を取ると、ロウソクでそれに火をつけ、ロウソクの火を吹き消した。

ポーラン・ブロケは猿ぐつわの下で懇願した。

「お願いだ！　勘弁してくれ！　許してくれ！　許してくれ！」

さらにジゴマは言った。

「おまえに魂があればだが、その卑しく下劣な魂を救ってくれるよう裏切りの神に祈る時間がおまえにはあるだろう。この導火線は、ダイナマイトがおまえの臆病な心を砕くまで五分間燃え続けることになるからだ」

突然、天井に吊るされたランプが消えた。ポーラン・ブロケには急ぐ足音が聞こえた。そして、扉から、あるいは開けられた十字窓から入ってくる冷気が感じられた。彼は理解した、屋根裏部屋には彼一人であると。

深い暗闇のなかで、いまや小さな赤い点だけが床に見えた。それは燃える導火線だった。少しずつ燃え進み……ゆっくりと彼に向かっていた。五分後に、この導火線は、その規則正しく不可避の進行を達成することになるだろう。

⑰章　燃焼する赤い点！……

長椅子に縛り付けられていたが、ポーラン・ブロケは暗闇のなかでこの燃焼する赤い点がますます近づいてくるのを見ることができた。しかしこれをながめて時間を無駄にはしなかった。二分が経とうとしていた……残りは三分だ。

赤い点が進むのを見てポーラン・ブロケは、強盗たちが導火線を正確に計測していないと判断した。ジゴマは五分だと言った。しかし爆発はその数秒前に起こるだろう。そしてこのとき、ポーラン・ブロケほど時間の重要性を理解している者はいなかった。

強盗たちはポーラン・ブロケの両脚を自由にしておいたが、それは残酷の極みからで、その恐怖のなかでポーラン・ブロケが動いたり、みずからを解こうとしたり、あるいはどこまでもつきまとい、追いつこうとするこの燃焼する赤い点から逃れようとするだろうとの考えからだった。そうすれば長椅子はひっくり返り、ポーラン・ブロケはみずから輪奈結びのロープに吊るされることになるのだ。いずれにせよ、今度ばかりは確実に死に絶えるはずだ。

しかし、さきほどは無気力で、臆病で、泣いて許しを乞うたポーラン・ブロケは、いまやその態度を変えていた。彼の両足は自由であり、それだけでたいしたことだった。彼は不意に動かぬよう、長椅子とともに倒れぬよう、輪奈結びで首を吊らぬよう注意した。とてもしなやかで、あらゆるスポーツに長けた彼にとって長椅子に縛り付けられることはそれほど恐ろしいことではない。それは、彼がおこない、部下たちにもやらせていた、実用体育術の訓練のひとつに含まれていた。

彼は両足を長椅子の上に置いた。幸いにも彼は長椅子よりも長かった。彼の足は長椅子から十分はみ出ていた。彼は両脚をあげて、まず腹の上にくくりつけられたダイナマイトを膝を使ってはずそうとした。しかしダイナマイトは遠すぎた。彼は時間の無駄だと判断した。

残りはわずかに二分。彼は両脚をあげ、それをできるだけ上方に引き上げ、そうしてから床のほうへ両脚を勢いよく振り、腰を浮かせることを考えた。それは体育術において跳ね起きと呼ばれる方法だ。失敗すれば、彼は長椅子もろとも倒れ、首から吊るされる。すなわちみずから死ぬことになるのだ。

ポーラン・ブロケはそれを試みたが、思ったより長椅子の上できつく縛られていて、十分に腰を浮かすことができなかった。ついに跳ね起きに失敗して、宙づりになってしまうだろう。彼は跳ね起きるのを諦めた。

しかしこの何秒かのあいだにも、赤い点はかわらず近づいていた。

ポーラン・ブロケは最後のチャンスに賭けた。猿ぐつわを付けられたとき、彼は唇を突き出して、できるだけ強く歯を食いしばっていた。いま口を開けると、猿ぐつわは少し緩み、口のなかにずれる。話せはしなかったが、嚙むことはできた。そのうえポーラン・ブロケのあごはかなり丈夫だった。さらに輪奈結びは首のうしろではなく、前に通されていた。声門の上である。彼は顔を上げて、ロープに近づけた。ロープを歯でつかむことができた。彼はためらわなかった。このロープをありったけのあごの力でしっかりとつかむと、脚で長椅子をひっくり返した。

燃焼する赤い点はすぐそばだった。

この動作のうちにポーラン・ブロケはひざまずいた。いったんこの体勢になると、彼は背中にくくりつけられた長椅子を背負いながら両脚で立ち上がることができた。それからそのまま彼は輪奈結びを緩め、そのロープは胸のあたりでたるんだ。こうして彼は顔を傾け、赤い点を見ることができた。幸いにもまだそれは床をゆっくりと這っていた。

ポーラン・ブロケはすぐさまその上に足を置き、強く押しつけ、消した。ようやくこれで彼はひと息つくことができた。爆発も絞首刑ももう心配する必要はない。しかしだからといって彼は助かったわけではなかった。彼は依然囚われの身で、長椅子にきつく縛られ、首にはまだロープがくくられたままだったのだ。

彼が心配したのは、爆発音が聞こえないのに驚いてジゴマが戻ってくることだった。ただ、それはかなり時間が経ってからのことだろう。往々にして導火線や火縄があてにならないことや、ときどき見積もったよりもはるかに長持ちすることをジゴマは知っていた。燃焼の進行を遅らせるには、些細なこと、つまり、わずかな湿気、導火線の破損、製造過程で生じる目に見えない欠陥で十分だった。もし用心深ければ、火が止まったかどうか、しっかりと消えたかどうか判断できるまで待つだろう……不幸にもよくあるように、早く来すぎたがゆえ吹っ飛ばされる危険があるからだ。そうならないためにも、安心できる時間を待たなければならない。ゆえにポーラン・ブロケは、ジゴマがすぐにやってくるとは疑わなかったのである。

それで彼は長椅子にくくりつけられて、まだ解くことのできない輪奈結びのロープを首にかけたまま、屋根裏部屋にいるのだった。彼は顔をまわしたり、あごを動かしたり、両脚を動かしたりできたが、ただそれだけだった。あなたはこう思うかもしれない。ジゴマの予想では、ダイナマイトの爆発で二つに切断され、バラバラに切り刻まれるはずだった男にとって、それはすでにたいしたことであると。また、あなたはこう思うかもしれない。とにかく生きているのだから、その境遇に満足できるだろうと。しかし、考えてみてほしい。粉々になって宙に放出されることと、こんなふうに絞首刑のロープで首をくくられ、長椅子を背負い、両手を縛られ、猿ぐつわをはめられ、いつまでも動きを封じられたままにされることと、いったいどちらが好ましいのか？

しかしながら、ポーラン・ブロケのような男は、命が救われたことだけでは満足しない。彼にとっては、それはまったく十分ではない。要するに、それははじまりでしかないのだ。すべきことが残っている……つまりもう一度ジゴマの手をうまく切り抜け、脱出し、部下たちのところへ戻り、ふたたび作戦をおこなうのだ。

さきほどらい、ポーラン・ブロケは、激しい恐怖に満ちた目をキョロキョロさせて自分のまわりをながめ、写真技師の奇妙なアトリエの間取りを観察していた。右側の壁の傾きから、そこに屋根があり、その下は建物の正面で通りに面していることがわかった。そのそばには正方形の黒い布がワイヤーを支えに張られていた。そしてこの正方形の黒い布はときどき揺れ動いていた。ポーラン・ブロケは、そこに天窓、屋根の丸窓、あるいは空に通じるなんらかの開口部があると見抜くのに、特別な洞察力を必要としなかった。

しかし、その開口部までどれくらいの距離があるのだろうか？　そこに到達できるのだろうか？　杭につながれたヤギのように彼は首のところで縛られ、遠くへ動くことはできない。それに、暗闇のなかで椅子やテーブルにぶつからずに、物音を立てずに、聞き耳を立てているだろう強盗たちを警戒させずに、そしてこのたよりない脱出チャンスを求めるがためにふたたび窮地に陥ることなしに、どうやったら進むことができようか？

ポーラン・ブロケは思った。

「いつまでもこんなふうにはしていられないぜ……ここから脱出するのになんでもしなければな」

まず彼は体の向きだけを変えた。こうして同じ体勢のまま向きを変えながら、猿ぐつわを噛んだ。猿ぐつわを噛みながら顔を長椅子の角に擦りつけた。それは、彼の丈夫な歯でも噛み切れないこの分厚い布をすり切るためでなく、ずらすためだった。そもそも、猿ぐつわは五分間しっかりはめられていればと、耳そのものの上にだいぶ急いで付けられていた。猿ぐつわがもし耳よりも上部に付いていたら、結びを解かない限りはずすことはできないだろう。しかし、耳そのものの上なら、すなわち頭蓋骨のもっとも幅広い部分、つまり猿ぐつわがもっとも安定しない部分に巻かれていることになる。こうして、ポーラン・ブロケは耳を長椅子に押しつけて、締まった部分をずらして、少しずつ猿ぐつわをすべらすことができたのだ。彼は猿ぐつわを首のほうにまで持っていき、ようやく猿ぐつわが、首の、輪奈結びの横に落ちた。

この作業に没頭しているあいだ、耳を血だらけにしているあいだ、彼は十字窓のほうへ少しずつにじり寄っていった。彼はロープの限界のところまできた。なぜここまで来たのか？　なにを考えて？　なにを望んで？　彼は十字窓まで行こうとしていた……そこまでたどり着いたら考えよう。だが、腕も手も使えず、長椅子に縛り付けられ、首にロープがくくりつけられている状態で、いったいなにができるというのか？

幸いにもロープは彼が十字窓のそばにたどり着くだけの長さがあった。彼は心地よい冷気をその額に感じ、アトリエの灯（あか）りが外に漏れないようにする黒い布に触れさえした。ポーラン・ブロケは目一杯首を伸ばした。ロープの長さがギリギリに、かなりギリギリになった。彼は、はためく布を歯でつかんだ……それをくわえると、なるだけ口のなかに引き入れた。そしてしっかりつかめるのを感じると、彼はなめらかに、かつ強く引っぱった。布は壁に釘づけにされていた。だが、とまっていた部分がちぎれ、落ちた。

ポーラン・ブロケの目の前に、微笑みかけるような金色の星の散りばめられた空が窓越しに現れた。ポーラン・ブロケは、下水道のなかから歩道のマンホールに穿（うが）たれた穴を見たときに、同じよろこびを味わったことを思い出した。しかしあのとき下水道のなかで苦労はまだ終わらず、完全に助かったわけでないと思ったのと同様に、ここでも彼は時間を無駄にしなかった。

十字窓は一種の明かり採り窓で、鉄製の窓枠の二枚のガラスの薄板でできていた。いわゆるパリの屋根裏部屋の屋根窓である。この窓を通して、大通りのガス灯のぼんやりとした灯りが見えた。自分の分隊の男たちが配置され、合図を待っている大通りだ。ああ、彼らに合図できれば！……でもどうやって？

屋根窓は完全には開いていなかった。それは持ち上げられ、ストッパーの二つ目、三つ目に引っかけられていた。それでは、呼び声が外に届くには十分ではない。ポーラン・ブロケが叫んでも聞こえないだろう。

彼は足で距離を測った。窓ガラスを蹴破ろうとしたのだ。だが屋根窓は屋根のヘリにあったので、ポーラン・ブロケは届かなかった、彼の足は、窓ガラスから五、六センチ離れていたのだ。彼はできる限り体を伸ばし、喉を締めつけられ窒息の危険を犯しながらロープを引っぱった。しかし、この短い距離を得られなかった。彼のおこなったすべてが、この数センチの前に無駄になったのだ。あれほどの勇気、意志、活力はなんの役にも立たなかったのだ。

ポーラン・ブロケはくじけなかった。決して絶望しなかった。大胆かつ常軌を逸した、最後の大勝負に打って出ようと決意した。彼の最後のカード、切り札だった！

彼が合図を送らない限り、その不在がいくら長びいてもこの冒険を台無しにするリスクを避けるため、分隊員たちは動かず、彼のところに駆けつけず、メリドン夫妻の家に侵入して来ないことを、ポーラン・ブロケは知っていた。それは取り決められたこと、了解されたこと、決定されたことだった。ゆえにこの点に関してはなにも望めなかった。

その一方でZ団たちは、それなりの時間が経ってもダイナマイトの爆発音が聞こえなかったので、その静けさの理由を探りに来るところだった。

ポーラン・ブロケは自分が絶望的だとわかっていた。しかしそれでも彼は助かろうとした。彼は輪奈結びの上の部分を歯で強くつかむことを思いついた。そうして足を前にふりだし、足りなかった数センチを稼ぐのだ。ガラスを蹴り割って、歯で宙吊りになりながらアトリエに着地するのだ。彼はよく、体操場であごの訓練をしていた。彼はよく、ハンカチに噛みついてぶら下がるフォクステリアのように、ブランコ状態で宙吊りになって体を揺らしていた。

さて、彼はロープをつかみ、つまり噛み、何度か引っぱって、自分の体重に耐えられるかどうか確かめた。それから彼はうしろに下がり、弾みをつけた。

彼が身を投げ出そうとしたそのとき、空中で甲高い笛の長い音が聞こえた。

「ピーゥーイ!」

⑱章 仮面の見知らぬ人

夜が更けたにもかかわらず、たくさんの人がシュフレンヌ大通りとラ・モット゠ピケ大通りに集まっていた。気も狂わんばかりの近所の人々、野次馬、通行人、周辺のいかがわしいキャバレーの客、付近のバーやカフェや居酒屋の飲食客、この界隈に戻ってきた何人かの兵士が駆けつけていたのだ。迅速に配置された警備員がこれらの人々を反対側の歩道に制止し、消防隊が任務を遂行できるよう、もとは従順な群衆を抑えつけた。下から見上げると彼らが作業するのが、あの感服すべきパリの消防隊が松明(たいまつ)の光を掲げて駆けまわったり、よじのぼったりするのが見えた。彼らは損害の有無を確かめようとメリドン夫妻の建物全体を見まわり、あらゆるところに新たな火災の危険性がないことを確認した。

飛び起きた賃貸人たち、つまり二階に住んでいる人々は着の身着のままで通りに降りてきた。喘息と、強いショックに、繊細な心のジュルマおばさんは半分気絶し、隣りの家で手当てを受けていた。メリドン氏といえば、スリッパを履いて、飾り紐がついたゆったりとしたガウンをまとい、有名な思い出であるビュジョー将軍〔Thomas-Robert Bugeaud（1784-1849）軍人。アルジェリア遠征中に夜襲を受けた際、ナイトキャップを被ったまま戦闘に参加した〕のようにナイトキャップをかぶり、軍用ベッド担当の曹長の勇ましい剣を腕に携えて戸口に立っていた。彼もみなのように、突然起こされたのだった。しかし、その大きな体に眠れる英雄の精神を宿す彼は敵がやってきたのだと思い、すぐさま自分の剣を急いでとり、陣地を守る態勢を整えていた。

　この動揺の原因、つまり普段はいたって静かなこの地区を動転させ、家庭的で落ち着いたこの建物をひっくり返すほどに混乱させたものは、激しい爆発だった。写真技師グランデル氏のアトリエで起こった爆発である。

　あたりがパニックに陥ってまもなくは、なにが起こったのかわからなかった。動転と恐怖はいくつもの最悪の憶測を生み出した。群がった人々のうちに爆弾やアナーキスト、ロシアのテロリスト、あるいは陰謀について疑われた。そこへ通報を受けた巡査と、爆発現場の作業場を見まわった消防隊が人々を落ち着かせ平静が取り戻せた。ようやく、不幸にも注意を怠った写真技師のところで起こるたぐいの事故にすぎないとわかったのだ。ストロボに使うマグネシウムが爆発し、屋根に大きな穴が開き、アトリエにあったほとんどが破壊されたという。火が起こり、暗室作業や、日光をさえぎるのに使っていた幕や壁布がいっさい焼け焦げてしまったのだ。

　警察と消防は火災を初期段階で消火した。しかし、被害は屋根の一部の破壊にとどまらなかった。嘆かわしくも死人が出たのだ。それは写真技師グランデル氏が自分の不注意、あるいはなんらかの不運の犠牲になったということだった。ズタズタに引きさかれた彼の身体は、もはや見分けることとの不可能な断片となってアトリエのいたるところに飛び散っていた。警視、巡査、および消防隊員は形のはっきりしない、おぞましい残骸をかき集め、箱に入れなければならなかった。

消防隊員が屋根や作業場でその任務を続けているあいだ、この気味の悪い回収が終わり、巡査たちは肉と骨でいっぱいになった箱を降ろし、運搬車に積み、さきほどは動揺し恐怖した野次馬の群れに、今度は嫌悪感を残して死体安置場のほうへと走り去っていった。不安に襲われたこの人だかりのなかに、ポーラン・ブロケの部下たちも、Z団のメンバーらもいた。彼らの前を、この人間の残骸を積んだ陰鬱な運搬車が通り過ぎたのだ。

日が昇ると、さらにたくさんの、さらに好奇心旺盛なゴシップ好きな野次馬連中が駆けつけて、少しばかりこの恐怖を味わい、満足していった。メリドン夫妻の家のまわりを、絶えず大きくなる人だかりは心配そうに見ていた。こんな場合にきまって登場する情報通が、信じやすい聴衆に向かってよくわからない出来事の詳細を与え、爆発が起こったときに現場にいたかのように惨劇について語っているあいだ、ガブリエルとラモルスはヌイイの別宅でポーラン・ブロケ刑事長の枕許にいたのである。

刑事は部下たちに微笑んだ。しかし彼は青白く、その気力をもってしても、どれほど彼が苦しんでいるかを部下たちに隠せなかった。シモンがときどき酢を浸したタオルを彼のこめかみにあてた。

ロベール・モントルイユ医師はポーラン・ブロケの左手の治療を終えたところだった。医師はその腕を身体に沿ってシーツの上にそっと置くと、次にベッドの反対側に移動し、今度は右腕を布団の外に出し手当てをはじめた。それは左腕と同じように服が剝がれ、むきだしになっていた。部下たちは恐怖の叫びを抑えきれなかった。かつて部下たちが賞賛した、健康的でしなやかな皮膚の下に見事な形と質の筋と腱が見えるあのたくましい腕は、いまや形の崩れた腕でしかなく、その先に生気のない青くなった手がぶら下がっていたのだ。

ロベールはこの哀れな腕を手にとって触診し観察すると、ひとつひとつの筋肉を調べた。その繊細な指を走らせ、ひどい損傷を受けた傷の下で骨折していないか確かめた。

「どうです、先生？」ポーラン・ブロケは尋ねた。「どこも折れていない？」

「ええ、幸いにも」

「ブラヴォー！」刑事は言った。「じゃあ、大丈夫だ」

ポーラン・ブロケは取り囲んでいる人たちに微笑みかけた。しかし、彼らは数々の傷をまのあたりにして、刑事が苦しんでいるのと同様、彼らの心も苦しんでいた。

ロベールは、ガブリエルにポーラン・ブロケの手をとってもらい、腕をベッドの外まで伸ばした。そしてラモルスが差し出した洗面器の消毒液を綿にとると、傷口に入念に塗っていった。それから、高い医学知識を多少ながら持つラモルスにふたたび手伝ってもらい、ロベールは腕に包帯を巻いた。

「ひどいな！」彼はつぶやいた。「名づけようのない残酷さだ！　コイツらは野蛮なヤツらだ、社会の恥だ。コイツらはどんな同情にも値しない」

ガブリエルとラモルスは目に涙をため、頭で医師に同意を示した。

手当てが終わるとロベールはポーラン・ブロケに言った。

「さてと、刑事さん、手当てしましたよ。あとは神があなたを治してくださいます」

「ありがとう、先生」

「いまのところわれわれにすべきことはなにもありません。時の流れにまかせる以外はね。我慢が必要になりますよ。私がとりにいかせた水薬を飲んでください、そしてできるだけ眠るように。それだけです」

ガブリエルが薬局に遣わした分隊員が戻ってくると、ロベール手ずから鎮痛の水薬を飲ませた。そしてポーラン・ブロケの部下たちとともに薬の効果が現れはじめるのを待った。それから刑事の部下の一人にいくつか指示を与え、付添いを願い、退室した。以上のことは午前中に起こったことである。

一台のありふれたタクシーがロベール医師を迎えに病院に向かった。ある男が医師に話しかけ、誰の依頼でなぜ迎えにきたかを手短かに説明した。それはポーラン・ブロケの配下であり、幹部に近い一人だった。彼は善良なブルジョワの顔をしていたから、スパイにつけられていたにしろ特定されなかっただろう。ロベールは仕事を同僚にまかせると、すぐに彼について行った。タクシーは本当のタクシーだったが、運転手はポーラン・ブロケの配下で、ヌイイの別宅の刑事長のもとへ最善の道を選択しつつ、懸念すべきスパイを巻くすべを心得ていた。すべてはうまくいったのである。

さて、手当てが終わり、ポーラン・ブロケが眠っているあいだ、ロベールはガブリエルの話を聞いた。夜の出来事について報告してもらい、ガブリエルが把握しているすべてを教えてもらった。

ガブルエルはジュルマの家のアジトでZ団を捕獲するのに、どう網が張られたかをロベールに――彼にたら打ち明けられると思い――説明したあと、ガブリエルは加えた。

「メリドン夫妻の家は低く、小さいので、われわれはすぐに制圧できるはずでした。しかし、この計画が試みるに値するかどうか、最終的に恐るべきジゴマを捕まえるチャンスがあるかどうかを確認せずには、われわれが全員で突入することはできませんでした。だからまず刑事長が自分で見にいこうとしたんです。彼はわれわれに合図するはずでした、〈ピーゥーイ！〉っと笛を鳴らして。われわれが駆けつける権利があったのは、この場合だけでした」

「このアジトに単独で乗り込むなんて、彼としてはかなり不注意でしたね」

「確かに。しかし危険というものは少しばかりポーラン・ブロケを酔わせてしまうようなんです……このジュルマの家での危険な冒険やラ・バルボティエールでのことがあっても、彼を治すことはできないでしょうね。もっとも今回の場合、危険はそれほど大きくはありませんでした。刑事長はただ偵察するだけだったんです。われわれは彼がどこにいるか知っていましたし、警戒もしていました。だから、まさかのときには、数秒のうちに彼を助けに行くことができたんです。家の戸口は開いていたし、階段にも問題はありませんでした。何段かのぼればすぐに、われわれは彼のそばに行けたのです」

「なるほど」

「われわれはずいぶんと長いあいだ待ちました。どれだけいらだち、どれだけ不安だったか、おわかりになるでしょう……」

「わかりますよ」

「ようやく〈ピーゥーイ〉っと笛が鳴り響いて、われわれは急ぎました……そして階段でポーラン・ブロケと遭遇すると、われわれは制止され、こう言われたんです。〈降りろ！　降りろ、アトリエが吹っ飛ぶぞ！〉とね」

「おお！」

「ほとんど同時に爆発が起こりました。賃貸人たちや近所の人々を襲った動揺と恐怖は描くだけ無駄ですよ。ところがこの状況はわれわれにとって有利に働きました。この喧騒のなかで思うように行動できましたからね。ポーラン・ブロケはこう言ったんです。〈肉や骨の残骸を肉屋にとりに行ってくれ。そして、バレないようにアトリエに持ってくるんだ。次に、それをまとめて、人間の残骸であるようにしろ。それからヌイイで俺に合流してくれ。Z団の連中には俺が吹っ飛んだと、表向きには写真技師がマグネシウムで自殺したと、そう信じられなければならない〉以上です、先生。われわれにはこれ以上の詳しいことはわかりません。ポーラン・ブロケだけが、その前になにが起こったのか説明できるのです」

「彼がもう少し回復したら、教えてくれるでしょう」

「ああ！　先生」ガブリエルは続けた。「言い忘れたことがありましたよ。ポーラン・ブロケがわれわれのほうへやってきたとき、彼は支えられていたんです。灰色の長いズボンのようなものと、パジャマのようにゆったりとした上着を着た男に」

「あなたの仲間の誰かですか?」

「全然。彼が誰なのかわからないんです。それに、顔にヴェネチアンマスクを付けていたんです」

「仮面をした男?」

「われわれが到着したのを見ると、彼は刑事長に言ったんです。〈さようなら、英雄。さようなら、驚くべき男、ポーラン・ブロケよ!〉彼は急いで立ち去りました……。それで、先生、これは顔の仮面よりももっと奇妙なことなんですが、この未知なる人物は、去り際に振り返ったとき、被っていたハンチングを落としてしまったんです……すると、このハンチングから、階段の常夜灯の明かりに溶けた銅の鋳物のように光る大量の髪が露わになったんです」

「女性だったんですか?」

「女性だったんです……」

⑲章　英雄譚

ポーラン・ブロケは午後遅くに起きた。彼は一日中寝ていたのだ。

「少し気分はよくなりましたか?」ちょっと前に来ていたロベールは彼に尋ねた。

医師はポーラン・ブロケのタクシーに迎えに来てもらっていた。車はオペラ座の近くに待機していたにちがいない。マテュラン通りの診察室から出たあと、ロベールはそこオペラ座を通ると車に乗り込み、連れてきてもらったのだ。

医師の問いかけに、ポーラン・ブロケは答えた。

「ええ、先生、だいぶよくなったように思いますよ。腕以外は、すべて順調です」

「だいぶ痛みますか？」

「ふん！……おわかりになるでしょ……嫌な感じでくすぐったいですよ」

ロベールは負傷者の体温を測ると満足した様子を見せ、食べるものを与えることを許可した。しばらく包帯類をそのままにしておき、夜になったらまた手当てのために戻りたいと彼は言った。医師は戻ってくる時間を伝え、ポーラン・ブロケの配下とタクシーの待ち合わせを決めて、その場を離れた。

「兄弟のラウールには」彼は刑事に言った。「彼にはこのいたましい冒険について教えるつもりですが、きっと一日も早いあなたの回復を願うでしょう」

「ありがとう、先生。モントルイユ弁護士先生の私に対する好意には感激していますよ」

「ラウールはあなたに会いたがると思います。今晩ここに連れてくればよろこぶと思うんですが」

「もちろんお安い御用ですよ、先生」

ポーラン・ブロケは配下を呼んで、二人の兄弟を迎えにいき、誰にも知られずにここに連れてくるための新しい指示をいくつか与えた。

「シャルグラン通りの周辺をとくに監視してくれ。それからこのお二人のあとに、館から誰か外出しやしないか確認すること。わかったか？」

「はい、刑事長」

ロベールは不思議に思い、刑事に尋ねた。

「なにを思っているのですか、刑事さん？　われわれの家に、スパイが、Z団の一味がいるとでも？　誰かがわれわれを裏切っている？」

「なにも思ってやしませんよ、先生。私のやりかたは明白な事実の上を歩むことであって、虚しい憶測や仮説で意見を言うことではありません。まさしく、確かな事実があるんですよ。それは、あなたたちがベジャネ先生の金庫をこじ開けようとした夜、まさにその夜、あなた方は先を越されたということです。あなた方が持ってきたわけでもないのに、ラウールさんのイニシャル入りの短刀が夜警のそばで発見されましたが、それは勝手に一人でそこまでやってきやしませんよ。それは確実なことです。つまり……」

ロベールは、この冒険に出発する前に生じたささいな出来事、つまり、奇妙にも廊下の軋む音が聞こえたことをふと思い出した。また彼は、レモンドが召使いのマルスランを疑っていたことを思い出した。実際にマルスランがアパルトマンに姿を現すことが彼にはときどき奇妙に思われたのだ。しかし、ポーラン・ブロケが言ったように、単なる仮定に拠って行動してはならない。その場合……いたずらに疑いや憶測を生み出すだけでなにも証明できないのだ。だから彼は沈黙を守ったのである。

ロベール医師は刑事の別宅をあとにするとパリに戻り、クリシー並木通りまで連れていってもらった。それから彼は、患者のところを訪ねたあとマテュラン通りで降り、共用のアパルトマンに着いた。ロベールはラウールを待ったが、ラウールといえば、これらの出来事などはつゆ知らず、いつもの夜のようにガヌロン小路付近でリリーを隠れ見て、愛するブロンド髪の美人にほれ込むその心を楽しませていた。

弁護士が現れると、医師は言った。

「ラウール、早く家に帰ろう。夕食のあと母さんが自室に戻ったら、誰にも見られないよう出かけよう」

「でも、こっそり出ていくのがレモンドに見られたら？」

「なにか口実を言えばいいさ、もし訊いてくるようならな。でも彼女はそんなふうにはいつもしないだろう」

「よし。それで、どこに行くんだ？」

「ポーラン・ブロケの秘密の家。ヌイイの引っ込んだところ……」

「いいさ！　でもどうして？　またなんかあったのか？」

ロベールはラウールに昨夜の出来事について自分が知ってることを話した。

「ポーラン・ブロケが」彼は言った。「俺さえもが軽卒だと思うような、もっとも大胆な手を打ったんだな、ジゴマに対してね……」

「彼はヤツを離さないだろうな……彼ならヤツを捕まえるだろうね……」

「そう願っているが、今回もまたジゴマはうまく身を守った。俺たちの英雄的な友人は重傷を負ってしまった」

ロベールは加えた。

「しかし、これはとても重要な忠告だが……彼の家に夜行くことについてはひとことも発するな。鍵がきっちりしまっている俺たちの部屋のなかでもだ」

「俺もそう思う」

「そうだ。俺たちの部屋は壁に耳ありだ。俺たちは、表向きは、もうポーラン・ブロケとはいかなるつながりもない。みんなと同じように俺たちは、彼が不在か……さもなければ死んだと信じている……要するに、俺たちは彼のことを完全に知らないんだ」

「了解」

ポーラン・ブロケは身体を半分起こしていた。彼にとってベッドでじっとしていることは拷問に近い。ラモルスとガブリエルが枕の山で背中を支えて彼を座らせていた。ベッドの両端に工夫を凝らしてクッションを積み上げ、ある種の肘掛けをつくり、その上に負傷者は痛々しい両腕を、その重みで痛みを感じることなく伸ばすことができた。ポーラン・ブロケは熱が下がり、食べるものをほしがっていたが、それはよいきざしだとロベール医師ははっきりと言った。乳母が赤ん坊にするように、ガブリエルとラモルスはなんとか彼に食べさせた。いまや刑事は頭を枕の上に倒し、上質のタバコをくわえながら満足げに消化中のところだった。

彼は、ラウールがロベールに同行してきたのを見てうれしかった。ロベール医師の手当てを最初から強く望み、ロベールがここに来るための方法を指示したのは彼だった。彼は二人の兄弟とのつきあいをなくしたくなかった。自分と同じように二人は、彼らにとっては家族的名誉に、自分にとっては職業的名誉に関わる奇妙な問題を解決しようとしていたのだ。そういうわけで、微笑みながら、口からタバコをはずさない非礼を詫びつつ、ポーラン・ブロケは二人の兄弟を心を込めて迎えたのだった。二人の兄弟といえば、彼に切なる同情を示した。刑事を囲むように、各々が好みに応じて椅子や肘掛け椅子に座り、タバコや葉巻に火をつけた。

ドロップハンマーのような手、牛のような首、家でも持ち上げんばかりの肩、ブルドッグのようなあごを持ち、しかしニューファンドランド犬のような澄んだ優しい目をした分隊の貴重な隊員で、大男のグリモーが召使いの役割を担い、同僚シモンを手伝っていた。グリモーは元ピエロのようには理知的ではなく、ラモルスのようには鋭くもなく、ガブリエルのように器用でもなかったが、彼は命令に従い、それを正確に実行する能力を備えていた。

ああ！　彼にはデリケートな任務はまかせられなかったが、運搬車やカタパルトの役まわりが必要になると呼ばれたのである。アトリエが爆発したとき、階段から外まで、子どもを腕で抱くようにして、負傷し自力で立てない刑事長を運んだのは彼だった。ここヌイイで刑事長を持ち上げ、移動させるのも彼である。彼はその巨大な両腕で刑事長をそっと抱き起こし、揺らすことなく彼を楽な姿勢にさせるのだった。誰もこの家に侵入したいなどと妙なことを思いつくはずはなかった。家を守るため、野次馬を止めるために、グリモーならこの図々しい輩(やから)の頭にただその手を下ろすだけでいいだろう。彼ならこのかわいそうな輩を杭のように地面に突き刺すか、あるいは建築用石材を頭蓋に落とすようにしてペシャンコにしてしまうだろう。腕力に定評のあるクラフも、グリモーの横ではガキ同然と言い放っていた。一方、すべての強者のように、グリモーは自分の力を悪用しなかった。彼は善意そのものであり、優しさであり、ポーラン・ブロケの表現によれば、卵を扱うときの乳製品業者のように人に触れるのだった。

さて、グリモーには自分を導く誰かが必要だった。その誰かとは友人のシモンだった。二人はサーカスで知り合った。一人はピエロで、もう一人は力芸を得意とする怪力男だった。そうしてシモンがポーラン・ブロケに仕えるようになると、当然にグリモーも〈ブロケ精鋭部隊〉でシモンに続いたのである。

彼は巨大な体つきのせいで誰かに気づかれずに済むことはなかった。密かに行動すべきとき、ポーラン・ブロケは彼扱いに苦労した。そういうわけでジュルマの家での討伐の夜、グリモーが〈ブロケ精鋭部隊員〉たちに合流したのは、ド・ラ・ゲリニエール伯爵を監視するという刑事長から与えられた任務を終えたシモンが、分隊に自分と巨人の力を貸すべきだと思った、かなり夜遅くになってのことだった。

ポーラン・ブロケは部屋にいる人物たちを順々にながめていた。愛情深くて献身的な人々、心から同情する人々に包まれているのがわかり幸せそうだった。

「ロベールから」ラウールは彼に言った。「事件について聞きました。こんなことを言うのを許してほしいのですが、私にはまったく理解できないのです。あれほど賢いあなたがラ・バルボティエールから逃れたあと、また狼の口のなかに飛び込んだことがね」

「そうすべきだったんですよ」刑事がタバコを嚙みながら答えた。「事情は同じではなかったですから。部下たちに先立って偵察するためだけでしたから。

白状しますが、私よりもジゴマが抜け目なかったということです」

「ということはそうとう抜け目ないにちがいありませんね」

「そう！　事務所の守衛の男、つまり夜番はジゴマ配下の男だったんです。

それから階段の小さな扉の鍵を閉めたあと、それを少し押してみようとは思わなかった。

あなたと先生がベジャネ氏のところでされたように、私は捕まったんです」

「袋とクロロフォルムで？」

「麻酔なしの袋です」

「では、それはまさに……」

「いいえ！　私は鮮やかな手並みで縛られてしまいました。私にはわかるんですが、それは見事なロープ縛りの技術だと理解しました。

それから私は、ジゴマの裁きの席に連れていかれました。黒いテーブル、微動だにしない覆面カグール、すべてがそこにありました。ラ・バルボティエールのようにね。

ジゴマは金の飾り紐を付け、例のZが燦然と輝いていましたよ。

結ばれ、縛られ、猿ぐつわをはめられて……動くことも、助けを呼ぶことも、すぐそばに待機する隊員たちにわずかな合図を送ることもできず、私は絶望的に思いました。勇気と冷静さと、手段を選ばず可能な限り最後まで戦う意志があってさえ絶望的だと思うようなね」

「ああ！　それでこそポーラン・ブロケらしい！」

「私は、人相を完全には変えずに、一見騙され、よく調べてもためらわせるには十分な程度に修正を加えた顔をこしらえていました。

付け毛やファンデーションを使わず顔をつくり、髪型と顔の表情、眉毛と口のしわに手を入れただけでした。

それは私ではない私でした。

助かるためには、この点に賭けるしかありませんでした」

「たよりない突破口だ！」

「かなりたよりないですよ、確かに……だがそれでも突破口だった。

私は思ったんですよ。芝居じみた大げさな法廷の前にいるわけだから、こっちもひと芝居打ってやろうとね。

そこで考えついたのが、周知のポーラン・ブロケ、つまり、あの連中が前に同じような状況で見たポーラン・ブロケに、できる限り似せないということでした。

そういうわけで私は、意気地なし、卑怯者、臆病者を演じたのです……」

ポーラン・ブロケの話を聞いた人々は、この言葉に笑った。

「あなたが！」彼らは叫んだ。「あなたが、ポーラン・ブロケが意気地なし、臆病者だって！　誰がそんなこと認められるというんです？」

「どう考えても、そんなのあなたらしくありませんよ」

「窮地を乗り切るためにあらゆる卑劣な手段にすがる、パニックに陥った男の、なんともみじめな光景を見せてやったんですよ。

ジゴマと参謀の男たちは驚いていました、私の言動にヤツらはだいぶ呆気にとられていました。私にはそれが完璧にわかりましたよ。ヤツらはラ・バルボティエールの場面が再現されるのを期待していました。その光景とあまりにもちがうのでヤツらはためらい、計画は変更されました。

私は、泣き、放免を叫び、許してもらうよう嘆願しました。

私は、震えて、死ぬほど怯える、腑抜けな男でした。

だがジゴマはバカではない。ヤツは確かめようとした。私が本当は芝居しているのではないかを、私がポーラン・ブロケではないかを……あるいは、私がそのとき断言したように、本物のポーラン・ブロケがほかのところで行動しているときにポーラン・ブロケになりきり、彼を演じることを命じられた配下の一人であるかどうか、をね。

それで私はジゴマから拷問を受けたわけです……」

「卑劣なヤツだ！」

「ヤツは私にガローテを付けて締め上げた。そのロープが――先生、あなたは見たでしょう――私の腕を締め上げながら肉体に少しずつ食い込んできました」

「恐ろしい磔刑にちがいない」

「ええ」ポーラン・ブロケはそっけなく言った。「ええ……かなりの苦痛でしたよ。肉体が切り刻まれるような感覚でした。もしハンドルがあとひとまわりしたら二の腕の骨が砕けるかと思いました」

「で、あなたは自分の役柄を演じ続けた？」

「ええ、偽のポーラン・ブロケのまま、そうだと主張し、立証し続けました！」

話を聞いていた人々は震えた。

「ああ！　あなたは賞賛すべき、すごい人だ！」彼らは叫んだ。「あなたがしたことは猛々しいことだ」

「お待ちください……ジゴマは私がラ・バルボティエールから逃れたかどうか知りたがりました。拷問されながら、私はちがうと断言しました！

ジゴマはジェームズ・トゥイルがポーラン・ブロケかどうかを知りたがりました。拷問されながら、私はまたちがうと断言しました。

耐え忍ぶ苦痛のなかでそんなふうに断言した男を、依然として疑うことはできるでしょうか！

ジゴマは、捕まえたのが本物のポーラン・ブロケではないとようやく信じました。

そこでさらにもう一度、私に拷問を執行して、口を割らせようとしました。

ヤツはさまざまな情報を要求してきました。私はそれを進んで与えてやりましたよ。すでにヤツがその情報を知っていただけにね。

ヤツは、隊員たちを呼ぶ合図について訊いてきました。私は教えました。なぜならヤツがこの合図を送れば、隊員たちはすぐに家に突入し、私を解放しますからね。それに、明日になれば合図を変更しますから」

「ああ、その通りです、刑事長！」ガブリエルは言った。

「でもそのときジゴマはまだ疑っていたんでしょうね、拷問の苦痛のなかで嘘は言わないのに。そして私を長椅子に縛り付けたのです。

私の首は輪奈結びでくくられた。天井に結ばれたロープはちょうどいい長さでしたよ。わずかでも動いたら、私は自分自身で首を吊ることになるわけです。

おまけに私の胸の上にはロープでダイナマイトがくくりつけられました」

「卑劣なヤツらだ！」

「ダイナマイトの導火線は五分もつはずでした」

「こんなふうに人間を虐待するなんてひどすぎる」

「最後に猿ぐつわを口にはめられました。そして、ジゴマが最後に話し終えると、ヤツの部下や私の死刑執行人らZ団の連中は消え去った、ランプを消してね。

私は完全な暗闇にいました。長椅子にがっちりと縛られ、逃げようとして少しでも動けば、首吊りになる危険にさらされてね。床には、私のほうへ向かう、五分後には私を吹っ飛ばすことになる赤い点が見えましたよ！」

こんなことをポーラン・ブロケはタバコを吸いながら、平然と話していた。反対に聴衆は激しい恐怖に打ち震えていた。そしてポーラン・ブロケは、この世でもっともたやすいことであるかのように、どんなふうにして自分が長椅子とともに起きあがり、燃焼する赤い点に足を置いたか、どのように窓に近づいたかを話した。

「そのとき」彼は言った。「ジゴマが私を耐えがたい運命に打ち捨ててから、六分か七分経っていたはずです。それ以上ではありませんよ。そのとき、私は聞いたんです、〈ピーゥーイ〉っていう笛の音をね」

ガブリエルとラモルスが飛び上がった。

「どういうことです、刑事長！」彼らは叫んだ。「笛を吹いたのはあなたではないんですか？」

「ちがうんだ、おまえたち」

「では、誰なんです？」

「ジゴマだ、確実にな」

「おお！　ジゴマ？」

「そうだ……」

「われわれに合図するための笛をなぜ吹けたのでしょうか？」

「俺がヤツにその秘密を教えた」

「あなたが？」

「ガローテの苦痛のせいで、俺はポーラン・ブロケを裏切ったからな」

「おお！　刑事長！」

「しかし、合図を教えることで、ただポーラン・ブロケを裏切っただけじゃないんだ。俺は彼を救うための唯一の方法を準備していたんだ。俺は、ジゴマが俺を殺すためだけに腹にダイナマイトを縛り付けたわけじゃないと思っていた」

「そうではなくて……」

「短刀でひと突きしたほうが確実だし、はるかに簡単だからな。そうじゃなくて、ジゴマは俺の裏切りのおかげで〈ブロケ精鋭部隊員〉たちがこの合図でメリドン夫妻の家に侵入し、屋根裏部屋によじのぼって、ジゴマのアジトに突入することを知っていたから、ヤツは期待してたんだよ。おまえたちが爆発の瞬間に俺のところに到達し、その結果、多数の犠牲者が出るのをな……」

「卑劣なヤツだ！」ロベール医師がつぶやいた。「ヤツの脳は悪事のためにつくられているようだ！」

「そう。でもヤツの策略は、ヤツが期待したような結果をもたらすことはなかったろう。ダイナマイトは確かにかなり強力な爆発物だが、その作用は、火薬とちがい、言うなれば立体的な同心円状には生み出されない。極端な力が下から上と突き抜けるが、放射線状にはかなり制限される。だから俺の期待とは裏腹に最悪おまえたちが写真技師のグランデルのアトリエに侵入し爆発に巻き込まれたとしても、屋根から落ちる何枚かの瓦と瓦礫を頭にくらうだけだったろう。この俺はといえば、見事に半分に切断されただろうがね」

悲痛な沈黙が流れた。笑いながらなにげなくこの英雄的行動を語る勇敢な男が耐え忍んだ恐怖の数分間を味わっていたのだ。

⑳章　金の三つ編み

聴衆はあまりに強い恐怖をおぼえ、口を開くことができなかった。しばらくしてポーラン・ブロケがふたたび話しはじめた。

彼はガブリエルに言った。

「新しい葉巻をくれ。いま俺が持っているのは吸いづらい。吸いながら話すのは容易じゃないな、それに向いてない……」

ガブリエルは彼の唇から葉巻をとった。彼は箱のなかから入念に一本選び、先を切り取るとポーラン・ブロケの歯のあいだにそれをすべり込ませ、木製マッチを差し出した。というのも、ご存じのように、刑事は自分が吸うものに蠟マッチで火をつけることを決して認めないからだ。

ポーラン・ブロケは新しい葉巻を何回かふかした。

「こいつは調子いいな」彼は言った。

そこでガブリエルは、ちょっとためらいながら言った。

「すみません、刑事長。賞賛することはあなたをウンザリさせますから、われわれ部下、隊員一同があなたの勇気と利発さをどれほど称えているかはあえて言いません。ただもうちょっと、この件についてあなたと話がしたいんです」

「いいよ、ガブリエル……話してくれ……」

「この話のなかで、われわれにとって、奇妙にもわかりにくい点がひとつあるんです」

「なんだ？」

「刑事長、あなたは長椅子に縛り付けられていました――ヤツらは、残忍さの極みから、あなたが自分で首を吊ることを考えて両足を自由なままにしたわけです」

「そうだ。それで？」

「あなたは窓まで行くことができた。だけど、まだ首にはロープがかかったままだった……」

ポーラン・ブロケは部下のほうへ顔を向けた。

「それで、俺がどうやって輪奈結びから逃れ、長椅子から身を剝がし、おまえたちと階段で合流できたのか、それを知りたいんだろ？」

「差し支えなければですが。というのも、あなたにとってもっとも深刻だったでしょうこの瞬間についてまだお話しされていませんので」

ポーラン・ブロケは独特なイントネーションで、ゆっくりと口ごもった。

「かなり奇妙なんだよ、確かに……」

彼はさらに何秒か沈黙し、それから意を決して話しだした。

「いいだろう、こんなことがあったんだ。みんな、これはおまえたちと同じように俺が不思議に思うことだ。俺はそのとき以来、この出来事を考え、分析し、理解しようとしたんだが……まだ見抜けていない」

ポーラン・ブロケは葉巻をすばやく数回ふかすと、続けた。

「そのとき俺はすべての努力が実を結ばないことを理解して、たどり着けない窓の前にいた。ロープが数センチ足りなかった……そのとき突然、二つの手が俺の上に置かれたんだよ。

明らかに偽ろうとした声で、重々しくも心地よい声が俺に低く言ったんだ。〈ポーラン・ブロケよ、怖がらなくていい。あなたのそばにいる者をあなたは知らないし、知ろうとすべきではない。だが彼はここで繰り広げられた光景のすべてを目撃した。彼はあなたが果断な嘘をついたことを理解した。彼はあなたを心の底から賞賛している。彼はあなたがとても勇敢に求めたこの自由を獲得するのを手伝いにきた。そして彼はあなたをご友人たちのもとに返したいと強く願っている。彼は、あなたがその犠牲になるかもしれない、この憎むべき犯罪が犯されるのを望んでいない。心配せずについてきてください。ためらわずに私に従ってください。そして、新たな罠だと疑わずに、あなたを案内させてください。私を信用してくれますか？〉

〈信用します〉俺は答えた。

〈ありがとう！　私はもっと早くあなたを解放しに来ることができなかった。Z団の連中がまだ家にいましたからね、彼らは駆けつけることができた。もう連中は出ていきました。ジゴマ、彼自身も最後に降りていきました。あなたが打ち明けた合図を吹いたのは彼です。彼はシュフレンヌ大通りで、自分の新たな勝利を告げるこの爆発を待っています〉

話しながら、この未知なる人物は俺の首から輪奈結びを解き、そしてナイフを使って俺の両腕を縛るロープを切った。それからダイナマイトをはずして、そいつを窓のヘリに置いた。

で、俺にナイフを差し出しながら、こう言ったんだよ。

〈私を疑っているなら、この武器をとってください……危険を感じたらすぐに、裏切られたと思ったらすぐに、それを私の胸に突き刺してください〉

彼は俺の手に力ずくでナイフを握らせようとした。

俺はそれを拒んだ。

〈必要ないですよ〉彼に言った。〈あなたを信用しているから〉

十字窓のほのかな明かりで、俺は若い男を見た。ゆったりとした灰色の服を着て、ラシャの大きなハンチングをかぶっていた。

それに彼は仮面を付けていたんだ。

彼が俺に耳許で話しかけているとき、俺は彼の息づかいを感じた。顔の上部だけを隠す仮面の下に、美しい輪郭がはっきりとして、外からの弱い灯り（あか）に輝く真珠のような歯並みの口を見ることができた。あごは少しふくよかだが引き締まり、形がはっきりしていた。丸みのある、形のいい下あごは上着のぴっちりとした襟で少し持ち上げられていた。ただこのあご、この唇、この頬には少しのうぶ毛もなかった。わずかな口髭もないし、少しのあご髭の跡もない。それが特別なカミソリが関係しているかどうかもわからなかった。いずれにせよ、この若い男は極端に美しい顔だったにちがいないし、仮面越しに、彼の目が驚くほどに輝いていた。

俺に話しかけたとき、彼の爽やかな息は東洋のタバコの匂いがした。

彼が俺のロープを切ろうと身をかがめたとき、体の動きとともに別の甘美な香水の匂いが放たれた。イギリスの香水会社が得意とするような、やや酸っぱく保ちのいい、まろやかさを備えた、強く甘美な匂いの香水のひとつだ。

で、彼は俺の両腕のロープを解き、それを床に投げ捨てるとさらに身をかがめ、ダイナマイトに取り付けられた導火線をつかみ、その先端を探した。

彼は自分のポケットを探り、なにかを取り出し、導火線の先端につけた……それから取り付けたものに唾を吐きかけると、暗闇のなかでふたたび燃焼する赤い点が輝き、ゆっくりと、じりじり進みはじめるのが見えた。

〈ジゴマは満足するでしょう〉彼は言った。〈爆発が起こりますからね。だが、ダイナマイトは上に突き抜けるように爆発しますから、ジュルマの家へ損害をもたらすよりは外へ大きな音を発します〉

それから彼は俺の手をとった。

〈来てください〉彼は言った。〈階段に到達するまで、一分しかありません〉

しかしロープでかなり強く手足を締め上げられていたせいで、俺は歩けなかった。最初の一歩で転んでしまったんだ。

若い男はすばやく俺を助け起こし、床で俺をつかみあげると、腕のなかに抱えた。

彼は驚くべき力を備えていた、俺は結構重いからな。そんなふうに俺を抱えて、三階の踊り場でおまえたちの前で俺を降ろし、置いた。

あとのことは知ってるだろ」

ガブリエルは刑事長に訊いた。

「しかし、あなたは、刑事長……あなたはほかになにもご存じないんですか？」

「なにが言いたいんだ？」

「目が美しく、あごは丸くぽっちゃりし、口は真珠の歯並みの、東洋のタバコの匂いのする、イギリスの香水の香りで満たされたこの若い男がどうなったのか、あなたはご存じないんですか？」

ポーラン・ブロケはしばらく微笑むだけで答えなかった。

「よろしいですか、刑事長。あなたを床に置いたあと、この奇妙な若い男が急いで立ち去る最中に落としたんですよ、自分のハンチングを……」

「えっ！」

「そのハンチングを、私は回収しました。これです、珍しい香水の香りが染み込んでいます」

「それはお土産だな」刑事は笑った。

ガブリエルは言葉を締めくくった。

「そしてこのハンチングが落ちたとき、あなたの解放者の肩のところから金色がかった赤銅色の髪が滝のように流れ出たんです。

女だったんですよ！」

するとポーラン・ブロケは言った。

「ああ！　おまえたち、見たのか……女を！……」

「そうです、刑事長」

「仕方ないな。みんな……そうだ、女だった！……

で、俺がわからないのがこれなんだ。彼女はいったい何者なのか？　なぜジゴマのところにいたのか？

なぜ彼女はヤツらの物騒な仕事を邪魔しにきたのか？……

なぜポーラン・ブロケを助けたのか？

女が！　女が！……」

そこで刑事は明らかに、この奇妙な打ち明け話を聞いている人々の気分を変えようと、シモンのほうを見た。

「それで、シモン、おまえは」彼は言った。「あの夜、ちゃんと監視任務を果たしたか？」

「はい、刑事長。いつものようにド・ラ・ゲリニエール伯爵の跡をつけました……サークルのサロン、リュテシア座、リュセット・ミノワの自宅、そしてヤツの自宅です」

「よし。それでおまえが昨日、おまえのド・ラ・ゲリニエール伯爵から目を離さなかったとき、ベジャネ氏の事務所が強盗に襲われた夜と同じように、ビルマン氏の家で盗難があった夜と同じように、おまえのド・ラ・ゲリニエール伯爵はジゴマの集会を仕切っていたんだ。俺はヤツの声を聞き分けた……そしてヤツは俺の拷問を指揮していたんだ！」

㉑章　残酷な啓示

このように二人の兄弟は、医師や友人として、いろいろな事件に巻き込まれたが、自分たちに定めた目標に背を向けることはなかった。だが、使命はますますむずかしくなっていた。この誠実なる償いという任務を成し遂げるには、当初予想していた以上に苦労するだろうことを、彼らは落胆とともに理解したのだった。もっとも、グリヤール氏がその適切な助言と呼ぶものを二人に与えたとき、もろもろの困難に遭遇することは警告していた。それでも、そのせいで二人の気持ちが挫かれることはなかった。この機会にこのうえなく献身的に接してくれるブリュネル氏の協力と、あらゆる厄介な事情に関して彼らが――あいかわらず秘密裏に――相談するポーラン・ブロケの助言に支えられ、二人はなお自分たちの目標に到達しようと望んでいたのだ。

整理するのに多くの時間のかかる書類のなかに、メナルディエ氏の書類があった。容易に推察される特別な理由のために、二人はこの書類が一番に復元されるのを望んでいた。

さて、ブリュネル氏が調べた古い書類のなかでおそらくもっとも古いこの書類には、ほとんど取るに足らないもの、さもなければ一貫性のないちぐはぐな断片しか存在しなかった。ブリュネル氏は、モントルイユ銀行の初期の台帳の一冊のなかに、メナルディエという名前の横に、二百万フランを示す数字を見つけた。しかしほかに情報はなかった。

「この二百万フランを」ロベールに相談したあとでラウールは言った。「メナルディエ夫人の資産に加えてください」

　彼は苦しそうに加えた。

「ほかの書類からわかったことによれば、この二百万フランは、父が払ったものではないと考えられます……」

「むしろ受け取ったのです」ロベールは強調した。

「私も同意見です」会計課主任は言った。「もしこの金額がモントルイユ氏によって支払われたのなら、その領収書があるでしょう。でもいかなる証明書も存在していない」

「たぶん」弁護士が言った。「友人のメナルディエ氏が父に預けた金をわれわれは前にしているのです。おそらくこの金のなかにわれわれは、不幸なメナルディエ氏の弁護士がモントルイユ銀行家の財産の源と呼んだものを認めることができるでしょう。裏切り、盗み、そして一人の誠実な人間の死の上に築かれたね」

「ラウールさん」ブリュネル氏は主張した。「ご自分のお父さまを話題にしながら、そんなことを言わないでください」

「残念ながら、こうした言葉は裁判の最中に発せられ、印刷されているんです。ロベールと私には、いまやこれらの言葉が焼きごてによって胸に刻み込まれているように思うんです。さあ、ブリュネルさん、われわれのつらい仕事を続けましょう。そして、この二百万フランをメナルディエ夫人の口座に加えてください。利息を計算し、メナルディエ氏の不動産と工場の売却総額を調べて、これらすべてを未亡人と二人の父無し子の資産に加えてください。そして、これらの勘定がしっかりなされたら、メナルディエ氏が父に預けた財産を三人の女性に返すのです、彼女たちのものなのですから」

「わかりました、お二方。しかし、そのためにはさらに時間がかかります。われわれの任務では、どんな間違いも犯すことはできませんから。グリヤール氏またはベジャネ氏のところにあるほかの書類や、証明書を集める必要があります」

「あなたの勤勉と献身を大いに頼りにしています」

だが確実な事実が得られるまでは、外部になにも知られないよう粛々と手続きをおこない、密かに行動する必要があった。実際、二人の兄弟の計画の噂が広がることで、銀行家となにかしらの関係があり、利益を損ねただの、ごまかされただの、財産を奪われただのと主張する人々の群れがモントルイユ銀行に押し寄せることは懸念すべきことであった。二人の兄弟がなにがなんでも避けなければならないのは、悪質なゆすりという騒動だったにちがいない。二人は父親の悪事を是非とも完全に償いたかったが、ブリュネル氏はかならず生じるだろうあらゆる種類の搾取から二人を守りたかった。とりわけロベールとラウールは、この仕事が自分たちの母親と妹のレモンドの耳に絶対に入らないことを強く望んでいた。償いをすることで引き起こされるかもしれない破産を彼女たちに勘ぐられたくなかっただけに、なおさらそうだったのである。

「おまえは医師で、俺は弁護士だ。俺たち男はいつだって難局を切り抜けられる」

「確かにな。でもレモンドは……」

「ああ！　レモンド！　困った問題だな！」

「彼女はいまやド・レンヌボワ大尉と結婚できるのか？　彼女になぜ持参金がないのかを言って、父親がどんな人間だったかを打ち明けるべきなのか？」

「ダメだ。ダメだ……絶対に！　彼女はすべてを知らないほうがいい、母さんもなにも知らないほうがいい……なにも……」

「そもそも、それがなんだっていうんだ？　無駄なことだろう。名誉を守るためにすべてを捧げても、レモンドの結婚を保証させるのに十分なものを俺たちは確保できるだろう」

「そう願おう。おまえと俺は、破産しても俺たちに残るかもしれないものを彼女に渡すんだ」

「当然だ。加えてレモンドは、母さんが父さんに持ってきたもののなかの俺たちの取り分を手に入れることになる」

「その通りだ。だから俺たちは彼女に持参金をつくってやれる。大尉が望むほどの持参金ではないにしても、少なくとも十分に受け入れることのできるな」

「そうだ。レモンドが知らない貧しさのなかで、俺たちは彼女の幸せを保証し、こんな破産のなかでも少なくとも一人の幸せ者がいることをよろこびとするんだ」

モントルイユ夫人はといえば、なにも疑ってはならなかったし、決してこの悲しい出来事についてなにかを知るべきではなかった。ブリュネル氏は、憚ることなく公言できる誠実な銀行の収入で、モントルイユ夫人とレモンドが住んでいる館の財政は十分に維持できると断言していた。

そんなある日、ラウールとロベールがまた銀行に行っていたとき、レモンドが二人を驚かそうと思ってマテュラン通りにやってきた。デパートでの買い物に付き添ってくれるよう二人に頼むためである。アパルトマンを管理する召使いは、二人はきっとすぐに戻るだろうとレモンドに言った。

レモンドは兄たちを待とうと思った。もし二人が遅く帰ってきたら買い物を延期して、二人に夕食の時間に家に送ってもらおうと思ったのだ。彼女はそれを楽しみにしていた。

そういうわけで彼女は、二人の兄が事務所として使う共用サロンに入った。すると大きなテーブルの上には、彼らが知り得た父のさまざまな訴訟に関して二人が集めた新聞や訴訟記録が置いてあった。このサロンには誰も入ることはなかったが、召使いは、この厳重な禁足がラウールとロベールの妹をも対象としているとは思わなかったのである。そこで彼はレモンドをサロンに入れたのだ。

暇をもてあました若い娘は、なにげなくテーブルの新聞のひとつを手にとった。彼女はなんとはなしに青鉛筆の線が注意を促す欄に目を向けた。

レモンドは叫んだ。驚愕、衝撃、苦悶、苦痛の叫び。彼女はこの記事に惹きつけられるかのように小声で読んだ。自分の目だけでは信じることができず、読んで耳で聞く必要を思ったのだ。この記事には、モントルイユ氏が財産を築いた方法、いかがわしいかけだしの時期、預金の存在を否定した一件、そしてメナルディエ氏の死について書かれていた。ル・ペルティエ通りの銀行家の取引方法が高利貸しであると、いやむしろ詐欺であると言われていたのだ！

「高利貸し……詐欺師……お父さまが……詐欺師ですって！」レモンドは言った。「お父さまがメナルディエさんの死の、ほかの顧客の自殺の、たくさんの家族の破産の原因をつくった。お父さまが……私のお父さまが……」

こうして、兄二人と同じくらい父親を愛し尊敬していたレモンドは、暴露されたこの事実を読んで、ロベールとラウールと同じように恐るべき苦悩を抱き、うちひしがれたのだ。しかし、バイタリティあふれ正々堂々とした彼女はその苦しみに屈することなく、二人の兄と同じように、そのときまで尊敬していた父親の恥ずべき記憶のなかで自分を苦しめる深刻な不幸の全容を知ろうとした。そしてこの新聞の次にもうひとつの新聞を、それから三つ目の新聞をまたとった。そして彼女は読んだ、夢中になって、苦しそうに読んだのだ。矢継ぎばやに読み、引き裂かれた心のなかで、この耐えがたい苦しみがむくむくと大きくなるのを彼女は感じた。報告書のひとつひとつから、父親の性格の新たな側面が彼女の面前に現れ、彼の人生における悪業がよりはっきりと明らかになったのだ。

「これが私のお父さまじゃなかったら」彼女は言った。「この男は犯罪者だと言うでしょう。でも彼は私のお父さまなのね！」

彼女はあまりに没頭し、サロンのドアが開いたのが聞こえなかった。ロベールとラウールが現れたのだ。彼らはレモンドが新聞を手にしているの見た。そして、彼女には自分たちの恥を書き留める記事を見つける時間がなかったことを期待しつつ、急いでその手から新聞を奪ったのである。

「レモンド！　レモンド！」彼らは叫んだ。「それを読むんじゃない！」

「手遅れよ！」苦しそうに彼女は言った。「読んだわ……全部、知ったの！」

そして目を涙でいっぱいにして彼女は、兄たちの腕に飛び込んだ。

「ああ！　なんという恥！　なんという恥なの！」

「レモンド……われわれは願っていた、おまえが永遠に知ることがないようにと！」

レモンドは身を起こした。

「どうして？」レモンドは言った。「どうして私に隠すのですか？　私は妹でしょ。私には不幸なお父さまの遺産にお兄さまたちと同等の取り分がないの？　私はこの取り分がほしい、強く要求します。それが財産であっても、名声であっても……不名誉であっても！」

「そんな言葉、言うなよ、レモンド！」

「おお！　言葉を恐れないようにしましょう！　事実がここにあるのだから！　私はこの偶然を祝福します。ここで、お兄さまたちのところで、これを知ることができたことを。私はどこかほかのところで公然とそれを知ったかもしれないのよ。そのとき私は、この残酷な暴露のせいで、みんなの前でうちのめされたかもしれないのよ」

「レモンド、いったい誰が若い娘であるおまえの前でそんなことができる？　おまえはこんなことに少しも関わっていないんだぞ」

「お兄さまたち、あなたたちに劣らずにね。それに、もっとも尊敬する人たちがこのような卑劣な行為を犯すのをまのあたりにするとき、誰かからの卑怯な行為、低俗な仕返しを私も覚悟しちゃダメなの？」

「聞いてくれ、説明するから……」

「いいえ、私たちはすでに世間から侮辱されているのです、お父さまの埋葬の日に。私は忘れなかった……そして知ろうとした……」

「おまえも？」

「ああ！　私は本当の理由に気づくにはほど遠かった。だから、それを知らなかったから、私は顔をあげて自分の名前に誇りを感じてふるまっていたのでしょうね。私が行く先々で憎しみをもって見られていることも、軽蔑をもって父の名前が囁かれていることも、洋服や若い娘向けの宝石、車、贅沢品が、詐欺……高利貸し……死によって……賄われてると言われているとは疑わずに……」

「口を慎め、レモンド……口を慎むんだ！　おまえにそんなことを言う権利はない」

「ええ！　でもみんながそう言うのを止めることはできません。そしてそれが一番苦しいのです」

しばらくして彼女は、勢いよく目を拭うと兄たちに言った。

「このことを知ってしまったいま、それについて言われないよう私たちはなにをすればいいのですか？　これ以上、この恥辱が私たちの名前に重くのしかかってはいけないから」

「われわれがすること？」

「そうです。結局、私と同じように、お兄さまたちだって、こんなやりかたで得られた財産をとっておきたくないだろうから。そうでしょう？　お兄さまたちなら、そんなことできないわ……」

「その通りだ」

「なにを決めたの？　返すこと？」

「そうだ、返すことだ」

「いいでしょう。どうやって？」

「父さんの不幸な顧客たちの書類を集めて、彼らが借り入れをして以来の金利と一緒に彼らの金を返すんだ。

支払った人たちには、借入金の差額、つまり不当な利子を返す」

「そうすれば、不正に獲得されたお金は全部返還される？」

「全部だ。だがおまえに言わなくてはならないのだが、レモンド、われわれはそれでほとんど破産することになる」

「そんな細かいことに気をとられてはならないわ。私たちの名誉とお父さまの死後の名誉を救い、そして必要ならば、私たちの最後の百フランをも捧げなければならないのです」

「でも、おまえの持参金がなくなるんだぞ？」

「仕方ありません」

「おまえの結婚は破綻になる……」

「どうして！　ファビアン・ド・レンヌボワ大尉が私に持参金がないから関係を断ち切るというなら、それは彼が婚約者ではなく、婚約者のお金を愛していたことになります。私は自分を愛してくれて、私が愛することのできる夫を望んでいるのだから、私はそんな人なら軽蔑するでしょうね。でも私は、そんな恐るべき苦悩があるとは信じていません。このことについて、私自身でファビアンには知らせるつもりよ」

「それでもおまえには母さんの財産がある。ラウールと私は自分たちの分をおまえにあげるつもりだ」

「いや、いいの」レモンドは主張した。「ファビアンにはありのままを言うつもりです」

「それでも彼に、父さんのことは教えないよな？……」

「ごめんなさい、私は婚約者にはなにも隠すべきではないのです。私の夫がいつか真実を知って、自分の妻の親のことで恥をかくなんて望んでいないの」

「確かに。だけど……」

「ファビアンが理解してくれないなら、私たちに襲いかかる不幸を知って身を引くのなら、彼の心が私たちの心に及ばないからです。彼はお兄さまたちの兄弟になるにはふさわしくないということよ。だから高利貸しの娘から彼が離れていくというのではなくて、この私が持参金めあてで結婚する男を追い払うのです、彼にはそれがお似合いだから」

ラウールとロベールは、自分の高貴な心を素直に表現した妹の両手を優しく握った。

「願おう」ラウールは言った。「おまえの婚約者がわれわれの希望に応え、おまえに値するってことを。それでも信じてくれ。なにがあっても、おまえの幸せを保証するから」

レモンドのように素直で自発的な性格では、こうした重大で深刻な問題が生じたとき、じっくりと機会を待つことはできなかった。自分の人生がかかっていたからなおさらだ。彼女はできるだけ早くその解決を望んだのである。この解決が恐るべき苦悩をもたらすのだとしても。

「でも」彼女は思った。「私はこれからあらゆる苦労と侮辱を、あらゆる卑劣な言動をこうむる運命なんだわ、なぜなら私は貧しいから！」

夜、彼女は母の許しを得て、ファビアン・ド・レンヌボワ大尉に明日の昼食の招待状を送った。そして、彼がこの招待に応じ、よろこんで会いに行くとの返事を受け取るだろうとレモンドは期待していた。

しかしこの日、彼女ははじめての苦悩を経験することになる。

それはきっともっとも残酷な苦しみ、よりいっそう特別に彼女の心を傷つけ、彼女だけが真に感じることができる、誰とも共有することのできない苦しみだった。というのも、この苦しみは彼女の愛に由来し、この愛そのもののなかで彼女を傷つけたからだ。確かに大尉は返事の電報を送ってきた。だが、この電報はこう伝えていたのだ。緊急に果たすべき任務に拘束され、残念ながらこのすてきな招待には応じられない、どうか許していただきたい、あとで詫びるためにみずからうかがいたい、と。

レモンドはこのメッセージを知って青ざめた。それは彼女に激しい動揺を引き起こしたが、彼女の目に涙は浮かばなかった。

悲しく微笑みながら彼女は電報を兄たちに差し出し、母に答えた。

「残念だわ……本当に残念よ……ファビアンは来られないんだって。突然の、ああ！　まったく突然の任務に拘束されたから！……彼はたぶん近いうち、謝りに来るかもしれません」

ロベールとラウールは電報を読んで、大尉がなにかを知ったと思った。モントルイユ銀行家によってごまかされた金をその二人の息子たちが返すという噂がすでに広まったのかもしれない。それが、この件に関わりのある人々を差しおいて、大尉の耳に入ったにちがいない。自分の将来の家族がほとんど破産するのではないかと彼は考えたのかもしれない。レモンドと三人だけになると、兄たちは彼女をなぐさめようとした。

しかしレモンドは堂々と答えた。

「確かに、この電報は私たちの疑いを裏付けているけど、反証をあげられない限り、愛する男性が、まだ私の婚約者である男性が、下劣な心を持っているとは思うことはできないわ。

ファビアンが、私にそんなふうに答えるのはもちろんはじめてです。でも単なる偶然ってこともあります。そもそも、彼が私たちに言っていることを信じて、彼の説明を待つべきなのです。

ファビアンに愛情を与えたことが間違いなら、私はこの過ちを償います。この愛情を彼からとりあげて、それをよりいっそう大きくして、あなたたちお兄さまと愛するお母さまに捧げるわ」

ラウールとロベールは、その婚約者の弁明を待つ妹を一人残してその場を離れねばならなかった。二人は銀行に赴いた。そこでブリュネル氏が新しい書類を持って彼らと合流したのだった。

午後になると、ド・レンヌボワ大尉がモントルイユ夫人の家に来訪を告げた。数々の悲劇的な出来事に襲われる以前、大尉が将来の家族の家に来るときはいつだってそうだったように、彼は愛想よくふるまった。

レモンドは彼に見入り、観察した。彼女は大きなよろこびを感じた。自分の知っているファビアン、自分の愛する婚約者を見出したからだ。でも彼は本当のことを、新しい状況をなにも知らないのだろうか……ファビアンは、それを知ってもいまのままなのだろうか？

大尉は、昼食をともにするためにその日の朝に来られなかった理由を、モントルイユ夫人に説明した。

「ああ！　マダム」彼は笑いながら言った。「国を防衛するという職業はなんという職業なんでしょう。突然敵がフォンテーヌブローの森に侵入するのではないかと想定されたんです。われわれは武器をとるように言われました。木陰に隠れた敵を探すためです。それはとても楽しい騎馬行進でしたよ。私はそれを認めます。そのとき、私はあなたたちのことを考えて、ほかの日でも軍事訓練はできるのでは、と思いましたよ。でもマダム、申し訳ありません、われわれは祖国を救ったんです……」

モントルイユ夫人は微笑みながらこの説明を受け入れた。それから、ありきたりな口実でその場を離れ、しばらく婚約者二人だけにした。

レモンドは、兄たちが自室に来るよう願っていると言い張って、大尉に話した。

「お兄さまたちを驚かしにいきましょう……」

彼女はファビアンを兄たちのところへ連れ出した。彼女は、兄二人の自室をつなぐサロンにファビアンを案内し、そしてドアを閉めた。

㉒章　フィアンセのあいだで

少々驚いたファビアンは、どういうことかと思いながら彼女の行動をながめていた。するとレモンドは大尉の目の前に来ると、はっきりとこう質問した。

「今朝、あなたが来られなかった本当の理由はなに？」

「本当の理由だって！」驚いたファビアンは声をあげた。

「そうでしょ？　あなたが母にした説明なんてひとことも信じていませんわ。あなたは上手に嘘をつけないのよ……習った課題をそのまま復唱しているようだったわ。だから、あなたが私たちの招待を受けなかったのは、あなたが来なかったのは、作戦任務以外の理由があるということです」

ファビアンは笑い、素直に答えた。

「愛するレモンドよ、君は見抜いたんだね。そう、ほかの理由があるんだ。でもそれはまったく重要じゃない……だからお願いだ、いまのところはあなたのお母さまが快く受け入れてくださった説明で納得してほしい、たとえそれが完全に真実でないとしてもね」

「くどくどと言うのお許しください、ファビアン。私は本当の理由が知りたいの」

「それを言うのはつらいんだ」

「なぜ？」

「いまわかったでしょう。私は軍人で、祖国を守る立場にあるけど、謙遜から少しためらっているんだ……私は中世の遍歴騎士を演じたくはない」

「私にはあなたの言っていることがよくわからないわ」

「愛するレモンドよ。私が見るに、君は不安で、動揺し、私のせいでかなり恐れているようだね。私はそれをうれしく思う反面、申し訳なく思ってる。だから君を心配事から救うつもりだ」

彼は加えた。

「それから、あなたは軍人の妻になることになっている。だからお願いしたいんだが、自分の心に訴えてください。そして危険のすべては回避されたのだから、私の言うことを受け入れてほしい」

「これまでのところあなたはただ言葉を重ねているだけです。起こったことを私は知りたいの！」

「起こったこと、すぐに知ることになるさ。でもお願いだから、この起こったことの理由は訊かないでほしい！」

「どうして？」

「それを約束してくれるかい？」

「約束します」

「よし！　さあ、真実はこうだ。今朝私は作戦任務にも、森にも、敵の防衛にも行っていない。私は決闘場に行ったのです、友人の一人とね……そして私は彼の腕に見事な一撃を与えたんだ」

「闘ったの？」レモンドは身震いしながら叫んだ。

「決闘でね。コリケマルデ刀〔片手で扱う軽量の剣で主に決闘で使用された〕を抱えて車に乗るときに、君に電報した。本当はそうしたかったのだが、私はあなたのすてきな招待を受けることはできなかった。私は殺されるつもりはなかった、またそれ以上に同僚を殺すつもりもなかったけど。そうじゃなくて、決闘のあとの昼食に出席しないわけにはいかなかったのでね……君も知らないわけじゃないだろう、民間でも軍でも、すべての高貴な決闘はそれがピストルなら続きなしで終わるが、剣を使うならテーブルで終わるということをね！　われわれ兵士はこう言っているんだ、〈ウサギがたがいに刺し合い、若鳥を焼く！〉これはフランスの古い伝統だ」

「怪我はしていないのね？」

「していないさ！　私は剣の腕前がいいんだ、私の相手も同じようにね。われわれは昔から知っている仲なんだ。同じ練習場で、総当たり戦で試合したものさ。われわれは、キャップをはずし、剣先を露わにして、友好的対戦をしているようだったよ。私が突いた！　私たちは握手し、そして昼食についた。名誉を満足させたあとに、同じように食欲を満たすためにね。これが真実です！」

レモンドは深刻で真剣な様子で尋ねた。

「ご友人の一人との決闘の理由は？」

「愛するレモンドよ」真顔になってファビアンは言った。「決闘の理由を訊かないと約束しただろう」

「そうね……でも、それを私から尋ねないとは約束していません」

「記録では〈私的な理由〉となっている」

「では、あなたと近しい関係にある誰かが侮辱されたのね。あなたが挑発したわけはないから……」

「もちろんちがう！」

「それに私が婚約者だから、駐屯先の女性をめぐった争いが問題とはなりえない」

「ああ！　レモンド！」

「では、あなたのご家族、あなたのお父さまが傷つけられたんだわ。でも、ド・レンヌボワ将軍は、現在の軍人が望みうるひとつの栄光あるキャリアを積み上げてこられた。それからあなたお母さまは、私の母のように模範的なおひとだわ」

「その通りだ、レモンド。私たちの心に優劣さがないとすれば、それは私たちの母が同じようによい人物だからだ……」

「でも私たちの父は？」レモンドは切り込むように尋ねた。

ファビアンはビクッとした。

「われわれの父？」彼は言った。「われわれの父？……なにが言いたい？」

若い娘はしっかりと彼を見据え、その様子をうかがい、読み解こうとした。

ファビアンは動揺せずに、当惑せずに彼女の視線に耐えた。するとレモンドはふたたび口を開いた。

「あなたのご家族はまったく非の打ちどころがない。今朝あなたが決闘したのは、私の家族が傷つけられたからです」

大尉は驚きの仕草を抑えることができなかった。

「私はそれを疑っていたの」レモンドは言った。「ああ！　すべてを私に言ってもいいのよ」

「なおさら簡単なことだ」ファビアンは答えた。「それは君のお父さまを傷つけるものでは決してないからね」

「どういうこと？」

「同僚たちと銀行家の財産について話していたんだ。友人の一人は、こうした財産は不誠実な方法でしか築かれないと言い放った。私は彼に思い出してもらった、幸せなことに私があなたの婚約者になったことを。そして、私がモントルイユ氏を世界で一番誠実な人間だとみなしていることをね！」

「ああ！」

「同僚はおそらく興奮していてほかの同僚たちの手前、引き下がれなくて、私にこう答えたんだ。そんなことはない、モントルイユ氏だってこの一般的な慣例から逃れられない、とね！　私は彼にその言葉を撤回するように言った……彼は拒んだ。そのおかげで彼は腕に剣をもらった」

深刻な様子で、かなり動揺したレモンドはゆっくりとド・レンヌボワ大尉に言った。

「ご友人は正しいのよ」

「正しい！」ファビアンは叫んだ。「なぜ正しい？」

「お父さまは私たちが好きな、私たちが尊敬する人間ではなかったのです」

「なにを言いたい？」

「彼は、お金ほしさに、いまお兄さまたちと私が残念に思う、ある種の行為に及んだのよ」

「まあまあ、レモンド。私は軍人だから、金に関わることはよくわからない……確かに、ときどき取引では、危険をともなう投機が、きわどい行為が存在するということはわかっているさ。それでもあなたの不幸なお父さまの行為が名誉という法になにひとつ反していないことは確信している」

「ちがうんです！」

「お父さまが？」

「その莫大な財産を得るために、名誉によって咎められるだけでなく、法に拠っても有罪判決を下される方法を使ったのです」

「えっ！」

「ひとことで言えば、お父さまは取引では情け容赦なかった。彼は人々の不幸につけ込んで、お金を貸していたんです、かなりの高利で」

「モントルイユ氏が！　いったい君は私になにを教えるんだ？」

「お父さまは何人もの顧客の破産の原因をつくりました。その手に落ちた不幸な人たちを、死、自殺に追い込んだとして、彼は告発されたのよ」

「ああ！　でも誰が言った？　なぜ知っている？」

「お兄さまたちがそれを発見したのです、法律の刊行物に目を通して。『裁判新報』はある耐えがたい一件を詳しく報告しています。父は友人の一人の財産を盗み……破産させ……墓場へと導いたと……」

「ひどい！」

「この不幸な人物と、ほかのたくさんの人々のために、裁判がおこなわれたのです……」

「思うに、君のお父さまは勝訴した。それらは根拠のない告発だった」

「お父さまが勝訴したのは、裕福で力を持っていたからです。そして極端に悪賢い彼は、ありとあらゆる予防策をとることができたから。確かにお父さまは訴訟に勝ちました。法律は忠実に守られていたから。でも、道徳的には父は敗訴したのです。そして、勝訴ひとつひとつは父の銀行家としての手腕や金庫にとっては成功でしたが、父の名誉にとっては失墜だったのです」

レモンドは結論づけた。

「要するに、私たちの財産の源泉はあまりにも恐ろしい高利貸しなのよ」

「レモンド」大尉は言った。「どれほど君に同情しているか！」

「そして、お父さまが冷酷な高利貸しだったから、パリ社交界は彼の葬儀の日を軽視したのです」

「おぼえている、あの心苦しい日を。われわれ全員を不安にさせたあの不可解な出来事を」

「そうなのよ！　私は高利貸しの娘なの！」

「レモンド、君はお父さまの過ちの責任を負う必要はない」

「でも私は、その過ちから利益を得ることなんてできない」

ド・レンヌボワ大尉は、最後の言葉を理解できずにいるように、レモンドを見た。

短い沈黙のあと、彼はふたたび話しだした。

「私に言ったね、お兄さまたちロベールとラウールがこの状況を知っていると。二人は良心の命じることをするだろう。君や自分たちから、この耐えがたい遺産の気苦労を取り除くためにね」

「なにが言いたいの、ファビアン？」若い娘はすぐさま尋ねた。

「子どもたちが父親の過ちの責任を負うべきではないにせよ、実際は、君が言ったように、子どもたちはこの過ちから利益を得ることはできない……」

「だから？」

「だから、ロベールとラウールはできる限り、過去の不幸を償わねばならない」

「不正に得られたお金を返すことで？」

「かならずね」

レモンドは大尉に手を差し出した。

「ああ！　ファビアン。あなたは、お兄さまたちと私と同じ考えを持っていたのね」

「それ以外のことはできない」

「このお金を返そうと思う」

「よろしい」

「私たちは破産するかもしれない」

「大変な不幸だが、やむをえない」

「貧しくなるのです」

「私はそれほど裕福ではないが、必要なら、ロベールとラウールは私の財産のすべてを自由にできるということを知っておいてほしい。名誉のためなら支払い過ぎるということはないからね」

レモンドは、大尉が誠実になにげなく発した言葉を、よろこびに震えながら聞いていた。

彼女は加えた。

「でも、貧しくなったら、私はもうあなたの妻にはなれません……」

「どうして？」

「もう持参金がないから」

ファビアンは身震いした。

「レモンド」彼は言った。「私が愛しているのは君だ、君なんだ！　君の持参金、君の財産は君のものだ。

私は、私は君の愛しか求めていない。私は君たちに自分の財産を与え、二人とも貧しくなっても、君が変わらず愛してくれるのなら……この大きな幸せを与えてくれた君に果てしなく感謝するつもりだ……」

それまで必死にみずからを抑え、律してきたレモンドは激しく嗚咽した。

「ファビアン、ファビアン、あなたのおかげでなんて私は幸せなのでしょう……どれほど私はあなたを愛していることでしょう！……」

「レモンド、われわれのあいだでは、この金という不愉快な言葉を口にしないようにしよう。私はお兄さまたちとうまく切り抜けるから。だから、ド・レンヌボワ大尉の妻は顔を高く上げてどこへでも行くことができるようになる。誰にもわずかな不満も言われることなくね。レモンド・モントルイユは報いを受けて、その償いを終えることになる。ド・レンヌボワ夫人は、あまり裕福ではないが彼女への強い愛という宝をいつも持っている大尉の妻になることで、とても幸せになるんだ」

「おお！　ファビアン……こんなにも愛の証をもらったことのある女性はいません。いまの私と同じくらい、こんなにも安らぎ、幸せを確信して、人生に立ち向かう女性はいないでしょう。あなたは私たちと同じ心を持っているんだわ！　あなたは私のお兄さまたちの兄弟になるにふさわしいんだわ、本当にあなたを愛しています」

二人の若者は、心を込めて手を握り合った。

そのとき、ラウールの部屋から家具にぶつかる音が聞こえた。兄の部屋からこの音が聞こえたので、レモンドはラウールが帰ってきたと思った。

「ああ！」うれしそうにレモンドは声をあげた。「ラウールお兄さまがいるわ……」

彼女はドアに駆け寄り、兄を呼んだ。しかし彼女は、ドアに着くや唖然として立ちどまった。ドアは開いており、ただ扉カーテンで隠されていただけだったのだ。兄の部屋には、ラウールでもロベールでもなく、彼らの召使いがいたのである。

「あなた、マルスラン！」驚いたレモンドは言った。「ここでなにをしているの？」

「自分の務めでございます、マドモワゼール」召使いは答えた。

「この時間なら、それは終わっているはずよ」

「終わりました……最後に届いた手紙をラウールさまのデスクに置きにきたのでございます」

「わかったわ……行きなさい！……」

レモンドは扉カーテンの前のドアを閉めると、ファビアンのところに来た。

「この男」彼女は言った。「私たちを見張っていたのよ」

「マルスランが？　なぜ？　どんな目的で？」

「わからない。でも私は彼の顔があまり好きではないの、目が不誠実なのよ、私は彼が嫌い。お兄さまたちが彼を追い払えばいいのだけれど。家のなかの様子をうかがっている彼の不意をつくのは、これがはじめてではないのよ」

㉓章　悲痛な打ち明け話

ロベール医師が確認したように、鉄枷を締めるハンドルが何回かまわされたが、ポーラン・ブロケの骨は幸いにも折れていなかった。ただ肉の部分が損傷し、筋肉が切れていた。しかしポーラン・ブロケの筋肉は、スポーツにおいて言われるように選り抜きのもので、状態が回復するには、医者の手当てとともに時間と忍耐を必要とするだけだった。二週間経つと彼は両手が使えるようになり、葉巻やタバコを自分で唇に持っていくことができた。

一方で、今回Z団のメンバーたちは、その手強い敵の死を疑っていなかった。ポーラン・ブロケが少しばかり軽率に足を踏み入れた――これについては認めておこう――この新たな難局から脱するためには、実際に奇跡が必要だったのだ。Z団のメンバーたちは、あの赤銅色がかって輝くブロンド髪のミステリアスな女が思いがけず介入してきたなどと確実に想像していなかった。彼らが準備した爆発は、およそ予測した時間に望んだ通りに起こった。半壊した屋根の瓦礫から肉体の断片、見るに堪えない残骸が取り出されるのを彼らは目撃していた。ポーラン・ブロケであろうとなかろうと、今回この男は殺されたと彼らは必然的に信じているにちがいなかった。

だが、クラフの店では誰もこの出来事について話さなかった。いまや警戒していたのである。ポーラン・ブロケは明らかに、二度殺さないと死なないタイプに入っていた。ゆえに彼は二度殺されたのだ。今回は決定的だった……ポーラン・ブロケは永遠に……死んだのである。

これからジゴマは安心して悪事に励み、刑事のせいで失敗に終わった作戦の埋め合わせができるようになるのだ。ポーラン・ブロケはといえば、彼は当然その苦痛に耐え忍び、回復するのを待たねばならなかった。

このあいだ、ほかの登場人物たちは普段の生活を取り戻していた。

リリーに対して正真の愛情を抱いたロラン夫人は、また彼女に会いに工房にやってきた。二人は、ヴィル゠ダヴレーの事件について絶対に他言しないと決めた。背中の曲がったマリーの前であろうと、メナルディエ夫人の前であろうと、ロラン氏の前であろうと、アンドレ・ジラルデの名前も、モントルイユ弁護士の名前も決して口にしてはならなかったのだ。周知のように、実際ロラン氏は、自分の妻が、メリーおばの役を演じ、豪華でシャレた邸宅にたった独りの、憐れむべき身体の不自由な男を何度も訪ねているのを知らなかった。またリリーは、母親に誰かの名前を言うことが、逃れられない説明を誘発することだと感じていた。完全に黙っていたほうがよかったのだ。リリーは嘘をつくことはできなかった。彼女は真実を言ってしまうだろう。

「そうすればお母さんは」彼女はロラン夫人に言った。「心配するでしょう。私が家を出たら、彼女はひどく動揺して、私が帰宅するまで不安になるでしょう。お母さんにこれ以上心配をかけたくないのです。それは彼女の心を無駄に苦しめることになるでしょう。そうでなくても、彼女はもう十分苦しんでいるのです、かわいそうなお母さん……」

しかしながら、リリーはロラン夫人と一緒にヴィル＝ダヴレーの病人にしばしば電話を入れていた。アンドレ・ジラルデにとって、この会話はよろこびの数分だった。たった独りでその悲しい境遇に打ち捨てられていると、そのときばかりは感じなかった。美しい鳥の姿が見えなくてもそのさえずりで楽しませてくれるように、リリーの声は彼を陽気にしたのだ。そうしてもらって彼は若い娘に感謝していた。半身不随で、肘掛け椅子に釘づけのアンドレ・ジラルデは、この電話線によって活気ある世界と結びつけられていたのだ。それには痛々しいほどの象徴的ななにかがあった。彼もまた、この魅力的な若い娘に愛情を抱いていた。リリーが断ることができないほど親密な仲介者となったロラン夫人の取り持ちで、彼は、リリーのプライドを傷つけることなく、彼女が助けを受け入れるという約束をとりつけたのだった。こうしてリリーはわずかな安らぎを家にもたらし、母の面倒をよく見られるようになったのだ。

不都合な憶測が生じないよう、またボシュ夫人が一杯のキュラソーを飲みに来たときの意地悪なあてつけをさえぎるために、ロラン夫人はリリーと一緒に延滞された家賃の未払い分を渡し、満期の家賃領収書を受け取るため門番のところへやってきた。

「次のアパルトマンについては」ロラン夫人はリリーに言った。「あなたたちがここを離れるようなことがあっても、心配しないでくださいね。あなたの都合にぴったり合い、お母さまが気に入るようなものを二人で見つけましょう」

リリーはなんと礼を言えばいいかわからなかった。

「マダム、あなたのご好意のすべてに報いることは私には絶対にできないでしょう」

とはいえ、彼女は拒むことはできなかったのだ。ロラン夫人はアンドレ・ジラルデの助言にしたがってなによりもまずリリーにこう説明していたからだ。みんながしようとすることは彼女の母親が気に入り、あるいは彼女の母にとって大いに役に立つことなのだ、と。

こうして、いまやリリーはいっそう安心して生活するところとなった。彼女はもうそれほどさびしく孤立していると感じることはなく、パリの若い孤独な貧しい女性を待ち伏せるあらゆる種類の罠や脅威、不測の危険から守られていると感じていた。彼女には、ヴィル゠ダヴレーには友人たちが、パリには彼女の急を要する合図に駆けつけ、彼女を助け、守ってくれる兄のような保護者がいるのだ。彼女は、襲われた日の夜アンドレ・ジラルデからもらった手紙を大切に持っていた。自分のちょっとした秘密をしまうためにこしらえた可愛らしいシルクの財布にこの手紙を入れていつも持ち歩いていた。そしてそれに加えて、家の小箱に同じように大切に保管されたもう一通の手紙のことを彼女は考えていたのだった。これまで彼女に書き送られた手紙とはまったく異なり、じつに愛情深く優しく彼女に語りかけた、喪の印に縁取られた手紙。

結局のところこの手紙は、アンドレ・ジラルデが彼女に話したこととほぼ同じ内容だった。

〈あなたのそばには保護する誰かが必要です、兄のようなね。私は、あなたから信頼される人物になるというよろこび以外なにも求めません。あらゆる災い、あらゆる危険からあなたを引き離し、最終的にあなたが将来に向かって微笑むことができるよう手助けする人物になるのです〉

そして、リリーがヴィル＝ダヴレーの気の毒な友人に電話するたび、推薦状の入った財布を触るたび……アンドレ・ジラルデの言葉を真似て繰り返すたびに、自分でもよくわからないが、大切に保管し、ほかの手紙とはまったくちがうあの手紙の言葉を、リリーは思い出すのだった。そして、あえて彼女に声をかけることもなく、通りで彼女の跡をつけることもなく、工房への道すがら彼女にうるさくつきまとうこともせず、ただ彼女が歩くのを優しく包み込むように遠くからながめる、喪服姿の優しい顔つきの若い男のイメージが自分の物思わしげな目の前を通り過ぎるのを、彼女はまた思うのだった。

そしてリリーは思った。

「ジラルデさんのご友人……彼が私に保護者として、兄として紹介してくれた人がこんな人だったらいいのに……」

ド・ラ・ゲリニエール伯爵はといえば、ヴィル＝ダヴレーの事件以降、そうリリーを追いまわすことはなかった。リリーを助けにきた人物が彼を仕留めた方法、つまりド・ラ・ゲリニエール伯爵が確実に顔に受けた傷のせいで、あまり姿を現せなかったのだろう。リリーはその道すがらせいぜい二、三度、ちらっと、彼を目にしただけだった。また別のときは、リレットが通り過ぎたとき、彼は車のなかにいた。これらの遭遇について彼女は誰にも話さなかった。その必要はないと思われたのだ。今後ド・ラ・ゲリニエール伯爵がおとなしくし、自分にかまわず、もう彼についてなにも恐れる必要などないと、そう信じたかった。

だが、鋭いリリーはこう思っていたのだ。

「それにしても驚きだわ……私がはまりそうだった罠のような犯罪を大胆に企てる彼みたいな男は、そう簡単に行動をやめるはずないわ。彼は女たらしとしてのプライドをすっかり傷つけられ、美男子としてのその顔をひどく殴られたのだから、そうおとなしく、この敗北を受け入れることはないわ」

その直感は彼女を裏切らなかった。ド・ラ・ゲリニエール伯爵がその仕返しを準備していることは確実だった。ただここでリリーは心配はしなかった。彼女はこの卑劣な男に抵抗できると信じていた。自分は守られ、備えができていて、援護されていると感じていたのだ。

「私にはいま守ってくれる人がいるんじゃなかったっけ?」彼女は思った。「私のお兄さんを助けに呼ぶだけでいいのよ」

哀れなリリー、彼女はこの助けがやってくるのにどのくらいの時間がかかるのかを知らなかったのだ。堕落させたいと思った女を堕落させるために、未成年女性をものにするためにド・ラ・ゲリニエール伯爵のような男がやらかすかもしれないことを、悪事のためにつくられたその頭脳がどんな卑劣な行為を考えだすのかを、彼女は想像することができなかったのだ!

間違いなくアンドレ・ジラルデがリレットに紹介した保護者は遅れてやってくるだろう。この保護者は、危機に際して呼び出されるにちがいないが、冗談抜きに、遅きに失してやってくる恐れがあったのだ。また彼は自分の役目をいまだよくわかっていなかった。しかし、リリーには、彼女がまったく知らないもう一人の保護者がいた。決して彼女から目を離さず、彼ならば危機のその瞬間に、あるいは危機のその前に駆けつけることができる。ポーラン・ブロケの部下の一人であるこの保護者は、元ピエロのシモンがド・ラ・ゲリニエール伯爵を見張っているように、この若い娘を入念に見守っているにちがいない。

ポーラン・ブロケは、部下たちがしっかり監視しているのを知っていたが、不安ではあった。敵の卑劣さを知る彼は、ド・ラ・ゲリニエール伯爵がこのまま復讐を望むことなく負けを認めるはずはないと思っていた。それは疑いのないことだった。悪事を働くときのこの男の賢さ、その豊かで利発な知性を知るポーラン・ブロケがこんなふうに考えたのには理由がないわけではなかった。すなわち、伯爵は、自分の犠牲者になりかけた女が今後護衛強化されると思っているだろう、と。そうならば、伯爵が大っぴらに彼女を襲うことはないだろう。彼女を意のままにでき、救助が間にあわない方法を見つけだすだろう。リリーに対してどんなおぞましい新たな奸計をこの卑劣な男は考えだすのか、不安のうちにポーラン・ブロケは自問していた。ただ彼はリレットの話が出ても、弁護士や医師には彼女のことで強い不安を抱いていることはおくびにも出さなかった。

ラウールとロベールは、ポーラン・ブロケが完全に回復期に入ったとき、その親しげで長い会話のなかで、モントルイユ銀行家と不幸なメナルディエ氏の裁判を報告する『裁判新報』のうちにいたましい発見をしたことを彼に話した。この残酷な発見について先に話したのはロベールだった。ポーラン・ブロケを手当てするため二人きりになったある日、ラウールの苦悩、そしてそれゆえ自分がどんな悲しみを抱いているか打ち明けたのである。

ポーラン・ブロケはロベール医師に答えた。

「将来を信頼してくださいよ、先生。あなたとラウールさん、あなたたちは、誠実な者たちだけが歩める道にいるひとです。あなたたちの任務を続けるんです、これ以上心に心配事を加えないで」

「でも、ラウールはリリーを愛しているんです」

「それはよかった」

「それはよかったですって！　このつらい発見の前なら可能だったことが、いまもそうだとお思いですか！」

「どうして可能じゃないんです？」

「メナルディエさんの娘が、自分の父親を破産させ、不幸をもたらし、自分と姉を父無し子にした男の息子を、いつの日か愛することができるだなんて」

「なぜダメなんです？　その父無し子がリリーで、彼女を愛すのがラウール、それがどうしたとでも？」

ロベールは困惑したまま、刑事の言葉を繰り返した。

「その父無し子がリリーで、彼女を愛するのがラウール、それがどうしたことか……」

最後に彼は大きな声で言った。

「そうだ、確かに……リリーとラウールは……二人とも大きな心、美しく寛大な精神を持っている……そうだ！　そうなんだ……。ラウールとリリー……たぶん……実際、どうしてダメなものか？」

刑事は加えた。

「放っておきなさいよ、先生。あなたはご自分の科学で奇跡を起こすひとなんですから、愛というものがまったく驚くべきことをなしうることを信じてください……」

彼は加えた。

「それに、お望みなら、近いうちにラウールさんに、それとなく話してみますよ」

「おお！　あなたが彼をなぐさめてくれれば」

「彼をなぐさめる？　全然……勇気づけるんです。そう……彼に希望を与えるんです」

「どんな希望をですか？」

「そのうちわかりますよ、まかせてください。あなたのご兄弟に、われわれみんなが知っているこの彼の秘密を私に話すよう、そっと誘導しますから。そして、自分の秘密に関わる、彼がまだ知らぬ細々とした事柄を教えてやるんです。安心してください、彼は驚くだけでなく、よろこんで、寂しさは消え失せ、不安は和らぎ、ひどく傷つけられた気の毒なその心に新たな希望の光がもたらされるとね」

そうして数日後ロベールは、ラウールを刑事のところへ連れていった。医師は怪我人の包帯を確認し、回復の経過を看た。しばらくすると、急ぎの用事があると言ってロベールは刑事の別邸を離れた。残されたラウールをポーラン・ブロケはせっかく来たのだからと引きとめた。

〈ブロケ精鋭部隊員〉のうちでラモルスは人にしゃべらせる才で名声を得たが、刑事長もそれにひけをとらなかった。不安顔や苦しむ心が隠していることを、固く閉ざされた唇から見事に引き出すことができたのだ。えてして、恋する者は自分らの頭いっぱいの想いを話す、聞き上手な耳を求めるものだ。なるほど、愛する人について声高に誰かに話すことは、その人を思い起こし、近くに感じ、また再会することである。かくしてラウールはほどなく、刑事にそのいくぶん小説じみた話のすべてを語った。ポーラン・ブロケのような男に自分の苦しみを打ち明けられることがうれしかった。刑事は見事なまでに、いや語り手以上にそれを知っていた。言葉や仕草でさえぎることなく、ポーラン・ブロケはラウールにその苦しみに満ちた物語を思う存分語らせた。

「こういうわけなんです」悲嘆にくれた若き弁護士は結論づけた。「こういうわけなんです……私は人生の途上で出会ってしまったんです、私の生涯を捧げ、際限なく愛すべきと感じる女性に。どんな女性も美しくないほどに、彼女は美しい。あなたにもわかってもらえたら、ブロケさん。楽園が失われて以来、ブロンド髪の女性が存在しないかのように、彼女のブロンド髪は美しい。彼女の目は青紫で、祭日の空のように、明るく澄んでいる。そしてなんという微笑み！　なんというかぐわしさ！　それからその人柄のなんという気品！　女性の品性は女性の身体に呼応していると言えるでしょう。その魂の美しさは、この奇跡の、この唯一無二の女性の身体に匹敵するのです。

彼女の大きな目によって、愛が私のなかに入ってきました。愛はえてして急速に燃えあがり、立ち去ってしまうもの。しかしその愛は私の心をつかみ、根を下ろした。私は、この若い女性の美しさにではなく、とても美しい女性に惚れたのです。おわかりになりますか、このちがいが。リレットにではなく……リリーという女性にです……」

「ああ！」ポーラン・ブロケはただこう言った。「それは弁護士のもっともらしい論理的詭弁ですよ」

「ちがいますよ、理解してください……リリーに出会って彼女を愛しはじめたとき、リリーが身分の低い女工、光り輝くなにかでもってかりそめの愛の網にかけられる、楽しげなパリのスズメのようなお針子であるだなんて、私は一瞬たりとも思いませんでした。自分が裕福ゆえに彼女を愛人にできるなどと一瞬たりとも考えたことはありません。

私は彼女と結婚するための、彼女を妻とするための可能性を考えました」

「女工……お針子が……あなたの妻？」

「そうです。なぜなら私は、彼女の光り輝く美しさには、選りすぐりの精神、優れた心という貴重かつめったにない贈り物が加わっているのを理解したからです。私は確信しているんです、この若い女性は自分の母に大きな愛情を注いでいるわけですから、幸運にも彼女から愛されるならば私はもっとも幸せな男になるはずだと」

「彼女は貧乏なんですよ。彼女の母親は貧困のなかにいる」

「でも、彼女自身がなんという宝でしょうか！」

「あなたは、大金持ち……」

「待ってくださいよ、ねえ、待ってください、言わせてください……。あなたはいま愛のすべてを疑わしいものにする言葉を口にしたのですよ……大金持ち……金……嫌悪すべき金……。

私はすべてをしっかりと考えました。リリーに私の妻となるよう願う前に、私は確信したかった、彼女が私の金ではなく、この私のほうを愛してくれるかどうかを。だから私は自分が何者なのか彼女に悟らせませんでした。

私は彼女に話しかけたことがあります……そして一度、手紙を書きました……しかし彼女は私がラウールだということしか知りませんし、私が金持ちだとも気づいていません」

「リリーはなにかしましたか？　あなたの手紙になんと答えたんです？」

「なにも！」

「ああ！……」

「しかし彼女は返事できるでしょうか？　彼女はそれをすべきでしょうか？　できませんよ……」

「彼女があなたの希望に応えていると、どのようにしてわかったんです？」

「そのための方法はいくらでもありますよ」

「つまり、あなたに希望を与えるようなことに気づいたとでも？」

「私は幻想を抱いているのかもしれません、さもなければうぬぼれているのかもしれない……。でも私には思えるんです……たぶんそれは結局のところなにによっても正当化されない個人的な印象なのかもしれませんけど、私にはこう思えたんです……私が手紙を書いてからというものリリーにとっても私はもはや無関係の人間ではないと。私は彼女を遠くから見ました、彼女は私に何度か気がつきました、私たちの目は交差しました。目が合ったんです。そのときリリーは顔を背けなかったと思うんです。彼女は私に微笑まなかった、とは言えません。ご存じでしょう、リリーは、どれほど美しくても、真面目で悲しい雰囲気をつねにまとっていることをね。そこで彼女の両目に、こういってよければですが、友好的な輝きのような、好意的な光を読み取った気がしました。しつこい男や見知らぬ男が彼女にひと声かけたとき彼女の目のなかに見られる怯えや不安や拒絶したいという気持ちではなく、出会うことがまんざらではない誰かに気がついた満足感のようなものを。

　もう一度言いますが、ブロケさん、私は自分の願いを現実と取り違えているのかもしれない。ですが……ですが、数日前の夜、私はふたたび有頂天になったのです。クリシー並木通りで……通行人が混雑していたせいで偶然にもリリーが私のすぐそばに押し出されて……私は彼女をかすめ、ほとんど触れたのです……。そして帽子をとって挨拶をして……謝ろうとしたとき、リリーはすぐそばで私をしっかりとその目で見て、確かに私であると認めました。そして、なんの当惑も驚きも見せることなく、彼女は私に笑顔で応えたのです。私はその笑顔を自分のなかに大切にしまい込みました。まるで世界で一番美しいダイヤモンドを道すがら見つけたかのように……」

「要するに」ポーラン・ブロケは締めくくった。「あなたがリリーを愛している一方で、リリーもラウールさんに敵対していないし、無関心ではないと考えられるわけですね」

「そうです、その通りです」

「ところで、リレットの性格のように、まっすぐで誠実で素直な性格は、その感情を隠すことはできません。リリーの心のように、優しく手つかずの心というものは道なかばで歩みを止めることはありません。つまり、リリーがあなたに微笑んだのなら、あなたは彼女のお気に入りだと考えられるわけです。さらには、リレットのなかでこの共感は愛に変わると私は思いますよ」

「不幸にも！」

「どうして〈不幸にも！〉なんですか、それにその大きなため息は？　私は確信しますが、この愛は幻想や期待や見込みや可能性のうちに存在しているものではないですよ。はっきり言いますが、この愛はリリーにあってはただ誠実で確固たるものです、決定的なものでしかありえないものです。断言します、この愛は存在するとね。それは活発で生命力が強く、生きいきとしている、そしてそれは……」

ラウールはさえぎった。

「ああ！　これがまさに不幸なんです」

「えっ！」ポーラン・ブロケは叫んだ。「弁護士先生、私にはもうあなたが理解できませんよ」

「どうしてです？」

「さきほどあなたはリリーがあなたを愛しているかどうか知らなくて、嘆き悲しんでいた。断言しますが、彼女はあなたを愛している、もしくはいままさに愛そうとしている……でも、あなたは嘆いている、あなたはため息をついている……あなたは〈不幸にも！〉と言っている！」

「ああ！　ブロケさん、私が悲しんでいるのは、この愛の現実を垣間見たからなんです」

「説明してください」

「私はもうリリーが通る道には行きません。少なくとも彼女に姿を見せないようにします。リリーが、彼女に手紙を書いたラウール、彼女が微笑みかけたラウールを忘れることを望んでいるからです」

「なぜ？」

「だってこのラウールとは、モントルイユ氏の息子だからですよ」

「それで？」

「それで、モントルイユ銀行家の息子とメナルディエ夫人の娘とのあいだには、憎しみをのぞいて、なにも存在しえないからです！……」

　ポーラン・ブロケは勢いよく若き弁護士のほうを向いた。

「ラウールさん」彼は言った。「あなたのように恋焦がれているとき、頭のなかにそんな思いがあるとき……なにをするか知っていますか？」

「泣く！」

「それも悪くないけど、もっといいものがあります。気分を変える、田舎に行くんですよ」

　ラウールは驚いて刑事を見た。彼が本気で話しているのか、ふざけているのか見極めるためにである。

「わかりますか、あなたがすべきことを？」刑事は続けた。「明朝、ヴィル＝ダヴレーの、あなたのご友人のアンドレ・ジラルデに昼食をとろうと誘ってみてください。私の思いちがいでなければ、しばらく彼に会ってないでしょう？」

「確かに」

「ご存じでしょう。彼は悲しく、孤独で、見捨てられているんです……だから親しい人たちが訪ねてくれば彼にとって最高のよろこびとなるでしょう」

「そうですね、親愛なる友人です……」

「アンドレ・ジラルデが愛したことを、彼が心を痛めていることをあなたはご存じでしょう。だから、あなたの苦悩について彼と話にいくんですよ。あなたの心をよく理解できる心はほかにありません」

「おっしゃる通りです」ラウールは声をあげた。「そうだ、愛することの苦悩を、そのせいで苦しんでいる人と話すことは、心の傷に少しばかりの慰めをもたらすだろう。明日、行ってみることにします」

「彼のほうもあなたにすべき打ち明け話があるようですから、なおさらです。私が思うに、彼はあなたを利用したみたいですよ、あなたに断りもなくね。それをあなたに弁明できたら彼はよろこびますよ」

「わかりました！　あなたからのご挨拶も彼に伝えるようにします」

「いや、いや！　私は、死んでいるんですよ。ジュルマの家で私は〈爆発〉したんです」

「ああ！　そうでしたね！」

「もうひとつ忠告です、貴重なね。あなたの愛についてお話しするとき、リリーの名前は明かさないでください」

「なぜです？」

「私を信じてください、その名前も、メナルディエ夫人の名前も口にしないことです。私の助言にしたがってくださいね……やがて理由は知ることになりますから……それがちゃんとわかりますから」

「では、あなたに従いましょう」

㉔章　電話越しの愛

その直後ラウールは刑事に別れを告げた。自動車は彼を乗せて、いつものように追っ手を巻きながらマテュラン通りまで連れていった。翌日、彼はヴェルサイユの法廷で弁護があるから家で昼食をとらない旨を告げた。十一時頃、彼は友人のアンドレ・ジラルデの家へ向かった。彼は訪ねると予告しておいたから、身体の不自由な男は彼を待っていた。ポーラン・ブロケが言っていたように、アンドレ・ジラルデにとってラウールと再会することは本当に真のよろこびだった。

アンドレ・ジラルデは二人の兄弟よりも数年歳をとっていたが、彼らは同じ高校で出会い、友情で結ばれていた。三人はまったく異なるキャリアをたどり、人生の偶然のせいでたがいに離れて住んでいたにもかかわらず、彼らはつきあいを続け、近況をたがいに報告し合うことを決してやめなかった。

それからアンドレ・ジラルデは植民地へ出発した。あまりにも危険ゆえに陸軍省でも将校を任命できないような遠征に、突然志願して参加したのだ。

アンドレ・ジラルデがこの遠征から戻ってきたとき、彼は担架で運ばれていた……そしてそれ以来、もうソファや寝椅子を離れられなかった。アンナン〔フランス統治下のベトナムの北部から中部地域〕の水田、数々の傷がまったき若者を老人にしてしまったのだ。

しかし、自分たちの友人について、ラウールとロベールは確かにある悲劇を予想していたが、その苦悩の謎をあえて知ろうとはしなかった。アンドレもそれについて決して話さなかった……それに、二人の兄弟は、友人の家で、過去の愛と現在の苦しみを唯一打ち明けられる善良で愛情深いロラン夫人と一度も遭遇していなかったのだ。

「ああ！　どうもありがとう、君が突然会いにきてくれるなんて」ラウールがサロンのドアの敷居に現れると、身体の不自由な友人は弁護士に大きな声で言った。「なんと礼を言ったらいいか！」

彼はラウールにその痩せ細った両手を差し出した。

「ああ、ラウール、ラウール……なんてうれしいんだ！」

若き弁護士は心を込めて彼に抱擁した。それから、ソファのそばに肘掛け椅子をとり、腰かけると言った。

「お礼なんていらないよ、アンドレ！　俺がここに来たのは、わがままからなんだ」

「君は来てくれたんだから、そんなことなんて気にしない。君のわがままなんて関係ないさ、私のわがままが満たされるのだから。ただ、私になにか打ち明け話をしたり、助けを願ったり、あるいはあまりにも重い悲しみの一部を私のところに残したいと君が思っていなければだがね……」

ラウールは頭を下げた。

「じつはそうなんだ……」

「君が入ってきたときにわかったよ！　人を本当に慕っているとき、ごまかそうとしても、彼らが本当はなにを考えているのか、なにが不安なのかを見抜くことができるし、彼らが笑顔だったとしても、隠そうとする涙に気づくことができる」

「アンドレ、君の心はとても豊かで、君の精神はとても洞察力に富んでいるんだな！」

「ちがうさ、そうじゃなくて、私が君のことを慕っているからさ。私は君をよく知っている。そして私は、私自身に苦しみ、私という哀れな存在に閉じこもって生き、もはや将来の展望がないから、よく理解でき、よくわかるんだ」

「アンドレ、俺は君のように残酷な苦悩のなかに閉じ込められているんだ。しばらく前から、俺は新しい人生を垣間見ていた。そこに美しい一日を告げる、黄金色の暁の女神(オーロラ)が姿を現していたんだ。しかし雷鳴がすべてを破壊してしまった。俺は地面に打ち捨てられ、雷雨に打ちつけられた。そして俺は狼狽し、その眼差しを、空の二つの青い隙間、つまり最愛の目に向ける権利さえも失ってしまったんだよ」

「ああ！」苦しそうにアンドレ・ジラルデは言った。「心から同情するよ、君の苦悩がこんなにもひどいとは思わなかった！」

「この世界に一人の女性がいるんだ……」

「女性？」

「若い女性……二十歳そこそこのね……神がこの世と神性とを結びつける理想的な絆となる傑出した女性を欲するとき、気品や美貌、魅力として女性に好んで与えうる、すべてを備えているんだ」

「君は彼女を愛していた……いまも愛している……」

「これからもずっと彼女を愛す」

「哀れだな！　彼女は君を愛せないし、愛すべきでもないし……愛したくもない……」

「たぶんね……。もし……彼女が俺を愛しているとしても……」

「としても？」

「とにかく俺はもう彼女を愛すべきではない」

「理由は？」

「モントルイユ銀行家の息子だから！」

「わからないな」

「アンドレ、ロベールと俺の二人だけが、モントルイユ銀行家が実際にはどんな人物だったか知らなかったんだ。それほど俺たちの父さんへの尊敬は素直で絶対的なものだった」

アンドレ・ジラルデは制した。

「十分だ、ラウール、もう話さないでくれ。知りたくないんだ」

「ということは君も知ってるのか！　知ってたのか……みんなのように！　では、もう君にこう言うだけでいいんだな、俺が愛するこの若い娘は、父さんの、もっとも苦しめられた最初の犠牲者の一人の娘なんだ」

「黙ってくれ、黙るんだ。お父さんについてそんなことを言っちゃダメだ。卑劣な中傷だぞ……」

「それは詳しく明確に書いてあるんだ、当時の裁判関係の刊行物のなかにね。ロベールと俺はそれを読んだ……それからレモンド自身もだ……」

「レモンド、妹のレモンドか？」

「そう」

「ああ、友人たちよ、かわいそうな友人たちよ！　君たちはこんな苦悩に値しない！　でも結局のところ、すべては本当じゃないんだ、そんなはずはない……ちがう！　君たちのお父さんには、成功するすべての人間がそうであるように、多くの敵対者がいたんだ。群衆のなかからひとつの頭が出れば、侮辱がそれを狙い撃ちし、誹謗がそれを傷つけようとするんだ……」

静かにラウールは答えた。

「礼を言うよ、父さんを庇（かば）ってくれて。でも、ロベールと俺は裁判関係の刊行物だけじゃなく、俺たちの銀行でも父さんのふるまいを証明するものをつかんでいるんだ」

「そんなことかまわない！　私にとっても、また君たち、ラウールとロベール、素敵で気高いレモンドを知っているすべての人々にとっても。銀行家は自分のところで非難されるべき投機を企てたのかもしれない……だけど、彼はロベールの、ラウールの、そしてレモンドの父親だった。そして彼は自分の子どもたちに最高の心と最高の人格を与えたんだ。ほかのことを見るべきではない」

「ありがとう、アンドレ」

「この若い娘についてだが、彼女が君のことを知っているなら、彼女は君のことを愛している。そして君を愛しているなら、ほかのすべてのことなんて彼女には関係ない！　そうでなければ、彼女の心は君の心とつりあわないということだ。だから彼女は美しいかもしれないが、私は君にこの恋心を断念することを勧めるよ。私や君が理解しているような愛ではありえないし、気まぐれ、愛したいという欲求でしかない。立ち直れるさ」

ラウールは肘掛け椅子に深々と座って、答えられるべきことを見つけられずにじっと聞いていた。

アンドレは続けた。

「彼女に思いやりがあるのなら、金だけでは幸せになれないこと、不幸な過去が子どもの未来を拘束しないこと、恨みよりも強いのが、憎しみよりも強いのが、あらゆるものより強いのが愛であることを理解するだろう！」

そして身体の不自由な友人はゆっくりと小声で続けた。

「愛すること！　愛すること！　なんて甘美で素晴らしいことか！　愛は人生を満ち足りたものにし、存在を豊かにするにちがいない。愛がなければ、人間の生き方は、それがどんなに輝かしいものだったとしても、完全には足りえない。愛さなかった女性は、その聖なる使命を果たさなかったことになる。愛することは、自分の心がよりいっそう強く鼓動するのを感じるだけのことではない。それはいうなれば、自分の魂をつかみ、手にとり、支配し、見ることだ！　愛なしで生きることは、ただ呼吸し、動くことであって、本当に存在することではない！　なんというよろこび、なんという幸福だ！　愛はあまりにも強いがゆえ、私のように、愛のために死のうと思った人々をなお活気づける。愛は苦しみを貴重なものにして、すでに屍でしかない者のなかに、愛したという唯一の思い出に光り輝く魂を残してくれるのだ！」

それからしばし沈黙のあと、若き弁護士がその目を乾かしているあいだ、彼は自分の目を拭うと声をあげて言った。

「ここまでだ！　ラウール、もう涙はなしだ！　私と泣くためにここに来たわけじゃないだろう。さあ、顔をあげて、気持ちを高めて、自信を取り戻すんだ。苦しみは、恋する哀れな君が思っているほど、大きいものではない。だから、ラウール、諦めるな。ほかのことは私が引き受ける。苦しみによってソファに釘づけになっている私みたいな身体の不自由な男が、君を幸せにするためになにをするか？　それは秘密だ。いずれわかるさ！……わかるとも！……」

彼は加えた。

「さあ、これについては十分話した、昼食にしよう。哀れな、恋する君のために、新鮮な水、そして君にとくに勧めるシャンパンもある。それから昼食のあとに、例の傑作、例の宝物、例の天使のような女性の名前と住所を教えてほしい。それから約束するよ、近いうちふたたび、輝くばかりの黄金色のオーロラが君の視界に現れることをね」

アンドレは笑おうとし、それから言った。

「ああ！　さあ、ほかのことだ、打ち明け話に打ち明け話だ……ラウール、君がしっかり者で勇気もあり優しいってことをよくわかっているから、私は君に代わって約束したんだ……」

「よくそうしてくれたよ」

「じつは……ああ！　神が傑作の女性にだけ与える、完全な美しさと魅力を備え、ブロンド髪の青い目をした若い女性を専門とするのは君だけじゃないんだ。私にも同じような人物がいるんだ、――怒らないでくれよ――確実に君のに匹敵する若い女性だ。不幸にも、彼女は私のオーロラにはなりえない。彼女は美しくて慎み深く、優美で、献身的であり、ブロンド髪で……貧しくて貞淑だ！　彼女はパリで一人で生きている。それで、彼女は父がいないから保護者が必要なんだが……私は彼女の騎士になることはできない。私の代わりとして君を指名したんだ」

「ありがとう、安心していいよ」

「そう言うと思ったよ。それでこの若い娘は小さな財布に君の名前と住所を持っている。私が与えた。危険が迫ったら、すぐに彼女は君に知らせることになっている」

「そしたら駆けつけるよ」

このとき、電話のベルが鳴って二人の会話をさえぎった。アンドレ・ジラルデは、小さなテーブルの上の、つねに手の届くところに置いてある受話器をつかんだ。彼は聞き、話した。

「もしもし……ああ！　あなたですか……あなたの声が聞けるなんて、なんと幸せなんでしょう！　お元気ですか？　私は、ええ、いいですよ……今朝は一人じゃないんです……もっとも親愛なる友人の一人が突然訪ねてきてくれたんです。わかりますでしょ、私がどんなにうれしいか。だいぶ真面目なことを話し合いましてね……この世でもっとも真面目なこと、愛についてです。そうです、愛について！　彼は恋をしていましてね、苦しみ、泣いているんですよ！……これがまさに愛ですね、本当に。なぜって？　彼が妙なことを考えているのです。もちろんです！　いつもそうなんですよ！　彼は感じがよくて、思いやりがあって、人格に優れて、それから、ええっと……そしてハンサムな若者です。その通り。それは私が彼に言っていることなんですよ。でも彼にはわからないんですって、彼女が十分に彼を愛してくれるかどうか。不幸が舞い込んだんです。彼の愛する女性はとても貧しかった、彼はとても裕福だった。当然ですが、彼女を妻にするには……そうです。でもいまや貧しいのは彼なんですよ、そして彼女がとても裕福になった。彼は心配してるんです、もう愛してもらえないんじゃないかとね！……なんですって！……なんですか？……聞きとりづらいですね、二人で電話してる……彼女がそこにいる！……ああ！　騙しましたね……待ってください、待って……」

アンドレ・ジラルデはもうひとつの受話器をラウールに差し出すと、言った。

「ほら、聞くんだ、私の黄金のオーロラが君の悩みについてどう思っているか、聞くんだ」

「もしもし！……もしもし！……そうなんです、彼が貧しくなってね、彼女が大金持ちなんですよ。それはあなたの意見……ああ！　彼女が愛されるに値するなら、彼が貧乏になったいま、彼女は彼を二倍愛さなければならない！　そうですよね。それは私が彼に言っていることなんですよ、ブラヴォー！　あなたは、彼の愛する女性が備えるべき心を持っているんですね。彼女はブロンド髪で、目が青いんです、あなたのようにね。笑顔もあなたと同じようだし、美しさも、気品も……だけどね、彼女があなたのような心を持っているか？　私はそう願っていますけどね。だって彼はもう一人のリレットを愛しているわけですから、彼の愛する女性があなたような美貌を備え、美しいリリーのような心を持っていることは当然ですよ！」

ラウールは立ち上がり、叫んだ。そして急な動きのなかで電話機を落としてしまった。

「リリー！」彼は叫んだ。「リリー……彼女だ！」

「彼女？」

「そう、俺が気が狂いそうに惚れているのは彼女なんだ、家族の問題のせいで俺が引き離されてしまった彼女だ。父さんが破産させ、死なせた不幸な男の娘……リリーだ！　リリー・メナルディエ。リリー！」

アンドレ・ジラルデは震えた。

しかし、彼はすぐにもち直した。

「おお！　おお！」彼は笑いを浮かべて言った。「では、私が思っていた以上にうまくいきそうだな。ただ毎回、君がこんなふうに通話を切らなきゃだけどね」

彼はラウールに言った。

「電話機を拾って、元の場所に戻すんだ。彼女たちがまだいればいいのだが」

彼はベルを鳴らした。

「もしもし！　もしもし……行ってしまった……残念だ！　リリーはロラン夫人と一緒だったんだ。彼女たちは電話交換手に怒っていたにちがいないよ」

受話器を戻すと彼はラウールのほうを向いた。

「よし」彼は言った。「君はリリー自身が答えるのを聞いたのだ」

それから彼に愛情を込めて両手を差し出した。

「さあ、ラウール、これからは期待するんだぞ。黄金のオーロラはここにいる、鮮紅色の太陽が現れるんだ、ああ！　そうだ、君の幸せを祝って歌うんだ、さあ！　泣け、もしそうしたいならな！　叫べ！　一心不乱に！……愛せ！　愛すんだ！……」

㉕章　病原菌の狩人

偶然というものは恋愛において重要な役割を果たすものだが、この電話越しの恋人たちの場面においてはなんの役にも立たなかった。

ポーラン・ブロケがすべてを企て、準備していたのだ。彼は部下のラモルスにラウールを追尾し、話し合った翌日にラウールが約束通り友人のアンドレ・ジラルデに昼食をとるよう願いに行ったかどうか確認する任務を与えていた。ラモルスはラウールが邸宅に入るのを確認するとパリに戻って、ロラン夫人に会い、リリーを迎えに行って、ヴィル＝ダヴレーに電話するように言ったのである……。ただし、ラモルスはロラン夫人とリリーに都合のいい時間に電話するよう仕向け、彼女たちの自由に好むままにアンドレ・ジラルデと話させた。いっさい事前打ち合わせはしていなかった。したがってラウールが受話器越しに聞いたのは、リリーの純粋なる気持ちだったのである。

同じ頃、このいくらか気がかりな出来事を紛らわせる新たな出来事が起こった。もっとも今回は悲劇的な結果をもたらすものではない。アリス・ド・ブリアルがレモンドに父親と一緒に数日間パリで過ごすから、百貨店で心ゆくまで買い物したり、高級ブティックや高級婦人帽子店に行くのをつきあってほしいと告げてきたのである。

すると、「私抜きではなにもしないで」とイレーヌ・ド・ヴァルトゥールが電報を打ってきた。「私もパリで略奪したいの。私も綺麗に着飾りたいし、帽子もかぶりたいし、人前に出られるようにしたい。ここ、ブルターニュの奥地では、私は未開人になってしまうわ」

そういうわけで一同はイレーヌ・ド・ヴァルトゥールの到着を待った。そうして二日後、レモンド、イレーヌ、アリスの三人の友人たちは作戦に繰り出したのである。彼女たちには、高級ブティックや百貨店での略奪に護衛として同行する、絶対的に忠実で、彼女たちの気まぐれの言いなりになる二人の騎兵たるド・レンヌボワ大尉とラウール、そして同じく忠実ながら、大尉の言うところの、やる気のない予備隊を形成する二人の騎兵たるド・カゾモン大尉とロベール医師がいた。

この作戦にはさらに五人目の兵士がいた。

「白の軍帽カバー！〔軍事訓練のなかで敵兵は白い帽子を身につけた〕」遠まわしな表現でド・レンヌボワ大尉はそう言っていた。

「敵よ！」アリスは言い放った。「追跡を逃れ、欺き、巻き、うち負かすべき敵よ」

この白の軍帽カバー、この敵とは、ド・マルネ伯爵だった。

「私たちが来てるってこと、どうやって知ったのかしら？」アリスは友人たちに言った。「だって、私がここに来ることを彼に知られないようどれだけ注意したかはあなたたちの察するところよ。私たちがパリに着いた翌日にはもう、彼は私の近況を聞きに、私の望むところに連れていこうとやってきたのよ。私は彼にお礼は言いつつわからせようとしたの、あなたの協力は全然必要としません、とね」

しかし、ド・マルネ伯爵は理解しなかったようだ。偶然にしては頻繁に、彼はこの小さな親しげなグループの先々に現れては、気まずさを放り込んできたのだ。一日中彼に会わなくて済んだときはなんとうれしかったことか！

ド・マルネ伯爵は、彼が幸せな将来の義従弟と呼ぶ人物にやむなく話しかけていた。ド・マルネ伯爵は、恐ろしく不可解な病からド・カゾモン大尉が助かったばかりだったのでやけに親身になっていた。もちろん、病人に近しい人たちはド・レンヌボワ大尉が注射を射ったなどとは疑わなかったし、この死にかけた男を墓場から引き離すためにロベールが使った秘密の血清については見抜けなかった。

ド・マルネ伯爵は将来の義従弟にいくつか詳しい説明を求めた。同時に彼はオルレアンの軍民の医者に問い合わせた。病気の進行や推移、つまり予期せぬ回復に釈然としない思いがあったらしい。しかし、ド・カゾモン大尉は警告されていたがゆえ、婚約者の義従兄に言えることだけを教えてやった。

それでもド・カゾモン大尉は、前に彼が使用した部屋をまた使ってほしいというド・マルネ伯爵の提案を丁重に断った。

「私はまだ病人ですから」彼は言った。「退屈な招待客になりますよ」

友人のロベールとラウールの助言で、このパリ滞在の数日間、彼は将校クラブに泊まった。さらにはそこで彼は同僚のド・レンヌボワ大尉と一緒になったのである。ド・カゾモン大尉は、小さな買い物グループに昼間つきあえない日は、この将校クラブからわずかに歩くだけの、マテュラン通りのレモンドの兄たちの家で、買い物グループに合流した。それは一同が、夕食をとりにモントルイユ夫人の館に戻るために落ち合ったのだが、そこにはド・マルネ伯爵は招待されなかった。

一同がロベールと会ったのはマテュラン通りでだった。医師は病院や往診に拘束されて一日中なかなか会えなかった。一方、イレーヌ・ド・ヴァルトゥールは朝早くに友人のレモンドの家に来て、レモンドから離れずにいて、夜になると二人の大尉、彼女たちいわくの親衛隊が車でイレーヌ・ド・ヴァルトゥールをその父のところまで送って行った。イレーヌ・ド・ヴァルトゥールはレモンドやアリスよりも若く、本当に綺麗で繊細で上品な美を備え、髪はブロンドで薄紫の目をしていた。彼女はリリーを思わせた。とはいえ、アリスとレモンドだけが彼女の美しさに気づき、その気品を評価し、その魅力を味わうことができた。男たちといえば、彼らはそれぞれ別のところに気をとられていた。彼らの視線、彼らの心はそれぞれの恋人に夢中で、イレーヌに暇どらなかった。ド・レンヌボワ大尉はレモンドだけを、ド・カゾモン大尉はアリスだけを見ていた。ラウールは完全にリリーに、そしてロベールはその悲しみと、その科学的な関心にのみとらわれていた。ちなみにロベールは、ド・カゾモン大尉がやってきてからというもの、大いに関心を寄せるある研究をふたたびはじめていた。

確かに、ロベールはアリスやレモンドと同じようにイレーヌに対しても親切にふるまっていた。彼は有機化学の研究、血清に関わる諸々の問題にあまりにも没頭していたがゆえに、イレーヌがどれほど美しいかわからず、その輝かしいブロンド髪や微笑み、その大きな目の薄紫の輝きに気づけなかった。彼はある病原菌を追い求めていたので、目下のところ顕微鏡のレンズの下にあるものだけしか発見できなかったのだ。ロベールは、イレーヌが好奇心以上の視線で何度も自分を見ていることに気がつかなかった。彼女の腕をとり食堂へ移るとき、しばしば彼女の手が震えているのに気づかなかった。話しかけると彼女が青ざめることにも、彼に答えるときに彼女が赤くなり、うまく言葉を紡げないことにも気がつかなかったのだ。

ロベールは、ラウールのために自分のリリーへの愛を犠牲にし、女性のあらゆる魅力に心を閉ざしたままだったから、彼の視線はイレーヌの美しさを理解することなく、ただ見ていた。リリーを愛せないロベールは、愛という妄想のすべてを放棄していたのだ。ロベールは、自分のための美はこの世にもう存在しないと考え、あのあまりにも恐ろしい病原菌を探し求め、果てしなく人を愛しただろう情熱のすべてと誠実な心のすべてを、この科学的探求につぎ込んだのだった。

ある日レモンドは、イレーヌが誰にも気づかれないサロンの片隅でひとりになって、嗚咽を押し殺し、涙を隠そうとしているのをふと見つけた。レモンドはそっと近づいて彼女のそばに座った。自分よりも年若の友人に対し、ことのほか寄宿学校時代に愛情を込めて妹と呼んでいたイレーヌに対し、レモンドはママの役割を演じるのが好きだった。レモンドはイレーヌの首をとると胸に引き寄せ、額に口づけした……そうやって女性や子ども——それはほとんどわずかなちがいしかない！——に打ち明け話を促し、重い心を開かせ、耐えがたい苦しみを語らせるのだ。

「どうかしたの？　イレーヌ」レモンドは尋ねた。

「なんでもない、ああ！　なんでもないわ、本当よ」

「本当なの……でも悲しそうよ？」

「悲しくないわ」

「じゃあ？」

「ちょっと泣きたかっただけ」

「誰にでも気まぐれはあるわ。さあ、もっと私を抱きしめて。そのほうがいいわ。もやもやしたものをもっと素直に理解できるわ。私にはわかるのよ……だって泣く理由なんてないんでしょう、きっと？」

「そうよ、ないわ。私はここにいて幸せなの」

「ああ！　それで泣いているの？」

「そうじゃなくて、終わっちゃうから」

「なにが終わるの？」

「数日後、私はここを出ていくの。あなたと離れ、アリスと離れるのよ。ここで私を幸せにしてくれたものすべてとね。そして帰るの、私の悲しいブルターニュへ。退屈で死んでしまいそうな、薄暗く凍りついた古い館に」

「かわいそうに」

「私は、そこで来る日も来る日も、何ヶ月も、ずっとひとりなの……ひとりきりなのよ！　それがどれほど陰鬱なことか、あなたがわかってくれればいいんだけどね！　それはひどいものよ、なにもする気になれない。馬に乗ること、どこへ行くため？　誰に会うため？　木々に、ハリエニシダに……。音楽を奏でること、誰のために？　タペストリーに描かれる人々に……ああ！　私は悲嘆に暮れてるの……私は年老いて、途方に暮れるのよ……」

「でもお父さまは？」

「父はますます塞ぎ込んでいるわ。彼は、暗い……暗い……締め切られた自分の古い館の魂にとらえられているの……彼は引きこもり、誰とも話さないし、会わないし、招待もしたくない。

父は私を愛しているけど、口数は少なく、内向的な気質なの。彼はわかってないの、私が二十歳だってことも、私が少しはほかの人たちのように生活したいってことも、彼とともに、彼の悲しみとともに閉じ込められたこの牢獄のなかで私が死んでしまうってことも。

父は喧騒を恐れているんだわ。彼は世間を逃れ、心配事にますます沈み込んでいる。私はその原因を見抜くことはできないけど、その悲痛な重圧に耐えることはできない」

「イレーヌ、確かに、あなたの生活は楽しいはずないわね」

「でも、レモンド、あなたは知っているでしょ。私は笑うことが好きで、歌うことが好きで、とても活発だってこと。

向こうで私は少しずつ死んでいるんだわ」

「ちがうわ、ねえ、あなた、ちがうわよ……」

「そうよ！　あなたは、あなたは幸せだもの。あなたは大きな悲しみに暮れていた、そうよ、確かにそう。でもあなたは愛している。

アリスも悲しみに暮れていた、家族の不幸にね。でも、彼女の心は恋をしているから、彼女はなぐさめられているのよ。

だけど私は、もう母親もいない私は、誰もあえて近づこうとしない高い壁と大きな塔のあいだにひっそりと閉じ込められなければならないのよ」

イレーヌはさらに甘えて加えた。

「それでもあなたは、そうでしょ、レモンド、知っているでしょ。私はあなたのように、アリスのように、あなたたちの心と同じように、愛するすべを知っているかわいらしくて素直な心を持ってるってことを？

あなたは知っているでしょ、私も献身することに幸せを感じる魂を持ってるってことを」

「ええ。それから、あなたが愛することになる人が幸せになるってこともね」

「きっとそうよ……私はたくさん愛するでしょう。私は大いに、完全に……永遠に……あなたのように、アリスのように、愛するでしょう……。でもね、私は自分の魂に、心に、こう言わなくちゃならないの。〈あなたは二十歳よ、若い娘にあっては愛の花咲く年頃よ。でもあなたは花を閉じるの、心を閉ざしなさい、それはあなたのためのものではないの。あなたの運命は、孤独、見捨てられることよ〉ってね。わかるでしょ、レモンド、そのせいで私の魂と哀れな心は苦しんでいるの。だから私は泣いているのよ」

レモンドはイレーヌに身をかがめ、抱きしめると優しく言った。

「ねえ、質問はしないわ……なにも尋ねない……たぶんあなた自身もどんな返答をすればいいかわかっていないし、自分が守りたいと思っている秘密をまだよくわかってないだろうから……」

「秘密なんてないわ、レモンド」

「そう私も言っているでしょ。まあ、とにかく、私を信じて、あなたの幼いママを信じるのよ。愛するよろこびが乗り越えられない高い塔も厚い壁もないの。それに、魔法にかけられたお城に美女を探しにいけないほど、ブルターニュは遠くはないのよ。信じて、あなたはまだ二十歳なの、あなたの春の到来は告げられたばかりなの。時間を与えるのよ、愛の植物が芽生え、根を張るためのね。私、保証するわ。アリスのように、私のように、あなたのかわいらしい心も、あなたの魂も輝く花に出会うってことをね」

それから、イレーヌにこれ以上なぐさめの言葉をかけるのを控えて、レモンドは彼女を自室へ連れていき、その少し赤くなった目を湿らせると彼女に言った。

「いいわね、みんな待っているわ、私を抱きしめて。そしていまからは微笑むのよ、楽しそうにして。しっかり元気を出すの……ロベール先生がここにいるかのようにね……」

ロベール医師はといえば、彼はそこにはいなかった。病原菌と一緒にいたわけでもない。彼はポーラン・ブロケのところにいて、刑事とさらなる深刻なことを話していたのだ。

「要するに」彼は言った。「わずか三年のあいだに、ブリアル城では恐るべき不可解な三つの不幸が訪れたわけです」

「最初に亡くなったのがブリアル夫人ですか？」

「そうです。彼女は健康そのもので、いかなる基礎疾患はありませんでした。それが突然、病床につかねばならず、すさまじい嘔吐感にみまわれ、対処できない熱に襲われ……耐えがたい苦痛のなかで三日後に亡くなったんです……それから、本当にすぐに腐敗がはじまった」

「それが起こった時期は？」

「狩猟シーズンがはじまった数日後です」

「城には誰が？」

「ド・ブリアル侯爵は狩猟解禁式を催していました、華々しくね。家の伝統だったんですよ。招待客はいつものように大勢いました。そしてこれが重要なんですが招待客のなかにいたんですよ、ド・ラ・ゲリニエール伯爵が」

「そう思ってましたよ」ポーラン・ブロケは言った。「それから？」

「ド・ブリアル侯爵にド・ラ・ゲリニエール伯爵を招待させたのは、ド・マルネ伯爵でした」

「わかりました。それから、二番目の不幸は？」

「ご子息です。活力に満ちた元気で丈夫な若者ですが、病に襲われて亡くなりました。母親の病を思わせる症状を示していました」

「ド・ラ・ゲリニエール伯爵はそこにいたんですか？」

「いません！」

「では、ド・マルネ伯爵は？」

「いました」

「よし。三番目のケースは？」

「年少の女の子です」

「また毒殺、それとも破傷風？」

「そのとき、子どもが亡くなったとき、私はそこにいました。遅きに失して私は呼ばれました。遺体解剖はやらせてもらえませんでしたが、それでも小さな遺体を観察し、下着を持ち出して分析・研究し……自分が疑っていたことの証拠を発見できましたよ」

「どんな病なんです？」

ロベールは重々しく答えた。

「チフス……ペスト！」

㉖章　奇妙な馬乗り

いつも冷静なポーラン・ブロケは震えていた。もう一度医師に尋ねた。

「ペスト？」

「そうです、チフス……ペストです……」ロベールははっきりと言った。

「ちょっと先生……それは本当に確かなんですか？」

「絶対にです」

「あなたが言っていることはあまりに思いがけないことですよ。あまりに深刻です」

「私の主張は確かです。病を発見したとき私もショックで驚き、激しい不安に襲われましたよ、あなたみたいにね。私自身も最後の患者、つまり、例の女の子、それから大尉を診断したときになかなか信じられなかった」

「それじゃ、ド・カゾモン大尉も同じなんですか？」ポーラン・ブロケは尋ねた。

「同じです、ペストに罹っていました。彼によって、私の診断の反論の余地のない証拠が得られたのです……というのも彼がいま生きているのは、私自身がパスツール研究所のルー博士のところに行って入手した、抗ペスト血清のかなりの量を投与したからなんです」

ポーラン・ブロケはしばらく沈黙し、尋ねた。

「ペストは本質的に伝染性ではありませんよね？」

「そう信じられているようですが、そうではありません。ペストはそれがうつらないという意味では伝染性ではありませんが、それは伝播され、広がります。水もペストを運びますが、この病を広げる、もっとも恐ろしいものは、オウム、ネズミ、そして蚊です」

ポーラン・ブロケはさらに医師に尋ねた。

「ブリアル家以外では誰も病に襲われていない。国内ではほかの患者は確認されていないのですか？」

「されていません」

「ということは、ブリアル城そのものにおいてこそ……」

「いいえ、ブロケさん。ド・カゾモン大尉が病床についたときは、その数日前からブリアル城にいたわけではないんですよ」

「えっ！」

「それは、彼がド・ブリアル侯爵とお嬢さんのお供をしてパリから帰ったときなんです。ご存じでしょう、われわれの友人たちが私の不幸な父の葬儀に参加するためにオルレアンからやってきたことを？」

「知ってます」

「これはたぶんご存じないと思いますが、ド・ブリアル氏とお嬢さんがパリで過ごしたこの数日間に、大尉は将来の義従兄のもてなしを受けていて、ド・マルネ伯爵の家に滞在しているんです」

この言葉に、ポーラン・ブロケはすぐさま手を伸ばした。

「そこまでにしましょう！」彼は言った。「それ以上、先へ進む必要はありませんよ」

ロベールは驚いて刑事を見た。

「殺人犯は」ポーラン・ブロケは続けた。「いいですか、ブリアル夫人とご子息、小さなお嬢さん、ド・カゾモン大尉の殺人犯は、ド・マルネ伯爵です」

医師はうなずいた。

「ド・マルネ伯爵は」ポーラン・ブロケはさらに強調した。「ド・ラ・ゲリニエール伯爵の友人、つまりジゴマの仲間なんです！」

ポーラン・ブロケは震える声で、断固たる調子でそう言ったので、ロベールは驚いた。なにしろ、ポーラン・ブロケはいつも落ち着いていて、自分を抑えていたからだ。白熱する議論の最中でも、決してその感情に押し流されることはなく、声の調子をあげることはなかった。それゆえ、彼がそうなるからこそには、医師の話は彼にとって衝撃的で深刻なことだったのだ。

卒然と感情を露（あら）わにすると、彼はしばらく黙った。平静に戻るため、落ち着きを取り戻すためか時間をかけて入念にタバコを巻き、ゆっくりと火をつけた。それから、とても静かに煙を吐き出しながらロベールに尋ねた。

「ブリアル家をよくご存じですか？」

「とてもよく」

「侯爵は莫大なかなりの財産を所有している、そうですね？」

「ええ。不動産から莫大な収入を得て、順調な産業ビジネスにかなりの資金を巧みに投資してます」

「結構！　ド・マルネ伯爵の親等は？」

「伯爵は、侯爵の姉の孫にあたります」

「侯爵には、お嬢さん以外に、その財産を要求できるような近い親族はほかにいますか？」

「そうは思いませんね。何人かのまたいとこ、遠い親戚くらいでしょう。多くはだいぶ高齢で、ほとんどがかなりの金持ちで、自分たちの遺産を侯爵やその子どもたちに残すはずです」

「ということは、侯爵の子どもたちをのぞけば、ド・マルネ伯爵がブリアル家の莫大な財産の、唯一の継承者となるんですね。これですべては説明されます。わかりましたよ、いまやなんの疑いもありません。まさに殺人です」

「なるほど。それにしてもぞっとすることだ！」

ポーラン・ブロケはさらに尋ねた。

「ド・マルネ伯爵はこの相続を確実にするためにほかの方法は使いませんでしたか、たとえば結婚とか？」

「ええ、彼は結婚しようとしました、従妹のアリスとです」

「彼女は賢明にも拒んだ」

「彼は彼女に何度も願い出ました。突き放されても彼はくじけなかった、いつかアリスが折れるのを望んでいたんですよ。しかし彼は完全に彼女に反感を抱かせています」

「だから、ブリアル嬢がド・カゾモン大尉と婚約したとき、ド・マルネ伯爵はすべての希望を諦めなければならないとわかって、決心したというわけか……」

「そのとき、彼は諦めが早かった。彼は一番に従妹と将来の義従弟を祝いましたからね」

「しかしすぐに、彼はそのぞっとするような仕事をはじめた。自分から逃れゆきそうな財産を確実なものとするために。

もっとも簡単な方法は、親族のなかで一人だけ残ること。

ブリアル夫人、息子、幼い娘は消えた。

侯爵は悲しみのせいで死にゆく哀れな男だから、問題にならなかった。アリスは婚約者が同様に死んでいくから失意のどん底にひとり残され、最終的にド・マルネ伯爵を受け入れる……さもなければ、今度は彼女が死んでいく」

「卑劣なヤツだ！　でも運よく大尉は救われた。すでに血清を投与しているから新たな試みからは守られている」

「ええ。でも彼が救われると同時に、その婚約者に死が宣告されたんです」

ロベールはビクッとした。

「まさか！　そんなことできませんよ！」

「その反対です！　アリスが死ねば、残るは侯爵だけです。ド・マルネ伯爵はそのあと唯一の遺産相続者になるから待っているだけでいいんですよ。侯爵は自然のままに自分の存在を片づけ、けなげに獲得した莫大な財産を彼に委ねるのをね。そんなに長くはかかりませんよ」

「あなたの言う通りです」医師は言った。「そして確実にこの卑劣なヤツは、新しい攻撃をすでに準備している」

「おやおや……なぜそうだと言えるんです？」

「ド・マルネ伯爵が、以前のように所有地で狩猟を催すことをド・カゾモン大尉に働きかけたんです。侯爵に気力を取り戻してもらい、アリスに気晴らしが必要だという口実のもとでね。将来の婿である大尉とともに、彼が若主人として招待客をもてなし、案内することを申し出たのです」

「おやおや！　攻撃がおこなわれるのは、この狩猟のあいだ、城が招待客でいっぱいになっているあいだだ。うん、ありえるな。たくさんの人々が、外部の人間がいる必要があるんだ。犯行が疑われないように、殺人犯が特定されないようにするためには」

「私もそう思いますよ」

「しかし誰が犠牲者として選ばれたんだ」刑事は言った。「倒れるべき新たな犠牲者は誰だ？　侯爵か、アリスか、大尉か？　そしてどんな種類の死が彼らを待ち受けているのか？　不可解な毒殺、ペスト、それとも狩猟中の事故か？　これはわれわれの直面する新たな問題です。それから、先生、あなたには隠しませんけど、この問題は私にとってかなり不安ですよ」

「私も怯えていますよ。われわれが予感したこの悲劇をどうやって防げばいいんでしょう？　どうすればいいでしょう？」

　ポーラン・ブロケは尋ねた。

「あなたも当然、この狩猟に招待されているんでしょう？」

「ええ、ラウールと妹のレモンドと一緒に。またアリス・ド・ブリアルは友人のイレーヌ・ド・ヴァルトゥールを招待しています。彼女はブルターニュから来て、パリに立ち寄って、私の妹を迎えに来るはずです」

「あなたはブリアルへ行きますか？」

「私は行きません。患者たちがそれを許してくれませんからね」

「では、ご兄弟は？」

「決めていません。私の場合よりも美しい、別のつなぎとめるものが彼を引きとめるでしょうからね」

「ええ、そうですね！」ポーラン・ブロケは笑いながら言った。「まあ、美しいリリーは待っていてくれるでしょう。ただ、いずれにせよ、ラウールさんは招待を受ける必要があります。ブリアルにいなければなりません」

「彼はそこにいるでしょう。それに必要なら、ご存じのように、妹のレモンドの勇気と力を頼りにすることができます」

「彼女の貴重な協力が必要になるかもしれません」

この話し合いから三週間ほどして、ブリアル城では招待客が迎えられた。

招待客は例年のように多くはなかった。侯爵の古くからの友人たち、周辺の城主たち、ラウール・モントルイユ、ド・レンヌボワ大尉とその友人ド・カゾモン大尉、それからド・マルネ伯爵の二、三の友人、デュ・ジャール男爵と見栄えのいいデュポン男爵だけだった。そしてド・マルネ伯爵は、今年において招待客としてレモンドとラウール・モントルイユがいたから、親友のド・ラ・ゲリニエール伯爵を招く不手際は犯さなかった。

ド・カゾモン大尉とド・レンヌボワ大尉は自分たちの馬の世話をさせるために従卒をともなって来ていた。ド・カゾモン大尉の従卒は、城の召使いたちと顔馴染みだった。人のよい若い太った男で、兵役について以来、大尉のところにいた。一方、ド・レンヌボワ大尉の従卒ははじめてブリアルにやってきた。従卒は大尉と一緒にフォンテーヌブローにいた……はじめに言ってしまおう、この従卒はラモルス以外の何者でもなかった。

招待客に仕えるために追加で雇われた者のなかから、ド・ブリアル侯爵は一人の使用人を選んだ。ラウールと大尉らにあてがわれたが、この召使いはガブリエルだった。

一方で、デュ・ジャール男爵と見栄えのいいデュポン男爵は使用人を連れてきてはおらず、彼らに割り当てられた者で満足した。ガブリエルとラモルスは大いに驚いたが、彼らは実際ブリアル家の使用人であり、Z団とわずかなつながりもなかったのである。

ガブリエルから毎日を報告されたポーラン・ブロケはこの事実を知らされたが、そこに悪質な目論見がないとは思えず、率直にこう答えた。

「優れた目をさらに開く必要があるな！」

もっとも、ブリアルに来る前、ラウールとド・レンヌボワ大尉、そしてレモンドはガブリエルから指示を受けていた。三人は、イレーヌとド・カゾモン大尉に手伝ってもらい絶え間なくアリスを見張ることになっていた。ただし、イレーヌとド・カゾモン大尉にはなにも言わずにである。こんなふうに囲まれていれば、アリスは簡単に襲われることはない。さらに彼女を監視しながら、この作戦の協力者たちはたがいに用心した。そうすれば、ド・マルネ伯爵とその手下たちが大胆にも同時に何人も襲うことは決してないだろう。

加えてロベールは念のため、起こるかもしれない毒殺のさまざまなケースに備えて血清のアンプルを入れたポーチを、兄弟のラウールに渡しておいた。とても首尾よく、てきぱきと、同僚のド・カゾモン大尉に適切な注射を打ったド・レンヌボワ大尉が、必要あらばふたたびそれをおこなうのを引き受けた。

「というのも」ポーラン・ブロケはロベール医師に言った。「悪意ある注射を打つことほど簡単なことはありませんからね。警戒した人々の目の前であってもです」

「どういうことです？」

「オウムは城にはいない。ペストに罹（かか）ったネズミなら一般に大きな被害をもたらしますが、そんな被害は報告されていない。またペスト菌を運ぶ蚊はボース地方〔パリ南西部に広がる穀倉地帯〕には生息していない。だけど田舎なら、茎に毒を浸したバラを渡すことだってできる。バラを受け取った人がそのトゲで指を刺すように渡すわけです」

「手袋が守ってくれますよ……」

「バラじゃないトゲを使うこともできます。田舎では、悪質な意図を見抜かれることなく毒を塗ったトゲで刺すことはいとも簡単です。散歩のあいだ、ダンスしているとき、縦筋の入ったウイルスを含んだピンで引っかくことほどたやすいことはありません。そして最後の可能性は、致死性の液体に爪を浸すことです。そうやって、毛虫や小さな虫を、腕、首、手から取り除くといって犠牲者の皮膚を傷つける。するとこの目に見えない傷口から恐るべき死がすべり込む」

「ええ、それはすべてありうることですね。では、アリスには注意を促し、針やトゲで刺されないよう厚い手袋や幅の広いうねのあるセーター、目の細かいヴェールを着用してもらうよう言いましょう……あなたのご指示には忠実に従います」

いろいろな用心をしたにもかかわらず、ポーラン・ブロケは仲間たちの運命について安心できなかった。ド・ブリアル侯爵の招待客は数日しか城にとどまらないので、ポーラン・ブロケは、悪事が——彼はド・マルネ伯爵の堅い意志を疑わなかった——すぐに実行されるはずだと考えた。ゆえに、悪事をかわす、できるなら未然に防ぐには、同じすばやさでもって行動しなければならない。でも、どのように？　まずは、準備されている悪事がどんなものか、殺人犯がどのようにして死をもたらすのかを見抜かねばならない。それは簡単なことではなかった。刑事はこれほどむずかしい任務にとりかかったことはなかった。しかし、危険かつ困難は、ポーラン・ブロケにあらがいがたい魅力を与えることをわれわれは知っている！

二日前から、ブリアル城では狩猟がおこなわれていた。これ以上ないほどの首尾だった。一日中馬に乗って歩きまわると、侯爵の招待客たちは自分たちの部屋に戻り、それ相応の休息を楽しんだ。翌日も同じような多忙が予定されていたのだ。男性客の部屋の前の長い廊下でこの日最後の軽いおしゃべりをすると、ラウールとド・レンヌボワ、ド・カゾモンの両大尉の三人の友人たちはたがいのよい夜を願い、自室に入った。

ラウールがベッドに入り、灯りを消そうとすると、突然一人の男が現れた。まるで迫りから登場する夢幻劇の主人公もかくや、床から出てきたかのようなこの男はラウールが叫びを発する前に、手を口にあてて制した。

「静かに！　私ですよ！」

この男は、弁護士が自分を見分けられるよう灯りの輪にみずからを照らした。

そして彼はラウールの口から手を離した。

「どうして、あなたですか？」

「そうです」

「まったくあなたって人は、いったいどこから入ったんです？　こんな芸当ができるのはポーラン・ブロケしかいませんよ！　なにしにいらしたんです？」

「いずれわかりますよ……あなたの眠りを邪魔しにきた闖入者がわかったのですから。灯りを消してください、怪しまれないようにね。暗くして続けましょう」

「いいでしょう。消しました」

ラウールは部屋を真っ暗にした。言われるがままに、その命令の意味を理解することなしに、ただちに刑事に従うべきだと彼はわかっていた。

「ここで夜を過ごすおつもりですか？」とはいえラウールは尋ねた。

「ええ。あなたの召使いがすべてを準備してくれています。ソファの上に枕、毛布、必要なものすべてが揃ってますよ。細かいことはおいておきましょう。まず話を聞いてください」

ポーラン・ブロケはドアまで行った。鍵穴に耳を近づけ、しばらくそばだてた。そして、満足してラウールのベッドのところに戻り、抑えた声で言った。

「私は今日の夕方からここにいます。誰も私の存在に気づいていませんよ。ド・マルネ伯爵、デュ・ジャール男爵、そしてデュポン男爵は、誰にもまして、ジュルマおばさんの家で、私をダイナマイトで爆破したと思ってます」

「確かに」

「というわけで、私は好きなように行動できるんですが、さらに援護してもらう必要があります。あなたの将来のご兄弟とド・カゾモン大尉は、あなたの妹さんやここにいる全員と同じく、私がここにいることも、いまだ生きていることも知るべきではありません」

「了解しました、まかせてください。それでなにをすればいいですか？」

「いまのところ、怪しいことはとくに起きてませんか？　ド・マルネ伯爵とその魅力的な仲間たちが、われわれが疑うような致命的な計画を実行したとは認めてませんか？」

「はい」

「それは、ヤツらがなにも試みなかったのではなく、つまりは成功しなかったことを意味します」

「ヤツらは成功しちゃダメなんですよ。あなたがここに来たのはそのためでしょう」

ポーラン・ブロケは断言した。

「そうです。あなたのやるべきことはそれです……それはまず今晩眠ること」

「眠ること？」

「ただそれだけです、私のことは気にせずにね。明日、いつものように出ていってください。狩猟に行って、そしてアリスを監視するんです、指示通りにね」

「わかりました」

「そのあいだ私はここで、家のなかを見てまわりますよ。観察して、見物するつもりです。夜になったら話しましょう、翌日なにすべきかをお伝えしますから。さあ、おやすみなさい」

「では、おやすみなさい」暗闇のなかで刑事の手を探し、心を込めて握手しラウールは言った。

夜半までポーラン・ブロケは警戒し、部屋のドアのうしろで聞き耳を立てていた。夜が明けて彼はようやくソファで横になった。そして毛布にくるまり、眠った。憲兵の片目を開けたままの眠りではなく、猟師の深い眠りである。ラウールはといえば、途中で目を覚ますことなく朝まで、庭園で猟犬使いが起床ラッパを鳴らすまで眠った。目を開けると昨晩のことを思い出した。彼はソファの刑事を探した。すでにポーラン・ブロケは姿を消していた。

ラウールは身支度を整え、大尉らと一緒に、朝食へ向かう招待客たちと合流するため降りていった。やがて全員が鞍にまたがり、猟犬は吠え、馬は前足で地面を蹴り、角笛は楽しげに朝日に挨拶した。猟犬使いのなかには、大尉たちの従卒らがいた。主人(あるじ)たちに狩猟に同行するのを許されたのだ。

一行が林間の空き地を横切り、狩り出しのために森に入ろうとすると、森を横切る道で、ずいぶんと見栄えのいい若い馬乗りとすれちがった。タバコを吸いながら、馬に並足で好きなように歩かせながら、おだやかに散策をしていた。一行は、この地方で馴染みのないこの馬乗りを知らず、優れて傑出したサラブレッドの彼の馬を賞賛した。

ただラモルスは、馬よりも馬乗りのほうに注意を引きつけられた。若い馬乗りは狩猟の一行を通すために停まった。彼は主人たちや馬に乗った女性たち、それから随行者たち、狩猟頭や猟犬使いやその召使いを遠目にながめていた。ラモルスは最後にやってきた。若い馬乗りが停まったはじめから、ラモルスは彼から目を離さなかった。この大きな澄んだ目、薄茶色の口髭がかろうじて覆うこの口をどこかで見たことがあると考えていたのだ。その口は、タバコで半分隠されていたが、うっとりさせる輪郭があった。

突然、彼の目は若い馬乗りと交差し、瞬間、顔を見合わせ、二人は驚きと……不安の表情を見せた。するとと不意に若い馬乗りは手綱を引いて、その場で馬を方向転換させ立ち去った。この動きのなかで、木漏れ日が若い馬乗りの襟足にあたり、鹿毛色の光をきらめかせた。するとラモルスは自分の馬にひと鞭入れた。仲間たちは驚いた。馬は横に跳ね、一行からはみ出ると、アブに刺されて突然狂ったかのように、若い馬乗りの跡を猛スピードで駆けだした。

それはものすごい競争だった。二頭の馬がいきり立って道を跳ね飛ぶのが見えた。ラモルスの馬はド・レンヌボワ大尉の所有で良質だったが、若い馬乗りの馬にはかなわなかった。若い馬乗りは見事なまでにやすと、完璧な乗馬術で驚くほど冷静に全速力で走らせていた。道での競走のあと、若い馬乗りは草地に入った。彼は遊んでいるかのごとく、なんなくサラブレッドに生垣や柵を飛び越えさせ、優位に立った。そして彼は小さな森のほうへ駆けてゆき、枝の茂みに消えた。

ラモルスは追跡できなかった。若い馬乗りは逃れたのだ。そうしてラモルスは不満げに思案顔で、馬を汗まみれにして、こうひとりごちた。

「バカなことをしたかもな……」

狩猟の一行を追って、彼は一行から別れた林間の空き地に戻った。すると彼は、若い馬乗りが吸っていた吸い殻を見つけた。駆けだすときに投げ捨てられたのだ。ラモルスはそれを拾いあげると大切にポケットに入れた。そうして馬を草でこすると、仲間の跡を追って駆けだした。

「どうしたんだよ?」ド・カゾモン大尉の従卒が言った。

「俺じゃねえよ」彼は一同に聞こえるように大きな声で答えた。「俺じゃねえよ、馬なんだって。なにがあったか俺にはわからねえけど、あの若い男の馬を褒めるのを聞いて、たぶんヤキモチを焼いたんだな。それで、アブかなにかに刺されて走り出し、あの馬に負けねえってとこを見せたかったんだが、お察しの通り、俺たちは追い越すことができなかった。俺はようやく駄馬を説得して連れ戻したところさ。ときどきコイツはこんなふうにほかの馬と競いたくなるんだよ。毎回、頭が割れそうになるよ。いまいましい駄馬だ、ほら!」

こうして、ラモルスは帰り道、召使いガブリエルと合流し、すばやくこの出来事を彼に語った。

「だから」彼は締めくくった。「さっきの偶然会ったあの若い男だが、彼はジュルマの家でダイナマイトから刑事長を救った人物なんだ!」

「赤銅色がかったブロンド髪の女」

㉗章　羽根のある暗殺者

ポーラン・ブロケは、召使いの仕事をこなしながらラモルスの軽挙について語るガブリエルの話を注意深く聞いていた。彼は偽従卒のラモルスが回収したタバコを見つめ、その紙を破いた。

「確かにイギリスのタバコだ」彼は言った。「俺を救出し、俺がその息にアヘンの香りを感じた、あの若い人物が吸っていたのはこのタバコだ」

彼は結論づけた。

「これらすべてが俺たちに示しているのは、Z団のヤツらが動きだすということだ。もっともそんなことはわかっていたことだがな。だが、わからないのは、なぜこの女が強盗団の手から俺を救出したのか……なぜ今日俺たちは、若い馬乗りに扮した彼女とブリアル城の付近で遭遇したかだ」

しかしながらポーラン・ブロケは、いまこの謎のカギを探して時間を無駄にしたくはなかった。不可解ながらもこの新事実には立ちどまらず、当初の目的に専念したのである。ガブリエルとともに彼は、レモンド・モントルイユとイレーヌ・ド・ヴァルトゥールに割り当てられた寝室に密かに入った。これらの寝室は、アリスがいつも使っているアパルトマンのなかに整えられていた。こうして三人の友人たちは、より快適に一緒に過ごすことができた。三つの寝室は通じていた。小さなサロンで連絡されていたのだ。その場所でアリスとレモンドは自分たちの婚約者やラウールを迎えていた。またときどきド・マルネ伯爵がやってきて、自分や友人たちが若い女性たちに挨拶できるかどうか尋ねた。

ポーラン・ブロケはレモンドとイレーヌ・ド・ヴァルトゥールの寝室を調べると、さらに長い時間アリス・ド・ブリアルの寝室にとどまった。

若い娘の寝室に入ると、ポーラン・ブロケはガブリエルに言った。

「ロシア革の強い匂いがするな」

「本当ですね、刑事長」

「なぜだ？　アリスさんがとくに好きな匂いじゃない」

「そうですね……この匂いは、アリスさんの机の上にある、このロシア革でできた下敷きから出てますね。この下敷きは、伯爵からその親愛なる従妹への友情のプレゼントだそうですよ」

「ヤツがこの下敷きを彼女にあげてだいぶ経つのか？」

「数日ですよ」

「おやおや！」

ポーラン・ブロケはそれ以上なにも言わなかった。彼は寝室のなかを捜索し、観察し、探りまわった。

寝室はルイ十六世の時代の白い家具で可愛らしく飾りつけられていた。この白の家具のなかにあっていくつかのものがポーラン・ブロケの目にとまった。それは、青い絹でできた巨大な花型のかさと、同じように青色の常夜灯だった。実際のところ、現代的な下敷きと同様、これらの常夜灯とかさは、時代ものの家具や、少なくともそのスタイルには合っていなかったが、もう少し青色が控えめだったら、家具との調和を乱さなかったろう。

「ちょっと青すぎますね、確かに」ポーラン・ブロケに指摘されたガブリエルは言った。

「全部わざとそうなんだよ」

「わざと?」

「そうだ。これも間違いなく、やけに愛想のいい従兄から従妹へのプレゼントなんだろ?」

「そうです、刑事長。ド・マルネ伯爵はこれらのものを社交界の慈善福引で当てたと主張してます。彼が断言するには、それは若い女性用のものだから、従妹に受け取るように頼んだんです。ド・ブリアル嬢は断りきれませんでした」

「この常夜灯は夜間、ついたままなのか?」

「そうです、刑事長」

「上の、この青い絹のかさの下で?」

「ええ、刑事長。それによって寝室全体が青くなりますが、そう不快ではありません」

ポーラン・ブロケは微笑みはじめた。

「よし! ようやくわかったぜ、俺が知りたかったことがな。だいたいわかったぞ」

するとと彼はドアのところへ行き、その閉まり具合を丹念に調べた。

「ああ!」彼は言った。「側面に目張りが施されている、それに下にも、上にも……なるほど、空気は合わせ目から流れ出ることはできない。空気も……ほかのなにものもな」

ポーラン・ブロケは錠を調べた。蝶番と同じく彫琢の施されたブロンズ製のリンゴ型のノブがあるだけで、鍵は挿さっておらず、鍵穴隠しもブロンズ製で寝室の様式に合わせて頭像があしらわれていた。

「風も、ほかのものも、この鍵穴を通り抜けることは不可能だ」

ポーラン・ブロケはあごをかいたが、これは困惑している印だった。そうして壁、ドアの木材、天井を観察した。

「うーん！　うーん！」額にしわを寄せて彼は言った。「俺は間違った道を進もうとしているのか？　これらすべてはわれわれを騙すためのものなのか……悪事がどこかで、俺たちの計り知らぬ方法でおこなわれるときに、俺たちに別の場所を捜査させるためなのか？」

しかし、深く考えながら彼は加えた。

「それでも……それでも！」

彼は常夜灯のかさを手にとり、観察し、青い大きな花型のかさのひだをひとつひとつ細かく調べた。そこにはなにもなかった。次に彼は若い娘の机に来た。小さな肘掛け椅子に座り、引き出しには目もくれず、埃の粒を数えるかのように机の表面、玉縁の溝を観察した。それから、親切な従兄からの贈り物、現代的な例のロシア革製の下敷きをもう一度調べた。

すると、彼は突然叫んだ。

「わかった！　これだ！　見つけたぞ！　間違ってないとは思っていたが……これが証拠だ！」

「なにがあったんです、刑事長？」ガブリエルは尋ねた。「なにを見つけたんです？」

「見てみろ、ここだ……ここだよ……」

ポーラン・ブロケは指で下敷きの上にわずかに見える点を示した。

「これは」ガブリエルは言った。「これは……いや本当だ、蚊だ！」

「そうだ、蚊だよ」刑事長は答えた。「おまえの言う通り、蚊だよ！　見てくれ。蚊はその針を革のなかに刺している、深々とな。そしてその結果力を失い、引き抜くことができず、ここで罠にかかったように死んだんだ……ほらこれだ」

ポーラン・ブロケは机から一枚の便箋と封筒を取り出し、ペン先を使ってロシア革製の下敷きから慎重に引き剝がした蚊を封筒に入れた。

そして、とても不思議そうに彼のふるまいを見ているガブリエルに言った。

「こんな部屋で、こんな季節に蚊が見つかっても、おまえは驚いていないみたいだな……」

「刑事長、正直言って……」

「いいか、俺が探しにきたのはこの蚊なんだ」

「この蚊を？」

「そうだ、これはありふれた蚊じゃない。これはな――俺は真剣にこれらの虫類を研究したんだが――これはな、ハマダラカあるいはシマカのメスだ。ペストを運び、死をもたらす蚊なんだよ」

「おお！」ガブリエルは震えた。

ポーラン・ブロケは続けた。

「疑いえない事実がある。それは、ド・マルネ伯爵が親戚に毒を盛って殺害したことだ。だがどんな方法で？　あの恐るべき病を彼らにうつすためにどうしたのか？　どのように注入したのか？　俺たちはこれを見抜けなかった。だけどな、下敷き、青いかさが、俺を正しく導いたんだ。そしてようやく俺は確信した、ド・マルネ伯爵は蚊を使って殺したってことをな」

刑事は加えた。

「ハマダラカやシマカは暗闇でしか刺さない。ヤツらは陽の光を怖がる、それから赤い光もな。反対に、青いほのかな光はヤツらを惹きつけ、狂乱させる。そのうえ、ヤツらは革の匂いを好む。とくにロシア革によってヤツらは酔い、いらだち、興奮し、よりいっそう刺すようになるんだ……」

「なるほど、刑事長。従兄から従妹へのプレゼントの理由はこれだったんですね」

「その通り」ポーラン・ブロケは結論づけた。「さて、俺たちが知るべきは、この寒さのなか蚊を生かすために、ヤツらをこの部屋に放つために伯爵はどうしているかってことだ……伯爵は試しにすでに何匹かの蚊を放っているからな、その一匹がこれだ！　俺は思うんだよ、ヤツの悪事が成功しなかったのは、この部屋があまりにも寒くて、ヤツの手下たちが与えられた身の毛もよだつ任務を果たす前に死んでしまったからだとな」

ポーラン・ブロケが前夜の大部分を、ド・マルネ伯爵のアパルトマンに通じる廊下を見張って過ごしたことを思い出しておこう。彼は怪しい音をなにも聞かなかった。伯爵は確かにその夜、自室から出なかったのだ。ならば、どのように蚊を若い娘の寝室へ侵入させることができたのか？　ポーラン・ブロケは不安な気持ちで自問していた。

「もしかすると」彼は言った。「伯爵は、その前の夜、俺が来る前に、その悪事を実行したのか？」

「そうかもしれませんね、刑事長」

「そしてヤツは二、三日待って、悪事が成功したかどうかを知ろうとしているんだ。病が発生しはじめれば、それでよし。今回の場合、なにも起こらないから、蚊が効かなかったとヤツは理解するだろう……だからヤツはよりよい条件のもとでもう一度やる……もう一度やるだろうな」

そうしてポーラン・ブロケはラウールの部屋へ戻った。彼はそこに隠れていなければならなかった。ガブリエルがこっそり食べものを運んできてくれた。

夜になってガブリエルが夕食を持ってきて、こう言った。

「刑事長、さっきド・マルネ伯爵から奇妙な命令が与えられました。おそらくあなたならその重要性がわかるでしょう」

「どんな命令だ?」

「すべてのアパルトマンで火をおこせ、と」

「おやおや!……どんな口実で?」

「部屋に充満する湿気を払うため、建物を乾燥させる必要からでしょう。伯爵は、城でみんなに風邪をひいてほしくないいんです」

「蚊が凍りついて、悪事に失敗することもな。よし! よし! ガブリエル、そういうわけだから火をおこすんだ。ここも、大尉のところも、お嬢さんたちのところも、とくにアリスさんのところをな。伯爵は正しいんだよ、風邪なんてひいちゃいけないし、ましてや熱に冒(おか)されてはいけないからな!」

彼は部下に言った。

「今晩悪事が実行されるのは確実だから、おまえは、伯爵や男爵たち、友人たちのアパルトマンがある上の廊下にいてくれ。彼らを通してかまわないが、戻ってくるときは通行を防ぐんだ」

「わかりました、刑事長」

ガブリエルが去るとき、ポーラン・ブロケは言った。

「もっともらしい口実をつけて、ラウール・モントルイユに言ってくれ。夕食を終えたら、ほかの人たちよりも先に自室に来るようにとな……二分だけでいい」

夕食後、招待客らが自室で休むまでの時間、コーヒーを飲み、タバコを吸いながら談笑して過ごしていると、ラウールはいたって自然に、タバコをとりに自室に戻った。

「今晩、アリス・ド・ブリアルは自室で休んではいけません」ポーラン・ブロケは彼に言った。「手はずを整えてください、妹のレモンドさんにアリスさんを自分の寝室に連れていき、匿ってもらうんです。誰にも気づかれずにですよ。それから、妹さんとヴァルトゥール嬢の寝室の常夜灯はつけたままにする必要があります。もし彼女たちが暗くしたいと言うなら、赤い布で覆ってください。赤い布は簡単に見つけられるでしょう、そうでなければ赤い紙でもいいです……とにかく重要なのは赤です、赤色ですよ……それからそれぞれの寝室のサロンへの連絡口を閉めてください。アリスさんの寝室を孤立させる、これがすべてです。ラウールさん、抜け目なくお願いしますよ」

「わかりました」

ポーラン・ブロケの望み通りになった。アリスはためらわず、そして従うべきことがわかった。彼女はいつものように寝室を使っていると見せかけて、友人のレモンドのところに身を寄せた。だから誰かが彼女の場所を使ったのである。その誰かとは、ポーラン・ブロケである。彼は青色のかさの常夜灯をつけたままにした。それから城のなかは完全に静かになった。

昼間のうちにポーラン・ブロケは、ド・マルネ伯爵とその友人たちの部屋にも行っていた。デュ・ジャール男爵と見栄えのいいデュポン男爵の部屋には、とくに注意を引くものはなかった。彼は好きなように彼らの大型トランク、旅行鞄、バッグを調べることができた。彼らは用心に用心を重ね、札付きのならず者がかならず携帯するような、真面目さと誠実さを完璧に証明する書類しか持っていなかった。

ド・マルネ伯爵の部屋にも怪しげなものはなかった。ポーラン・ブロケは侵入したとき燃料用アルコールの匂いを嗅いだが、化粧台の上には、整髭用ゴテが小さな温め器の上に置いてあるだけだった。普通の人間なら、この確認で十分だったろう。しかしポーラン・ブロケはそれで満足しなかった。彼は匂いを嗅ぎまわったのだ。そうして、伯爵の小型トランク、身支度の品々が入っているにちがいない鍵が閉まった小型トランクから、燃料用アルコールのあの匂いが発散されているのにようやく気がついた。そもそもそれは刺激臭のある普通のメタノールではなく、実験用ランプに使われるエタノールだった。そのアルコールの小瓶が整髭ゴテの温め器のそばに置いてあったのだ。

「おお！」刑事は言った。「伯爵は敏感な嗅覚を持っているな。口髭を巻くために、芳香あるエタノールを必要とするんだからな」

そして彼は思った。

「この整髭ゴテの温め器はわざとここに置いてあるんだな。もうひとつ別の温め器がトランクのなかにあり、そこでもっぱらこの極上のアルコールが燃えているんだ」

しかし、このトランクはしっかりと閉まっていたので、鍵を壊さずして、盗みの痕跡を残さずして開けられないとポーラン・ブロケは判断した。

「よし！　よし！」彼は言った。「触らないでおこう。あとでまた戻ってこよう」

さて、真夜中にポーラン・ブロケはアリスの寝室にいた。ドアに向かって肘掛け椅子に座り、彫像のように微動だにせず耳を澄まし待っていた。夕食中に伯爵の命令によって燃やされ、いまや灰の下で炭になっているブドウの若枝の火で温められた寝室は、優しい暖かさに満たされていた。

「いい温度だ！」刑事長は言った。「いままで成功しなかったのは、十分暖かくなかったからだ。だが今晩はちょうどいい」

静かな部屋で彼がひとりごちていると、プーンという音がひとつ、ほどなくいくつも聞こえた。

「ヤツらだ！」身動きせずにポーラン・ブロケは言った。「ヤツらだ！　待ってたぜ、やっとだ、ヤツらはここにいる……」

　プーンという音は部屋のなかを漂ったあと、さまよい、探し、彼のほうに向かい、その周りをまわった。ポーラン・ブロケは袖をまくりあげ、二の腕をさらけだした。この二の腕にはいまはもう治っていたが、新たなラ・バルボティエールでの、ジュルマの家のアトリエでのガローテのロープの跡が残っていた。彼は、筋肉質の、見事な血管が浮き出る両腕を、いまや部屋を満たす蚊の口吻に、マラリアやペスト、恐怖と死を拡散する病をもたらす蚊の口吻に差し出しながら、瞼を守るために両手で顔を覆い、待った。自分の腕の上で血を吸いながらその血管に恐るべき毒を注入するいくつもの黒い点を、指のあいだからながめ、身じろぎもせず、ゆっくりと刺されてやったのだ。この行為は恐ろしく果断なものだった。だが刑事には、否定することのできない、犯罪者を確実にうちのめすための証拠が必要だったのだ。ポーラン・ブロケはどれほど勇敢に、どれほど克己的にこの証拠を獲得したことか！　この男は本当に賞賛に値するのだ。

　蚊は血をいっぱいに吸うと酔っ払ったように一匹ずつ彼の腕を離れ、そして落下した。その役割、委ねられた任務は果たされたのだ。ほかの国々ならば、蚊は病を別のところへ運んでいっただろう。ここでは、さきほど火が入れられたにもかかわらず、夜の寒さが勝り、部屋を満たしていた。蚊はこの気温では生きることができなかった。満足した蚊は落下し、羽根を広げ、長い足を伸ばして硬直した。

　こうしてポーラン・ブロケは、これらの羽根の生えた殺人者たちを注意深く拾い集め、用意しておいたニッケルの小さな箱に入れた。そして肘掛け椅子に戻ると、彼はまた長い時間待った。腕のいくつもの赤いぶつぶつが大きくなり、恐怖を拡散する病がその恐るべき作用をもたらすのを確かめるために。

㉘章　大切なトランク

　ポーラン・ブロケがアリス・ド・ブリアルの部屋を出て、ラウール・モントルイユの部屋に影のようにすべり入ったとき、若き弁護士はまだ眠っていた。もっとも城のなかでは誰もが全員眠っていた。刑事と忠実なガブリエルをのぞいては。

　ガブリエルは、若い娘たちとド・ブリアル侯爵が住んでいる階の上、つまり男性客用のアパルトマンがある階を監視する任務を担っていた。ポーラン・ブロケの部下は刑事長の指示で、伯爵や階段を降りて下の階に行く者をやり過ごし……その犯罪行為を実行させ……その者が戻るとき行く手を妨げ、猿ぐつわをはめ、手足を縛り、ラウールの部屋に連れてくることになっていた。しかしガブリエルは、ド・マルネ伯爵やその友人たちの部屋から誰かが出てくるのを見なかった。ポーラン・ブロケの考えに反して、その夜、犯行はおこなわれなかったと彼は思った。だから廊下に刑事長が現れてこう言ったとき、彼はすっかり驚いた。

「終わったぜ、ほしかったものは手に入ったよ」

「終わったんですか？」

「そうだ、もう休んでくれ。明日、わかったことを教えてくれ」

　ポーラン・ブロケは部下の驚いた様子に、誰も廊下で危険を犯さなかったことを理解した。そこで彼は、どこから、どのように、アリス・ド・ブリアルの部屋に蚊が放たれたのかを自問した。鍵穴を隠す頭像の飾りがあるにせよ、鍵穴から、あるいは壁のドアの隙間から蚊が吹き入れられたと仮定していた。しかし、ガブリエルが監視していた廊下や階段には誰も通らなかったので、この仮定はおのずと消え去ったのである。いまやポーラン・ブロケは、あの恐るべき虫がたどった道を明らかにしなければならなかったのだ。

「明日になればわかるだろう」彼は言った。

　ポーラン・ブロケはラウールを起こさず部屋に入った。彼はロベール医師がラウールに預けたいろいろな血清のアンプルが入ったポーチがどこにあるか知っていた。彼はそのうちのひとつを慎重に取り出すと、プラヴァーズ注射器に充塡し自分で両腕に注入した。それから前夜のように、毛布にくるまりソファに横になると、召使いとして働くガブリエルが髭整用の湯をラウールに持ってくるまで、ぐっすりと眠った。

　家が目覚めると、ポーラン・ブロケは誰も入ることのないラウールの洗面室へ行き、それまでそうしていたように衣裳部屋を覆う大きなカーテンのうしろに身を隠した。

　ラウールが支度をしているあいだ、彼は言った。

「弁護士先生、われわれは例の男を捕らえられると思いますよ」

「うまくいったんですか？」

「犯罪の道具を押収したんです、それを持っています」

「ブラヴォー！　話してくださいよ……」

「のちほどね。それより聞いてください、今日やるべきことです。これからわれわれは大掛かりな芝居をするんでね」

「ご用命ください、刑事長！」ラウールは微笑みながら言った。

「さて……まず、自室で眠ったことになっているアリスさんは寝苦しい夜を過ごしたことにします。彼女はノミに嚙まれたと話す、それとなくです。それから、彼女は一日中具合が悪く、招待客たちにつきあえない、そして頭痛や微熱を訴え、館に残る。当然、レモンドさんとご友人のイレーヌさんも彼女と一緒にいることになる、彼女を看病するためです。それからド・カゾモン大尉はとても心配し……」

「明日もそのまま、アリスさんはベッドで休むことになる……」

「わかりましたよ！」


アリス・ド・ブリアルは、ラウールに仕込まれてレモンドが描いたちょっとしたコメディを見事に演じきった。その親愛なる従兄をからかうことは彼女を大いに楽しませた。朝、彼が挨拶しに来て、どんなふうに夜を過ごしたかを尋ねると、彼女は答えた。

「おお！　全然よくないわよ、あなたのせいよ」

「どういうこと？」伯爵は大きな声で言った。

「部屋を暖めるなんて妙なことを考えたでしょう、ひと晩中息苦しかったんだから」

「本当に……心配だったんだよ、湿気が……」

「それから、昨日一日中、私たちは犬と遊びすぎたのよ。このワンちゃんたちから、できればごめんこうむりたい贈り物をもらってしまって」

「どんな贈り物なの、アリス？」

「告白するわ……ノミよ！」

「ノミ？」

「私にだけ嚙みついてきたみたい。今朝になって、いろんなところが腫れてるの。恐ろしいわ」

ド・マルネ伯爵は冗談を言いたかった。

「アリス、呼んでくれればよかったのに。みんなでここへ来て、野獣を成敗し、勝どきをあげたのに」

「ええ、そうやってからかえばいいわよ……あなたがとても硬い皮膚を持っていることを願って、今晩あなたがノミに刺されればいいわ」

それでも、この耐えがたい夜とは異なり、その一日はとても楽しくなるにちがいなかった。しかしアリスは元気がなく、意欲がなく、具合が悪そうだった。昼になると食欲がないとはっきりと言い、なにも食べなかった。午後になると、予定されていた馬遊びに向かうにはあまりにも気分が悪かった。彼女は館に残ると願い出た……そして、彼女が自分抜きで一同が出発することを強く望んだにもかかわらず、馬遊びは延期となった。一同は城に残った。

それは、デュ・ジャール男爵と見栄えのいいデュポン男爵がブリアルで過ごす最終日だった。彼らは急ぎの用事に呼びつけられ、翌日までにパリへ着かねばならなかった。

「おまえなのか」ポーラン・ブロケはガブリエルに言った。「これらのまったき紳士の荷物を送る役割を与えられたのは？」

「そうです、刑事長」

「よし。そのときに、伯爵の部屋の、例の怪しいトランクを奪うようううまくやってくれ」

「了解です、刑事長」

ガブリエルは伯爵のトランクを布の袋に入れ、完全に覆い隠した。手を貸しにきたラモルスに手伝ってもらい、それを中庭に下ろした。そしてこのトランクは駅まで運ぶ荷馬車ではなく、誰にも気づかれずに侯爵の車に積み込まれ、幌で覆われた。

二人の男爵はド・ブリアル侯爵や招待客たちに別れを告げると、友人のド・マルネ伯爵に車で鉄道の駅まで送ってもらった。

「ヤツらはたくさん話すことがあるだろうよ」ラウールの部屋の鎧戸に隠れ、彼らがいそいそと立ち去ったの見てポーラン・ブロケは言った。「アイツらが行ってしまったのは、俺たちにとって、まったく都合がいいことだ」

ド・マルネ伯爵が出発すると、ポーラン・ブロケは彼が使っていた部屋に移動し、二人の部下の手を借りて捜査をはじめた。偶然を装いながらも、まさにこの部屋がアリスの部屋のちょうど真上にあるのに彼は気づいていた。

「疑いないな」ポーラン・ブロケは言った。「伯爵は廊下を通る必要も、この極悪な犯行を目撃される危険を冒す必要も全然なかったんだ。つまり、ヤツが蚊を放ったのは、天井からだ」

腹ばいになったポーラン・ブロケは、寄木張りの床を入念に調べた。下のアリスの部屋の天井は白で、青みがかった灰色の縁取りと隅にはモールディングが施されていた。犯行の都合に立つならば、伯爵はモールディングの近くに穴を開けたにちがいない。そして蚊に必要な暖かさのゆえ、穴は暖炉のそばにあるはずだとポーラン・ブロケは思った。彼はまずこの部分を調べてみた。すると予想通り、早速探していたものが見つかった。

オーク材でできた寄木張りの床の薄板の一枚が固定されていなかった。それは手で力を加えると遊びができて持ち上がり、はずれ、下の石膏が露わになった。この石膏に穴が開けられ、それは小指ほども大きくなかったから、そういう目で見なければわからなかった。この穴はモールディングに通じていて、厚紙のアカンサスの葉っぱの陰と一体になっていた。

「さてと」刑事は言った。「俺たちに必要なものは揃った、パリに戻るよ。俺が持っていく蚊をロベール先生に分析してもらって、伯爵のトランクを調べてみる。ガブリエルよ、もしなにか証拠を見つけた場合、暗号化した電報を送るから必要なことを慎重におこない、伯爵をパリに連れてくるんだ。そこでユルバン予審判事が、ボミエ治安局長の前でヤツにいくつか質問することになるからな」

そうして、もみ手をしながら、

「さあ！　さあ！」彼は言った。「ジュルマの家の夜の仕返しといこうぜ」

これらすべては迅速に、かつ密かにおこなわれた。ラウールをのぞく館の誰もがそれに気づくことはなかった。

「さて」ポーラン・ブロケは二人の部下に言った。「おまえたちとはここでお別れだ。俺は帰らないとな。血清を注射したが、熱にやられてるように感じるんだ。この城で病気になるわけにはいくまい」

事情を知らされたラウールは、オルレアンで用事があると口実にした。彼は気晴らしにも運転したかった車に乗り込むと、召使いガブリエルだけを連れていった。車のなかには、幌の下に、あの貴重なトランクと一緒にポーラン・ブロケがすべり込んでいた。オルレアンに着けば安全な車庫に、刑事専用車が待っているのである。移動中ずっと、刑事はZ団のスパイを警戒して隠れたままでいた。

ド・ブリアル侯爵の車は大きな田舎向けの家族用車両で、快適でたくさんの人を乗せられたが、スピードのほうは求めてはならなかった。車が勇んでオルレアンの大通りに到着すると、はるかうしろからラッパが鳴り、ハンドルを握るラウールは右に寄った。すぐさま、ものすごい勢いでレーシングカーが通過した。

かなり若い男がハンドルを握り、その横の、一段低い座席には整備士が乗っていた。二人ともレーサー用のゴーグルを付け、毛皮付きコートに身を包んでいた。ラウールの車を追い越すとき、若い男は無意識に顔をこちらに向けた。彼は、哀れなオンボロ車を追い越す際に勝ち誇るすべての運転手のあの笑みを浮かべ、砂塵のなかに消えた。それは――一秒よりも短い――稲妻のようなつかのまだった……。だが、硬いハンチングをかぶり、召使いのグレーの制服をまとい、ラウールの横でこわばっていたガブリエルは激しくビクッとした。

彼はうしろを振り向いて刑事長に話しかけようとしたが、刑事長は降りていた前のガラス越しに、ガブリエルの耳許で言った。

「動くな……見たぜ……」

「彼……彼女です！」

「そうだ！」


ポーラン・ブロケはラッパを聞いたとき、本能的に振り返ったのだ。そして彼は、ガブリエルが見た若い運転手のまぶしい微笑みのみならず、ハンチングからはみ出し、毛皮付きコートの上でなびき、漂い乱れ、炎のようにひらひらゆれる長いお下げ髪を、輝く赤銅色がかったブロンドの長いお下げ髪を見たのである……。


もっとも安全な車庫で、つまりはド・ブリアル侯爵がオルレアンに所有する家の厩舎のなかでポーラン・ブロケ専用車が彼の二人の配下に守られて待っていた。そこでド・マルネ伯爵の大切なトランクが乗せ替えられ、立派な上流階級の老女に変装したポーラン・ブロケは、古くさい帽子と厚いベールで顔を隠し、彼専用車の後部座席に座った。親切そうな上流階級の老女はすきま風を心配していたが、そのポケットには見事なリボルバーを忍ばせ、幹線道路での襲撃の際には発砲し、盗賊と勇敢に戦うための準備はできていた。そして彼のかたわらには、いまやなにものも彼と引き離すことのできない、伯爵のトランクがあった。

ただちに、上流階級の老女の車は出発した。車がパリへ向かう幹線道路に通じる市門へ向かって大通りを走っていると、後部座席で寒そうに身を縮めていたポーラン・ブロケは、ひときわ大きなカフェの歩道の前に駐車した若い男、いや、若い女のレーシングカーと、そこから少し離れて、このカフェへ向かってくる二人の男を認めた。

二人のうちの一人が話し、もう一人が興味深そうに聞いていた。だいぶ夢中になっていたので、上流階級の老女の車へ目を向けることもなかった。彼らが大股で歩く歩道すれすれを通過したにもかかわらずである。上流階級の老女はこの二人の男をよく見て、見分けるための時間があった。

一人はド・マルネ伯爵だった。

そしてもう一人はド・ラ・ゲリニエール伯爵だったのである。

㉙章　ド・マルネ伯爵の心配事

ブリアル城に戻るとド・マルネ伯爵は、急いで従妹の健康状態を聞きにいった。アリスはよくなっていない……明日もこの状態が続く場合は医者に来てもらうつもりだ、と彼は伝えられた。こうして夕食の身支度のために部屋に戻った伯爵は、そこで激しい恐怖に震えた。トランクが、あの大切なトランクがなくなっているのに気づいたのだ。彼はすぐさま召使いを呼んだ。

ガブリエルが急いで駆けつけた。

「ひとつトランクがないんだ!」ド・マルネ伯爵は言った。

ガブリエルは呆然とした様子だった。

「伯爵さまのトランクがない!」彼は言った。「ありえません……私には説明できません……」

「トランクだ、ここにあった。おまえも、見ただろ、閉まっていたトランク……」

「確かに……それがないのですか?」

「もうないんだ！」

「ああ！　変でございますね」

「あの方たちのトランクを下ろしたのはおまえか？」

「そうでございます、伯爵さま。ただほかの召使いにも手伝わせました、従卒にもです」

するとガブリエルは声をあげた。

「ああ！　わかりました！　この間違いがなぜ生じたのかわかりました。召使いの一人が伯爵さまのトランクが閉まっているのを見て、それも降ろすものだと勘違いしたのでございます。それでトランクも一緒に積んでもらった、そうにちがいありません」

「いくつトランクを運んだんだ？」

「大きなトランクが二つに、伯爵さまの失くなったトランクと同じような小さなトランクが三つに、旅行鞄が二つでございます」

「小さなトランクが三つ、そう言ったな？」

「はい、伯爵さま。それは確かでございます」

ド・マルネ伯爵はほっとした。

「それだ！　私のトランクはパリへの途上にある……トランクはあの方々の荷物と一緒だ。彼らは、私のようなトランクをひとつずつしか持っていない！　よし、ありがとう」

そうならば、トランクは信頼できる人の手にあり、危険でもないことをド・マルネ伯爵はようやく了解した。明日、この点について安心できるような電報かひとことがきっと友人たちから届くだろう。そうして彼は気掛かりな素振りをまったく示さずに、自分の従妹に心から気にかけるふうを見せたのだ！

刑事の車がいつものように用心しながら戻ってくると、電報で呼び出されたロベール医師はヌイイの別宅にいた。ポーラン・ブロケはすぐに貴重なトランクを自分の書斎へ運ばせ、そのあいだに時代遅れの上流階級の老女の衣服を脱いだ。

彼はグズグズせず鍵を調べて言った。

「おやおや！　開けるのは簡単じゃないな。伯爵は注意深い男だぜ」

しかし、ほかの人々にとって簡単でないことも、ポーラン・ブロケにとっては遊びである。彼は机の引き出しから小さな束を取り出し、いろいろな形の、何枚もの鋼の薄板を選び、それらをビスのついたリングでまとめ、ゆっくりと締めた。それは形を変えることのできる一種の鍵のようなもので、彼はそれを鍵穴に差した。彼は押しながら数回まわし、それを引き抜いた。すると薄板の一枚一枚がずれて整い、あるギザギザのキーの形になった。ポーラン・ブロケはそれを観察した。さらに彼は何枚かの薄板を入れ替えてから、もう一度鍵穴に突っ込んだ。

「いいだろう」彼は言った。

そして彼はリングのビスを強く締めた。それから一回まわすと、カチッという音がして錠を噛んでいた留め金が自動的に持ち上がった。

「それほど複雑じゃなかったな」彼は言った。

もうひとつの鍵も簡単に開き、トランクはその大切な秘密を露わにした。ポーラン・ブロケはトランクの蓋をうしろに寝かせた。トランクの上側の仕切りには、一般的なトランクのように下着や衣服類が入っていた。すると、ポーラン・ブロケはこれらの衣服の下に、紳士が持ってもいそうにないニッケル製の鍋を発見した。

「おやおや！」刑事は言った。「いよいよはじまりましたよ。見てください、先生。この調理器具の底に青黒い跡がありますね。これは最近、火にかけたことを示してます。しかし、ド・マルネ伯爵はブリアル城の自室で髭を整えたり、お茶を準備するのにお湯を沸かしたはずありませんから、お湯はまったく別のことに使われたんですよ。理由はすぐにわかるでしょう、続けましょう……」

下側の仕切りには帽子箱があった。いくつかのかぶり物、オペラハット、麦わら帽子、フェルト帽があった。そして、通称〈フリヴォル〉と呼ばれる軽くて薄く柔らかい帽子が丸められ、たたまれていた。ポーラン・ブロケはこの〈フリヴォル〉を慎重に引っぱり出した。開くと、書類入れのような、医者の携帯用鞄のような形をしたモロッコ革で覆われた箱を見つけた。

「これだ」彼は言った。「この不安極まりないミステリーの秘密はこのなかですよ」

ボタンを押すと箱は開いた。箱には三本の試験管が入っていた。先端が軽い綿球で塞がれていた。この綿球は目の詰まったガーゼで抑えられ、ゴム製リングで留められていた。

「実験用の試験管だ」ロベール医師は言った。「実験室の試験管ですよ」

「培養基用の試験管、そうですよね？　つまり、病原菌のファミリーホテル」

「そうです」

「先生、見てください。これらの試験管には眠らせた蚊が入っているはずです」

医師は試験管を手にとった。よく観察するため窓辺へ持っていくと、恐怖のあまり叫んだ。

「そうです！　蚊ですよ。でもヨーロッパの普通の蚊じゃない、これは恐るべきハマダラカと恐怖のシマカだ。マラリア熱、黄熱、黒吐病、ペストの、情け容赦ない媒介者ですよ！」

「その通り。いいですか、先生。見かけによらず、毒よりもおそろしく、短刀よりも確実なこの虫を使って、ド・マルネ伯爵は殺人を犯したんです！」

「極悪だ！」

ポーラン・ブロケはふたたび話しだした。

「先生、あなたの研究は間違ってなかったんですよ。アリス・ド・ブリアルの妹を殺した恐るべき病を、あなたはしっかりと特定していたんです！　しかし法律上、警察は無力だった、殺人犯は逃げましたからね。こんなふうに言えればですが、医学上の犯罪だから、ヤツは守られたんです。だって証拠を提出するのは不可能でしたから」

「確かに」

「私にはその証拠が必要だった。私はそれを探しにいき、手に入れることができた。その証拠のもっとも確実で反論の余地のない根拠のひとつを、この私が示しますよ……いまやわれわれは犯罪の道具だけでなく、証言できる被害者をも押さえているんです」

「被害者！　アリス・ド・ブリアル？」

「ちがいますよ、先生……私です！」

「あなたが？」

「そうです」

刑事は、ブリアル城で起こったことを手短かにロベールに教えた。

「文字どおり殺人がおこなわれると確信した夜、私は、選ばれた犠牲者の代わりになったんです。それで私は襲われた」

「困った人だ！　自分から死を求めるなんて……」

ポーラン・ブロケはあっさりと答えた。

「この若い娘を守るためだったんです」

「あなたには感服しますよ！」

「自分の務めを果たしたまでです」

医師に小さなニッケルの箱を差し出し、彼は言った。

「これはハマダラカ、シマカです、ブリアルのお嬢さんを殺すはずだったね。コイツらを採取しました、彼女の部屋でね……」

そして彼は加えた。

「私の上で採取したんです。さあ、先生、メスを持ってください。私の腕に切り傷をつけてください、そして血を採取するんです」

「なぜです？」

「私は毒に侵されているから、私は自分にペスト菌を持ってるからですよ。ペスト菌を分析して明らかにしてください。そしてご自分の研究報告書にサインしてください」

「ということは血清は打たなかった？」

「打ちましたよ。でも刺されてからしばらく経ってからです。細菌が変化する時間を与えるためです。あなたにこの証拠を持ってこなければならなかったんでね」

急いでロベール医師は刺絡を施し、腕の非常に腫(は)れた部分、すでに充盈(じゅうえい)を起こしているリンパ腺近くの血液を採取した。

「さて、先生」ポーラン・ブロケは言った。「キニーネ〔抗マラリア薬〕をたっぷりと飲ませてください、熱が出てきました。いま病気になっちゃダメなんでね。体力があれば向こうに戻るつもりなんですよ」

昼間ポーラン・ブロケはあいかわらず身分を隠して、自分の上司とユルバン予審判事に相談しに行った。犯罪ははっきりと証明された。勇敢な刑事にはド・マルネ伯爵に関する逮捕状が交付され、犯罪者を捕まえるうえで好きなように行動する自由が与えられた。しかし、たくさんの身内の不幸と苦悩に襲われた気の毒などブリアル侯爵が迷惑をこうむったり、不名誉で傷つけられてはならなかった。

ブリアル城ではド・マルネ伯爵はいつもより元気がなく、笑顔も少なかった。二人の友人が出発してからというもの、その俳優並みの巧みな演技力でも包み隠すことのできない、ある種の不安に襲われるのを彼は感じていた。彼はパリに何通もの電報を送り、何通かの電報を受け取ったが、それは彼の不安を助長するものだった。デュ・ジャール男爵と見栄えのいいデュポン男爵はド・マルネ伯爵に、奇妙にも紛失し、彼をひどくそわそわさせるトランクなど引き受けてないと答えたのだった。彼らは鉄道会社にも探してもらったが、その痕跡は見つからなかった。

ド・マルネ伯爵にとって、状況はかなり深刻なものとなった。それでも彼はたいしたことないというふりをした。だが、もういてもたってもいられなくなり翌々日になると彼は、急用のためパリに戻ると告げた。そして彼は、二日、せいぜい三日の滞在と言い、この不在のあいだに、アリスの将来の夫かつ将来の家の主人(あるじ)であるド・カゾモン大尉に侯爵の招待客たちをもてなすよう頼んだ。彼は召使いに荷造りを手伝いに来るよう命じ、今回不在は短いため、彼はごく普通の旅行鞄で満足した。

そういうわけでガブリエルは伯爵とともに部屋に上がり、彼の指示で旅行鞄にいくつかの身支度品を詰めた。伯爵は旅行鞄を閉めた。そして旅行用コートを腕に抱え、召使いに言った。

「では、下に降りよう」

彼は前を行った。彼がリンゴ型のノブに手をかけようとすると、ドアは突然開いた。すると一人の男が現れた。

この男を見て、ド・マルネ伯爵は怯えて後ずさりし、叫んだ。

「ポーラン・ブロケ！」

㉚章　証拠を提供するために

ド・マルネ伯爵が恐怖から立ち直る前に、ポーラン・ブロケはひと飛びで彼を捕まえ、地面に転がし手錠をかけた。一方でガブリエルも足枷をはめて抵抗と逃亡の自由を奪った。それは瞬きするあいだの出来事だった。そうしてポーラン・ブロケは身動きできない伯爵を引き起こし、生気を失った塊のような彼を肘掛け椅子に放り投げ、座らせた。

ド・マルネ伯爵はすぐに問題のありかを理解した。絶望的だと思った。だがわれに返ると、彼は反抗し、危機に立ち向かい、あらがおうとした。

「この芝居はいったいどういう意味だ？」彼は言った。

「芝居じゃない」ポーラン・ブロケは答えた。

「冗談なら、趣味が悪いな」

「冗談でもない！　裁きの刻が告げられたんだ、おまえに対してな」

「ああ！　ムッシュー、分を越えてますよ！　認めませんよ。あなたはただの警察官でしかなく、私はあなたの行為を重大な侮辱とみなす。すなわちあなたは私と決闘することになるぞ、わかってるのか！　すさまじい報いを受けさせてやる……」

ポーラン・ブロケは、伯爵の侮辱を意に介さずガブリエルのほうを向いて合図した。

ガブリエルはドアを開けにいった。

「みなさま、お入りください」彼は脇にさがりながら言った。

年老いたド・ブリアル侯爵、ド・レンヌボワ大尉、ド・カゾモン大尉、モントルイユ家のロベールとラウールが部屋に入ってくるのを見て、ド・マルネ伯爵はぎょっとした。

「ああ！　みなさん、叔父上」伯爵は声を張りあげた。「来てくれたんですね！　どうかこの警察官に冗談が長すぎると言ってください」

ポーラン・ブロケはド・ブリアル侯爵に一枚の紙を見せた。

「ムッシュー、あなたの名誉ある館で捜査をおこなったことをお許しください」

「私としては公然と抗議する」伯爵は言った。「叔父上、私はあなたの親類だ、あなたの招待客だ。あなたは私を釈放し、この男を、この種の人間にふさわしく追い出すべきだ」

「パリ検事局が署名し、オルレアン検事局に送達された逮捕状を私は持っています。殺人罪に問われたド・マルネ伯爵個人に対するものです」ポーラン・ブロケは言った。

年老いた侯爵は言った。

「あなたの義務を遂行してください、ムッシュー。たとえ私のところでも、正義のおこないを妨げません」

するとポーラン・ブロケは仰々しく言った。

「ド・マルネ伯爵、法の名において逮捕する！」

「あなたはどうかしている！　叔父上。さあ、彼に言ってくださいよ……」

年老いた侯爵は囚人に近づいた。

「卑劣なヤツだ！　黙れ！」

「私は抗議する、法を強く求める！」

「人殺し！」

「私が人殺しだって！……ああ！　叔父上、苦しみと悲しみのせいであなたの理性はおかしくなってる」

「なおかつ、恥知らずで、裏切り者だ。ひたすら可愛がってやったおまえが、私の財産を、私の子どもたちの相続を奪うために、私の聖人のような妻を、私の健康でたくましい息子を、私の末の娘を殺したんだ……」

「間違いです！　それは間違いだ！」ド・マルネ伯爵は叫んだ。

　ポーラン・ブロケは割って入った。

「叫ぶな！　叫ぶんじゃない！　声が聞こえるぞ、お嬢さんたちを邪魔する必要はない。彼女たちはよろこんでいるところなんだ、あなたが出発したと思ってね。あなたはド・ブリアル嬢を殺したと信じているが、彼女はこれまでないほど元気なんだ」

「あなたはどうかしている。この私は、決して……」

　ポーラン・ブロケは部下のほうを向いた。

「ガブリエル」彼は言った。「ド・マルネ伯爵が蚊を通すために天井に開けた穴を、みなさんにごらんに入れるんだ……」

　この言葉を聞いてド・マルネ伯爵は真っ青になった。どうにか彼は笑うふりをした。

「蚊！　蚊だって！　ほら、ポーラン・ブロケは自分の妄想をみなさんに語ろうとしている！　天井の穴？それはきっとネズミの穴だ！　ああ！　彼の話を聞いたら、ネズミと蚊を取り違えることになりますよ……」

　ガブリエルは床のオークの薄板を上げ、石膏に穿（うが）たれた穴を露（あら）わにした。

「この穴は」ポーラン・ブロケは説明した。「アリスさんの寝室とつながっているのです。この穴は、寝室の天井のモールディングのひとつのなかに隠れているんです、暖炉の近くのね……」

　ド・マルネ伯爵は嘲笑いながら制止した。

「サンタクロースが簡単に入れるたぐいで、この刑事はあなたたちにありえない推論を言っているのですよ」

「実際、必要なのです」このうえなく冷静にポーラン・ブロケはふたたび話しだした。「蚊が生き延びて不吉な任務を達成するために暖かさが必要なのです。だからこそ、このあいだの夜、つまり犯行がおこなわれた夜、ド・マルネ伯爵は館が湿気っているといって、部屋という部屋に火をくべさせたのです」

「あなたが言っていることはバカげている」伯爵は言った。

「天井からおりてきた蚊は暖められた暖炉のほうへ惹きつけられます。寒さで萎縮することはありません。ヤツらは飛ぶことも、生きることも、そして指定された犠牲者の上にとまることもできるわけです」

侯爵は肘掛け椅子に座っていた。彼のそばに、ガブリエルが用意した椅子に二人の大尉と二人の兄弟が座っていた。この卑劣な男が出頭するある種の法廷は、こんなふうにかたちづくられていた。

重々しく、かつとてもおだやかに、ポーラン・ブロケは悔しさと憎しみで震える伯爵に向かって言った。

「私は委ねられた権限によって、説明なしにあなたをオルレアンの留置場に連れて行くことができる。だがド・ブリアル侯爵の名と家族に敬意を払い、私はあなたを夜までここに引きとめておくことにする。

私は、侯爵およびみなさんの前で、あなたの忌まわしき犯罪を明らかにしたい。

私はあなたに反論を許す、もしできればだがな。ラウール・モントルイユ先生が弁護士として、あなたが抗弁するときには助けてくださる。

だが、警告するが、叫び声や罵詈雑言、侮辱には私は耐えることはできない。

だから、あなたがこの城を永遠に去るときまで、俺に猿ぐつわをはめさせるなよ」

そう言うとポーラン・ブロケは侯爵のほうを向いた。

「ロベール先生がのちほどあなたにご説明いたします」彼は言った。「どのように彼が、あなたの家に不幸を投げ入れたあの恐るべき病の真実を確信するに至ったかを。

私が犯罪者の仕業だと見抜き、捜査しているとき、ロベール先生はその病を科学的に証明しました。そして私たちは、真実に、証拠に、裁きの刻に到達せんがため、ともに働きました。みなさん、予謀は疑いありません、また累犯も明らかです。

目的は明確です。

ド・マルネ伯爵は、高貴で名門の家柄の出身だが財産を持っていない。彼は、仕事というものが肩書きを有している人間にはするに値しないものと信じている。豪奢な生活への嗜好を持つ彼は、自分に災いをもたらすにちがいない窮余一策と危険な妥協によってそれを満足させる方法を探したのです。

犯罪によって叔父であるド・ブリアル侯爵の莫大な財産を奪うという悪魔のようなアイデアを、彼自身で構想したのか、あるいは誰かに吹き込まれたのか？　みなさん、必要に迫られた彼は自身の親密な友人であり、城に招いたこともある、そして確実にこれまでいくつもの犯罪で手を貸し、最近では武器を提供した、ある男の手のうちなる従順な道具だったことを認めましょう」

「あなたには私の友人たちを侮辱する権利はないぞ」伯爵は声を荒げた。「こんなふうに告発することもだ……」

すると、囚人は怒りにまかせて不注意にも加えてしまった。

「ド・ラ・ゲリニエール伯爵はあなたの罵倒に動じる人ではない」

ポーラン・ブロケは冷静に指摘した。

「私は誰の名前も出していませんよ。共犯者の名前を言ったのは被告人みずからだ」

「確かにあなたは誰の名前も出さなかった」伯爵は自分の不注意な言葉を取り繕うと説明した。「でも見え透いたあてこすりだった。このまったき紳士に対するあなたの感情がどんなものかは知られている。あなたはなんとしても彼を犯罪者にしたいんだ。最近のある事件では……」

「それはここで話す必要はないだろう」刑事はすぐさま彼の言葉をさえぎった。「あの事件でド・ラ・ゲリニエール伯爵は無罪を宣言された、それは正しい……しかし、それでもなおZ団による犯罪現場に、ジゴマのすべての殊勲に、ド・ラ・ゲリニエール伯爵の存在を見出せるのが奇妙なんだ。

ところで、ド・マルネ伯爵はこれらすべてを知らないわけではなかった。にもかかわらず彼は、誰が見てもジゴマであるド・ラ・ゲリニエール伯爵の親友、公認の介添人、忠実な仲間でいたかったのだ！」

「彼はジゴマじゃない！　ちがう！　ちがうんだ！……」

「どうでもいい！　今日われわれが専念すべきはそのことではない！　みなさん、ド・マルネ伯爵は彼自身で、あるいは誰かにそそのかされてこの財産を盗むために、もっとも卑怯で憎むべき罪を躊躇せずに犯したと私はさきほど言いました」

「あなたは嘘をついているんだ」

「彼は三度この家に不幸をもたらしました。

そのうえ彼は、ド・カゾモン大尉をも抹殺しようとした。大尉はアリスさんの夫になるひとなので、彼の計算が狂い、計画がひっくり返り、これまでの殺人が台無しになるからです。

だが大尉は、ド・レンヌボワ大尉の巧みな協力を得たロベール医師の手で死をまぬがれました」

「君が！」ド・カゾモン大尉が叫んだ。「じゃあ、私に適切な注射をしてくれたのは君だったのか！」

二人の大尉は心を込めて手を握りあった。

「そうだよ。でもお礼を言わねばならないのは」ド・レンヌボワ大尉はポーラン・ブロケを指さした。「君を救った、われわれ全員を救った彼にだ！」

刑事は静かにしてもらおうと手を伸ばして制し、ふたたび話しだした。

「こうして婚約者が襲撃から生き延びたがゆえに、アリスさんが死ぬことが決められたのです。ド・マルネ伯爵は、従妹と結婚することで持参金として彼女の財産を得ようと望んでいた。だが、ド・ブリアル嬢は彼をはねつけた……そして彼女が他界することが決定された。先立つ三人の死にこの死を加えれば、ド・マルネ伯爵は結婚と貴重な持参金が去るのを防ぐことになる……そして彼こそが、ド・ブリアル侯爵の唯一の相続人になるはずだったのです」

「おお！　ろくでなしだ！　卑劣漢だ！」老人は言った。

ポーラン・ブロケは続けた。

「今回、犯行はかつてないほど熱心に準備されました。伯爵は殺害手法の巨匠になったのです。彼が使うべき蚊、ハマダラカやシマカは青色を好みます。伯爵は、特別につくらせた常夜灯の青いかさを、慈善福引きで引き当てたと言い張って従妹に贈りました。

したがってハマダラカやシマカは、アリスさんの寝室のランプの、常夜灯の青いほのかな光に惹きつけられるはずだったのです。

さらに蚊は革の匂いが大好物です。ロシア革の匂いでヤツらはますます活発になり、興奮します。ド・マルネ伯爵は、アリスさんの机を飾り立てるロシア革の見事な下敷きを、従妹にプレゼントすることを決して忘れなかった」

さえぎることなく聞いていたド・マルネ伯爵は叫んだ。

「状況がこんなに重々しく深刻でなかったら、せいぜい中学生を驚かすにはもってこいのクダラナイ話をするポーラン・ブロケを一笑に付すだろうに……」

ポーラン・ブロケはこんな差し出口に一瞥もくれることなく、続けた。

「みなさん、私が主張していることは科学的に立証されていますし、またさまざまな専門家が協力した長期におよぶ研究の対象にもなりました。最近では、トゥーサン・バンタル博士がこのテーマに関して論文を何本か発表し、医学界のみならず世間でも大きなセンセーションを巻き起こしました。

もっともロベール・モントルイユ博士が科学的にすべての説明を、あなた方にしてくださいます。

私はといえば、犯行も特異なものですし、容疑者が属している家系のこともありますから、ロベール先生の無謬の科学に基づいてひたすら慎重に推論しようとしました。したがって本日、私はこの殺人犯を誤認逮捕することはありません！」

㉛章　最後の苦悩の刻

ポーラン・ブロケは続けた。

「館に隠れて、私はド・マルネ伯爵を注意深く見ていました。私は、一回目の犯行は未遂に終わったと理解しました。恐るべき、自覚なき共犯者が寒さによって麻痺してしまったからです」

「バカな！　バカげてる！」伯爵は繰り返した。

「ド・マルネ伯爵は、黄熱病の蔓延する地域から、眠らせて送られてきた蚊を実験用の試験管に保存していました」

「醜悪だな！」憤慨したラウールと大尉たちはつぶやいた。

ポーラン・ブロケは続けた。

「これらのおぞましい死の媒介者が持ち込まれた方法をご説明します。

Z団のメンバーたちはアメリカの、黄熱病が慢性的にはびこる地域の沼地に殺人蚊を探しにいきました。

彼らは若く丈夫な個体を選びました。彼らはその場でたっぷりとペスト菌に冒(おか)された血を吸わせた。

これらの蚊は荷物としてフランスへ発送されたわけではありません。貴重品や高価な動物のように、移動のあいだもつきっきりで世話をされ、連れて来られたのです。

ペスト菌が蚊の消化管で変化し、ハマダラカのひと刺しで不幸者の血にペスト菌が侵入し、死を引き起こすに十分強くなるには十五日から二十日かかります。

十五日から二十日、つまりそれは感染地からヨーロッパへ来るためにかかる時間です。

この期間、将来の殺人蚊はまったくの無害です。

航海中、Ｚ団のメンバーは個室の船室でなんの危険もなく、密かにあれやこれやと、この大切な弟子の世話をすることができました。

彼はこれらの蚊を水の少し入った一種のタライのなかで保存しました。ガーゼで覆われたこのタライは用心深く誰にも見つからないよう、改良されたトランクに入れられていました。

夜になると、Ｚ団の男は自分の腕をガーゼの下に通し、蚊に吸うものを与えました。こうして蚊を飼育し、健康で丈夫に、不可視の支配者、Ｚ団の首領が与えた恐るべき任務をまっとうできる状態に保ったのです！

ところで、ヨーロッパ沿岸に近づいて気温が急激に下がると蚊は寒さで眠ります。

これは大切なことです。なぜなら、このとき蚊の消化管のなかで細菌の変化が完了するからです。ハマダラカやシマカのひと刺しは間違いなくヤツらの飼育者に死をもたらすでしょう。

飼育者は眠った弟子たちを慎重に集め、試験管に大切に入れる。ちなみに彼は用心してルー博士の抗ペスト血清をみずから注射しているので心配なく下船する。そして、ビロードの鞘のなかの毒を塗られた短刀のように、試験管のなかで眠るこの恐るべき武器をジゴマに安心して渡すことができるわけです」

「そんなことは全部、まったくでたらめだ！」ド・マルネ伯爵は叫んだ。

ポーラン・ブロケは彼を黙らせた。

「今回、蚊を持ってくる任務を担った男、それはジゴマのもっとも大切な参謀です。それはトム・トゥウィックです！」

一同は刑事の話をおびえ、恐れ慄き（おのの）ながら聞いていた。ポーラン・ブロケは続けた。

「眠ったハマダラカやシマカは、たいていの虫と同じく仮死状態でもしばらく生きることができます。そして暖かさで眠りから覚めると、すぐにヤツらは生気、機能を取り戻す。

伯爵は小さな整髭ゴテの温め器の上にニッケルの鍋を置き、眠った蚊が入った試験管を蒸気で温めました。暖かくなると蚊は目覚め、生気を取り戻し、長い絶食のあとの飢えに苦しみ、姿を現す。

あとは蚊が不吉な仕事を成し遂げるはずのアリスさんの部屋へ、天井の穴から蚊を吹き込むだけでいい」

「バカらしい！」伯爵は肩をひそめて吐き捨てた。

「前の三つの犯行、それとド・カゾモン大尉を蚊に刺させるために、彼がどうしたかはいまは重要じゃない。最後の犯行の話を続けましょう。

伯爵がすべての部屋に火をくべるのを指示した夜、アリスさんは、われわれと内密に通じていたレモンドさんの寝室に行って眠りました。

それでこの私が彼女の部屋で代わりをしたんです。

下敷きはロシア革の強い匂いを発し、常夜灯はうす青く、室温が上がっていました。すべてはハマダラカやシマカが飛ぶのを容易にしました。すぐに私は部屋のなかにプーンという音を聞きました。私は袖をまくりあげ、両腕を差し出しました。ヤツらはこの餌めがけて襲いかかりました」

ポーラン・ブロケは袖をまくり、蚊に刺されてできたはっきりと目立つ刺し傷を見せた。

「これが証拠です」彼は言った。「ハマダラカやシマカは私の腕に飛びかかった。ヤツらは私の腕が好みだったにちがいありません。血をたらふく吸うと、ご馳走のお礼に私の血管に黄熱ウイルス、ペスト菌を残し、酔っ払ったように下に落ちましたからね。

私はこれらの素敵なハマダラカやシマカをうやうやしく、女性に持つべき敬意とともに集めました。なぜなら、蚊はメスだけが刺し、血を吸い、死を引き起こすものだからです。

これらの虫はロベール先生のところにあります。

先生は、奇妙にも紛失したとされるトランクに厳重にしまわれた箱に入っていた試験管の蚊と、これらの蚊を比較することができました」

伯爵は少し前から横柄な態度をやめていた。刑事が冷静かつ的確に、その残忍な犯行の証拠を列挙すればするほど、伯爵は絶望し、頭を垂れた。執念も、抵抗の考えも、否定や自己弁護の下心も、すべて彼のなかで消え失せていた。彼はうちのめされていたのだ。

ポーラン・ブロケは最後の反論をしりぞけるために、伯爵のほうを向いて告げた。

「紛失したがゆえ、あなたを非常に不安にさせたあのトランクだが、デュ・ジャール男爵や見栄えのいいデュポン男爵が不注意で、あるいは間違って持っていったわけではない、あれは私なんだ。

トランクはいま裁判所の記録保存所にある、証拠物件としてね」

ド・マルネ伯爵は反論すべきものをなにも見つけられなかった。

「というわけで、みなさん」ポーラン・ブロケは続けた。「あなた方の前でド・マルネ伯爵の有罪はしっかりと立証されました。私は、ド・ブリアル侯爵にそれを証明したかったのです。私がこんなふうに彼の知らぬまに、不幸にも彼の身内に数えられる人物に対して捜査したことを許していただくためにね」

「いや、ちがう!」老人は叫んだ。「この男は家族じゃない、この男が親類だとは認めない。裁きが下されんことを、この殺人者が罰せられんことを!」

ド・マルネ伯爵は、この言葉に対して最後の抵抗の身ぶりを表した。

「叔父上、これらすべてが嘘だってことをおわかりにならないのか、理解できないのですか。これは推理小説だ、ありえないことなんだ……私はこんな罪を犯すことはできない」

侯爵は立ち上がった。

「黙れ！」彼は言った。「黙れ、卑劣漢……人殺し！　黙れ！　おまえを呪ってやる！」

ドアの近くである声がした。

「ダメよ、お父さま……呪わないでください！　裁きが下されんことを……お父さま、この卑劣な人を呪わないでください……呪わないで……」

ド・マルネ伯爵はすぐさま立ち上がった。

「アリス！」彼は叫んだ。「アリス、君は……おお！　アリス、悪かった！」

すると呆然として、涙に濡れて彼はひざまずいた！　ポーラン・ブロケはこの卑劣な男が崩れ落ちるのを見ると彼に近寄り、強く締まりすぎた手錠に遊びをくれた。ド・マルネ伯爵は両手を合わせ、目を拭った。

「アリス」彼は続けた。「親愛なるアリス……そう、僕は罪を犯した……そう、僕は殺した……それは君のお父さんの財産を得るためではなかった、それは君を得るためだったんだ。君のことが好きだった、正気を失うほどに愛していたんだ」

「卑劣な人！」アリスはつぶやいた。

「君は僕をつっぱねた……君が別の男の妻になると思うと、耐えられなかった。君の婚約者から君を奪いたかった、いつか君を自分のものにしたいと思って……。それから、君がますます僕を憎むようになったから、僕は仕返しをしたくなった……そして君を殺したくなった、君をもだ。アリス、悪かった……僕は君を殺したかった……僕は卑劣な人間だ、僕は君を愛していた、僕は狂っていたんだ！　同情を！　同情してくれ！」

アリスは答えた。

「同情なんて、あなたのために持つことはできない。でも、私たちは、お父さまと私は、あなたのことをもしかしたら許すことができるかもしれない！」

「僕を許す？」

「罪を償うことができたら！　あなただけが罪人というわけじゃないから」

「そうだよ！」

「あなたは流され、従った、私が名前を言うことのできないあの男によ。さあ、正義の務めを助けなさい。この男が罪を犯すのを阻止しようとしている人々を助けるのです」

「わかった、白状する……あとで……白状するよ……でも約束してくれ、許してくれると。アリス、誓ってくれ……」

「罪を償いなさい。こんなに落ちぶれても、それでもあなたが紳士の心を持っていることを見せるのです。すべての過ちは償われる。堕落した人間はみずからを償うことができる。償いなさい。そして最後にド・マルネ伯爵になりなさい。そうすれば、お父さまと私、私たちはあなたを許すでしょう」

彼女はうちのめされた従兄をしばし見た。そして、退出のためにきびすを返すに、彼女は伯爵の横にあった小さなテーブルになにげなく手を置いた。テーブルに彼女はハンカチを残した。このハンカチの下にリボルバーがあった。

「行きましょう、お父さま」彼女は老人の腕をとり言った。「行きましょう。新しい指示があるまで、私たちにはここでやるべきことはなにもありません！」

彼女は侯爵を連れていった。この悲劇的な場面にすっかり動揺した大尉らとモントルイユの兄弟は黙ってついて行った。

伯爵は嗚咽しながら、ドアまで這っていった。
「アリス……親愛なるアリス。許してくれ……悪かった！　ごめん！」

ポーラン・ブロケは伯爵を部屋に戻し、立たせ、肘掛け椅子に連れていくと、ふたたび崩れるように座らせた。思う存分泣かせるのだ。彼を尋問している場合ではないように思われた。もっともそれは、オルレアンの予審判事、とりわけパリで待っているユルバン氏の仕事だった。主人たちへ心痛める詮索を召使いたちにさせることなく、容疑者をオルレアンへ移送するために、むずかしく特別な対策をいまや講じなければならなかった。ポーラン・ブロケは、伯爵が逃走しようとなにかを試みるにはあまりにもうちのめされて無気力だと判断して、ガブリエルと一緒に退室した。部屋は城の三階にあった。すべての階はかなり高かった。逃亡しようなどと考える恐れはなかったのだ。それでも念のため、ポーラン・ブロケは彼のうしろでドアを閉めると、連れてきた分隊の一人を廊下に残した。

見落とすことのないポーラン・ブロケは、ド・マルネ伯爵の手の届くところにハンカチを置いたアリスの仕草をしっかりと見ていた。きっとリボルバーの一撃がこの冒険の一番いい締めくくり方だろう。それでこの卑劣な男の過去は償われるし、不当な不幸にあまりにもひどく苦しんだこの家から不名誉を取り除くだろう、彼はそう考えていた。彼に関していえば、刑事としての名誉は無傷のままだし、罪人を逮捕したのだから、あとは裁判で有罪判決を受けようが、みずから正義を遂げようが、もうどうでもよかった。ポーラン・ブロケがガブリエルを連れて退出したのは、最後の勇ましいふるまいをとおして、ド・ブリアル侯爵と従妹のアリスの許しを得る機会をド・マルネ伯爵に与えるためだったにちがいない。

だが、長く悲痛な刻が一時間以上続いても、一発の銃声がこの不安に包まれた館の静寂を破ることはなかった。このときロベール医師は、ラウールとド・レンヌボワ大尉に手伝ってもらいながら侯爵の手当てをしていた。さきほどの衝撃のせいで気を失ってしまったのだ。若い娘たちのサロンでは、イレーヌ・ド・ヴァルトゥールとレモンドがド・カゾモン大尉と一緒に、泣きながら祈るアリスを優しく励ましていた。館のなかを死が漂っているのが感じられた。各人は胸が締めつけられ、解放としてのリボルバーの一撃、償いと正義の証を待っていた。

この緊張の静寂のまま、さらに三十分が経過した。ド・マルネ伯爵を移送する車が待っていた。夜がきて、牢獄へと出発する時間になった。

ポーラン・ブロケはつぶやいた。

「臆病者！」

それから彼は、伯爵を迎えに、彼を裁判官の前に連れていくために、部屋に上がっていった。伯爵は逃げる気力もなかったのだ。

「とくにかわりはなかったか？」彼は見張りの分隊員に尋ねた。

「ええ、刑事長。彼は歩いて、泣いて、ひとり話していました……それだけです」

ポーラン・ブロケはドアを開けた。扉を押すと抵抗を感じた。もっと強く押し開けて、部屋に入った。部屋はからっぽにも見えた。しかしポーラン・ブロケは、ガブリエルの持っていたランプに照らされて、床の血だまりに喉を掻き切られたド・マルネ伯爵の死体を発見したのだ。そして暖炉の鏡に、血で描かれた、不吉な、勝利のZ、ジゴマの身の毛もよだつサインが浮き出ていたのである！

㉜章　泥棒リリー

翌日、地方とパリの新聞という新聞は、パリ上流階級ですこぶる有名で洗練された紳士ド・マルネ伯爵が事故死したと報じた。ポーラン・ブロケはオルレアンの警察署長に根まわしし、報告書を便宜的に作成させてそれを一般公開した。その一方で正確な報告書は完全に極秘とされたのだ。

この惨劇の翌日、霊柩車が卑劣な男の遺体をとりにきてパリへ移送した。そこで遺体は先祖代々の墓に埋葬されるはずだった。ド・ブリアル侯爵と娘のアリスは、若い娘の約束の通りに家族の殺害者を許したが、彼の遺体がその犠牲者と同じ墓地、同じ墓、同じ土で休息するのを当然のことながら望まなかった。

ド・ラ・ゲリニエール伯爵やデュポン男爵、デュ・ジャール男爵、銀行家のヴァン・カンブルとグットラック、あるいはサークルやフェンシングクラブの友人たちが伯爵を墓場まで見送った。そしてこの卑劣な男のためにはそれだけだった。

この不可解で悲惨な死は、侯爵の招待客一同を大いに動揺させた。そのためポーラン・ブロケがその説明をした。

「ド・マルネ伯爵は」彼ははじめた。「おそらくこの犯罪の企ての手助けをしてもらうとき、補佐役であったデュ・ジャール男爵と見栄えのいいデュポン男爵がパリに戻ったところで、例のジゴマを城に導き入れたにちがいありません。

このジゴマとは、もっとも悪賢く、もっとも大胆で、もっとも危険な男です。城内の伯爵のアパルトマンに隠れて、好機をうかがっていたことは明らかです。

おそらく私は、ヤツの計画を頓挫させ、犯罪的な奸計をそっくりと破壊するにちょうどいいタイミングで到着したのでしょう。

それでもくろみは完全に様相を変えることになりました。伯爵は正体を暴かれ、逮捕され、侯爵と自分の従妹を前にして一瞬にして弱くなり、誠実な悔悟の念を持つに至ったのです……。と言いますのも、あのとき彼が演技したとは私には思われないからです。

それは、彼の心のなかに、少しばかりの誠実さ、少しばかりの名誉が残っていたことを証明しています。しかしジゴマはそれを認めることはできない。本物のZになるためには弱さも悔悟の念も必要ないわけです。伯爵は白状することを約束しました。彼はみずから有罪を宣告したのです。Z団の法は反論の余地のないもの、冷酷なものです。臆病な者、気弱な者、裏切り者は情け容赦なく処刑される！　ジゴマはそこにいたのです。ヤツは現場を目撃し、聞き、自分の共謀者にその弱さ、その悔悟の念の償いをさせ、そして喉を掻き切ることで、彼が暴露するのをやめさせた……。

サイン、その鏡に描かれた血染めのZはジゴマの力をわれわれに見せつけ、そして不可視の支配者、恐るべきジゴマは彼らの法に従い、軽率で臆病な、裏切りを働く共謀者を裁いたとZ団全員に知らしめるものだったのです」

そのあとロベール医師が、恐るべき蚊が死を伝播させる方法に関していくつかの科学的な詳細を与えた。ハマダラカやシマカの消化管における細菌の変化と、どのようにこれらの虫がその口吻で刺すことで病原菌を人間の血中に媒介するのか彼は説明した。一同は興味深く、同時に怯えながらその説明に耳を傾けた。

イレーヌはほかの誰よりも集中するのみならず、引き寄せられ、ついには魅了されて聞いていた。彼女は医師を食い入るように見つめていた。アリスとレモンドが微笑みながら目の端で自分のことを見ているのにも気づかずに、無邪気に幸せそうに自分の秘密を感じ取らせていたのだ。レモンドが話していた、イレーヌ・ド・ヴァルトゥール自身まだよく理解していない、あの秘密をである。

ロベールはといえば、ペストに特有の、三日月形の恐るべき病原菌に夢中で、この菌が血球に襲いかかり、そこで分裂し、増殖の再生産を繰り返し、人体に即時的な異常を招き、三日のうちに残酷な死を引き起こすことを説明していた。ゆえに彼は、自分を見つめ、わずかな仕草も見逃さず、感嘆したようなイレーヌの青い瞳に気づかなかったのだ。

一方、ラウールもレモンドに続き、この可愛らしい秘密を見抜いていた。彼は妹の若い友人をいっそう注意深くながめ、彼女に対して、次の誉め言葉以上の言葉を言えなかった。

「女性というものがリリーと同じくらい美しくなれるのなら、それはイレーヌ・ド・ヴァルトゥールだろう」

そしてラウールは、ロベールと二人だけになると愛情深く微笑みながら言った。

「著名な先生よ、おまえにはこの世で一番美しい聞き手がいるんだ」

ロベールにはラウールが誰を話題にしているのかよくわからなかった。

「その口吻で不幸をもたらす羽根の生えた虫の秘密をおまえはよく理解したんだから」ラウールは続けた。「今度は男の幸せというものを、ブロンド髪の女性の青い目と翼のない天使の微笑みのなかに探すんだ」

不幸にも！　ロベール医師はまだ理解できていなかった。おまけにラウールは、ロベールを幸せにしたかったにもかかわらず、どんな苦しみをロベールに与えたかを知らなかった。天使のような微笑み、ブロンド髪の女性の青い瞳、それはロベールにとって、その完璧な美しさを備えているのはリリーだけだったのだ。大きな苦悩をともないながらリリーを奪われてしまったロベールの心は、まだ十分に癒されていなかった。ロベールが病原菌に没頭し、その変化やその恐るべき作用を追求したのは、まさにこの青い瞳、この微笑み、このうっとりさせるようなブロンド髪をもう見ないためだった。ロベールは、ラウールがそう言ったように、この世にはもう一人のリリーが存在し、それが魅力的な聞き手であるイレーヌ・ド・ヴァルトゥールだということにまだ気づけなかった。

患者たちの求めで医師がポーラン・ブロケと一緒にパリに戻ると、またもやイレーヌはレモンドの部屋で長い悲しみに襲われていた。レモンドは幼いママ役を演じて彼女を優しく撫でながら、こう言った。

「さあ、イレーヌ、泣かないで……この学者の心をうつろうままにさせておきなさい……すぐに彼は、あなたのなかで果てしなく成長する病原菌に気がつくわ。この病原菌は祝福される魅惑的な熱病、愛と呼ばれるものをもたらすのよ」

「どうして！」驚いてイレーヌは叫んだ。「じゃああなた、知っていたの。私がお兄さまのことを愛してること？」

「当然よ」

「でも彼は？」

「彼もまた知ることになるわ……そしてあなたを愛することになる……」

数日後、レモンドとイレーヌが、ラウールと休暇の終わるド・レンヌボワ大尉と一緒にパリに戻った。ふたたびブリアル城は静かになった。それでもアリスとド・カゾモン大尉の愛のおかげで、たび重なる不幸でうちのめされた年老いた侯爵であっても、城はそう空虚でなかったにちがいない。一方、パリのイレーヌは彼女の幼いママであるレモンドのところで二日過ごすと父親が迎えにきて、遠く悲しいブルターニュへと連れていかれた。

それぞれの生活がまたその流れを取り戻したのだ。ラウールは到着した翌日に、ヴィル゠ダヴレーの友人ジラルデのところへ急いだ。ブリアル城で起こったことを彼に話さなければならなかった。だが本当のところはリリーのことを彼に尋ねたかったのだ。彼女たちは気立てがよかった。ロラン夫人もリリーも、いまや毎日のように邸宅に電話をくれるのだった。

「ド・ラ・ゲリニエール伯爵は?」ラウールは尋ねた。

「彼はわれわれをそっとしておいてくれているよ」アンドレ・ジラルデは答えた。「リリーは通りで彼に出くわしていない。彼についての噂ももう聞こえてこない。順調さ」

リリーは安心を取り戻し、将来の不安のない平穏な生活をようやく味わいはじめていた。

ところがある日の午後、彼女が働いている店の主人(あるじ)で仕立て屋のパーキンズ氏が事務所に彼女を呼び出した。彼女は思った、それがヴィル゠ダヴレーのときのような役目だったら断ろうと。どんな事情があろうとも、解雇すると脅されても、疑わしい用足しは受けないと。パーキンズ氏は代理人ポルテ氏と一緒に事務所にいた。ポルテ氏は荷役係を監督し、納入の管理責任を負う人物である。

「マドモワゼール」パーキンズ氏はリリーに言った。「ポルテ氏が私に伝えるところでは、しばらく前から生地や絹やレースの横領が店でおこなわれている」

リリーは思わず飛び上がった。

「私を疑ってらっしゃるのですか?」彼女は大きな声で言った。「私が罪人だとお思いですか……この私が泥棒だと?」

リリーは震えながら繰り返した。

「私を泥棒だとみなしているのですか?」

パーキンズ氏は彼女を落ち着かせようと、優しく答えた。

「まったくそんなことはないよ! あなたの同僚全員にも、尋ねているのだよ」

「わかりました、ムッシュー……お答えします……」

「店からなにかを持ち出したことはないかね？」

「ええ、ムッシュー。生地の切れ端や、捨てられて落ちていた使い道のない断片だけです。でも主任や監督にいつも許可をもらっていました」

「結構、わかった。では最近、ポワンダングルテールレース布〔ベルギー産のレースで「イギリスレース」を意味する〕を持っていかなかったかね？」

「いいえ！　ムッシュー！　本当です！　それは盗まれたのでしょう。でもご存じでしょう、私にはそんなことできません」

「もう一度尋ねるが、はからずもこのレースを持ち出してしまったことは？」

「いいえ、ムッシュー！　ありません！」

「断言できるかね？」

「誓います！」

「わかった、マドモワゼール」

パーキンズ氏は厳かにはっきりと言った。

「あなたにこんなことを言うのは残念だが、ここに報告があるのだよ。このレースをあなたが持ち出すのを見たというね」

「私が！　私が！　私がこのレースを持ち出すのを見た！　間違いです！　間違いです！」

「私もあなたのためにそう願っている。だが、あなたがそう断言するだけでは十分ではない。証拠が必要だ」

「ムッシュー、どのように自分の無実を証明しろと……私が盗みを犯すことはできないことを証明しろとおっしゃるのです？」

「いたって簡単なことだよ。ポルテ氏がご自宅へうかがう」

「自宅へ！」

「警視と一緒に……」

取り乱したリレットは叫んだ。

「おお！　ダメです、ムッシュー！　ダメです！　私の家には来ないでください、家だけには！　おお、警視なんてやめてください。お願いでございます、本当にお願いします」

「マドモワゼール、私も残念だ……でもあなたと同じように、私としても確信を立証し、そして、あなたの無実の証拠を得たいと望んでいる。それがわれわれにある唯一の方法だ」

リレットは懇願し、仕立て屋の前でひざまずいた。

「ああ！　ムッシュー、信じてください！　誓います、私は無実です。盗んでいません！　どうか家には来ないでください！　おお！　それはダメです！　ご勘弁を！　わかっていただければよいのですが……母が病気なんです、ほとんど死にかけているんです。私のことで、家宅捜査しに来たと母が知ったら、私が盗みの容疑をかけられてると母が知ったら！……ああ！　ムッシュー、母は死んでしまいます！　それは母を殺すことです！　ああ、ご勘弁を！　お願いでございます！　ご勘弁を！」

パーキンズ氏は優しくリリーを起こした。

「ああ」彼は言った。「確かにそれは残酷だ。しかし店の安寧、そしてあなたの名誉のためにこの家宅捜査が必要なのだよ。私の望んでいるように、あなたが自分の無実を証明できるなら、真っ先にそれを公表する。だから言う通りにしなさい……それにこの方々はそつなくふるまうから、彼らに従えばいい」

リリーは自分が避けられないことをもう避けようとはしなかった。生きた心地もせず涙にくれて、彼女はポルテ氏と警視とともに車に乗った。

「おお！　ポルテさん、警視さん」彼女は言った。「お願いでございます、母にはなにも知られないように、疑われないようにしてください。お情けを！　親切にしてください！」

リリーがこんな時間に二人の男性と一緒にガヌロン小路に現れたので、周辺はざわついた。集まった主婦たちがこの不可解な出来事について噂した。悪意ある解釈が生まれ、憶測を呼び、悪質な悪口が飛び交った。あまりにも不幸で貧しく、保護もなく、支えもないこの若い娘を非難することはよろこびだった。善良な人々は大いに楽しんだのだ。

リリーは警視とポルテ氏を哀れな住処へ案内した。それから彼女は母親を安心させに行った。こんな時間に、こんなふうに同伴者とともに戻ってくる娘を見て驚いていたのだ。

「私は思うんですがね」警視が抑えた声でパーキンズ氏の代理人に言った。「われわれは無駄に奔走することになりますよ。この若い娘さん、思うに潔白ですよ」

「見かけに騙されないようにしましょう」ポルテ氏は答えた。

彼はまず警視にリリーが持ち出した生地の切れ端を指し示した。それを使って彼女と姉は、とても器用に工夫を凝らして自分たちのみすぼらしい小部屋を少しばかり飾っていたのである。

「ほら」彼は言った。「すでに私が見たことのある生地ですぞ、工房からのものだ」

背中の曲がったマリーの目の前で、二人はこうして家宅捜査をはじめた。ポルテ氏は必死だったが、警視にはたいした確信はなかった。彼らは部屋を丹念に調べ、リリーがふたたび現れたとき、ベッドのマットレスと藁布団のあいだに一枚のポワンダングルテールのレースと絹の端切れが隠されているのを見つけた。盗みはいまや否定できず、反論の余地もなく明白になったのだ！　リリーはぎょっとしてこのレース、この絹を見た。彼女は理解できなかった。

背中の曲がったマリーも妹と同じく呆然としていた。

「私が」彼女は警視に言った。「私がこのベッドを整えました、今朝、妹が出たあとです。それで保証しますが、この場所にこんなものはありませんでしたし、私がこれをここに置いたわけでもありません」

「わかりました、わかりました！」ポルテ氏が割って入った。「われわれが見ているもので十分です。いくら説明しても意味なしだ！」

リリーはといえば、彼女は唖然としているようだった。脳が受けた衝撃のせいで彼女はうちのめされたようにその場に動けずにいた。ヴィル＝ダヴレーでは、危機に直面し、敵を前にした彼女は見事なまでに勇敢で、果敢に自分を守ることができた。しかしここでは、こんな発見物、こんな恥ずべき行為、こんな卑劣な仕業を前にして彼女は抵抗する気力もなかった。なぜこんなことをされたのか、誰がこんなことをしたのかわからなかったのだ。憤慨することさえ考えなかったろう。抜け殻のように意気消沈していた。乱されたベッド、レース、絹を見てはいたが、なにも理解していない様子で、射すくめられて歩いていた。こんなふうに小鳥は自分を貪り食うヘビの眼力に制圧されるのだ。

警視は、この心痛める場面をそれ以上長引かせたくなかった。彼はリリーの腕をそっととった。

「ご同行ください、マドモワゼール」彼は言った。「私とご同行ください……」

わずかな抵抗も見せることなく、母親に別れを告げることさえ考えず、ひどく不安げな姉をひと目も見ることもせずに、ただ無意識のうちにリリーは彼に続いた。ねばつく階段を降りて小路に出ると、集まった主婦たちを見ず、彼女たちの悪意に満ちた言葉を聞かず、人垣を超えた。彼女は同情した警視に支えられ、抱きかかえられるようにして車に乗せられた。移動中ずっと、そして留置場の独房に入れられるときまで、彼女はこんなふうに呆然自失し、一点をじっと見つめ、口は半開きで、すべてに対して無感覚だった。

ふと記憶が戻り、われに返り、彼女は理解した。大きな叫びをあげて、彼女の背後で閉められたドアに飛びついた。

「お母さん！」

そして彼女は意識を失い、死んだように床に倒れた。

㉝章　投獄されたロラン氏

その夜ラモルスは、リリーが盗みの廉で逮捕されたとポーラン・ブロケに告げた。

「またド・ラ・ゲリニエール伯爵の悪巧みだな」彼は単にそう言った。「このお嬢さんは泥棒じゃない。なんでこの卑劣な野郎はこんなふうに彼女を追いつめるんだ？　ヤツは明らかに彼女を動転させ、途方に暮れさせ、その苦悩のなかで救済者として彼女の前に現れたいんだな！」

ポーラン・ブロケは笑った。

「ヤツはあまりにも遅く来るだろう、首飾りのときのようにな！」

そこへシモンが入ってきて、今度は別の深刻な知らせを伝えた。

「ロラン氏が逮捕されました」

「ロラン氏が！」

「そうです……盗みの廉で！」

「同じだな！　話してくれ……」

「ビルマン氏の告訴によってです」

「イトンヴィルの村長、義父？」

だ！……」

「よし！　見抜いたぜ……わかったぞ。ゲームは明らかだ。ド・ラ・ゲリニエール伯爵がまたを現れたん

「そうです、刑事長」

義理の息子を盗みの廉で告訴したのは確かにビルマン氏だった。二日前ビルマン氏は、驚いたことにパリから二人の人物の訪問を受けた。一人はパリのある銀行の代理人を、別の一人は事実確認のため彼に随行した執達吏を自称していた。

代理人はイトンヴィルの村長に言った。

「村長殿、申し訳ございませんが、いくつか質問させてください。あなたと近い関係にあるお方の名誉と、あなたご自身の名誉に関わる問題です」

「私の名誉に関わるだって！　どういうことでしょうか？　お話しください！」

「ロラン氏はあなたの義理の息子さんでしょうか？」

「不幸にも！」

「わかりました。ロラン氏が今日完全に破産したことは当然ご承知でしょう」

「破産した！　金に困っているだけだと思っていました……しかし破産しただなんて……」

「彼は金策に走りまわるはめになっています」

「おお！」

「昨日、彼は一万フランの手形債務を支払わねばなりませんでした」

「払わなかった？」

「払いました」

「それで？」

「ええ！　数日前ロラン氏は、この手形の決済に応じるために一文も所有していなかったことを私どもは承知しております」

「貸付を見つけたんでしょ」

「こちらで？　あなたのところで？」

「私のところではない。彼には一文も渡さなかったし、これからもびた一文も渡さない」

「結構です。ロラン氏はパリで完全に信用を失っています。彼はあなたに会いに来ました。てっきりあなたは譲歩し、そしてあなたの署名の使用に反対せずに……」

イトンヴィルの村長はビクッとした。

「私の署名！」彼は叫んだ。「この件で私の署名がなんだというんだ？　なぜ私の署名がこんな話に巻き込まれるんだ？」

「金を得るためにあなたの義理の息子のロラン氏が振り出した手形に、あなたの署名が裏書きされていたからです」

ビルマン氏は叫びながらこぶしでテーブルを叩いた。

「偽造だ！　それは偽造されたものだ！　いいですか！　私の義理の息子はろくでなしだ！　偽造者だ！」

「では発行された手形ですが、あなたはそれを支払うおつもりはないと？　あなたの署名があるにもかかわらず？」

「絶対ない！　絶対にだ！」

「おやおや！　それでもその必要はありますよ」

「もう一度言うが、絶対にない！　ロランを告訴する。ああ！　ろくでなし！　ああ！　ゲスなヤツめ！」

代理人はビルマン氏の怒りの瞬間をやり過ごすと、こう告げた。

「ムッシュー、私がこう言いますのも、あなたのお名前が記された手形の保有者であるわれわれを保証するためであり……同時にあなたの信望のことを思って警告するためなのです。ところで、いまやロラン氏は、引き続くほかのすべての手形の決済に応じるための十分な金を手に入れたようなのです」

「どこでそんな金を手に入れたのだ、だってパリでアイツは信用がないんでしょ？」

「なんでも、彼が払うことができるようになったのはレーグルから戻ったときからだと、私どもは存じ上げております……もっとも彼も、このことをはっきりと言っておりましたがね」

ビルマン氏は突然ノルマンディーの罵り言葉を発した。

「待っててくれ！」彼は二人の男にぶっきらぼうに言った。「ここでお待ちを……」

彼は二人を迎え入れた書斎を出ると、自室にのぼった。急に脳裏に閃光がほとばしり、恐るべきことを彼に告げたのだ。義理の息子をひと晩泊めたこと、自分が雇われ人たちの仕事ぶりを見に行ったあとロランが家に残っていたことを彼は思い出したのだ。このあいだロランは家に、通された部屋に一人でいたが、それは彼が金庫に現金を保管していた部屋、その彼の部屋の隣りだったのだ。その日の朝以来、ビルマン氏は金庫を開けず、点検もしなければ、確認もしていなかった。いまやぞっとする考えにさいなまれて彼は、震えながら金庫を開けた。

代理人と執達吏は彼が怒り狂った大声をあげ、義理の息子に対して激しい罵倒を叫ぶのを下の階から聞いた。

「盗まれた！」彼は書斎にふたたび現れると叫んだ。「アイツに盗まれた！　ロランは強盗だ！　偽造者だ！……強盗だ！」

ビルマン氏はいまや怒る狂人のようだった。

「盗まれた！　盗まれた！」彼は繰り返した。「アイツは私の金を奪った！　あのならず者め。あのろくでなし！」

怒りにまかせて彼は言い放った。

「ヤツはジゴマだ！　断言する、ジゴマはヤツだ！」

激昂するあまりこう叫んだ。

「アイツは人殺しだ！」

こう言うと、彼は話すのをやめた。彼はふたたび残酷な考えに襲われた。

「でも」彼は代理人と執達吏に問いかけた。「でも、ちょっと待ってくれ。ロランはモントルイユ銀行事件に巻き込まれなかったか？　アイツは銀行家を殺したと疑われなかったか？」

二人の男は答えず首を傾げた。イトンヴィルの村長はそのとき自分を抑えることができなかった。

「そうだ！」彼は叫んだ。「まったくそうだ！　ほら！　自分の手形を奪いに、さもなければ金庫の金を強奪しに銀行家のところへ行ったのはロランだ。アイツが彼を殺したのだ！　この私は盗まれただけだったが……。だが、私が現場にいて盗みを防ごうとしたら、アイツは同じように私を殺しただろう！」

二人の男は家にこんな不和をもたらしたことを詫びながら、退出した。彼らが立ち去るとすぐに、檻のなかでいきり立つライオンのように書斎のなかを歩きまわっていたビルマン氏は、もう一度自室にのぼった。彼は最後に残念そうに金庫を見た。するとあわただしく小さな旅行鞄を準備し、時刻表を確認して大声で言った。

「裁判所が閉まる前にパリに着く時間はある！」

彼は馬車に馬をつなぐよう指示し、レーグルに向かい、列車に乗った。そして彼は共和国検事の手に、窃盗の廉で義理の息子ロラン氏に対する告訴を提出した。

翌朝早く、ロラン氏は書斎に司法官らがやってくるのを目にした。例の告訴が正式に作成されたあとに出された令状を執行しに来たのだ。ロラン氏は憤慨し、弁明し、抗議したが、ビルマン氏の告訴は動かせないものだった。同時にビルマン氏は、文書偽造とその使用の廉でも義理の息子に対する告訴を提出していた。司法官らはロラン氏の金庫からさまざまな文書を、とくにビルマン氏の署名が記され、モントルイユ銀行で作成された手形を押収した。その日の朝呼び出され、亡き銀行家の例外的訴訟を調べたモントルイユ銀行の会計係がはっきりと述べるところによれば、これらの手形はモントルイユ氏の書類から欠けていたものであり、十中八九、殺人未遂があったときに紛失したにちがいないものだったのだ。それはいわば、ロラン氏の有罪を証明し、彼をモントルイユ氏の殺害者として宣言するものだった。そこで事件は途方もなく深刻になったのである。

　しかしながらロラン氏は懸命に弁明した。なるほど彼は文書偽造は認めた。それに関しては全面的に自分の非を認めた。だが、モントルイユ氏の金庫に保管されていることをほかの誰よりもよく知っているこれらの手形が、どうして今日（こんにち）自分の家の、自分の書類のなかにあるのか理解できないと、彼ははっきりと言ったのだ。

「誰かがこれらの手形をここに置いたにちがいない」彼は言い切った。「誰かがモントルイユ氏のところで奪い、ここに、私の金庫に隠したんだ。でもそれは私ではない、それは誓う！　私ではないんだ！」

　こんな弁明は誰にも認められることはなかった。それはありえないことで、受け入れられないことだったのだ。

　司法官は哀れなロランに尋ねた。

「あなたは一万フランの手形を支払うことができました。数日前は一文も持っていなかったにもかかわらずね。どこで金を工面したのです？　レーグルで……」

「そうです、レーグルです」

「あなたの義父のところではありませんね？」

「ちがいます！　ビルマン氏は無慈悲にも私を助けるのを完全に拒みました」

「それで？」

「しかし、妻が翌日レーグルへ行き、必要な金を持ち帰りました」

「誰が彼女に金を与えたんです？」

「彼女のおばです、おばのメリーです」

　司法官らは事務所の家宅捜査を終えると封印を施し、セバストポール大通りのロラン氏の自宅へと向かった。そこにはビルマン氏がいた。彼は起こったことを娘に教え、こんなことを言いに来たのだった。一緒に帰ろう、離婚しなさい、新しい人生をやりなおし、別の家庭を、新たな幸福を手に入れるのを手伝うからと。しかし、期待に反して彼は娘の激しい抵抗に遭った。彼女は断固としてロラン氏を弁護し、なにが起ころうと夫と別れないと父に断言した。

「私は、この悲しい事件でのお父さまのふるまいについて判断を下すべきではないでしょう」彼女は父に言った。「夫と私、私たちは、お父さまに対して悪いことをしました。でもお父さまは復讐する権利をはるかに超えています。お父さまの恨みが一人の不幸な人間をうちのめし、その名誉を汚しているのです！　親切な行為が私たちを救うことができました、お父さまはそれがわからなかった、望みもしなかった、それが残念なのです。だけど、しっかりと認めてください、私は、自分の人生を捧げた人にいつまでも忠実であり続けることを。そして、彼が不幸になるだけ私は彼にますます愛情を持っているということを！」

　そのとき司法官らが現れた。ロラン夫人は夫の腕のなかに飛び込んだ。

「がんばって」彼女は言った。「がんばって！　この問題から抜け出せるわ、もう少しだけがんばって！」

「妻よ、愛しい妻よ！　なんという不幸なんだ！」

「私の揺るぎない忠誠心、献身、変わらぬ愛を信じて！」

司法官が若い妻に声をかけた。

「マダム」彼ははじめた。「ひとつ質問してもよろしいでしょうか？」

「どうぞ、ムッシュー」

「ロラン氏が一万フランの手形の支払いができたのはあなたのおかげだと」

「そうです、ムッシュー」

「ご主人にお渡ししたお金をどこから入手されたのでしょうか？」

ロラン夫人はビクッとして答えた。

「でも、ムッシュー、このお金をどこから入手したかは重要じゃないこと？　夫が父のお金を盗んでいないことを証明するには、この私が夫にお金を渡したということで十分です」

「しつこくおうかがいして申し訳ございませんが、実際この点がこの告発とご主人の弁護において重要なのです。このお金を求めてレーグルに行かれましたね？」

「ええ、ムッシュー」

「そしてレーグルでこのお金を入手したのですね？」

「そうです、ムッシュー……」ロラン夫人はためらいがちに答えた。「レーグルで……」

「わかりました！　お父さまのところで？」

「いいえ！　父のところではありません」

「ではおっしゃってください、あなたにこのお金を渡したのはどなたでしょうか？」

ロラン夫人は自分があやうい状況にあることをすぐに理解した。彼女は震えた。

「おお！　それは！　ええっと！」彼女は口ごもった。

そこへロラン氏が彼女に近づいた。

「さあ、オクタヴィー」彼は促した。「答えておくれ。おお！　君のお父さまの前でも打ち明けるんだ、司法官のみなさんの前で言ってくれ」

するとロラン夫人がためらい、話す決心がつかなかったので彼がはっきりと言った。

「妻は、彼女の父が拒んだので、親戚の一人である彼女のおば、メリーおばのところへむずかしい頼みごとをしに行きました」

「それで、このご婦人はお金を与えてくれたのですか？」

「そうです、判事のみなさん。メリーおばがです」

ビルマン氏は進み出て叫んだ。

「間違いだ！　それは嘘だ！」

一同がイトンヴィルの村長のほうを見た。

「それは間違いだ！」ビルマン氏はきっぱりと言い切った。「娘のオクタヴィーは確かにレーグルのメリーおばに会いに行った。だが私は翌日にメリーおばと会ったのだ。それで彼女ははっきりと言った、一文たりとも娘には渡してないとな！」

ロラン氏はビクッとした。彼は妻をつかんだ。

「話してくれ！」彼は詰め寄った。「本当のことを言ってくれ。彼らに言うんだ、俺たちに言うんだ！……さあ話せ！　言え、どこでこの金を見つけたんだ？　言うんだ、誰が君にそれを渡した？」

オクタヴィーは黙っていた。

「君に訊いているのは俺なんだぞ？　この俺だ、判事じゃない、そうじゃなくてこの俺なんだ、君の夫だ……話してくれ！」

「訊かないで！　誓うけど、あなたはこのお金をなんの心配もなく、恥じることなく受け取ることができるのよ！」

「それは答えになっていない！　知りたいんだよ！　誰が君にこの金を渡したか言うんだ」

「言えない。でも、あなた、もう一度言います、私は誓って……」

そのときロラン氏は怒りを爆発させた。

「ああ！　卑劣な女だ！」彼は声を荒げた。「言えないだと！　おまえに金を与えたヤツの名前を言えないってことは、おまえは罪人だと告白することなんだぞ！　愛人なんだ！……恥知らず！……愛人だ！　おまえのメリーおばは、愛人なんだ！……とにかく話せ……告白しろ……告白するんだ……恥の上塗りなんて俺にはなんでもない、打ち明けろ！　この金を与えたのはおまえの愛人だ！」

怒り狂ったロラン氏は妻の手首を引っぱり、傷つけた。彼女を倒し、床の上を引きずった。仲裁に入り、彼女を彼の手から解放し、力ずくで制止しなければならなかった。

「かまうな！」彼は叫んだ。「この女を殺させろ、この卑劣な女を……この女を殺すんだ……」

警察官たちはこの怒り狂った男を抑えるために手錠をかけねばならなかった。彼はビルマン氏に悪質な脅しをかけた。そして苦痛にうちのめされる哀れな妻に対しては大声でもっとも下品な侮辱を浴びせ、彼女を罵倒し、独房から出たら恐ろしい復讐を遂げてやると誓った。呼び出された警察官、隣人、駆けつけた野次馬が手を貸して、怒り狂うロラン氏をなんとか車に乗せ、留置場へ連れていった。

こうしてリリー・ラ・ジョリとロラン氏は、同じ薄暗い建物の留置場にほとんど同時に、異なったやりかたで到着したのだ。そして、うちのめされ、運命に屈し、人生においてとてもかけ離れ、たがいに知り合うことのなかった不幸な二つの存在が、この牢獄で近づけられた。不思議な絆が二人を結びつけたのだ、優しさ、愛情、献身に満ちた絆が。そして、二人の思いがけない逆境をアンドレ・ジラルデという賞賛すべき、かけがえのない心が見守っていたのである。

アンドレ・ジラルデは一方にとっては兄、もう一方にとっては気立てのいいメリーおばだったのだ！

㉞章　呪われし者たちと祝福されし者たち

リリーはひどく耐えがたい夜を過ごした。彼女は、夜更かしよりも疲れるつらい眠りに襲われた。残酷な悪夢とぞっとさせる恐怖で中断される、ある種の夢うつつの状態にあったのだ。

しかしながら朝になると彼女は立ち直り、元気を取り戻した。そして、母親や姉のこと、あのみじめな住処で二人が過ごした苦悩の夜を思って泣いたとしても、少なくともいまは活力と知性を取り戻し、自分を弁護する準備ができていた。彼女は看護師や看守に訊いた。尋問を受けるにあたり弁護人を用意し、弁護士に立ち会ってもらう必要があることを知って彼女はうれしくなった。彼女は速達電報を頼み、アンドレ・ジラルデ氏に推薦された弁護士、ラウール・モントルイユ先生に電報を打った。

リリーは留置場に到着した直後、特別医務室に運ばれた。そして尋問が終わったら、サン＝ラザール女子刑務所への移送命令に署名されるのを待つのである。

彼女が電報を打ってすぐに、訪問者の到着が告げられた。驚いたリリーは速達電報がもう配達され、モントルイユ弁護士が駆けつけたとは思えない、ゆえに彼女は、工房で自分の潔白が認めれ、迎えにきてくれたのだろうと想像した。もしくは、隣人が訪ねてきて、昨夜突然自分の家で不幸があったと告げられるのではと不安になった。ただ自分を気にかけてくれる人たち、ロラン夫人やアンドレ・ジラルデ氏が不当な逮捕を知って、この新たな試練にいる自分を援助し、励まし、救うために誰かを遣わしたとは期待しなかった。

これらの憶測が頭のなかで堂々めぐりをしていると、訪問者が案内されてきた。

瞬間、リリーはパニックに陥り、憤慨し、叫んだ。

「あなた！　あなたがここに！」

それはド・ラ・ゲリニエール伯爵だった。

リリーは、面会室にすでに通されていた。この部屋にはテーブル、長椅子、粗悪な藁の椅子があるだけだった。

伯爵をあらためて見ると、テーブルの前に座っていたリリーは立ち上がり、身構えた。ド・ラ・ゲリニエール伯爵は、すこぶるおだやかで愛想のいい雰囲気で入ってきた。

「マドモワゼール」彼はドアのところから言った。「あなたがひどい災難に襲われたと知りました。私にはあなたが罪を犯したなんて信じることはできません！　あなたに協力を申し出て、あなたの潔白を証明するのに私の援助を受け入れてくださるようお願いしにまいりました」

リリーは彼に話させておいた。

「あなたはこの世で孤独だ」彼は続けた。「支えもないし、保証人もいない、守ってくれる人もいないのです。あなたは犠牲者だ。そして弱者にはあまりに好ましくない運命が、否応なしにあなたに重くのしかかるかもしれません」

「いいえ、ムッシュー！」リリーは答えた。「いま私はこの境遇にうちのめされている、そうかもしれません。でも私には権利があります。それに私には有能な保護者、つまり正義そのものがついています」

「確かに。しかしそれは時間がかかる、とても時間がかかります……それにあなたは、不安にさいなまれて死にそうな人々から離れて、ここにとどまっているわけにはいきませんよ」

「姉さん！」リリーは言った。「かわいそうなお母さん！」

「そうです。それで私は友人として、保護者として、責任をもってあなたに会いにきたのです。私は金持ちです、私は有力者だ、私にはあなたに自由を返す方法がある。この好意に同意し、ご自分ために私の力を使っていただくようお願いしにまいったのです……」

「断ります。盗みの廉で告発されて私はここへ連れてこられました。この盗みは、私にはどんなものかわからない卑怯な策略によって仕組まれました。正義が告発の誤りを認め、私の無実と誠実さが宣言されるときまでここを出るつもりはありません！　はからいによってではなく、自分の権利でここから出るつもりです。この卑怯な罠に私を陥れた面々が私に代わることを確信して、みんなから拍手喝采されてここを出ていくつもりです」

「しかし、マドモワゼール。そのあいだ、お姉さまとお母さまは……」

リリーは身ぶりで彼を制した。

「あらゆる死別に対して覚悟はできています！」

伯爵は深く共感し、感じ入ったようにふたたび言った。

「マドモワゼール、私はあなたに許しを乞わねばなりません。あなたに手を差し伸べることでお許しください」

「その必要はありません、ムッシュー」

「私はあなたに対して大変な過ちを犯しました。私は非難されるべきです、私は償いたい。私はあなたに悪いことをしました。しかしそれは、私があなたに対して抱き、私の知性を屈折させる大きな愛と無限の情熱のゆえなのです！　私の心は私の頭を狂わせ、そして生涯ずっと後悔し続けるしかないふるまいを犯してしまったのです。このふるまいを、おお！　私は卑怯で軽蔑すべきものだと認めます……私はそれを償いたい、あなたにはそれを忘れてほしい！　あなたには私の心の誠実さを知ってほしい！　リリー、愛する人よ、あなたが私にもう一度敬意を表することを私は望んでいるんだ！　いまあなたの許しを懇願し……いつの日か最良の人として、もっとも愛情深い友人として、忠実な夫としての私にあなたが手を差し伸べてくれるのを期待したい！」

無情にもリリーは答えた。

「これまで私はあなたに対していかなる敬意も持ったことはありません、それに……」

「おお！　どれほどあなたは私を憎んでいるのか！」

「いいえ、私はあなたを憎んではいません。私はあなたを心の底から軽蔑しているのです！」

伯爵は一歩前に出た。

「おお！　そんなことを言わないでください！」

「お願いです、離れてください！」

「そんなこと言わないで、リリー。あなたは私の心を引き裂いている」

リリーは憚ることなく堂々と言い返した。

「いい加減にしてください、ムッシュー！　私はあなたの話をじゅうぶんすぎるほど聞きました。お引きとりください！」

「お願いだ。あなたから希望の言葉を聞かせてもらうまでは」

「ダメです！　私はあなたを、もっとも下劣で、卑怯で、軽蔑すべき人間だと思っています、結構です！　いい加減にしてください！」

伯爵はさらに前に出た。彼は泣いていた。リリーはさらに離れると壁を背にした。伯爵は彼女をつかもうと両腕を伸ばした。

「ひとことだけ、リリー、許しの言葉だけ、お願いだ……あなたがこの世で一番大切にしているものの名において……許しの言葉を……」

「下がって！　離して！　あなたの存在が私には耐えがたい。出ていってください！……そうしなければ看守を呼びます、あなたを追い払うために！」

「リリー、大好きな人よ、お願いだから……」

「イヤです！　イヤなんです！」

「リリー……」

伯爵がさらに前に出て、とうとうリリーに触れようとしたとき、誰かの手が彼の肩をつかんだ。

「おいおい、ムッシュー！」強く響く声が言った。「まだご理解いただけないのですか？　とにかく言葉は明瞭ですよ。あなたの存在は耐えがたい、お引きとりください、とね！」

伯爵はさっと振り向くと、呆然とした。

「ラウール・モントルイユ！」彼は言った。

解放されたリリーは、ラウールに駆け寄った。

「あなたは！　ああ！　あなたは！」彼女はよろこび叫んだ。「あなたは！」

彼女は彼の腕に身をゆだね、身を寄せた。

「おお！　守ってください！　助けてください！　この男から私を引き離してください、この卑劣な人から！」

「さあ、ムッシュー」ラウールはたたみかけた。「出ていってくれと何度言わねばならないのです？」

「でも、ムッシュー……」伯爵は口ごもった。

「ドアはこちらです」ラウールは肩でそれを押しながら言い放った。「出ていってください！」

「これは、どのような権限で？」

「光栄にもメナルディエさんは弁護人として私を選んでくださいましたのでね。さあ！　お引きとりください、ほかに説明はありません。あなたを見ることは、われわれ二人にとってまったく耐えがたいのです。出ていってください！」

いまや伯爵は怒りに震えていた。

「そんなふうにはさせない」

ラウールはいらだち叫んだ。

「おい！　いい加減にしろ！」

そして彼は呼んだ。

「看守！　この男を連れていくのだ！」

伯爵はラウールに突進した。弁護士は手を挙げて平手打ちを喰らわそうとしたが、伯爵はこの手を宙で受けとめた。弁護士の胸に自分の胸をつき合わせ、怒りで歯を食いしばりながら小声で言った。

「おまえ、殺すぞ！」

「俺の親父のようにか？」弁護士は言った。

この返答は魔法の効果をもたらした。突然伯爵はラウールの手を離し、引き下がったのだ。看守が駆けつけ、彼の腕をつかみ、そして連れていった。

こうしてラウールはリリーに手を差し伸べた。

「もう、こんなろくでなしを怖がることはありませんよ」彼は言った。「今後いかなる悪さもされることはありません」

「ああ！　ありがとう、ムッシュー……あなたは勇敢で、いいお方です……本当にありがとうございます……でも、あなたに対して、あの人は悪さをするかもしれません。彼がどんな人間かあなたがご存じならいのですが！」

「安心してください、マドモワゼール！　この男はもう悪さをしないでしょう！」

そして彼は加えた。

「さて、あなたをお連れいたします……」

「私を連れていく？」

「あなたの仮釈放を得ました。あなたの潔白を証明する自信がありましたのでね」

「あなたは私が罪人ではないと思っておられるのですか、そうなのですか？」

「あなたが、泥棒だなんて！　おお！　司法がこれほどまでに分別を欠き、単なる見せかけや信憑性のない証拠であなたのような若い娘が罪人とみなされるには、あの連中のように悪に歪んだ心が必要ですよ」

そのあとすぐもう、リリーは弁護人の横に、車のラウールの横に座っていた。その道中、温情の限りを尽して若き弁護士は、リリーに自宅で待ち受ける恐ろしい知らせに対して心構えをさせた。

前夜、心配する母に、なぜこれらの連中が午後リレットと一緒に家に来たのかをしっかり言うべきだった。彼らがなにをしたのか彼女に隠すことはできなかったのだ。もっとも、苦悩にうちのめされた背中の曲がったマリーは、これ以上このいたましい秘密を隠すことはできなかった。その不安と涙が彼女の心を露呈していたのだ。したがって、この貧しい家のなかで起こったことは恐るべきことだった。このみじめな部屋で繰り広げられた嘆かわしい悲劇は筆舌に尽くしがたいものだった。

「娘が告発された！　リリーが泥棒！」病人は叫んだ。「おお！　そんなはずない！　そんなはずない！」

あまりにも大きな衝撃にメナルディエ夫人は気絶してしまった。背中の曲がったマリーは母の意識を取り戻すことができなかった。彼女が自分の努力の無意味さに絶望したとき、幸いにもロベール医師が現れた。

「おお！」マリーは悲鳴をあげた。「先生、来て……来てください……母が死にそうなんです！」

マリーが間違っていないことを医師が見抜くのに時間はかからなかった。大変な貧困と苦悩にあまりにもさいなまれたメナルディエ夫人はまもなく休息を、永遠の休息をようやく手に入れるところだった。

「しかし」ロベール医師は尋ねた。「お母さまは最近よくなっていましたよ。なにがあったんです？　この突然の発作の原因は？」

背中の曲がった娘は彼にいたましい出来事を手短かに伝えた。

「なんだって！」医師は声を荒げた。「リリーが、あなたの妹さんが逮捕された……盗みの廉で……そんなのバカげてる！　そんなの理不尽だ！　ありえない！　まあまあ、マドモワゼール、ご安心ください。私の兄弟は弁護士です、彼がこの件を引き受けますから。少しばかり勇気をもって、全部うまく解決されますから、また妹さんに会えますよ。さあ、お母さまの手当てをするのを手伝ってください」

しかし、背中の曲がった娘は泣きに泣き、医師の助けになることもできずただ祈っていた。ロベールは、手許にない治療薬が必要だったが、いまのマリーに調達にいかせることはできなかった。それならロベールが自分でひとっ走り薬局へ行こうとしたそのとき、誰かがドアを叩いた。

「ああ」不安に襲われた背中の曲がった娘は言った。「次は誰なの？　今度はどんな不幸が私たちに会いにきたの！」

しかしながら彼女は、ロベールに勇気づけられて意を決してドアを開けにいった。

労働者の服を着た二人の男が現れた。

「俺たちは」二人のうちの一人が言った。「仕事を終えてあとから来るあなた方のご友人、フェルナンの代わりでまいりました。あなたを手伝い、助けるためです」

「はい、はい……お二人とも入ってください」ロベールが感謝した。「入ってください、大変助かります」

彼らは、一人がソフト帽を、もう一人がラシャのハンチングを手に持ち、頑丈な短靴をなるべく音を立てないようそっと病人の部屋に入った。

背の高いほうがロベールのほうへ進み出た。

「なにか必要なら、この俺の仲間のル・デグルディがおつかいにいきますよ」

するとロベールは言った。

「わかりました。では、あなたのお仲間にひとっとびで二つの重要なおつかいをお願いします」

「なんなりとお申しつけください」ル・デグルディが言った「用事をお伝えください」

ロベールはすばやくメモ用紙に数行書いた。

「これは電報のため」彼は言った。「こちらは薬局です。すぐ戻ってきてください……それからこの短い手紙は私の兄弟へです」

ロベールは彼に金貨を一枚渡すと病人のところへ戻り、彼女の手当てを続けながら労働者の帰りを待った。

ル・デグルディは機敏だった。彼は治療薬を届けさせた。次に電報と弁護士モントルイユ氏宛の短い手紙にとりかかった。電報はポーラン・ブロケの助手ガブリエル宛だった。

「よし」ル・デグルディは言った。「まずは弁護士のほうにとりかかろう」

彼は電報をポケットに入れると、モントルイユ銀行家の館に向かった。ラウールはまだ帰ってきていなかった。そこでル・デグルディはマテュラン通りの二人の兄弟が使っているアパルトマンを訪ねた。彼はラウールに会えなかったが、弁護士は毎晩そこに立ち寄ることを知っていたので、ロベール医師からの短い手紙を残し、運転手に裁判所へ連れていくよう言った。そこでならラウール・モントルイユ弁護士に会えるかもしれない。

その通りに彼はそこでラウールに会った。労働者からの知らせでラウールはそうとう動揺したにちがいない。彼はすぐにリリーの仮釈放に向けて必要な手続きをした。しかし、この措置が認められるには長い時間がかかった。リリーはかなり具合が悪くなり、医務室に運ばれたところで、常駐医はその夜、外出許可書を交付しなかった。翌日まで待たねばならなかったのである。

さて、ラウールは労働者とともにメナルディエ夫人の家にあがった。彼がそこに着いたとき、病人は少し前に意識を取り戻していた。彼女はその痩せた腕で力なく背中の曲がったマリーを抱き、撫でていた。マリーはベッドの前に膝をつき、母の胸にもたれかかり泣いていた。部屋には、知らせを聞いたフェルナン、その妻、リリーのレリーフをつくった隣人の彫刻家ポール・ジェルモがいた。

ゆっくりと、苦しそうに病人は話した。

「ロベール先生」彼女は言った。「安らかで幸せな日々を最後に過ごせたのはあなたのおかげです。この世のすべてのものが意地悪ではなく、不実でもないことを教えてくれたのはあなたです。私の極度の苦しみを和らげてくれたのはあなたの誠実な心と高潔な人柄です。私にはあなたに対して、天国でしか報いることのできない恩義があります」

「マダム」ロベールは力づけた。「お願いです、もう少しがんばって。希望を持つんです」

「いいえ、先生……あなたの科学によって私の哀れな人生は引き延ばされました。でも昨日の、ある男たちの悪意のせいで私の人生の終わりは早められたのです」

彼女は泣いた。

「娘が、リリーが……美しいリレットが……牢獄にいるなんて、泥棒として！　牢獄にいるなんて！　死ぬ前に娘とは会えないのです！」

ロベールは言った。

「いいえ、マダム。もうじきお嬢さんに再会し、抱きしめることを楽しみにしてください。彼女はあなたのところにまもなく戻ってきます、もうすぐにですよ……」

「どういうことでしょう？」

「私の兄弟のラウールは弁護士です。彼に伝言したところです。ラウールはお嬢さんを弁護し、必要なことをします、そしたらリリーさんに会えますよ」

そのとき弁護士と労働者ル・デグルディが現れたのだ。

「ほら、ラウールだ！」ロベールは叫んだ。「で、リリーさんは？」

ラウールは嘘をつかねばならないととっさに思った。

「釈放されました！」彼は言った。「人ちがいです。彼女の潔白は認められましたよ。彼女はいますぐにでも着きます。最後の手続きがおこなわれたら、彼女はここに来るはずです」

病人は彼に手を差し出した。

「おお！　ありがとう、ムッシュー！」彼女は言った。「あなたのご兄弟と同じように、あなたにもお礼申し上げます。あなたのおかげで、私は最後のよろこびを味わうことができます」

しかしながら、メナルディエ夫人は刻々と衰弱しているようだった。ロベールの手当てにもかかわらず、生命はこの使い古された身体にとどまることを望まなかった。彼女の魂は、あまりにも苦しんだこの牢獄を去ることが待ち遠しかったのだ。メナルディエ夫人はふたたび昏睡状態に陥り、ロベールはなんとか彼女を救いだした。

さらに弱々しく、ほとんど聞きとれない声で彼女は尋ねた。

「リリーはいるの？」

「まだよ、お母さん……でも彼女は遅れることは……」

「ああ！　もう娘には会えない！　娘にはもう会えないんだわ！」

「お母さん！　親愛なるお母さん！」

そのとき瀕死の彼女は言った。

「先生、いらっしゃいますか？　弁護士さんも？」

「はい、マダム、近くにいますよ」

「わかりました……ああ！　私は秘密を抱えながら死ぬことはできません。ロベール先生も聞いてください！　弁護士さん、あなたは必要なことをしてください……私の子どもたちのために……私の娘たちのために……」

彼女は続けた。

「夫は誠実な人でした……働き者……献身的な人でした。彼は財産をつくりあげ、幼馴染みの一人のある出資者と一緒に大きな工場を所有していたのです……彼はこの男を信頼しきって……署名を与え……自分のお金を彼の銀行に預けたのです……。ところが、この男は盗人で欲ばりな人間でした……破産した夫は……家族のためのパンだけでも救おうとしました……夫はその古い友人に会いに行きました……。ですが、先生、弁護士さん……その夜、拳銃で撃たれた夫の遺体が運ばれてきたのです……なにが起こったのか？　銀行家の家で自殺したのか？　友人が夫を殺害したのか？……結局、私は未亡人になり、哀れな子どもたちはそこから決して這い出ることのできない貧困を運命づけられたのです」

病人は話すことに疲れていた。彼女の声はますます小さくなっていった。ロベールとラウールはすぐそばでベッドに身をかがめていた。

「マダム」二人の兄弟は言った。「償いはなされます、お金は戻されます。あなたの子どもさんたちは……」

ロベールとラウールは最後まで言えなかった。まるで彼らの足許で地面が口を開いたように二人は崩れ落ちた。彼らはひざまずき、死にゆく女性のベッドに額をついた。

「それは」メナルディエ夫人は打ち明けた。「それはモントルイユ銀行家です！　高利貸しのモントルイユ！　その名前が詐欺、恥辱、死を意味するモントルイユ！……モントルイユ銀行家に呪いあれ！」

それは、死にゆく女性の最後の生命の輝きだった。彼女はベッドのなかで倒れた。そして遠くから聞こえるような声で、さらに弱々しく彼女は言った。

「でも、あなたたちには、あなたたちには感謝しています……ロベール……ラウール……あなたたちを祝福します！　あなたたちに子どもたちを委ねます……寛容な心の……高潔な精神のあなたたちに……あなたたちに哀れなマリーと美しいリレット……リリーを委ねます、あなたたちに……。ありがとう、ロベール……ラウール……私はあなたたちを祝福します！」

彼女は両手を挙げようとしたが、ひざまずき嗚咽する二人の兄弟のひれ伏した頭の上にようやく両手を置けただけだった。

「ロベール……ラウール……マリー……リリー……私の子どもたちよ……あなたたちを祝福します！」

彼女は安らかに息を引きとった。彼女の顔は、ようやく手に入れた安心と幸福に微笑んでいた。


さきほど仲間とともに入ってきた労働者が故人に近づいた。

「安らかにお眠りください、マダム！」彼は厳かに言った。「二人の娘たち、あなたの子どもたちは、この世でもう孤独ではありません！」

彼は故人の目を閉じると、優しくロベールとラウールの肩を触った。

「お二人とも、来てください」彼は言った。「来てください……」

二人の若者は苦しそうに立ち上がり、労働者について隣りの部屋に行くと、ドアは注意深く閉められた。

「お二人さん」労働者は言った。「気をとり直してくださいよ。その苦しみようを見ると、疑いを招きますよ」

「ああ、あなた、もしあなたがそのわけを知っていたら！」

「知っていますよ、弁護士のラウール・モントルイユ。知ってますよ、医師のロベール・モントルイユよ」

二人の兄弟は思わず飛び上がった。

「なんだって！　あなた、知ってたんですか？」

「ええ。でもここで知っているのは私一人です、ご安心を。誰もあなたの姓が発せられたのを聞いていません。それに死にゆくお方はとても小さな声で話していました。あなたたちだけですよ、理解できたのは」

「でも、マリーは？」

「しばらく前から彼女は気を失っています。なにも聞いていないし、なにも知らない。だから、モントルイユ銀行家の息子であるあなたたちだけが、この不幸な女性が抱えていた秘密を知っているんです」

「われわれはまた、自分たちの義務も知っています」

ラウールは労働者に尋ねた。

「しかし、あなたはどなたなんです？　なぜここにいるんです？」

「こんないたましい悲劇に立ち会うなどと思わずここに来てしまいましたよ。私がここに来たのは、不正義を改め、一人の無実の女性を救い、そして、巧妙で強靭な犯罪者を捕まえる、要するにジゴマと戦うためです！」

するとも労働者は二人の兄弟に言った。

「あなたたちの名誉にかけて、私を裏切らないでください……」

彼はカツラを持ち上げ、姿を見せた。

「ポーラン・ブロケ！」二人の兄弟は叫んだ。

そして心を込めて彼らは刑事と握手した。

「お二人さん、それぞれの任務があるいま、同じ目的に向かって歩いているいま、たがいに励まし合い、信じ合いましょう。裁きの刻は告げられるはずなんです、さあ！……」

第3部

裁きの刻

①章　詩人は控えめである

あの賞賛すべき前衛詩人アンティム・スフレは、本人いわく、まぎれもなく詩の分野における並はずれた唯一無二の天才だった。彼は、詩の天空の領域に旅をするときだけ、居心地のよさを感じた。彼はワシのように滑翔していたのだ。だが、あまりに単純で平凡で卑近な日常においては、彼は唖然とさせるほど世間知らずで無邪気にふるまっていた。彼の難解な詩をなんとか理解できるのは才能豊かなうちでも数えるほどの人間だったが、この天才的な存在たる彼はといえば、日常生活のもっとも簡単な事柄をも理解しなかった。ゆえに、自分の置かれた状況が劇的な変化を遂げても、彼は羽をむしり取られたワシのごとく途方にくれるしかなかった。

男爵夫人の首飾りが盗まれて二、三週間経ったいまも、彼はその超敏感で過度に繊細な特別な体質のせいで、熱狂的なファンかつ忠実な友人だったあのド・マルネ伯爵の、快適だが危険な独身用アパルトマンで受けた荒々しい衝撃から立ち直れていなかった。もう一度言おう、立ち直れていなかったのだ。

ド・マルネ伯爵の突然の死は事故だとみなされた。アンティム・スフレは自分のなにげない仕草やもっとも些細な言葉でも全世界の関心を惹くと信じていた。そんな自分自身に関わることをのぞいて、彼の心を動かす重要なものはこの世にはなかった。とはいえ、もしド・マルネ伯爵のアパルトマンの事件の被害者でなかったら、このド・マルネ伯爵の死は彼になにかしらの影響を与えたかもしれない。だが彼は、独身用アパルトマンでの冒険以来、ド・マルネ伯爵に恨みを持っていた。ゆえに、友人の死は彼にとってどうでもいいことであり、かりそめにも彼の心を占めなかったし、友人に対し二行の詩を捧げることさえなかった。こんなふうにして詩人は、ド・マルネ伯爵のところでアメリカ人ジェームズ・トゥイルともう一人の紳士、この二人の泥棒に捕らえられた、あの夜に対して復讐したのだった。このことを思い出すだけでアンティム・スフレはワシでありながらも鳥肌が立たんばかりだったのだ！

のちに、その憤りのなかで彼は、あの悲劇的な夜についての百回目の物語を誠実な賛美者の一人にそっと語った。それは熱心な弟子で、やはりアンティム・スフレ派に属する真の詩人だった。大きなフェルト帽をかぶり、ボサボサの長髪で、先の尖（とが）った長いあご髭は、ネクタイの代わりをしながらベストおそらくはシャツの役割を果たすような幅の広い肩掛けの上に垂れ下がっていた。この弟子は、前衛詩人の天才的な詩を堪能しないとき、つまり、アンティム・スフレという荘厳なる輝く恒星のまわりを衛星のようにさまよわないとき、ラモルスという名で親しまれていた。

数日後の夜、前衛詩人は弟子に夕食をおごらせるという特別のはからいを与えた。というわけで二人は、芸術界、文学界、演劇界では通称〈ボンボン入れ〉と呼ばれている、レピック通りのカフェ・デ・アーティストに行った。ヘルシーポタージュや子牛のエスカロップ、自家製タルト、リンゴのマーマレードを貪り食うあいだ、アンティム・スフレは弟子に自分の冒険についてまた話したが、それはとりわけ近くの人々の耳に聞かせるためだった。弟子は彼の冒険をもう十分知っていたが、敬意を払って、前回よりもっと憤慨し、さらに唖然とした様子で聞いていた。

隣りのテーブルに、彼らとほとんど同時に一人の客がやってきて座った。画家のようだった。髪は白く、やはり白く豊かなあご髭を持っていた。みんなのように会話に加わることなく、彼はただ聞いていた。

「いずれにしても」前衛詩人は続けた。「これからはなにが起ころうと、泥棒、アメリカ人のスリなど、さらには例のZ団、有名なジゴマその人でさえ、われわれを襲撃したとしても、絶対に期待を裏切られることになるのさ」

「どういうことです？」ラモルスが尋ねた。

「男爵夫人はいまや予防策を講じたからね」

「どんなふうにです？」

「宝石類を夫の金庫に保管したのさ。この男爵の書斎にある金庫は大建造物、難攻不落の要塞で、どんなに手慣れた強盗にも対抗できるのさ」

「確かに適切な予防策ですね。でも、あらゆる予防策をしても、ちょっと講じるのが遅いですよ……だって、川〔仏語「川（rivière）」には「首飾り」の意味もある〕がまだ流れているなら、遠くまで流れていってしまってますからね……」

「ちがうのさ、おまえ」詩人は言った。「首飾りは戻ってきたのさ」

「ええ！」唖然としてラモルスは叫んだ。

「まだ言ってなかったか？」

「ええ……」

「いいだろう、かなり奇妙なんだ。実は二、三日前に男爵夫人は内密に警視庁に呼び出されたのさ……」

「盗難のことで？」

「いや、返却のためさ！　警視総監は男爵夫人にこう言ったんだ。〈マダム、このようなことは私の書斎から一切出ません、おおやけに知られることはありませんぞ、ご安心ください！　あなたがグットラック夫人の催したパーティでお召しになっていた指輪のほかに、宝石や首飾りを盗まれたことを存じ上げていますよ！〉」

「なぜ警視庁でそんなことが知られているんです？」ラモルスは大声で言った。「おかしいな！」

「ふっ！」アンティム・スフレは言った。「そのために警察はいるのさ、続けるぞ……。警視総監は加えた。〈またどのような状況で、著名な詩人のアンティム・スフレが仲裁に入ったにもかかわらず、強盗がおこなわれたかを存じ上げています〉」

「ああ！　彼はそれも知ってるんですか？　ということは彼は全部知っていると？」

「それが彼の仕事さ、彼のね！　なぜそんなことに驚く？　続けるぞ。〈ところで〉と警視総監は言った。〈われわれの警察官の一人が運よく国際的強盗であるジェームズ・トゥイルを名乗るアメリカ人にワッパをかけたんです〉」

「あなたたちを襲った泥棒ですか？」

「私たちを襲った泥棒、その通り！　中断させるな！」

「申し訳ありません、二度としません！」

「よろしい、続けるぞ……アメリカ人ジェームズ・トゥイルはジゴマ団に属しているのさ！」

前衛詩人をさえぎらないと約束したにもかかわらず、このジゴマという名前に驚いて忠実な弟子は叫んだ。

「おお！　ジゴマ！」

そしてそれが恐るべきこと、かつ素晴らしいことのように彼は加えた。

「あなたたちはジゴマに略奪されたんですね！」

いつものように謙虚な前衛詩人は、テーブルに広がる長い髪を振って同意を示した。

「その通り、ジゴマにね！」

　こんな大胆な企てを実行するには、つまりアンティム・スフレほどの人物に手を出すためには、ありふれた盗人では物足りなかったのだ！　ヨーロッパ中の、アメリカ中の、世界中の強盗のなかでもっとも有名で、もっとも恐ろしい、もっとも手に負えない者が必要だった……ジゴマが必要だったのだ！

　この名前が発せられると、〈ボンボン入れ〉のすべてのテーブルがざわつき、意見が交わされ、思い出が語られ、近頃の数々の偉業の物語が喚起された。それぞれがジゴマに関するエピソードを持っていたのだ。するとモジャモジャの髪と川のような黒いあご髭がほとんど一体化し、顔がヴェネチアンマスクのようにその毛の上にくっきりと現れている、スコットランド出身の風刺画家だけがジゴマを否定した。ユーモアある人物で、スコットランド人なのになぜかトゥールーズ訛りだった。彼はいつも一般的な意見に与せず、自分の無謬の意見だけしか認めなかった。

「ジゴマか！」彼は落ち着いた、魅力的な声で言った。「なんという作り話だ！　私はヤツを見たことはない、だからジゴマは存在しない！」

　彼の隣りにいた、ハゲ頭の、口髭の少ない文学者はビクッとした。彼は、ポーラン・ブロケを知っていたのだ。ラ・バルボティエールを訪れ、またジュルマにインタヴューしたこともあった。彼はジゴマを見たことがあったのだ！　そう、ジゴマ、不可視の支配者を、彼は見たのだ！　二人の友人がジゴマをめぐって言い争おうとしたとき、アンティム・スフレが割って入った。

　前衛詩人は静かにさせようと手を伸ばした……彼は金色の弦の竪琴を奏でたが、その手はあまり洗われず、いいかげんに切られた爪のひとつひとつが連なり、黒い筋で手の形を描いていた。詩人は言った。

「そこで、警視総監は加えたのさ。〈Z団に属するこのアメリカ人ジェームズ・トゥイルが治安局の警察官の一人に逮捕されました。家宅捜査がおこなわれ、たくさんの素晴らしい宝石、なかでも見事なダイヤモンドの首飾りが発見されたのです〉とね。巧みに尋問されてジゴマの手下は、この首飾りをヴァン・カンブル男爵夫人から奪ったとようやく白状したわけさ。どこで、どのように奪われたかも彼は話したと……」

「すると、男爵夫人は自分のダイヤモンドを取り戻したと？」

「そうさ。彼女はそのかわりに、数枚の百フラン札を警察官救済基金に寄付し、さらに宝石を取り戻してくれたベテラン警察官にお礼をし記念品を送るため、彼女はその名前を聞いたのさ……有名な刑事ポーラン・ブロケだ！」

「ポーラン・ブロケ！」ラモルスは叫んだ。「ああ！　はい、彼については聞いたことがあります。確かに彼はかなり敏腕だと言われていますね」

この世で、卓越さ、それについて自分の卓越さしか認めない前衛詩人は投げやりに答えた。

「ええ、そうらしいね……でも、彼の敏腕はもはや必要ないのさ。目下のところ男爵夫人の宝石は安全に守られ、盗人の手の届かないところにある……あのジゴマでさえも男爵の巨大な金庫に対してはなにもできないだろうね」

「そう願いましょう……」

「確実さ！　それにね、私に関していえば、さらに安心するためきっぱりと言ったのさ。宝石を身につけているかどうかにかかわらず、男爵夫人とはもう決して外で危険を冒(おか)さないとね」

「慎重ですね」

「わかるだろう？　危険をともなう密会に身を捧げることはできないのさ。詩人としての資質、先駆者としての気高い人格、要するにこの世界で私に託された偉大なる任務の尊厳が損なわれる恐れが少しでもあるからね」

ラモルスは、よく理解できると迷うことなく言った。先駆者の、賢明で慎重な決定を力を込めて支持したのである。

さらには眉をひそめることなく、彼は言い切った。

「あなたのような詩人は、平凡な人間がする危険を冒すことはできません！」

「できないさ！」アンティム・スフレは強調した。

「しかし」ラモルスはほのめかした。「そうすると男爵夫人との詩と音楽の集いは中止せざるをえませんね」

詩人は顔を横に振った。すると、たくさんの天才的な思考を含んでいる頭のまわりで髪がハエ払いのようにはためいた。

「全然」彼は言った。「全然さ！　反対だよ！」

そして、彼は慎み深さそのものだったので、こっそりという気持ちがありつつも、大きな声で加えた。

「反対だよ。これからは詩の集いは男爵夫人の館でおこなわれるのさ」

「男爵夫人のところで？」

「そう。よっぽど安全だし、はなはだしく私をわずらわすことはない……」

相変わらず控えめに彼は続けた。

「親愛なる友よ、おまえには伝えよう……まさに来週の木曜の夜、夕食のあと、私は男爵夫人と集いを催すのさ。そのとき男爵夫人は、私の詩のために作曲した新しい音楽を聴かせてくれるのさ」

「来週の木曜？」忠実な弟子は聞き返した。

「そう！」

立派な白髭の画家はこの最後の言葉を聞いて、思わず詩人と弟子に詮索するような目を向けた。彼はいましがた聞こえたことにかなり興味を持っているようだった。

「なぜこの木曜なのでしょうか？」ラモルスは尋ねた。「毎週恒例ですか、それとも特別に？」

「それは状況次第で選んだ日なのさ」アンティム・スフレは答えた。「事実この日の夜、男爵は株主たちとの盛大な夕食会に行かねばならない。おまけに使用人たちもなにかのパーティがあってそれに出席したいと言ってきた。男爵夫人は快く暇を出した。われわれに仕える料理人と館の支配人だけを残してね」

前衛詩人は驚くほど軽々しく加えた。

「こうしてわれわれはまったく人のいない、ひっそりとした、静かな大きな館をそっくり手に入れるのさ。なににも邪魔されず、誰にも水を差されずに私の詩を味わい、男爵夫人の音楽を聴くことができるのさ」

彼は結論づけた。

「ああ！　それは魅力的な集いになるだろうね！」

そして、翌週木曜の夕べの景気づけに場所を移し、彼はブランシュ広場のカフェでラモルスのおごりのビールを快く何杯も飲んだ。ラモルスはパイプを吸いはじめ、前衛詩人にその天才について語らせておいたが、まったく聞いていなかった。それでも、おおげさで中身のない、耳障りな言葉のせいで疲労を感じた。それに刑事長に会うべき時間だった。彼は勘定を済ませると、詩人を連れ出した。アンティム・スフレはよく話し、よく飲んだ。彼の両足はもはやその自尊心を支えていられなかった。彼の足どりは詩と同じくらい不規則だった。ラモルスは慈悲深くも彼の腕をとり、ブランシュ広場を横切り、それからレピック通りの上(かみ)までのぼった。ラモルスは詩人がその住処を構える建物の近くで彼を置き去りにした。詩人は七階の自分の部屋からパリに君臨していることを思い、窓の役目を果たす天窓から光の街が自分の足許にひれ伏すように広がっているのを見ることが好きだった。

そのすぐあと、ラモルスはポーラン・ブロケの家にいた。彼は自分がどう時間を使ったかを報告した。主としてポーラン・ブロケの関心を引いたのは、男爵夫人と前衛詩人が会うことになる来週の木曜という日だった。

「よし」刑事は言った。「それがジゴマによって準備された悪巧みでないにせよ、ヤツらが確実にこの木曜になにかをやらかすことは明らかだな……」

ラモルスは加えた。

「それにアンティム・スフレはZ団のヤツらにつけられています」

「だろうな」ポーラン・ブロケは笑いながら言った。「その黄金の詩句のせいでな！」

「というか、ヤツらが必要としている男爵夫人のなにかしらの情報を詩人から入手するためにです。当然ですが、ヤツらは男爵には尋ねられませんからね」

「それはかなり妥当だな」

「それから、刑事長。カフェ・デ・アーティストで一緒になったんですよ、立派な白髭の、古風で飾り気のない画家の男とね。前衛詩人が男爵夫人とのプラトニックな愛をベラベラと話すのにかなり興味津々でしたよ。そんなそぶりはおくびにも出していませんがね」

「で、その画家って、デュポン男爵だろ？」

「あなたはそう呼んでいますね……」

「よし」

ポーラン・ブロケは黙った。彼は新しいタバコに火をつけて部下たちに言った。

「ということは、悪巧みは来週の木曜だな。いいだろう、見せてもらおうぜ！」

②章　美しき未知の女

　クラブの店ではダンスパーティが最高潮に達していた。ワルツ好きの客たちは心ゆくまで楽しんでいた。〈アヴェロンっ子たち〉のダンスホールはよろこびの叫び、小編成オーケストラの音楽の盛り上がりに合いの手を入れる若い娘たちの、真珠をちりばめたような笑いでさんざめいていた。

　奥のほうの薄暗い隅のテーブルを囲んで、三人の男がアヴェロンの例のマークブランデーを前に座っていた。彼らは踊っている人々やダンスを見物する人々をながめていた。

　三人のうちの一人は結構な年齢だった。灰色の、使い古した汚い帽子をかぶり、髭は白くモジャモジャだった。口の隅でくわえた管の短い使い古しのパイプの上に、赤らんだ鼻がほとんど落ちていた。彼は、あらゆる種類の仕事をこなすが、週のうち酒を飲む月曜と日曜がほかの曜日よりも多いような、そんな古参労働者の典型だった。

　反対にもう一人の男は華やかさを狙い、クラブの客の大部分をなすある種の連中のあいだで大流行している、まったく趣味の悪い服を着ていた。濃い色の上下揃いの背広、エナメル靴に明るい色のソックス、ダイヤモンドのピンが刺さったどぎついピンクの幅広のネクタイが巻かれた、大きくてとても高い襟の、色付きのストライプシャツを身につけていた。おまけに両手には、いくつものぶっとい指輪をはめていた。ハンサムな若者で目は澄んで生きいきとし、ほっそりとした黒い口髭が尖(とが)った歯の口許と我の強そうなあごを際立たせ、冷酷で残酷な雰囲気だった……それは、男性の荒々しい魅力と硬い握りこぶしにものを言わせ、十字路や大通りの歩道、ミュージックホールあるいは夜間営業の店で客引きする庶民の女、もしくは途方もなく自由奔放な女の色気を糧にヒモとして楽に生きる方法を見つける、あのジェントルマンの特徴を見事にそなえる見本だった。

最後の三番目の男についていえば、顔はあご髭で縁取られ、灰色の帽子を目深に下ろし、労働者の装いだった。木製パイプをふかしながらホールのなかをながめ、連れの話を聞き、少しだけ話をした……ひとことだけを発し、頭のうなずきで賛否を示していた。

三人の男たちは、近くを通るクラブの客が送ってよこす挨拶やサインに何度も応えた。ただ彼らは年老いた男が発する言葉に夢中で、若いシャレた男は眉根を寄せ、不満げに金口タバコの灰を何度もすばやく落とした。

「なあ、おまえ」白髭の男が言った。「俺たちは少し気が緩んでいたようだ。俺たちはあまりにもまわり道がすぎる」

「どこがだよ、おじさん？」

「俺たちはかなりの時間を費やす、大きな賭けとなる仕事に乗り出しているが、なんの利益ももたらされていない」

「俺はまったくそうは思わないけどな」

「俺たちのところの人間が報酬を受け取れなくなってしばらくが経つ」

「ヤツらが働いてないからだ」

「ヤツらは不満を言っているんだ……」

「言わせておけよ。たっぷり分けてやればヤツらは歌うだろう」

「そうだ。でもいつだ？」

だ？」

「次だ」

いらだった仕草で甥は声を荒げた。

「俺たちのところのヤツらは、報酬を毎週受け取れないとわかっている。ヤツらは、決まった日に支払われる雇われ人ではない、ヤツらは企てによって左右される協力者だ。ならば、ヤツらはなにを求めているんだ？」

「ヤツらは、俺たちが失敗しすぎると思っている」

「えっ！　そんなこと言っているのか？」

「いや、はっきりとは言っていないが、口にはしている……」

「事情のわからないヤツらだ！　ヤツらはブルジョワの別宅に空き巣に入ったり、郊外や女中の部屋で仕事するだけでいいんだ……低能な野郎どもだ！　バカどもが！　四十スー分け与えられたり、半ダースのプラチナ製のコーヒースプーンや真鍮製の掛け時計を奪って満足するなんて！」

「ヤツらは目先の利益しか理解していない」

「俺たちの仕事は時間がかかる、それは確かだ。だけど、それは何百万フランをもたらすんだ」

「俺たちの仕事はいままで運にめぐまれなかった」

「それは俺たちのせいじゃない。でもすべての失敗の穴埋めをしよう……俺たちがここにいるのは指示を伝え、すべてを準備するためだ」

「木曜のために？」

「そうだ。復讐しなければならない……首飾りのな……」

そして笑いながら甥は加えた。

「今回は見事な祝賀パーティがあると思うぜ」

おじは白髭のあごでうなずいた。

「そうだな」彼は言った。「俺もそう思う」

そして彼は加えた。

「さて、おまえ。ここだと静かに話せるから言わせてもらうが、おまえは身を危険にさらしすぎている……いつもリリーを追いかけまわして時間を無駄にし、無駄な危険を冒（おか）している」

甥はビクッとした。

「おじさん」彼は言い返した。「言いたいことはわかる。だけどその点についてはすでに了解済みだ」

「幾度となくリリーには莫大な金がかかりそうだった。俺の意見では、かなり無駄に、だ。まあ、彼女は美しい、それはわかっている。だけど彼女に匹敵する女はほかにもいるだろ、ものにするのはわけないだろ！」

「それはリリーじゃないだろ」

「それじゃ、本当に惚れているのか？」

「たぶん……」

おじは甥の腕をつかみ、揺さぶった。

「でも、おまえ。おまえには恋をする権利はないんだ」

「ノー！」ここで灰色の帽子の労働者が断固として言った。

「ある……。この愛は心のよろこびだけでなく、ポケットに入るいい取引なんだよ。リリーは驚くほど美しい、彼女だけがそうなれるほど美しいんだ……」

「それがおまえにとっていったいなにになるんだ？」

「おまけに、リリーには数百万の金が戻ってくるってことをおじさんも知っているだろう」

「ああ、だけどな……」

「俺たちは、モントルイユ銀行家とベジャネ公証人の書類から、メナルディエ家の債権証書とその財産を彼女に返すための方法を見つけたんだ。俺がリリーを追いまわすのは、彼女の甘美な魅力のためであると同時に、このためなんだ。俺は彼女を危険にさらしたかった。俺の妻になること以外には脱出できない罠に引き込んだ。この敬愛すべきモントルイユに盗まれた多額の金の返却を勝ちとれるのは、彼女の夫となったときだけだからな」

「わかった」

「罠は俺たちが期待した結果をもたらさなかった！　俺は、レースの盗難と逮捕の陰謀を思いついた。狂乱したリリーが、俺の救出の手に落ちることを期待していた」

「ラウール、そこにいたね」灰色の帽子の男が言った。「陰謀、失敗したね」

「そしていまや」おじが言った。「モントルイユの息子たち、この親切なお人好しは、慈悲深いパパがすこぶる立派に稼いだ金を元通りにして返している。リリーにはその財産が返される。そして俺たちの最新の情報によれば、リリーはラウールを愛している。それでもなぜおまえはまだ、リリーを追いまわしたいんだ？」

甥はテーブルをこぶしで叩き、歯を食いしばり、憎しみで目をいっぱいにし、激怒した。

「リリーのことが好きだからだ！……」

「あなた、どうかしてるよ！」灰色の帽子の男が言った。「イエス！　完全に、どうかしてる！」

「そうかもね。でも愛しているんだ……彼女がほしい……わかるか、彼女がほしいんだ！　そして俺がそう言ったとき、俺の道を塞ぐものはなにもない！　そうだ、俺は彼女がほしいんだ……ものにしてやる！　妻であろうと愛人であろうと、ものにしてやるぜ！　あの別荘でのはじめての失敗の復讐がしたい。ラウールにも復讐がしたい。留置場の面会室でリリーの前で俺に加えた平手打ちの償いをさせなければならない。わかるか、俺はラウールとリリーに復讐がしたいんだ。俺はこんなふうにしか復讐することができない……リリーを奪うことでな」

　年老いたおじは頭を振った。

「そんなことはみんな放っておいたほうがいい」彼は言った。「絶対に成功させなければならない次の仕事だけを考えろ」

「おお！　それについては保証する！」

「最後の助言だ、おまえは恋をしているから川〔＝首飾り〕に飛び込むんだ」

　これはささやかな言葉遊びだった。彼は、ハンサムな甥の褐色の細い髭の下に微笑みを与えた。しかしそれもつかのま、わずかに見えつつあったこの微笑みは消え去り、口許が激しく引きつった。

「見ろ！」甥がすぐさま言った。「見ろって！」

　彼はあごで踊っているカップルを示した。灰色の帽子の男もこのカップルを見た。彼はビクッとし、震えが身体を駆けめぐり、口からは思わず英語の罵りがぼそっと発せられた。三人の男たちは胸を刺すような動揺をおぼえつつ、カップルが踊り進むのを見ていた。

　たくましく力みなぎる体格の若い男は無骨な顔で〈オルナノのならず者〉〔「オルナノ」はコルシカ島の有名な一族〕と呼ばれ、一方、女のほうは背が高く見事な体つきで目は大きく黒かった。唇は赤く魅力的な微笑のなかで若い狼のような歯並みを見せ、黒褐色髪（ブルネット）の女性特有の輝く美しさを備え、長くねじった豊かな黒褐色髪の下で顔色はまぶしいばかりに明るかった。

　この女が現れワルツを踊りはじめると、男たちが押し寄せた。称賛のざわめきが起こり、欲望のうなり声と情熱の眼差しが彼女に絡みついた。それは、これらすべての若く、たくましく、愛に生きる男たちの情愛の熱狂と、それと対をなす犯罪の欲求が爆発する筆舌に尽くしがたい瞬間だった。このいかがわしい飲み屋にはじめて現れたこの驚くべき女がくるくるとまわるときに発散する、繊細で陶然たる香水の匂いを嗅ごうと全員が首を伸ばした。彼らの手はこわばり、無意識にポケットの奥のリボルバー、あるいはもっと静かで確実な折りたたみナイフに触れていたのだ。この女をめぐっていまにも激しい戦いが繰り広げられ、女をものにしようと血が流れるかもしれない……しかし彼女は〈オルナノのならず者〉の腕のなかにいたから、もっとも興奮した連中も静かでいたのだ。

「見ろ」また甥は言った。

「見たね」灰色の帽子の男は答えた。

「見たよ」おじはその顔に驚きだけでなく、憤慨と不安を浮かべた。

するとニ人の男たちは立ち上がった。彼らは、みんなを驚かせたあの二人のワルツの踊り手が出てくる付近の人混みで待ち伏せするつもりだった。また彼らと同時に、少し離れたテーブルを使っていた二人の男、おとなしそうな労働者二人組も立ち上がった。

「さてと、間違いないのか?」一人が抑えた声で言った。

「ええ、刑事長」もう一人が答えた。「疑う理由はありません! ヤツはまさにデュポン男爵です」

「じゃ、もう一人は?」

「もう一人? 私が知らないヤツです……」

「ヤツは俺の親愛なる同業者のトム・トゥウィックだ」

「アメリカ人刑事!」

「イエス! で、三人目……ああ! この男はヤツだと思うんだが……かなりうまく化粧をしてるから断言できない……」

これら二人の男は、もうおわかりのように、情報を探りにクラフの店に来たポーラン・ブロケ刑事とラモルスだった。二人が推測しているがごとく、〈ボンボン入れ〉で前衛詩人の一連の失言でほのめかされた件で、来週木曜になにが準備されているか探っていたのだ。

ダンスが終わると、黒褐色髪のワルツの踊り手と〈オルナノのならず者〉はホールから出てきた。ざわめき、荒い息づかいの、いまにも獲物に飛びかからんばかりの男たちの生垣を二人は横切った。〈オルナノのならず者〉はその腕をワルツの踊り手の首にまわし、その幅広の手で彼女の左肩を完全に覆っていた。こうして彼は彼女を自分のほうへ引き寄せ、彼女が自分のもの、まさに自分のものであること、そして彼女に手を触れるには売春婦のヒモの王、この地区で一番強い〈オルナノのならず者〉である自分を相手にしなければならないことを見せつけた。誰も文句は言わなかった。大胆にも近づく者はいなかった。

さて、〈オルナノのならず者〉と彼が最近ものにした女は、クラフの店に残らなかった。彼らはワルツを踊るためだけに来たようだった。評判を得て二人は明らかに満足していた。そして二人は称賛者たちと廷臣らの二重の生垣を通る王族カップルのように、〈アヴェロンっ子たち〉をあとにした。そして、そのままたがいに抱き寄せ合いながら、ゆっくりとラ・シャペル大通りに入っていった。

その時分のこの大通りは暗く、ひとけがない。わずかな通行人は、何軒ものいかがわしいキャバレーが青白いほのかな光を発する歩道や、巨大な迫持ち（せりもち）で暗く危険な場所をつくる地下鉄のアーチ橋の下を、足ばやに通り過ぎるのだ。風の渦巻く突風のうめきが、北駅に入線する蒸気機関車の甲高い汽笛や唸る音で何度もかき消される。

さて、優しい目をした美しい未知の女とその恐るべき同伴者は、少しも心配せずに愛おしそうに抱きしめ合いながら、不気味なたたずまいのこの大通りに入り込んだ。〈オルナノのならず者〉は自分の力をよく知り、自分のテリトリー、自分の王国だとみなす場所では安全だと信じきっていた。ゆえに彼は、ものにした女をその幅の広い胸にさらに抱き寄せ、黒いビロードのリボンの大きな結び目で留められた、むきだしの彼女の髪に口づけしながら、愛の戯言を語りかけていた。

すると突然、〈オルナノのならず者〉は、この驚くべきワルツの踊り手のご機嫌とりの最中、大いに邪魔された。三、四人の男たちが不意に彼に飛びかかり、連れの女から引き剝がしたのだ。そしてそのうちの二人が若い女に襲いかかり、連れ去ろうとした。

しかし、おわかりのように、すっかり驚いた〈オルナノのならず者〉が立て直すのに数秒しかかからなかった。彼はまさに敵たちに立ち向かおうとして、その耳に嚙みつきしがみつく猟犬をふりほどくイノシシのごとく身体を揺すった。彼は両腕で二人の敵の胴を抱え込んだ。しかしその片足が歩道のへりから落ち、相手を引きずりながら地面にもんどりうった。容赦ない、すさまじい格闘が排水溝のなかで続いた。

一方、若い女は襲いかかる男たちに果敢に立ち向かっていた。はじめの攻撃にすぐさま振り向くと手近な男を捕らえ、腕をつかんだ。そしてそのまま身をかがめて反対側に転げ落とした。敵の腕は折れ、痛みに喚（わめ）いた。

勇敢な女は機敏にもとの体勢に戻ると、彼女は二番目の襲撃者に飛びかかり、その喉をつかみ、日本武術を使おうとした。しかし相手の男も柔術を心得ていた。彼は攻撃をかわし、彼女はいったん離れ次の攻撃に備えた。すると、地面に倒れた〈オルナノのならず者〉を置いて二人の男たちもやってきて、彼女の動きをついて捕らえようと身構えた。

若い女は突進するのをやめた。しかしそれは恐れたわけではなかった。数歩うしろに退いた……ただそれは間合いをとるためだった。すると三人の敵を牽制しつつ突然彼女は右手を伸ばした。三人の男は痛みに叫び、噴射した腐食性の液体に焼かれた目に手をあて、後ずさりした。

解放された若い女は逃走し、大通りをふたたびのぼった。彼女がガス灯の光の輪の下を通ったとき、格闘で乱れた長くねじった豊かな黒髪の下から、金色の幅の広いスカーフのような、赤銅色がかったブロンドの三つ編みの髪がほどけて輝いた。

「あの女だ！」すぐに誰かが叫んだ。「刑事長、追います！」

「行け！」二番目の声が言った。

そして、地下鉄の柱の陰でポーラン・ブロケとともにこの場面のすべてを見ていたラモルスは、謎のワルツの踊り手を追った。彼女は中央分離帯を横切った。反対側には、エンジンがうなりをあげて一台の車が停まっていた。若い女はドアを開け乗り込んだ。

「急いで！」彼女は叫んだ。「ゴー！」

彼女がドアを閉めようと振り向くと、そこへラモルスが飛び込んだ。するとラモルスは叫び、手を目にあてた。美しい見知らぬ女が敵の目をくらませたあの液体にひどくやられたのだ。若い女はラモルスの手首をつかんだ。そして開いているドアから、全速力で走る車の外へ投げ捨てようとした。そのとき車の室内灯に照らして、彼女はラモルスの顔を見た。

「ああ！」驚いて彼女は叫んだ。「あなたなの！　なぜ？……なぜ！　なんて気の毒なの！　あなたなの！〈ブロケ精鋭部隊員〉の！」

するとと彼女はドアを閉め、ラモルスに言った。

「安心してください。いまあなたを苦しませているものは、あなたの目をくらましているものは、危険な腐食性のものでは全然ありません。ただの香水です、少し強いアルコールの。お待ちを……顔に少し水をかけさせてください。それでヒリヒリする痛みはすぐになくなりますから」

彼女は、ポーラン・ブロケの車のように改造された車のダッシュボードから、薄いタオルと、水がいっぱい入った小型の水差しを取り出し、ラモルスの目を湿らせた。確かにすぐに痛みはほとんどなくなった。ラモルスは目を開けることができた。

「痛くないでしょ?」

「ほとんど……」

「よかった! あなたの賞賛すべき上司のポーラン・ブロケには、私がその怖いもの知らずの部下におこなうことを許してもらう必要がありますからね」

そう言うや彼女は、綿でいっぱいのゴムの覆いでラモルスの顔を包んだ。その中には、ジゴマのやりかたのように、クロロフォルムのアンプルが入っていた。ラモルスは抵抗しようとしたが、赤銅色のブロンド髪の女に人並はずれた握力で押さえられ、少しずつ麻酔の力にうち負かされて倒れたのである。

③章 〈オルナノのならず者〉

ポーラン・ブロケとラモルスが乱闘現場に居合わせたのは、単なる偶然ではなかった。二人は、〈オルナノのならず者〉があの輝くようなワルツの踊り手と一緒にダンスパーティをあとにしたとき、トム・トゥウィックと見栄えのいいデュポン男爵とおぼしき二人の男、そして謎の甥が〈アヴェロンっ子たち〉の数人の客に合図を送り、二人の跡をつけるのを目撃したのである。そんなふうに集合した小さなグループは二十歩の距離をとり、なにも疑っていないカップルを追尾し、突然襲ったのだ。

ジゴマの目的は、この謎の女を捕らえることにあったにちがいない。だがわれわれは、黒のカツラでそのブロンド髪を隠した未知なる女がどのように敵たちを片づけ、逃げたのかを目撃した。すると、企てに失敗したZ団のメンバーたちは、〈オルナノのならず者〉を排水溝に打ち捨てた。彼らは半分見えない目でたがいに誘導し合いながら、暗い小さな通りに消えていった。

〈オルナノのならず者〉は立ち上がった。怒り狂った彼は戦いを再開しようと、巨大な腕を振りまわし、ものすごい握りこぶしを前に突き出しながら、罵倒し、恐ろしい威嚇の言葉を発し敵を探した。すると彼の両手はすばやく鉄の鎖で捕らえられた。彼は取り押さえられ、手足を縛られ、動きを封じられた。

最初の災難に輪をかけてわけのわからないこの新たな災難にすっかり唖然とした〈オルナノのならず者〉は、持ち上げられ、笛の合図で歩道に横づけした車に投げ込まれるのを感じた。


ラモルスは翌朝、サン゠ジャック大通りの上（かみ）の派出所で目覚めた。彼はサン゠ミシェル通りのベンチで夜中ぐっすり眠っているところを、フードをかぶって静かに巡回していた親切な二人のお巡りさんに拾われたのだ。なにものにも中断されない長い眠りのあと、彼はなんとか警視に自分の身元をわかってもらった。警視はなぜポーラン・ブロケの部下がこんな状況になっているのか理解できなかった。そもそもラモルス自身がそれを説明できなかっただけになおさらだった。かなり奇妙なこの出来事に、治安局のこの刑事が豚箱で夜を過ごしたことで喜劇的な側面が加えられたのだ。


〈オルナノのならず者〉のほうはその夜、留置場で寝た。ポーラン・ブロケがそこに連行したのだ。翌日、彼は治安局長の部屋に連れていかれた。〈オルナノのならず者〉は抵抗し、叫び、弁護士を要求した。二人の看守が彼を制する任務を負っていたが、好きなように怒鳴らせておいた。彼が無駄に叫んで疲れたところで、ボミエ氏とポーラン・ブロケが登場した。

〈オルナノのならず者〉はふたたび抵抗しようとしたが、治安局長が言った。

「黙りたまえ、叫ぶんじゃない。おまえを拘留したくない」

「俺はなんもしてねえんだよ！」〈オルナノのならず者〉は叫んだ。「俺は襲われて、自分を守った。正当防衛だ」

　ポーラン・ブロケが割って入った。

「そんなことはボミエ治安局長には伝えてあるよ。俺が君を捕まえたんだ」

「あんたが？　ブロケさんが？」〈オルナノのならず者〉は叫んだ。「当然だ、そう思ってたぜ！　ポーラン・ブロケしかいねえよ、オレさまみてえな男をあんなふうに捕まえて紐でくくるなんてな！」

　それから彼は言った。

「それで、あんた見たでしょ、そうでしょ？　あんたは知ってるんだ、俺がなんもしてないことをな」

「もちろんだ」

「俺のことを拘留しないだろ？」

「しない」

　治安局長は加えた。

「おまえにはすでにそう言ってある」

「そうだ」〈オルナノのならず者〉は言った。「そうだ、あんたは俺にそう言った。だが、あんたの気分を損ねるわけじゃねえが、俺はポーラン・ブロケさんにそう言ってもらいてえんだよ」

「おや！」ボミエ氏は声を張り上げた。「おまえは私を信用してないのかね？」

「してる、してますよ……ただ、ポーラン・ブロケさんなら、もっと確実だ！」

　この男と同類の、もっともタチの悪いならず者たち、もっとも危険な男たちに及ぼすポーラン・ブロケの影響力とは、このようなものだった。誰もが刑事を恐れ、その名前を聞くだけで震え上がったが、ポーラン・ブロケがもっとも強い人々のように強く、もっとも勇敢な人々のように勇敢であることを誰もが知っていたし、誰もが彼を賞賛していた。彼らは、ポーラン・ブロケが公平で誠実であることも知っていた。そして自分たちがポーラン・ブロケの敵だとしても彼らはポーラン・ブロケの権威を認め、そこに戦いがあるにしても、危惧すべき裏切りがないことを知っていた。〈オルナノのならず者〉は、それら同類と同じく、ポーラン・ブロケの言葉を、彼の上司であるボミエ氏の断言よりも好んだのである。もっとも上司もそんなことは知っていたから、気を悪くすることはみじんもなかった。

「では、ブロケ君」彼は刑事に言った。「〈オルナノのならず者〉を安心させてやりなさい！」

ポーラン・ブロケは囚われの身に言った。

「おまえは自由だ、すぐにでもここから出ることになる。ただわれわれにいくつか情報を提供してくれ」

「仲間たちについては絶対ダメですよ。おいおい、ブロケさん、あんたはそんなこと訊きませんよね？」

「ああ、仲間たちについてではない」

「それじゃ、俺の解放の条件にはなりません。だってあんたはもう知ってるでしょ……」

「ちがうさ。ほら、おまえの鎖をはずしてやる、おまえが答える前にな。いいか」

「よし、ブロケさん。そういうことなら、裏切ることなく答えられます」

「もっとおまえに安心してもらうよう」治安局長は言った。「ポーラン・ブロケがおまえに質問する」

「よし、それがいい……あんたがそれでいいならな」

ポーラン・ブロケは上司の命令で、〈オルナノのならず者〉に質問をはじめた。

「クラフのところで昨日の夜おまえが踊ってた女は、見かけない女だ。この地区の人間ではない。誰だ？」

〈オルナノのならず者〉は外周道路界隈の紳士のいっぷう変わった名誉に関わらないこの質問に、ためらわずに答えた。

「要するに、ブロケさん」彼ははじめた。「俺も知らねえんです。あの女が誰か？　まったくわからねえ！

あの女がどっから来たか？　女は答えたがらなかったんでね。あの女、こんなこと言ってましたよ。〈私はここにいる、それで十分でしょ。私がどこから来たか、どんな道をたどって来たかなんてあなたが知る必要はないの〉ってね」

「どこで知り合ったんだ？」

「ある夜クラブの店に入ろうとしたら、あの女が俺の目の前に立ちはだかって、言ったんです。〈《オルナノのならず者》って、あなた？……よかった！　話したいことがあるの〉〈入ろう〉と俺は言いました。〈いいえ〉と彼女は答えた。〈ここはダメ、今日はダメなの〉女は俺を大通りの別の店に連れていった。そこで話したんですよ。俺は女を見た。俺は彼女が誰かわからなかったが、こんな美しい女、見たことありませんでしたよ」

「名前は？」

「〈あなたの好きなように呼んで〉って、言われたんです」

「おまえの愛人なのか？」

「ちがいますよ」〈オルナノのならず者〉は答えた。「ちがいますよ、ブロケさん。愛人じゃねえです」

「えっ！」

「驚いているんでしょ？　俺もです。でも本当のことを言ってますよ。この界隈の頭（かしら）としての俺の権限を使うことなく、女が一時間も俺と一緒いるなんてはじめてっすよ。でも彼女は……」

「彼女は、この界隈の人間ではなかった？」

「そうです！　それに、要するに彼女は、ほかのこのへんの女みたいじゃねえんです。上流階級の女か？　俺も結構見たことはあるんです……自分たちではスノビスムと言ってますが、俺に言わせりゃ、自分らが捨てきれず、若くして性的不能となった社交界の愛人や夫ではなぐさめることのできない不品行を求める立派な名前の上流階級の女たちをね。これらの女たちは、自分たちを荒々しく抱き、悪さをし、恐怖のちょっとした身震いや犯罪の香りを与えてくれるような男を探しに俺たちやアパッチのところに来るんです。これらの香水をつけた貧血気味の美しいご婦人方には、いかがわしいキャバレーの匂いや、彼女らが愛されたいと思っている殺人者の手に残る血が必要なんですよ。それは、羽飾りを付けて裁判にくる群衆を見ればわかるでしょ。ブルジョワも同じですよ。女が犯罪を犯すと、みんなこの女に夢中になる」

「先に進もう。で、この女は？」

「ほかの女みたいじゃないですよ。きどってねえし、少しもうっとりすることもない。震えることもなく、落ち着き、力強く、迫力がある！　実際、ほかのヤツらに対して俺が支配者だってことを見せるためにいつもそうするように、彼女に近づいて、平手打ちを喰らわそうとすると……俺は彼女に手首をつかまれて、しっかりと握られ……その小さな手で腕をひどく締め上げられたんで、ひざまずいたほどです。この俺が、女である彼女の前で、このオレさまが、〈オルナノのならず者〉がですよ！」

「で？　それから？」

「彼女はこう言っただけでした。〈命令するのは私だ！　私に従うのだ。私は好きなことを好きなときにしかしない！　私には屈強な男が必要だ！　あなたは、あなたの仲間より強い。私がやるべきことのためにあなたを選んだ。あなたが私に従うなら、それでいい、取引成立よ。そうでなければ、おやすみ、立ち去ればいい！〉彼女はさらに美しかった。俺は従ったんです！」

「彼女はなにを望んでいたんだ？」

「おお！　気まぐれな恋、〈アヴェロンっ子たち〉に行くこと、踊ること！　でも彼女は、一人でそこに行くことは望んでいませんでしたぜ。ほかのヤツらに邪魔されねえようにです。俺となら、彼女はそっとしておいてもらえると考えたんですよ」

「その通りになったな」

「ええ。あの女はZ団の男たちにも会いたがっていましたよ」

「えっ！」妙に思ったポーラン・ブロケはすぐさま言った。「なんで？」

「それは言ってませんでしたがね。俺がZ団かどうかは訊かれましたけどね。ちがう、と言っておきましたよ！　それは、あんたも知ってるでしょ、それは正しいことだ。俺は俺の支配者だ！　このオレさまはグループに属したり、ほかのヤツのために働かねえ、そうでしょ？　俺は卑怯な行為に首を突っ込まねえんです！　俺は〈オルナノのならず者〉だ。よし！　俺はすべての〈ならず者〉のように生きている。だけど、俺は誠実だ、人を殺すような悪事を働くことはない！　ブロケさん、そもそも、あんたならそれをわかっているでしょ？」

「ああ。続けてくれ」

「だからこう言ったんです。俺はZ団じゃない、でも何人かの知り合いでZ団がいるから、見せてやるとね。それと女は俺がジゴマを知っているかどうかも訊きました」

「えっ！　ジゴマ……なぜジゴマなんだ？　ということは彼女もジゴマを知りたいってことか？」

「そうらしいですぜ。誰もジゴマを知らない、ヤツを見ることもなく、ヤツに従っているだけだと言っておきましたよ。Z団の連中にとって、それは不可視の、強力な恐るべき支配者だ、でもそれが誰なのかは知られていないとね」

「そんな答えで彼女は満足したのか？」

「それしか言えませんからね。ただ、クラブの店に来たあと、Z団がどこに集合するか聞かれましたよ」

「教えたのか？」

「かつてZ団にはラ・バルボティエールがあった――だが、ヤツらがポーラン・ブロケを殺(や)ったと思ったときに、それを吹っ飛ばした、と言ってやりました。すると女はこう叫んだんです。〈なんですって、ラ・バルボティエールで彼らはポーラン・ブロケを殺そうとしたですって？〉〈そうだ〉と俺は答えました。〈でもポーラン・ブロケはたった一人でも、ジゴマと集結したZ団の連中と同じくらい強い〉とね！」

「お世辞だろ」

「ちがいますよ。それはよく知られていますぜ！」

「おまえの美しい連れに戻ろう」

「俺はこう言いました。〈ラ・バルボティエールのあと、ジゴマとその手下たちは大観覧車近くの、ジュルマ夫人のところに集まるようになった。でもそこもまた吹っ飛んだ。なぜならZ団のヤツらは今度もまた、ポーラン・ブロケを殺ったと思ったからだ！〉と」

「しぶとい命だ」

「女も笑いながらそう言ってましたぜ……でも俺は教えたんですよ、ジゴマはポーラン・ブロケに似た哀れな警察官のヤツを拷問し、ポーラン・ブロケだと思ってこの警察官をダイナマイトで吹っ飛ばしたとね。ポーラン・ブロケのほうは、その夜どこか別のところ歩きまわっていた。証拠は、あんたがここにいるってことです。そして、別のかわいそうなヤツがあんたの代わりに埋葬された！……でも、それは、ああ！　それは彼女を笑わせた！　身をよじるほど笑ったんですよ……すると女は、もうすぐおこなわれる悪巧みの噂は聞いていないかと俺に尋ねました。俺は答えましたよ。確かなことはわからないがZ団の連中はいつも合言葉や指示を受け取ったり、今度どこに集合するか、新しいラ・バルボティエールがどこかを知るために、クラフの店に集まるはずだ、とね」

「どこなんだ、その第三のラ・バルボティエールは？」

「彼女にそれを言うことはできませんでしたよ、まだ誰も知らないから。イタリア門の、ジョナス通りのラ・バレーヌの穴倉だって話です。でも確実じゃない。彼女は言ったんです。〈そんなことどうでもいいわ、残念だけど！　ラ・バルボティエールにも、ラ・バレーヌにもこだわるのはやめましょう。踊りに行きましょう！〉ってね。それで俺は女をクラフの店のダンスパーティに連れていきました。俺たちは注目されました！　友達みんなが湯気を出してこの女を見てましたぜ！　ああ！　彼女がオレさまと一緒じゃなかったら、〈アヴェロンっ子たち〉の店のなかとはいえ、確実に彼女をめぐってナイフが飛び出してましたよ」

　それから悔しそうな仕草で〈オルナノのならず者〉は続けた。

「俺としては完全にバカでした。女と出るとき、出口で警戒すべきだった。ヤツらはみんなあまりにも妬(ねた)んでいましたからね。それに臆病者だからヤツらは束になって俺に飛びかかってきやがった。女を俺から奪いやがった！　でも取り戻すことはできた、それは確実だ。俺は女を取り戻すことはできたんだよ。でもあんたに捕まった……で、ここにいるわけです」

　彼は加えた。

「いま俺は恥ずかしい思いです」

「なんでだ？」

「だって、一緒にいた女を守れなかったんですよ。だからおっかねえやりかたで復讐してやるぜ。戦いが起こるでしょうね。でも、ブロケさん、あんたは俺が喧嘩を吹っかけたわけじゃねえってことの、俺が何人か壊しちまったとしても悪くねえってことの証人ですよ」

「わかってる、わかっているよ！」刑事は言った。「全部うまく取り繕えるさ。まずは聞いてくれ、おまえが安心するためにな。ヤツらはおまえの女を奪っていない」

「女を奪ってない？」

「ああ。おまえが想像しているように、彼女は自分を守ったんだ。三人の男を打ち落とした」

「三人！　スゲエな！　言ったでしょ、あの女は、女〈ならず者〉のように強いんだ！」

「それから彼女は一人で車で立ち去った。なあ、おそらくだけど、あの女にはもう会えないぜ。おまえも、ほかのヤツらもな」

「どうして？」

「彼女は見たかったことを見たからな。クラフのダンスパーティもZ団も知ったから好奇心が満たされたんだ。いまは、別のところへ行ってその冒険心を満たし、自分の小さな手の奇跡的な、けたはずれの力を使うだろう」

〈オルナノのならず者〉がポーラン・ブロケを驚いて見ていると、彼は親しげにその肩を叩いた。

「さて、行っていいぞ」彼は言った。「おまえは自由だ。ただ、仲間といざこざを起こそうとはしないでくれ。ヤツらはこのことに関係ないんだ、信じてくれ。悪さをしたのはジゴマだ」

「ジゴマ？」

「そう！　しかしジゴマは捕まえられないから、おまえがヤツと戦おうとしても時間を無駄にすることになるぞ。だけどな、おまえがそうしたいなら、Z団の何人かを叩きのめすのはおまえの自由だ！」

「そしたら、ブロケさん、うれしいですか？」

「考えを言うのは慎んでおくよ」

「よし！　でも女は、彼女はどうなるんでしょう？」

「探してくれ」ポーラン・ブロケは笑った。「探してくれ！　あの女はいつだって探さなければならないんだ」

その直後、ポーラン・ブロケは看守に〈オルナノのならず者〉を連れていってもらった。彼を自由にしたのだ。

「この男は」彼は治安局長に言った。「荒々しい力、知性のかけらもない力だけの驚くべきヤツですね。ジゴマはヤツをメンバーに迎えるのをいつも拒んでいました。ヤツがバカをやるんじゃないかと心配してです。ヤツにはいかなる信用もおけない。自分の知らないうちに、ヤツは知っていることをすべて言わされてしまうんです」

「私もそれを思ったよ」

「われわれはヤツから望んでいたすべてのことを聞き出しました。いまとなっては、よそで縛り首になればいいし、ブロンド髪の謎の美しい女を探しはじめればいいんです」

④章　魅惑的な夜会

天才的な前衛詩人が弟子のラモルスに軽々しく話していたように、翌週の木曜にヴァン・カンブル男爵夫人は本当にすべての召使いに暇を出した。夕食のもてなしのために料理人と館の支配人だけが残された。そしてヴァン・カンブル男爵はといえば、株主らとの会食に赴いた。

ポーラン・ブロケは確かにこの株主らとの会食が催される場所を知っていた。この会食の給仕係のなかには元ピエロのシモンがいたのである。ド・ラ・ゲリニエール伯爵がそこに参加するかを確認する任務を与えられ、彼を一瞬たりとも見失わないよう指示されていた。

この会食は、株主総会の会食によくありがちな、つまり、同じサークルの友人たちと美しい女性たちとの優美なパーティだった。それはまた、詩人の表現を借りれば魅惑的な夜会だった。男たちは絶好調で、女たちは楽しそうだった。

ヴァン・カンブル男爵は二人の女性歌手に挟まれていた。一人はオペラ座を、もう一人はオペラ・コミック座を目指し、自分たちの活動をあと押ししてくれるうしろだてを金融界や政界に探していたのだ。二人の歌手はとても美しく、たいそう金持ちのこの男爵がベラベラとしゃべる言葉すべてに笑っていた。

一方で、グットラック銀行家は、若い踊り手のほうにかなり興味津々だった。自分では機知に富んでいると思い込んでいることを、独特の訛りの低い声で言い、踊り手を笑わせていた。彼はだいぶ興奮していた。一同に、この幼い踊り手は十七歳にもなっていないとされていた。もっとも若い踊り手はかなりカワイらしく、みなにそうだと思わせた。彼女は少女のような雰囲気でその華奢な身体は少し骨ばり痩せ細り、髪型は幼い子どものようだったから十七歳にもなっていないと言っても誰も疑わなかったが、実際はそれよりも少なくとも七、八歳は年をとっているのは明らかだった。ただ幻想によってしか幸せになれないこともある。グットラック銀行家は若い娘しか好まなかったから、見かけの若い女性を超然として熱愛したのだ。

一方、ド・ラ・ゲリニエール伯爵はといえば、いつものように愉快で、快活で、軽妙で機知に富んでいた。笑いながら彼は、輝くばかりの銀行家に言った。

「ねえ、あなた、注意してくださいよ、おチビちゃんに噛まれますよ。乳歯だけのおチビちゃんは一番手に負えませんぞ」

リュセット・ミノワも会食に参加していたが、舞台の時間になると出ていった。芝居がはねたら、彼女はド・ラ・ゲリニエール伯爵のもとへ戻ってくることになっていた。それから宴は楽しく続き、明け方まで終わらないだろう。

一方、ヴァン・カンブル男爵の館では、堂々たる優しい男爵夫人が夢想にふけりながら、前衛詩人のアンティム・スフレと夕食をとっていた。夕食が終わると、小さなサロンでコーヒーが出された。男爵夫人は指輪いっぱいの指でみずから詩人のカップに砂糖を入れたがった。それから彼女はピアノに向かった。詩人が終えたばかりの素晴らしい夕食を、いい音楽で消化するためにである。彼女はやはり優れた音楽家であり、ハーモニーの波で詩人を和ませた。

「これは私が作曲したのよ」彼女はつくり笑いをしながら言った。「私の詩人、あなたのことを思いながらね」

アンティム・スフレは手を広げ軽く大仰なしぐさをした。それから彼は、男爵夫人が空になったカップを片づけると消化しはじめた。いつもの献立はレバーのパテで、子牛のエスカロップのほうれん草和えがぜいたくな料理となり、なにかの祝賀行事の折りにようやくベルシーの肩ロース〔パリ十二区にある庶民的地区ベルシーの名物〕をごちそうしてもらうこの痩せた詩人は、このとき目を半ば閉じて柔らかな肘掛け椅子に満足げに深く座っていた。両手を腹――その夜たくさんいいものを含んでびっくりしている腹――の上に置き、彼はおだやかに音楽に包まれまどろんでいた。極上のワインに酔った彼は、その天才的な精神を、彼のような詩人たちが正当に評価される青い国へと飛翔させていた。その天空では、星をちりばめた長いショールをまとった、すらりとしかつ豊穣なオダリスクたちがお香と花々のあいだをとびきりの笑顔で飛びまわり、彼のような詩人たちに、金の皿のフォアグラのシュプレーム、またトリュフを与え、珍しい宝石で飾られた浅い広口の脚付きグラスに泡立つアンブロワジーを注いでいる！

するとと突然、大災害がこの国を襲った。それは、すべてを打ち崩す恐るべき地震のようだった。詩人は倒され、突き飛ばされ、激しく揺さぶられるのを感じた。それから彼は衝撃を受けた。その細い身体全体が、その広大で壮麗な精神を包み込む窮屈で角ばって尖（とが）った肉体が、耐えがたい痛みで痙攣した。享楽的なまどろみから突然引っぱり出された彼は、恐怖の狼狽のうちに目覚めた。彼は叫びたかったが、うなり声しか出なかった。動こうとしたが、動けなかった。なんとか目だけは開けられた。すると彼は、恐るべき確信を得た。自分が悪夢だと思っていたのは、ああ！　想像ではなく、まったくの現実だったのだ。前衛詩人は縄で縛られ、猿ぐつわをはめられ、床に転がされているのに気づいた。自分の横で男爵夫人が気を失い、同じく猿ぐつわをはめられ、手足を縛られていた。

アンティム・スフレは苦しまぎれに思った。

「結局、男爵夫人と、静かに夜の時間を過ごすなんて絶対にできないのさ！」

彼の恐怖は筆舌に尽しがたく大きくなった。彼を縛り、猿ぐつわをはめた男たちは去り際に、用心深くも電気のつまみをまわし、この小さなサロンを完全な暗闇に沈めたからだ。アンティム・スフレは光輝くべき天才だった。彼は闇が好きではなかったのだ。とくにこのような状況での暗がりが怖かったのである。

体をよじり、手足を動かして彼は怒りあらわに縄を解こうとしたが、花々でいっぱいの大きな花瓶が置かれる小さなテーブルをやっと揺らしただけだった。花々が彼の上に落ちた。なるほど、前衛詩人はこんなふうに芳香ある花びらに覆われるのはまったく自然だと思ったにちがいない。だが、それと一緒に花瓶も落ちてきたのだ。彼は冷たいシャワーを浴びた。いまや凍えるアンティム・スフレは、新たな大洪水を恐れて、賢明にももう動かないと決めた。彼は水たまりに浸かり、カモのようにおとなしくした。白鳥である彼が、カモのように！　彼はどれだけの時間こうしているのか？　彼にとってはあまりにも長い時間だった。

ついに、男爵と男爵夫人のアパルトマンがある最上階で急ぐ足音、家具がひっくり返され、モノが倒され、壊され、ドアが乱暴に閉められる音が聞こえた。それから甲高い呼び笛、叫び声、最後にリボルバーの銃声。それはアンティム・スフレを安心させるものではなかった。

自分たちには時間があり邪魔されないと確信した強盗団は、好きなようにヴァン・カンブル男爵の金庫を略奪できる状態にあった。

ちょうど二日前、男爵はかなり高額の無記名有価証券を受け取り、また数件の高額の徴収もおこなっていた。彼は自宅に一時保管しておいたこの金を、共通の友人であるド・ラ・ゲリニエール伯爵の前で友人のグットラックに話していた投機に近いうち使うはずだったのである。男爵の金庫には、常備金数十万フランのほかに、そのとき習慣に反して二百万フラン以上の金や有価証券や貴重品が保管されていた。そしてそのほかに、彼の妻が預けておいた驚くほど美しく、計り知れない値段のダイヤモンドの数々。

しかし、男爵が女好きのグットラック銀行家、そしてド・ラ・ゲリニエール伯爵と一緒に会食していた夜に、男爵夫人は自分の召使いたちに暇を出し、彼ら使用人たちのパーティへ参加させていたのである。

男爵は株主との会食に出かける際、思いやりから夫人を一人にするのをいくらか心配したが、男爵夫人は彼を安心させた。

「スフレさんに、私の相手をしてくださるようお願いしますわ！　あなたがお帰りになるまで、あるいは召使いたちが帰るまで詩や音楽を楽しみますわ」

すっかり安心した男爵は心も軽快に、われわれが知っている株主総会のメンバーたちとともに会食に出かけたのである。

というわけで強盗たちはまさに好きなようにヴァン・カンブル男爵の館に侵入し、盗みをはじめたのだ。

ポーラン・ブロケは、男爵の館がその夜略奪されることを確実視していた。彼は間違っていなかった。ラモルスがあの控えめな詩人にベラベラしゃべらせたから、彼は男爵夫人のダイヤモンドが二階の男爵の金庫にあることも、使用人たちが暇をとったことも知っていた。いうなれば館からひとけがなくなることを知っていたのだ。

「悪事は見事に準備されたな」ポーラン・ブロケは思った。

彼のほうではいつもの用心をとって、その優れた手腕をもってZ団の連中が引っかかるべく張り込みを配置した。ジゴマとそのグループを逃さない網を張ったのだ。

給仕を務める元ピエロのシモンは、ド・ラ・ゲリニエール伯爵が宴に参加し、友人のグットラック銀行家とヴァン・カンブル男爵から離れてないと確信をもって何度もポーラン・ブロケに伝えてきた。

ポーラン・ブロケは部下のガブリエルとラモルスに言った。

「なあ、おまえたち、おぼえているか。Z団のヤツらが見事な悪巧みをしたとき、ド・ラ・ゲリニエール伯爵は、自分が催した、あるいは参加したパーティで、これみよがしに格好つけて歩いてたよな」

「本当ですね、刑事長」

「だから今晩、いつものようにド・ラ・ゲリニエール伯爵は株主の会食にいるんだ……ド・ラ・ゲリニエール伯爵が強盗を働いているあいだな」

そしてある事実が、すでに何度も正しいと思われたこの見解にさらなる保証を与えた。ド・ラ・ゲリニエール伯爵ただ一人だけが、この楽しげな会食に参加していたのだ。つまり、ヴァン・カンブル男爵と銀行家のグットラック以外の親しい友人たちは、彼と一緒にいなかったのである。実際のところ、このパーティに当然のことながら参加するはずの、あの見栄えのいいデュポン男爵は、最後の最後で電報を送ってよこし、気分が悪いといって詫びていた。またデュ・ジャール男爵は、二日前からパリにはいなかった。ド・マルネ男爵については、どんな悲劇的なやりかたでブリアル城でジゴマ自身によって人生という宴からこの不幸な客人が抹殺されたかをわれわれは知っている。つまりポーラン・ブロケにとって、見栄えのいいデュポン男爵の突然の体調不良とデュ・ジャール男爵のこの不在が意味していたのは、ド・ラ・ゲリニエール伯爵のこの二人の親友がジゴマにその貴重な力を貸しに駆けつけたということだった。

さてポーラン・ブロケは、男爵の館がある区画の周辺に配下の男たちを配置した。指示は、通行はさせてもいいが、張り込み線を突破する人物は追跡し、少し離れた場所で捕まえて車に乗せ、犯罪の犯せない場所にまで連行する、というものだった。しかし、この指示は実行されることがなかった。もとより張り込み線を越えようとする不審者はいなかったのだ。

ポーラン・ブロケはだいぶ長い時間、館から数歩のところに身を隠していた。辛抱強く待ち、監視し、様子をうかがっていたが、異常はなにも認められなかった。館の付近には誰も現れず、誰も家のなかに入らなかった。

「俺たちは時間を無駄にしているのか?」刑事は部下たちに言った。「ジゴマに騙されたのか?」

ガブリエルとラモルスは刑事長になんとも言えなかった。

「だいぶ長いこと俺たちは無駄にここにいる。普通なら悪事がおこなわれるはずの時間なんだ。動くものはなにもない。慎重かつ巧妙な連中であるZ団のヤツらは逆の張り込みを敷いていないし、用心してもいない。ヤツらがなんでこんなミスを犯したのか俺にはわからない! こうすると、二つの仮説が出てくるな。悪事はもう実行された、あるいは、俺たちにはわからない理由でこの一件は延期された」

「私はそうは思わないですよ、刑事長」ラモルスが言った。「悪事はあまりにも見事に準備されてますし、状況だってあまりにも揃いすぎてますから。今夜なにも起こらないわけはありません」

「もう少し待ってみよう……」

刑事たちの希望を復活させたのは、一人の通行人がやってきたことだった。しかしながら、この通行人はとくに目立つところもなく、注意を引くものでもなかった。きちんとした身なりのまだ若い男で、サークルや劇場から戻り、この美しい夜に歩いて家に帰る様子だった。ヴァン・カンブル男爵の館に差しかかると、おだやかで自然な物腰のこの通行人は突然止まった。するとあちこち見まわして耳を澄まし、注意深く通りを観察した。そして三回続けてかなり大きなクシャミをした。

「おやおや！」ポーラン・ブロケは言った。「これは、クシャミするために、誰にも見られてないか、聞かれてないかを確かめる必要のある男だな」

そして男はクシャミを終えると反対側の歩道で、まったく灯りの見えない館のほうを見ながら待っていた。彼はそれほど待たなかった。二分後、男爵のアパルトマンのある階の窓が音もなく開き、白のハンカチが振られた。

「よし」ポーラン・ブロケは言った。「風邪ひきのこの男にハンカチを使えよ、と知らせてるんだな……それにこしたことはないからな……」

そして彼は続けた。

「同時に俺たちにもこう知らせてるんだ。悪事はまさに今晩ですよ、家のなかにいて、いま盗んでいる真っ最中です、とな。いいだろう」

彼は自問した。

「しかし、いつ、どこから、アイツらは家に入りやがったんだ？」

ただ、ポーラン・ブロケはいまこの点について明らかにしようとはせず、ガブリエルに言った。

「行こう！」

「了解です、刑事長」

「俺たちの配下はいるな？」

「全員それぞれの持ち場に」

彼らは音を立てずに隠れ場所から離れた。今度は彼らが、誰にも見られていないか、クシャミ男が立ち去って通りの角を曲がったかを確認する番で、そうしてヴァン・カンブル男爵の館のほうへ進んだ。

風邪ひき男は確実に見張り番で、通りを監視する役割を担い、おそらく定期的に、家のなかの連中に指示を要求したり、あるいは情報を与えていたにちがいない。ハンカチを振るという取り決められた合図によって彼は理解し、クシャミをすることですべて順調だとか、心配することはないと伝えたり、あるいは危険を知らせたのだ。

その夜ポーラン・ブロケは、ベルを鳴らして扉を開けてもらおうとは考えていなかった、当然だろう。もっともベルを鳴らして訪問を告げたくもなかった。

彼は、家の主人(あるじ)たちが車で出入りする間口の広い大きな門を問題視しなかった。そこに設けられた通用口も気にかけなかった。数日前から彼は、小さな勝手口の鍵を入手していたのだ。今夜、この勝手口の内側の掛け金は閉まってないだろう。召使いたちが帰ってきたら、そこから入らなければならない。さきほど館の前を通ったとき、ポーラン・ブロケは用心深くも機転を利かせて鍵をまわしておいた。いまやドアは仮締めだけで、ノブをまわせば侵入できるようになっていた。こうして侵入は容易におこなわれた。

ポーラン・ブロケはそっとドアを開けた。しかし彼は一気に侵入しないように気をつけた。ドアのうしろに誰かがいて、防御できぬままつかまれ、襲われ、縛られるかもしれない。ポーラン・ブロケはいつものようにドアを大きく開けなかった。直立ではなく、身をかがめ、四つん這いで入ったのである。そうすれば、ドアのうしろに男がいても、不意をついて捕まえることができる。なぜなら、向こうからしたらドアが開いて現れるのは人間の大きさの直立した誰かであって、犬のように歩く男ではないのだから。その頭を殴り、その胴体をつかもうと待ち構えているのだ。四つん這いで現れる男になにができようか！ ポーラン・ブロケは待ち伏せする男をだしぬけに襲うつもりだった。男が驚いたところをついて、彼がたち直る前に、彼に短刀で背中を刺される前に男の足をつかみ、地面に引きずり倒すのだ。ところが、ドアのうしろにポーラン・ブロケは誰も見つけなかった。すると彼は立ち上がり、ガブリエルに合図した。

ガブリエルのあと、ラモルスが侵入した。そして何人かの配下の男が続いた。そのあいだ別の配下たちが、誰も館から出さぬよう、そして最初の合図とともに刑事長を援護、あるいは救出に駆けつける準備をして外で監視していた。討伐は、ポーラン・ブロケによってしっかりと準備されていたのだ。ワックスの塗られた寄木張りの床ですべらぬよう、樹脂をすりつけた水牛の革底の靴を履いた部下や配下の男たちとともに、ポーラン・ブロケは召使いや納入業者が使う通路を通って館に侵入し、台所まできた。

台所のドアは閉まっていたが、扉の下に明かりが漏れていた。調理場に誰かいるようだ。それはとても大きな難関だった。ポーラン・ブロケは耳を澄まし、錠に耳を押しあてた。よく響くイビキが聞こえた。彼はゆっくりと、とてもゆっくりとドアを開けた。

椅子に座った館の支配人、また料理人とその助手が、皿やビンであふれるテーブルにもたれかかったり、背もたれにのけぞったりしているのを彼は目にした。入ると、アヘンのような匂いが鼻をついた。彼はここで起きたことを見抜いた。それは誰も座っていない四つ目の椅子が証明していた。召使いらの友人を自称する男が彼らの相手をしにやってきて、一緒に夕食をとった。この友人は仕込んだ葉巻かタバコを彼らにあげて、この深い眠りにつかせた。強盗団はそうして侵入したのだろう。ポーラン・ブロケも結果的にこの眠りに便乗したのである！

こうして深く眠る人々を気にかけずに、ポーラン・ブロケと部下たちは部屋べやへと進んでいった。いまや館全体を沈黙が支配していた。さっきまで音を出していたピアノは不意にメロディアスな詩の途中で黙った。愛するパオロと一緒に大切な本に目を通しているある晩、もうそれ以上読み進めなくなり、突然読むのやめたフランチェスカ・ダ・リミニ〔ダンテ『神曲』で描かれるヒロイン。政略結婚の相手ジョバンニの弟パオロと禁じられた恋に落ちて殺害される〕を、ポーラン・ブロケは思い出した！　ロミオの前で言いはじめた言葉を言い終えられないジュリエットを、彼は思い出した！　しかし、太ったヴァン・カンブル男爵夫人と透き通るほどに痩せた前衛詩人アンティム・スフレの場合、これら魅惑的な情景が浮かぶだろうか？
そもそも、詩情を誘うようなランデブーの時間ではなかったのだ！

⑤章　ガストーチを使って

暗闇に沈むいくつものサロンからイビキも息づかいも聞こえなかったが、ポーラン・ブロケは職業柄好奇心旺盛でなければならないがもともと慎み深い男なので、この点についてはほとんど確認しなかった。いくつものアパルトマンに通じる階段へ至る長い廊下に彼は入った。早急に、ハンカチを使って通りの風邪ひき通行人に合図を送った窓階に到達したかった。作戦通り配下の男たちは配置についた。彼らは階段の踊り場、廊下沿いのいくつものドアの前に陣取った。それぞれが手錠や細くて頑丈な紐、ゴム製棍棒とリボルバーを身につけていた。階段や廊下で彼らは誰にも出くわさなかった。

強盗団は、自分たちの企てがしっかりと準備されたものと信じきって、なにも恐れず、不意打ちのことも心配していなかったのだろう。彼らは十分警戒せずに、外の見張りたちだけを信用する不注意を犯したのだ。そういうわけで、このとき彼らはすっかり安心して、ゆったりと作業をしていた。さらに、赤や黒のZ団の覆面カグールをまとっていた彼らは、涼しくするのに覆面頭巾を背中のほうへ下ろしていた。

ポーラン・ブロケは進んだ。ヴァン・カンブル男爵の書斎と思われる部屋から物音が聞こえた。強盗たちがいるのはそこだ。そしてポーラン・ブロケは、この音を、途切れることなくなにか鋭い音を生み出しているものを見抜いた。強盗たちはトーチで金庫に穴を開けていたのだ。

これは最近考案された方法で、どんな鋼の板もかたなしだった。酸素ガストーチを使って、いともたやすく高性能の金庫にも穴を開ける。しかしこの確実な方法にも、場所を食うこれらの家具をいまだ信用する人々にとって最後の砦となるような大きな欠点があった。それによって盗人たち自身も獲物を盗まれてしまうのだ。すなわちトーチから放たれた熱があまりにも高いので、金庫のなかで全部が燃えてしまうのである。それが紙なら灰しか残らない。すべては溶解し、金は価値を失い、宝石は破壊される。

もちろん、ヴァン・カンブル男爵邸で強盗を働く連中もそれはわかっていた。周到に準備し、苦労を重ね、策術をめぐらせた成果を台無しにはしたくなかった。時間はあるし、誰にも邪魔されないと確信していた彼らは、自分たちの仕事が完璧かつとりわけ収益が大きくなるのを望んでいた。彼らはこの企ての成功を確信していたから、ためらうことなく天井の照明を点灯し、明るいなかで余裕をもって作業したのである。彼らは金庫から首飾り、宝石、有価証券、多額の現金を損傷させずにそっくりと奪いたかったのだ。

まず彼らは、ヴァン・カンブル男爵のベッドをバラし、金庫の前にマットレスを置いた。そして頑丈な鉄カギで壁に固定されている金庫を引っぱり出した。それから金庫を倒し、マットレスの上に寝かせた。衝撃を弱め、音を消し、天井の揺れを防ぐのだ。彼らは、金庫の背面も前面と同じく頑丈で、バールや従来のあれやこれやの道具では簡単かつすみやかに破れないことを確認した。そこで彼らはトーチというまったく現代的な方法を使うことに決めたのだ。

一方で彼らは、この最新装置の短所を知っており、それをさけるすべを心得ていた。彼らは金庫をひっくり返し、台座を上に向けた。そうすると、金庫のなかの品々は下に落ち、崩れるなかで鋳鉄性の棚板がその上に蓋となって、けたはずれの熱から十分守ることができるのだ。トーチの熱は奥まで到達せず、少なくともだいぶ弱まって到達するので大きな損傷を引き起こすことはない。おまけに金庫の底部は狙われる可能性が低いので、側面ほどは頑丈にはつくられていない。そんなわけで有価証券、現金、宝石、ダイヤモンド、そして、あれほどまでに切望された男爵夫人の例の首飾りはまったく無傷で、巧みに穿たれた開口部から取り出されるのだ。

作戦は完璧に成功したかに思われた。強盗たちがよろこび、目的達成に近づいたそのとき、突然書斎のドアが開いた。

「動くな！」ポーラン・ブロケは叫んだ。

そこには六人の男たちがいて、トーチの作業を注意深く見守っていた。すぐさま全員が覆面を顔にかぶせた。しかしポーラン・ブロケには、自分のほうを振り向いたときに光に照らされた顔を見るだけの余裕があった。白髭の男が酸素ガス発生器を見張っていた。それはデュポン男爵だった。そしてトーチを操り金庫に向かっていた人物に、ポーラン・ブロケとガブリエル、ラモルスは、ド・ラ・ゲリニエール伯爵を認めた。彼がまとった赤の覆面カグールには、金の飾り紐で大きなZが付いていた。

「ああ！　ああ！」ド・ラ・ゲリニエール伯爵は言った。「ポーラン・ブロケ！」

ポーラン・ブロケは、この作戦のためにまったく変装していなかった。このときばかりは自分自身でありたかったのだ。

「動くな！」と叫びながら、ポーラン・ブロケは配下の男たちとともに急いだ。彼はド・ラ・ゲリニエール伯爵のほうへ、金の大きなZの覆面カグールのほうへ、ジゴマのほうへ突進した。ドアの敷居から金庫までは六、七メートルあった。おまけに銀行家の幅広のデスクが障害物のように部屋の中央にあり、ポーラン・ブロケは迂回して強盗団のもとへ行かなければならなかった。

強盗団が有能な男たちであり、ポーラン・ブロケの配下の男たちに匹敵して大胆かつ冷静で、規律化され、訓練されているのをわれわれは知っている。

いかなる恐怖も彼らは見せなかった。驚きはしたが、パニックには陥っていなかった。彼らは、起こりうるこの種の不測の事態にじっくりと時間をかけて準備してきたのだ。ゆえに、それぞれが全員のために、全員が救われるためにやるべきことを知っていた。盗みが迅速におこなわれ、いざというときに段取りよく逃走できるよう各人に明確な役割、的確な指令が与えられていたのだ。

彼らのうちの一人が枕を天井に投げつけ照明を壊した。暗闇のなかにこのかなり広い部屋を赤熱したトーチが赤い光で満たした。まるで鉄工所の炉が突然出現したかのようだ。ド・ラ・ゲリニエール伯爵がトーチの尖った先端を叩き落とすと、幅広の炎が、扇型の火が激しく吹き出した。伯爵はポーラン・ブロケと配下の男たちにその噴射する炎を向けた。ただ彼はトーチを手で持ち続けはしなかった。それを金庫の上に置き、なにかの道具を重しにトーチを固定して、乗り越えがたい炎のバリアをつくるのだ。

トーチは刑事たちに向かって炎を吐き出し続けた。そのあいだ、白髭の年配の男デュポン男爵とド・ラ・ゲリニエール伯爵に導かれたZたちは、自分たちの策略を信頼し、笑って侮辱の言葉を発しながら逃げてゆき、奥の部屋のほうへと走っていった。

なるほど炎の噴射は、ポーラン・ブロケを驚かせた。しかし彼を阻止することはできなかった。ポーラン・ブロケは猛火のなかに飛び込んだ。目を守るため顔の前を帽子で覆った。この帽子は形は普通だが革でできていて、炎で傷むことはない。それでも、ポーラン・ブロケは何ヶ所か火傷をしたが、すばやくトーチに到達した。彼はトーチに燃料を供給するホースのコックを急いでまわし、ガスを止めた。それから、家のなかで張り込む配下の男たちに合図の笛を吹き、部下たちとともに強盗団を追跡した。

強盗団は、ポーラン・ブロケと二人の部下だけを相手にしていると信じていた。彼らは簡単に逃れられる、あるいは戦いになっても打ち倒せるだろうとふんでいた。しかし、強盗団も知るあの独特な抑揚の笛の音によって、彼らは包囲されたとすぐに理解した。階下の部屋で見張りをする、つまり例の小さなサロンで男爵夫人と前衛詩人を監視する仲間が、物音を聞いて駆けつけた。ポーラン・ブロケの配下の男たちが襲撃の準備をしながら家中に網を張るのを見て、彼はただちに仲間たちに警戒を促した。

もっとも、ド・ラ・ゲリニエール伯爵とその仲間たちはいまや館が刑事たちに占拠されたことに気がついていた。彼らは戦う準備を整えた。逃げ道をつくるに、一戦交えるのだ。そこで彼らは階段へと通じる廊下に入った。すると彼らは、監視するポーラン・ブロケの配下の男たちに出くわし阻止された。強盗たちは銃弾を放った。天井の常夜灯の青白い光だけが廊下や階段を照らす薄暗闇のなか、ようやくシルエットが見えるだけで、人物は見分けられなかった。叫び声や罵りによって敵対者が見分けられる混戦だった。

ポーラン・ブロケの配下の男たちは、銃撃がはじまるやいなや突進した。しかしリボルバーは沈黙せざるをえなかった。敵たちがあまりにも接近し、味方を撃つ危険があったのだ。そもそも、ポーラン・ブロケの配下の男たちは、やむをえない場合以外は武器を使わぬよう命令されていた。彼らは強盗団の砲火を浴びたが、応戦しなかった。できる限りZ団を生け捕りにしたかったのである。

いまやひどい乱闘となった。強盗団の陣営は短刀を巧みに使った。一方、刑事の陣営は、ゴム製棍棒が大活躍することとなった。ポーラン・ブロケの命令で、強盗団を殺さずに捕らえ、手も足も出ぬ状態にゴム製棍棒で打撃を加えるのだ。彼らは短刀をかわしながら、武器をとりあげ無力化しようと手や腕を殴り叩いた。それは、激怒と狂乱の叫び、負傷者のうめきと苦痛の喚(わめ)きの入り混じる、男と男の取っ組み合いの戦いだった。この廊下には狂気と怒りと、恐怖と憎悪の数分間があった。

すると逃走がはじまり、続いて部屋という部屋を、廊下という廊下を、階段という階段を抜けて追跡がはじまった……。しばらくすると刑事の配下の男たちだけが戻ってきた。強盗団は戦いを放棄し、撤退し、逃げ出したのだ。しかし、ポーラン・ブロケもそこにはいなかった。

ガブリエルとラモルスの不安げな呼びかけが響いた。配下の男たちはポーラン・ブロケの新たな無謀な行動、不運を危惧した。

「刑事長！　どこですか？」

よろこびの叫びが答えた。

「ここだ。おまえたち、捕まえたぜ！」

「誰をです？」

「ジゴマだ！　見てくれ！……これだ！」

すると、よろこび、すっかり興奮したポーラン・ブロケが一人の男を廊下に引っぱり出した。器用にしっかりと手足は縛られ、覆面カグールが剝ぎ取られ、衣服がズタズタで憐れむべき状態だった。捕らえられ、気絶した男の上に刑事たちが身をかがめると、半分破けた胸に金色のZが判読された。彼らは一斉に叫んだ。

「ド・ラ・ゲリニエール伯爵！　ジゴマ！」

ポーラン・ブロケはこの男を逃したくはなかった。どんな犠牲を払ってでもその夜そうする必要があったのだ。トーチの噴射する炎に耐えたように、リボルバーの銃弾や短刀の攻撃にさらされても、止まることも、追跡の手を緩めることも、取っ組み合いの戦いでひるむこともなかった！　彼は負傷しなかったのか？　彼はそんなことはかまわなかった！　彼は探し求めていた男をやっと捕まえたのだ！　加えてポーラン・ブロケはようやく、ブルトン人乳母からもらったパンチを十分に返してやったのだ。恐るべきノックアウトによって、スポーツ用語を使うならば敵を〈ダウン〉させてやったのだ。見たように、いまポーラン・ブロケは、意識を失い、うちのめされ、手足を縛られた敵を、引きずっていたのである。

今度ばかりはジゴマは捕らえられたのだ。

「ほかの連中は？」ポーラン・ブロケは配下の男たちに尋ねた。「ほかのヤツらはどうした？」

「逃走中です！……一人は捕まえました……」

「男爵か？　男爵はいるのか？」

「逃げました！」

「そんなことない！　そんなことはないぞ！」ポーラン・ブロケは言い切った。「誰も逃げられない！　ヤツらを捕まえてやろう。くまなく探そう、ヤツらを捕まえなければならないんだ！　この館から出るのは不可能だ！」

彼は気を失っていたド・ラ・ゲリニエール伯爵をヴァン・カンブル男爵の書斎に急いで引きずり入れると、巨大な荷物を扱うようにデスクの上に置いた。そしてロープを確認し、逃げられないか確認し、動けないか確認した。

このとき、首を締められる女性のものすごい悲鳴が下の階で響いた。

「ヤツらが男爵夫人を殺そうとしている！」ポーラン・ブロケが叫んだ。「助けにいこう！」

部下たちは急いだ。

ポーラン・ブロケは隊員の一人、われわれが知っているあの巨人のような男を呼んだ。

「グリモー、おまえは」彼は命じた。「この男を監視するんだ、しっかり監視するんだぞ。こいつはジゴマだ」

「了解しました、刑事長」

ヘラクレスのような男にしっかりと監視されるのを見たポーラン・ブロケはこの囚人の運命に安心し、急いでその場を離れた。彼は廊下ではりきって監視任務につく配下の男たちにふたたび言った。

「誰も通すんじゃないぞ！　全員捕まえよう。ああ、みんな、今日はいい日だぜ。勝ちだ、さあ、行こうぜ……最後の勝負だ」

そして彼はあの小さなサロンのほうへと勢いよく降りていった。そこでは女性の悲鳴がますます激しく響いていた。灯り（あか）がつけられると、乱暴に嚙ませられた猿ぐつわを、そのふっくらとした頰からなんとかずりおろした男爵夫人が発見された。恐怖で気を失い、動かなくなった前衛詩人のそばで床にいるところを発見されたのだ。苦しそうな神経性の発作に身をよじらせていた。

それはこの悲劇の喜劇的な部分だった。

「この二体の操り人形を見ていてくれ」ポーラン・ブロケは配下の男に言った。「俺たちはZ団のヤツらを追う。一人も逃がさないぜ」

ガブリエルとラモルス、そしてほかの分隊員とともに、彼は強盗団を探そうと館中を駆けまわった。突然の見事な逃走劇は彼にとって大きな驚きだった。Z団がこんなふうに外へすべり出て、いともたやすく立ち去ったのを認めたくなかった。この悪事にはおよそ十人の強盗たちが関わっていた。しかし捕らえた二人の男をのぞいて、魔法にかけられたかのように消え去っていたのだ。どうやって彼らは逃げたのか、どこから彼らは逃げたのか、ポーラン・ブロケは知りたかった。

すると、残された血痕がそれを明らかにしてくれた。白い小石が親指小僧の道を示したように、赤い滴(しずく)が彼を召使いたちの部屋のある屋根裏へと導いた。たどった血痕は、館の角にある部屋の屋根裏の窓でとまっていた。この窓から頑丈な板が飛び出して橋をつくり、隣家の屋根のへりに渡っていた。この開いた窓が謎のすべてを解く鍵を与え、あのすばやい驚くべき逃走の秘密が暴かれた。だいぶ前からの用意周到により、強盗たちは通りを経由せずして、そこからヴァン・カンブル男爵の館に侵入したのだ。だからこそ、刑事たちが長いこと見張っていても誰も発見できなかったのだ。Z団がいましがた逃げたのは、この経路をたどってだったのだ。ふたたびジゴマはいわばポーラン・ブロケの指のあいだをすり抜けたのだ。彼はそれがわかると微笑んだ。

「かなり有能だな」彼は言った。「しっかりと準備してやがる。それには考えが及ばなかった。俺たちが通りで待ち伏せしているとき、アイツらは屋根を伝っていやがったんだ。ぬかりはないな。やってくれるぜ、ジゴマ！」

念のため、仲間についていけない傷を負い、いまだ脱出できないZ団のメンバーらの退路を断つため彼は板を突き飛ばし、中庭に落とした。そして窓を閉めて降りていった。

「アイツらは逃げた」彼はガブリエルに言った。「でも俺たちは勝負に負けたわけではない。あれほどまでに打ちのめしたかったヤツを捕まえてるからな！」

「ジゴマ！……」

「そうだ。ジゴマだ！　これで俺たちはこの有名な強盗の正体を暴いたと思う。このド・ラ・ゲリニエール伯爵を、俺たちは現行犯で捕らえたんだ。ヤツは否定することも、アリバイを持ち出すこともはやできない。おまえたち、俺たちはヤツを制圧しているんだ。俺たちはようやくあの恐るべき、捕まえられなかったジゴマを捕獲しているんだ」

彼は加えた。

「いいか、同時に俺たちは、この奇妙な人物の二重性という、悩ましい問題を解決することになるだろう。俺たちはジゴマを相手にするとき、いつもヤツのなかにド・ラ・ゲリニエール伯爵を認めている。だが、俺たちがジゴマに出くわしているのと同時に、同じ時間の遠いところで、もう一人のド・ラ・ゲリニエール伯爵がいつも存在しているんだ」

「本当ですね、刑事長」

「ジゴマは俺たちの指のあいだをすり抜ける、そしてド・ラ・ゲリニエール伯爵が俺たちを嘲弄するんだ」

「しかし、刑事長、今日あなたはヤツを捕まえています、しっかりとね。このジゴマというヤツを！」

「そう思っている。だがな、俺に少しばかり深刻な傷を負わされ、逃亡を考えることすらできずに上の階で気絶しているこのジゴマが、あらゆる監獄の扉よりもはるかに信頼できる巨人グリモーの目とこぶしで監視されているこのジゴマが、本当にド・ラ・ゲリニエール伯爵だという証拠を確立しなければならない」

「それは、刑事長、疑うことはできませんよ。われわれはヤツを見ましたし、そうだと特定したんですから」

「さあ、おまえたち」ポーラン・ブロケは言った。「最後にこの証拠を確立するんだ」

彼ははりきる部下たちとともに、巨人が囚われた男を監視するヴァン・カンブル男爵の書斎に戻った。

ところが、ドアを開けると彼らは、焼け焦げて炭になった肉の強烈な匂いに喉を襲われた。いまや全員が懐中電灯で照らしていた。さらに廊下のランプと、Z団の一人が天井に枕を投げつけても壊れなかった電灯もつけた。

書斎に入ったポーラン・ブロケと部下、配下の男たちは、最悪な光景に慣れてはいたが、恐怖から大きな叫びをあげた。

巨人がうつぶせに床に横たわっていた。肩と肩のあいだに短刀が柄までぐっさりと刺さっていた。そして、この短刀の鋼の柄にはZの形があしらわれていたのだ!

さきほどポーラン・ブロケに足と手首をくくられ、結ばれ、強く縛られ、テーブルの上に寝かされたド・ラ・ゲリニエール伯爵は、依然まだそこに残されていた。ただド・ラ・ゲリニエール伯爵の身は自由だった。ロープは解かれ、足と手首のところで切断され、十分なゆとりを残してぶら下がっていて、逃げることはできた。しかしド・ラ・ゲリニエール伯爵は逃げられなかった。すさまじい一撃が、ぞっとする棍棒の一撃が彼の頭蓋を砕いていたのだ。

さらに、彼は特定されぬよう、鋼板を穿つ酸素ガストーチを使って顔を完全に焼き焦がされていたのである。ジゴマの顔を覆っていた覆面カグールが焼かれていたのだ。絹製の覆面カグールは燃えたのではなく、焦げており、顔と胸の一部が黒く覆われていた。

ポーラン・ブロケはこの残虐なまでに損壊した死体を前に、数秒間動かずそのままでいた。この残酷さのなかに、損傷した顔と関係があるなにかを、この黒ずんだかさぶたの下に消滅した顔つきを思い出させる手がかりを、この血の滲んだ腫(は)れのなかにこの恐ろしい存在になるちょっと前の男を想起させる些細なものを、彼は探しているようだった。

トーチの炎はすばやく左右に動き、顔を焼きながら、顔より下の部分まで命中していた。首は焼けていた。襟はもうなくなっていた。上着の上部からはまだ煙が出ていた。炎にあぶられよじれ黒焦げになった赤の絹製の覆面カグールは、偶然にもそのいち部分が噴射する炎から逃れて無傷のままで、金の飾り紐の大きなZをとどめていた。

このZはポーラン・ブロケに証明しているのだった。この死体は自分が攻撃し、格闘し、うち負かした男の死体……自分と部下たちが同時にその正体を特定した男の死体……ド・ラ・ゲリニエール伯爵の死体であることを。黄金のZは、それがジゴマの残骸であることを証明していたのだ！

ポーラン・ブロケは激しい恐怖にかたまった部下たちに言った。

「俺を照らしてくれ」

ラモルスとガブリエルはこみあげる嫌悪感を抑えながら、持っていた懐中電灯を前に出した。ポーラン・ブロケは自分が望む方向に灯(あか)りを動かさせた。

「そんな具合だ」ポーラン・ブロケは照らし出す方向を合図しながら言った。

すると彼は死体に身をかがめた。器用に、限りなく丁寧に、細心の注意を払い、指のなかで砕けるこの炭の下に顔の痕跡を発見すべく、燃え残る覆面カグールの断片を一枚ずつ取り除いていった。ときどき覆面の断片と一緒に、少量の皮膚や生焼けの肉片がとれた！

それはすさまじかった！

それでもポーラン・ブロケは動揺せず、てきぱきと器用に、有能な外科医の驚くべき技巧をもって吐き気を催すような作業を続けた。

しかし、いつも冷静で、完璧に自分を律するポーラン・ブロケといえども、このいたましい作業を終えると、今度ばかりは悔しそうな仕草を抑えることができなかった。

炭化した覆面を完全に取り除かれた死人の頭部が、トーチの炎によってあまりにも焼け焦げ、損なわれ、痛めつけられて現れたので、そこになにかの類似のしるしを見出すことは絶対に不可能だったのだ。髪、眉、口髭は消滅し、煮えた目玉が眼窩のそとに剝き出ていた。腫れ上がった唇は半開きで、恐ろしい皮肉な微笑のように引きつり、歯が覗いていた。

ポーラン・ブロケは、このぞっとさせる頭部に覆面カグールの残骸をかぶせた。金の飾り紐の大きなZがちょうど顔の上を覆った。この死体がまさにジゴマの死体であることを刑事にもう一度確証するかのように。

ポーラン・ブロケは部下たちを連れ出した。

「死は」彼は言った。「あまりにも多くの秘密をまとった死は、ときとして見事に嘘をつくことがあるんだ！」

そのとき、この部屋に隣接する廊下で、あわただしい足音と声と憤慨の叫びが響いた。ポーラン・ブロケは誰が来たのかとその方向に顔を向けた。すると彼の目は奇妙にも惹きつけられた。

自分の正面に、つまりパールグレーの壁の装飾パネルの金の縁取りと縁取りのあいだに、ブリアル城と同様にこれ見よがしの虚勢、新たな挑発のような、身の毛もよだつ赤く巨大なZが血で描かれていたのである。またしてもジゴマの不吉なサインだった。

そこへ、気も狂わんばかりのヴァン・カンブル男爵が書斎のドアに現れた。そして男爵の横には、潑剌として優雅な身なりの、ボタンホールに珍しい花々を差したド・ラ・ゲリニエール伯爵がいたのである。

⑥章　印を付けられた男

大富豪のヴァン・カンブル男爵邸強盗事件は、もっとも衝撃的なパリの出来事だった。すべてがこぞってこの事件への興味をかきたてた。小説じみた驚くべき数々の出来事や放胆な襲撃へのあの好み、そして勇気と斬新性への賞賛だけでなく、パリ人の卑劣な意地の悪さもまたこの事件で満足させられたのだ。痩せっぽっちの前衛詩人アンティム・スフレと堂々たる男爵夫人の拘束は数々の噂で楽しませたらしい。だが、それは社交界だけでのこと。一般大衆はなによりこの事件のなかに惨劇と犯罪を見ていた。

人々はZ団のあの大胆さに驚き、一方でポーラン・ブロケの分隊の勇姿を手放しで賞賛した。ポーラン・ブロケは男爵の金庫を、そこに保管されているものを、すなわち数百万フランを守り、おまけに強盗の一人を生け捕りにしたのだ。その後の変わり果てた死体は言うに及ばずである。

恐怖を大きくし、この捕物の謎を倍増させたのは、なにより犯罪仲間によってこの不幸な男に加えられた酷い仕打ちだった。ポーラン・ブロケが縛り付けたとき、この男は生きていた。刑事のパンチで激しく負傷し、ぐったりし、確実に意識を失ってはいたが、確かに生きていたのだ！

そのあと、彼は頭蓋を打ち砕かれ、顔を焼かれ、殺害されて、顔の判別ができない、ぞっとする状態で発見された。ポーラン・ブロケはこの冒瀆の意味を理解した。それは必要であったのだ。残酷だが不可欠の処分で、決定されるやすぐにZ団によって実行された。なぜなら、ポーラン・ブロケと部下たちは囚人のなかに今回はっきりとド・ラ・ゲリニエール伯爵を認めたからだ！　しかし、ド・ラ・ゲリニエール伯爵は特定されてはならず、ジゴマの身元が明らかにされてはならなかった。ジゴマはつねに不可視の、識別できない支配者であらねばならないのだ。

ところが、もっとも驚くべきはこれである。自分の館が舞台となった惨劇の知らせを聞いたヴァン・カンブル男爵があの魅惑的なパーティをあとにして友人たちと急いで駆けつけたとき、略奪された館に一番のりで入ってきた一人が、パーティのあいだ才気煥発にいい格好をし、このうえなくのんきでじつにおだやかで上機嫌だったド・ラ・ゲリニエール伯爵だったことである。元ピエロのシモンがボーイとして給仕し、パーティのあいだ一瞬たりとも目を離さなかったド・ラ・ゲリニエール伯爵である！

さてここに、なにより頭を悩ませ、不安に陥れる大いなる謎が生じた。

「なぜジゴマのメンバーたちは、ポーラン・ブロケとその部下たちによって完全にド・ラ・ゲリニエール伯爵だと特定された自分たちの仲間を殺し、顔の破壊を決定したのか？」

刑事たちにとって答えは簡単だった。しかしポーラン・ブロケは、世間がこのような疑問を抱かぬよう、分隊にこのことについてひとことも漏らさぬよう命じたのである。誰にも知られず、疑われないことが絶対に必要だった。この焼殺は意図されたものでも犯罪的なものでもなく、単なる偶然による悲劇的な出来事とおおやけに納得されることが必要だった。ポーラン・ブロケの分隊は別として、事件の知らせを聞いた警察と検事局と治安局が作成した報告書では、素性不明の男が戦いの最中で殺されたと明記された。ただの不運な事故として、赤熱するトーチの横に倒れ、顔が破壊され、焼かれたと主張するのがよいと思われたのである。

そういうわけで捜査は通常通り進められた。身元が確認されなければならなかったが、容易ではなかった。一方、もう一人の怪我した強盗はといえば、彼は留置場の医務室に移送され、受け答えができるまで回復を待った。

背中に短刀のひと突きをもらった巨人グリモーは、幸いにも当初心配したほど深刻に傷を負ってはいなかった。刃は肋骨にぶつかり、調子が狂ったのである。この巨人の骨は良質の鋼に対して戦い、抵抗したのだ。短刀はすり抜け、いかなる重要な器官にも突き刺さらなかった。しかし、致命傷ではないにしても、瞬間的に激痛が走り、四人の監視役のこの勇敢な若者は気絶してしまったのだ。

彼が意識を取り戻し、話ができるようになると、ベッドの枕許で生還を待ち構えていたポーラン・ブロケはいくつか質問した。

グリモーはわかる限り答えた。

「これが、刑事長」彼は言った。「起こったことです。捕らえた男を見張るよう私に命じて、あなたが殺されそうな人たちの助けに降りていったとき、ヴァン・カンブル男爵の書斎には誰もいませんでした。隣りの部屋にもです。それはもちろん、Z団のヤツらもいませんでした。戦いのあとわれわれはすべて点検し、くまなく探しました」

「俺もヤツらは全員逃げたと思ったよ」

「しかし、刑事長。突然、四人か五人のZ団のヤツらがどこからともなく音も立てずに出てきて、襲いかかってきました。予測できませんでした」

「おやおや！」

「ヤツらは私を捕まえ、倒そうとしました」

「おまえは抵抗した」

「なによりビックリしてしまって。四人を置いたテーブルから少し離れたところで倒れたんです。しかしすぐに戦いをはじめました……」

「だろうな……それで？」

「私は猟犬に耳を嚙まれたイノシシのようでした。体にぶら下がる猟犬の群れから逃れようともがいているような。ヤツらは執拗で強かった、このろくでなしのZ団の連中は。しかし私は指示をもらってましたから、殺さぬよう少しばかり強く殴ってヤツらを引き離したんです」

「わかった。あとは？」

「あとですか？　そのあいだ、Z団のほかの連中は、あなたが私に託したジゴマのロープを切りました。連中はヤツを連れていくところでした。それで私は飛びついたのです……」

「よし！」

「私はヤツを取り戻そうとしました。でもヤツを自分のほうに引っぱったとき、背中を刺されたんです。殺されると思いました。しかし死ぬにしても、あなたが捕まえた男を連中に持っていかれたくなかった。せめて、生きたまま連中にこの男を連れ去られたくはなかった。それで、このジゴマの頭に一発お見舞いしてやったんです。ヤツは、〈うっ〉となりました。血が鼻と口から出ていました……」

「おまえはヤツをしっかり仕留めたんだな……」

「ええ、刑事長！　ほかのメンバーはヤツから手を離しました。私は囚人を取り戻したんです。ヤツを、さっきのようにデスクの上に置くことができました。で、それから……当然にも、刑事長……自分の義務を果たしたら……もうそれ以上短刀の傷に耐えられず、倒れたんです。これがすべてです、刑事長。これが私の知っていることです」

　彼は飾りっけなく無邪気にそう話した。自分が成し遂げたことが偉業であるとも思わずに。彼にしてみれば、刑事長の指示をまっとうしただけだったのだ。

ポーラン・ブロケは心を込めて彼の両手を握り、讃えた。

「たいしたことではありませんよ、刑事長」いまや感動してグリモーは言った。「たいしたことではありません。あなたのためなら、みんな同じことをしますよ」

それ以上うまく言えなくなって、彼は仲間のほうを向いた。

「そうだろ、シモン」彼は言った。「そうだろ。おまえもポーラン・ブロケのためなら同じことするだろ！」

手当てをしてくれる仲間と二人になるとグリモーはZ団がとても強く、ジゴマは驚くべきヤツだとはっきりと言った！　続けて彼は、ポーラン・ブロケ刑事長はさらにそれ以上であり、見事な復讐を遂げるだろうと断言したのである。

この事件は、要するに、ポーラン・ブロケを熱中させた。彼とジゴマの、正義と犯罪の情け容赦ない決闘がはじまっていたのだ。そして彼は、人々がこの戦いを不安のうちに見守り、その解決を期待していることを感じていた。人々はポーラン・ブロケがZ団を相手にしていることを知っていた。そして、彼が首領を捕らえることができたのか、あの負傷した男が、あの顔の焼かれた男が例のジゴマなのかどうかを知りたがった。ゆえに人々は、ポーラン・ブロケに説明を求め、彼の最終的な答えを辛抱強く待ったのである。人々はまさかポーラン・ブロケ自身もそれを知りたがり、誰よりこの点に命を燃やしているとは思っていなかった。実を言えばポーラン・ブロケは当初、それも当然なのだが、このド・ラ・ゲリニエール伯爵は偽名で身を飾るありふれたペテン師だと思っていた。

ル・ペルティエ通りの事件以来、ド・ラ・ゲリニエール伯爵がモントルイユ銀行家殺人未遂事件に巻き込まれて以来、ポーラン・ブロケはこの謎の人物に関してかなり真剣に綿密な調査をおこなってきた。こうして彼は、ド・ラ・ゲリニエール伯爵は正真正銘の貴族であり、その家系は確かで、血統も証明済みであるとの確信を得た。彼が送る生活、社交界という、うわべだけの生活のなかで、言ってみれば、彼を逐一尾行することができたのである。

しかしながらポーラン・ブロケは、その父であるド・ラ・ゲリニエール伯爵が財産を持たず、彼自身が経営する痩せた土地の収入でかなり質素で厳しい生活を送っていたことを知った。要するに、幸せとはほど遠い、善良で尊敬すべき人物である。

その息子は士官の職を辞さざるをえなかった。一文無しの彼は巨額の結婚持参金を期待して、情事を追い求める無為のボヘミアン生活をパリで送るようになった。彼は人を騙し、疑わしい投機に首を突っ込み、ひどくしがない生活を送った。お人好しを信用させるため有名な名や貴族の肩書きをこれ見よがしに連ねる取締会のリストや、少々うさんくさい金融取引に自分の肩書きを貸したのである。将来の伯爵夫人となるハートのクイーン〔「情愛深い女性」を意味する〕の微笑みを渇望する、この正真正銘の貴族のもっとも確実な収入源は、毎晩のスペードのクイーン〔トランプゲームのハーツのこと〕からの援助だった。ここでは彼が決して拒まなかったほかのご婦人の援助については話題にしないでおこう。

社交界の自由奔放な生活のなかで、彼はあまり輝かしくないいくつかの出来事に関わった。ダイヤモンドをちりばめた老婦人が通う男女サークルを警察が摘発するときには、いつも彼の名前がそこに発見された。彼が賭け事でイカサマや不正を働いたとのエピソードがいくつも語られた……だが、それは貴族の伝統で、体面を汚さない、実際自分にとってはなんら重要なことではないと彼は言い放った。そのうえフェンシングに優れた彼は、その名誉がとうの昔に失われ、そのせいもあってか、極端に名誉にこだわりいつでもそれを守る準備ができていることで知られていた。

ある日を境に、すべてが変わった。ド・ラ・ゲリニエール伯爵は、アムステルダム通りのアガト夫人のところで使っていた家具付きの部屋を出たのである。アガト夫人はいくつかの家具付きの部屋や、上流階級の人々が集うサロンを経営していた。彼女は溌剌としたド・ラ・ゲリニエール伯爵に、お気に入りのフォスタンに母親のような心づかいを示してきた。彼を住まわせ、毎朝食事を安く提供し、家賃も請求しないままでいた。こうして思いがけない遺産を相続したと言ってフォスタンが突然出ていったとき、アガト夫人は胸が張り裂けんばかりに悲しみ、名づけようのない悲痛に沈んだのである。この優しいアガト夫人は、自分が未亡人になり、かつ息子を失う思いを味わったのだ！　彼女は立ち直れなかった！　おまけに彼は出ていく前に、これまでの勘定を申し分のない紳士のようになんということもなく済ませたのだ。以降彼は、小さな居心地のよい館に住むことになった。

ほどなくして哀れな女性、アガト夫人は、フォスタンがリュテシア座の魅力あふれる花形歌手リュセット・ミノワの愛人であることを知ったのである。

ここで、ポーラン・ブロケは、ド・ラ・ゲリニエール伯爵とはじめて関わったときのことを思い出した。伯爵は、愛人のリュセット・ミノワの見事な首飾りを盗んだ泥棒を告発しに来たのだった。

これらすべての結果、伯爵が本物なのは明白であり、もし本当にド・ラ・ゲリニエール伯爵とジゴマが同一人物なら、この男はたいしたものだった。

「このジゴマは」ポーラン・ブロケは公言していた。「お目にかかることができる並はずれた強盗の一人だよ」

しかしポーラン・ブロケは内心こんなふうに思っていた。有能で巧妙で活力に満ちて、さらに途方もない創造性を持っているにしても、ド・ラ・ゲリニエール伯爵が同時に異なる二つの場所に存在することはできない……よく目立ち、笑顔で若い女たちと食事しながら才気をひけらかすド・ラ・ゲリニエール伯爵が、同じ時間に別の場所で無慈悲な殺人者ジゴマになることは論理的にありえない！　小説やおとぎ話ではない現代の実在の論理からは、そんなことは認められない。

二人のド・ラ・ゲリニエール伯爵がいるのか、あるいは二人のジゴマがいるのか？ド・ラ・ゲリニエール伯爵に変装したジゴマがいるのか？

そのときポーラン・ブロケが是非とも明らかにしたかったのはこのことだった。そしてある機会が彼の役に立つこととなる。

リリーが逮捕された翌日、留置場にド・ラ・ゲリニエール伯爵が若い娘を助け、支えになろうとずうずうしくも登場したことをわれわれは知っている……また、ラウールがタイミングよくこの件に介入し、どのようなぞんざいなやりかたで彼を追い払ったかをわれわれは知っている。

このような大いなる挑発によって、ラウールは伯爵の介添人の訪問を期待していたが、そうはならなかった。ラウールとその兄弟ロベールのほうでは伯爵を剣先でとらえ、父の仇をとれたら幸せだったろう。二人はこの男が父を殺したと固く信じていたからだ。実際に二人とも伯爵を決闘場へ引っぱり出す口実を探していたのだ。そして自分たちの決闘を挑む権利を支えに正義を信じる彼らは、二人のうちどちらかがこの大胆なろくでなしにその大罪を償わせられると確信していた。レモンドが望んでいたように、自分たちのどちらかがこのろくでなしを殺すことができると固く信じていたのである。

だが留置場の面会室での事件のあとド・ラ・ゲリニエール伯爵は逃げ、二人の兄弟を避けているようだった。数日のあいだ、彼のほうからなんの知らせもなかったのである。それは彼らに気を揉ませた。ラウールは伯爵に会い、もう一度挑発しようと駆けまわった。

パリ生活のあの偶然のひとつ、つまり、すべてが少しばかり芝居がかったこの町の歩道でしかありえないあの偶然の出会いによって、兄のラウールに付き添われたレモンドと、リリーに付き添われたロラン夫人が買い物を終えた百貨店の出口ですれちがい、一緒になった。そうしてたまたま、人混みに少し押され、ロラン夫人から離れたリリーの正面に、ド・ラ・ゲリニエール伯爵がいた。

偶然に驚いた伯爵はリリーが一人だと信じ込み、普段はやけに慎重なのだが、よく考えもしないでリリーを立ちどまらせて話しかけ、人混みから彼女を助けだすという口実でその手をとったのである。怯えて、すっかり青ざめ、震えていたリリーは、このしつこい男から逃れるすべもわからずにいると、それにラウールが気づき、彼女を解放した。ラウールと伯爵のあいだで激しい言葉の応酬があった。友人や二人を知る者がすぐそばでこの場面を見ていたので、ド・ラ・ゲリニエール伯爵は厳しく応戦した。この弁護士に感情を傷つけられたくはなかった。彼は見物人の手前、礼儀を欠いてでも自分のプライドと虚栄心を守ろうとしたのだ。

「ムッシュー」若き弁護士は言った。「あなたはもう一度この若い女性の名誉を汚したのですぞ。私は彼女の弁護士だ、彼女を守る立場にある。今日ここで私は彼女を守る、裁判所で彼女を守るように。それから言っておくが、あなたは無作法な男だ！」

「ムッシュー……」

「あなたが彼女に働いた無礼を、私に対するものとみなす。あなたが対決するのはこの私だ。明日、私の介添人があなたのところへ参上する」

その夜、パリ中でこの口論が知れ渡った。決闘は避けられなかった。そういうわけで翌日、ラウールの介添人がド・ラ・ゲリニエール伯爵のところに現れた。介添人は同業者の弁護士会の友人とド・レンヌボワ大尉の友人であり、二人とも有能なフェンシグ競技者で、この種の問題にとても詳しかった。ド・ラ・ゲリニエール伯爵は、二人を自分の二人の友人、デュ・ジャール男爵と見栄えのいいデュポン男爵と引き合わせた。しかし弁護士の介添人の期待に反して、これらの紳士はこう断言したのである。ド・ラ・ゲリニエール伯爵はラウールもしくはロベール・モントルイユとの決闘を絶対に断ると。

弁護士の介添人が執拗に懇願したので、見栄えのいいデュポン男爵が口を開き、厳かに宣言した。

「われわれの依頼人は約二十の決闘を功績としております。すべてめでたいものです。彼の勇気を疑うことはできない。彼はラウール・モントルイユと決闘することを拒否します。彼にはその権利がある！　そのフェンシングの腕前、その実績をもってこの決闘を断ることができます。それに、あらゆる決闘は正当な理由がなければ承認されません。伯爵がメナルディエ嬢を侮辱したとしても、それはそう望んだからではない。そして、彼は彼女が要求するならいつでもおおやけに謝罪する心づもりがあるのですよ」

ラウールの介添人はさらに懇願した。

「お二方」デュポン男爵はさらに言った。「それ以上に、この拒否を正当化する理由があるのです。あなた方はそれを記憶にとどめ、ここであえてわれわれに思い出させるべきではありませんでしたな。以前に、具合の悪い偶然の一致から、ド・ラ・ゲリニエール伯爵の名前がモントルイユ銀行家事件をめぐって話題になりました。父親殺害未遂におけるその完全なる無実を知らしめるという苦しい義務を負いましたがゆえ、ド・ラ・ゲリニエール伯爵は礼節から息子を殺す危険を犯さないようにしておるのですぞ！」

ラウールの介添人は引き下がるしかなかった。そして、この話し合いの結果を伝えられると、ラウールはすさまじく激昂した。彼はこのろくでなしの頭を拳銃でぶち抜いてやると言った。彼をなだめるのは大変だった。

そこでド・レンヌボワ大尉が、将来の義兄の代理でこの件を引き受けることを思いついた。ラウールと伯爵が口論したとき、婚約者のレモンドがいたからである。決闘のルールでは、果し合いを拒否されたとき将来の親族が代わりを務めることが許されているのだ。

今回はすばやくことが運んだ。

二日後、アンドレ・ジラルデ邸の庭の散歩道で、ド・ラ・ゲリニエール伯爵はド・レンヌボワ大尉と剣を交えた。

戦いはとても白熱した。決闘の準備のあいだド・ラ・ゲリニエール伯爵は友人にこんなことを言っていた。「今回はなんのためらいもない。この決闘はヤツらが求めたんだ。ヤツらは俺を殺したいのだろうが、ヤツらは俺を怒らせた。俺には大尉に気を配る必要なんてない。ヤツは軍人だ、つまり、剣の扱いがかなりヘタだ、ヤツには残念だがな！　俺はヤツの体に剣を打ち込むつもりだ」

伯爵は間違っていた。軍人といえども、大尉は素晴らしい腕前だった。長いあいだ戦いは拮抗していた。決定打なしのラウンドがいくつも続いた。

決闘は完全に非公開でおこなわれ、誰も見ていなかった。しかしながら、ポーラン・ブロケとガブリエルは家僕と召使いに変装して植え込みの陰に隠れ、注意深くこの決闘のなりゆきを見守っていた。ポーラン・ブロケはこの決闘に並はずれた重要性を認めていた。決闘の結果が自分の友人たちにとってよいものとなるのを望んでいただけでなく、新聞記者のマルク・コラとの決闘のときより、さらによくド・ラ・ゲリニエール伯爵を観察できるからだ。刑事がモントルイユ銀行家が殺害未遂されて捜査をはじめたとき、殺人犯は左利きだと公言したことを思い出そう。それ以来彼は、ド・ラ・ゲリニエール伯爵に対峙したとき、重要性が明らかなこの点について何度も確信を得ようとしていた。伯爵は左利き、それとも右利きなのか？　これまでのところそれを決定的に証明できなかった。ポーラン・ブロケは絶対にそれをはっきりさせたかったのだ。マルク・コラとの決闘で、ド・ラ・ゲリニエール伯爵は右手を使っていた。だがヴァン・カンブル男爵夫人の首飾り盗難の夜、彼に向かってリボルバーを撃ったあの泥棒紳士、ポーラン・ブロケが伯爵だと認めたあの紳士は左手を使っていたのだ！　理解できぬことだった。

今日、大尉の相手はまた右手を使っていた。しかしながらポーラン・ブロケは、かなり激しいラウンドの合間の休息のあと、一度か二度、彼が左手で剣を持ちながら決闘場に入ったのに気がついた。彼は、すばやく剣を右手に持ちかえ、構えたのである。

だからあいかわらずあいまいなままだった。

「ああ！　わかるだろう……いずれにせよわかるだろう」ポーラン・ブロケは思った。「わかるだろう！」

決闘の準備のあいだ、ポーラン・ブロケはド・ラ・ゲリニエール伯爵に仕え、衣服を脱がせたり、世話をした。彼はアンドレ・ジラルデが割り当てた召使いだった。伯爵が介添人たちとともに、この着替えの部屋を出たとき、ポーラン・ブロケは身のまわりのものを整理するという口実でそこに残った。一人になると彼は伯爵のベストのポケットに、無色の液体が入った小さなガラス瓶をすべり込ませた。

そうしてから急いで彼は決闘を見物しにいった。

ここにきて明らかに大尉は相手ほどの勢いがなく、そこまでの鍛錬を積んでいなかった。マルク・コラと同様に彼は、驚くほど手強いこの剣士を前に冷静さを保てなかった。彼はいらだちに押し流された。慎重さを忘れ、この決闘を早く終わらせようとミスを犯し、力んでしまった。彼は古（いにしえ）の達人たちのこの原則を忘れていたのだ。〈剣は女性である。剣は花のように扱われるものであり、手荒に扱えば女性のように裏切る〉

彼の剣さばきは乱れ、その報いがその少しあとに出た。

新たなラウンドもかなり激しい戦いは続いた。するとそこで伯爵の剣が彼の上腕部を深く傷つけ、続行不能に陥ったのである。本当は伯爵はその先を望んでいた……しかし、彼としても怪我することなくケリをつけられて満足だった。

大尉は運ばれた。ロベールともう一人の医者が彼を惜しみなく手当てし、アンドレ・ジラルデがサロンで親切に差し出した病人の寝椅子に遠慮する大尉は強制的に寝かされたのである。

このあいだ、ポーランン・ブロケは伯爵が服を着るのを手伝っていた。この鍛えられた男は見事にみずからを律していたにもかかわらず、明らかに伯爵はいらだちを抑えることも、手足の震えを防ぐこともできずにいた。ここで、この庭で、この邸宅で、彼はかなり居心地が悪かったのだ。それでも彼は決闘の場所を承諾しないわけにはいかなかった。彼は、見栄えのいいデュポン男爵とデュ・ジャール男爵と同様に、一刻も早くこの家を離れたかった。この家の場所が不安だった時間を彼らに思い出させたのである。この邸宅は、自分たちの執拗な敵によって巧みにリリーが奪い去られたあの館に隣接していたのだ。彼らは、企てに失敗した場所に戻るのはあまり好きじゃなかったし、自分たちより優ると感じた人々と対峙したのはかなり不愉快な記憶だった。

動揺とその場を離れたい欲求が大きかったので、伯爵は邸宅の主人（あるじ）が自分の世話に割り当てた召使いに大きな注意を払わなかったにちがいない。伯爵はなにも疑わず、普段強い彼の警戒心が発揮されることはなかったのである。

さて、ポーランン・ブロケはド・ラ・ゲリニエール伯爵に服を着せた。彼にベスト、ジャケット、コートを渡した。それから、しわを消してブラシをかけるように彼はジャケットの右側を手で押した。そうして圧力をかけると、刑事にはベストに入れた小さなガラス瓶の壊れるのが感じられた。この場所に手を押しあてたまま丁寧にそのまわり全体に手のブラシをかけた。

そのすぐあとド・ラ・ゲリニエール伯爵が友人たちとともに邸宅を離れると、車で出発する彼らをながめながらポーランン・ブロケはこう思った。

「そうだ、行ってもいいぜ、ド・ラ・ゲリニエール伯爵！　おまえが誰であれ、俺はおまえに印を付けたんだ！　おまえを特定できるんだ！……おまえが誰か俺は知ることとなろう！」

ガラス瓶には、腐食性だがいかなる苦痛も引き起こさず、ただ決して取り除くことのできない跡を皮膚に残す液体が入っていた。この腐食性液体はしっかりと入れ墨のような印を付けるのだ。どんな化学溶液でもこの印を取り除くことはできない。どんな試薬でもシミは消えないのだ。熱した鉄や硫酸で皮膚を焼かねばならないだろう。だがそうすれば、別のいたましい跡が残る。時間だけがその跡を消滅できるのだ。二年か三年、必要となろう。

ド・ラ・ゲリニエール伯爵はいまや、永続的な印を付けられて行ってしまった。ポーラン・ブロケはこれから、問題の男を特定できるだろうことをわかったのである。

⑦章　数杯の安酒！

決闘とは幸運なめぐりあわせのようなものである。決闘が単独でやってくるのは稀だ。剣士としての名声を維持する必要のあるド・ラ・ゲリニエール伯爵に関しては、そうであるにちがいない。直後に彼はさらに別の争いに関わったのである。しかし、この新たな決闘の理由はこれまでの数々の事件とまったく関係ないようだった。モントルイユ家にも、リリーにも、あるいはその周囲の誰にもいかなる関係はなかったのである。とびきり美しいリュセット・ミノワだけが問題だったのだ。

この歌手はリュテシア座のアイドルであり、そのファンは何千を数えた。彼女の歌を聞いたすべての男は彼女に惚れ込むと言われていた。しかし、それはたくさんの絶望的な恋の苦悩という噂だった。だが断言はできない。このようなことについては、ほかの事柄以上に、なにも断言すべきではないからだ。しかしながら演劇界の風説は、彼女に一人の正式な愛人だけを認めていた。ただ悪意ある人々は、彼女にはほかに数人の愛人がいると中傷した。あるいは悪意のない連中はといえば、これほどに美しい女性がたった一人の男の幸せに独占されるのはありえないと思った。すべて打ち明けるために言っておくが、リュセット・ミノワは楽屋で言われているように、ド・ラ・ゲリニエール伯爵の愛のなかに大きな利益を見出していた。彼女の恋人はかなり気前がよかったのだ。

したがって、このうっとりさせる歌姫の微笑みを味わいたい恋する男は、最大限目立たないようにする以外にも、かなりの対価を注ぎ込まなければならなかったから、この高みの星をつかまえることは誰にでもできることではなかった。かなりの大金を費やしたうえに、口説いたことを秘密にせねばならなかったのである。

ところで、このたぐいの恋が実際に価値を持つのは、みんなが誰が幸せなのかを知るからである。ゆえに、例のド・ラ・ゲリニエール伯爵の恐るべき剣は、もっとも大胆な者たちにじっくり考えることを大いに促したのだ。

すると、しばらく前からいつも同じ桟敷席に一人の観客が現れるようになった。毎晩そこにいたので、風刺劇に並はずれた魅力を見出したようだった。当然、舞台の演者たちは、劇がいかに才気あふれるものだったにしろ、この愛好家がただそれだけのために来ているとは一瞬たりとも思わなかった。誰をめあてに来てるのだろうと噂し合った。誰のために？

この男はまだ若く、すこぶる上品でかなりハンサムな独身男だった。髭は金色で、髪はしっかりと手入れされ、美食家のように腹が出ていた。自分自身に満足しているようで、パリで浮かれた生活をする地方紳士の陽気で温厚な見かけだった。彼はかなりの金持ちだと噂されていた。舞台では、彼に愛の告白をさせるため美貌や色っぽい視線が競われた。ブロンド髪や褐色髪のカツラをかぶる頭の弱い小娘たちは美しい夢を見たのである。

やっと彼の名前がわかった。マテュー氏、北部の大きな製糖工場の共同経営者だ。それゆえ、期待にあふれる楽屋で、彼に与えられたニックネームはサトウダイコンだった！

一同は彼が億万長者だと言い張った。

しかし、サトウダイコンはあいかわらず愛の告白をしなかった。彼は芝居にやってきて、聴き、笑い、適当に指先で拍手し、葉巻を吸い、そして帰るのだ。彼は見事な自動車に乗り込み、翌日まで誰も見かけることはなかった。

劇場の外で誰も彼に会うことはなかった。ただ一人リュセット・ミノワだけが、有名なティーサロンで自分のテーブルの隣りに、彼がいつも一人で座り笑顔でいるのを何度も見かけた。リュセット・ミノワは、ド・ラ・ゲリニエール伯爵と一緒だったから、この出会いを気にもとめなかった。彼女は劇場でもそれを話題にしなかった。ただ彼女はその道すがら、何度もサトウダイコンに出くわした。彼女がその意味を理解できなかったのなら、彼女は女性だとは言えないだろう。そんなわけでサトウダイコンは、彼女のために来ていたのだ！　すると彼女はうれしくなり、楽しくなった。内緒で打ち明けるが、マテュー氏が億万長者だったゆえに彼女はとても興味をそそられたのだ。

しかし、この恋する男と同じくらい慎重なリュセット・ミノワは、お人好しの無邪気な同僚たちにはなにも言わなかった。毎晩サトウダイコンが誰を目的にやってくるのかを、彼女は同僚たちに好きに詮索させておいた。リュセット・ミノワは彼をものにしようとする同僚たちのくだらない茶番を楽しみ、彼女たちがいろいろコメントしたり、想像したり、だいぶおかしな話をでっちあげるのを聞いていた。リュセット・ミノワは抜け目なかったのでその秘密を他人に打ち明けず、とりわけド・ラ・ゲリニエール伯爵にはなにも知られないようにした。こうして彼女はマテュー氏がはっきりと愛の告白をするのを待ったのだ。彼女はそれから判断するつもりだった。そもそも彼女は自分の恋人を愛していた。そうだ、リュセット・ミノワはド・ラ・ゲリニエール伯爵をそれなりに愛していたから、そうするに値するときだけ彼を裏切るのだ。ド・ラ・ゲリニエール伯爵はといえば、この女性歌手を本当に心から愛しているようで、また異常に嫉妬深かった。彼はそうとう怒りっぽく乱暴で、誰かまわずと叩き斬る準備ができているので、抜け目ないリュセットは自分や相手の身を危険にさらすようなことはしなかった。この種のことにはじめてではなかったようで、彼女は慎重な構えの駆け引きと、待つという戦略を続け、それは見事に成功していたのである。気さくな雰囲気のマテュー氏はといえば、慎重な行動のすえに起こされる偶然によって、自分にもリュセットにもなんの危険もなく、愛の計画を実現できる時機を彼もまた静かにうかがっていたのだ。

しかし彼は、一面ではしなやかで妖艶な、もう一面では手強く思慮深い二重のゲームに関わっていた。マテュー氏が自分の感情や欲望を見せないようにいくら気をつけていたとしても、ド・ラ・ゲリニエール伯爵はその駆け引きにすぐに気づいたのだ。それで彼は、リュセットを監視し、サトウダイコンを尾行しているのを彼女に気どられないよう注意した。伯爵はどこか騙される恋人役を演じるのを楽しんでいた。絶好の機会に介入し、自分をもてあそぶとはと、まずはリュセットに、そしてサトウダイコンに突きつけてやろうと思いつつ、彼は誘惑が進み、防御が甘くなるのを見守ったのである。

そしてそれは、ほかの男たちにとっての教訓にもなるだろう……。

こんなことがリュテシア座という世間で起こっているあいだ――われわれがこの出来事に興味を引かれるのはド・ラ・ゲリニエール伯爵が直接それに関係しているからにほかならない――、ポーラン・ブロケはラウールとロベールの二人の兄弟とともに、モントルイユ銀行家の名誉を回復すべく調査と補償の作業を続けていた。モントルイユの名前を呪ったいくつもの家族が、いまではラウールとロベールとレモンドの名前を讃えていた。あの不幸な背中の曲がったマリーとあの魅力的で美しいリリーの母親が、死に際にそうしたようにである。

同時にポーラン・ブロケは、あの謎の書類をめぐる問題を解決しようとしていた。モントルイユ銀行家の長年の友人であるベジャネ氏がこの件について最初から知っているにちがいないと、彼は確信していた。しかし同時に彼は、公証人がどんな口実のもとでも職業上の秘密を口にはしないだろうし、たとえ正義に仕えるためであっても、わずかな情報も与えないだろうと思っていた。したがって、この協力をあてにすべきではなかった。そういうわけでポーラン・ブロケは公証人に期待するどころか、彼に対抗するかのように行動したのだ。

ポーラン・ブロケは部下のラモルスに、ベジャネ氏の書生が事務所近くのどの郵便局で手紙を送ったり、保証の必要な封書や取引書類を書き留めしに来るのかを明らかにする任務を与えた。ポーラン・ブロケはそれが中央郵便局ではないかと懸念していたが、事務所の手紙のやりとりは証券取引所の郵便局でおこなっているとラモルスは伝えた。ポーラン・ブロケはそれに満足したようだった。彼は、銀行家の死亡時期に対応する月の保険付き封書の記録簿を、極秘で検事局に持ってきてもらうよう上層部から許可を得た。そうしてポーラン・ブロケはこれらの記録簿を委ねられ、この種の案件に注ぐあの注意深さをもってそれに目を通した。すると彼は、五月十七日前後にベジャネ氏が保険付き封書を、この記録簿に簡潔にこんなふうに記載された人物に発送していたことを突きとめたのである。

「ヴェルディエ。メニルモンタン」

ポーラン・ブロケはこの宛名を読んだとき、自分は進むべき正しい道を発見したと直感した。

「ヴェルディエ。メニルモンタン」彼は思った。「探していた案件にちがいない。俺が探してるのはこれだ」

部下のラモルスが戻ってくると、呼び出した。

「おまえはずる賢い男だ」彼は言った。「抜け目ない男であり、かつ機転がきく」

「なんでもしますよ、刑事長」

「よし、おまえができることを見てみよう」

「命令してください」

「メニルモンタンは知ってるか？」

「メニルミュシュ〔メニルモンタンの通称〕？　はい、刑事長」

「よし！　メニルモンタンに行って、ヴェルディエという人物を見つけてきてくれ」

「男、それとも女ですか？」

「なにもわからない！　それを知るためにおまえを送り込むんだ」

「わかりました、刑事長。わかりましたよ、やってみましょう」

「よし。あわてず、すみやかに終えるよう努めてくれ」


ラモルスはそれ以上は訊かなかった。彼はすぐに奔走しはじめた。刑事長は彼を心配しなかった。ラモルスは、メニルモンタンのすべてのヴェルディエを探し出すだろう。ポーラン・ブロケの任務と同じくらいむずかしい任務を引き受けられるのはラモルスのような男だけである。男性、もしくは女性で、ヴェルディエという人物を、メニルモンタンの住人のなかから見つけだすのだ。それは一見すると、干し草のなかから一本の針を見つけるに等しかった。

とはいえポーラン・ブロケは部下たちに、どんなにむずかしくても成し遂げられないような任務は与えなかった。部下たちを送り込む前に、彼は進むべき道筋を準備していたのだ。このヴェルディエについても彼は同じことをした。確かに、彼はラモルスをヴェルディエという未知なる人物を探しにやったが、行きあたりばったりに、デタラメに、あてずっぽうに送り込んだわけではない。ラモルスに手順を示していたのだ。

「証券取引所広場の局から保険つき封書が発送された。この前の五月十五日前後だ……そう……ヴェルディエという人物にな……メニルモンタンだ。わかったか？」

「はい、刑事長」

「よし。メニルモンタンの郵便局という郵便局の記録をあたってくれ。おまえがそれを見られるように指示は出ているから」

「わかりました、刑事長」

「ヴェルディエを見つけて、手紙を届けた配達人に会ってくれ。その親切な男から教えてもらうんだ、このヴェルディエとは誰か、どこに住んでいるかをな」

「簡単ですよ」

「当然だ、こんな条件ならな！　おまえのためにすべての準備はしておいた。とにかくヤツを見つけたら観察し、俺に教えてくれ」

確かにそれは極端に面倒なことではなかった。二日後ラモルスはポーラン・ブロケにこう伝えることができた。

「刑事長、終わりました。この人物がどこに隠れ、どこに住んでいるのか……誰なのか……なにをしているのか、わかりました」

「話してくれ、手短かにな。それとわかりやすく」

「まず刑事長、このヴェルディエとは女性です」

「そう思ってたぜ。かなりの歳か？」

「五十代といったところです」

「そうだな。あとは？」

「無職です。金利収入で生活しています。ずいぶんと前から使っている小さなアパルトマンから決して出てこないんです」

「病気なのか？　身体が不自由なのか？」

「ええ、刑事長。年老いて身体が弱ってます」

「親戚は？」

「大きな息子と彼女の兄弟一人です。ほとんど彼女には会いに来ていません」

「彼らの名前は？」

「もう少し待ってください、刑事長。家事は年老いた女中がしています。ヴェルディエ夫人の家に侵入するのはむずかしいというか、ほとんど無理です。彼女は誰の訪問も受けないし、隣人を訪ねもしません。盗まれるんじゃないか、殺されるんじゃないかといつも怯えている偏屈な人物で、守銭奴だっていう噂です。自分の家に閉じこもって、扉という扉を鎖錠で、窓という窓を南京錠でしっかりと戸締まりをしています」

「それで全部だな……廊下にオオカミ用の罠を仕掛けてなかったか？」

「そうかもしれませんよ！　老女中は嗅ぎタバコの習慣があります。私が葉巻を買ったとき、彼女が嗅ぎタバコを買いに来てました。われわれはちょっと雑談しました。そして冗談を言いながら彼女に一服させてもらいました。で、そのお礼に、たいして苦労することもなく、一杯の安酒を受け取ってもらったんです」

「俺はこの点でおまえを評価してるんだ。それから？」

「この安酒に、この親切な女性は目がないんです。安酒と嗅ぎタバコ、現世での彼女の慰めですよ！」

「ということは、彼女は失望を経験したんだな？」

「そうらしいです。それに彼女の仕える、この善良なヴェルディエ夫人もそうなんです！　ああ！　不幸せで、その悲嘆に見合わない女性がもう一人。彼女はジュリーという名前なんですが、こんなことを言ってため息をつきました」

「ラモルス、おまえ、彼女のせいで自分の任務を危険にさらすぞ」

「彼女は六十歳ですよ……要するに、二、三回会って、嗅ぎタバコと安酒を交換したんです。気分がよかったときにジュリーは言ってました、彼女の主人はずいぶんと前に未亡人になったと」

「未亡人？」

「それは彼女が私に言ったことです。かなり若いころから未亡人のままで、息子がいます。この息子はあらん限りの悲しみを彼女にもたらし、そして兄弟はクズも同然の人間だった。ヤツらが会いに来るときはいつでも、彼女は具合が悪くなりました、苦しかったんです。兄弟と息子は、彼女を心配させました。だから苦しみはとても大きかったのです。それはまさに同情すべき哀れな女性ですよ」

「それから？」

「ジュリーは、ヴェルディエ夫人が彼女の言うことを聞けばですが、息子と兄弟を置き去りにして、二人だけで余生を静かに終えるために遠いところへ行きたいと言っています！　だけど、ヴェルディエ夫人は兄弟を恐れているんです、仕返しされるんじゃないかと。この男は、彼女が年金を得る数日前になると、いつも会いに来るんですよ。年金が入るとき彼はそこにいるんです」

「なんだって……彼女は年金を受け取りにいかないのか？」

「郵便でそれは送られてます……」

「よし！　よし！　わかったぜ」

「まだあります、刑事長。配達人が封書を持ってきたとき、彼女にサインさせるのはその兄弟なんです。そして、投資で金を増やすという口実で金を奪い、彼女には最低限の生活分だけを与えるんです。ろくでなしですよ！　ひどすぎです。縛り首にされるべきです……」

「それから……」

「ジュリーは自分の主人に出ていくのを決心してもらいたいのですが、ヴェルディエ夫人はそうしたくはない。コーヒーの出がらしとカードで占うある占い師が彼女に言ったそうです、兄弟と息子が彼女を不幸にすると」

ポーラン・ブロケは部下をとめた。

「十分わかったぜ！　なあ、ラモルス、安酒を飲んでいるとき美しいジュリーに言ってくれ。コーヒーの出がらしは間違っているかもしれない、将来はもっと明るいかもしれない、たった一人の占い師にこだわっちゃダメだとな……いいな。早速、ヴェルディエ夫人がおまえの知っている占い師の診断を受けるようジュリーに勧めてもらうんだ。この占い師は手相を見事に読み取り、驚くべき真実を言うからな。それが必要なんだ、わかるな」

「はい、刑事長。明日、占い師にお願いしようと思います」

「だけど密かにだぞ！　誰にも知られちゃいけない、完全に秘密である必要があるんだ……ああ！　ラモルス、三日後は、金曜日だな……将来を占うには一番いい日だぜ」

「そうしましょう、刑事長」

ラモルスはとてもうまくふるまい、とても巧みに嗅ぎタバコと安酒を使った。その結果、ジュリーとラモルスが決めた金曜の夜が近くなると、ヴェルディエ夫人は、占い師の来訪が告げられるのをいまかいまかと心を高ぶらせながら待っていた。占い師は正確な真実を言い、すべてに絶望し、その人生が長い苦難でしかないこの不幸な女性に確かな将来を打ち明けることになっていたのだ。

しかしその夜、金曜であるにもかかわらず、占い師のルレ夫人はヴェルディエ夫人を診断しに来なかった。ラモルスはジュリーに謝り、嗅ぎタバコと安酒をやりながら言った。ルレ夫人は先約の上流階級のさる重要

ベル・エポック怪人叢書
エッフェル塔が建ち、地下鉄が走るパリ黄金期――
ベル・エポックの世に、怪人たちが跋扈する！
全3巻4冊
［四六変型判上製］
三面記事をにぎわす極悪非道、
正体不明の悪党どもに対すは敏腕刑事！
三大怪人ともいうべく、ファントマ、ジゴマ、シェリ＝ビビを一挙紹介！
初訳・完訳のダークヒーロー犯罪小説。
国書刊行会
3216

華やかなりし仏新聞連載小説（ロマン・フィユトン）時代の、めくるめくベストセラー活劇。

犯罪は文学を刺激し、大衆の欲望を満たす。


「ザラヴィ！（Z、生きている限りは！）」

「ザラモール！（Z、死ぬまでは！）」

――『ジゴマ』

「ファタリタス！（運命！）」

――『シェリ＝ビビの最初の冒険』

「誰だ？　誰なのだ？」

「俺はファントマだよ、陛下！」

――『ファントマと囚われの王』

ジゴマ　上・下巻

レオン・サジ――安川孝――訳

上巻・五二〇頁

「美しい時代」の怪しいヒーローたち

ベル・エポックとは「美しい時代」という意味で、一九〇〇年の万博に象徴されるように、フランスの十九世紀末から二十世紀初頭を指す。当時のフランスには、世界でも破格の百万部前後の発行部数を誇る新聞が四紙もあり、その紙面を飾ったのがしばしば犯罪をテーマとする連載小説である。美しい時代は、犯罪者や悪党がうごめく不安な時代でもあった。〈ベル・エポック怪人叢書〉は、この時代を代表する作品を収めた魅力的なシリーズ。同時期のルブランが創造した怪盗ルパン以上に裏社会で暗躍する恐るべき、時として悲劇的な、そしてつねにカッコいいダークヒーローが登場して、息もつかせぬ物語が展開する。大衆文学とあなどるなかれ！　作者は当時最新の科学、医学、テクノロジーの知を駆使して、社会の闇と民衆の秘めた欲望をあぶりだす。現代人でもあっと驚くような技術や、状況の反転が利用される（詳細は読んでのお楽しみ！）。そしてこれらの作品は、誕生してまもない映画の題材にもなった。時代の感性と鋭敏に共鳴し、その後の大衆小説の流れに大きく影響した作品群の邦訳は、まさしく快挙である。

小倉孝誠（フランス文学・文化史）

ベル・エポック怪人叢書 全3巻4冊

第1回配本

レオン・サジ――安川孝――訳

『ジゴマ』上・下巻

装画：榊原一樹

上巻 ISBN978-4-336-07355-6｜下巻 ISBN978-4-336-07356-3
各定価：3520円（10％税込）
2022年7月刊行予定

第2回配本

ガストン・ルルー――宮川朗子――訳

『シェリ＝ビビの最初の冒険』

装画：榊原一樹

ISBN978-4-336-07357-0
2022年9月刊行予定

第3回配本

ピエール・スヴェストル、マルセル・アラン――赤塚敬子

『ファントマと囚われの

行会
056 東京都板橋区志村 1-13-15
5970-7421｜FAX:03-5970-7427
w.kokusho.co.jp｜info@kokusho.co.jp

パリを…
傷で発見された…
……。ここにジゴマ率…
亡くした兄弟の誓い、美しき…
マとはいったい誰か？　大正初年に…
面相のもととなる、久生十蘭の抄訳から久し…

ISBN978-4-336-07358-7

『…の王』

シェリ＝ビビの最初の

ガストン・ルルー――宮川朗子――訳

ISBN978-4-336-07357-0

すべては運命の仕業！

肉屋見習いシェリ＝ビビはある偶然に殺人を犯し、以来殺人が殺人を呼び、前代未聞の極悪人として流刑地カイエンヌへと向かう監獄船の途上にあった……。そして囚人たちは待っていた、シェリ＝ビビからの蜂起の合図を！　シェリ＝ビビはある出来事から恋焦がれるセシリーの夫、デュ・トゥシェ侯爵になりすます――それは外科医ル・カナックによる言語を絶する非道な方法だった！　セシリーとシェリ＝ビビは夫婦生活をはじめる？　『オペラ座の怪人』のエリックに続く醜男ヒーロー、格好よすぎるルールタビーユとは真逆のアンチヒーロー、われらがシェリ＝ビビ！　本邦初紹介のガストン・ルルー人気怪人シリーズ！

ファントマと囚われの王

ピエール・スヴェストル、マルセル・アラン――赤塚敬子――訳

ISBN978-4-336-07358-7

元祖黒マスクの怪人！

コンコルド広場の噴水のニンフ像が夜な夜な歌をうたう――大晦日、新聞記者ファンドールはお忍びでパリにやってきたヘッセ＝ヴァイマル王国の王と意気投合し、コンコルド広場に繰りだした。ところが王の愛妾死亡事件に巻き込まれ、ひょんなことから王の身代わりを演じるはめに。相棒の敏腕警部ジューヴはファンドールを救いだすべく奔走、彼らはファントマの王国乗っ取りを阻止できるのか？　コクトーが、マグリットが、ブルトンが愛した、今なお不滅の悪のアイコン！　新聞連載小説の時代に書き下ろされた人気シリーズ〈ファントマ〉。久生十蘭が換骨奪胎し『魔都』を書いたという怪作、本邦初訳！

装幀：コバヤシタケシ

国書刊…
〒174-0…
TEL:03-…
https://ww…

人物に引きとめられているので、かつてなく不安になっているヴェルディィエ夫人に、向こう一週間、その将来について話に来ることはできない、と。そういうわけでヴェルディィエ夫人は待ち遠しさや不安を抑え、引く手あまたの、あの驚くべき占い師ルレ夫人が、彼女にひと晩を捧げるのを待たねばならなかった。

そしてヴェルディィエ夫人は献身的なジュリーに言った。

「ルレ夫人が、いままでのなかでもっとも恐ろしい将来を占うのではないかと震えているわ！」

⑧章　切断された頭部

占い師の診断は延期された。安酒が大好きな友人、けなげなジュリーにラモルスが与えた理由は受け入れられたが、完全に正確というわけではなかった。

本当の理由はまったく別だったのだ。

当然ながら、ルレ夫人のこの診断にポーラン・ブロケと部下たちが立ち会う必要があった。実際のところポーラン・ブロケは、年老いた体の悪い女性の掌（てのひら）の、細かく、中断され、曖昧ないくつもの線に書き込まれた過去と対照をなす、混乱した未来を占い師に解読してもらうだけのために、ルレ夫人との面会を計画し、準備し、段取りしたわけではなかったのだ。彼の目的はまったく別だった。ルレ夫人を通してこの謎めいたヴェルディィエ夫人に語らせ、彼女がほかでは決して打ち明けないだろう秘密を神秘の力でもって引き出そうとしたのだ。

だが突然、ラモルスがジュリーと金曜に会う約束をした翌日、このうえないセンセーショナルな出来事がポーラン・ブロケを引きとめた。彼はまったく別の方向へ、彼がZ団とその驚くべき首領ジゴマを追跡していた道と同じくらいドラマチックで刺激的で不可解なもうひとつの道へと導かれたのである。

ある真面目な男が朝仕事に行きしな、ラ・ヴィレットとビュット゠ショーモンのあいだに点在する、あの不気味な空き地のひとつで、紐でくくられ何枚もの新聞紙で覆われた大きな包みを発見した。不審に思ったこの真面目な男が包みを開けると、恐怖に叫び、それを押し戻した。新聞紙は最近切断されたとおぼしい女性の頭部を包んでいたのだ！　耳は欠け、鼻は削がれ、唇は剝ぎ取られていた。頭部は恐ろしく、ぞっとするものだった。真面目な男の叫びに、近所の人たちが、野次馬の群れが、そして最後に警察官らが駆けつけた。

ひどく興奮し、熱意の高まった警察が捜査をはじめると、司法官たちが治安局の係員とともに応援にやってきた。この犯罪の迷路の導きの糸を、なんらかの手がかりを見つけようと、いたるところを探したが、なにも発見できなかった。

しかしながら不安に陥ったパリは、この身の毛もよだつ謎の真相をイライラしながら求めていた。虚しく、やりきれない二日間の捜査のあと、もっとも優秀な腕利きの刑事たちを放ったあと、ボミエ氏はとうとう、ぜひともポーラン・ブロケにその知性と創造性と勇気を貸してくれるよう願わねばならぬ、と言った。

治安局長はヴァン・カンブル男爵邸事件および、あの魅惑的な夜会のあと、ポーラン・ブロケには数日間の休暇を与えていた。この数日を、ポーラン・ブロケはZ団を追ったり、あるいは友人であるモントルイユ兄弟の償いの事業を手伝ったりと、好きなように使うはずだった。

まさしくポーラン・ブロケは、モントルイユ兄弟のところ、マテュラン通りの彼らのアパルトマンにいた。午後六時頃だった。ロベールとラウールが刑事にさまざまな新たな書類を見せていると、突然電話が鳴った。電話機から一番近いラウールがラッパ型受話器をとり、耳にあてた。

「もしもし！　ええ！　私です！」彼は答えた。「弁護士のモントルイユです。その通りです。どちらさまでしょうか？……そんなことはどうでもいいだって！……なぜそんなことはどうでもいいのです？　自分がどなたと話しているか、誰とかかわっているか私は知りたいんです……あとで言うですって……だめですよ……私はすぐに知りたい……あなたは料理人だって！……なんの料理人？　どこで？　誰の家で？　またそんなことはどうでもいいだって……でも……なぜです？……私の書斎に食事したい人がいるかどうか知りたいんですか？」

ラウールは怒って叫んだ。

「タチの悪いいたずらだ、名乗っていただきたい。私はあなたを……」

するとラウールが最後まで言い終える前にポーラン・ブロケが立ち上がった。彼は笑いながら弁護士のところへ来た。

「ごめんなさい、先生！」彼は言った。「誰かわかってます、私宛です。受話器を渡していただけないでしょうか！……ありがとう」

するとポーラン・ブロケは電話機のほうで話した。

「もしもし！　はい……腹が減ってるかって？　あんまり。ほかのところで招待されましたから。でもどうしてもというなら、あなたと夕食にいきますよ。ええ、はい！　急ぎます……食事はできている、わかりました。すぐに」

そして電話機を元に戻すと、彼はとても興味深そうにいた二人の兄弟に言った。

「まさに私が心配していたことですよ」

「なんでしょうか？」

「ボミエさんが、私に許可した休暇を中断するよう言ってきました。例の切断された頭部の件で私を必要としているんです」

「空き地で昨日発見された頭部」

「そうです。私は必要とされず、数日間そっとしておいてもらえると願っていたんですがね。この通りですよ。この世では望むことはさせてもらえないんですね。私は食事へ行かねばなりません。食事が準備されていますので」

　この最後の言葉を二人の兄弟が理解していないとわかり、ポーラン・ブロケは説明した。

「電話線ほど信用できないものはありませんからね。それは秘密が委ねられる最後の仲介者です。興味を惹かれた電話交換嬢が話を聞く以外にも、いつだっていくつもの耳が興味をもって聞いているんですよ。だから、われわれはありきたりな言葉を交わす必要があるんです、あなたたちがさっき聞いたようなね。あるときは料理人、あるときは運転手、あるときは建具屋、またあるときはセールスマン、なんにだってなるんですよ……誰が話しているかは知っていますから、理解し合えるんです。そしてわれわれの秘密は守られるとは言えないまでも、少なくとも完全に見抜かれることはないんです」

　与えられたこの新しい仕事が自分の予定に不都合だったから少し不機嫌なポーラン・ブロケは、直後にラウールとロベールと別れると、車で治安局長の執務室にたどり着いた。

　ボミエ氏は待ち構えていた。

「ああ！　やっと来たか！　これで大丈夫だ。この頭のせいで、ブロケ君、われわれが発見した頭のせいで、私も頭を失ってしまったよ」

「わかりました！　あなたの頭なら、いつだって特定できますよ！」

「そう願ってる」

　すると治安局長は刑事に言った。

「われわれはもうなにをすべきかわからないのだ。周辺をくまなく捜索し、目立たない場所をもいくつも探し、家具付きの貸部屋を訪ね、その地区の売春婦全員を調査したのだ。なにも見つからなかった。いかなる失踪も報告されなかった。わずかな手がかりもないのだ」

ポーラン・ブロケは、治安局長がいらだたしげにジェスチャーを交え、デスクを叩きながら話すのを聞いていた。彼のほうは、おだやかにタバコを巻いている。

「そのうえ」治安局長は続けた。「新聞という新聞がわれわれを非難している。新聞はわれわれを無能者、役立たずとして扱い、未解決の犯罪のすべてを蒸し返し、われわれが解明できなかった謎のすべてを数えあげている。地獄のような生活だよ」

「ええ、そうですね!」ポーラン・ブロケはおだやかに答えた。

「新聞は私をからかっている。犯罪ではなく、単なる自殺だと断言しているのだ」

「まさにそう言われていますね」

「そして新聞は、殺人犯を逮捕するなんてむずかしいことじゃなくて、せめて犠牲者の身体の残りだけでも見つけてみろと挑発しているんだ。さらには人知れず徘徊する頭部のない女の歌までつくられている」

「それはかなり斬新ですよ」

そしてポーラン・ブロケは尋ねた。

「それで、治安局長、私になにを期待されているのでしょうか?」

「なんだって、君に期待しているものだと?」治安局長は思わず飛び上がり声を荒げた。「だから、この事件を解明するのを期待しているのだ」

「この女の身体を見つけろと?」

「殺人犯も」

「それで全部ですか？」

「そうだ」

「それで十分ですね、確かに」

「君しかいないんだよ、ブロケ君。君しかね」

「おお！　私ですか！……ああ！　あのアメリカ人の凄腕の同業者トム・トゥウィックがわれわれを助けてくれるなら」

「どうしてトム・トゥウィックなんだね？　君は信じて……」

治安局長は叫んだ。

「ああ！　ブロケ君、冗談はやめてくれたまえ！」

「真面目に言ってるんです」

「わかった。しかし、お願いだ、今日のところはトム・トゥウィックも、例の美しい赤銅色がかったブロンド髪の女も、Z団も、ジゴマも脇に置いておいてくれないか。この事件だけを、この頭部だけを考えてくれ」

ポーラン・ブロケは、治安局長のデスクの灰皿にタバコの灰を無造作に振り落とし、驚くほど穏やかな調子で言った。

「わかりました！　頭部を見にいきましょう。どこにあるんです？」

「死体公示場だ」

「歩きましょう」

オルフェーヴル河岸から、パリの荘厳なるノートル・ダム大聖堂のうしろの、死体公示場の建物がある不気味な岬までは、道は長くない。治安局長と刑事はそれを徒歩で行った。ポーラン・ブロケは廊下を通ったとき、指示を待っていた部下たちに別々の道を使って死体公示場で合流するよう伝えた。監視している連中の警戒心を呼び起こさないようにである。

なにも見逃すことのないポーラン・ブロケは、オ・フルール河岸近くで新聞やパンフレットを売る露天商に気がついた。歩道の端で大声を出して商売をしていた。ポーラン・ブロケは通り過ぎるとき、この露天商の視線が自分の視線と交わるのを感じた。彼は、以前にこの目を見たことがあると思い出した。どこで？　いつ？　どんな機会に？　しかし、それを記憶のなかではっきりさせることができなかった。

彼はもう一度この男を見ようとした。

馬脚をあらわすことなくもう一度この男の前を通ることはできなかったから、彼は立ちどまり、ケースからタバコを取り出し、火をつけようとした。しかし、空気の閉ざされた部屋でもむずかしい公社のマッチが、野外で点火するのは稀なことだった。ポーラン・ブロケはこのマッチの質の悪さにブツブツ言いながら、風を避けるよう手で丸く囲って弱々しい炎を守りながら、あっちこっちを向いた。そんなふうにして背中で風を遮りながらも、目はタバコではなく、その眼差しが不審な露天商に向けられていた。すると彼は、ある客が新聞を買いにくるのを見た。

この客は、弁護士や代訴人や執達吏の書生が師の書類をたずさえて裁判所に来るときに持つような分厚い書類鞄を持っていた。ところでポーラン・ブロケは、裁判所大通りでキャリアを積み、金メッキした鉄格子の前のドブを飛び越え、裁判所のホールで歳をとる、法律屋の雇われ人のすべてを知っていた。しかしこの人物を……ポーラン・ブロケは知らなかった。すると彼はすぐに思いあたった。この書類鞄の男は、彼が治安局長とともに裁判所大通りを横切ったときにそこにいたのだ。つまり、この書類鞄の男は裁判所大通りで見張りをしていたのである。彼はその裁判所からここまでポーラン・ブロケの跡をつけてきたのだった。そしていま彼はそばに来て、新聞を買うふりをしながら、視線が気になるあの露天商に話しかけたのだ。

「よし！　よし！」ポーラン・ブロケは思った。「跡をつけられているな」

タバコに火をつけると彼は、そんなことはつゆ知らず数歩前を行く治安局長に追いついた。そして彼には、書類鞄の男がなにがしかの新聞を持って露天商から遠ざかり、さらに、この露天商がわれわれの進む方向へ向かうのを確認する余裕があった。彼は、何度も横目でこの露天商がついてきているのを確認した。そして、自分が死体公示場で治安局長と一緒に切断された頭部を観察しているあいだ、ずっと見張っているのだろうと確信した。

まもなくガブリエルとラモルスと合流したポーラン・ブロケと治安局長は、大理石の大きなテーブルと冷凍庫のある死体解剖室を兼ねる対面室へと降りた。

死体公示場の前は大きな人だかりがあった。警備員を配置する必要があった。事件初日に、謎の頭部は大きなショーウィンドウで公開され、その前を人々は行列になってゆっくり通過したのである。

今日(こんにち)、この種の気味悪い見世物は存在しない。人生の悪い波によりこのおぞましいガラスの向こう側に投げ込まれた不幸な人々は、無為な人々の暇つぶしではないし、お決まりのノートル・ダム大聖堂見学のあとに観光ガイドによって連れられる外国人グループの首都の不気味な観光名所ではない。嫌悪を引き起こす、不健全なこの見世物はもっともな理由で廃止された。死体を公示してもいまやたいした結果を得られなかったのだ。今日(こんにち)、身元不明の死体を見るのを認められるには単なる好奇心だけではだめで、失踪した親族や友人を持つことを証明する必要があるのだ。これ以上に倫理的で、正当で、尊厳に値するものはない。

一方、われわれがここに話題にしている時代では死体公示がおこなわれていた。切断された頭部が見物できると聞いて、ぞっとしたくてたくさんの人々がやってきた。だが騒ぎや口論、悶着を引き起こしたので、不吉なショーウィンドウから出され、冷凍庫に入れられたのである。

治安局長とポーラン・ブロケが死体解剖室に到着したとき、知らせを受けた死体公示場の使用人が準備して待っていたので、刑事たちはすぐに頭部を見ることができた。待機していた使用人は、頭部が入っている、釜のような冷凍庫の扉の掛け金についている氷を鉄棒で叩き落とした。そして鉄製の滑りのいい台車を、身体が完全に収まる黒く長い穴の前に転がした。彼は、この穴から霜で覆われた真鍮製のトレイのようなものを引き出した。それはそのまま台車にすべり置かれた。その上に切断された頭部があった。トレイは、棚が不気味な軋み（きし）を立てる台車で大理石のテーブルまで運ばれた。そして、使用人はトレイからぞっとさせるような頭部を持ち上げテーブルに置き、離れた。

そこで司法官たちはテーブルに近づいた。彼らはかがみ込むようにして頭部を見た。ひと目見て、ポーラン・ブロケと部下たちは恐怖に動揺した。彼らは震えた。三人はたがいに不安そうな目を合わせた。

一斉に彼らは叫んだ。

「彼女だ！」

「赤銅色がかったブロンド髪の女！……」

⑨章　死者の髪

ポーラン・ブロケとの真剣勝負のあといつもそうであるように、Z団と首領ジゴマはしばらくおとなしくしていた。ちりぢりになり、怪我を癒しに遠くへ離れ、姿を消していたのだ。数人のZたちがクラブの店に戻って来ていたが、明らかに序列の低い男たちだった。そこで新たな指示や情報を与えられるのを待っていた。幹部たちは、どこかわからない別のところで、今度ばかりは完全に知られることなく集会を開いていた。

ラ・バルボティエールの爆破のあと、そしてジュルマの、つまりメリドン夫妻の静かな建物での事件のあと、ジゴマは新しい巣窟を見つけたようだった。〈オルナノのならず者〉は、ジョナス通りのラ・バレーヌの地下穴倉だと漏らしていた。ポーラン・ブロケは時間がなくてまだこの事実を確認していなかったが、近いうちにイタリア門のほうへ偵察に行こうと決めていた。

というのも、前回の闘いで大打撃をこうむったジゴマがとんでもなく派手な復讐を仕掛けてくるのを、ポーラン・ブロケにはわかっていたからだ。ポーラン・ブロケは無駄に奔走して時間を失いたくなかった。自分を標的とする強盗団の悪事を見越して先手を打ち、不確実にではなくしっかり事情を把握したうえで戦うため、ジゴマが攻撃を準備するのを待っていたのである。

われわれが知るように、ポーラン・ブロケは憶測や仮定といったいくぶん時代遅れの捜査方法をとらなかった。蓋然性や演繹を追い求めることもなかった。その出発点が一見、理に適っていようとも、間違う可能性があるからだ。彼は、敵が明らかになり、確かな情報に基づいてのみ前に進む。その結果、最初は多少時間を浪費したと思っても、そのあとでまわり道する必要はなく、はるかに速く先へ進むことができる。少々変わったこの方法は彼の気質に合っていて、うまくいっていた。彼はそれにこだわっていた。

そのときポーラン・ブロケは、Z団が自分のせいでこうむった失敗の恨みを晴らすつもりなことがわかっていた。彼はこの復讐を期待していた。彼は身を守り、用心し、絶えず警戒して、防御し、ただちに反撃する準備を整えていた。見事に訓練され、刑事長の成功を誇りに思う配下の男たちも、彼のため、彼と一緒に、並はずれた偉業を達成する覚悟ができていた。Z団が復讐を望んでいるとわかっている彼らは刑事長の周辺をつねに監視した。自分たちの指導者を大切に思い、慕い、賞賛する彼らは、ポーラン・ブロケを囲むように護衛部隊を編成したが、それはいかなる君主もそれに勝る護衛部隊を所有しているなどとおくびにも出さないだろう。

ゆえにポーラン・ブロケはこう確信した。Z団はこのことに気づき、自分には手を出せないと理解したのだ、と。そしてこう思った。ジゴマはその悔しさと恨みのなかで、復讐の欲求にかられ、その怒りを赤銅色がかったブロンド髪の女に向けたのだ、と。

このことについて部下たちと話していた彼は言った。

「この女は誰か？　どこから来たのか？　どこへ行くのか？　その目的はなにか？　俺たちにはわからない。なぜ戦いに介入したのか？　いかなる理由で彼女はポーラン・ブロケのほうへ導かれ、かつジゴマのほうへ惹きつけられるのか？　俺たちはそれを見抜くことができない。彼女とは、俺たちの進む途上で出会った。彼女の手に触れる幸運に恵まれたのは俺が最初だった、そう言えるだろう。次はラモルス、おまえだ。ブリアル城で俺たちは彼女を見かける……オルレアンでは、ド・マルネ伯爵が処刑される前に道路で車に乗っているところを、クラフの店ではZ団のヤツらと知り合い、ジゴマに近づこうとする彼女に会う。なぜだ？　それを察するのは不可能だ。この赤銅色がかったブロンド髪の驚くべき女を取り巻く謎は、いまのところ俺たちにとっては完全にうかがい知れないままだ」

「その通りです、刑事長」ラモルスは言った。「あなたに命じられたように、私はパリ中を調べまくりました。いたるところを探しまわったんです、この赤銅色がかったブロンド髪の女を。彼女が住み、食べ、要するに生活しているところを知るために。わずかな手がかりもつかめませんでした」

「少なくとも彼女は何台かの車、何頭かの馬、多数の使用人、豪華な家を持っている！」

「そうです、刑事長。だけどなにも知ることができないんです。赤銅色がかったブロンド髪の女がこれほど美しくもなく、若くもなく、魅力や気品で輝いていないのなら、私は言うでしょうね。赤銅色がかったブロンド髪の女は魔女で、魔法にかけられた家に住んでいて、必要とあらば、杖のひと振りで自動車や馬を消すのだと……」

「そしておまえを、このおまえを、ベンチに置き去りにするとな！」

「おとぎ話と同じように、眠らされもする……妖精ですよ、刑事長！　赤銅色がかったブロンド髪の女は、金色の髪をした妖精ですよ」

ポーラン・ブロケは笑うと、続けた。

「しかし赤銅色がかったブロンド髪の女は、ジュルマのところの屋根裏部屋で不可避の死を宣告されたポーラン・ブロケを救出した。赤銅色がかったブロンド髪の女のおかげで、ポーラン・ブロケは救われ、ド・マルネ伯爵のおぞましい企みを阻止し、死をもたらす蚊の罪深い仕業を打ち砕き、トム・トゥウィックとその友人ジゴマの計略の裏をかくことができた」

「ええ、刑事長」

「そして最後に、赤銅色がかったブロンド髪の女のおかげで、何回も殺されなければならないポーラン・ブロケはまだ生きていて、見事なまでに準備されていながら、ヴァン・カンブル男爵の金庫の一件を失敗させた」

「刑事長、今回Z団のヤツらはかなり打撃を受けましたよ」

「ヤツらはポーラン・ブロケを許すことはできないんだ！　ジゴマはその威信を示し、その力を見せつける必要がある。そして、いいか二人とも、俺やおまえたちに、俺たちの配下の男たちの誰かにそうすることができないから、ジゴマの怒りがこの赤銅色がかったブロンド髪の女にのしかかったんだ」

「刑事長、おっしゃる通りですよ」ガブリエルは言った。「いまやすべてのことがそれを証明しています。もっとも、赤銅色がかったブロンド髪の女は自分が危険を冒(おか)すことをわかっていた。だから彼女は〈オルナノのならず者〉に護衛させたんです。Z団の連中がそれを証明しています。だってヤツらは、赤銅色がかったブロンド髪の女がクラフの店に現れた夜、彼女を連れ去ろうとしましたからね。確実にそれは彼女の光り輝く美貌のためではなく、はやくもその夜、彼女を処罰するためなのです。ポーラン・ブロケを助けましたからね。その夜からジゴマは復讐することを考えていたんです」

赤銅色がかったブロンド髪の女がジゴマの残酷な正義に背（そむ）いたにちがいないと確信したポーラン・ブロケは、それゆえ、二人の部下と同様に、死体公示場の解剖室のテーブルの上の、切断され、ひどく損壊したこの頭部を見て、強い印象を受けたのだった。

三人は同時に激しい恐怖と悲痛な思いからこう叫んだ。

「赤銅色がかったブロンド髪の女！」

死体公示場の使用人が大理石のテーブルに置いた頭部は、そのおぞましさのなかで金色の髪で縁取られていた。

赤銅色がかったブロンド髪の女はあまりにも豊かでふさふさした髪だったから、ハンチングやカツラで隠そうとしても、いつも編まれた赤銅色がかったブロンド髪が漏れ出て、太陽の反射のもとに彼女の正体は暴かれた。しかしこの頭部の髪は短く、とても細く、豊富だといっても実際には、ようやく肩に届くだけだった。この貧弱な髪は頭部に張りつき、撫でつけられ、氷で押しつけられていた。そして、陽の光のもとでかつて輝いたブロンド髪は、まばゆい歯を見せる、切り刻まれた唇の不気味な微笑といたましくも調和していた。

それは残酷で見るに忍びないほどのものだったが、恐怖や嫌悪よりも同情や後悔を引き起こす、耐えがたい特殊な光景だった。この女性は若かった、この女性は確実に美しかったのだ。彼女は死んだ、殺されたのだ。それがよりいっそう理解できた。たぐいまれなる美しさの女性には常軌を逸した愛がつきものである。そして、愛というものは、愛撫された手のナイフのような怒りを招いてしまうのだ。接吻と、剣ないし短刀の一撃はほとんど等価である。

だがなぜこの女性の頭部は切断され、こんな凶悪な冒瀆が犯されたのか？　この冒瀆の唯一の理由となりえるだろうことは、女性を特定不能にする必要性だった。とはいえポーラン・ブロケは、確実に自分と同じく考えている部下たちに低い声で言った。

「無駄なことだよな、この女が誰なのか誰も知らないんだ」

「その通りですね、刑事長。赤銅色がかったブロンド髪の女の謎をさらに二倍にしてどうなるっていうんです？」

「だからほかの理由があるんだよ……」

この苦悩の数分間、人間的な心の声を吐露し、棺の前でのようにこの不気味な大理石のテーブルの脇で憐れみを注いでいたポーラン・ブロケは、ようやく気を取り直した。彼は刑事に、正義の介添者に戻ったのだ。いまやこの女性の頭部は彼にとって、解決すべき問題のただの不気味な証拠資料でしかなかった。

ポーラン・ブロケはテーブルにかがみ込んだ。切断された頭部を手にとって、じっくりと観察した。彼は目の色を見ようとまぶたを開けようとした。しかし、氷で凍って持ち上がらなかった。まぶたは、その秘密を守り、傷んだ宝石箱にしまい込んだものが、命の尽きた紫水晶（アメジスト）なのか、ブラックダイヤモンドなのか明かしたくなかったのだ。果たして、まぶたはもったいぶって生気のない貴石を見せなかった。ポーラン・ブロケは、敬意を払って閉じるにまかせておいた。次に、彼は氷の完全に凍っていない部分から出ている髪の房を手にした。指でこの房を温め、解けて柔らかくなると、注意深く観察した。

ガブリエルとラモルス、治安局長は彼が観察するのをなにも言わずじっと見ていた。彼らは待っていたのだ。

ポーラン・ブロケは小型ポケットからルーペを取り出すと、念入りにこの髪の房を調べた。すると彼は立ち上がり、彼の動きを見守っていた人々のほうを向き直って言った。

「ご存じのように、局長、私は髪について徹底的な研究をしました。頭髪というものは、人体鑑識カードを作成する上で貴重な助けになると確信しています」

「まさしく……かなり有用だな、それは」

「二人の個人において同一の手、耳、手の皺がないように、類似する二つの髪も同様にありません。なぜ、頭髪が手の皺よりも有用で、正確なのか？」

「話したまえ、ブロケ君」

「まず最初に生じる問題は、被験者がハゲでもいいのかということがあります」

「確かに」

「それとは逆に、観察対象に手がない場合があります。この場合、人体鑑識カードはどうなるのか？　聞いてください。髪によって――そんなこと誰でも知っていますが――人種を特定できます。たとえば、黒人の髪はオランダ人の髪と似ていません。日本人女性の髪もパリの女性の髪には似ていない」

「確かに」

「ゆえに、人種によって髪を分類することが可能であるなら、細心の注意を払って髪をいくつものカテゴリーに分けることができます、植物標本のようにね。おわかりになるでしょう、どれほどの種類があるか、なんと多くのグループがあるか！　黒髪、褐色の髪、栗色の髪、ブロンド、無限におよびますが、巻毛、ウェーブした髪、ストレートの髪、硬い髪、しなやかな髪、細い髪、太い髪、丸みを帯びた髪、ザラザラした髪、ほかにもたくさん区分されます！」

「ブロケ君、それは君がはじめてつくりだす体系だな」

「それは糺すべき点です」

「でもハゲ頭の人にはどうするんだ？」

「待ってましたよ。脱毛症の原因はさまざまです。これらの原因は、個人の一般的な健康状態に見出せます。ゆえに、脱毛症の原因は人体鑑識カードにすでに記録され、前もって知らされているのです。それに、脱毛症というものは、病気で髪の毛が変化しても、うなじの近くの髪がなくなってしまうほど悪化することは決してありません。そこは最後にはハゲますが、まだ健康で、頭髪が無傷だった頃の髪の毛と変わらない、いくらかの髪がなおも見出せるのです」

「おそれいったよ」

ポーラン・ブロケは続けた。

「局長。ここで、髪に関する私の知見に基づいて、いくつか考察できます。すぐにあなたはその重要性に気づくでしょう」

「さあどうぞ、ブロケ君」

「この不幸な女はブロンドです」

「確かにそれはわかるよ」

「いいえ、局長、わかっておられませんよ。あなたが目にしているのは死んだあとの偽装です」

治安局長はビクッとした。

「死後の偽装？」

「その通り！　生前は美しく質がよく、自然な色合いの灰色がかったブロンド髪が、死んだあと、オキシドールで洗われました」

「なぜそう言えるのだ？」

「証明します、簡単です。染めること、いや脱色は、期待した結果を得られなかったんです。生きた頭部、熱を持った髪なら、オキシドールを吸収し、脱色の作用を助けたでしょうがね。ここがわかりやすいですよ、局長。ルーペをお持ちください、髪の房を見てください、まだらにしか脱色されていないでしょ。オキシドールによって与えられる赤銅色がかったブロンドの色合いは、すべてに浸透することはできなかったのです。髪の房の表面は赤銅色がかっていますが、なかは灰色がかったブロンドです。これはかなり明白です」

「確かに」

「ある国々、たとえばイタリアでは、若い女性が亡くなると、迷信に従って髪をブロンドに染めることが望まれています。ブロンド髪の人々はより簡単に天国へ行けるからだそうです。神はセンスがよくてブロンド髪が好みなんです。神はブロンド髪のイヴをつくりました。褐色髪の人間は、リンゴのあとで、ようやく生まれました、悪魔が介入したときにね。天使はブロンド髪です、聖人もブロンド髪です……要するに、死んだ女たちの髪はブロンドに染めるものなのです。彼女らが神に気に入られ、より簡単に福者の行列に認められるようにね。ところで、私は死んだ女の染められた髪を見たことありますが、この髪のように表面だけが染められていました」

　ポーラン・ブロケは結論づけた。

「というわけで、局長、認めなければなりません。すなわち、この頭部を――ついでに言っておきますが、われわれが簡単に見つけられるようなやりかたで――遺棄した連中にとっては、顔立ちを損ねるだけでなく髪を脱色することが重要だったと。われわれの捜査を攪乱させ、われわれをまどわすためにです」

「それは、そうかもしれない」

「ヤツらはとくに髪の脱色をあてにしていた。そして、頭部を傷つけることは二次的なものでしかなかったと言ってもいいでしょう」

　治安局長はポーラン・ブロケの話を大いに驚き、待ち遠しい気持ちで聞いていた。刑事がこの悲痛なミステリーの解明に貢献するような、気の利いた思いがけない発見を次に打ち明けるのではないかと待っていたのだ。

しかしポーラン・ブロケは彼に言った。

「私は、十分に警察学校の応用科学の先生を演じました。目下のところほかに言うことはありません」

「それは残念だ」

「局長、お願いしたいことがありまして、私をここに一人にしてください。のちほど、観察結果はお伝えします。ここで私が発見したこと、予感していることはあまりにも重大で思いがけないことなので、これを外科的な見地から主張するために、医者の協力が必要なのです」

「検死医ならやってくるだろう。それに……」

「彼らには彼らでしかるべき報告を作成してもらいます。しかし私としては、この件において別の観点が必要なのです。私はロベール・モントルイユ医師を呼びたいのです。いまや彼と仕事をするのがおきまりになりました。彼は見事に助けてくれるのです」

「好きなようにしなさい」治安局長は言った。「君は白紙委任を持っている、君にまかせるよ。ではのちほど、私の部屋で」

「了解、局長」

ボミエ氏が出ていくと、ポーラン・ブロケはラモルスに告げた。

「死体公示場の門に偽の露天商がいる」

「刑事長、見ましたよ」ラモルスは答えた。

「Z団のヤツだ、特定できた。俺たちはヤツを見たことがあるんだ、クラフのところでな」

「ええ、刑事長。弁護士鞄の男もです」

「じゃあ、全部見てたのか？」

「ええ、刑事長」

「いいぞ、おまえ。じゃあ、うまくやってくれ。ヤツを尾行し、ケンカを吹っかけて、最後に逮捕するんだ。この男を手に入れよう」

「了解です、刑事長」

「ガブリエル、おまえは、車でロベール先生を迎えに行ってくれ。すぐにここに連れて来るんだ」

「彼に来てもらうためには、ジゴマの新たな恐るべき悪事を伝えるだけでいいですね」

「その通りだ。さあ、おまえたち！」

⑩章　死者の嘘

一人残ったポーラン・ブロケは女の頭部をもう一度手にとり、観察をはじめた。それからだいぶ長い時間が経って、彼はつぶやいた。

「そうだ、その通りだ。間違いない、間違えるはずはない！　明らかだ。だけど、それがロベール先生によって裏付けられればいいのだが」

それから頭部をテーブルの上に戻すと彼は言った。

「かわいそうな女だ、深く同情するよ。アイツらは自分たちの卑劣な行為のために君にある役割を担わせたかったんだ。でも君は嘘をつけなかった。それにもうすぐ——俺はそう願っているが——、君は切り離された胴体の横で楽になるだろう。そして永遠のおだやかな眠りについてくれ。今度は誰も邪魔しに来ないから」

それから彼は階段席の前を少し歩き、タバコを巻くと静かに吸いはじめた。しばらくしてラモルスが死体解剖室に入ってきた。

「刑事長」彼は言った。「露天商を捕まえられませんでした、逃げました」

「そうだと思ったよ。もっともヤツの存在は無意味だった。俺たちを監視しているヤツらは知りたかったことを知っている」

「つまりポーラン・ブロケが切断された頭部の事件に足を踏み入れ、死体公示場に頭部を見に来たということをですね」

「その通りだ。アイツらが望んでいた通りに目的は達成されたんだよ」

「それで、刑事長?」

「それでだ、ラモルス。なぜアイツらがこの新たな事件に俺たちを向かわせたかったのか、その理由を探らなければならない」

ポーラン・ブロケは新しいタバコに火をつけると、死体解剖室の階段席に座り、ゆっくりと静かに、ほとんど動かず、タバコを吸いはじめ、渦巻き状の煙を目で追っていた。部下たちの表現にしたがえば、彼は猫になったのだ。ラモルスは、こんなときの刑事長を邪魔してはならないことを知っていたから、少し離れて自分も座り、同じようにタバコに火をつけ、じっとしながら目でポーラン・ブロケのわずかな動きを注意深く追っていた。

足音と声で、刑事と部下は不動の状態から引き戻され、考えにふけるのをやめた。階段席の上のドアに、ガブリエルが連れてきたロベール・モントルイユ医師が現れた。

すぐさまポーラン・ブロケはロベールのほうへ行った。

「ああ、先生」彼は大きな声で言った。「お越しいただくのに、こんなふうに連れ出して申し訳ない。でもあなたの貴重な協力がどうしても必要でね」

「なんでもお申しつけくださいよ、刑事さん」

「ガブリエルがもうあなたに伝えましたね。それで、私があなたの非の打ちどころのない知識に期待しているのはこれなんです」

彼は医師を大理石のテーブルまで連れていき、頭部の前に案内した。

「先生」彼は言った。「私の推測が間違っているのか、憶測にまどわされているのか、あるいは私が正しいのか、適切な道を進んでいるのか、それを言ってほしいのです」

「お話しください」

「ここに女性の頭部があります。切断され、恐ろしいほどに損傷を加えられている。ガブリエルがあなたに伝えたように、ビュット＝ショーモン付近の空き地で発見されました」

「ええ。それで……」

「歯を観察したところ、見事なもので、この不幸な女は二十歳から二十五歳だと推定しています」

ロベール医師は頭部を持ち上げ、歯を見て答えた。

「ええ……二十五……それ以上ではないですね……」

「それからこの不幸な女は殺害されたわけではない。事故で死んだわけでもなく、犯罪があったわけでもなく、ただ冒瀆されたのです」

「説明してください」

「いいですか、先生……ラモルス、ガブリエルも、よく聞いてくれよ、われわれにとってこれはとてつもなく重要なことだからね……。この頭部は死んだあと、だいぶ経って胴体から切り離された。一日か二日後です」

　ポーラン・ブロケが話しているあいだ、ロベール医師は恐ろしい頭部を注意深く診断していた。

「そうかもしれませんね、確かに。容認しうることですよ」医師はポーラン・ブロケに答えた。

　ポーラン・ブロケは続けた。

「この不幸な女は死んで一日か二日後にこんなふうに損傷を加えられたんです。この女は自然死です。苦痛をともなうものでしたが、普通のね。実際に彼女には、ごくありふれた死の痕跡しか残っていません」

　ポーラン・ブロケは今度は指でいくつもの傷を示した。

「見てください、先生、削がれた鼻と唇の傷を。これから明らかなのは、切り刻まれた肉が、かなり前に生気を失った、死んだ肉だったということです。血が完全に冷えてしまい、固まっています。見てください、先生。傷の先端の、解剖用ナイフで切られた血管は、外へ出られなかった凝固した血でいっぱいです」

「その通りです、まさにその通りですよ。ええ、この女性が死んだのはだいぶ前です。ただ傷はかなり最近にできたものだ」

「よし！」ポーラン・ブロケは叫んだ。「ありがとう、先生。では、私は正しい道にいますね」

「そう思いますよ」

「結構。確実な足どりで先へ進むことができている」

　部下のほうを向いて彼は言った。

「というわけでこれから俺たちが知ろうと努めるのは、なぜジゴマが……」

「なんだって、ジゴマ！」ロベール医師は叫んだ。「これもまたジゴマの犯罪だと思っているんですか？」

「ええ、われわれにとっては確実ですよ。えっと続けるが、なぜジゴマはこの身の毛もよだつ頭部を、あの素敵で謎めいた赤銅色がかったブロンド髪の女の、魅惑的でうっとりさせるような頭部だと、われわれに信じ込ませようとしたか、その理由を知ることだ」

「赤銅色がかったブロンド髪の女！……」

ラモルスとガブリエルはビクッとした。彼らは叫んだ。

「なぜです、刑事長？　これが赤銅色がかったブロンド髪の女ではないと思ってるんですか？」

「彼女ではないと確信している！」刑事はしっかりと明言した。

「でも、刑事長」ガブリエルは言った。「さっき、あなたもラモルスも私も、はっきり赤銅色がかったブロンド髪の女だと特定したんですよ。生きている彼女を見たことのあるわれわれが確認できる限りにおいて、このみじめな状態の女を、あの驚くべき赤銅色がかったブロンド髪の女だと認めているんです」

「そうですよ、刑事長」ラモルスは加勢した。「われわれ三人とも、心をかき乱され、心をつかまれ、狼狽したじゃないですか！」

ポーラン・ブロケは答えた。

「そうだ、おまえたち。そうだな、確かにな。ひと目見たとき、最初の印象で、赤銅色がかったブロンド髪の女だとおまえたちと同じように俺も思った。胸を突き刺すような最初の動揺のせいでおまえたちのように俺も騙されたんだ。実際、金色に染まった髪、この明るい顔色、まだ繊細で綺麗に見えるこの顔立ちによって俺は思いちがいをしてしまった。だけどな、数分間の注意深い観察のあと、不安がただの分析に場所を譲ったとき、悲痛な錯覚は消え去ったんだ」

刑事は続けた。

「なあ、おまえたち、この頭部はわざわざ仕込まれたんだよ。俺たちに向けて、意図的に偽装されたんだ！横から見たとき、はっきりと輪郭の特徴を認識できないよう、かなり巧妙に鼻が削がれている。そして唇が切り刻まれたのは、正面から見たとき、この口の形と、俺たちにその輝くばかりの微笑みの記憶を残したあの口の形とのちがいに気づかせないためだ」

ラモルスとガブリエルは待ち遠しい気持ちで刑事長の話を聞いていた。ポーラン・ブロケは話しながら、さっと大理石のテーブルの頭部を手にとり、部下たちに見せ、自分の推論の重要性と正しさをもっとわからせようとした。

「先生」彼はまた続けた。「あなたはこの女のことを知りませんが、あなたの知識が私の言っていることを裏付けてくれることを望んでいます。ほら、見てくれ、おまえたち。だから見るんだ、間違いがありえるかどうか。赤銅色がかったブロンド髪の女は勇ましく、強く、健康に満ちた女の、まばゆく光り輝く美しさを備えていた。彼女の頰はふっくらとし、引き締まったあごは肉づきがよく、丸みを帯びていて、少し脂肪があり、えくぼがある」

「そうですね、刑事長」

「ラモルス、おまえは俺たちよりもよく彼女を見たんだ。言ってみろ、思い出すんだ」

「その通りですよ、刑事長。彼女の顔は丸みがあって、魅力的で、美しい、まさに女性らしい。ジュルマの家で男装していたとしても、ブリアル城の森で若い騎士に扮していたとしても、オルレアンの幹線道路で運転手用のゴーグルをしていたとしても、間違えることはない。彼女のあごは女性のうっとりさせるようなあごです」

「では、これを見てみろ……痩せていて、尖(とが)っていて、骨ばっていて……下にたるんでいない。そうじゃなくて、くぼんでいる」

「なんという違いだ！」

「みんな、見てくれ、見るんだ。このぺしゃんこの頰を、この突き出した頰骨を」

「ええ、刑事長」

「この頭部は結核のすべての特性を示しているんだ。あなたの意見もそうでしょ、先生？」

「まったくそうです」

「よし！　赤銅色がかったブロンド髪の女が健康で輝き、生きいきとした美しさに満ちあふれている一方で、この女の頭部は確かに美しいが、痩せていて、繊細で華奢で苦しんでいたはずだ。あの女は豊かな土の、大きな太陽の木であり、この女は人工的な生命を持つ、しおれてちっぽけな、生きることのできなかった、かよわい温室の花だ」

「またしてもあなたの言う通りです、刑事さん」ロベールは確言した。

「よし！」刑事は言った。

彼は不気味な大理石のテーブルに頭部を恭しく置いた。そして彼は部下たちにただこう言った。

「さてと、行くか。この陰鬱な建物を離れよう、やるべきことはもうなにもない。戻ろうぜ、生者のところへ、大仕事が俺たちを待っている。おまえたち、行くぞ、さあ！　俺たちはやらなければならないんだ。この不幸な女の胴体を見つけよう」

⑪章　フュズィはよい情報を持っている

ポーラン・ブロケがその部下たちに「やらなければならない」と言うとき、部下たちは彼の命令の真意を理解していた。それはやらなければならないのである。絶対にやらなければならないのだ。是が非でも目的を達成し、成果を得なければならない。これまでのところは毎回、「やらなければならない」さまざまな事件において勝利を収めてきた。だが、こんな予想外の、奇妙で難解な事件がこれまで発生したことはなかった。やらなければならない。いいだろう。でもどうやってやらなければならないことをするのか？　どんなふうに刑事長の願いに応えられるのか？　しかもこのうえなく短いあいだに。

「やらなければならないんだ」さらにポーラン・ブロケは言った。「あの素晴らしいヴェルディエ夫人に専念する前に、切断された頭部の事件を解明しなければならない」

ラモルスは、友人である献身的なジュリーのところを何度も訪ね、嗅ぎタバコと安酒をやりながら、ヴェルディエ夫人に待ってもらうよう伝えてもらわねばならなかった。占い師のルレ夫人はヴェルディエ夫人の手相を見るためにもう少しでやってくるだろう。いまルレ夫人は引きとめられて忙しい。でもヴェルディエ夫人は無駄に待つことにはならない。ルレ夫人が彼女の将来を細かな事柄まで明らかにしてくれるだろう。もう数日の辛抱だ。

そのあいだ、ポーラン・ブロケは熱心にこの事件に取り組んでいた。すぐに解決したかったのだ。あの不気味な発見によって引き起こされた動揺が大きくなりつつあった一般大衆にあって、新たな情報が渇望されていた。新聞という新聞が、衝撃的な謎を解明するのにいたずらに時間をかける警察の仕事を批判しはじめた。不安があまりにも大きく、世論が加熱していたので、報道機関に友人や賛美者しかいないポーラン・ブロケでさえ、好意的な記事を見出せなくなりつつあった。

だが、この巨大なパリでたったひとつの胴体を見つけようとするのはバカげた企てではないだろうか？　残念ながら、このようなバラバラ死体が発見されたあとの捜査は無駄になることが多かったのだ。経験から言えば、数日経って腐敗した遺体が見つからない場合、発見の望みは断念しなければならない。

ポーラン・ブロケといえば、前例にこだわらず、教訓も、少しも気にかけなかった。彼の目にはそれぞれの事件は真新しいものであり、過去に同一の事件はなかった。いま自分が世界ではじめてその事例に取り組むかのように、彼はいつも行動していたのだ。それは前任者たちによって多かれ少なかれ間違って示された道にはまり込まないための、また型にはまった行動に埋没しないための方策だった。

まず彼はラモルスとガブリエルに、病院という病院で生じた死亡について調べに行かせた。また、学生たちに与えられる、こう言ってよければ〈実験材料〉を調査させた。つまり、医学生と解剖室の気味の悪い〈冗談〉に用心する必要があったのだ。

それから彼はパリの死亡証明書を集めさせた。埋葬が許可される前に市役所でおこなわれるこれらの届け出のなかから、頭部が切断された女の死亡推定日と一致し、かつ彼女の年齢や死因との関連を示しそうな届け出を確保した。ラモルスは、これらの不幸に見舞われた人々の身内を調査しなければならなかった。これはかなり困難なことで、こうした交渉に得手なラモルスの傑出した手腕と特別な技量が求められた。だが、これらの調査からはいかなる結果も得られなかった。この時期に亡くなったすべての女性は規定通りに、またパリの慣習通りに埋葬されていた。ポーラン・ブロケの注意を引く出来事はまったく生じていなかったのである。

「これらの死人の墓のすべてを調べる必要があるだろう」ポーラン・ブロケは明言するに及んだ。「だがそれはまったく不可能というわけではないが、むずかしすぎるし、時間がかかる。いいやり方だが使えない」ゆえに別の方針に切り替えなければならなかった。

Z団が――これについて彼は絶対的な確信を持っていた――この冒瀆の犯人だから、必然的にZ団のあいだではこの件について話されているとポーラン・ブロケは思った。したがって彼は何人かの配下たちをクラフの店へ潜り込ませ、噂を収集し、会話を聞き出そうとした。彼自身も捜査を開始した。ただ彼は〈アヴェロンっ子たち〉だけでは満足しなかった。

ポーラン・ブロケは、この飲み屋に加えて、幹部とにらんだ何人かのZがブランシュ広場近くのカフェに集まるのを知っていた。アンティム・スフレ師の熱心な弟子としてラモルスがこの痩せた詩人にルピック通りで夕食をおごったあと、何杯かのビールを飲ませに連れていったのはそこである。つまり、所有者の名を冠したカフェ・ギャランだった。広い建物と落ち着いた感じは、近くのモンマルトルのカフェの騒々しい雰囲気と対照をなしていた。

カフェ・ギャランは、パリの各地区にそれぞれあるような、騒がしい首都にあって田舎じみたみすぼらしい一角を占めていた。そこでは友人たちが隣り合いながらそれぞれグループに分かれて、円をつくるように寄り集まっていた。彼らは、長いこと変わらず熱心に通う常連客だった。各々がそれぞれの習慣を持っていて、多くの客は自分のパイプを小さな戸棚に保管していた。ドミノをやりに律儀にやってくるかたぎの人々がパイプを吸いながら大理石のテーブルを囲んでいた。大舞台で名声の時を過ごした俳優、キャリアのまだ浅い俳優、年金受給者、有名ブランドのセールスマン、公証人や代訴人の書生、南フランスの尽きることのない弁舌の弁護士、若いビジネス投機家、そして何人かの文学者と彫刻家の面々である。もっと遠くの別の輪では、演劇関係のプロモーターが中心となっていた。ほかにもブリッジに熱中する人々がいて、奥では若者たちが競馬や馬について話し、その一方で医者や司法官たちがビリヤード台を囲んでキャロム〔ポケットのない台でおこなうビリヤード〕に興じ、診察や判決理由の言い渡しの合間に疲れを癒しに来ていた。たがいに混じり合うことなく共存するこれらの一般人たちは、真夜中になると家に帰り、すると劇場から出て大通りをのぼってきた異なる種類の客に場所を譲るのだった。

みんなに給仕し、各々の好みを知る、抜け目なさそうな顔つきで悪賢そうな目つきのボーイが、いつも機嫌よくきびきびと行ったり来たりしていた。彼は競馬新聞を見たり、翌日の予想のためにしか立ちどまらなかった。このボーイはかなり世話好きの親切な男で、客や近所の住民から知られ、フュズィという変わった名前で呼ばれていた。

彼は競馬狂で、かつて一度も競馬場に足を踏み入れたことがないにもかかわらず完璧に馬を知っていて、競馬のあらゆる秘訣に精通していると豪語していた。朝の食前酒の時間に、競馬ファンやジョッキークラブのメンバーといった客からこっそり教えてもらった情報を彼はみんなに進んで教え、その馬が勝つと悦に入っていた。

走っているところを決して見たことのない馬への愛以外に、この律儀なフュズィにはもうひとつ大好きなものがあった。それは三面記事で、知り合ったことはないが警察のヒーロー、ポーラン・ブロケを心から称えていた。親切なフュズィにとっては自慢の種になったのだろうが、偶然にもポーラン・ブロケと同じ建物に住んでいたことを言わねばならない。そして彼は馬の愛好家であるがゆえ競馬に関する上等な情報を持っていると信じていたように、ポーラン・ブロケの隣人であるがゆえ犯罪や警察の冒険に関わるすべての情報に精通していると言い張っていた。

これらの客のなかに、いかなるグループにも属さないが足しげくやってくる二、三人の身なりのよい若い男がいた。彼らはフュズィに馬について相談したり、その日の新聞で話題になるセンセーショナルな三面記事的事件について彼の意見を求めるのを楽しみにしていた。彼らのうち一人はセールスマンらしかった。フュズィと一緒に賭けに興じ、同じオッズの馬を狙い、ときどきフュズィから託されて馬券を買うのを引き受けた。この客はアンブラールという名前で、フュズィの友人となった。休みの日に彼らは会い、ちょっとした話をした。彼らは一緒に昼食もした。そして、友情が深まっていき、それなりの利益をもたらす情報を何度か交換するうちに、フュズィはアンブラールが私生活に入るのを許し、自宅に招待し、フュズィ夫人の手料理を味わわせようと思った。

このアンブラールというのはまだ若い男で、いつもきちんとした身なりで、カフェ・ギャランで白髭の男や、ほかのさまざまな年齢の男たちと一緒になることもあった。みんな店の従業員かセールスマンで、普段は夜に食前酒を飲んだり、夕食のあとのコーヒーで落ち合っていた。

彼らのうちの一人は頻繁にギャランにやってきた。彼は近所に住んでいて、ガストン・ソクレと名乗っていた。保険代理人らしかった。三十歳から三十五歳くらいの男で、いたって温和でおだやかだった。気立てがよく給仕するのが楽な客で、その白髭の友人と同様に馬の交配に関心を持ち、かなりの金を賭けていた。

フュズィは大よろこびで、アンブラールやほかの友人たちのためにいそいそと働いていた。

フュズィは愛想がいいのに、ある客に対してはいくらかぞんざいに接客していた。彼にはほとんど興味がなかったのだ。髪が長く、幅広のフェルト帽をかぶり、幅広のネクタイをつけ、ビロードの服を着たこの客はときどきそこで、その自分の所定の場所で、フュズィがほとんど敬意を表さないもう一人の人物を待っていた。その人物とは前衛詩人、天才アンティム・スフレだった。

ときどき、見るからに芸術家の一人ないし二人の男が、この客と一緒になったが、隠すまでもないが彼は前衛詩人の弟子を演じるラモルスだった。そして、これら芸術家の客たちは、競馬や馬やセンセーショナルな三面記事や鮮やかな犯罪については話題にせず、フュズィがどこまでも誇りに思う有名な隣人を本当に知らないようだったが、彼らはどう見てもガブリエルとポーラン・ブロケだった。

さて、ポーラン・ブロケが切断された頭部の件を引き受けたひと晩かふた晩あと、前衛詩人の弟子は、芸術家の友人と一緒に来て、フュズィが持ち場のテーブルのひとつに座った。

「スフレさんは来ましたか?」彼はフュズィに尋ねた。「来ますかね?」

「スフレさんはなにも言っていませんでしたよ。もっともしばらく前から見かけませんがね」

「よろしい、待つことにします」

連れと同じくラモルスは、食欲をなくす特性がありながら皮肉にも食前酒と呼ばれるつまらない飲み物を注文した。フュズィはラモルスとその連れである、モンマルトルの生粋の芸術家の身なりのポーラン・ブロケに飲み物を持ってくると、正面のテーブルにいたガストン・ソクレと一緒に座っている相棒のアンブラールと話しにいった。

アンブラールとガストン・ソクレは二人ともカフェの中央に置かれた長椅子に座っていた。彼らの背後には、帽子やコートをかける真鍮の柱があった。彼らの前面、テーブルの列のうしろにはフレスコ画で飾られた壁があった。そこには、ふっくらとした小さな子どもたちが自分たちと同じくらい大きいバラのなかで遊んでいた。そして絵と絵のあいだに磨かれた大きな鏡が何枚かあり、カフェと入口の扉をちょうど映し出していた。したがって動かずに、ただ目をあげるだけで、彼らは入ってくる客やカフェの様子を見ることができたのである。

ポーラン・ブロケとラモルスは、アンブラールとガストン・ソクレのテーブルの正面に座り、向かい合って席についていた。ラモルスは大きな鏡の下の壁に押し据えられた合皮の長椅子、ポーラン・ブロケは差し向かいで椅子に座っていた。したがってラモルスにはアンブラールとガストン・ソクレらのグループが直接見え、ポーラン・ブロケには鏡越しにこのグループだけでなく、映るものすべてが見渡せた。ポーラン・ブロケとラモルスは芸術家の好む大きなフェルト帽をかぶり、おたがいに顔を隠していたから、アンブラールとソクレからまじまじと見られ観察されることを防ぎ、鏡越しにも覆い隠すことができたのである。

だが、この策略もアンブラールのグループに対しては杞憂でしかなかったようである。だとすると、その日は彼らにとって監視すべきものがなかったのかもしれない。加えて、アンブラールは鏡の効果を全然気にもとめていなかった。ポーラン・ブロケとラモルスはじきにその理由を知ることになった。情報屋フュズィが彼らに、自覚なく教えたのである。

親切なボーイは、最近不幸があったらしい黒服を着たガストン・ソクレに話しかけ、同情を示しつつ言った。

「さあ、ソクレさん。こんなふうに苦しんでちゃダメですよ。確かにあまりに残酷でした。美しい若い女性で、言うまでもないですが、彼女はとっても綺麗で、優しかったですから。彼女は、ここに何度か来て、あなたについてオイラに尋ねました。彼女はこのフュズィに親切な言葉をかけてくれました。彼女の埋葬には行きたかったんですが、わかるでしょ、ここで仕事ですから、行くことができなかった。彼女が亡くなったのは胸の病気ですか?」

「そうです」

「肺結核、恐ろしい。それはなにをも尊重しない、むしろ、若く健康な人たちを襲う。女性が美しくても若くても、必要なものをなんでも持っていても無駄なんです。命を奪われたらね。馬みたいなもんですよ。喘息なら、サラブレットの血統なんて無駄です、長生きできませんからね……」

ベルが鳴ってフュズィに注文する客に呼ばれた。

「ただいま!」と叫び、このおかしな比較と奇妙なお悔やみの表明に本当に感動しているらしいガストン・ソクレを残し、急いで立ち去った。もっともアンブラールはときどき目を拭う連れを諭し、叱責しているようだった。

これらをポーラン・ブロケとラモルスは見逃さなかった。彼らは思った。

「最近、肺結核で死んだ、美しい若い女! どこか気にかかる雰囲気のこのアンブラール氏の友人の女! おやおや! おやおや!……」

しかしポーラン・ブロケが持っている情報のなかには、ソクレ夫人という名前はなかった。このソクレは、ほかのところではちがう名前であるか、この若い女性はたぶん愛人で、本来別の名前を持っているのだろう。

「確認しなければな」ポーラン・ブロケは言った。「フュズィが俺たちに情報をよこすことだろう」

十五分後、アンブラールと悲嘆にくれたガストン・ソクレは帰っていった。フュズィは彼らに別れの挨拶を言うために駆け寄った。アンブラールはやけに親しげに友情を込めてフュズィの手を握り、ドアの敷居で彼に言った。

「それでは、今週のいずれかの日でいいね？」

「ええ、オイラが夜の休みは木曜だよ」

「よし。でも特別なことはしないでくださいね、家庭料理がいいですよ」

「ご心配なく。妻はフュズィ夫人ですが、浪費することはありません！」

そして自分の言葉遊びに満足した彼はカフェのなかへ走って戻った。

ポーラン・ブロケとラモルスはこれについてもまた耳にしていたが、いくつかの言葉がことのほか不審に思われた。

「やっぱりフュズィは俺たちに情報を与えるにちがいないな」刑事は言った。

その直後、前衛詩人が現れないことがはっきりしたので、二人の偽詩人は帰っていった。


朝の二時頃、親切なフュズィはかなりのチップをはずまれ、何頭かの馬を当て、とても忙しい一日を終えて、疲れで半ば眠りながら自宅へ帰った。われわれが知っているように、彼はポーラン・ブロケのアパルトマンと同じ建物の小さな住居に住んでいた。フュズィは二階上に住んでいた。勝手を知った階段を灯りなしでのぼっていると、彼は突然胴体をつかまれ、紐で縛られ、猿ぐつわをはめられ、運び去られるのがわかった。半分寝ていたフュズィはなにか悪い夢でも見て三面記事的事件の主人公に今度は自分がなるのか？　と思ったようだ。もちろん、彼は危険を感じていなかったわけではない。望みはなにか？　チップか？　明日の情報か？　しかしそれ以上自問する余裕はなかった。彼は暗闇のなかで椅子に座らされた気がした。手が解放され、猿ぐつわが解かれ、部屋が突然灯りでいっぱいになった。

目の前にフュズィは三人の男を見た。すぐに彼はその一人を認識した。驚きに身震いし、動揺に震え、一気に立ちがるところ叫んだ。

「ポーラン・ブロケ！」

⑫章　安らかに眠れ

フュズィは驚きから覚めていなかった。彼は驚嘆した目をあちこちにやった。悪夢のあとは歓喜だった。まるで奇跡の幻を目にしているかのように彼は、ヒーロー、偉大な男ポーラン・ブロケを見ていた。ポーラン・ブロケの前に、ポーラン・ブロケのアパルトマンにいたのだ、彼、フュズィが！　彼はこのような幸運を望んだことすらなかっただろう。そして、なぜこんなことになったのかを探ろうともせずに、この思いがけない素晴らしい出来事のよろこびを素直に、無邪気に味わっていたのだ。もっともポーラン・ブロケも彼をあまり長くそのままにさせなかった。

「フュズィ」直截に彼は言った。「違法賭博に熱中しているが、君は親切な男だ。多少とも疑わしい情報を売り渡してはいるが、君は誠実な男だ。俺は君のことをずいぶんと前から知っている、そして君を高く評価している。アンブラールさんと仲間のガストン・ソクレに対してほどは、俺と俺の友達に親切に接客してくれなかったけどな」

フュズィは応え、話し、なにか言いたかった。ただ、なにも思いつかなかった。彼の口髭の下にひとこともやってこなかった、驚きが倍増したからだ。なんだって！　ポーラン・ブロケさんを接客しただと！　そうとは知らず、疑うことなしに接客していただと……それもほかの客よりもぞんざいに！

　そこで、ポーラン・ブロケは彼にこう願った。

「さあ、君、気をとり直してくれよ、恨んでいるわけではないんだ。俺たちは世界で一番いい友人になれるんだ」

「ああ！　ブロケさん！　ブロケさん！」哀れなフュズィはそうして口ごもった。「ブロケさん……」

「じゃあいいか……できるだけ短く応えてくれるだけでいい」

「わかりました、ブロケさん」

「さて、君はガストン・ソクレの女を知っているか？」

「はい、ブロケさん」

「彼女は最近亡くなったのか？」

「そうです、ブロケさん。だいたい六日くらい前です、肺結核で」

「よろしい。彼女はどんな人だった？」

「かなり背が高く、とても痩せていて、でも綺麗でしたよ……見事な歯に魅力的な微笑み、青く大きな目の縁には隈（くま）ができていました……哀れな女性ですよ、頰はピンク色でしたがこけていました。わかるでしょう、胸を病んだ人のようにですよ」

「わかるよ。ブロンド髪か？」

「灰色の混ざったブロンド髪です。太陽の日のもとではなおさらそうです」

「彼女はソクレ夫人と呼ばれていた」

「ちがいますよ、ブロケさん。彼女はカルメン・ダマタという名前でした」

「カルメン・ダマタ？」

「かつて歌手で舞台女優でした。ミュージックホールで成功を収めていました。去年もまだリュテシア座にいましたよ」

「リュテシア座？」

「そうです。でも今年になって歌うことができなくなった、あまりに具合が悪かったんですよ。彼女は死んだ、ああ！　彼女は見事に埋葬されました。たくさんの花々と、たくさんの役者たち、そして上流階級の人たちに送られて」

「上流階級の人たち？」

「愛人のガストン・ソクレさんは素敵な男で、彼女を心から愛していました。彼女のためならなんでもやり、自分が愛する女性の同僚の友人たちともつきあいがあったのです。カルメン・ダマタはリュセット・ミノワと親密で、ソクレさんはリュセット・ミノワの愛人ともつきあいがありました。スポーツマンで、乗馬の上手な人です。ご存じでしょ、ド・ラ・ゲリニエール伯爵ですよ」

「ああ！　よろしい……そうか！　この哀れな女性が、その若さとその美貌を永遠にとどめるにふさわしい葬儀をしてもらったのなら、それに越したことはないな」

ポーラン・ブロケは続けた。

「それで、ソクレさんは彼女をとても愛していたのか？」

「愛する人が亡くなったとき自分は発狂したと思ったそうです。そう、通夜で、棺に釘を打つとき、気分が悪くなっていました。ちょうどそこにはアンブラールさん、リュセット・ミノワとその恋人もいました。ただ彼を、この不幸なソクレさんを立ち直らせることはなかなかできませんでした。なかば死んだ状態で愛する人の葬列に加わったのです」

「彼女はどこに埋葬された？」

「モンマルトルの墓地の仮地下納骨所です」

「よろしい、ありがとう」

ポーラン・ブロケはしばらく黙り、その灰色の鋭い目つきで自分のファンであるフュズィをとらえた。すると突然、声を張りあげた。

「さてと。なあフュズィ、君はラッパ銃になってしまうのか？」

フュズィは理解できず仰天した目をぎょろぎょろさせた。

「ラッパ銃？」彼は言った。

「旧式の鉄砲なのか？」

「旧式の鉄砲！……オイラが……」

「そうだ。善良で誠実なフュズィのままでいる代わりに、君は旧式の鉄砲に、強盗団の武器になろうとしている」

フュズィは飛び上がった。

「なにを言いたいんです、ブロケさん？」不安になった彼は声をあげた。

「ポーラン・ブロケと同じ建物に住んでいるという栄光だけでは飽き足らず、君はさらにZになろうとしている」

「Z？」

「Z団の手先だ！」

フュズィは歯を鳴らした。

「オイラがZ団のメンバー！　おお！　ブロケさん！　オイラがZ団のメンバーだと……そうお思いですか！」

　ポーラン・ブロケはこの憤慨した真面目な男を落ち着かせるために手でなだめた。そして彼に尋ねた。

「君の仲間、競馬の相棒であるアンブラールを奥さんに紹介したのか？　彼を自宅へ、俺の部屋の上階の君の部屋に連れていったのか？」

「ええ、ブロケさん！　もしかしてダメでしたか？」

「それで彼は君の家ではなにをした、友人のアンブラールは？」

「妻とオイラと話をしました。彼はオイラの住居を快適だと感じたようです。彼は窓からながめていた……」

「俺の窓の、上の窓から」

「そうです、ブロケさん！」

「で、当然ながら君は彼に言った、俺が君の隣人だと……」

　フュズィは頷くだけだった。

「いつも情報を与えてしまうのは癖だな！」ポーラン・ブロケは言った。

　そして彼は続けた。

「それで、君がアンブラールを夕食に招待するのは木曜なんだな？」

「そうです、ブロケさん。持ち寄りで、アンブラールさんはそれを望んでいるので。ワイン、シャンパン、葉巻を持ってくるということでしか承諾しませんでした」

「そうだと思ってたよ！」

　ポーラン・ブロケは結論づけた。

「いいだろう、よく聞いてくれ。君が俺の友人のままでいたいのなら、忠実に俺に従ってくれ」

「全身全霊で、ブロケさん」

「よし」刑事は続けた。「わかった。〈ザラヴィ！……ザラモール！〉ということだな！　君の仲間みたいだな……聞いてくれ。そしらぬ顔で、なにも疑っていないようにふるまうんだ。奥さんにもなにも教えてはいけない。彼女にはいい夕食を準備してもらい、なにが起ころうとも驚かず、怖がらないでいてほしい。君の夕食はなくならないし、シャンパンもある。だが君の招待客は、もう君の友人アンブラールではなくなるかもしれない」

「なぜです？」

「友人のアンブラールはジゴマだからだ！」

足許に雷が落ちても、ここまでフュズィを恐れさせることはなかっただろう。彼はポーラン・ブロケに言われたことに震えあがっていた。

刑事は続けた。

「なあ、わかるだろう。いい情報を与えてくれるが、洞察力のない、善良で親切なフュズィは気づかないうちにこれら悪党の手先になっているんだ。ヤツらはずっと前から練り上げてきた計画に君を加えたんだ。ヤツらは君を騙し、利用しているんだよ、俺の家で新たな悪事を働くためにね」

フュズィは言い返した。

「そんなこと、ブロケさん、わかるでしょ。オイラはそんなこと許しませんよ！　オイラが生きている限り、オイラのせいでポーラン・ブロケに手を出すことは絶対にできない」

「そうだ、君、ありがとう。俺が君に言ったようにしてくれ、残りのことは考えなくていい。それは俺に関わることだから。さてと、おやすみ、休んでください……フュズィ夫人が心配してしまう、君もまたジゴマの犠牲者なんじゃないかとね」

ポーラン・ブロケは親切なフュズィの手を握り、別れの挨拶を言うと、ラモルスに彼を送らせた。

階段は薄暗かった。ラモルスはフュズィをアパルトマンのドアの前まで連れていくのに灯り（あか）をつけたくなかった。もとよりフュズィは灯りなしでも自宅へのぼることができるだろう。すると、フュズィを踊り場に通したとき、階段で物音が聞こえたような気がした。ラモルスは前へ出て、耳を澄ました。間違いない、誰かができるだけ足音を忍ばせて急いで降りている。すぐさまラモルスはポケットから懐中電灯を取り出し、照らして階段の吹き抜けを覗いた。下の階の手すりに逃げる男の手を見た。

「一人で帰ってくれ」ラモルスはフュズィに言った。「口外無用だ！」

そして手すりをまたぐと馬乗りになり、大怪我もかえりみず、すべり降りはじめた。だいぶ前を駆け抜ける男に追いつくのに、スピードを頼りにしたのだ。ラモルスは手や太ももにいくらか焼けるような熱さを感じながら、すさまじい速度で見事にすべり降りた。

彼は突然すべるのをやめた。それまで彼の思い通りにすべれた手すりが、突然目の荒いヤスリのように、研磨剤のように、ザラザラになったのだ。彼のズボンは引っかかり、手は張り付いた。進めなくなった。駆け降りる男が手すりに細かい粉末の樹脂をまぶし、すべり降りる男を完全に引きとめたのだ。

ラモルスは手すりから飛び降り、懐中電灯を手に急いで階段を駆け降りはじめた。しかし男との距離を十分につめることはできなかった。彼が玄関へと通じる階段の終わりに到達したとき、入口の扉が逃走者のうしろで閉まった。

ラモルスは、門番を起こし、扉の紐を引いてもらっても無駄だと思った。そのあいだに男は消え去るだろう。彼を追いかけ、ただ通りで彼を確認するのはバカげたことで、それよりポーラン・ブロケに知らせようと階段をふたたびのぼっていった。刑事はさほど驚かなかったようだ。

「いま俺たちは大胆なあらゆる攻撃に備えないといけなんだ。休みなき戦争だ。情け容赦ない戦いだぞ！　しかし、終わりは近い。勝利はジゴマかポーラン・ブロケのどちらかのものになる。当然だが、犯罪は激化するし、大きな打撃を加えてくる。しかし、俺たちは、裁きの刻を頼り続けなければならない」

彼は結論づけた。

「いずれにせよ、階段にいた男、Z団のヤツが、どんなふうに俺たちがフュズィを部屋に引きずり込んだかをしっかりと見たのなら、フュズィが俺たちの味方ではないとその時点までは納得したはずだ。そして、ヤツはここで起こったことについてうかがい知ることはできない。それから、明らかにされたこと、つまり、あの親切なボーイが無自覚にも加担することになる木曜の企てをジゴマが準備していたのなら、十中八九ヤツはそれを断念するだろう。こちらに関して俺たちは安心できる。だから、これ以上心配することなく切断された頭部に専念できるな」

彼は部下たちの手を握った。

「さて、おまえたち、またな。少し休む時間にしよう。明日は忙しくなるぜ」

午前中、ポーラン・ブロケは、オルフェーヴル河岸に行く前に、あのいたましく切り刻まれた若い女優の名前を知ったからには、彼女の肖像を手に入れようと思った。それは簡単なことだった。絵葉書屋やパリの美しい女優の肖像を集めたギャラリーに、彼女の肖像があったからだ。しかし、しっかりと照明があてられ、十分準備され……徹底的に加工されたこれらの肖像に、生きている彼女ならまだしも認められようも、あの恐ろしく、ゾッとさせるモノに似たなにか、つまり、生前は美しかった若い女性の頭部が無惨にも切り刻まれ、なり果てた姿を見つけだすことは不可能だった。

それでもポーラン・ブロケは、カルメン・ダマタが青みがかった灰色の目、えもいわれぬ微笑み、リュセット・ミノワや謎の赤銅色がかったブロンド髪の女の歯並みに対抗しうる歯を備えていたことを知り得た。同時に彼女の髪が、とても長くて灰色の混じったブロンド髪であったことを知った。この若い女優が病気になる前に、その髪にウェーブをかけにきた美容師のところで、ポーラン・ブロケは彼女の髪や、彼女が最近注文したが付けることのなかった〈付け巻毛〉を手に入れることもできた。

したがって、ポーラン・ブロケは灰色の混じったブロンド髪が死後オキシドールで洗われたと考えていたが、この主張を裏付ける新たな証拠を獲得したのである。これは、あの親切なフュズィが怪訝に思わず正しい情報を与えてくれたと信じるに足る貴重な手がかりだった。

いまや、カルメン・ダマタの棺のなかで頭部が欠けているかどうか確認するだけだった。

⑬章　〈オルナノのならず者〉はすべてを語る

さて、ポーラン・ブロケが治安局に到着したとき、だいぶ前から彼を待ち構えていたラモルスが言った。

「刑事長、大きな驚きを覚悟してください」

「話してくれ」

「あなたの部屋に、一人監視をつけて、〈オルナノのならず者〉を入れておきました」

「えっ！」ポーラン・ブロケは言った。「ヤツはなにを望んでるんだ？」

「あなたと話すこと、ヤツが信頼を置くあなたとだけです。あなたにとんでもない打ち明け話をすること、あなたにすべてを話すことです」

「よし」

「〈オルナノのならず者〉はかなりうちのめされています。ヤツは疲れています。苦しみ、ひどく腹を立て、泣いていたようですよ」

「見にいこうぜ」

直後ポーラン・ブロケは自分の部屋に入った。

椅子に座り、腕を組んだまま頭をその幅の広い胸にうなだれ、無言で塞ぎ込んでじっとしていた〈オルナノのならず者〉は、ポーラン・ブロケを見ると立ち上がった。感謝の念を示し、同情を誘い、愛着のこもった、哀願する表情でその大きな手を差し出しながら、ポーラン・ブロケに近づいた。

ポーラン・ブロケはこのならず者の手をとり、強く握った。

「さてと、おまえさん」彼は親しげに言った。「俺に会いたがってるんだってな。頼みたいこととか、言いたいことがあるのか？」

「ええ、ポーラン・ブロケさん。あんたにすべてを伝えに来たんです。だってあんたは、人生を知り、理解している男だから。わかるでしょ、ならず者だとしても卑劣な人間ではないってことを。それから、鉄のような腕、固いこぶしは結局のところ優しい心を持つことを妨げないってことを！　わかるでしょ、あんたなら、ブロケさん。ならず者は女を利用して生きるかもしれねえが、女をあまりにも苦しめることは絶対にならないってことを。女を数発殴ったところで怪我を負わせるわけじゃねえし、女たちはそれをよろこんでいるし、それは俺たちが強いんだと女に示すことだと！　わかるでしょ、ならず者でも、女を守り、女に身を捧げ……それから、いきがってふるまっていたならず者が、ある日、惚れるってことを……」

「惚れる！」

「そうです。ならず者も恋をするってことです！……」

「ということはおまえさん、惚れているんだな。おまえが恋をしている！」

「あんたになら、ブロケさん、そう言えますよ。デカくて、下品で、雄牛よりも強いのにガキのように苦しんでいる俺みたいな哀れなヤツを、あんたは、あんたなら、バカにしたりしませんから。ブロケさん、あんたならわかるでしょ、愛ってヤツは病気みたいなもんで熱病よりもおっかねえんです。体のなかで燃え上がり、頭を重くして、どんなに頑丈な男をも打ち倒すんです」

「おまえさん、そうだな」

「それで、俺もそうなっちまったんです！ わかったんすよ！ そう、この俺が、〈オルナノのならず者〉が、ついにやったんです、恋をしているんです。それで、わかるでしょ、俺は泣いているんですよ！」

それは確かに予期せぬ光景だった。こんなふうにうちのめされ、活力も意欲もなく、嗚咽する大男を見るのは確かに心揺さぶられることだった。ポーラン・ブロケは同情し、肩の上に手を置くと優しく言った。

「泣けよ。さあ、おまえさん、泣くんだ。わかるだろ、それしかないんだ、恋をしているときはな」

それからしばらくして〈オルナノのならず者〉の嗚咽が落ち着き、話せるようになると、ポーラン・ブロケは尋ねた。

「さあ言ってくれよ、誰を好きなんだ？」

「ちょっと、あんたはよく知ってますよ、ブロケさん……」

「なんだって？」

「ですから、クラフのところに俺とワルツを踊りにいったあの女ですよ。Z団のヤツらや、ジゴマが誰なのかを知りたがっていたあの女」

「おやおや！」刑事は言った。「そうか、確かにおぼえているよ、おまえが俺たちに話してくれたな。あの女、とても美人らしいな」

〈オルナノのならず者〉は姿勢を正すと、熱にうかされたように大きな声で言った。

「美人ですとも！……ああ！ ブロケさん。この世にほかにないくらい美人なんです！ その視線ですべて包み込まれてしまうほどに大きな二つの目、鉄の鎖で繋がれ、かつ愛撫されるような、とても輝く、とても強く、とても優しい二つの目、濃い青なのか黒なのかわからないほどに深みのある二つの目！　そして、その口が発する言葉のひとつひとつによって破滅に向かわせられる微笑み……胴、腕、肩……両方でも俺の手首をひとまわりできないほど小さいのに、片方だけでこのオレさまをひざまずかせた手。ああ！　ブロケさん、なんて女だ！　なんて女なんだ！」

　ポーラン・ブロケは大男にその愛を打ち明けさせておいたが、彼が自分に言わんと望んでいることを知りたがった。

「そうだな」彼は言った。「そうだとも、驚くべき女だ。そうか、おまえが愛しているのは彼女なんだな。おまえが取り上げられ、おまえが奪われた女なんだな？　彼女がどこにいるのか、俺が見つけておまえに返せるかどうか、それを尋ねにきたのか？」

　苦しそうに大男は頭を振った。

「ちがうよ、ブロケさん」彼は答えた。「ヤツらが彼女を殺（や）ったと伝えにきたんだ！」

「殺した！」刑事は思わず声をあげた。

「殺されたんです……ああ！　わかるでしょ、彼女は美しすぎたんだ……クラフのダンスパーティで、ヤツらはみんなあの女に夢中になった。俺からこの女を奪うためにアイツらはこのオレさまを襲いやがった。彼女はその夜ヤツらから逃げた……でも運命だったんだ……アイツら、彼女をまた捕まえて……彼女が屈しないから、殺しやがったんだ」

　こぶしを突き出しながら、手負いの猛獣のように彼は吠えた。

「臆病者め！　卑怯者め！　卑劣な野郎どもだ！」

　するとポーラン・ブロケに言った。

「俺たちは復讐してやるんです、この女の仇（かたき）をとるんです。俺がここにいるのはそのためだ。そう、俺はあんたにすべてを話す」

ポーラン・ブロケは告白の刻がきたと思い、てっとりばやく効率よく仕事を終わらせられるよういくつか質問した。

「わかった！」彼は言った。「おまえの仇をとってやろう、おまえと、おまえの愛する女のな。それでおまえは、彼女が殺されたと言ってるよな？　確かなのか？」

「絶対です」

「なぜ知っているんだ？　誰がそう言った？」

「こういうことですよ、ブロケさん。クラフの〈アヴェロンっ子たち〉やラ・バルボティエールで、俺は全員と顔見知りです、ラ・シャペル大通り、ロシュシュアール大通りやクリシー大通りの全部のバーと同じようにね」

「それで」

「必然的に、これらの知り合いは少しばかり雑多なもんです、想像できるでしょ。だから当然に、俺は何人かのZ、〈ザラヴィ、ザラモール〉の仲間たち、Z団のメンバーを知っているわけです。あんたも俺みたいにこんなことはよく知っているでしょ、ブロケさん」

「もっと聞かせてくれ。ジゴマと関わったのか？」

「ジゴマは、俺みたいな種類の人間を必要としているから、オレさまを雇いたがりましたが、いつだって断ってやったんです！　ブロケさんは知っているでしょ、ならず者でも俺は俺なりに誠実な男だ。Z団の、ジゴマの手下になんてなりたくなかったんですよ」

「話はわかったよ」ポーラン・ブロケは言った。「Z団のヤツらにとって一石二鳥だったんだ。ヤツらはおまえとあの美しい女に仕返ししたんだ、おまえら二人がジゴマの言うことを聞かなかったからな！」

「そう！」〈オルナノのならず者〉は叫んだ。「そうなんですよ！　あんたは見抜いたんですね」

「だけど、誰がそんなことをおまえに言ったんだよ？」

「ダチの一人、ラ・キッシュ！　いいヤツなんです。コイツがなにをしているか、そんなこと俺には関係ねえけど、ずっと友達だった。コイツはZ団に属していたけど抜けたがっていることを知っていました。Z団はうまくいってねえようで。ポーラン・ブロケが絡んできたんでね。受け取るのは金というよりはこぶしです、だからジゴマは見捨てられつつあるんです。ほら、ジゴマは最近、盛大な祝賀パーティを約束したんですよ。ヴァン・カンブル男爵の館に強盗に入ったあと、何百万フランを山分けすることになるだろう、とね。ジゴマはこの仕事ほど準備したことはかつてなかった。それは確実だった！　金が雨のように降ってくるところだったんです。でもZ団の連中の上に降ってきたのは、ポーラン・ブロケだった。そして結局、連中にとって、こぶしと怪我人、それから死人だけで……一文にもならなかった。Z団の連中は、あの不過視の支配者への信頼を失っているんですよ。ヤツらは稼ぎが目に見えないってことに気づき、解散しつつあるんです。連中はビビってるんですよ、ポーラン・ブロケを」

「だけど、おまえの女はなにをしたんだ？」

「ヤツらは彼女にけじめをつけさせたんです、しっかりと練り上げたこの企てを台無しにするような情報をあんたに提供したという廉でね。ヤツらは彼女を裁き、有罪を宣告したんです」

「ヤツらが彼女を殺した？」

「ええ、ブロケさん、ヤツらが彼女を殺った。そして、ジゴマが裏切り者を裁いたことをZ団の連中がわかるように、ジゴマを裏切った女の運命をポーラン・ブロケに知らしめるために、頭部を切断してビュット＝ショーモン近くの空き地に捨てやがった」

「それ全部知っているぞ。その頭部は発見された、死体公示場でそれを見たんだ。では、言ってくれ、どこで、どんなふうにヤツらが彼女を殺したのか？」

「ええ、ブロケさん。胴体がどこに埋葬されたかも知ってますよ」

「えっ！　どこにあるんだ？」

「いまから言いますよ、ブロケさん、すべてを話に来たのだから。ただその前に、あんたは俺に約束をしなければならない」

「約束するよ」

「よし。俺としては、復讐すること、俺が本気で愛している女にもう一度会うこと以外なにも望んでない。でも、ダチのラ・キッシュは金が必要なんです。ジゴマと一緒ではもう稼げませんから、ポーラン・ブロケから金をもらうのを面白がってるんです。それで、胴体を見つけたヤツには報酬が約束されるらしいですね。ラ・キッシュは言っているんですよ、あんたから報酬をいただけるなら、ロワール河岸のある建物に案内すると。そこに頭部のない死体が地下に埋まっているんです」

　ポーラン・ブロケは答えた。

「了解だ！　おまえの友達のラ・キッシュは賞金を手にすることになるだろう、俺を死体と対面させてくれたときにな」

「ブロケさん、ラ・キッシュがあんたを地下に連れていくとき、信用しなければなりませんよ」

「あたりまえだ、安心してくれ。でも用心はして行くよ」

「それに」〈オルナノのならず者〉は言った。「俺もご一緒します、ブロケさん。お望みならね」

「ありがとう、おまえさん、そうしてくれ！　さて、急いで先に進むためにまずやろう。おまえは友人のラ・キッシュに会いに行ってくれ。彼に言うんだ、午前一時から二時にロワール河岸でおまえと一緒に、俺を待っていろとな」

「今晩ですか？」

「そうだ。できたらすぐに地下室へ降りてみよう。そうでなければ明日だ。金は俺が持っていく。もっともラ・キッシュは、おまえのおかげで俺の言葉を信じるだろう。さあ、安心しろ……今日の夜な」

「うまくいくと信じていますよ」

「そう確信している。おまえは愛する女にまた会える。それから約束する、おまえの恨みはしっかりと晴らされるとな」

「ありがとう、ブロケさん。ありがとう、ああ！〈オルナノのならず者〉を信頼してください。一生、あんたへ忠誠を尽くします」

「わかった」刑事は笑った。「ザラヴィ！……ザラモール！」

彼は〈オルナノのならず者〉を、裁判所の無数の廊下のひとつに連れていかせ、アルレ広場に出してやった。彼を案内したラモルスは、そこで友人ラ・キッシュが彼を待っているのを確認できた。

ポーラン・ブロケは、自分の部屋で新しいタバコに火をつけた。彼は部下たちに言った。

「おまえたち、今夜の作戦を準備しよう。俺たちはひとつの頭部を持っている。だがな、ジゴマはいまやかなり優秀だから、この哀れな頭部が二つの胴体を持っていたことを俺たちに証明してくれるんだ。ひとつはモンマルトルの墓地に眠っている、カルメン・ダマタの棺のなかにな。もうひとつはきっとロワール河岸の地下室だ！　それを確かめるのが待ち遠しいぜ」

⑭章　二つ目の墓

夕方、門が閉まる前に、かなり上品に着込んだまだ若い男が、花束を持ってモンマルトルの墓地に入った。見まわりする守衛から帰るようにうながされるまで、ある墓石の前で泣くためにやってきたのだ。ガストン・ソクレだった。激しく苦悩する彼は、死が受け入れる唯一の敬意の印である花束と涙を、愛する死者へ捧げるためにやってきたのだ。ようやく彼はこの墓石からその身を引きはがした。そして入念に涙を拭い、ラシェル大通りをながめ墓地を出た彼は、不意をつかれ、この場所にいるのを見られ、これほど苦しんでいるのを目撃されるのを心配するかのように遠ざかっていった。クリシー大通りを少し歩き、涙の跡が十分消えた頃、彼はカフェ・ギャランに入った。そこで友人のアンブラールが待っていたのである。

ガストン・ソクレの行動をはじめから追跡していたラモルスは、その頃そのすべてを刑事に伝えていた。「よし」ポーラン・ブロケは言った。「コイツは、あの〈オルナノのならず者〉のかわいそうなヤツと同じように、誠実だ。コイツは愛している、思いやりのあるヤツだ。コイツとなら一緒にやれそうだな」

ポーラン・ブロケはガストン・ソクレの情報を収集していた。これらの情報は、見ようによってはよいものであったが、一般的な倫理観からすれば嫌悪すべきものであった。すなわち、ガストン・ソクレは金銭欲が強く、それを満たすために疑わしい投機、競馬、サークルでの賭け事に手を出し、加えて、ポーラン・ブロケいわくのZ団への関与などあらゆる手段を用いたのである。だが、この金は彼の熱愛する愛人、かなりの金がかかるカルメン・ダマタのためだった。彼女にすっかり入れあげたガストン・ソクレは良識に反するあらゆる妥協、あらゆる危険、あらゆる悪事を働く心算ができていた。彼女のために彼は、ジゴマの食いものになったのである。

だが、自分の恋人に対するこの大きな愛によってガストン・ソクレがジゴマに屈したり、愛する女性をひどく損傷するのをジゴマに許すことはないだろう。そんなことは絶対にない。

ゆえに、間違った手掛かりのもとに進んでいるのかもしれない、あの親切なフュズィの情報は一見すぐれているようだが間違っていたと、ここで認めねばならなかった。カルメン・ダマタは棺のなかで手つかずのまま、損傷を受けることなく眠っていると考える必要があったのだ。

「愛する恋人が棺に入れられたあと」ポーラン・ブロケは部下たちに言った。「この恋する哀れな男が気を失い、数時間深く眠る……ジゴマは人を眠らせるのが見事なまでに得意だ……ジゴマはこの時間を利用してあの残酷な行為をおこなったのかもしれない」

「ありえますね」

「あるいは、あれはカルメン・ダマタの頭部ではないのかもしれない。その場合、〈オルナノのならず者〉とその仲間のラ・キッシュが真実を言っていることになる」

しかしわれわれはここで、ポーラン・ブロケが問題を前にしてぼんやりするような男ではないこと、推測や仮定に立ち戻り時間を浪費するのを好まないことを知っている。なぜなら確実な結果や納得できる本当の解決に至らないからだ。

「一番いい方法は」彼はよく言っていた。「この目で見に行くことだ」

今回もまた彼がしたのはこれだった。

特別な許可を与えられたポーラン・ブロケは墓地のすべての入口が閉ざされたあと、自分の配下の男たちを送り込み、カルメン・ダマタが眠る墓の区画を囲むように規制線を張った。夜がくると、これらの男たちは墓の石を取り除きはじめた。

墓地の静けさはいつだって印象的だ。とりわけ夜、静けさは想像力を駆り立て、神秘的なものを想起させる。しかし、この宗教的な静けさは、モンマルトルの墓地にあっては似つかわしくない。死者はそこではよく眠れないにちがいない。モンマルトルはあまりに騒々しく活気に満ちている。ゆえにその楽しげな声や生命感がこの永遠の休息の地の前でも止まることはないのだ。

このことは奇妙な対照をなす。街のただなかに位置するこの墓地で感じる印象はまさに特別なものであり、不気味ではないが、独特で胸をつくものなのである。そこで死者と一緒になって生者の声を聞く。路面電車の割れたベルの響き、車の鼻にかかったラッパ、馬の足のとどろき、さらにはときに陽気な男の叫び声、あるいは昼間鳥が鳴く糸杉の枝々にかすかに響く若い娘の歌声、これらの巨大な街の大海原の喧騒が、そこには聞こえてくるのだ。


墓地では夜が深まるころ、幅広のかさの付いた青いランプの光の筋で照らしながら、ポーラン・ブロケの配下の男たちはこの陰鬱な作業を終えるところだった。彼らは作業しているところにだけ光があたるようにした。したがって遠くからは、墓地に面する家々の窓からは、なにも見えず、そこで陰鬱な作業がおこなわれているとは疑われなかった。そしてこの灯り(あか)は、作業者たちにもその任務を遂行するに十分なものだった。

真夜中の十二時頃、ポーラン・ブロケが着くと、棺は墓の外にあり、蓋のねじ釘をはずすところだった。ねじ釘が取り除かれると、ガブリエルの指揮する男たちは敬意の念を込めてさがり、刑事長が望んだように自身で棺を開けることになった。ポーラン・ブロケは恭(うやうや)しくこの最後の作業にとりかかった。彼はオークの蓋を脇に下ろした。

花々の小枝を両手ではさみ、白い経帷子の細く痩せた死体が現れた。高価なレースの枕があった。そしてこの枕の上に頭部があったのだ！　薄い経帷子の下に、鼻、額、あごの輪郭が見分けられたのである……。

　ポーラン・ブロケとガブリエル、ラモルスは動揺しながら身をかがめた。刑事は青い光のランプをとった。もっとよく見るためにランプを掲げた。するとそう、この棺のなかの枕の上には確かに頭部があったのだ！頭部がカルメン・ダマタの体と一緒にあったのである。

　しかし、ポーラン・ブロケは見かけだけでは納得しなかった。死体公示場でわれわれが見たように、ポーラン・ブロケは一見した見た目に生じる幻覚を警戒していた。ゆえに、不気味な大理石のテーブルの上で切断された頭部が赤銅色がかったブロンド髪の女かどうか確かめたのと同じように、ここでもまた彼は本当にカルメン・ダマタの頭部かどうか確認したかったのだ。死者を、永遠に眠る女を起こしてしまうのを怖れるかのように、彼はそっと経帷子を取り除いた。

「これを持っててくれ」彼はラモルスにランプを渡した。

　彼は両手を棺のなかに入れた。そして、切断された胴体に器用に接続された石膏の頭部を経帷子のひだから取り出した。

　死体損壊は明らかだった。ジゴマはまたそこを通ったのだ。

　ポーラン・ブロケはこの証拠物件を持ち出すと、墓を閉じてもらった。棺は、特殊な有蓋車で死体公示場へ向けて出発した。そこでカルメン・ダマタの胴体は、来たるべき対質のために保管されるのだ。

「さて、おまえたち」刑事は部下たちに言った。「俺たちの友人〈オルナノのならず者〉とその仲間ラ・キッシュに会いに行こう。ロワール河岸の地下室で俺たちが見せられるはずの、例のおかしな胴体を確認しに行くんだ」

　彼は笑いながら加えた。

「切り離されたその胴体は、切断された頭部のものではないさ！」

その大胆さのせいで、はっきり言えば、その言いようのない軽率さのせいで、甚大な犠牲を払う寸前だったジュルマの屋根裏部屋での冒険以来、ポーラン・ブロケは軽々しく乗り込んだり、自分の勇気と力、手腕をそれほど頼りにすることはなくなった。ジゴマのような優れた敵に対しては、ますます慎重にふるまい、なにものも偶然に委ねるべきではなかったのだ。ポーラン・ブロケに何度もうちのめされたジゴマが今日、輝かしい復讐を遂げようとしていることがかつてないほど予想されただけになおさらそうだった。そして、敵をおびき寄せるための、つまり、切断された頭部という幻想を追跡するよう敵を誘い込むこの極端な方法は、事件が激しくなること、刑事を陥れる罠が見事に仕組まれたものであることをうかがわせた。それは、正義、その貴重な介添者であるポーラン・ブロケと、犯罪の王かつ不可視の支配者、恐るべきジゴマとの抗争の大勝負のひとつだった。

その日の午後、ポーラン・ブロケはさまざまな変装をして、勝負の舞台となる場所を偵察していた。そしてよく仕込まれ、見事に組織化され、訓練され、自分の役まわりを熟知し、指示を厳密に実行する配下の男たちを配置した。

真夜中になると、彼らは出来事のすべてに対して準備が完了していた。歩いている途中でポーラン・ブロケは、小さなグループで、あるいはバラバラで立ち去る彼らに出会ったが、たがいに連絡を絶やさず、たがいに見失うことなく、最初の合図で駆けつけ、手を貸し、助けにくる体制を整えていた。彼らはだらしない格好で清潔な衣服を身につけず、首に派手なネクタイを巻き、薄い靴や粗末な短靴を履き、形の崩れたソフト帽を、とりわけ垢だらけのキャスケットをかぶりそのつばで悪意ある不実な目を隠し、夜にだけ生きるあの面々のようにふるまっていた。それはときとして貧しく、いつも怠け者で、品行が悪く、寝床なく生活し、つねになすべき悪事を探しまわり、ポケットの奥のナイフを手で撫でながら通りや城壁の陰をうろつく落伍者たちだ。悪事の花々、徒刑場の種子、ギロチンの果実。

ポーラン・ブロケは、こんな身なりの、こんなふるまいの配下の男たちを見分けるため、ある合図を採用した。Z団のメンバーたちが、われわれの知っている合図を採用しているようにである。ただ、Z団のメンバーたちはその象徴的な合図を変えないが、ポーラン・ブロケは作戦ごとにその識別の合図や合言葉を変えていた。だから裏切りはありえないし、不測の事態も起こらないのだ。

その夜の集結の合図はいたってシンプルで、ありふれてさえいたが、採用された服装と演じるべき人物の性質からして具合がよかった。それは、地面を右足で二回蹴り、それから靴底に釘や砂利がはまったかのように地面で擦り、そして最後にもう一度地面を蹴り、歩きだすというものだった。グループのうち一人だけがこの仕草をすることになっていた。二つのグループが出くわせばこの合図がおこなわれ、了解されるやすぐにやめることになっていた。惜しみなく見せないように、簡単に見抜かれないようにである。

反対に、〈ブロケ精鋭部隊員〉たちは不可視の支配者の仲間たちに出くわしたときは、Z団のZのサインに応えなければならなかった。しかしここで、「ザラヴィ！」と言われて、「ザラモール！」と応えないように十分注意しなければならない。ジゴマもまたその合言葉を変更していたのだ。

幸運な偶然によって、周辺を監視していたラモルスがこの合言葉を見破ったのである。

Z団の連中はこう言っていた。

「ザラヴィ！」

つまり、「ザラモール！」と言う代わりに、「ザラヴィ！」と繰り返していたのである。

そして二つのグループは一斉に言った。

「ラモギズ！」

ラモギズとは、ジゴマがその首長であると言い張る、ロマの華々しい不死身の種族の名前である。

それから彼らは手でZのサインを描いた。

ラモルスは実際に何度もこの合言葉を試してみた。彼はその有効性を確認し、自分が騙されていないか知りたかったのだ。しかしそんなことはなかった、まさにそうだったのだ。

そうして彼は〈ブロケ精鋭部隊員〉たちに、この合言葉を伝えた。

その夜、ポーラン・ブロケの配下の男たちのように、ジゴマの仲間たちも大規模な戦いに備え、ロワール河岸やラ・ヴィレットの貯水池近くに潜り込んでいた。Z団の連中はかなりの人数だった。作戦は入念に計画されたようだった。ジゴマはすべてを準備していたのだ。成功を収め、その揺らぎつつある栄光に輝きを取り戻すために。

乗り出したゲームは途方のないものだった。ジゴマは大胆な賭けに出ていた。

今夜は勝つだろう。明日、驚愕し、恐怖するパリに、ポーラン・ブロケの血で描かれた、あのZのサインが輝くだろう。

もちろん、ポーラン・ブロケはこれらの異変に気づかないをふりをした。彼の配下の男たちは隠れていた。Z団の連中も同様だった。彼はといえば、なにも見てはならなかった。彼は警戒せず、正直に行動した。ジゴマがこの新たな冒険に関わっているなど夢想だにしない、なにも気づいていない男という印象を与えた。彼は、この新たな冒険が普段の警察の冒険の域を出ないことをジゴマの目に信じさせたかったのだ。かつてジゴマに捕らえられ敵の手中に落ちたとき、Z団の裁判官の確信をどうにか揺るがすためジュルマの屋根裏部屋で見事な芝居を打ったポーラン・ブロケは、今回もまたそれ以上に演じなければならなかった。彼は、同行するラモルスとガブリエルと同じく、まったく変装していなかった。三人とも普通の街着を着用していた。ポーラン・ブロケはジャケットに、かなり目立つ灰色のオーバーコートを着ていた。頭に山高帽をかぶっていた。そしていつものようにタバコを吸っていた。

そういうわけでポーラン・ブロケは、ロワール河岸で、これ見よがしに二人の部下をともないながら辻馬車から降りたのだ。

この河岸は、サン＝マルタン運河を囲む岸のひとつで、趣きがあり、人通りが多い。運河を行き交う何隻もの大型の艀（はしけ）が運んでくる、あるいは積み込んでいくさまざまな貨物でいつもあふれかえっている。とりわけ建築資材やレンガ、鉄骨、石膏やセメントの袋だ。また少し離れたところでは、隣りの地区に集中する巨大な皮革倉庫にまもなく放り込まれる原皮が山積みにされている。昼間の河岸は船頭や港湾労働者、荷積作業員、車引きらの人々であふれている。男たち、労働者たちの群れ、貨物、車、馬の雑踏……怒鳴り声や悪態、とんでもない喧噪と、視界をさえぎる粉塵のなかでこれらすべてが動かされ、動きまわり、押され、持ち上げられるが、反対に夜になると驚くほど静寂し、沈黙し、ひとけがない。労働者や車や荷馬車のすべては魔法にかけられたように消え去った。荷揚げクレーンは金属の軋（きし）み音を立てるのをやめた。もう警笛を鳴らさないし、煙を出すこともない。石膏とセメントの袋の山はシートで覆われている。見張り小屋で休む税官吏以外、誰も残っていないのだ。

さて、ポーラン・ブロケは待ち合わせた男たちを目で探しながら、暗く、閑散とし、ほとんど灯（あか）りのない河岸をわずかに進んだ。ジゴマがなにかを企てていることを知っていたし、頭のない死体が地下室に隠されているという話が悪事を働くために見事に選ばれたこの場所へ、自分をおびき寄せる口実にすぎないことを完全に見抜いていたが、実を言えば、これから立ち向かう攻撃がどんな種類のものか予測できずにいた。それにもかかわらず、彼はすっかり落ち着いていた。ただ警戒を解くことはなかった。彼は用心し、家屋と倉庫に沿った歩道と、さまざまな資材でいっぱいの河岸とにはさまれた、幅の広い道の真ん中を歩いた。不意打ちをくらわそうとZ団のメンバーたちは、これらの資材の背後に容易に身を隠せたからだ。Z団のメンバーらはポーラン・ブロケと決着をつけるためにはなんでもやったが、リボルバーや爆弾、散弾銃の攻撃を受けない限り、この距離でなら攻撃を回避する余裕が持てるとポーラン・ブロケはふんでいた。

二つの資材の山のあいだの暗い通路から、ようやく〈オルナノのならず者〉が現れた。

⑮章　倉庫

〈オルナノのならず者〉はその巨大な足で支える体を左右に揺らしながら、頑丈な肩を振りながら、大男の重々しい足どりで進み出た。

「こんばんは、ブロケさん」彼は言った。「ダチのラ・キッシュと俺はここです。あんたが望むなら、今夜でもいいですよ」

「いいよ。ラ・キッシュを連れてくるんだ、取引前に話す必要がある」

「じゃあ、俺と一緒に来てください。ヤツと合流しましょう」

「ダメだよ、おまえさん。合意が成立するまでは、ここにいたい」

「おっしゃる通りです。迎えに行きますよ」

ポーラン・ブロケは〈オルナノのならず者〉を引きとめた。

「なあ、おまえさん」彼は言った。「俺はおまえのことを知っている。おまえは正直なヤツだ、裏切ることはできない。でもな、おまえは自分自身に対してのように、おまえの仲間に対して責任を持つことはできない。おまえにはわからないんだよ、知らず知らずのうちに、おまえが俺に逆らう役目を担わされているかもしれないことをな」

ならず者は憤慨した。

「いいえ、ブロケさん。いいえ、ありえないです！　そうならすぐわかりましたよ。それだったら、アイツがこのオレさまをバカなヤツだと思ってるってことでしょ！　それに、ポーラン・ブロケに逆らう計略に俺を加担させるなんて、とんでもねえ！　ブロケさん、わかるでしょ、〈オルナノのならず者〉は約束したことはかならずやる。俺はあんたのものだ、俺の命はあんたに預けてある、あんたがそれを望む限りはな！　ラ・キッシュやどんな野郎でも、ジゴマでも、ここで今晩、あんたに対して万一、汚い手を使うなら……ほら、ブロケさん、見てくれよ。この手を、いいでしょ……ねえ！　この手で連中を絞め殺してやる、上等な鶏のようにな。誓って言いますが、ラ・キッシュは隠し立てしない、ヤツとなら心配なくやれますよ」

「おまえを信じたいところだがな。でもな、ヤツがここに来たほうがいいんだ。迎えにいってくれ。くれぐれもいま話したことは言うなよ」

「もちろん！　そうだ、ブロケさん。ヤツを迎えにいかず、呼びますよ」

〈オルナノのならず者〉は口笛を吹いた。ほとんど同時に同じ音調が少し離れたところで聞こえた。すると陰から一人の男が出てきて、ポーラン・ブロケの小さな集団のほうに向かってくるのが見えた。

ラ・キッシュは耳まで覆うハンチングを頭に載せていた。そしてラ・ヴィレットの食肉解体場周辺の動物世話係が着るような青い上っ張りを着ていた。ひと目見てポーラン・ブロケは、この羽織った上っ張りが服を包み隠していることがわかった。覆面のないZ団のカグールのように、簡単だが十分な変装だった。このことはポーラン・ブロケの確信を裏付けるのに少なからず貢献した。実際、悪事が終わったら上っ張りを脱ぎ新たな衣装で現れて、監視中の〈ブロケ精鋭部隊員〉らに特定されずに通りすぎるのは楽勝なことだろう。

しかし、ポーラン・ブロケは自分の感情をおくびにも出さなかった。自分は見破られ、警察用語で言う、正体を暴かれたという疑いをラ・キッシュに呼び起こしたくなかったのだ。

そこで、ラ・キッシュが演じている連中とどのように話すべきかを心得ているポーラン・ブロケは、いきなり本題に入った。

「それで」前置きなしに彼ははじめた。「警察がその頭部を見つけた女の胴体のある場所を知っているのか?」

「そうだ、ブロケさん」ラ・キッシュは答えた。「それが置かれた地下室がどこか知っているよ」

ポーラン・ブロケは、ラ・キッシュがその声を偽らず話したのに気がついた。だから、この男は自分が刑事に知られているとは思っていなかったのである。あるいは、いまや敵を逃すことはないと確信しての過度の思い上がりだったのかもしれない。

「それは君の仲間の〈オルナノのならず者〉から教えてもらったことだ。同時に彼は君に言ったな、俺を胴体と対面させてくれたら君は報酬を手にすると……」

「ええ、ブロケさん」

「金は俺が持っている。それから、君がどうやってそのことを知ったのか、君がこの件にどんな関わりがあるのか、知ろうとはしないと決めてある。胴体が見つかれば君はすみやかに金を受け取り、おやすみだ!君と関わることはもうない」

「了解。来なよ、そんなに遠くない」

ポーラン・ブロケは彼と話すなかで、この男の顔を確認しようとしていた。今回はド・ラ・ゲリニエール伯爵ではなく、彼の参謀の一人を相手にしていることは確かだった。彼は是が非でもこの男を知りたかった。しかし、鋭い目を持ち、猫のように暗闇でも見る能力を備えているポーラン・ブロケも、この男を特定できなかった。ラ・キッシュは姿をさらしたくはなかったから、ハンチングを深くかぶり、上っ張りの襟を立てて巧妙に自分の顔を隠し、つねに顔が陰になるようにしていた。

ポーラン・ブロケは、強くタバコを吸って、何度もそれとなく少しばかりの灯りを生み出し、わずかな光の筋をこの隠された顔にあてようとした。二人の男は知恵を競い合ったが、策術の巧みさは同等だった。だがポーラン・ブロケは部下たちを訓練していた。部下たちは見事に彼を補ったのだ。ラモルスは突然タバコを吸おうと耐風マッチに火をつけた。するとその光は、ラ・キッシュの顔を照らした。彼はこの光を避けられなかった。

耐風マッチの炎はわずかしかもたず、この灯りの筋を避けようとするラ・キッシュの動きもすばやかったが、ポーラン・ブロケにはそれで十分だった。ポーラン・ブロケは、このZの目とその驚きと怒りに満ちた視線に見覚えがあった。この男は、ポーラン・ブロケが不意をつき、ヴァン・カンブル男爵の金庫を襲撃していたZ団を阻んだときと同じ不安げで悔しそうな目をしていたのだ。

ゆえに、この男は、まさにジゴマの主要部下の一人だった。ポーラン・ブロケはまったく驚かなかった。

「それでいいな」彼はとても落ち着いた調子で繰り返した。「君の仲間の〈オルナノのならず者〉と俺が話した通りでいいな」

「いいよ」

「賞金を手にしたいんだろ?」

「それがすべてだ、おそれる必要なんてない。〈オルナノのならず者〉が俺の言動の責任を持つ。俺があんたに対して汚い手を、ジゴマのような手を使うような男ではないことをコイツがあんたに約束できるほど、俺たちはずっと前から親しいんだ」

「俺はブロケさんにそう言ったんだ」〈オルナノのならず者〉は断言した。

「それに、わかるだろ。俺はとんでもない賭けをしている。いま俺は復讐する能力を持ったヤツを裏切ってるんだ。だから、あとになってこの男が知ったら俺は用心すべきだし、あんたの助けが必要になるだろう。でもなんだっていうんだ、俺は金が必要だ！　それから……」

「わかってるよ。いいだろう……歩こう。連れていってくれ」

黙って小さなグループは歩きはじめた。ラモルスはラ・キッシュの右手側についた。少しでも攻撃しようとしたり、武器を取り出そうとしたらその右手を無力化するためだ。忠実なガブリエルと〈オルナノのならず者〉という信じやすいこの巨大なお人好しに挟まれて、ポーラン・ブロケはあとに続いた。


Z団のメンバーたちは、大きな期待を寄せるこの一件にポーラン・ブロケを巻き込むため、自分たちと彼とを引き合わせる役の男をしっかりと選んでいた。

「遠くないよ」ラ・キッシュは言った。「あそこに見える倉庫のなかだ」

「地下室だと思ってたんだが？」

「その通りだ。誰も降りない地下室がある。そのため、そこが選ばれた」

「そうか。よし、行こう、君についていく」

指し示された倉庫は特徴的なものはなにも見せていなかった。そこは、これから船に積み込まれたり、あるいは降ろされた資材が配達・発送するのを待つ貨物集散所や物置として使用される、河岸で多く見られる倉庫のひとつだった。

倉庫までの数分間ラ・キッシュは、ラモルスの横でおとなしく、疑わしい動きも見せず、ひとことも話さず、ただ下を見ながら歩いていた。

「倉庫を迂回しないと」彼は言った。「正面から入ると、誰かに見られるかもしれない」

「守衛はいないのか？」ポーラン・ブロケは尋ねた。

「いる。ただ俺の知っているヤツだ。一緒に夕食をとって酔っ払わせておいた。だから自分の家のようにできる。胴体を持ってきた夜も守衛は酔っ払っていたらしい。だから自分のところの倉庫に置かれた荷物についてはなにもわかってない！」

「それはいいな……」

ラ・キッシュはポーラン・ブロケと自分に随行する人々を、泥とゴミでいっぱいの、暗くてすべりやすい、二つの倉庫を隔てる路地に導いた。そしてラ・キッシュが彼らを振り向かせると、一輪の手押し車やはしご、木材、暗闇でほとんど見分けられないさまざまなものでいっぱいの中庭のような場所に倉庫の裏側が現れた。ポーラン・ブロケは、積み上げられ、たがいに重なり合うこれらのものが最近動かされていないこと、そして、物と物のあいだやその下に、十分身を隠せる場所がないことを確認した。

「ということは」ポーラン・ブロケは考えた。「危ないのはここじゃないな。倉庫のなかだ」

ラ・キッシュは、倉庫の扉を開けるのに鍵を使う必要はなかった。ただ鉄の掛け金をはずすだけでよかった。扉は開いた。

入ろうとするラ・キッシュに、すぐさまラモルスは文字通り張り付いた。そうすれば、ラ・キッシュが逃げようとしたり、飛び跳ねたりした場合、ラモルスは彼を抑えられる。ラモルスはなんらかの罠に備えて、ラ・キッシュを自分から離さなかった。そしてもしラ・キッシュの目的が罠に陥れることであるならば、自分らとともにラ・キッシュを道連れにするのだ。

ラ・キッシュはラモルスの動作を見逃さなかった。彼は策略を理解した。

「俺を警戒する必要なんてないさ」彼は言った。「繰り返すが、心配することなんてなにもない」

「行けよ」ラモルスはそっけなく答えた。「口出しするな。そういう習慣だ」

ラ・キッシュに続いて、〈オルナノのならず者〉、それからポーラン・ブロケ、そして最後にガブリエルが倉庫に入った。暗かったので広い印象だった。柱にぶら下がった金網張りのランタン、夜警の手提げランタンだけがなかを照らしていた。それは黄色っぽくてわびしい短い光の筋を放ち、よりいっそう暗い印象を与えていた。

「照明としては」ガブリエルは気になって言った。「ずいぶん弱いですね」

「十分だ」ポーラン・ブロケは言い切った。「俺たちがここでなすべきことのためには十分見えるさ。時間をロスしちゃダメだ」

「そうだ」〈オルナノのならず者〉は苦しそうにつぶやいた。「そうだ、急ごう。この不幸な女の胴体を見つけよう。早く、急げ！」

このときまで、ここへ来るため歩いているあいだ、取引条件について最後の交渉がなされ、この奇妙な契約の要点が決められているあいだ、〈オルナノのならず者〉は自分を抑えていた。ところが、目的地が近くなり、彼が涙した女の胴体にまもなく会おうとしているいま、この哀れな男は身を震わせ、感情と悲しみに流され、その悲痛な愛に屈してしまった。

ポーラン・ブロケはその鋭い目で現場を観察し、金網張りの手提げランタンが放つ弱々しい短い光の筋の先を見ようとしていた。この倉庫が広い空間であり、巨大な山のように積み上げられ、中身のぎっしり詰まったたくさんの袋、ピラミッド状に積み上げられた小さな樽でいっぱいであるのが確認できた。これらの袋と樽にはセメントが入っていた。出荷準備の整ったこれらの商品のあいだには、管理したり積み替えたりするための狭い通路がいくつも走っていた。ポーラン・ブロケはこれらすべての配置を観察した。彼にはこの配置がいたって普通で、ほかの集散所にあるものとなんら異なっていないように思われた。

袋や樽は倉庫の壁に沿って置かれていた。倉庫は幅の広い通い道で区切られ、そこには運搬用のいくつもの細い通路が通じていた。したがって、倉庫の真ん中の通い道を進めば、ひとつひとつの袋の山、ひとつひとつの樽の山を隔てるいくつもの通路を確認し、積み重ねられたうしろに誰もいないか、怪しいものが隠れていないかが確かめられた。

それからポーラン・ブロケは、Z団のメンバーたちが――実際に悪事を企んでいるのなら――攻撃を仕掛けてくるならば、どこからどのように侵入し、やってくるのかを考えた。もしZ団のメンバーらがこの倉庫に隠れていないのなら――実を言えば彼はZ団のメンバーたちがどこにいるのか見抜いていなかった――、彼らは自分を引き込みたいと思っている地下室で待ち伏せしているだろうと彼は考えた。

ポーラン・ブロケは思った。

「地下室か！　またかよ！　地下室を使うとき俺が相手じゃツキがないってことをジゴマは知るべきなんだ！　大胆な勝負師であるヤツは、しっかり改修を施し入念に仕込まれたこの地下室で、まさにここで、ラ・バルボティエールの復讐を遂げたいんだろう」

笑みを浮かべながら彼は心のなかで加えた。

「だから本当に、ジゴマは俺のことをそうとうバカ正直で愚かなヤツだと信じているんだ！　やれやれ、お手並み拝見だ」

ただそこでひとつの懸念が彼の頭に浮かんだ。

「Z団のヤツらはこの企てを確実で、信頼できるものだとみなしている。だからヤツらはそれを成功させるためにはラ・キッシュだけで十分だと思い込んでるんだろう。しかし、人員を展開し、このミステリアスなロワール河岸周辺の物陰にZ団のヤツらが潜り込み、この悲劇の倉庫を中心に放射状に広がっている、なぜなんだ？」

きっと、この冒険に乗り出すポーラン・ブロケが講じる防衛策――いずれにせよZ団はそれを予想していた――に備えるため、刑事を護衛するチームと戦うため、Z団と〈ブロケ精鋭部隊〉との究極の戦いのためだ。

そんなことを考えながらも、ポーラン・ブロケは時間をまったく無駄にはしなかった。柱の鉄線の先にぶらさがっていたランタンをはずし、手に持った。

「どうってことないだろ」彼は皮肉めいた調子でラ・キッシュに言った。「この倉庫でなにが起こっているか少し確かめても、確認してもな」

「好きにしなよ」ラ・キッシュは少しも動じることなく答えた。「俺にはどうでもいいことだ。確かめろよ！よく調べろ、セメントしかないけどな」

落ち着き払い、世界で一番安心しているがごとくラ・キッシュは手提げランタンがはずされた柱に肩でもたれかかった。ラモルスは彼の横にくると、同じように柱に肩でもたれかかった。ガブリエルはすぐそばのセメント袋に座り、その横で〈オルナノのならず者〉がその巨大な両手のなかで抑えた声ですでに泣いていた。

ポーラン・ブロケがランタンを動かすと、そこからほど近い倉庫の角に、独立した部屋のようなていをなす、一種のガラス張りの小部屋に気がついた。ひとつあるドアは閉まっていた。ガラス張りのひとつの面に小窓が設けられ、その窓枠には〈会計〉という言葉が読まれた。それは昼間、会計係や現金出納係がいる事務所だった。夜には折りたたみベッドが設置されて事務所は寝室となり、夜警が暖をとり、休むことができた。

ランタンを手にポーラン・ブロケは、粉塵で覆われたガラス越しに、いくらかの光を放つもののなかに興味を引きそうなものがないか確かめようとした。いくつかのテーブルやデスク、簡単な家具類のあいだに折りたたみベッドが見えた。このベッドの上には夜警がいた。夜警は、窓ガラスを灰色に曇らせる粉塵のせいでほとんど見分けられなかったので、気になった。

「もっとよく見てみるべきだな」ポーラン・ブロケは思った。

鍵がかかってなかったので事務所に入るにはドアを押すだけでよかった。ラ・キッシュは、自分がいるところからポーラン・ブロケのすべての動作をぞんざいに追っていた。

「時間の無駄だな！」彼はつぶやいた。

そのとき、ラ・キッシュに背中でもたれていたラモルスは、彼が肩を上げるのを感じた。

さて、ポーラン・ブロケは折りたたみベッドに近づき、そこに手提げランタンの微光を集中させた。さきほどラ・キッシュが言ったように、確かに夜警はひどく酔っ払っているようだった。夜警はベッドに横になったのではなく、倒れ込んだようだ。横向きに寝て、腕はだらりと落ちて、足はまだ地面についている。男は、ベッドを前にして酔いと睡魔にうちのめされて倒れたのだ。そこまでなんとか無意識にもたどり着いたが、力尽きたのである。彼は深く、完全に眠っていた。さまざまな状況における人間のあらゆる眠り方について熱心に研究し、とくに酔っ払いの眠り方をよく知っているポーラン・ブロケは、この男を注意深く観察していた。彼はよく寝ている！ でもイビキをかいていない！ これにはポーラン・ブロケも驚いたようだった。

実際、酔っ払いは眠るときイビキをかくものだ。アルコールの影響で酔った人間はあまりにも粗暴な快楽に襲われるので、口でもってその満足を示すのだ。このとき人間の動物としての性質が露（あら）わになり、酔いを醒まし、アルコールを分解する酔っ払いには、強く呼吸するために大量の空気が必要になる。肺は膨張し、気管支は熱を帯びて、大量の冷気と新鮮な空気を必要とするが、鼻からだと空気が十分に入らない。だから一気に息をするため口が開くのだ。そうして口から呼吸をして眠るとイビキをかく。それは必然だ、それは当然だ。とくに、この酔った夜警のように、横向きでバランス悪く寝るときはそうなのである。イビキというものは眠る人の態勢が悪く、呼吸が妨げられるから起こるのだ。

さて、イビキをかくべきこの酔っ払いはイビキをかいていなかった。なぜか？

加えてポーラン・ブロケは知っていた。眠ったふりをすることほどむずかしいものはないし、イビキを出すことほどむずかしいものはないことを。眠ったふりをし、わざとイビキをかく人は誰も騙すことはできない。それは作り笑いと自然な笑いと同様である。この二つの笑いがどれほどちがうかは誰でも知っている。

したがってポーラン・ブロケは、こんなになるまで酔っ払い、こんなふうに横になり、こんなにも重い眠りに沈んでいる夜警は必然的にイビキをかくはずだと認めたうえで、イビキが聞こえないのを意外に思い、この男は眠っていないと結論づけた。きっとこの男はポーラン・ブロケが考えるように、イビキをかいても、ポーラン・ブロケのように鍛えられた耳は騙せないと思ったのだろう。彼は残された唯一の解決策を講じた。それがイビキをかかないことだった。だが、イビキをかかなかったがゆえに彼は見破られてしまったのだ。

ポーラン・ブロケは眠っている人物のすぐそばで止まった。イビキをかくべき男の顔に光があたるように、ランタンをデスクの上に置いた。それから、ラ・キッシュが柱にもたれかかって自分を監視し、行動を目で追っていると感じていたので、ポーラン・ブロケは捜索し、隅々を点検し、家具という家具の下を確認するふりで小さな事務所をひとまわりした。そうしながら彼は折りたたみベッドの反対側に来た。すると自分の目の前に、ランタンでしっかりと照らされた酔っ払いの顔があった。折り曲げられた腕で半分隠れていたが、その顔を見分けることができた。

「おやおや！」ポーラン・ブロケは言った。「わかったぜ、なんでこの男がイビキをかいていないか。深い苦しみは押し黙るからな。この夜警はカルメン・ダマタを失ったことから決して立ち直っていないのだ。泥酔したこの夜警、それはガストン・ソクレだ」

ポーラン・ブロケはさらに注意深く眠っている男を観察したが、驚いたことに、ガストン・ソクレは眠っているふりをしていなかった。実際に彼は深々と、まさに本当の眠りについていたのだ。ポーラン・ブロケは彼の顔に少し身をかがめた。呼吸のリズムは熱に浮かされたようで、途切れていた。ときどき嗚咽しているようでもあった。おまけに、眠っている男の目はしっかり閉じられていたが、まぶたの下から大きな涙の粒がいくつもゆっくりと滴り落ちていた。

「かわいそうなヤツだ！」ポーラン・ブロケは言った。「彼女の夢を見ているんだ」

そこで刑事はこう理解した。苦しみのせいであまりにも無気力になり心が弱くなったこの恋する男にジゴマは満足できず、おそらく彼を、もう利用価値もなく邪魔なだけのこの脇役を、危険をもたらすかもしれないこの共謀者を厄介払いしたいと思ったのだと。だから、人々を深く眠らせるのが得意なジゴマは、この不幸な男を眠らせ、ここに置いたのだ。ジゴマは彼を、予想されるポーラン・ブロケとの戦いのただなかでかならずや息絶える次なる犠牲者にしたのだ。そして、このなぐさめようのない恋する男はなにも疑うことなく、どこに連れてこられたのか、どんな運命が待っているのかも知らずに、死が訪れるのにもかかわらず、あいかわらずその愛の夢を見て、最愛の故人のために涙を流していたのだ。

⑯章　吸血鬼の墓

ポーラン・ブロケは、事務所のなかに危険を疑わせるようなものはなにも見つけなかったので、倉庫に戻った。

「夜警は」その仲間とラ・キッシュの近くを通りながら彼は言った。「よく寝ていた。まさに申し分のない夜警のようにな」

次に彼はランタンを持って倉庫を偵察した。中央の通い道を進み、倉庫の端まで、つまり、袋や樽が到着また出荷される際に出たり入ったりする河岸に面した大きな出入口まで行った。それは二枚の扉でできていて、倉庫と同じ幅だった。巨大な鉄の棒で二枚の扉が抑えられていた。そしてこの棒は頑丈な南京錠で固定されていた。

ポーラン・ブロケはこれらすべてを注意深く観察した。

「よし！」彼は自分自身に言った。「ちゃんと閉まってるな……閉まりすぎているとも言えるぜ！　だからすっかり安心して行動できるはずだ。外からは入れない、完璧だ。いまやすっかり安心し、なにも心配せず、警戒もしていないふうを見せよう」

それでも彼はときどきランタンを上げて、山積みの袋と樽を見ながら、二枚扉の出入口から引き返した。彼はいくつかの袋がほかと比べると平たくなっているのに気がついた。セメントが漏れているのだ。これらの袋は縦に破れ、裂け目と裂け目を合わせ、二つ重なるように置かれているのだろう。その重みで中身を抑え、開口部からセメントが流れ落ちるのを防ぐのだ。また、いくつかの樽の蓋を適当に叩くと、これらの蓋が釘で固定されずセメントの上にただ乗っかっているのに気がついた。これは欠点である。セメントが簡単に変質してしまう。ポーラン・ブロケはセメントをひとつまみし、指で伸ばした。セメントの粒子と性質を確かめるためだ。そしてそれを少し唾液で濡らした。

「おやおや！」彼は言った。「速乾で固まるセメントだな、水道工事用だ。化学的な方法でこの性質はさらに強化されている。数秒でこのセメントは水のなかで凝固し、固まり、石のように硬くなるにちがいない」

どこまでもつきつめるその知性でもってポーラン・ブロケは、すぐにこの発見から推測される仮説を立てた。彼は地面を観察した。倉庫の大部分は踏み固められた土だった。だが事務所に近くなると、床になったのだ。床には、しっかりと蓋が閉められていないセメント樽が置かれていた。もう一度ポーラン・ブロケはこの床に来た。足で押してみた。床がわずかにたわんだようだった。

「ふん！」彼は言った。「これは奇妙だぜ。大量の袋、大量の樽の途方もない重量を支える床が、こんなに弱いなんてな」

彼が床をひとまわりし、ざっと見渡しながら観察していると、ラ・キッシュが大きな声で言った。

「この床が地下室に通じている。床は動かせる、ほら、あんたの右手だ、地下室への扉がある。そこから降りるんだ」

「ああ！　そうか……そうか……その通りだな」ポーラン・ブロケは言った。「そうだと思ってたよ……俺が探していたのはこれだ」

だが彼は思っていた。

「この床には細工が施されている。危険が生じるとしたらここからだ」

部下たちに警戒を促し、自分の発見を伝えようと、彼はその夜に決められた合図をした。地面を軽く二回蹴り、靴底で床をこすり、最後に一回蹴った。

そして落ち着き払って彼は言った。

「降りよう！」

ラ・キッシュは肩で柱にもたれかかるのをやめ、あいかわらずラモルスに引き連れられて床のほうへ少し進んだ。〈オルナノのならず者〉は手の甲で目を拭い、立ち上がると、ガブリエルとともに同じように床までできた。

「ああ」彼はつぶやいた。「ああ、ブロケさん。あの女の胴体を見にいこうとするいま、俺のなかでなにかが引き裂かれているようだ。バカだぜ……気力も元気もねえ……やっぱりだ、ほら……心はぺしゃんこだ、俺は本当に惚れちまったんだ、ほら……」

「わかった、わかってる」ラ・キッシュは言った。「あとで恋愛詩を歌ってやれ。時間を無駄にしないようにしよう。揚戸を開けてくれ」

〈オルナノのならず者〉は身をかがめ、鉄の輪をつかみ、引っぱった。揚戸は開いた。地下室を塞ぐ蓋は一メートル四方もなかった。蓋が床の上に倒されると、正方形の暗い穴が現れた。そこから湿った冷気のそよぎが、かがみ込む男たちの顔をなでた。冷気は地下室のカビの匂いを発していた。地下室のほうへ身をかがめたポーラン・ブロケは開口部からランタンを下ろし、暗い穴のなかで動かした。

「おっ！」ポーラン・ブロケは言った。「はしごだ、行こう！」

ラモルスはラ・キッシュを前に出した。

「降りろ……」彼は言った。

ラ・キッシュはためらうことなくはしごに乗った。ラモルスはすぐにラ・キッシュの肩を支えにし、一段の間隔をあけて降りた。

「ルック・アウト！」ポーラン・ブロケは彼に言った。「ライト」

ラモルスはとっさに、ラ・キッシュの頭越しに、ポケットに入れておいた懐中電灯を照らし、地下室のなかに突然光が放たれた。しかしとくに、ラ・キッシュは驚いていないようだった。ラモルスの懐中電灯は、あらゆるすべての懐中電灯がそうであるようにあまり大きな出力を持っていなかったが、この地下室のなかを照らすには十分だった。実際、数平方メートル程度のどちらかといえば小さい貯蔵室だったからだ。

地下室にはわずかなものしか収納されていなかった。いくつかの底の抜けた古い樽、使用できない何枚かの袋や道具類、鉄クズとなった何台かの古い一輪車である。それは物置だった。湿っぽい壁からは水が滲み出ていた。太いパイプが部屋の角（かど）を這い上がっていた。ラモルスの懐中電灯の微光によってポーラン・ブロケは、このパイプに沿って柔軟性のある鉄のケーブルが走っているのに気づいた。このケーブルは光り輝いていた……つまりそれは真新しく、新たに据え付けられ、錆びてもいなかった。それを黒く、目立たなくなるようペンキで塗るのが忘れられていた。きっと、ケーブルを設置したときに暗いから見えないだろうと考えられたのかもしれないし、ケーブルを隠すいかなる理由もなかったのかもしれない。しかしポーラン・ブロケにとってこのケーブルは普通ではなかった。その使用目的はなにか、なんの役に立つのかを考えた。下に降りたらまず、この怪しいケーブルの用途を確認しようと決めた。

ポーラン・ブロケは、ラモルスに続いて降りた。それから〈オルナノのならず者〉が行った。ガブリエルがしんがりを務めた。地下室と倉庫を結ぶはしごは簡素で粗いつくりの、あまり頑丈でない古いはしごだった。この湿気のなかで少しずつ蝕まれていた。大男の〈オルナノのならず者〉の体重に屈しなかったのは奇跡だった。

地下室はだいたい三メートルの深さだった。ポーラン・ブロケ、二人の部下、ラ・キッシュ、そしてその仲間である〈オルナノのならず者〉はいまや地下室にいた。刑事長の合図でラモルスはライトを消した。すると、もう、金網張りの手提げランタンのもの悲しげな微光しかなかった。地下室の底はヌメヌメし、デコボコで、泥と水たまりで覆われていた。

ポーラン・ブロケは、みずからが疑っている罠を発見しようとあちこち観察したが、まだ見抜けなかった。彼はパイプが走る角に来た。しかし、さまざまな資材でいっぱいで、ケーブルの向かう先、その使い道はわからなかった。

すると、〈オルナノのならず者〉が苦しそうに叫んだ。

「おお！　卑怯者！　アイツらが女を隠したのはここか！」

それから彼はラ・キッシュに訊いた。

「おい、どこに隠しやがったんだ？」

ポーラン・ブロケは、土を動かした形跡がどこにも見あたらず、ここに穴が掘られたことを示すものがないのに気がついていた。ゆえに、〈オルナノのならず者〉の質問はもっともだった。

「どこにあるんだよ?」彼はさらに仲間を問いつめた。

「わかんねえよ。ここに、この地下室に置いたってことは知ってる。だけど、どこに、どうやってヤツらが女を隠したかは知らない。探そう……」

「じゃあ、この角から片づけよう」ポーラン・ブロケはパイプとミステリアスなケーブルのある角を指し示しながら言った。

ラ・キッシュがなにも反論することなく、いろいろなものを取り除こうとそれらをつかんだとき、突然、倉庫の床の上で二回足で蹴る音がした。ポーラン・ブロケと二人の部下、さらには〈オルナノのならず者〉はビクッとした。二回蹴られたあと、床の上で靴底が引きずられた。最後に三回目の蹴りが与えられた。

〈ブロケ精鋭部隊〉の合図だった!

「これはなんだ?」〈オルナノのならず者〉は尋ねた。

「動くなよ」ガブリエルがすぐさま彼に言った。「動くんじゃない」

三回目の蹴りが床に与えられる前に、ポーラン・ブロケはラ・キッシュに飛びかかっていた。あっというまにラ・キッシュを木材と袋と一輪車の山に投げ飛ばした。ラ・キッシュが叫ぶ前に、ポーラン・ブロケは彼の口にハンカチを詰め込んだ。そしてラモルスの手を借りて、青い上っ張りとキャスケットをラ・キッシュから引き剝がした。そうしてからポーラン・ブロケは自分のオーバーコートを、あの明るい灰色でとても目立つ、特定しやすいオーバーコートをラ・キッシュに着せ、自分の帽子をかぶせた。そしてナイフを手に彼は、こんなふうに奇妙な格好をしたラ・キッシュをはしごの下まで連れていった。

「ひとことでも発し」彼は耳打ちした。「合図したら、殺すぞ!」

揚戸の開口部からある声が聞こえた。

「刑事長！　そこにいますか？」と尋ねられた。

「ああ」刑事長は答えた。「なんかあったのか？」

「早く……上がってきてください。危険です！　あなたは裏切られたんです……Z団のヤツらがそこにいるんです。上がってきてください」

「いま行く」

ポーラン・ブロケはラ・キッシュにはしごの段に足を置かせ、ナイフの先を彼の脇腹に押しつけながら言った。

「のぼれ……」

ラ・キッシュは抵抗し、息苦しい猿ぐつわをはずしたかった。しかしポーラン・ブロケは、このならず者の両手が砕かれ力なくたれ下がるほど強く一気に彼の手首を捻った。彼は窒息しそうだった。絶望を感じ、抵抗も叫ぶこともできないラ・キッシュは逃げて助かろうと思った。彼は大急ぎではしごの段をよじのぼっていった。

揚戸から外に出ると、彼は取り押さえられ、運び出され、棍棒で殴打され頭蓋を打ち砕かれ、胸を短刀で突かれ、倒れた。

同時によろこびの叫び、笑い、侮辱の言葉が響いた。Z団のメンバーたちは勝利を讃えていた。ポーラン・ブロケをようやく殺したのだ！

「やったぜ！　もっとも抜け目ない男、何度も殺さなければならない男。この通りだ……やったぜ……」

彼らは死体の手足を引っぱった。死体で遊び、死体について不吉な冗談を言った。もう少しで未開人のように歓喜してこの死体のまわりで踊りだすところだった。

ラ・キッシュは腹ばいに倒れていた。彼を即死させた頭部の傷から血と脳みそが跳ね返り、顔を覆っていた。床の粉塵やセメントが顔を恐ろしいマスクのように隠し、見分けがつかなかった。Z団のメンバーたちは――地下室で服がすり替えられたとは思っていなかった――、今度こそは見事な、決定的な勝利を収め、自分らがからかった死体が、あの恐るべき、大いに危惧すべき、ひどく憎んだ敵の死体であると本当に信じていたのだ。

「ジゴマ万歳！」彼らは叫んでいた。「最後はジゴマが勝つ！　永遠にジゴマが支配者だ、ジゴマ万歳！」

彼らは絶叫し、腕を上げ、棍棒や短刀を振りかざした。それを握る手にまだ犠牲者の血が流れていた。彼らは叫んだ。

「ザラヴィ！……ザラモール！」

黒の覆面カグールをまとった男たちが、四、五人のリーダー格を取り囲んでいた。彼らは赤の覆面カグールを身につけ、その真ん中にジゴマがいた。絹の赤い覆面カグールには黄金の飾り紐でZがあしらわれていた。黒の覆面カグールたちは倉庫から奪った手提げランプやランタンを持っていた。赤の覆面カグールは小さな懐中電灯を持っていた。敬意を表し、歓喜を表現し、崇敬の念を示すかのように、全員が手提げランプや懐中電灯の光線を黄金の飾り紐でZがあしらわれた覆面カグールの男のほうに向けていた。そして、この幻想的な光景はぞっとさせるものだった！

ポーラン・ブロケはこの光景を見ていた。ポーラン・ブロケだとみなされた男が殺害されたあと、彼はすばやく、怪しまれることなく、うまく地下室から脱出していたのだ。この大騒ぎ、この喧騒のあいだずっとラ・キッシュは忘れられていた。ゆえに第二のラ・キッシュである男はこっそりと離れることができた。本物のラ・キッシュはいまや、仲間たち同様、覆面カグールをまとっているのだと確実に信じられていたのだ。ラ・キッシュはZ団のメンバーたちと合流したと、与えられた任務を成し遂げ勝利に貢献した彼は、仲間たちと一緒にジゴマの勝利の興奮を共有していると、そう思われたのかもしれない。

もう一度言うが、ポーラン・ブロケはその隙をついて、離れたところに身を置き、セメント袋の山の陰に隠れていた。このドラマチックな光景を観察し、今度は自分が攻撃しようと適切な瞬間を待っていた。このとき、勝利を確信して熱狂するこの連中を、この大人数の男たちを攻撃することは、確実な敗北、必然的な死の危険を冒すことだった。加えてそれは、地下室にまだ残り、脱出することも身を守ることもできない二人の部下の命を危うくすることでもあった。それはまさに無謀に敗北を追い求めることだったのだ。

だからポーラン・ブロケは動かず、陰にいたのである。いたって冷静に自分の時間ではなく、自分の分を、自分の秒を待っていた。絶対に撃ち損じないリボルバーを握り、瞬間を待ち伏せていた。その瞬間がいかに短くとも——今回はラ・バルボティエールのときのようにマネキンを覆っていない——赤の覆面カグールの二つの不気味な穴に強化銃弾を撃ち込み、正義の味方である自分が犯罪の王である黄金のZの男を仕留めるだろう。ところが、倉庫の天井を支える一本の巨大な柱がいつもジゴマを守っていた。ポーラン・ブロケは撃てなかった。

Z団のメンバーたちは見張られているとはまったく疑わず、思う存分その冷酷なよろこびに浸っていた。そしてそれは特別に演劇的で壮大な性質を備えていた。

「みんな」ジゴマは静かにさせてから言った。「われわれがいまうち負かした男のようなヤツに対しては、わかっているだろうが、慎重に慎重を重ねてもしすぎることはない。われわれはヤツを殺したと二回信じた。だが、この驚くべき唯一無二の敵は奇跡的にわれわれから逃れたのだ。今日ヤツは死んだ、この通りだ。ジゴマはいつもその敵の連中を打ちのめし、奇跡に負けることはない。ヤツは地面に倒れ、われわれの足許にいる。ヤツが確実に戻ってこないよう、今回は、決して脱出できない墓のなかに放り込もう……この墓は、吸血鬼のようにヤツを捕らえ、吸い込み、貪り、永遠に閉じ込める」

「ばんざーい！　ジゴマ万歳！」

「みんな、ジゴマがこのセメントを準備させたのだ。水のなかですぐに、一瞬で固まるものだ。地下室に水が流れ込み、水槽になる。そこにセメントが落とされ、呑み込もうとするこのドロのなかで抵抗をする者たちは自分たちの努力が無駄だと気づくだろう。四肢のまわりですぐに固まるセメントに埋没し、閉じ込められ、窒息する。なにがあってもヤツらがそこから引き出されることはない。ポーラン・ブロケの死体はそこで永遠に埋葬されるのだ」

「ばんざーい」

「そして、ヤツには葬儀のお供として二人の部下を与えよう！　二人といえば、ヤツらは生きたまま、この吸血鬼のような墓に貪り食われ……セメントに覆われ、永遠に捕らえられ、閉じ込められる。どんなに硬い鋼のクワやツルハシでも歯が立たない石の棺桶がたちまちのうちにつくられるのだ」

　ジゴマは合図した。

「水を流せ」彼は言った。

　黒の覆面カグールが倉庫の奥のほうへ行った。彼は輪っか状のものを引っぱった。ポーラン・ブロケには、さきほど訝しげに思った鉄のケーブルをこの男が少し手繰り寄せるのが見えた。流れる水の音が聞こえた。このケーブルは、地下室の角に走るパイプに付いたバルブを操作するものにちがいないと彼は思った。

　同時に、別の黒の覆面カグールをまとうZ団のメンバーたちはいくつものセメント樽を床にひっくり返し、いくつもの袋を空にし山とした。濃い粉塵がたちまち立ちのぼった。見張っているポーラン・ブロケと、少し離れたところにいるZの一団とのあいだに、この粉塵の雲によって障壁のようなものができた。この粉塵の雲は、ラモルスが脱出するのを容易にした。彼は刑事長を助けに急いだ。ポーラン・ブロケは、部下が揚戸の外に現れると、すぐに彼だとわかった。彼はラモルスのほうへ行き、腕をとり、導いた。部下を急いで隠れ場所に引き入れた。

「倉庫の外へ行ってくれ」彼は命じた。「合図を送るんだ。隊員全員が駆けつけるようにな！」

「刑事長はここに残るんですか？」

「急いで行って、合図を送れ」

「たった一人で……全員を相手に……」

「急ぐんだ……」

ラモルスは従うしかなかった。彼は、例のごとくしなやかに、驚くほど俊敏に、いくつもの樽をうまく迂回しながら、山積みになった袋に沿ってすり抜けていった。彼が入口に達しようとしたとき、黒の覆面カグールの二人が夜警のいた事務所から出てきた。この二人の男は、深く眠りながら涙を流す不幸なガストン・ソクレの、つまりカルメン・ダマタの悲嘆にくれる恋人の手足を持って運んでいた。運ばれても彼は眠りから覚めなかった。ラモルスは陰にうずくまり隠れた。彼らをやり過ごすのだ。二人の男は赤の覆面カグールの集団の近くに行き、すでに死体のようなこの眠った男を投げ捨てた。

「みんな」そこで大きな金のZの覆面カグールが言った。「これは、われわれが信頼を寄せた仲間だ。だが、ヤツの愛した女が死んだいまわれわれのもとを離れ、われわれを見捨てると言っている！　女のために一日中泣いている心の弱いこの男は、女のせいで魂が涙に溶解しているこの男は、今晩われわれと別れる。明日になれば裏切るからだ！　こんなふうに愛の餌食になり、女に支配され、悲しみに屈する男は……こんな男はZ団のメンバーにも、ジゴマとともにあることにも値しない。みんなわかってるだろうが、ジゴマは、生きている限り、死ぬまで、みんなが彼に専心することを望んでいる！」

「そうだ、そうだ！　ザラヴィ！　ザラモール！」

「いいか、もうジゴマの味方ではないこの男は、ジゴマに抵抗する者たちとともに死ぬことになる！」

「死を！」Z団のメンバーらは吠えた。「死を！　裏切り者！」

ジゴマは手を伸ばした。

「やれ！」彼はただそう言った。

あいかわらず深く眠り、そのときも自分のカルメン・ダマタのために泣きながらその悲痛な夢を見続けてるだろうガストン・ソクレを、黒の覆面カグールたちが引きずった。揚戸の縁まで引きずると、山盛りになったセメントの上に彼を放り投げた。すると別の黒の覆面カグールを着たZたちが、鉄棒を使って床を叩きはじめた。ポーラン・ブロケはここで、なぜこの床が動くのかを理解した。この床には、劇場の床のように細工が施されていると考えたとき、彼は間違っていなかったのだ。なるほど、鉄棒で叩いて、Z団のメンバーたちは支えの柱をはずそうとしたのだ。すると、床が傾いた。少しずつ水で満たされる地下室にセメントが流れ落ちはじめた。ポーラン・ブロケは、この不気味な地下室にいる部下ガブリエルのことを思った。だがガブリエルは自分がすべきことを知っている。ラモルスがそうしたようにガブリエルも機を見て脱出するだろう。

すると突然、床が傾くのをやめ、傾いたまま止まった。まるでなにかが突然それを押しとどめ、支えているかのように。

「反対側を壊せ！」ジゴマは叫んだ。

黒の覆面カグールたちは鉄棒で床の反対端を叩いた。セメント樽のひとつが崩れ、開いている揚戸の穴に転がり落ちた。そしてそのとき、樽ははしごにぶつかり壊してしまった。ポーラン・ブロケは震えた。ガブリエルの逃げ道が断たれたのだ……。

刑事は腰に巻いていたロープをすぐさま解いた。部下に投げ入れるためにだ。だがそのとき、さらに鉄棒で何度も叩かれ濃い粉塵の雲が巻き起こり床が大きく傾いた。そしていくつもの袋や樽と一緒に、山盛りのセメントと不幸なガストン・ソクレの体が引きずり込まれたのだ！　Z団のメンバーたちは、自分たちの試みの成功を前に、新たなよろこびの叫びをあげた。彼らはいまや大きく広がった穴に近づいた。いくつものセメント袋や樽がそこに呑み込まれ、落ちたときに壊れ、中身がぶちまけられていた。すると、ポーラン・ブロケだと思い込まれている人物の死体を、穴の縁（ふち）まで引きずりながら運んだ。ジゴマが言うところのこの吸血鬼の墓に投げ捨てようというのだ。

　ところがこのとき、恐ろしく怒り狂った、〈オルナノのならず者〉の声が地下室から聞こえてきた。

「ジゴマ、卑怯者、ろくでなし！　ちがう、テメェなんて支配者なんかじゃねえ！　勝利者は今夜もポーラン・ブロケだ！」

　Z団のメンバーたちは一瞬、啞然とし、驚愕した。彼らは穴の縁に近づいた。

「なぜだ？」彼らは言った。「〈オルナノのならず者〉がまだなかにいるのか？　あのバカは、ラ・キッシュに続いて脱出できなかった！」

「俺はな」大男が叫んだ。「この俺はな、ここで死んでもかまわない。それが幸せでさえあるんだ。でもな、俺の仇（かたき）はとられるだろう。それからな、テメエが殺した女、俺が愛した女の仇もまたとられるだろう。ポーラン・ブロケばんざーい！」

　この最後の言葉は大きな笑いに迎えられた。Z団のメンバーたちは大笑いしたのだ。だが彼らの笑いは突然やんだ。

　カタパルトで打ち上げられたかのように、一人の男が地下室から弾き出されたのだ。この男を、Z団のメンバー全員が見分けた。

「ガブリエル！」彼らは叫んだ。

　ガブリエルは地下室の外に投げ出されると、Z団から数歩のところに落ちた。黒の覆面カグールたちは、彼が立ち上がる前に飛びかかった。

「ガブリエルに死を！」彼らは吠えた。「死を、ポーラン・ブロケのように！」

彼らがガブリエルをもう一度地下室に投げ落とそうとしたそのとき、ガブリエルは彼らの手から引き剝がされた。二人の覆面カグールがひどい苦痛に叫ぶと、よろめいて地下室に落ちた。もう一人もすぐに倒れ、暗い穴に転落した。ほかの男たちは怯え、驚き、本能的に四散した。すぐさま赤の覆面カグールたちは叫びが聞こえたほうを振り向いた。彼らは恐るおそる、この不意の、面喰らわしの出来事が起こった場所のほうに懐中電灯の光を向けた。そのとき、光の輪のなかに幻想的なものが浮かびあがった。

顔が輝き、眼が炎できらめき、直立し、巨大に見える、その足許で二人のZを打ちのめした刑事が現れたのだ。まるで暗い深淵の前に突然底から出現したかのようにである。犯罪者たちを成敗しようと、裁きの刻に、当然の罰が到来する刻に、フィナーレに出現する復讐の神に似ていた。

どんな音でも表現できない叫び声が、恐怖と驚き、狼狽と不安の混じった筆舌に尽しがたい叫び声が、ついさっきまで歓喜で熱くなり、その勝利に狂喜し、勝利を叫んでいたすべての胸から発せられた。

「ポーラン・ブロケ！」

そのとき、それはきわめて美しく、見事だった。

ポーラン・ブロケは、部下のガブリエルが起き上がるのを手助けした。

「がんばれ、ガブリエル」彼は言った。

すると彼は叫びながら一人で十人ほどの男たちに向かって突進した。

「今度は俺たち二人の番だ、ジゴマ！」

⑰章　懐中電灯の決闘

ポーラン・ブロケは赤と黒の覆面カグールたちのなかを突破していった。黄金の大きなＺの赤い絹の覆面カグールにたどり着きたかった。彼はジゴマに飛びかかろうとしたのだ。ああ、この狼狽に乗じてヤツを捕まえ、取り押さえ、縛るのだ！　そして今度はヴァン・カンブル男爵の館でのように、ヤツを置き去りにはしないだろう。自身でヤツを監視し、ヤツから手を放すのは、牢獄の扉がヤツの後ろで閉じられたときだ。

だがＺ団のメンバー全員のなかで、一人ジゴマだけがその冷静さを保っていた。この執拗な敵を認めたとき、彼は状況を理解し、危険だけでなく、防御のチャンスも察知した。もちろん、自分の子分らと同様、殺したと信じ、ポーラン・ブロケが出現するのを見て彼もまたすっかり驚いた。刑事の肩と肩のあいだに短刀を突き立てるのを強く望んだのは彼、ジゴマ自身だった。エスパダ〔闘牛にとどめを刺す剣〕の勝利のために入念に仕込まれた闘牛場の一角で、敵を囲み、追い込み、おびき寄せ、マタドールのように死を与えるのを欲したのは彼、ジゴマだった。そのためにすべてがしっかりと計画され、すべてが首尾よく順調に進んだのだ。ジゴマは確かに勝利を信じることができた。首から肩甲骨のあいだを通って心臓を深くえぐる見事な突きで即死させたのだ……素晴らしい一撃、王国の祝賀行事での王の一撃だった。雄牛のようだった男は、即死して倒れたのだ。

だが、支配者が、Ｚ団の王が、つねに勝利者である首領が見事に殺した男は、ジゴマが殺した男は、彼の短刀で倒れるべき男ではなかった。それは彼の参謀、バンデリリェロ〔マタドールの助手で、銛で闘牛の首や肩を突く〕や赤い布の使い手のように、動物をまどわし、面喰らわせて死の一撃へと導く役の人物だった。それは一人のZ、もっとも有能で腕の立つ肝の据わった仲間、犯罪の世界でラ・キッシュと呼ばれる、ジゴマが友人として絶大な信頼を寄せる男だったのだ。

ジゴマはすぐにそれを理解した。

確かに彼の罠は驚くほど鮮やかに練り上げられたものだった。彼は最後の瞬間まで成功したと信じることができた。だが、ジゴマが相手にしていたのはポーラン・ブロケなのだ。刑事が張られた罠にはまったふりをしたのは、相手をそのうえでうまく欺き、自分の武器で再度うちのめすためだった。

それは、両陣営の、大胆さと知性と勇気の見事な戦いだった。

それでジゴマははじめの驚きが過ぎると、ポーラン・ブロケが策略の裏をかき反撃に転じたことを理解し、ふたたび戦う覚悟を決めたのだ。勝利の叫びをあげたことを無駄にしたくなかったのだ。この新たな戦いを経て勝利はさらに美しいものとなるだろう。いつものようにジゴマは攻撃と同時に逃げ道を準備していた。これは慎重なだけでなく最高の戦術であり、しばしば勝利は撤退を考える者にもたらされるのだ。

さて、ポーラン・ブロケはジゴマに到達せんがためにその子分たちを突き飛ばしながら、こう叫んでいた。

「今度は俺たち二人の番だ、ジゴマ！」

「さあ、来い。ポーラン・ブロケ」ジゴマは言い返した。

ジゴマは後方に飛びのいた。刑事に突き飛ばされ、殴り倒された手下の男たちから、彼は抜け出した。そこから離れると、猫のように俊敏に、山積みになったセメント袋に飛び移った。上にあがると、金属製の笛で、遠くまで聞こえるにちがいない、特別な抑揚の鋭く甲高い音を吹いた。

この合図に、外から似たような合図が応答した。

そのあいだの数分間で、赤と黒の覆面カグールのZたちは立ち直っていた。彼らはこの合図で冷静さと気力を取り戻した。そのとき彼らは、〈ブロケ精鋭部隊員〉が二人だけだと気がついた。彼ら全員に対して二人、十倍人数が多い。加えて、外のZ団のメンバーたちがやってくる。彼らの心には希望が戻った。ふたたび彼らは勝利を確信した。

ここで勝利の新たな叫びがあがった。

「ジゴマ万歳！」

彼らは集結するように叫びながら、ガブリエルへ突進した。

「ザラヴィ！……ザラモール！」

ポーラン・ブロケはジゴマを追跡した。ただし、ジゴマが身を隠しにいった袋の山にはのぼらないようにした。それはあまりにも不利で、あまりにもたやすく危害を加えられる。そこで彼は、ジゴマの正面のセメント樽に飛び乗った。悪党の退路を塞ぎながら、彼はその樽からピラミッド型に積まれた上の樽へとよじのぼっていった。こうして、彼が頂上に到達したとき、ジゴマのリボルバーが火を噴いた。ポーラン・ブロケは足許の樽に銃弾の衝撃を感じた。

ポーラン・ブロケにはリボルバーの短い閃光しか見えなかった。そこはほとんど完全な闇だったのだ。目がいい彼も、相手を見分けられなかった。けれどもリボルバーの閃光は、いわば照準点、つまり輝く標的のようなもの。われわれが知っているようにポーラン・ブロケは見事な射撃手だったから、この閃光がいかに短くとも、その銃弾を光の輪の真ん中に命中させるには十分だったのである。

すると、大きな笑いが彼の放った銃弾に応えた。確実に撃ち損じた、そんな感覚だった。ジゴマは彼に向けて二発目を撃った。

ポーラン・ブロケも反撃した。しかしどんなにすばやく応戦しても、またしても結果は出ない。もう一度ジゴマの大きな笑いと三発目の銃弾。

今度はポーラン・ブロケは応戦しなかった。なぜ自分の銃弾が命中しないのか、その理由を見極めるのだ。十分見るにはあまりに短い光だったが、ジゴマは積まれたセメント袋の向こう側に、ちょうど塹壕の後方に守られるような位置にいて、そこから二つの袋のあいだに手を通して、なんなく、恐れることなく撃っているのを見た。

ポーラン・ブロケはそれだけで満足しなかった。もっとよく見たかった。彼はポケットの懐中電灯を持つと、山積みになった袋に光線を向けた。そして彼はピラミッドの頂上の樽の縁にライトを引っかけ、すぐさまうしろにうずくまり、体を縮めた。

すると、耳許で銃弾がヒューっと音を立てた。

「もう数ミリ上なら、当たってたな」刑事は思った。

しかし彼には、いまや相手が見えていた。そして相手は彼が見えなかった。

だがジゴマがそのままであろうはずがない。彼もまた懐中電灯を持っていた。われわれが知っているように、Z団のメンバーたちは子分たちも幹部たちも〈ブロケ精鋭部隊員〉たちと同等、あるいはそれ以上に装備を整えていた。ジゴマは懐中電灯をセメント袋に突き刺し、そのうしろに隠れた。今度はジゴマが完全に敵を見ることができた。

二人の男は驚異的な身のこなしと見事なバランスでふんばり、身を縮め、むずかしい状況で数秒間こんなふうに姿勢を維持した。どちらも動くことはできなかった。身をさらせば、敵に見られたその部位に強化銃弾を撃ち込まれるだろう。ジゴマもポーラン・ブロケに匹敵する素晴らしい射撃手らしかった。おまけに山積みの袋のそれと、ピラミッド状に積まれた樽の頂上は六メートルと離れていなかった。疲れたり、すべったり、なんらかの理由で二人のうちが屈したら、相手の銃弾を受けるのは必至だった。

ところで、ポーラン・ブロケはジゴマを殺したくなかった。明言するに及ばないが、ポーラン・ブロケもまたジゴマに殺されたくなかった。無謀な行動に走る癖が矯正された——少なくとも彼はそう信じていたのだ——彼は、勝利がもうすぐその努力を報いにくるというのに、そこでふたたび殺される危険にさらされることなど考えていなかった。

なにしろ、鳴らされた笛の音に、ジゴマの合図に、外のZらが応答したが、どうも危機にさらされる首領や仲間たちを急ぎ助けようとはしていないようなのだ。ポーラン・ブロケはそんなことを思い、この遅れに気がついた。彼はその理由を見抜いた。そして、近づいてくる大声によって自分の推測が間違ってないと確信したのである。

配下の男たち、つまり訓練された〈ブロケ精鋭部隊員〉たちが集合し、ラモルスとともに駆けつけたのだ。この悲劇の倉庫は包囲されていた。〈ブロケ精鋭部隊員〉たちはZ団のメンバーたちを蹴散らし、連中が仲間の救出にいくのを妨げていたのだ。叫び声や吠える声、銃声が鳴り響いていた。倉庫のまわりで戦っていたのである。

このような騒ぎはひとけのない夜のこの地区ではよくあること。河岸にまばらに点在する家々の住人たちは心配していなかった。ゆえに誰も動かなかった。月並みな表現を使えば、人々は、これらの連中の望むがままに好きなように喧嘩させておいたのだ。

ポーラン・ブロケはこの叫び声とこの大騒ぎを把握し、そこに自分の配下の男たちの声を聞き、忠実なラモルスの声を聞き分けた。

「来ましたよ、刑事長、来ましたよ！……」彼らは叫んでいた。ポーラン・ブロケを勇気づけ、彼が戦っているなら力を与えるためにである。そしてポーラン・ブロケはそのときから時間を支配し、分を支配し、状況を支配していると感じた。あとは待つのみだ。ジゴマは逃げようとするだろう。ということは姿を現すことになる。ポーラン・ブロケは撃つだろうが、それはただ負傷させ、動きを止めるために撃つのだ。ポーラン・ブロケはジゴマを生け捕りにしたかった。

突然、河岸側の大きな扉が斧で何度も打ちつけられた。

「来ましたよ、刑事長、来ましたよ！」いくつもの声が叫んでいた。

〈ブロケ精鋭部隊員〉たちが倉庫に攻め込むのがわかると、Z団のメンバーたちは逃走しようとした。

それと同時に、さきほどラ・キッシュと〈オルナノのならず者〉が導いて倉庫に入るときに通った裏側の扉から、松明（たいまつ）を持った数人の〈ブロケ精鋭部隊員〉たちが突入してきた。

「刑事長！　さあ、来ましたよ!!」彼らは叫んだ。「ポーラン・ブロケ万歳！」

今度はジゴマが自分が危険だと気がついた。彼はふたたび笛で合図を送った。すると赤の覆面カグールと黒の覆面カグールが驚くほど俊敏に姿を消した。

書くにはあまりにも目まぐるしく、波乱に富んだ場面が続くこの数分間に、ガブリエルはZ団のメンバーたちが可動式の床を落とすのに使った鉄棒をうまい具合に奪い取り、ジゴマの子分たちを押しのけ、デタラメにぶっ叩き、力いっぱい痛めつけ、まわりのZを殴り倒し、確かに見事な働きをした。

Z団の連中は、ひしめき合い、ぶつかり合い、ほとんど真っ暗闇のなかにとどまっていたので、リボルバーを使えなかった。仲間内で傷つけ合ったヴァン・カンブル男爵邸の教訓から彼らは慎重になっていたのだ。今日ここで、あのときほどではないが、味方に銃弾を撃ち込む危険を犯すことなく、撃つことはできなかったのだ。それに不可視の支配者たる首領がどこに行ったかわからなかったから、彼を撃ってしまう恐れもあった。

自分たちの正面には一人の男しかいない。なるほど、怒り狂った男で、恐るべき戦いぶりだが、まもなくかならずや打ち負かされるだろう。彼らは激怒したガブリエルが振りまわす鉄棒の攻撃をかわしながら、最終的にどう捕まえるか方法を探っていた。明らかにジゴマはこの方向で指示を与えていたのだ。ジゴマは

——ポーラン・ブロケはそれをあとで知った——、敵の部下の一人を人質にとりたかった。交渉し、話し合い、ポーラン・ブロケによって囚人となったZ団のメンバーと交換するためにである。

そういうわけでZたちはガブリエルを生け捕りにしようとしながらも、鉄棒の渾身の一撃に近づけずにいたそのとき、突然笛の音が、首領の合図が鳴り響き、新たな指示が下り、撤退が命じられたのだった。この命令はすぐに実行されたと言っておかねばならない。

だがジゴマは、誰よりも高いところ、積まれた袋の頂から危険を理解し、深刻な状況を直視していた。子分の男たちは戦場を離れ、放棄しなければならなかった。勝利を叫んだあとで敗走するのだ。

犯罪において美しく、激昂において壮麗な、感服すべき闘争者ジゴマは、危険が迫り、まもなく捕獲されるというのに、いまだに敗北を認めたくはなかった。彼は子分たちを安全な場所にかくまった！　この首領はといえば、沈みゆく船の最後の波に呑み込まれるまで航海士の椅子に残る船長のように、彼は最後に立ち去ることを、最後の瞬間まで抵抗することを望んだのである。

彼は覆面カグールを背中のほうに下ろし、その顔を露わにし、ポーラン・ブロケの懐中電灯の光線のなかに身を置いた。

「俺にはおまえが見えてるぞ」刑事は大声で言った。「よく見えている、ド・ラ・ゲリニエール伯爵……俺は貴様が誰かわかってる、ジゴマだ！」

「じゃあ、おまえも姿を見せろ！」強盗が叫んだ。「おまえに度胸があるのなら、立ち上がってみせろ！」するとポーラン・ブロケは一番上の樽によじのぼり、落ち着き払って無言で立ちあがった。そして懐中電灯を手にとると、腕を伸ばして掲げ、白熱する電球の光のなかに自分自身を置いた。驚くべき勇気、並はずれた勇ましさだった。まさにポーラン・ブロケだった！

一方でジゴマも同じようにした。悔しさと怒りに満ちた彼は立ち上がり、姿を見せると、敵に向かって発砲した。

ポーラン・ブロケはただ笑っただけだった。

「ヘタクソ！」樽に命中した銃弾を指差しながら言った。「低すぎるんだよ！」

彼は数えていたのだ。ジゴマがいま自分に向かって撃った銃弾が五発目だった。ということは、弾丸が尽きているはずだ。強盗が使っているリボルバーの仕様では一般的に五発の銃弾しか収められない。するとポーラン・ブロケはリボルバーを構えてジゴマを狙った。

「降参しろ」彼は言った。「降参するんだ。でなきゃ、ぶっ倒れてもらうぞ！　降参しろ！」

「絶対しない！」強盗は吠えた。

ポーラン・ブロケはジゴマを射とめられるようリボルバーで捉えていた。ジゴマの動きを封じていたのだ。

「がんばれ」ポーラン・ブロケは配下の男たちに叫んだ。「がんばるんだ！　ここだ！　ヤツを囲め、捕まえるんだ！」

男たちが駆けつけた。すでにガブリエルは、ジゴマが見下ろす袋の山にたどり着こうとしていた。

「こっちだ！」彼は駆けつける〈ブロケ精鋭部隊員〉たちに叫んだ。

ラモルスが彼に答えた。

「来ましたよ！　来ましたよ！　ヤツに狙いをつけて、われわれはここにいます！」

その場に残っている赤の覆面カグールたちは、首領が危険な状態にあるのを理解した。彼らは逃走を中止しセメント袋の山の下に集まった。戦いがまたはじまろうとしていた。

すると、一人の赤の覆面カグールがジゴマのところまでよじのぼった。

「来い！」男は言った。「来るんだ！」

ジゴマはそこに残り、あいかわらずリボルバーで脅す敵に挑もうとしていたが、赤の覆面カグールはジゴマを両腕で抱え込み、連れ去った！

それと同時に銃声が響いた。一人の赤の覆面カグールが逃げる間際に倉庫の奥の暗がりから見事なシルエットを現し、ピラミッド状に積まれた樽の上にポーラン・ブロケを見つけると、彼に向かって一発を放ったのだ。ポーラン・ブロケはよろめき、倒れた。彼が樽から樽へ転げ落ちるそのあいだ、男に引きずられたジゴマは最後の侮辱として彼に叫んだ。

「また今度な、ポーラン・ブロケ！」

⑱章　決闘は続行する

戦いはこの倉庫にとどまらなかった。それはロワール河岸でも継続した。もっともそこは、ひとけがなく、ほとんど照らされていないから、うってつけの戦いの場となった。〈ブロケ精鋭部隊〉はZ団を追いかけ、しつこくつけまわした。倉庫の外では、勝ったり負けたりの、一対一の戦い、あるいはグループ対グループの戦いが繰り広げられた。

ジゴマがこの倉庫を選んだのは、単なる偶然ではないことがわかる。まるでそこは彼の家のようだった。前々から彼はこの企てを準備していた。セメント、小樽や大樽のすべてが彼の意のままだった。倉庫は、かなり役に立つ、予想できない仕掛けを提供した。Z団のメンバーたちは倉庫を改造し、細工しておいたのだ。まれに見る慎重な首領であるジゴマは――ヴァン・カンブル男爵の館で一度だけ失敗したが――、万が一の撤退のためにすべてを準備していた。ゆえに、〈ブロケ精鋭部隊員〉たちが到着したとき、Z団のメンバーたちはまたしても姿をくらましたのだった。

怪我人しか見あたらなかった。ほかの者たちやジゴマその人は――確かに彼の意に反してだったが――、未知の通路で河岸に通じる秘密の扉から姿を消したのである。Ｚ団のメンバーたちは途中で覆面カグールを脱ぎ、闇のなかに消えた。もっともなことだがＺ団はこう考えていた。ポーラン・ブロケの配下の男たちが倉庫にいるあいだに逃げ出し、そして外で、それも刑事の配下の男たちの背後で、ふたたび姿を現そうと。危険地帯の外に、つまり、〈ブロケ精鋭部隊〉の包囲網の外に出てしまえば、広く閑散とした河岸で四散し、好都合な隠れ場所を与えてくれる暗く曲がりくねった小路に姿をくらませられるだろうと。

だが、われわれが述べたように、Ｚ団のメンバーたちの予測に反して、戦いは倉庫の外で継続していた。ジゴマが撤退を準備していたとしても、ポーラン・ブロケは攻撃が決定的に、成功が完全なものになるよう、なにも蔑ろにしていなかった。配下の男たちのすべてが倉庫になだれ込んだわけではなかったのだ。山狩りするハンターのように、彼らは河岸や、いくつもの小路の周辺にいて、獲物(ジビエ)を、もしこのダジャレを許していただけるなら、極悪人(ジビエ・ド・ポタンス)を待ち構えていたのだ。さらにポーラン・ブロケ自身も狩りに参加し、戦いを続けたのである。

ポーラン・ブロケは樽のピラミッドから転落したとき、奇跡に類する偶然によって崩れ落ちたセメント樽に押しつぶされなかった。突撃する〈ブロケ精鋭部隊〉と、敗走するＺ団が押し合いへし合いしているあいだ、底辺をなすセメント小樽のひとつがぐらつき、はずれ、転がり、樽のピラミッドの崩壊が生じた。そしてそれはまさに、赤の覆面カグールがポーラン・ブロケを狙ってリボルバーを撃った瞬間だった。足場がなくなったポーラン・ブロケは必然的に落下した……。が、俊敏かつ柔軟で、あらゆるスポーツに優れる彼は怪我することなくこの落下を切り抜けた。そして、彼は立ち上がり、敵を追跡しようとしたそのとき、ガブリエルの鉄棒の攻撃で負傷して取り残されたＺ団の一人がやっとのことで開かれた扉へと向かい、狭い通路に入ろうとしていた。ポーラン・ブロケは、この男の首をつかみ、倒し、その体を飛び越え、自分が狭い通路に入っていった。

なるほど、ポーラン・ブロケはいつものごとく、ここでもまた危険で無謀な行動を犯していた。彼の前を行くZ団のメンバーがこの狭い通路で振り向き、彼を特定したなら、彼は逃れられずに至近距離で撃たれ、射抜かれることだろう。

しかし、このときZ団のメンバーたちは逃げることだけを考えていた。彼らは闘いに負け、なすべき復讐も、勝利が多くの見返りをもたらすことも考えず、各人が自分のことだけ、自分を守ることだけ、ただ逃げることだけを考えていたのだ……それはまさに敗走だった。

ポーラン・ブロケの前を行く一人のZもまた、振り向くことなど考えていなかったろう。自分のように、逃げて助かろうとする仲間が追走しているのだと疑っていなかった。彼は振り向かず、うしろが誰かを確認してわずかな時間を無駄にしようとはせず、この狭い通路を、ねばりけがあり、ヌルヌルする地面を可能な限り走り続けた。

ポーラン・ブロケもこの厄介な地面での追跡に、自分の数メートル先を逃げるZと同様の苦労を感じていた。こんなふうにそれは、二、三分のつらい、息の上がる競走だった。すると、冷たい空気が流れてきた。この男に続いて、ポーラン・ブロケは河岸にいた。

そのとき、ポーラン・ブロケは薄明かりのなかでもその驚くべき視力のおかげで、自分の追いかけていた男を見分けることができた。

「ジゴマ！」彼は叫んだ。

すると、新たな熱意と新たな力を取り戻したかのように彼はジゴマのほうに猛進した。ジゴマのほうはふたたび走りはじめていた。彼に刑事の叫ぶ声が聞こえた、彼は走りながら振り向いた。

「おお！」彼は言った。「ポーラン・ブロケ！」

そして彼は立ちどまった。腕を伸ばし、撃ったのだ！

ポーラン・ブロケはさきほど自分に向けて放たれた五発の銃弾を数えていた。ゆえにもう敵が丸腰だと思っていたのだ。ところが、Z団の男たちのほうでも、首領が弾薬を使い果たしたことを知っていた。それでジゴマを抱え、刑事の威嚇から引き離し、〈ブロケ精鋭部隊員〉の前で連れ去った例の赤の覆面カグールが、入念にもジゴマの手に新たにシリンダーの詰まったリボルバーを渡していたのだ。

そういうわけで倉庫ではじまった決闘はかわらず尋常ならないもので、さらに危険なものとなって再開されることとなった。すべてが示唆するように、憎しみのなかで二人の敵対者がたがいに突進し、至近距離で撃ち合おうとしていたのだ。

しかし、ここではジゴマが刑事よりも優勢だった。ジゴマは完全に充塡された武器を持ち、ポーラン・ブロケはすでに半分以上の弾薬を使っていたのだ。だが、こんな些細なことでは──彼にとっては些細なことだったのだ──ポーラン・ブロケを心配させるに足らないことをわれわれは知っている。彼は自分に狙いを定めるジゴマの動きを見極め、追跡をやめなかった。強盗が引き金を引いた瞬間に、彼はただ横に飛んだだけだった。彼を貫通するはずだったジゴマの銃弾は……腰の高さの、上着の袖を貫いた。

「さっきよりはマシだな！」ポーラン・ブロケは叫んだ。

彼はもう一度横に飛んだ。ジゴマが二発目を撃ったのだ。

「おい！」すると刑事は言った。「もう十分だぜ！　もっと撃てば命中するかもしれないがな」

今度は彼が撃った。するとジゴマもまた飛んだ。しかし、ジゴマは地面に倒れた。ポーラン・ブロケは決して標的を撃ち損じないのだ！　ジゴマを簡単に殺すこともできたろうが、彼を捕まえ、生け捕りにしたかったから、太ももに銃弾を撃ち込むだけにとどめた。そして、ポーラン・ブロケは立ち上がろうとするジゴマのほうへ突進した。

ポーラン・ブロケが彼に近づくと、ジゴマは唇に慌ててあてた笛で鋭い音を発した。そして、これ以上ないシリンダーの回転で立て続けに残りの銃弾を敵に向けて使い果たした。このような態勢で放たれた銃弾は、幸いにも刑事に命中しなかった。

ポーラン・ブロケは敵から数歩のところにいた。ジゴマは短刀を手にしていた。しかしポーラン・ブロケは短刀からの身の守り方を知っていた。彼は武器を持つ敵の手首に巧みに蹴りを入れ、突きの軌道を変えた。靴に少し傷がついた。そして彼は地面に向かって飛びかかり、敵に手錠をかけようとした。

手負いであろうとジゴマは依然、危険で手に負えない相手である。彼が尋常ならぬ力を備え、ポーラン・ブロケと同様に、――当時のわが国では知られていない――ヨーロッパや日本の格闘術の奥義を知り、パリ流サバット、イギリス流ボクシングに精通していることをわれわれは知っている。彼は刑事とのすさまじく、厳しい危険な戦いをはじめた。攻撃よりも防御が要の地べたでの戦いだ。ポーラン・ブロケは短刀と、ジゴマが棍棒や鈍器やメリケンサック代わりに使うリボルバーをかわさなければならなかった。いよいよ敵対する二人の男の決闘はより激しくなった。それは熾烈かつ無常な戦いだった。怒りで理性をなくした二頭の獣でもこれほど激しく、これほどの憎しみをもって戦わないだろう。

ジゴマとしては、できるだけ長く持ちこたえ、できるだけ長く抵抗したかった。なるほど、彼がいま置かれている状況では、最終的にポーラン・ブロケに制圧され、うち負かされるとわかっていた。傷に苦しみ、血が奪われ、弱っていくのを感じていた。だが彼には、笛を鳴らすだけの、仲間たちに警報を発するだけの時間があった。確実に聞こえるこの合図で仲間たちが援護に駆けつけるのを期待した。地べたで負傷し、うちのめされる彼はその場でやりかえしつつ、瞬間、瞬間の敗北を華々しい勝利に変えようとまだ期待していたのだ！

短刀とリボルバーが遠くへ放り投げられ、二人は殴り合い、さらに嚙みつき合った。いまや両方ともズタボロに傷つき、血で覆われていた。このぞっとする格闘の数分間、彼らの屈強な胸が唸る音と、力を入れるたびに発せられる悲痛な「えいっ！」しか聞こえなかった。

このとき、敵に馬乗りになったポーラン・ブロケは、戦いの興奮により大きく見開いた目で、しっかりとこの男を認識した。それが別の人物、ただのZだったら、こんなふうに命を賭さないし、生け捕りにしようと無駄な時間は使わなかったろう。彼はしりぞけて、リボルバーの一発で仕留めるだろう。しかし、彼が戦っているのはまさにド・ラ・ゲリニエール伯爵だった、そうまさに、ド・ラ・ゲリニエール伯爵だったのだ……それはまさにジゴマだった！　ああ！　彼を捕まえるのはむずかしく、骨が折れるが、それが遂行されるのだ！　ポーラン・ブロケは自分の獲物を離さないだろう。たとえ、瀕死の重傷を負ってこの戦いを終えねばならないとしても！

それに、配下の男たちに合図を送っていなかったが、ポーラン・ブロケもまた自分の忠実な部下たちが駆けつけるだろうと思っていた。姿が見えないことを心配した〈ブロケ精鋭部隊員〉たちが捜索をはじめ、救援に来るだろうと。Z団が首領の笛の合図で駆けつけるなら、ポーラン・ブロケの配下の男たちと出くわすことになる。

いずれにせよ、ジゴマは捕まる。刑事は断固として戦っていた。彼は、正義が決定的な勝利を収めることを期待していたのだ。

⑲章　それを知っている巡査部長！

突然、重い足音が響いた。人々が駆け足で到着したのだ。

ポーラン・ブロケは彼らを見た。

「こっちだ！　ここだ！」彼は叫んだ。

リボルバーの銃声に注意を引きつけられた警察官たちだった。

しかし実直な警察官たちは、この広い河岸の、出荷される荷物の山とピラミッドのなかで、どこをどう進んでよいかとまどっていた。善意にあふれ、義務に実直な彼らはさまよい、走ったが、ただやみくもに駆けまわっていたのである。ポーラン・ブロケの呼びかけで警察官たちは彼のほうへと向かった。

ジゴマにも同時に彼らが見えた。すると今度はジゴマが叫んだ。

「俺だ、みんな、俺だ！……」

警察官たちは答えた。

「いま行く！　いま行くぞ！」

まもなく彼らは闘う二人のところにたどりついた。

「手伝ってくれ、コイツを縛るんだ！」ポーラン・ブロケは叫んだ。

「こっちだ！」ジゴマが懇願した。「コイツを逃さないでくれ」

ここで、この壮絶な瞬間に、このうえなく暴力的かつコミカルな場面が繰り広げられた。常軌を逸しているがまったく道理に適い、かつきわめて不条理にならざるをえない場面。さらにはそれは、ヴォードヴィル第二幕の最後のシーンのようにテンポが速く、せっかちで、騒々しい場面で、波乱に富んだ劇の展開にふりまわされて作者たちが錯乱したがごとく目がくらむほどメチャクチャに動きまわる笑劇だった。

だが、この出来事では、実直な警察官たちの鋭い眼力がしっかりと発揮されるのはむずかしかったと告白しておこう。

まず彼らは、たったひとつの体、たった一個の人間の塊になって戦う二人の男を観察した。彼らはいつものように、いつもの手順で、それぞれが言い分を言いたがる二人の男を引き離すことからはじめた。

「弁解は警察署でだ」巡査部長が言った。というのも巡査部長もいたからである。

警察官たちの握力は恐るべきものだった。それでも戦う二人の男を引き離すことは容易ではなかった。それほどポーラン・ブロケはド・ラ・ゲリニエール伯爵を離したくなかったのだ。猟犬がイノシシに絡みつくように、彼はド・ラ・ゲリニエール伯爵にしがみつき、しっかりとつかんでいたから、敵から引き剝がされるたびにその伯爵の衣服をむしりとっていた。

「コイツは怒り狂っているぞ、この男は！」巡査部長が言った。

すると巡査部長は彼の前に来て押さえつけ、もう一人を、つまりド・ラ・ゲリニエール伯爵を彼の攻撃から守ろうとし……さらに部下に手伝わせようとしたのだ。

「さあさあ、抵抗はやめろ！」この凶暴な男と格闘しながら警察官たちは言った。

するとポーラン・ブロケは自分の前に新たな敵が二人、つまり警察官二人が——二人の法の代理人が——いるのに気がついた。そして解放されたド・ラ・ゲリニエール伯爵が戦いをやめてうしろに下がると、なんと警察に保護してもらったのだ！

「この男は私を襲撃したんだ」彼は言った。「リボルバーで私を負傷させたんだ。幸いにもみなさんが、あなたたちが来てくれた！　ありがとう……おお！　コイツをしっかり捕まえていてください！……ただ注意してください！　コイツは怒り狂う狂人ですから！」

ポーラン・ブロケはすっかりボロボロになり、血にまみれ、恐ろしげな様子だったから、この悪党の言葉に根拠を与えた。それでも彼は警察官たちと揉み合い、彼らを突き飛ばし進もうとしながら、喉を絞りあげ叫んだ。

「法の名において、手伝ってくれ！」

この男から法を引き合いに出されるのは、警察官たちにとって滑稽だったようだ。

「この男は」ポーラン・ブロケは叫んだ。「強盗だ！　ジゴマだ！」

この名前に対して警察官たちは笑いをこらえられなかった。

「そうだな、君」巡査部長は言った。「その通りだ、ジゴマだ……黙りなさい、ジゴマだなんて！　ジゴマだなんて私は騙されんぞ！」

「俺はポーラン・ブロケだ！」刑事は言った。

「ああ！　そいつは傑作だ！　今度はポーラン・ブロケか！　強盗の王ジゴマと、刑事の王ポーラン・ブロケ。おい、おまえというヤツは、好き勝手に……」

「俺はポーラン・ブロケなんだよ」

「もういい！　おい！」巡査部長は真顔で言った。「その名前で勝手に遊ぶんじゃない！　わかってるのか！　ポーラン・ブロケはわれわれ全員の手本とすべき人物だ、神聖なものなんだ！　この私は、彼を、ポーラン・ブロケを知っている。だからポーラン・ブロケだなんて、私を騙すことはできないぞ」

刑事はこの男をどう説得すべきかわからなかった。

「いいだろう！　とにかくこの強盗の身柄を確保してください。俺のことも確保してください。警察署に行きましょう、証拠を見せますよ。ただ法の名において、善良な人間として、正義への献身的な奉仕者としてのあなたの名誉にかけて、ジゴマを逃さないでください！」

そのときまた足音が鳴り響いた。誰かが駆けつけてきた。わずかな希望がポーラン・ブロケの心に戻った。たぶん自分の配下の男たちだ。

それはまたしても警察官たちと、ランタンを持った税関吏だった。

「ああ！」ポーラン・ブロケは言った。「巡査部長、あなたは俺が誰かわかりますよ」

彼は呼んだ。

「早く、早く！　こっちだ！」

彼は待ちながらひと息ついて、二本の指をくわえて口笛を吹いて、配下の男たちに集合するよう合図する余裕があった。

「ほら！」ド・ラ・ゲリニエール伯爵は警察官たちに言った。「わかるでしょう……ヤツは共犯者たちに合図を送ったんですよ」

新たに到着した警察官たちが、いまにも気絶しそうなド・ラ・ゲリニエール伯爵を取り囲んだ。警察官たちは彼を支えた。税官吏はといえば、刑事を押さえつけている巡査部長に近寄った。

「なにがあったんです？」彼は尋ねた。

ポーラン・ブロケが税官吏に言った。

「ランタンを上げて俺を照らしてくださいよ。巡査部長も、俺をよく見てください。ポーラン・ブロケを知っているんですから、俺だとわかるでしょ」

税官吏はランタンを上げて刑事の顔に十分な光をあてた。すると彼は叫んだ。

「これが！　ポーラン・ブロケだって！……ああ、わかったぞ！……やっと捕まえたぞ！」

すると巡査部長に向かって、

「これは、河岸の強盗だ。この地区でもっとも手に負えない荒らし屋だ、それは密輸入者たちのジゴマだ」

この説明には説得力があった。警察官たちは獲物をふたたび捕らえるにあたり、もうなにも訊かなかった。ポーラン・ブロケはそのときなにが起こったのかを理解した。巡査部長とその部下は本物の警察官だった。ところが、新しく来た連中は……警察官と税官吏は、Z団に属していたのだ。

そこでポーラン・ブロケはもはや説明や釈明は無駄だと判断し、もう一度必死になって指笛を吹いた。こうしてまた戦いをはじめ、この数分のあいだに新しく来た警察官にすばやく連れていかれたド・ラ・ゲリニエール伯爵をふたたび捕まえようとした。まず税官吏を殴り倒し、ランタンを持ったまま地面に転がした。ついで巡査部長には足払いをかけた。彼は悪態をつきながら地面に倒れた。そして、上司の巡査部長を助けにきた警察官がポーラン・ブロケの正面に立ちはだかり道を塞ぐと、刑事は頭を低くして猛牛のごとく突進した。その一撃はあらがいがたいものだった。警察官は吹っ飛び、二メートル先まで転がり、倒れながらポーラン・ブロケを引き込んだ。刑事はなんなく起き上がったが、それでも時間を無駄にした。

二人の偽警察官はこのあいだを、ド・ラ・ゲリニエール伯爵を抱き起こし、逃げるのに使った。二人はド・ラ・ゲリニエール伯爵を支え、彼が怪我を負っているにもかかわらず肩貸しで走らせた。猛々しい伯爵は、この数秒の価値を知っていたから、自分の活力のすべてを、意志の力のすべてを呼び起こした！　自分の自由、自分の命、ジゴマの過去と未来のすべてがかかっているのを知っているから、耐えがたい痛みも意に介さず、橋に向かって走りに走った。そして、その先の運河の対岸に、自分を運び去ってくれる自動車が停まっていたのだ。

ド・ラ・ゲリニエール伯爵とその子分たちが橋にたどり着いたとき、彼らよりも速く走るポーラン・ブロケは差を縮め、このグループに襲いかかった。ポーラン・ブロケは気色ばんで強盗団を追跡したのだった。というのも彼は真面目な警察官がしがみつくのをふりきって起き上がったとき、自分の最後の笛に応える配下の男たちの合図を聞き、彼らが自分を援護し、救援に駆けつけることを知ったからだ。ジゴマを運ぶZ団のメンバーたちも、同じくこの合図を聞いていた。彼らは橋を渡りきり、車までをさらに急いだ。彼らには対岸に車のライトが見え、待ち焦がれる唸る音が聞こえていたのだ。いまや目前となった解放に向かって躍起になって急ぐ彼らは、刑事が倒れたところを目にしていて、彼がすぐさま立ち上がり、自分たちとの距離を縮め、ついには追いつこうとしているなどとは夢想だにしていなかった。

そういうわけでポーラン・ブロケは、彼らに襲いかかれたのだ。彼らは不意をつかれ、首領を守るのにリボルバーや棍棒、なんらかの武器を使うことができなかった。一方、さきほどのたび重なる乱闘でポーラン・ブロケは武器を失っていた。残るは彼のこぶしだけだった。このこぶしは上等の鉛付き棍棒に匹敵した。まずポーラン・ブロケは頸動脈への手刀打ちで右側のZを地面に叩き倒し、気絶させた。左側のZには、サバットの蹴りがみぞおちにしっかりと入り、数メートル飛ばされて息ができずにぶっ倒れた。それは見事なまでに速く、正確な格闘術だった。するとポーラン・ブロケはよろこびに叫びをあげた。ふたたび一人で敵の前にいたからだ。

何度も中断された、ド・ラ・ゲリニエール伯爵とポーラン・ブロケの決闘がいまふたたび開始されるのだ。とはいえ、これが最後のラウンド、最終局面、決定的な瞬間だった。そしていまや勝利は決定的に正義のものだった。追いつめられたこの悪党は、実際のところもはや戦いに耐えられる状態ではなかった。刑事に締めつけられて彼は地面に倒れた。

賞賛すべき格闘者、驚くべき闘士、ド・ラ・ゲリニエール伯爵は敗北したのだ。ジゴマ、不可視の支配者が……いつも勝利者だと宣言していたジゴマが、ジゴマが捕まったのだ！

⑳章　水のなかへ

　ポーラン・ブロケは捕らえた男を地面に押さえつけて動きを封じた。制圧する男を侮辱しながら抵抗しようと奮闘するこの男を消耗させるのだ。配下の男たちが到着するまで、この男を拘束するだけでいい、そう時間はかからないだろう。配下の男たちの大きな声と、走る足音が近づいてくるのを聞いていたのだ。

　ポーラン・ブロケは、ジゴマとともに橋を照らすガス灯のたもとに倒れていた。敵の上に寝そべったポーラン・ブロケは、ジゴマを押さえつけたまま、その胸に全体重をかけてジゴマを見ることができた。

「そうだ」彼は言った。「そうだ。間違いなくおまえだ、ド・ラ・ゲリニエール伯爵、あるいはもう一人のな。間違いなくおまえだ、ジゴマ。でもな、俺はもっとよく確かめたいんだよ、本当におまえは誰なのか……間違いなくおまえなのかどうか、あいかわらずおまえなのかどうかをな……俺はな、ド・ラ・ゲリニエール伯爵よ、おまえに印を付けた。おまえがド・レンヌボワ大尉と決闘をしたときだ、おまえに印を付けたんだよ。おまえの胸には消えないアザがある、なにによっても消えることがないんだ。俺はそれが見たいんだよ。それは、おまえが本当にド・ラ・ゲリニエール伯爵かどうかの証拠を与え、ド・ラ・ゲリニエール伯爵が本当にジゴマかどうかを証明してくれるからな」

　彼は伯爵の喉を左手で押さえ、膝で腹に体重をかけながら、少し身を起こした。それで右手で、あいつぐ格闘を経てもなお残っていた服あるいは上着やベストの切れ端を剝ぎ取ろうとした。だが、伯爵は必死にもがいた。望み通りに、簡単に、たやすく目的が達成できないとわかったポーラン・ブロケは、ふたたび敵の上に横になった。こんなふうに彼を押さえ、体重で押しつぶしたポーラン・ブロケは、伯爵の首を絞めていた左手をはずした。それからこの手を彼は頭のうしろ、うなじのほう、頭部と脊髄が結合するところにすべり込ませた。ついで右手の指を、胃にあたるみぞおちのツボに置いた。そこで彼は両手に一気に力を加えた。すると伯爵はうめきと、もがきをやめた。腕はだらりとなり、頭は下がり、脚は地面にへばりついた。彼は意識を失った。動くことはないだろう、死体のように。

ポーラン・ブロケが実行したのは柔術の三つの奥義のひとつだった。敵をうちのめすことのできる恐るべき抵抗できぬ一撃……極限状態でのみ使用を柔術の使い手が誓わねばならない一撃だった……この一撃は、柔術熟練者であれば突然の気絶をもたらすだけだが、不適切に実践し者はかならず死に至らしめる。

ポーラン・ブロケは動かなくなったジゴマを見て、彼の胸に耳を置き、聞き、心臓が動いているのを確認した。

「よし！」彼は言った。

すぐさま彼はベストをとり、絹のセーターを剝ぎ取り、シャツを破り、伯爵の胸を裸にした。すると彼はここでふたたびよろこびと勝利の叫びをあげた。

「印だ、あったぜ！　これは俺が付けてやった黄色くなったシミだ！」

するとそのとき、ポーラン・ブロケは捕らえた男から無理やり引き離され、突き飛ばされ、転がされるのを感じた。自分の発見にすっかりよろこんだ彼は、このシミのことしか頭になかった。なぜならこのシミは、あれほど望んだ、あの厄介な問題への答えを与えてくれるからだ。自分が印を付けたこの胸しか見ていなかった。明らかに彼は、駆けつけてくる配下の男たちがすぐそばにいて、助けてもらえると確信し、ほかのことはすべて忘れていたのだ。彼はこの不意の攻撃に驚き地面に転がった。しかしすぐに立て直すと、彼はド・ラ・ゲリニエール伯爵のところに戻った。

すると、この敗北した男を守る巡査部長が目の前に立ちはだかっていた。怒り狂った巡査部長は、警察官である自分を地面に投げ倒したこの男に仕返ししたかったのだ。巡査部長は、この男を、絶対に捕まえねばならぬ、もっとも危険な強盗の一人だと信じて疑わなかった。はなから凶暴な人間だと思い、息がつまり、うちのめされた犠牲者に完膚なきまで容赦ない攻撃を加えるこの男に対して、巡査部長はだから規定が命ずるままにサーベルを抜いた。武器で脅し、この手に負えない悪党を、この凶暴な野獣を制圧したかったのだ。

ポーラン・ブロケは、この実直な巡査部長がわれ知らずジゴマのために働いているのだと思った。そして、巡査部長がそんな勘違いに気づかず、少しも耳を傾けないとわかっていたので、ポーラン・ブロケはもう手間をかけたくなく、無視したのである。巡査部長を説得するよりも、迅速に断固として行動する瞬間だった。〈ブロケ精鋭部隊員〉たちは、まだ思った以上に遠くにいた。そして橋の反対側からはZ団のメンバーたちが走ってきていた。ポーラン・ブロケは、捕まえた男をめぐってもう争いたくはなかった。彼のように鍛えあげられた体でも、人間の力には限界があるのを知っていた。またいまやZ団のメンバーたちが自分を短刀でためらわず刺し殺す、あるいは殴り殺す、また頭を撃ち抜くだろうことをわかっていた。

気絶した伯爵は逃走できないだろう。ゆえに、この間の悪い新たな敵を処理する時間はある。知らずして強盗たちに利する働きをするこの真面目な警察の巡査部長を片づけよう。こうして彼はこの巡査部長と戦いはじめた。サーベルの攻撃を避けるのは彼にとって簡単だった。彼は——スポーツ用語によれば——、相手のふところに入った。まず相手から武器をとりあげ、それから突き放して〈胴タックル〉をかまし、地面に押し倒そうとした。だが巡査部長には体重があった。彼もまた格闘を知っており、力強かった。おまけに彼は怒り奮い立っていた。彼はこの男を捕まえたかった。この凶暴な男のような悪人たちを、危険な男たちを逮捕するのは彼の任務であり、それを真面目に遂行したかったのだ。ゆえに彼はポーラン・ブロケと戦った。突き放され、押しのけられても、彼は攻撃のために戻ってきた。

取っ組み合うたびに刑事は言った。

「俺はポーラン・ブロケだと言ってるんだ。俺が捕まえた男はジゴマだと言っているんだ！」

巡査部長はますます怒り狂い、罵詈雑言を浴びせ、いっそう勇ましく戦いにのぞんだ。

戦ううちに二人の男は歩道の縁（へり）につまずき、地面に転がった。鉄の欄干の手すりのすぐそばだった。倒れると二人は離れた。より俊敏なポーラン・ブロケが先に立ち上がった。彼はこのしつこい敵に近寄った。

「さあ」彼は言った。「おまえのせいで俺がすべきことが台無しになるんだ。終わらせよう」

巡査部長は立ち上がり、捕まえようと両手を伸ばした。ポーラン・ブロケはその手首をつかんだ。そしてそのまま自分の頭の上に引き上げると、市場の強者（つわもの）たちが袋を背負うように腰を沈めて背中に巡査部長を乗せた。それから橋の欄干で身をかがめ、腰をはね上げた。そうして彼は巡査部長を運河に投げ込んだのだ！


ポーラン・ブロケは振り向くと、ガブリエルとラモルスが指揮する配下の男たちに囲まれているのがわかった。

「ジゴマ！」ポーラン・ブロケは叫んだ。「ジゴマがそこにいるんだ！」

彼はド・ラ・ゲリニエール伯爵が気絶し、死体のように生気を失い横たわっている場所に駆け戻った。すると彼は怒りの叫びをあげた。ジゴマはもうそこにはいなかったのだ！　そして、橋の上のガス灯のぼんやりした灯（あか）りのなかに、血で描かれた大きなZが読まれたのである。

橋の反対側で叫び声が響いていた。

「ザラヴィ！……ザラモール！……ジゴマ万歳！」

そして一台の車が全速力で走りだした。

ポーラン・ブロケはふと笑みを漏らした。それから彼は欄干から身を乗り出した。

「まさか！」彼は叫んだ。「巡査部長が溺れるぜ！　このかわいそうなヤツを助けにいく！」

今度は彼が運河に飛び込んだ。

㉑章　立派に死す

ポーラン・ブロケの要請を受けた市警備隊に付き添われて、救急車や護送車が〈ブロケ精鋭部隊〉の怪我人やZ団の強盗を市民病院や留置場の医務室へ連れていった。戦場の制圧者、結局のところ勝者となった刑事の分隊の男たちは本隊の警察官の応援を受けて、倉庫の周辺を監視していた。勝負は見事だった。ポーラン・ブロケは、恐るべきZ団を大いに痛めつけたのだ。彼はその夜に満足した。

彼は着替えていた。倉庫の前に停まっていた自分の車のトランクから出した、乾いた新しい服を着ていた。ガブリエルとラモルス、呼び出されたロベール・モントルイユ医師は運河から上がったポーラン・ブロケをさすり、手当てをし、回復に努めていた。

「この風呂」彼は笑いながら言った。「とっても気分がいいですよ。腕くらべのあとのシャワーだ。気持ちよくて元気になる！」

ロベール医師はポーラン・ブロケだけでなく、運河に投げ込まれた巡査部長の面倒も見なければならなかった。この実直な男は泳げず水底で溺れていたところをポーラン・ブロケに拾われたのだった。彼は意識を取り戻し救急車で運ばれたが、なにが起こったのか理解する時間も平常心もまだ取り戻してはいなかった。

ポーラン・ブロケは過剰なまでの意志と活力を消費した。ほかの人間なら、波乱に富んだ数々の出来事、格闘につぐ格闘、戦いにつぐ戦い、この運河への飛び込みのあとでは体力が尽きて、疲労困憊で疲れ果て、スポーツ用語で言えば、くたばったと音をあげるだろう。彼はといえば、マッサージをしてもらい、服を着ると、車からひと切れのパンと四角いチーズをとり、ガツガツと食べた。そしてラモルスが温めてくれた一杯のコーヒーを飲み干した。それからタバコに火をつけると、まっしぐらに勇んで中断された仕事にまたとりかかったのだ。

　あの倉庫はいまや松明や大きなランプで照らされていた。ポーラン・ブロケの配下の男たちはラモルスの指揮で倉庫を隅々まで捜索し、怪我をしたり、隠れているZ団のメンバーたちを探しだし、新たな罠が仕掛けられていないかどうか、どこかの隅に爆弾が仕掛けられていないかどうか確認した。

　そのあいだポーラン・ブロケは、配下の男たちが新たに設置したはしごで地下室に降りようとしていた。タバコを吸いながら部下のガブリエルに話した。

「そうだ、ガブリエル」彼は言った。「すべては俺たちが予測した通りに進んだんだ！　ラ・キッシュはジゴマの利になるよう行動していた。あの哀れな〈オルナノのならず者〉のヤツを使って、頭部を切断された赤銅色がかったブロンド髪の女の胴体を見せるという口実で、ジゴマは俺たちをこの地下室におびき寄せた。俺たちはこのなかで死ぬはずだったんだ、すぐに固まるセメントに埋もれてな。俺たちはこの吸血鬼みたいな墓に吸い込まれるところだったんだ。俺は認めているんだが、これは犯罪の分野での巧みなアイデア、ジゴマ的革新だ」

「それは完全には成功しませんでした！」

「そうだ。ジゴマがもっと利口で、もっと心理的洞察力があったら、ポーラン・ブロケが〈オルナノのならず者〉の話を信用しすぎていると、ジゴマを裏切るというラ・キッシュの誓いをあまりにも早急に信頼しすぎていると理解できたはずだ。すでに地下室でひどい目に遭って半分殺されたポーラン・ブロケは、〈火傷をした猫は冷たい水を恐れる〉のように、地下で起こることを警戒し、すべての地下室を怖がるにちがいないとヤツは思うべきだったんだ……ジュルマのところの記憶のせいですべての屋根裏部屋を怖がるのと同じようにな……」

「そうですね、刑事長。でもジゴマは、切断された頭部という自分の作り話が傑作だと信じた。ポーラン・ブロケは、その好みと才能にふさわしいこの魅力的な冒険に真剣に身を投じるだろうとヤツはふんだんです」

「そうだ、そうなんだ！　ジゴマはこう思ったんだ。ポーラン・ブロケは頭部のない女の胴体が見つからない件に関する新聞の嘲笑的な批判や記者のホラ話に嫌気がさし、その自尊心を誇示し、その名声に見合うことを証明しようとするだろうとな。それからポーラン・ブロケはその栄光に新しい花を加えたいと思っている、ゆえにポーラン・ブロケは罠にかかるだろうともな。もっとも、認めなければならないが、罠は見事に準備されていたよ」

「そうですね、刑事長。でもあなたはうまく騙された人間の役を演じることができました。ジゴマが自分の罠にハマるほどにね。それから、あなたは見事にこの討伐を指揮しました」

「いや」刑事は言った。「いや、まだ終わりじゃない！」

彼は新しいタバコに火をつけ、ガブリエルに尋ねた。

「戦いのあいだ、俺がだいぶ長く見捨てられていたのはなぜだ？」

「いや、刑事長、われわれはあなたのことを見捨ててはいませんでしたよ。われわれの指をすり抜けていったのはあなたのほうです」

「話してくれ」

「刑事長、われわれはあなたを見守り、樽の上のあなたから目を離しませんでした。そしてジゴマを取り囲んでいました。すると突然、あなたのセメント樽が崩れ落ちたんです」

「俺は樽もろとも落下したんだ。なんで押しつぶされなかったか、俺にもまだわからない」

「この崩落のせいでわれわれははじき飛ばされ、行く手を阻まれたんです。このセメント樽のなかにあなたを探しましたよ、でも見つからなかった。樽の下敷きになったか、地下室に落ちたと思いました……告白しますが、われわれはあのとき少し取り乱していました。われわれのうちの一人が地下室に飛び降り、あなたが落ちてないか確かめました」

「俺は見つからなかった。それで？」

「あなたがいなくなったことは説明がつきませんでしたから、われわれはさらに混乱したんです。われわれがなにを思い、恐れていたかわれわれ自身も全然わかりませんよ！　われわれは震えていました。あなたを探しまくりました。倉庫のなかを駆けまわりました、あなたの名前を呼びながら。外で、どこを通ったか仲間たちに尋ねました、しかし誰もあなたを見ていなかったんです。われわれは気が狂いそうでした」

「おまえたち！」ポーラン・ブロケは部下の手を握った。「それから？」

「だから、あなたの笛、あなたの合図を聞いたとき、われわれはまた息ができる、生き返った、そんなふうに思いましたよ。で、あなたの救出に急いだわけです」

ガブリエルは刑事長に尋ねた。

「そのあいだ、あなたはどこに行っていたんですか？　なにをしていたんですか？」

「幸いにも俺は、樽のピラミッドと一緒に隠し通路の近くに崩れ落ちたんだ。そこからZ団のヤツらは逃げていった」

「私にはわかりますよ！　それが無謀で危険だったとしても、当然あなたはこの通路に入り込んだ。たった一人で、全員に立ち向かった。網にかかり、殺される危険を覚悟のうえで」

「それはいいよ、先に進もう！」ポーラン・ブロケは言った。「それで、おまえたちが俺の合図を聞いたとき……」

「われわれは急いだんですが、河岸を少しさまよったところで、橋の上からあなたを見つけ、到着したわけです」

「遅すぎたんだ！」

「遅すぎた？　どういうことです？」

「捕まえてたんだよ、ジゴマをな」

「ジゴマですか！　ジゴマを捕まえてたんですか？」

「おお！　今回は間違いない！　アイツはまさにジゴマだった。まさにド・ラ・ゲリニエール伯爵だったんだ。確認できたんだよ、ド・ラ・ゲリニエール伯爵の胸に俺が付けておいた印を、ジゴマでも絶対に消すことのできない印をな」

「それでジゴマは？　逃げた？」

「いや。警察がジゴマを助けた」

「警察？　まさか！」

「そうなんだ。ポーラン・ブロケをよく知っているらしい真面目な巡査部長が俺のことを、この俺をだぞ、残忍な強盗で凶暴な男……ジゴマだと思いやがった」

「えっ？」

「あとで話すよ」

それからポーラン・ブロケは忠実な部下に言った。

「なあ、それで、俺がいなくなってから地下室ではなにがあったんだ？」

「ああ！　刑事長」ガブリエルは答えた。「ジゴマはあなたをこの倉庫におびき寄せて、地下室であなたを溺れさせるか、殺害しようとしたんです、あなたが見抜いたようにね。そのために、ヤツをさらに騙すために、あなたはヤツの罠にハマったふりをしました。それで、とても目立つ、特定しやすい、あの明るい灰色のオーバーをあなたはわざわざ着ていました」

「そうだ」

「あなたの合図を知っているZ団のヤツらがあなたを外におびき出そうと揚戸を足で叩いたとき、あなたのとっさの、見事なまでに巧みな方法に、われわれは、ラモルスも私も感服しました。ラ・キッシュにあなたの目立つオーバーを無理やり着せて、あなたの代わりにはしごをのぼらせ、向けられた短刀の攻撃を喰らわせたんですからね。これは刑事長、賞賛に値しますよ」

「そのとき、〈オルナノのならず者〉は？」

「おお！　かわいそうなヤツです！　アイツはすべてを見ていました、なにも理解できないまま。アイツは仲間のラ・キッシュが裏切り者だと認めることができませんでした。ヤツは信じたくなかったんですよ、Z団のヤツらが自分の苦悩、赤銅色がかったブロンド髪の女へのその不幸な愛をもてあそんでいたことをね。それから、あなたと約束をした自分が、〈オルナノのならず者〉が、ポーラン・ブロケを裏切る役割を担わされていたことも。ヤツは怒り狂い、上がって全員殺し、Z団のヤツらを、ジゴマ本人を叩き潰し、バラバラにしてやりたかった」

「哀れなヤツだ！」

「ヤツを引きとめるのには苦労しました。だから、はしごが壊されてなかったら、上がってましたよ、私の意に反してね。そして、われわれにだいぶ不利になるバカげたことをやらかしたと思いますよ」

「それではしごが壊されたとき、なにが起こったんだ？」

「Z団の連中が叫んでるのが聞こえ、ヤツらが蛇口を開けて、地下室に水を流し込みました。そうしてから、セメントを支えていた床を叩き落とそうとしたんです」

「そうだ。水と混ざればすぐに固まり、俺たちをつかみ、捕らえ、呑み込むセメントだな。よく考えられたものだったよ。迫りくるセメントと水から身を守ろうとすればするほど、モルタルは混ざって、ジゴマの残酷な計画を手助けすることになる。埋没しないよう必死に抵抗したあと、俺たちがヘトヘトになり、疲労困憊し、ついにこの恐るべき墓に貪り食われ、生き埋めになるのは明らかだった」

「そうです、刑事長。だけど、〈オルナノのならず者〉は俺にこう言ったんです。〈おまえはここから出ないとな！　残ってちゃダメだ！……死ぬぞ！〉それではしご代わりにしようと、ヤツは古い樽や資材、外へ出るのに役立ちそうなものすべてを揚戸の近くに引っぱってきました。そのときのアイツは猛々しかった！　セメントを支える床が傾きはじめたとき、〈オルナノのならず者〉はこの瓦礫の山にのぼりました。体を突っぱって、地下室に崩れ落ちつつある並はずれた重量を両腕で支えたんです。〈逃げろ！〉ヤツは俺に言いました。〈だから逃げるんだ！〉ヤツも一緒に逃げてほしいとふんぎれずにいると、アイツは私の肩をつかみました。〈ポーラン・ブロケに伝えてくれ〉ヤツは私に言い聞かせました。《オルナノのならず者》は裏切り者ではないとな〉するとヤツは私を持ち上げ、地下室の外へ投げ上げました。小包や袋、放られる小動物かなにかのように」

「見たよ」

「ええ、刑事長。でも、こんなふうに私をつかみ、地下室の外に投げ出すには、〈オルナノのならず者〉はその柱のような頑丈な両腕で支えていた床板を離さなければなりませんでした。それで床が崩れ、並はずれた重みのセメントの袋という袋、樽という樽が〈オルナノのならず者〉の上に落ちたんです！」

するとポーラン・ブロケは言った。

「見にいこう……」

〈ブロケ精鋭部隊員〉たちは新しいはしごを設置していた。彼らはランタンや松明を持っていたので、ポーラン・ブロケはガブリエルとともに冷酷な墓場となるはずだった地下室に降りていけた。

水がセメント全部を覆うには時間が足りなかった。ジゴマの計画は失敗だった。そこでは、ガブリエルを助けるときにポーラン・ブロケが地下室に投げ込んだZ団のメンバーらがひどい状態で発見された。そのうちの一人は死んでいるようで、もう一人はうめいていた。また、不幸なガストン・ソクレも見つかった。彼は強いられた苦痛の眠りをまだ続けていた。最後にセメントの層の下に〈オルナノのならず者〉の遺体が発見された。ならず者は仰向けに倒れていた。腕を十字に組んで横たわっていた。そしてセメントでいっぱいになったいくつもの樽の重みで、肋骨が折れ、巨人のような幅の広い胸が粉砕されていた。この胸のなかで、無骨で荒削りで無邪気な深い愛を、謎の赤銅色がかったブロンド髪の女への真正の愛を包み込むその心が、その哀れな心が砕かれたのだ。

㉒章　心は消え、魂が飛び立つ！

波乱に満ちたその夜のあとポーラン・ブロケが明け方に家に戻ると、元ピエロのシモンが毛布にくるまり、書斎の絨毯の上で寝ていた。指示通りに刑事長の帰りを待っていたのだ。

「さて！」ポーラン・ブロケは尋ねた。「おまえのお友達ド・ラ・ゲリニエール伯爵は？」

「ええと、刑事長、いつものように私たちはひと晩を過ごしました。一緒にではないですが、すぐそばで！」

「ああ！　リュテシア座でか？」

「はい、刑事長。リュセット・ミノワはいつにも増して魅力的でしたよ」

「リュセット・ミノワへのおまえの気持ちについて詳しいことは訊いてないよ」

「もちろん、刑事長、そんなことは話しません」

「おまえのド・ラ・ゲリニエール伯爵についてだけ話してくれ」

「ヤツは友達と一緒に桟敷席にいました」

「デュポン男爵は？」

「いいえ、昨日の夜はいませんでした。デュポン男爵はサークルで夕食をとって、劇場にはちょっとだけ顔を出して、姿を消しました」

「よし！　で、おまえのド・ラ・ゲリニエール伯爵は残ったのか？」

「そうです、刑事長」

「観劇のあとは、ヤツはなにを？」

「リュセット・ミノワやリュテシア座のほかの女優たちや、いつもの友人たちと夜食です」

「おやおや！　それは確実なのか？」

「絶対です、刑事長！」

「伯爵の家まで跡をつけたのか？」

「夜間かなり長い時間、ヤツの小さな館を監視しました。私のあとは、われわれのところのフランソワが代わりました。フランソワは伯爵を午前中もずっと見張り、跡をつけるでしょう。それで昼頃、あなたに報告する予定です」

「よし」

ポーラン・ブロケは大きな声で言った。

「なあ、シモン。俺がおまえに頼んでいるこの監視任務で、おまえはリュセット・ミノワに単に魅了されていないかどうか、俺は訝ってるんだ」

元ピエロはビクッとした。その上を向いた鼻をモゾモゾ動かし、半月形の口が完全に丸くなった。こんな小言を聞かされて驚いた彼は、自分を弁護する言葉を見つけられなかった。

「ド・ラ・ゲリニエール伯爵をしっかりと確認し、追跡し、目を離さなかったと断言できるか？」

「はい！　はい！」元ピエロのシモンは頷いた。

それから、自分が本当のことを言っているのだと誓うために、彼は手を挙げた。

「よろしい！　でもな、おまえがリュセット・ミノワを見ていたときこの俺は、わかるか、同じ時間に俺はな、ロワール河岸でド・ラ・ゲリニエール伯爵と、おまえが愛しのリュセット・ミノワとしたいことをしていたんだよ……俺はヤツをこの腕に抱いていた、抱きしめていたんだぜ。俺はそれを強く保証するよ」

「伯爵を？」

「そうだ。それに間違えるなんてことはありえない。俺はヤツの肩を露(あら)わにしてやったからな。リュセット・ミノワが舞台でそうしているより少しばかり大きくな。そして俺は、おまえが見惚れるリュセット・ミノワの肩のホクロよりも大きい、両手ほどのホクロを確認した。このホクロは、俺自身がド・ラ・ゲリニエール伯爵の胸に付けてやったものだ」

今度は元ピエロのシモンは口を開け、上向きの鼻をモゾモゾするだけでなく、目を丸くした。締めつけられた喉でようやく彼は言った。

「でも、刑事長、私のド・ラ・ゲリニエールは確かです……」

「同じく俺のド・ラ・ゲリニエールも確かだ」

「でもそれじゃ、刑事長……二人の伯爵がいるってことですよ……」

「二人。それに、ヴァン・カンブル男爵のところで焼かれた伯爵、つまり三人だ」

「三人！」

「たくさんのド・ラ・ゲリニエールがいるってことを認めるんだ」

「それじゃ……驚くべきことですよ……」

「そうだな。こんな謎を解明しようとしなくていい、もう寝ていいぞ」

元ピエロのシモンはかなり困惑して立ち去ろうとした。ポーラン・ブロケは彼を呼びとめた。

「そういえば……おまえのライバルは？」

「どのライバルです？」

「リュセット・ミノワに惚れ込む、ほかの男だよ」

「誰ですか？」

「たくさんいることは知っているが、そのうちの俺は北部の工場主のことを言ってるんだ、製糖所のな」

「サトウダイコン？」

「そうだ。アイツはどうなった？」

「わからないんです、刑事長。リュテシア座でヤツを見なくなって数日経ちます」

「わかった。これからはサトウダイコンも監視するんだ」

「はい、刑事長」

元ピエロのシモンはますます困惑して眠りに向かった。ポーラン・ブロケといえば、バスルームに閉じこもった。シャワーを浴びて、ベッドに横になった。たび重なる格闘と体の消耗のあとで、大いに必要だったた休息の数時間を味わうのだ。

数時間後、彼がテーブルにつくと、召使いがある訪問者の名刺を示した。重要な言付けのためにすぐに迎え入れてもらうことを要求していた。それは、公証人のベジャネ氏の書生だった。この名刺はポーラン・ブロケに非常に大きな驚きをもたらした。彼はベジャネ氏の書生をすぐに迎えた。

モントルイユ銀行の惨劇に、銀行家の死にかなり奇妙なかたちで関わる公証人ベジャネ氏がなにを望んでいるというのか？　ポーラン・ブロケは、習慣として、自分が解決できない問題にいつまでもかかずらうことはしなかった。すぐにでも公証人の書生の話を聞いて、この奇妙な訪問の理由を知りたかった。

「ベジャネ氏が」彼は言った。「あなたのもとへ私を遣わしたのは、かなり思いがけない、かなり変わった件のためでございます。通常、この種の件は公証人事務所では扱わないのでございますが、職権と相容れないというわけでもなく、また裁判所補助吏としての役割を超えるものではございません」

「お話しください」

「では。ベジャネ氏はある委任を受けました。必要な現金と一緒にです。パリの墓地のひとつに永代埋葬する権利を得るためのもので、その墓地の選定がベジャネ氏に委ねられているのです」

「わかりました、ムッシュー。それから」

「この委任では、ベジャネ氏が墓地を決定する前にあなたに相談するよう義務づけられているのです」

「私に相談する、この私に！」

「その通りでございます。あなたに、ポーラン・ブロケさまにです」

「どんな目的で？」

「ベジャネ氏が墓に埋葬される人物のご遺体を受け取るには、あなたに願い出ること、つまり、あなたに仲介していただくことが必要なのでございます」

ポーラン・ブロケはかなり不可解に思いはじめた。

「と言いますのも……」公証人の書生は重々しく続けた。「あなたポーラン・ブロケさまが、このご遺体がどこにあるのかご存じだからでございます」

「女性の遺体ですか？」

「いいえ……男性のご遺体でございます」

「どんな男性ですか？　名前はご存じですか？」

「名前は存じ上げておりません。教えていただいておりません」

「それでは私には……」

「しかしこの委任で、ベジャネ氏はあだ名を伝えられています。それで問題となっているご遺体が判明するものと思います」

「そのあだ名は？」

「〈オルナノのならず者〉！」

ポーラン・ブロケは身震いせずにはいられなかった。

「なるほど」彼は言った。「誰が問題になっているかは、このあだ名で十分ですね」

「ベジャネ氏もそう期待しておりました。このお方、〈オルナノのならず者〉は昨晩お亡くなりになったそうです。この委任ではその理由を知ることはできませんが、差しあたって重要なことではございません。この死亡は合法的に確認できております」

「その通りですね」

「ベジャネ氏があなたにお願いするのは次のことでございます。すなわちあなたご自身で〈オルナノのならず者〉のご遺体を認知すること、われわれにその証明書を提出すること、この者が埋葬される墓地を指定すること、そして法的手続きのためにご遺体が一時保管されている死体公示場から引き取る日を決めることです……そうすれば公証人事務所としましては費用が正規に支払われておりますので、この不幸な〈オルナノのならず者〉のご遺体に関して、死者のための慣例の祈りを唱え、慣習のしきたりにのっとって、故人の埋葬にとりかかることができます」

ポーラン・ブロケは尋ねた。

「この委任をベジャネ公証人事務所に委ねた人物の名前を教えていただけませんか？」

「法的にはそれに対して異議申し立てするものはございません。またこのような場合、職業上の守秘義務は援用されることはありません。しかしながら、われわれは絶対にそうすることはできないのです」

「なぜです？」

「委任は、われわれに現金を委ねた執達吏のグリヤール氏によって通達されたからです。グリヤール氏は、特別な性質を持つこの任務を拒むべきではないとお考えになりました。たとえ、この任務を依頼した人物が名前を伏せたかったとしてもです。このようなケースは——書類には前もって預けられた現金の使途を明記する領収書しか含まれませんが——完全に承認されます。さらにベジャネ氏は執達吏のグリヤール氏の介入によって法的に保護されております。すべては合法で、判例に適い、いくつかの前例もございます」

ポーラン・ブロケは答えた。

「私も彼と同じくこの委任にしたがって、委任の実行を容易にするよう私の権限内でなんでも協力すると、ベジャネ氏にお伝えください」

公証人の書生はお辞儀した。

「しかしながら」彼は加えた。「お伝えしようと思っておりましたが、送られた現金の割り当てにおいて、あなたの取り分は問題になっておりません。あなた名義の委託金は一切ございません」

「ええ」刑事は言った。「ええ、それはないでしょうね」

「それでもあなたはご協力を取り下げないのですか？」

「むしろ、その反対ですよ」

公証人の書生は、委託金を受け取ることなく尽力しようというこの男に驚きの目を向けた。彼にとってそれは普通ではなく、信じられなく思われたのだ！　それは、法律分野における取り決めや法律関係者や法律についての考え方を覆すものだった。法律の基礎、すなわちそれは委託金だからである！

そしてすぐあと、彼はその場を去り、階段で落ち着きを取り戻してから、こう思った。

「あの男が警察に身を置いたのは正しかった……そうじゃなきゃ、かなりできの悪い公証人になるだろうさ！」


数日後、ポーラン・ブロケの尽力ですべての手続きが速やかにおこなわれ、〈オルナノのならず者〉の埋葬が執りおこなわれた。

公証人事務所で引き受けた委任を果たしに公証人の書生が馬車で来ていた。墓地で、最後の署名を求めるためだ。また刑事と二人の部下も、不幸な〈オルナノのならず者〉の重傷を負った遺体を納めた霊柩車のあとを、贖罪の刻にポーラン・ブロケの部下を助けようと勇敢に死んだこの哀れな男のあとを、善良で心優しき悪党の棺のあとを、歩いた。

棺の上には三つの花冠があった。ひとつはポーラン・ブロケが贈った。もうひとつは二人の部下と、倉庫の一件に関わった配下の男たちによるものだった。三つ目は自然の花、野の花、飾りっけのない花だった。それは大きくて見事だった。花は赤銅色の波紋状の光沢模様の付いた幅広の絹のリボンで巻かれていた。風でリボンがなびいた。それは赤銅色の光沢で長くしなやかなブロンドの三つ編みの……あの女の赤銅色がかったブロンド髪のまぼろしを与えつつ。

〈オルナノのならず者〉が、この哀れな男が、あれほどに愛した赤銅色がかったブロンド髪の女！

㉓章　マルティネはもう飲むことはないだろう

このあいだポーラン・ブロケは何度も留置場の医務室のZ団の男二人を訪ねた。倉庫の戦いのあとで捕えられ、一人はかなりの重傷を負っていた。

この男は普段の生活では剥製師だった。研究所や大学のために鳥の保存や、とくに組織切片の作製や収集に従事していた。彼はマルティネという名前だった。元医学生で博士課程を中退し、彼いわく、親愛なる同業者たちが送ってよこす〈死体〉を加工して生きる方法を途中で見つけたのである。実際真面目な男で技術的に腕が立ち頭がよかったから、外科の分野でたいした人物になれたかもしれない。だが大いなる二つの悪習を度が過ぎるほど持ち合わせていた。つまり怠惰と飲酒だ。

なにもせずに飲む、彼の幸せのすべてはそこにあった。必要最小限でたくさん稼ぎ、飲めるだけ飲む、それが彼の人生のルールだった。飲むものを得るために彼の技術はあり、その良心を傷つけなりればどんな仕事にも応じる用意ができていた。というのも彼は誠実な男だったからだ……怠け者で酒飲みだけど誠実、こんな人間もいるのだ。

彼のような男は、容易にジゴマの餌食になったにちがいない。ジゴマはあらゆる業種、あらゆる職業、あらゆる社会階層の人々のなかから必要な人材を募ることに長けていた。人間を動かすのは悪習だけであることを知っているジゴマは、マルティネにその悪習を満足させるものを与えた。そしてこの男は彼のものになったのだ。

一方、その敵と同様に心理洞察力に優れるポーラン・ブロケは、マルティネを捕まえたいま、その悪習を禁じることで今度は自分がこのジゴマの子分を支配できるとわかっていた。マルティネがいくつかの貴重な情報を与えてくれると疑わないポーラン・ブロケは、治療の妨げにならないのであれば、拘束されたこの病人の食餌療法からアルコールのすべて、ワインのすべてを取り除くことを医者に願い出たのだ！

二日間の食餌療法が終わると、マルティネは魂を売り渡そうとしていた。水でも牛乳でもハーブティーでもない飲み物のためにである。そこに、看護師からマルティネのために一杯のボルドーワインをもらったポーラン・ブロケは篤志家のように現れた。すぐに彼はマルティネの信頼を勝ちとり、次にはコニャックを約束すると、剝製師は自分が持っているすべての秘密を明かすことを約束した。

もっともこれらの秘密はたいしたことではなく、重要ではなかった。あとで自分に危害を与えたり、面倒を引き起こすかもしれないタイプの人間には、ジゴマは自分の仕事についてなにもかもを明かさないよう用心していた。彼の場合ジゴマの作戦に参加するのははじめてで、自分がなにをしたのか……なにを期待されていたのか、なぜ黒の覆面カグールをかぶらされたのかはっきりとわからなかったのだ。結局のところ彼は、この仮装パーティがただの悪ふざけで、宴会好きの連中の楽しいパーティでしかないと思っていた。ほろ酔い加減で強盗団に加わりZ団のメンバーらに付き従ったものの事情のわからぬ彼は、この奇妙な舞踏会でのんきに料理のある場所を探しながら、冷たい酒がやけに少ないなどとと思っていたのだ。

彼にはとくに言わずに、切断の、外科医としての彼の才能を気味の悪い仕事に使おうとジゴマが考えたのは確実だった。

そういうわけでポーラン・ブロケはこの酔っ払いから、彼の人生のいくつかの冒険について話してもらう約束をとりつけることができた。マルティネは自分がジゴマと関わっているなどとみじんも疑ってなかったからだ。とはいえポーラン・ブロケは、カルメン・ダマタの頭部を切断した人物がこのマルティネであるとすでに見抜き、わかっていた。ただそれがどのようにおこなわれたのかを知りたかったのだ。そこで巧妙にコニャックの量を増やし、マルティネがこの気味の悪い手術話をするよう誘導したのだ。

マルティネのベッドは、医務室の隅にあった。ポーラン・ブロケがこのベッドを酔っ払いに割り当てたのだ。彼が、二、三人のZが紛れるほかの病人たちから少し離れて自分の言葉を聞かれることなく、気兼ねなく話せるようにである。当然ながら刑事はポーラン・ブロケのいつもの姿では現れなかった。この施設の専属医を演じていた。そしてマルティネにできるだけ低い声で話させた。

気味の悪い場面はカルメン・ダマタの自宅で繰り広げられた。それはポーラン・ブロケが想像した通りで、酔っ払いの話は彼の憶測を立証していった。

「俺は」マルティネは言った。「若い女の死体のある家に連れていかれた。女は二日前に死んでいた。肺結核だ、ひと目でそうだとわかった」

ポーラン・ブロケは、死体公示場の大理石テーブルの上の頭部を前に下した自分の診断を思い出した。マルティネの言葉は、ロベール医師の確言と同様に、彼の推測を裏付けていた。

「死因は特定された死亡で」マルティネは続けた。「埋葬許可は正常に作成され……埋葬はちょうど朝だった」

「ということは、この若い女はすでに棺に入れられていた」

「あとは蓋をねじ釘で留めるだけだった」

「通夜のとき、女のまわりには誰がいたんだ？」

「二人の人物だけだ。まず、まだ若い男だ、とても洗練されていた」

「旦那？」

「そうでなければ恋人かもしれない……はっきりはわからない。でも心から悲しんでいるようには見えなかった。それからこの男のおじだ」

「おじ？」

「立派な白い髭の、さらにいっそうシックな紳士だ」

ポーラン・ブロケは、この若い男はド・ラ・ゲリニエール伯爵で、そのおじは見栄えのいいデュポン男爵だとわかっていた。

マルティネは続けた。

「これらのジェントルマンが俺に期待していたことはかなり奇妙だった。頭部を切断してくれと頼まれたのだから……」

「どんな口実で？」

「型を取るため。彼らは、かつて美しかった、依然としてかなり美しいこの顔の思い出をできる限り正確に、できる限り完全に保存したかったんだ」

「それから？」

「俺は、なにも頭部を切断しなくても型を取ることはできると言ってやった。しかし、彼らはできないと言い張った。俺はその方法ですぐにでもやってやると申し出た……だが彼らは自分らの考えを押し通した。彼らには、型を取る専門の職人がいて、俺には頭部を切断するためだけの報酬を払った。たくさん借りのある友達がこの仕事をくれた、彼はやるべきことを俺に伝えていた、この友人に嫌われないためにも従うしかなかった。もっとも俺はかなりの報酬を支払われたがな。それに、この種の手術をおこなうための合法的な許可を得ることはたいていできないが、この件はしかし要するに違法行為ではなかった。結局、俺は仕事にとりかかった。俺はかなり腕がいい、せいぜい二十分だった。頭部はきれいに体から切り取られたよ」

「それで？」

「それで車で自分の家に送られた。それだけだ」

ポーラン・ブロケはマルティネに尋ねた。

「この若い女がなんという名前か知らないのか？」

「誓って、わからない」

「頭部を見せたら、あんたがおこなった切断かどうかわかるか？」

「もちろん」

「棺のそばにいた人物のどちらかを……若い男かそのおじを見せたら、彼らのこともまたわかるか？」

「それは簡単なことだろう」

「結構」

ポーラン・ブロケはマルティネにさらに質問するところだったが、ほかの医者や看護師が務めを果たしにきたのでそれはできなかった。

「また明日！」彼はマルティネに言った。

「また明日！……教えてくれ、またコニャックはもらえるのか？」

「もちろん」

「じゃあ、よかった」

酔っ払いはベッドに潜り込んだ。また何杯かのアルコールを持ってきてもらう翌日を満足げに待つことだろう。

だが、朝一番に看護師らが医師の診察に備えて患者たちに準備をさせようと巡回していたとき、マルティネがベッドで死んでいるのを発見した。ベッドの上に備えつけられた、患者たちが動いたり起き上がったりするための木製の取っ手のついた補助ロープで首を絞められていた。酔っ払いの首を締めたロープは、ベッドの鉄のパイプにくくりつけられていた。

ジゴマがそこを通ったのだ。彼はふたたび裏切り者を罰したのである。

ポーラン・ブロケはこの新たな事件の捜査に取り組まなかった。この事件は世間を騒がすことはないだろう。数人のZ団のメンバーが医務室にいて、そのなかに殺人者を見つけられるだろうし、法で裁かれるだろうことを十分にわかっていたからだ。

それにこの出来事のもう一人の主人公がより強く、彼の注意を引いたからだ。それはガストン・ソクレだった。

カルメン・ダマタの不幸な恋人は、その友人アンブラール、別名ジゴマが彼のために用意した恐るべき死を奇跡的にまぬがれた。彼は倉庫の地下室に転落したが、一輪の手押し車や箱や木材の足場の上に幸運にも落ちたのだった。それは〈オルナノのならず者〉が可動式の床を支えようと、またガブリエルが押しつぶされたりセメントで窒息するのを防ごうとつくったものだった。

彼はその重く深い眠りに陥ったまま運び出されたが、なにものも彼を眠りから覚ませるものはなかったようだ。彼は留置場の独房で夕暮れに目を覚ました。ポーラン・ブロケが簡易ベッド（リ・ド・フォルテュヌ）に、お望みならば、不幸（アンフォル）なベッド（テュヌ）に彼を寝かせておいたのである。

彼が回復し、自分の身に起こったことを理解するのにしばらくかかった。逮捕され、囚われの身であるとようやくわかったとき、彼はそこまで絶望はしなかった。憤怒もせず、意気消沈もしなかった。ベッドにとどまり、ただ泣きはじめた。失った女性のためにまたしても泣きだしたのだ。彼女とともに彼の意識や存在理由はなくなってしまったようだ。

ポーラン・ブロケは夜が近くなると、彼に会いにきた。二人の男の会話はこのうえなく心を揺さぶるものだった。

「ああ！」苦しそうにガストン・ソクレは言った。「私にはあなたがわかる、ブロケさん！　私はあなたの敵の一人だ……あなたと戦った……今日、どうなるか私にはわからない、あなたの思うがままだ。それは正しいことだ。私は間違いなく重罪裁判所に引き出されるだろう……そのほうがいい！　抗弁はしない。それにもし、私を死刑台に送るなら、ああ、できるだけ早くそうしてくれ！……私はあなたにありがとうと言うつもりだ」

ポーラン・ブロケは恋する不幸な男にその苦悩を吐き出させた。そのあとで静かに彼は言った。

「ここでは死刑台も死も問題とはならない。おまえは俺と戦った、そう、知っているよ……だが俺は別のことも知っている」

「なにを？　私は強盗だ、文書偽造を働いた……ジゴマの共犯者、Z団の幹部の一人で……不可視の支配者の数々の犯罪に関わってきた……そうだ、本当だ、否定しない」

「別のことを知っているんだよ」

「だからなにを！」

「なぜおまえがこの男の手のなかにあったか」

「わからない」

「俺は知ってるんだ、ガストン・ソクレは……」

「それは私だ」

「そう、俺は知っているんだ。ガストン・ソクレは善良で真面目な男で、慎ましくも律儀で誠実な生活を送っていた、カルメン・ダマタに出会う日まではね」

この名前に、ガストン・ソクレは飛び上がるように身を起こした。苦しそうに、なにかが彼の胸のど真ん中を撃ったかのように彼は繰り返した。

「カルメン……カルメン……カルメン・ダマタ！」

「カルメン・ダマタの欲求に応えようと、おまえがなんでもしたってことを俺は知っているんだ。弁解の余地があるとすれば、おまえの道楽のなかにではなく、この女性へのおまえの愛の強さのなかにある」

「私は彼女を愛していた、そうだ。その気まぐれを満足させるものを彼女に与えるためにおこなう卑劣な行為のすべてが容易で自然なことと思えるほどに、彼女を愛していた。私には犯罪のすべてが醜いものではなく、義務のようなものに思われた。名誉を犠牲にして、人生を捧げるほどに彼女を愛していたんだ」

「わかってる」

「そして彼女がもういなくなったいま、私自身も存在していない」

「知ってるよ。俺はまた知ってるぞ、おまえが毎晩、友人のアンブラールに隠れて、カルメン・ダマタの墓に涙を流しに行っていたことをな」

「ああ！　知っているのか？」

「それに俺はおまえの知らないことを知っているよ」

「いったいなにを？」

「おまえがからっぽの墓に涙を流していることを」

ガストン・ソクレは狼狽してポーラン・ブロケを見た。

「そうなんだ」刑事は続けた。「おまえはからっぽの墓に涙を流しているんだ。毎日おまえが涙した墓のなかに、カルメン・ダマタはいない。おまえがひざまずいた墓石の下にもな」

ガストン・ソクレは刑事が言いたいことをいまだ理解していなかった。

「カルメン・ダマタは」ポーラン・ブロケは言った。「おまえが友人とした恐るべき悪党の手のうちで、知らずに道具にされていたんだ、おまえのようにな」

「アンブラール？」

「ジゴマ！　そうだ」

「どんなやりかたでカルメンは……」

「おお！　この不幸な女性は苦しそうに眠りについた、彼女の眠りは決して邪魔されぬはずのものだった。だがジゴマはブロンド髪の女が、その美しく優雅な頭部が必要だった……愛された頭部、愛した頭部がね……そしてヤツはカルメン・ダマタを選んだ。ヤツは冒瀆をためらわなかった。カルメン・ダマタは墓から引きずり出され、ジゴマの憎むべき計画に役立てられたんだ」

「ああ！　ブロケさん」ガストン・ソクレは叫んだ。「話してくれ、もっとはっきりと話してくれ！　理解できない、理解することが怖いんだ。話してくれ、話すんだ！」

「こういうことだ。赤銅色がかったブロンド髪の女の頭部がビュット＝ショーモンの空き地で発見された……」

「えっ？」

「カルメン・ダマタの頭部だ」

「あなた、嘘をついている……」

「いや」

「もう一度言うが、あなたは嘘をついているんだ、そうでなければあなたは狂ってる……」

「いや、本当のことを言っている」

「ジゴマが憎いから、あなたは望んでい……」

ポーラン・ブロケは彼の手首をつかんだ。ぐっと力を入れ、その目を見据え、すばやく言った。

「ジゴマに対して憎しみなんて持ったことはないぞ。俺がヤツと戦うのはヤツが社会の敵だからだ。この世で生み出された強盗のなかで、もっとも手に負えない、腕のいい、無慈悲な、恐るべき悪党だからだ。俺がヤツの敵なのは、俺が法に仕える人間だからだ。俺は休むことなくヤツと戦い、容赦ない決闘を続けるだろうな。でも忘れるなよ、俺は公然と見せることのできない武器を決して使わないということをな」

「でも、ではなぜ、カルメンのことを話しているんだ、なぜ彼女がジゴマに加担したと言うんだ。この素敵な女性のために泣いている私の前で、あなたはなぜ嘘をつく？」

「それが真実だからだよ。おまえにしてみれば信じられないかもしれないが、反論の余地のない証拠をすぐにでも見せてやるよ」

「カルメンの棺のない墓？」

「それよりもいいものだ」

「では、なにを？」

「カルメン・ダマタ本人」

ガストン・ソクレは叫んだ。

「生きている！　カルメンが……生きてる！」

ポーラン・ブロケは答えなかった。

「聞いてくれ」彼は言った。「ジゴマがカルメン・ダマタにしたことをおまえに見せたら……どのようにヤツが、この哀れな女性をその憎むべき計画に強引に役立たせようとしたのかをおまえにわからせたら……おまえの友情に敬意を表するジゴマが、おまえがあれほど愛した女性の身体をどのように扱ったのかを見せ、ヤツが加えたひどい冒瀆を見せたら……おまえに要求するすべての情報や手がかりを俺に教えると約束するか？」

ガストン・ソクレは答えた。

「私は裏切り者ではない、歯で舌を噛み切ったほうがましだ。もちろん、友人についてはなにも打ち明けない」

「ジゴマがおまえを殺害しようとしたことを証明しても……」

「どうでもいいことだ」

「ジゴマがおまえを俺に売り渡したことを証明しても……」

「もっとどうでもいい」

「ヤツがおまえの愛する死者の身体を冒瀆したことを証明しても……」

「そうなら、ええ、そうなら、わかった……アンブラールが、ジゴマが、そんなことをしたのなら、アイツが私の愛すべき死者の髪の毛の一本にでも触れたのなら、ジゴマは私にとってもっとも卑劣で、もっとも軽蔑すべき、もっとも最低の人間になったということだ……私の死者を冒瀆したのなら、私はヤツを売り渡したい。私が持っているすべての情報をあなたに教える。ジゴマの参謀の一人であり、ヤツのあらゆる秘密をほとんど知っているこの私が、ヤツを捕まえるために、いなくなってしまった愛しい人の仇(かたき)をとるために、その卑劣な行為のゆえにヤツを罰するために、必要なもののすべてをあなたに伝える！……」

ポーラン・ブロケはそこで彼から手を離した。

「いいだろう」彼は言った。「勇気を奮い起こせ、気持ちを強くするんだ。もっとも耐えがたい試練に対して精神を整えるんだ」

その直後、ポーラン・ブロケとガストン・ソクレは車で留置場を離れた。死体公示場に向かったのだ。ガブリエルと、特別に呼び出されたロベール医師が彼らに随行した。ラモルスと数人の配下の男たちが車のまわりを監視する任務を担っていた。

ポーラン・ブロケから知らされたユルバン予審判事とボミエ治安局長は死体公示場に先に着いた。そこでは、この胸を締めつけられる対質のためにすべてが準備されていた。

大理石の大きなテーブルの上にカルメン・ダマタの遺体は横たわっていた。遺体は冷蔵庫から出され、経帷子で覆われ、その何本もの長いひだの下に身体が完全に隠れており、その形はほとんど見分けられなかった。それは像を彫られるのを待つ大理石のブロックのようだった。部屋の隅には白いサテンで覆われた樫の棺が立てかけられてあった。

ポーラン・ブロケはガストン・ソクレを案内し、まずこの棺の前で立ちどまらせた。このとてつもなく残酷な悲痛な磔刑をゆっくりと進めるためだ。

「これがなんだかわかるか?」ポーラン・ブロケは尋ねた。

棺はどれも似通っていた。しかし、安っぽい装飾に囲まれて生きたこの女優が、この美しい女性が永遠の眠りにつく棺を覆うサテンの張り地とレースを、この恋人は見分けたにちがいない。悲しみに暮れたこの恋人は、彼がアパルトマンや劇場の楽屋を好きなように装飾したように、この最後の住処が飾られることを望んでいたのだから。彼は両手を前に出し、それらすべてに触れたが、敬意と愛と恐怖の感情のゆえに震えていた。

「はい、ええ」彼は言った。「私にはわかる」

「よろしい、来てくれ」ポーラン・ブロケは彼を案内しながら言った。「さあ、がんばるんだ……」

ポーラン・ブロケは彼を大理石のテーブルの前に連れていった。

「これが」彼は静かに言った。「カルメン・ダマタの遺体だ」

彼はゆっくりと経帷子をめくった。銀のスパンコールで飾られたダンス用ドレスの高価な透かしレースの下に、舞台用の靴を履いた足が見えた。さらに、経帷子がめくられ、身体が少し露わになると、ガストン・ソクレは惹きつけられるように愛しい死者の上にかがみ込み、衣服を見分け、嗚咽しながらこう言った。

「そうだ……彼女の靴だ……そうだ、彼女のストッキングだ……この世でもっとも繊細だが……彼女の明るい肌ほどは繊細ではなく、柔らくはない、絹のストッキング……カルメン！」

すると彼は言った。

「よく……ときどき……彼女は片方の脚だけストッキングをはいて……両手で私の目を塞ぎ、ストッキングをはいたのはどっち？　と訊いたっけ……私はいつもこの賭けに負けた……愛しき人よ……かわいそうな愛する人よ……」

ロベール医師は彼のそばにいた。あまりにも強い感情に彼がうちのめされたときに助けに入れるようにである。ただしここには、苦悩だけが、このような愛の些事の思い出の苦悩だけが、語られるだけだった。

ポーラン・ブロケはさらに経帷子をめくった。両手が現れた。花が握られていた。この花は墓の湿気に、冷凍室の冷気に保存され、美しく、ごく最近摘み取られたようだった。

「ああ！　彼女の手だ……指輪……ブレスレット……彼女の手、とても柔らかいなめらかな手……口づけのように差し出すことのできる彼女の手……私が口づけするために、凍えそうなときに温めるのに握った彼女の手……愛する人のいとおしい手……私の心をよろこばせた、ゆりかごのような彼女の手……彼女の手だ、私の愛する人の手だ！　おお！　彼女の手だ……」

彼はこの手をとって、持ち上げ、自分の唇にもっていきたかった。だが、この手、この手首、この腕は冷気に凍りつき、硬くなり、まるで大理石でできているかのように動かなかった。

彼はかがみ込んで、彼女の手に口づけし、すぐに体を起こした。

「おお！……」彼は言った。「なんて冷たいんだ！　凍ってる！　凍っているんだ！　彼女が苦しんでいたときよりも冷たい、彼女が永遠の眠りについたときよりも凍っている……私にはカルメンはいまや二度死んだように思える……カルメン、愛する人よ！」

ポーラン・ブロケは彼のほうを向いた。

「いまこそ」彼は言った。「俺はおまえの勇気、活力、知性に訴えかける。見てくれ……見るんだ、あれほどおまえが愛した女性にジゴマがしたことを」

ポーラン・ブロケは経帷子の残りを静かにめくった。上半身、胸、それから肩を見せた……経帷子が取り除かれると、大理石のテーブルの上にはもうなにも現れなかった。泣きながら、あいかわらず愛する死者に語りかけ、刑事の動きを追っていたガストン・ソクレは、いまやなにも言わず、唖然となってただ見ていた。彼はなにも理解していなかったのだ。

彼は呼びかけた。

「カルメン！……カルメン！……」

自分が目にした、あるいは自分が見ようとしていた女性が突然消失したかのように……。

彼は呼びかけるにつけ声を張りあげた。

「カルメン！……さあ、カルメン！……」

彼は、不満そうに、そして愛情を込めて咎めるように加えた。

「さあ、カルメン……私のカルメン……なぜ君は隠れてるんだ？……」

そうして彼は遺体にかがみ込んだ。首の切断面を見た。すると怯えて一気に身を起こした。

「頭！」彼は叫んだ。「頭は？」

ポーラン・ブロケは、助手がテーブルに置いたばかりの頭部の覆いを取った。ガストン・ソクレはこの頭部を見た。

「これは」彼は言った。「これは、これはカルメンだ……私のカルメン、とても美しい……見事なブロンドの……とても優しく……とても愛おしい！……これが、これが、私のカルメンにジゴマがしたことか！……これは私のカルメンだ！……」

彼は自分を囲んでいる人々のほうを見た。すると大笑いしはじめた。

「カルメン！……これが、これが愛しいカルメン！……カルメン！……アッハッハ！」

ガストン・ソクレは気が狂っていた。

㉔章　掌(てのひら)に読まれること

愛の苦悩にうちのめされ、その理性を失ったこの不幸な男は連れ出された。彼は牢獄ではなく、ロベール医師がすぐに精神病院へ入院させた。

ポーラン・ブロケは、対質のこの予期せぬ結末にすっかり衝撃を受けていた。そのことで自分を責め、自分は残酷だと言った。

「ちがいますよ」ロベール医師は言った。「残酷じゃないし、あなたのほうに非人間的なことなんてありません。この対質は、この遺体の特定は、不可欠ではないにしても、結局のところ必要だったんです。あなたが知っている目的を達成するためにね」

「そう私は思っていました」

「人間的な思いやりによって命じられるすべての配慮を、あなたは講じたんです。だから、あなたの良心はおだやかであるべきだし、心配する必要もありません。あなたはこの悲劇的な最後を予期できなかった。誰だってそんなことはできませんよ」

「できませんね、確かに。はじめてです、こんな最後がもたらされるのを見るのは。でも、それでも、考えてしまうんですよ、私は自分の務めだとしても度を越したのではないか、許される範囲を越えてしまったのではないかとね」

ロベール医師は答えた。

「安心してください。あなたの判断と経験がそうするようあなたを導いた以上、あなたがそれをおこなった以上、あなたはご自分の職権の正しく公正で——さらに加えるならば——、人間的な範囲のうちにとどまっているんです」

「怒りや憤慨、復讐の渇望によって、ガストン・ソクレがわれわれに打ち明けることを大いに期待していたんです。で、見てくださいよ、この悲しい結末を」

「いや、ブロケさん……しかし、この不幸な男が重犯罪裁判にかけられたら、彼はどうなりましたか？」

「終身強制労働です、間違いなくね」

「結構。耐えがたい苦しみと、精神的、身体的苦しみの人生、長い苦難の道」

「ええ」

「あなたの意見では、結局のところ、この男は実際に思われるほど罪深くはないと？」

「もちろん。ジゴマの餌食、カルメン・ダマタへの愛の奴隷とみなしています。彼があのようなさまざまの悪事を犯したのも、いろいろな犯罪に与(くみ)したのも愛ゆえにですからね」

「彼は大いに愛した、彼は大いに赦される、だから神の正義はこの不幸な男に同情した。神の正義は彼に無罪を言い渡すことはできなかった、神の正義は彼を苦しめることはできなかった、神の正義は彼を無力化した。愛ゆえにあの過ちを犯したガストン・ソクレは、愛ゆえに現実の世界から切り離された、あたかもギロチンの刃が彼に襲ったがごとくにね。彼は生き、呼吸し、カルメンのことを思っているが、彼の心臓がまだ動いているにしても、その心は死んでいるんです！……」

ポーラン・ブロケは、なんとかこの事件のあとの数日間をやり過ごした。それから彼は部下たちに言った。

「なあ、おまえたち、警戒を鈍らせないようにしよう。Z団のヤツらはかなり打撃を受けたんだ、さらに進まなければならない。いくつかの点をなにがなんでも明らかにする必要があるんだ。それで俺は、献身的なジュリーの主人、あのヴェルディエ夫人の打ち明け話に大いに期待している。だから、ラモルス、おまえは例の親切な友人と一緒にちょっと嗅ぎタバコと安酒を何杯かやりにいってくれ。そして彼女に伝えるんだ、占い師のルレ夫人が明後日の夜、会いに行くとな」

「了解です、刑事長」

「俺のほうはルレ夫人と手はずを整えることにする。とくに彼女がどんな質問をしなければいけないか伝えるつもりだ。これは俺が引き受ける」

そういうわけで翌々日の夜九時頃、ルレ夫人は、すっかり心をかき乱されながら焦がれる思いで自分の訪問を待っているヴェルディエ夫人の家に現れた。ヴェルディエ夫人は、彼女から恐るべき啓示、あるいは慰めや希望の言葉が得られると思っていた。

占い師のルレ夫人は年配の女性だった。十分頑健だったが、背中が曲がっていた。三十年前に流行ったスカートを身につけ、短いフレアコートをフランネル製のカラコの上に羽織っていた。そして、それほど豊かではないがしっかりと留められたシニヨンの髪の上に帽子が不恰好にのっていた。そのつばは小さな灰色の巻毛を下ろし、その栓抜きのような巻毛が頬を覆っていた。また鼈甲のメガネをかけていた。そして、いくつもの勲章とサーベルと、立派な口髭の横向きの軍人の肖像が入った大きなメッキのメダルを、襞襟を支えるように首のところにこれ見よがしにつけていた。それは、参謀部の大尉で、祖国に仕え、自分の机の前で突然亡くなってルレ夫人を若くして未亡人にした、彼女の表現によれば悲嘆に暮れさせた、ルレ氏の肖像だった！　さらに指なし手袋（ミテーヌ）で飾られた彼女の手は、カードやタロットなど占い師の道具一式が入った真鍮の留め金の四角い小さな革の鞄を持っていた。

あの安酒の男がジュリーにルレ夫人を紹介すると、とても丁寧に迎え入れられた。ジュリーはルレ夫人をヴェルディエ夫人のそばに案内した。彼女はすがるようにいまかいまかと待ちに待っていたのだった。ヴェルディエ夫人は大きな肘掛け椅子に座り、枕にもたれ、なるべく動かないようしていた。少し動くだけでかなりの苦痛だったからだ。

ルレ夫人は、ジュリーが不幸な主人（あるじ）の前に差し出した椅子に座った。緑色のかさで和らげられたランプの灯り（あかり）のもと、ルレ夫人はその鼈甲のメガネ越しにとても注意深くヴェルディエ夫人を観察した。

「ああ！　マダム」病人は言った。「あなたは不幸な、身体の不自由な人間を目にしているのです。人生は彼女にその微笑みを惜しみなくふりまきませんでした」

ルレ夫人は病人をさえぎった。

「マダム」彼女は言った。「なにもおっしゃらないで、話すべきは私じゃ……あなたがおっしゃること、私にはわかるのじゃよ！　そして、あなたが誰にも教えられないことが私には見えるのじゃ！」

ヴェルディエ夫人は痩せて皺がより、実際の年齢よりも老けてみえた。そこには精神的、身体的な苦しみの跡をとどめていた。それは苦しむ哀れな存在であり、人生の犠牲者だった。それでも目はまだ善良で、思いやり、弱さ、不安を示していた。彼女はすぐに安心し、その孤立無援の苦しみのなかで、自分に関心を寄せ、たとえ話されることが真っ赤な嘘だったとしても……自分の未来や希望について語ってくれる人物に出会ったことをうれしく思ったのだ！　彼女は、皺だらけの骨ばった左手を占い師に差し出した。占い師はカードを使う前に手相を見たいと望んだのだ。

ルレ夫人は差し出された手をとると、ランプに近づけた。すでに骨格が現れているこの手を観察すると話しだした。

「ああ！　マダム」彼女ははじめた。「感情線より頭脳線がはるかに短い手じゃ……あなたはご自分のまわりの人々に依存しておられた。あなたは大いに愛し、絶えず苦しんだ！　あなたの心がご自分の人生を不幸にしたのじゃ……」

「まさにその通りです！」ヴェルディエ夫人はつぶやいた。

ルレ夫人はもう一度その手を見た。

「あなたはかつて……とても誠実な愛情を抱いておったのじゃ、あなたのほうは……。相手のほうは、まったくとは言えないまでも、そこまでではなかった」

「ああ！」

「あなたは愛したが、愛されなかった！……あなたは若く、美しかった。そしてそれが、人々があなたに認めたいすべてじゃった。あなたが示した愛情や誠実さ、献身さは……あなたが自分の人生を永遠に捧げようと考えた人物を、一瞬たりとも引きとめなかったのじゃ！　この男は完全に独りよがりな存在で……それはそれは利己的で……邪魔になるものを抱え込まず、自分の目的に到達するためにはすべてを打ち砕く出世主義者じゃ。この男は大変な知性を持っておるが、思いやりのかけらもない」

ヴェルディエ夫人はこの言葉を聞いて身震いした。

「子を産んでおるな！」

「ええ、マダム」

「私には見える、男の子じゃ！」

「そうです」

「話すでない、ここで解読しとる。この線じゃ！　奇妙じゃが、母親というよりは父親に似ている男の子のようじゃな……」

「ああ！　ああ！」病人はつぶやいた。

「なにも言うでない！　私にはすべて見えるのじゃ！　この男の子は父親のようじゃの。野心家……冷酷な利己主義者！　金、一流の生活を愛している！　そして、自分の野心を満足させようと、金を手に入れようと、大胆なことをなんでもできる……」

「はい」

「マダム……あなたを傷つけることを恐れずに言うが、この息子は犯罪にまで及ぶ可能性がある！」

身体の不自由な女性はなにも言わず、嗚咽をこらえていた。もうそれからは、この哀れで、すっかりやせ細り、皺だらけの、ただし人生の苦しみがまさしく痛々しく刻まれている手を驚くべきやりかたで解読するこの占い師に、彼女は身をゆだねていた。この占い師が彼女の手に多くのことを読み取り、彼女の過去のすべてを理解し、なにも見落とさないので、ヴェルディエ夫人は彼女の前で自分を包み隠そうとはしなかった。簡単に見破られそうだったからだ。自分のことをよく知り、こんなふうに自分の人生をしっかりと把握し、その結果、自分のことを理解してくれる女性に出会ったことがうれしくて、彼女には古くからの友人のように思えた。打ち明け話の刻はあともうすぐ、いやおうなしに告げられるはずだ。ルレ夫人は、その時間の到来をより確実に、より早めるためにふたたび口を開いた。

「おや！　マダム……私には見えるのじゃ、不意の断絶、状況の急な変化じゃ……それから……離婚のようなもの……ほら、ここじゃよ。この線、切れてるじゃろ……ほかの線によって……離別じゃ、三十年前の……三十五年前の」

「その通りです」

「しかしながら……あなたが気を悪くしなければ言うが、この断絶は……あなたがご子息をお持ちながら、合法的な結婚の断絶を示していない……つまり結婚はしていなかった……」

ヴェルディエ夫人は身震いした。

「まったく、あなたは悪魔のようです、マダム！」彼女は声をあげた。「すべてを見抜いてらっしゃる」

「いいえ、マダム、そうではないのじゃ。各人の人生は、書物のように手に記されておる。ただ解読するだけなのじゃよ」

それから彼女は加えた。

「お望みなら、もっとあなたの手を読ませてくれんか？　はい……結構！　ほら、頭脳線の切れ目と結びついた商売の神メルキュールの水星丘に見えるこの十字紋は、あなたを捨てた男が金の問題のゆえにそんなマネをしたことを示しておるのじゃ……彼はビジネスマン、金融家、銀行家じゃ！」

もう一度ヴェルディエ夫人は身震いした。

「そう、そうです！」彼女は言った。「そうです、その通りです。おお！　マダム。マダム、過去を読めるあなたは、未来も読めるのですか？」

「いかにも。もう一度、お手を」

病人は熱で湿った手を急いでハンカチで拭いて、その手をルレ夫人に差し出すと、彼女はふたたび話しだした。

「あなたはいまそうとう不幸じゃが、未来はすべてを変えるかもしれん」

「本当ですか？」

「いままで私が間違えたことは？」

「いいえ」

「それでは続けますぞ。あなたは二人の人物に支配されておるな。あなたを一生隷属させた二人の男性じゃ！　彼らはあなたを脅しておる……でもあなたはこれから彼らから逃れることになるのじゃ」

「本当ですか！　どうやって？」

「私に見えること以上のことを訊くのでない！　私にわかるのは――これについてあなたは確信してもいいのじゃが――、あなたは解放され、おだやかで平穏で幸福な刻がようやくわずかに訪れることじゃ」

「ああ！　そんな刻が到来すればいいのですが！」

「それは記されておるのだよ、マダム、はっきりと記されておる。その刻は到来するのじゃ」

「ああ！　あなたのおかげで私はなんて幸せなのでしょう、あなたは私になんという幸福を与えてくれるのでしょう！　ええ、それは到来するはずです、だってあなたがそうおっしゃるんですから……あなたが私の過去についておっしゃったことは正確ですから」

それから、打ち明け話がされるまでそう長くはかからなかった。

「私には思えるのですが」ヴェルディィエ夫人は言った。「私たちは古くからの友人のようです。あなたは苦しみに満ちた私の過去のすべてをご存じです。だから私は、あなたとそれについてお話ができるのがうれしいのです」

それからヴェルディィエ夫人は占い師に言った。

「あなたが私の手にしっかりと見たように、私は若く、美しかった。二十歳になったばかりのころ、息子の父親となる男性と出会いました！　私は劇場にいました、オペレッタを歌っていました。私はそれなりの成功を収めていたといえます。私の兄弟もまた劇場にいました、バリトンを歌っていました。私たちは親の職を継いだのです、俳優の子だったのです。兄弟は私に知り合いの若い銀行家を紹介しました。そして、そこから必然的に起こることを準備したのは彼だったのです」

「わかっておる」

「自分の友人である銀行家の腕に私を放り込んだあと、兄弟は友人に対して、恥だ、裏切りだ、侮辱だと叫んで、ひどい騒ぎを起こしたことは言うまでもありません。それから兄弟は、黙っていること、騒がずにいることの見返りに、かなりの額のお金を支払わせました。当時、劇場で私はロズィーヌ・ヴェルディエと名乗っていました。はじめのうち私の恋人はとても愛してくれているようでした。少なくとも私はそう信じていたのです！　彼は私に素晴らしいプレゼントを送り、お金を与えました。兄弟はそれを投資すると言っていましたが、私がそれをふたたび見ることはありませんでした」

「なるほど」

「一年間、私はそれなりに幸せに恋人と過ごしました。そして、私が息子を出産する二ヶ月前のことです。恋人はいつものように私に会いに来なくなりました。数日間、彼は姿を現しませんでした……とうとう私は一通の手紙を受け取りました、かなり高額の小切手、後悔の念、別れの言葉が入っていました」

「ほとんどいつも、そんなふうに終わるのじゃ」

「私の恋人は結婚したのです！」

「彼とはもう会わなかったのか？」

「ええ」

「彼からはもう便りも受け取らなかった？」

「いいえ。つまり……この結婚を知った兄弟は手切れとして小切手だけで満足はしたくなかったのです。子どもを育てられないという口実で、兄弟は何度も何度も私の恋人のところへ行き、スキャンダルを巻き起こすと脅しながら、金を払うよう強要したのです。怯えた銀行家が平安を得るには金を支払うしかなかったのです」

「ゆすりと呼ばれるものじゃな」

「それから、兄弟と息子の父親とのあいだでなにがあったのか、私にはわかりません。ですが兄弟は、もうみずから銀行に行きませんでした。そして兄弟は私に手紙を書かせました。私としてはこの男とは完全に絶縁していて、私は悲しみとともに息子と一緒に、人生をやりなおそうとしていました。しかし、兄弟は無理やり手紙を書かせました。こんなふうにして私は、回数はわかりませんが、かなりの金額を銀行家に要求しなければなりませんでした。彼は二日後には応じてくれました。私はなにも受け取りませんでした。私の家で、私に代わって書留を受け取ったのは兄弟です。兄弟はお金をポケットに入れ、私には生活する分だけを置いていきました」

「それだけでも見事なおこないじゃ」

「悲嘆、恥辱のせいで、少しずつ私は病気になりました。あげくに兄弟は私を監禁したのです。兄弟は恐れていたのです、私が銀行家に手紙を書き、真実を言うことを。だから兄弟は私をこの家に閉じ込め、私を監視しました。息子によって見張られたのです」

「ご子息に？」

「息子を育てたのは兄弟です。私のほうは、子どもの世話をするにはあまりにも身体が悪く、いつも痛みに襲われていたのです。兄弟は息子を自分の考えにのっとって育てました。よい性向ではありませんでしたので、そのおじにふさわしい甥になりました」

「それはひどい！　気の毒じゃ、マダム」

「彼らがなにをしているか？　彼らがどうなったか？　彼らがどのような生活をしているか？　私にはなにもわかりません。何年も前から私はこの部屋に閉じ込められ、外出もできませんでした。外でなにが起こっているのか私にはなにもわからないのです。いつの日か息子が犯罪者であることを、逮捕されたことを知るのではないか、私はこの途切れることのない強い不安のなかを生きているのです。これが、マダム、これが少しずつ私を殺しているのです！」

ルレ夫人はそこで病人をさえぎり、言った。

「それなら、かわいそうなご婦人よ。あなたは数ヶ月前、大いに動揺し、そうとう不安になったはずじゃが」

「どうして？」

「モントルイユ銀行家が殺害されたのじゃ！」

苦痛にもかかわらずこの身体の不自由な女性は、ずいぶんと前からその体の重みに耐えられなかった足で突然立ち上がった。彼女は叫んだ。

「モントルイユ、モントルイユ銀行家！　彼は私の恋人だった。モントルイユは私の息子の父親です！……殺害された！……彼が殺された！……」

すると震える両手を前に出し、彼女は怯えて言った。

「彼らがモントルイユを殺した！」

このとき突然ドアが開いた。一人の男が現れ、一気に部屋に侵入した。

「彼です！　兄弟です！」恐れをなした身体の不自由な女性は叫んだ！

男は乱暴にこの哀れな女性の首根っこをつかんだ。

「おまえは話しすぎたんだ、おまえってヤツは！」

「デュポン男爵！」占い師は言うと、身体の不自由な女性の助けに入った。

「それからおまえ、ポーラン・ブロケ」偽占い師のうしろである声が言った。「おまえは、話を聞きすぎた！」

「ジゴマ！」ポーラン・ブロケは叫んだ。「ジゴマ！……」

そして振り向くと、かわすまもなく、彼は頭に棍棒のすさまじい一撃を喰らった。ポーラン・ブロケは口と鼻から血を流し、意識を失い生気なく床に崩れ落ちた。そのそばには、兄弟と息子が不意に入ってきたせいで亡くなった身体の不自由な女性の遺体があった。

㉕章　愛されるところに

われわれはこの悲劇の家を少し離れ数日前に戻って、ほかの登場人物と再会しなければならない。百貨店の前でのあのリリーをめぐる激しい口論に居合わせたレモンドに対し、周囲の人々は、ラウールとド・ラ・ゲリニエール伯爵とのあいだで決闘が準備されていることを隠せなかった。ゆえに、伯爵がモントルイユ銀行家の息子との決闘を望まず、拒否したことをレモンドに言わないわけにはいかなかった。すなわち、ド・レンヌボワ大尉がラウールの代わりを務めることをレモンドに伝えなければならなかったのだ。

それを知るとレモンドは、婚約者を脇に呼んで、だしぬけに力強く言った。

「ということはお兄さまたちの代わりに決闘するのは、ファビアン、あなたなのね。否定しようとなんてしないで！　そもそも、そうしなければならないんだから」

「なんだって！　そうしなければならない？　説明してくれ、レモンド」

「父が亡くなったあとしばらくして、この卑劣な男に裁きを下すのはお兄さまたちだと思ったの。彼はいつもお兄さまたちの前から逃げている。だから、私の夫になる、お兄さまたちの兄弟になるあなたに、裁き手の役目が与えられたのよ。あなたが私たちのために復讐するのを期待しているわ」

大尉は婚約者が冷静なことに驚いていた。

「どうしたの？」レモンドは言った。「私はあなたの妻になるのよ？　軍人の妻よ！　私は自分の心をあなたの心のように鼓舞しなければならないのよ。あなたが決闘する以上、私が言うべきはこれだけです。〈がんばって！〉」

しかしながら決闘の日の朝、やきもきしながら電話を握りしめ――なにも知らない母のいるシャルグラン通りの館ではなく、マテュラン通りの二人の兄の家で――、レモンドは不安のうちに決闘の経過を追っていた。アンドレ・ジラルデが彼女に各ラウンド終了後、詳細を伝えていたのだ。彼女の心臓はとても強く打っていた。ド・ラ・ゲリニエール伯爵が無敗の相手であること、ゆえに大尉の命は危険にさらされていることがわかっていたからだ。なので、各ラウンド後に電話が入り婚約者の勇ましさが伝えられると、彼女はよろこびと誇りと期待で身震いした。

「卑劣な男はようやく強い相手に出会ったんだわ！」彼女はひとりごちた。

彼女はいまや大尉の勝利を期待していた。

アンドレ・ジラルデが彼女に決闘の結末、つまりファビアンが軽い傷を負ったことを伝えたとき、レモンドは悔しさに叫んだ。そのあとで婚約者としてのその心が語りだすと彼女は心配になり、真実を、傷の真実のすべてを尋ねようとした。

そのとき、ラウールの依頼で誰かが彼女のところに来たことが告げられた。

「マドモワゼール、お迎えにあがりました」この男は言った。「ご安心ください、私はラモルスです、ポーラン・ブロケの分隊の者です。結果はこうです……見事な戦いの末、煮え切らない偶然によって、大尉はミスを犯してしまい、それで腕を刺されました」

「ひどいのですか？」

「いいえ、マドモワゼール。しかしロベールさまとラウールさまがあなたを例の邸宅へお連れするよう私にお申し付けになりました。勇敢な負傷者に祝福の言葉をかけていただくためです。彼にとってはこのうえなくかけがえのないものになるでしょう」

ポーラン・ブロケの車が下で待っていた。レモンドはすぐに邸宅へ赴くことにした。彼女はそこでロラン夫人に会うことになるのだ。というのもジラルデ氏の邸宅でその日の朝、決闘がおこなわれることを知らされずに、病気の友人に会おうとリリーと姉のマリーと一緒に来ていたのだ。若い二人の姉妹は、母親が亡くなって以来、ロラン夫人の家にアパルトマンを見つけ、好み通りにアレンジを加えていた。

メナルディエ夫人の遺産相続に従事したラウールは、数日前二人の姉妹を前にいくらかどぎまぎしつつ、その財産状況が彼女たちが思っていたのとはまったくちがっていたことを教えた。

「あなた方のお父さまの訴訟は」彼は言った。「再審されました。控訴して、それが認められたのです。もうかなり前のことです。不幸にも、メナルディエ氏の現金が預けられた銀行はあなた方のお母さまの住所を発見できませんでした。お母さまは旦那さまがお亡くなりになったあと世間と絶縁し、引きこもり、ご自分の権利を主張できませんでしたからね。あなた方の財産はあなた方に返されます。今日（こんにち）、あなた方には数百万フランが戻り、あなた方の自由裁量に委ねられ、私たちのところ、モントルイユ銀行に預けてあります」

若い姉妹はおとぎ話のようなことに夢を見ているようだった。しかしラウールが言っているからには、それは本当のことにちがいないのだ。そして彼女たちは、ラウールに、ロラン夫人に自分たちを導いてくれるよう願い出た。彼女たちは、このすべてのお金をどうすべきかわからないとはっきりと言ったのである。

そこで、ロラン夫人の悩みや、ロラン氏の投獄理由を知ると、彼女たちはラウール弁護士にこう言った。自分たちに大きな好意を寄せてくれる女性の夫の債権者に返済するのに必要な金額を、自分らの財産から差し引いてほしいと。ラウールがこの寛大な思いをロラン夫人に伝えると、彼女は二人の姉妹を優しく抱きしめた。

「ありがとう、二人とも」彼女は言った。「でもラウールさんが、夫がおこなったモントルイユ銀行でのさまざまな取引の結果を私にも見せてくださったところなのよ。投機は少し向こう見ずで破産するほどの下落をこうむったんだけど、いまは高騰中なのよ！　危うくなった財産は、それ以上の財産となって戻ってきたの。夫は救われたのよ。彼がすぐに帰ってくるのを期待しているわ」

「ラウールさんは私たちの救済者よ、救いの神よ」リリーは言った。

「彼は幸せになるべきよ」背中の曲がったマリーが言った。

「そうね」リリー・ラ・ジョリは下を向き、すっかり赤くなりつぶやいたが、誰も気づいていないようだった。

レモンドはまだリリーの姉を知らず、その存在を知るだけだった。しかし、なによりも彼女は、お針子のリリー・ラ・ジョリに本能的に感じた好感を思い出していた。彼女は二人の姉妹の新たな境遇を大いによろこび、二人の兄が彼女たちのものである財産を返すことがとてもうれしかった。

さて、車は急いでレモンドをヴィル＝ダヴレーに連れていった。ラウールとロベールはまず妹を負傷者のもとへ案内した。彼は手当てを受けて、少し熱があったものの、微笑みながら大きな寝椅子に横になっていた。

「さあ、レモンド」ラウールは妹に言った。「彼を抱きしめてやってくれ。それにふさわしかったんだ」

婚約者の二人がこうして交わしたのが、はじめての口づけだった。

「ありがとう、ファビアン、ありがとう！」レモンドは言った。

それは甘美な瞬間だった。感動した高潔な人々の心が、優しさと愛情で鳴動していたのだ。

それから紹介がなされた。レモンドはロラン夫人を知らなかったからだ。ロラン夫人を前にレモンドは恥ずべき過去と、どうにか償われた悪行を思い出し、そこで不安になって立ちどまった。するとロラン夫人は、この悲痛な困惑を察し、レモンドに手を差し伸べると優しく引き寄せ、抱きしめた。

「マドモワゼール」彼女は言った。「ある種の愛情深い心にとって、出会った日は偶然にすぎませんのよ。だって、これらの心はいつなんどきも愛し合っていたのですから」

そこで彼女は振り向き、リリーとその姉を指し示した。

「こちらがリリーとマリーです。私と同じように心から、そして前々から、あなたを愛する友人たちですよ。抱きしめてあげてください、彼女たちはよろこびますよ」

若い娘たちは心のこもった口づけを交わした。


ところで、すこぶる観察眼の鋭いレモンドは、兄たちがなんという視線で美しいリリーを包み込んでいるかに気がついていた。高潔な二つの人格のなかで悲痛なまでに演じられる悲劇を、彼女は理解したのだ。

「かわいそうに二人とも！」彼女は思った。「お兄さまたち、同じ女性を愛しているんだわ！」

彼女はまた、ラウールが並はずれた自制によりみずからの愛を封じ込めようとしているにもかかわらず、その愛のきらめき、輝きが漏れてしまっていることに気づいた。一方でロベールはリリーへの愛を包み隠し、兄弟がなにも察しないようどれほどの意志を保っているのか彼女は理解し、この高潔な自己犠牲に深く感動した。ところで彼女は、二人のどちらがよりリリーの心を支配しているのかを見抜いた。リリーは無邪気にも飾り気なしに、誠実にラウールを愛していたのだ。レモンド自身がファビアンを愛しているように！

大尉は一日、二日、そのまま邸宅に留まることになった。それは、翌日もここで彼と会うための口実となった。


夜、ロベールがヴィル＝ダヴレーで負傷者のかたわらにいたとき、レモンドはシャルグラン通りの母の家で二人の兄弟が使っているアパルトマンに、ラウールと二人きりでいた。

まずレモンドは、隣りの部屋という部屋を一瞥しに行った。

「マルスランが私たちを盗み聞きしていないかを知るためです」彼女は言った。「この男はいつもいなくてもいいところにいますから」

「ああ！　おまえも気がついていたんだな」

「ええ。でも私は見張るつもりです、この悪事を糾(ただ)してやるのよ」

レモンドはなんの前置きもなく続けた。

「ねえ、ラウールお兄さま。私はこの素晴らしいロラン夫人と、とくにマリーとリリーの二人の姉妹と知り合えてとてもうれしいのよ」

ラウールは妹がなにを言いたいのかわからず、怪訝に思った。

「リリーは」レモンドは言った。「とても魅力的な人ね。彼女と比較できて……彼女に対抗できるとは言えないまでも、少なくとも彼女の横にいて圧倒されず、その魅力、その気品、その美しい目、その微笑みを見せることのできる若い女性は一人しか知らないわ……」

「誰？」

「イレーヌ・ド・ヴァルトゥール」

「確かに……そうだ、本当だ……」

ラウールは不安になり尋ねた。

「なんでそんなこと言うんだ、レモンド？」

「なんでもない。リリーのせいで、そんなふうに思っただけよ。それをお兄さまに話している……ただ、それだけです」

「ちがうな、レモンド、おまえは別のことを考えてる。さあ、正直になるんだ、言ってくれ、私に言いたいことを」

「とにかく、別のことなんてないわ……」

「とはいえ、独身の男に、こんなふうに若い女性について話すのは、二人を結婚させたいからだ」

「保証するけど、私はそんなこと考えてないわ」

「じゃあ、レモンド、とにかく言わせてくれ。私は結婚なんてまったくしたくないんだ、できないんだよ……そうしてはいけないんだよ……」

「理由は？」

「われわれに課せられた任務についておまえが知っていることのためだ」

「ほかに理由は？」

「ほかにはないよ」

「あるわよ、ひとつの理由がね。ブロンド髪の人？」

「なんだって？」

「薄紫の大きな目？」

「とにかく……」

「魅力的な笑顔？」

「私は……」

「要するにリリーよ！　リリー・ラ・ジョリでしょ？」

レモンドは愛情深く兄の手をとった。

「あなたの妹のような女性の目には、お兄さまの哀れな心の秘密を隠すことはできないのよ、ラウールお兄さま。私にはわかるの、おお！　そうよ。私には、お兄さま自身が知っている以上のことがわかるの」

「わからないよ……」

「私にはわかるのよ、お兄さまがリリーを愛しているってことが」

「誓って言うけど……」

「お兄さまはリリーを愛している、そしてリリーはお兄さまを愛している」

「リリーが？」

「はっきりしているわ！　彼女はお兄さまのことを愛している、そしてお兄さまも彼女を愛している」

ラウールは重々しく答えた。

「まあ、そうだな、本当だ……そうだ、レモンド！　でも、私は心のなかにこの秘密を隠しておこうと努力しているんだ！　そうだ、私はリリーを愛している、全力で心からな。でも彼女を愛することは俺にとって不幸なことなんだ。おお、そうだ、とっても不幸なことだ……」

「どうして？」

「だって……ほら、レモンド、わかるだろ……ああ！　リリーはメナルディエさんの娘なんだぜ」

「だから?」

「メナルディエさんの娘と、彼を破産させ、彼の死をもたらし、その家族を貧困に陥れた人物の息子とのあいだには、溝、深淵があるんだ……」

「ちがうわ、ラウールお兄さま、ちがうわよ！　この溝はお兄さまが埋めるの！　それに、お兄さまは、ラウール・モントルイユは、リリーが誰かを知らずに救いの手を差し伸べた。彼女が無力だったから、裕福なお兄さまが貧しいリリーを愛した、そして彼女を妻にしようとしていたのです！」

「そうだ」

「いま、リリーは裕福よ、でもそれはお兄さまのおかげなの！　だからすでにお兄さまのことを愛しているリリーは、お兄さまが貧しくなったいま、なおさらお兄さまを愛しているのよ！　そもそも、リリーのような女性にとって、彼女のように愛しているときに、お金なんてなんの意味もないわ」

「レモンド、君は思いやりで話している」

「リリーは同じ思いやりを持っているのよ、私はそう確信している」

「こんな結婚、不可能だ！　正直さに命じられてわれわれが、父さんに身ぐるみを剝ぎ取られた人たちに返しているものを、ふたたび奪うようなものだ」

「お兄さまはリリーにその財産を返している。でもお兄さまはさらに長年の苦しみ、貧困、不幸の埋め合わせをしなければならないのよ。お兄さまは彼女を幸せにしなければいけない、そして彼女がその幸せを期待するのはお兄さまのもとでなのよ」

「レモンド！」

「私がお兄さまに友人のイレーヌ・ド・ヴァルトゥールのことを話したのは、私たち二人が、これからはロベールお兄さまの幸せを考えなければならないからなの。ロベールお兄さまが幸せを見つけるのは、この素敵なイレーヌのもとでだと私は信じてる」

翌日、レモンドと二人きりでいるとき、この微妙な話題をはじめたのはロベールのほうからだった。

「レモンド」彼は言った。「すべてに気がつくおまえは、どんな視線でラウールがあの美しいリリーを包み込んでいたか気がついたか？」

そう言いながらロベールは苦しそうに震えていた。

「ええ、見ました」レモンドは言った。「それで？」

「彼は彼女を愛しているんだ！」

「えっ！　それで？」

「リリーは彼にとって理想的な妻になると思わないか？」

「そう思ってるの？」

「そう確信している。だって彼は彼女を愛しているから」

「じゃ、彼女は？」

「彼女、リリーも！　もちろん彼女も彼を愛してる、それは明らかだよ」

「ふうん。でも……ほら、ロベールお兄さま、過去のことよ……メナルディエの件は？」

「そうだな。われわれは父さんの悪事を償っている。ラウールが非難されることはないよ」

「リリーが知ったら……」

「もちろん、彼女はすべてを知ることになるだろうけど、彼女は自分を愛する男の心が偉大で高潔だと思うだろうね。私はそう確信しているんだ……」

「ラウールお兄さまは貧しくなるんだよ……」

「それはリリーを困らせる問題ではない。ラウールが一文無しでも、彼女は愛するだろう。彼女が貧しかったときラウールが愛したようにな！　だから彼女にはわかるんだよ、金のために愛されているわけではないことをね！　それにラウールはそれほどみすぼらしいわけではないんだぜ。まず彼は銀行を切り盛りするかもしれないし、あるいはその弁護士としての才能によって人がうらやむような地位を築くかもしれない。それからな、レモンド、私は自分の相続分をラウールに与えるつもりなんだ」

「ロベールお兄さまは？」

「私か！　私はロベール先生だ、貧しき人々の医者だ。貧しさには慣れてるさ」

「結婚することは考えてないの？」

ロベールは頭を振った。

「いや」彼は言った。「いや、結婚はしない」

「どうして？」

「ロベール先生としての任務に身を捧げる義務があるからね。私は知識人だ、女性を幸せにするにはまったく適していない！　私はおじとして生まれた、子どもに甘いおじとしてね！　そのうちわかるさ！　君の子どもやラウールの子どもに最初の歯が生えたあとは、風邪や麻疹や百日咳を治療するのに苦労するだろうな。私の人生はこんなふうにして充実するだろう、とても充実するさ。私が幸せの分け前をもらえるのは、ここ、君たちの幸せのなかなんだ！」

レモンドはそれ以上は尋ねなかった。彼女は彼の首に腕を通し、抱きしめた。

「ロベールお兄さま」彼女は言った。「ロベールお兄さまは私たち全員のなかで一番優れた心をしているわ！」

㉖章 幸せな邸宅

それから数日後、イレーヌ・ド・ヴァルトゥールが父親と一緒にパリにやってきた。かなり長くそこに滞在するためにである。レモンドは、二人の兄と交わした会話の続きになるような会話を彼女と交わした。

「ねえ、イレーヌ、わかるでしょ」レモンドは言った。「私がどれほどあなたに幸せになってほしいか、どれほど私があなたを妹のように愛しているか」

「幼いママのようにでしょ、わかってるわよ、レモンド。だからわかるでしょ、あなたが私の幸せについて語って以来、私の心はすっかり高ぶっているのよ」

「ロベールお兄さまについてどこから話しましょう？　あなたは彼を知ってるでしょ。医者である彼は、学者としての大きな名声を獲得し、さらに貧しい病人のあいだで正真正銘の、心にしみる人望を勝ちとったのよ」

「ええ、レモンド」

「ロベール先生という名前は尊敬されているわ。病院に来る貧しい人たちは、ロベール先生が担当するって言われるとうれしくなるのよ。それでパリの隅々から彼のところに病人たちが連れてこられるの。子どもを治してもらったママたちが彼の手に口づけするのを見たことがあるわ。まるで信仰が科学の代わりをしていた時代の聖人たちにするようにね。これらの律儀な人々から感謝されることはどこか美しく、尊いものよ。それでなんだけど、私があなたの夫として思い浮かべるのは、その知識とその善意によってこういう敬意にふさわしい誠実で優しい男性なの」

「でも、レモンド、あなたは前から私の秘密をよく知っているでしょ……私はロベール先生を心から愛しているの……だけど、彼は貧しい人たちの病気は見つけられるのに、私を苦しめているものは見抜けないのよ。もっとも危険な病原菌を探求する彼は、私のほうにその探求の目を向けることは思いつかないのよ」

「じゃあ、彼に大好きな病原菌を捨てさせましょう。美しいイレーヌという金色とピンクの蝶々に夢中になってもらうためにね」

「そんなことできると思っているの？」

「保証するわ。心の広いロベール先生は、自分の望むように、あなたにふさわしいように、あなたを深く愛するには自分の心があまりにも小さいともうすぐ気がつくわよ」

「どうするの？」

「あなたが病人になるの……」

「病人に？」

「そう。嫌なことをしたくない場合、女性はまず病気になるのよ。女性が望むことをしてもらえないときも同じことをするの」

「その通りね……私は病人よ」

「ロベール先生に面会を求めるのよ……あとのことはあなた次第よ……」

「わかったわ！」


この素敵なイレーヌのようにもっとも純粋で誠実で無邪気であっても、すべての女性は完璧な女優である。

この会話の翌日、ド・ヴァルトゥール氏は娘が突然具合が悪くなったのですっかり不安になり、モントルイュ医師に急いで来てもらった。

ロベールは午後、イレーヌの父親のところに現れた。患者はソファに横になり、だいぶ若い娘が着るような、うっとりさせる部屋着を着ていた。彼女はそのブロンド髪を幅の広いリボンに通しつつも、髪はほとんど留まっていなかった。彼女は魅力的だった。彼女を見て医師は激しく心が乱れ、動揺した。

「おお！」彼は思った。「この驚くほど美しい若い女性と比較できるのは、この世でリリーだけだ」

一方でイレーヌはそのまぶたを半分閉じたまま、女性なら誰でもできる重ね合わせたまつ毛越しに医師を見ていた。彼女は彼同様に心が乱されるのを感じていた。彼女はさらに動揺していた、彼を愛していたからだ。甘美な声、優しいしぐさ、澄んだ誠実な目が示す献身性といった、真面目で物悲しい雰囲気のこの男性が及ぼす魅力を、彼女はよりいっそう味わっていた。なぜみんながロベール先生を好きなのか、その命やその苦しみを彼の学識と彼の慈善的な手に委ねようとするのか、誰にもまして彼女は理解していた。彼女は自分の存在のすべて、自分の魂のすべてを彼に差し出した。

二人の存在の愛というものは、いつだって運命という書物に書き込まれているのだ。愛し合うべき二人が出会ったとき、彼らは、自分たちがずっと愛し合ってきたと思うのだ。ゆえに、太陽が現れて一日がはじまることに驚かないように、二人は強く愛し合うことに驚かないのだ。

ロベールはといえば、彼はいまやこんなことを思っていた。

「一輪の花が俺の心に芽生えた。その花はリリーという名前だと思った、でも本当の名前はイレーヌなんだ」

そのときから、一人は自分が病人でいなければならないことを忘れ、もう一人は医師としてそこに来たことを忘れ、二人は過去、現在について話した。そうして、二人が未来についても話そうとしたとき、様子を見にきたド・ヴァルトゥール伯爵の声が聞こえた。

「それで、先生、われわれの病人はどういう具合でしょうか？」

「ああ！　ええ、そうです……お嬢さんは病気です、確かに……」

ロベールは説明に口ごもった。そして父親の驚いた視線のもとで取り乱しているのを感じ、どうにか切り抜けて締めくくった。

「なんなら、処方箋をおつくりしましょう」

彼は、カルシウムと一緒にキナ〔キナノキの樹皮から採れる生薬で、解熱効果があるとされる〕を入れた、とても飲みやすく、なんの害もない、マデイラ・ワイン〔ポルトガル領マデイラ島で製造される酒精強化ワイン〕の調合についての数行を書きなぐった。

「食前に小さなコップで一杯です」彼はいとまごいをしながら言った。「明日また来ます」

ロベールはド・ヴァルトゥール伯爵の家から出たとき、まったくちがった気持ちになっていた。彼はイレーヌの新たな一面を知り、宝物のそばをよく通っていて突然それを発見した人の、あのよろこびを感じていたのだ。その耳にはイレーヌの心地よい声を、その目には彼女の視線の青い光線を残していた。心臓はよりいっそう強く鼓動していた。彼には空気が必要だった、魂が窒息しそうだったのだ。

彼はブーローニュの森へ連れていってもらった。それから森に着きしばらくして、家に送り届けてもらった。彼には自分の患者について話を聞いてくれる誰かが必要だった。だから彼はレモンドを唐突に訪れたが、彼女は彼を待っていた。レモンドはひと目見て、自分の策略が見事に成功したと思った。ロベールは彼女に長々とその訪問を話した。彼は、この真面目な独身男は、心のなかで歌っていることにレモンドが気づいていないと思っていた。

ロベール先生はいまや一日を三つの部分に分けていた。すなわち、もっとも主要な部分は患者や病院に、もっとも素敵な部分はイレーヌのためだった。そして、三つ目の部分を、アンドレ・ジラルデ邸に運び込まれた新たな負傷者のために密かに割り当てた。

この負傷者はその存在が秘密とされたが、それはポーラン・ブロケだった。ヴェルディエ夫人の家で起こった悲劇的な出来事のあとにそこに連れて来られたのだった。彼はそこで素敵な看護人としてロラン夫人とリリー、マリー、加えてときどきレモンドとイレーヌに会うことになった。

したがって、かつてはあまりにも物悲しく、あまりにもひとけのなかったこの美しい邸宅には、いまや初々しい笑い声が響いていた。レモンドが深く豊かな声で、リリーとイレーヌが明るく金箔のような声で病人たちのために歌うのが聞こえた。レモンドとロラン夫人の指でピアノは美しい曲を奏で、なぐさめ、思いをめぐらせた。モントルイユ夫人はときどき二人の息子や、レモンドと一緒にやってきた。またド・レンヌボワ大尉は、フォンテーヌブローの任務を抜けられるときにすぐに駆けつけた。そして、この身体の不自由な男とこの傷を負った男を囲むグループは、人生にしっかりと苦しみ、それゆえ人生をよく理解した世話好きで親切な人々の集まりであり、なにか貴重で、心を打ち、魅力的だった。

アンドレ・ジラルデの物語は単純で、残酷で、いたましかった。若き将校アンドレ・ジラルデは、ある若い女性を愛した。彼女は自分の家庭で完全に禁じられていた優しさと愛情を彼のそばで見つけたのだった。この若い女性の夫は、粗暴で冷酷で利己的で彼女を不幸せにしていた。アンドレと彼女は強く愛し合っていた。ゆえに、この二人の存在が結ばれ、自分たちの愛を公然と宣言できたら幸せだったろう。しかし、夫は離別や離婚について耳をかさなかった。彼の財産と生活手段は、妻の結婚持参金だったからだ。

さて、この若い女性がアンドレ・ジラルデとのランデブーに駆けつけようとしたある日のこと。もっとも愚かしい事故に彼女は見舞われた。彼女の乗った車が、切り出した石を満載する大きな荷車にぶつかったのだ。若い女性は荷車の下に投げ出され、巨大な車輪がこの若く魅力的な身体と、愛でいっぱいの心を無残にも踏み潰し、砕いたのである。

アンドレ・ジラルデは気が狂いそうだった！　この無慈悲で、バカげた車輪の下で彼の幸せが破壊されたのだ。彼は植民地への派遣を希望した。そこで、向こう見ずな前代未聞の冒険や常軌を逸した猛々しい行動のなかに、自分の苦しみの結末を探したのだ。死は彼を望まなかった。しかし、長い不在のあとフランスに戻ってきたとき、湿地帯や低木林地帯で侵された疼痛や腰の大怪我で、彼は脚の機能を奪われてしまっていた。まだ若い彼は老人のように身体を引きずり歩くようになった。そして、この世に独り、やり場のない悲しみのなかを生きたのだ。

ロラン夫人は彼の愛した女性の友人であり、この愛の秘密を打ち明けられる人であり、この秘密の幸せを分かち合う人だった。それから、不幸なアンドレがいないあいだ、花を持って墓地に通ったのは彼女である。彼は最愛の人の最後の住処が花で飾られるのを望んでいたのだ。彼女がメリーおばと呼ぶ人物と知り合いだったのにはこういう理由があったのだ。彼女がこれを夫に打ち明けず、事のなりゆきや真実を伝えなかったことは間違いだった。しかしアンドレは、最愛の死者の思い出のために、自分とロラン夫人以外の誰にもこの悲痛な秘密を知られたくなかったのだ。

彼女は黙っているべきだと思った。結局のところ、あまりにも単純で、あまりにも感動的なこの秘密がどれほどいたましい揉め事を引き起こしたのかをわれわれは見た。だが、この点に関してすべてが好転するところだった。

ラウールはロラン氏の一件も扱っていた。ラウールは、モントルイユ銀行で貪り取られた財産を彼に返したのである。それから、ロラン氏の不在中、アンドレ・ジラルデの友人の技師が工場の指揮をとり、いまや驚くほど順調だったのだ。さて、ロラン氏はまもなく不起訴となるので牢獄から出るところだった。ラウールがあのイトンヴィルの村長に強盗は義理の息子とは別人だと納得させたので、この恐るべき義父ビルマン氏は告訴を取り下げるつもりだったのだ。

いまやロラン氏は真実を知り、妻への信頼と愛を取り戻していた。そして、邸宅で、あたたかい友情に包まれた居場所を自分のために用意してくれる友人たちに会うことが待ち遠しかった。

それとまた、この幸せな邸宅で負傷したポーラン・ブロケが回復に向かっていたのは、部下のガブリエルの機転のきいたアイデアのおかげだった……。

㉗章　折りよく到着する

嗅ぎタバコを吸い、安酒が大好きなジュリーの主人（あるじ）に関してラモルスがポーラン・ブロケに報告をしたとき、彼は真実を予感し、この謎のヴェルディィエ夫人が誰なのかを見抜いていた。占い師という策略は、最高の状況でこの善良な夫人に近づくことを可能にする唯一の方法であり、同時にヴェルディィエ夫人の疑念を引き起こすことなく、刑事が聞きたいことを話してもらえる唯一の方法だと彼には思われた。

この策略は、われわれが見たように、見事に成功した。しかし、ポーラン・ブロケみずから第一級と認める男たちを相手にしていることをわれわれは知っている。彼はもう一度その証拠を得ることになった。

ヴェルディィエ夫人はただ監禁され、その兄弟とその息子によって世の中から切り離されていただけではない。これらの悪党は彼女を厳重に監視したのだ。危険な事実をたくさん知るこの女性の軽率な言動をつねに恐れていたのである。ラモルスが抜け目なく講じた予防策にもかかわらず、デュポン男爵、ド・ラ・ゲリニエール伯爵とわれわれがいつも呼んでいる男たちは、ジュリーが嗅ぎタバコと安酒に弱いことを当然ながら知っていた。

確かに、ポーラン・ブロケはこれらのことがわかっていた。しかし、ロワール河岸の倉庫の事件で、Z団のメンバーたちは大打撃を受け、重大な戦いのあとのいつもの習慣でちりぢりになり遠くで怪我を治癒している最中だから、あの不幸なヴェルディエ夫人の家に関わることなど考えないだろうとポーラン・ブロケはふんだのだ。そういうわけで絶好の機会だった。ポーラン・ブロケはそれを利用し、すぐに占い師のルレ夫人を演じたのである。

だが、彼の期待に反して、Z団のメンバーたちは監視していた。

占い師のルレ夫人が極秘にヴェルディエ夫人の家に入ったとき、男爵と伯爵は監視役の男たちからそれを知らされた。二人はすぐに駆けつけた。われわれがその驚きあきれるほどの活力を知っているジゴマは、太腿の怪我にもかかわらず、そこにいたかったのだ！　彼はこの新たな対決で最終的な復讐を遂げたかった。おじのデュポン男爵の助けを借りて、ジゴマはヴェルディエ夫人のアパルトマンにたどり着いた。憎しみで痛みを忘れたジゴマは、偽の占い師が自分たちが監禁する哀れな病人の打ち明け話を聞いている部屋に飛び込んだのだ。ジゴマがどのように会話を中断させたかを、われわれは知っている。

とはいえ、ポーラン・ブロケには自分の知りたいことを教えてもらう時間があった。ゆえにジゴマは彼の頭蓋骨を砕くと同時に、脳みそもろともこの打ち明け話の記憶のすべてを吹き飛ばしてしまおうと思った。あとで短刀やリボルバーで殺害するよりも、この効果的な方法で、この場で、この瞬間にポーラン・ブロケを完全に制圧し、葬り去ろうとジゴマは考えた。

ジゴマの計画は単純なもので、このアパルトマンでポーラン・ブロケを殴り殺したあと遠くへ運び、通りに捨てるというものだった。死体が見つかったとき、この哀れな女性は自殺して車道に倒れたのだと信じられるだろう。しかし、捜査され、この女性が本当は誰なのかが明らかになり、この女性のなかにポーラン・ブロケが認められたならば、パリの動揺は果てしないものになるだろう。ジゴマがその明白な勝利をすべての人々に入念にも知らしめるだけに、なおさらそうだったろう。

実際に彼は、ポーラン・ブロケを殴り倒したあと、短刀で彼の額にZの文字を記し、さらに焼きごてを使って彼の胸に印を付けたかったのだ。ポーラン・ブロケに印字された、消すことのできない印がある胸の同じ部分に、彼は不滅のZ、いつも勝利をするジゴマの勝ち誇ったZを記したかったのだ。

そういうわけでジゴマは、ポーラン・ブロケに棍棒の一撃を加えたのだった。油断なく、身のこなしが柔らかなのにもかかわらず、ポーラン・ブロケはこの一撃をかわせなかった。彼は激しく殴られた。カツラや栓抜きのような小さな巻毛や帽子で守られた彼の頭部が、悪党たちの望み通りに破裂しなかったとしても、彼の頭部は強く揺らされ、ひどく損傷した。ポーラン・ブロケが鼻と口から血を流し、気絶して床に倒れたとき、しかしそこへガブリエルとラモルスが部屋のなかに闖入し、伯爵と見栄えのいいデュポン男爵をすさまじいパンチで数秒のうちにみじめな状態にしたのである！


ポーラン・ブロケは自分の部下たちをしっかりと訓練していた。次の段階を彼らに指示するときにはひとことあれば十分だった。彼はラモルスにただこうとだけ言った。

「今夜ヴェルディエ夫人のところに、おまえがジュリーに話しておいた占い師を連れていってくれ」

これだけで部下たちは、刑事長が攻撃を試み、単独で危険に身をさらそうとしていると理解した。そこで経験豊富な彼らは、刑事長をこの種の冒険につきものの偶然にゆだねてしまわぬよう、彼らのほうでもすべてをしっかり準備しようと決めたのである。

そういうわけでラモルスと自称ルレ夫人が出発すると、ガブリエルとシモンの二人は距離をとりつつ彼らを追尾した。彼らは、いかなる不測の攻撃にも対応できるようすべてを整えていた。一台の車が居酒屋の前の、ヴェルディエ夫人が住んでいる建物のできるだけ近くに駐車する。運転手と二人の仲間が偶然を装いそこで落ち合い、最初の合図で駆けつけられるよう備えるのだ。

さて、ラモルスは偽の占い師とともにヴェルディィエ夫人の家に入り、周辺を見渡した。通りや建物に怪しいものがないのを確認すると、ヴェルディィエ夫人がこの占い師についてどう思っているかを知るため、あらためて安酒の瓶を持ってジュリーのところへ行った。ラモルスはグラスの酒を味わう一方で耳を澄まし、注意し、警戒していた。だが建物のなかで疑わしい物音はしなかった。アパルトマンそのものに、なにか異常なものが存在すると毫も疑わなかった。

すると突然、彼はデュポン男爵の大きな声とド・ラ・ゲリニエール伯爵の勝ち誇った叫びを聞いたのだった。彼は刑事長を助けに急いだ。同時にガブリエルと元ピエロのシモンも大急ぎで飛んでいった。ポーラン・ブロケのこの二人の部下は実際に三、四人の男たちを見かけていた。その人相がいまや彼らにとって明らかだったので、二人は彼らを追い、男たちに続いて建物に侵入していたのである。

その夜、デュポン男爵とド・ラ・ゲリニエール伯爵は確実に成功すると信じ、ほとんど外見を変えていなかった。あるいは、ジュリーの友人を演じる男が、つまりはラモルスと思しい人物が、ヴェルディィエ夫人の家にいるとついさっき知らされた彼らは、刑事を不意に襲撃しようと大急ぎで駆けつけたのかもしれない。彼らはいくつかの根拠からこう想像していた。つまり、ポーラン・ブロケは、倉庫事件後に壊滅した敵たちには結集する時間がないから自由に動けると考えている、と。そして、ポーラン・ブロケは正体がバレないと確信し、冒険に出るときにいつもするはずの予防策を講じていないだろう、と。彼らからすれば、ポーラン・ブロケはみずから進んで狼の口に飛び込んだのだ。機会は、それを逃すには、あまりにも良好だった。そういうわけで彼らは駆けつけ、ジュリーとラモルスの注意を呼び起こすことなくヴェルディィエ夫人のアパルトマンに侵入した。彼らは、ヴェルディィエ夫人が刑事に打ち明け話をしているそのときに到着したのである。

ポーラン・ブロケの背後のドアから入ったド・ラ・ゲリニエール伯爵は、彼の頭部にしっかりと狙いを定めた。そしてありったけの力で棍棒で殴り、勝ち誇ったひやかすような叫び声をあげた。ポーラン・ブロケは倒れた。しかし伯爵がまさにとどめを刺そうとしたそのとき、彼は部屋の奥へと突き飛ばされた。ガブリエルのパンチが彼のあごを捉え、猛烈なスイングでもって、ボクシングで言うところの、村の鐘という鐘を彼に聞かせてやったのだ。

デュポン男爵はといえば、元ピエロがこの紳士のきちんとした身なりなどおかまいなしに腰に蹴りを入れると、男爵は壁に向かってばったり倒れた。鼻が壁にぶつかり、大量の血が流れはじめた。

これらはすばやく、静かに、的確に、あまりにも完璧な至妙をもっておこなわれたので、男爵が激しい衝撃から立ち直り、ひどく腫れあがり血に染まった鼻を拭い正気を取り戻したときには、自分の姉妹の死体と、床で気絶したド・ラ・ゲリニエール伯爵の前にたった一人でいたのである。

そして、支配下に置いたと信じた占い師、ポーラン・ブロケは影もなかった。

ガブリエルとラモルスは刑事長を降ろし、歩道の前に来て停まった車まで運んだ。それから座席を引きのばして簡易ベッドをつくり、できるだけ楽に彼を寝かせた。まず運転手はパリの中心部へと向かった。とにかくいま肝心なことはこの場を離れることだ。行くべき先は走っているうちに指示されるだろう。

ガブリエルとラモルスはしばらく話し合った。トリュデーヌ大通りの自宅に刑事長を連れていくべきか、それともヌイイの別宅か？　トリュデーヌ大通りでは刑事長はスパイ行為によりまたイライラさせられるだろうと彼らは思った。他方で、Z団の車が追跡していると疑った彼らはヌイイへは行きたくなかった。刑事長の家を知られてはまずい。また、パリの病院や治療院は避けるべきだ。たいした手当てを受けられないからではない、警察の捜査にびっくりしたジュリーの噂話で事件を知った新聞記者たちが、朝から押し寄せてくるだろうから。

そこでガブリエルとラモルスは、アンドレ・ジラルデの邸宅に行って負傷した刑事長を受け入れてくれるかどうか尋ねようと思ったのだ。アンドレ・ジラルデはすぐにポーラン・ブロケを迎え入れた。電話で知らせを聞いたロベール医師はラウールと一緒にすぐに現れた。刑事の部下たちのアイデアはみんなの意に適うものだった。

もっともポーラン・ブロケは、アンドレ・ジラルデが準備させた部屋に寝かされるとすぐに、部下たちが惜しみなく与えた応急処置によって、われに返った。医師が到着したとき、彼はすっかり意識を取り戻していたのである。ロベール医師は、梶棒の一撃による怪我の程度を確認しようと頭の傷を観察した。帽子やカツラのおかげで、またポーラン・ブロケの骨格の質のよさのおかげで、刑事は即死しなかった。

ポーラン・ブロケは頭部の痛みが少しずつひいていくのを感じながら、数日間回復に努め、それからパリでの勤めに復帰し、寝るときになってまた邸宅に戻ってきた。彼が完全に回復するまでアンドレ・ジラルデがそれを願ったからだ。

加えて、ロラン夫人、リリーや背中の曲がったマリーも邸宅に泊まっていた。それはリリーに対する、ジゴマの新たな攻撃が疑われたからだ。逮捕されたたくさんの共犯者を抱える強盗たちが腹いせにリリーに危害を加えたり、あるいは彼女を人質にとり、囚人たちとの交換を求めるかもしれなかった。ポーラン・ブロケは二人の配下の男を配置し、リリーがパリで用事を済ませるあいだ見失わないようにしたが、夜は邸宅でリリーを護衛しながら同時に刑事長を見守ることはより負担がなく簡単に思われた。

もっともジゴマのほうは、新たな攻撃をすぐに企てようとはしていなかったにちがいない。ガブリエルがポーラン・ブロケに事件の報告をしたときに、すさまじいパンチを喰らわせ、相手の男をひどく損傷させた手応えがあったと言っていたのだ。

しかしながら、これが理解できないことなのだが……サークルの使用人に扮するシモンと、コンサートの観客に扮するラモルスが、ポーラン・ブロケにこう確言したのだ。ド・ラ・ゲリニエール伯爵は夜、一時間ほどサークルに現れ、その後リュセット・ミノワに拍手を送りにきて、きどって歩き、楽しげに夜食をとり、あの華やかなフォスタン・ド・ラ・ゲリニエール伯爵の、いつも通りの快楽の生活を陽気に続けている、と！ 人並み以上の腕力をそなえる元ピエロのシモンは、素手での闘いやスイングの効果をよく知っていた。それはガブリエルも同様だ。そんなシモンとガブリエルはかなり注意深くド・ラ・ゲリニエール伯爵の顔を吟味し、じっくり観察したが、彼らは驚いてポーラン・ブロケにこう断言したのだった。激しく傷ついたはずのこの顔には、ジゴマが受けたすさまじいパンチの痕跡が少しもなかった、と。

「結構！ 結構だ！」ポーラン・ブロケはガブリエルにただこう答えた。「おまえのジゴマがおまえのハエ叩きの跡を留めてなくても、俺のド・ラ・ゲリニエール伯爵は決して消えない印を付けているんだ……この印で俺たちはヤツを見つけられるだろう！」

㉘章 サトウダイコンの不安

ポーラン・ブロケはいまやすっかり回復し、トリュデーヌ大通りの自宅に戻り、いつもの生活に戻っていた。ところで彼はド・ラ・ゲリニエール伯爵を少し見るため、それから、すべてのパリっ子のように、自分も魅力的だと思う美しいリュセット・ミノワに拍手喝采を送るために、コンサートでひと晩過ごしてみようと考えた。

彼がリュテシア座に行ったその夜、女優たちのあいだでちょっとした騒ぎがあった。幕の裏側では重要事、演劇の世界でありがちな、例の些細な無数の出来事のひとつが起こったのだ。

常連客の、通称サトウダイコン、例のお人好しで陽気なマテュー氏が数日間その姿を現さないという、説明できない驚きがもたらされていた。北部の工場主は、それまで魅入られた観劇をやめてしまったのだろうか？　それとも、そのプラトニックな愛にうんざりして、突然考えを変えてしまったのだろうか？　好奇心から楽屋でもちきりとなったのはこんなことだったが、すぐさまいろいろな答えが与えられた。根拠はないものの、彼は製糖工場に戻り、おおかたの意見によれば、もうすぐ戻ってくるだろうと。

そこに、サトウダイコンが来ていないのが確認された最初の日以降、珍しい見事な花束がリュセット・ミノワ宛で劇場に届いた。ただしカードが添えられておらず、この粋な贈り主を知ることはできなかった。さて、日常生活では最終的にすべてのことが知られてしまうが、劇場ではなおさらである。リュテシア座では、この不可解で魅力的な贈り物はすぐにみんなの知るところとなったが、嫉妬深い同僚以上にリュセット・ミノワ自身がこれについて一番驚いているようだった。しかし、彼女のこの驚きは本物なのか？　こんなふうに彼女をよろこばせる男の名前を彼女は本当にわからないのか？　しかし彼女は神に誓ってまったくわからないと強く主張していた！……

しかしながら、劇場での最終的な意見は、こんなふうに上品に歌姫の記憶に呼びかけるのはサトウダイコン以外ありえないということだった。ということはサトウダイコンは彼女のために来ていたのだ！　親愛なる同僚たちは、各々がこのような幸運を手に入れようとしていたので、美しいリュセットに辛辣な賛辞を送った。

しかし、このような状況でド・ラ・ゲリニエール伯爵はどんな役を演じるのだろうか？　彼はこの舞台裏の愛の駆け引きにどう反応するのだろうか？　これまでのところ伯爵はなにも言っていなかった。このような場合たいてい、愛人である彼は情事を知らされる最後の人であり、みんなよりもあとになって花の贈り物を知るのである。紳士的な男である彼は、リュセット・ミノワが花を受け取ったことに不満はなかった。彼女がそれをそそのかしたわけではないからだ。歓待される女優として、ファンからの敬意の印を受け取ることを彼はまったく禁じていなかったのだから、彼がこのファンのことを知れば、むしろ礼を言ったかもしれない。

「気をつけないとね！」楽屋で口々に言った。「そのときは、剣の見事な一撃が与えられるわよ」

そして一同は、この人のいい、太った、おだやかな工場主を気の毒に思った。サトウダイコンが剣を手にして手強いド・ラ・ゲリニエール伯爵に対峙するなんてまったく想像できないことだったのだ。

ところが、ポーラン・ブロケが観客でいた夜、突然サイトウダイコンことマテュー氏がリュセット・ミノワの登場直前に、いつもの桟敷席に現れたのだ！　驚きのあまり舞台上の女性歌手は歌を中断し、俳優は口ごもり、バンドは音をはずしたのだ！

この知らせは瞬く間に楽屋に広まった。

「サトウダイコンが観客のなかにいるわよ！」

知らせを聞いたリュセットは、みじんも動揺せず、いつものように平然と登場し歌った。

サトウダイコンことマテュー氏はといえば、これまで目撃されていたように、爽やかに笑顔で、無邪気に、すこぶるうれしそうに現れた。そしていつもの桟敷席に、いつもの劇場にふたたびいられることを心から満足しているようだった。なにも気づかない、こともなげな様子で平然といたっておだやかに桟敷席に戻ってきてみんなを驚かせた。

ド・ラ・ゲリニエール伯爵は自分の桟敷席から彼に気づいたが、感情を露(あら)わにせず、態度を変えず、サトウダイコンのほうに一瞥もくれなかった。しかしながら幕間になると、彼は友人とともに桟敷席を離れ、立見席に入った。大きな葉巻を口にくわえたサトウダイコンがそこに紛れ込んだところだったのだ。

伯爵は工場主に近づくと、やけに礼儀正しく挨拶し、大声を出すこともなしに抑えた声で言った。

「ムッシュー、失礼ですが、私はあなたにお礼を申し上げねばならない」

サトウダイコンは突然真っ赤になった。

「ムッシュー。お礼ですか、私に……でもなぜ？」

「まず自己紹介をさせてください、残念ながらあなたを知っている友人がおりませんのでね。私はド・ラ・ゲリニエール伯爵です」

「私はマテューです」工場主は答えた。

「よろしい。あなたは芸術を好んでおられる、マテュー殿」

「とっても」

「そして、とりわけ女優たち、歌手たちをね」

「場合によりますよ」

「あなたは彼女たちに花束を浴びるほど与えている」

「彼女たちがそれにふさわしいときはね」

「よろしい。ずいぶんと前からあなたが贈っておられる見事な花束にふさわしい者は、確かにリュセット・ミノワ以外いませんね」

サトウダイコンはビクッとし、口ごもった。

「なんだって！　誰に知らされたのだ！……おわかりになるでしょ……それはただ芸術的な観点からですよ」

「そう思っていますよ。ただね、リュセット・ミノワは私の恋人で、私は本当に嫌いなんです、私以外の男たちがその美的な恋心を彼女に表すことも表そうとすることもね」

「ムッシュー、信じてください……私は……」

「わかっていますよ。ただ、街中やティーサロン、彼女が行く先々で、リュセット・ミノワと会おうとするのは、美的な恋心の度を越すことですぞ。それをお認めいただきたい」

「それは……ムッシュー……私は考えていたん……思っていたん……」

「ムッシュー、あなたはパリの慣例をあまりご存じない。それはあなたにとっての宥恕です。しかし、こんなふうに名乗ることなく一人の女優に花を贈ることは軽率な行為であり、それが何度も繰り返されると、無作法になることをご理解いただきたい」

「無作法……」

「この花の贈呈が、桟敷席の贈り主の存在と、その執拗な追求の対象である舞台上の女優のみならず、からかい好きの観客からも注目されるようなジェスチャーと絡み合うときはね……」

サトウダイコンは弁明したかった。

「しかし、ムッシュー、信じてください。私は決して観客の目を引こうとはしていません」

「その場合、ムッシュー、観客はあなたの退場には気づきませんね」

「私の退場？」

「そうです。なぜならあなたはただちに出ていくことになるからですよ」

「私が、出ていく？　なぜです？　舞台の最後まで残っていたいんだ」

「私がそれを禁じます。お引きとりください！」

「でも、ムッシュー、あなたが私に要求していることはおかしなことだ……」

「あなたのやりかたは認められないのですよ」

「じゃあ、私はバカにされますよ。あなたの言うことは聞きませんぞ」

「その場合、ムッシュー、私の友人二人が明朝あなたのところにうかがわせていただきます」

「なにをするために？」バカ正直にサトウダイコンは尋ねた。

「彼らがお伝えします！　これが私の名刺です」

「これは私のです。でも私は観劇をやめませんよ」

「その必要はありません。出ていくのは私です」

「この私は無理強いしていませんよ」

「確かに。でも明後日、およそ確実なことは、ここに戻ってくるのは私一人です」

ド・ラ・ゲリニエール伯爵は一緒にいた人たちと帰っていった。

翌日、ド・ラ・ゲリニエール伯爵の友人であるド・ラ・スール子爵とロワズレ男爵がマテュー氏のところに現れた。工場主はリヴォリ通りの豪華なホテルに泊まっていた。サトウダイコンは二人を迎え入れたが、なぜ彼らが来たのかまだわからなかった。

ド・ラ・スール子爵がまず話した。

「ムッシュー、まず」彼はこんな前提からはじめた。「ド・ラ・ゲリニエール伯爵は、あなたのせいでかなり気分を害しており、お詫びを受け入れることはありません」

「でも、私は彼にお詫びをするつもりはありませんよ。だって、彼の気分を害したなんて思っていませんからね」

「あなたは彼の恋人に花を贈ったのです」

「女優としてのね、はい」

「あなたは彼から彼女の顔を背けさせようとしたのです。それもまた女優としてですか？」

サトウダイコンは答えられなかった。

「それで、ド・ラ・ゲリニエール伯爵はなにを求めているんですか？」

「あなたが私たちに二人の介添人を紹介することです」

「決闘！」不幸な工場主は思わず声をあげた。「決闘！」

「剣で」

「剣で！　ありえない。まあまあ、お二方、いくつかの花のために……ええ、私はリュセット・ミノワを口説きました、彼女は美人ですから！　でも、それは、私が喉を掻き切られるほど、深刻なことではないはずだ」

「ご承諾しますか？」

「ド・ラ・ゲリニエール伯爵は決闘好きで、職業的な剣士です。彼が何回決闘したかわかりませんが、いつも勝っている。彼は剣客だ。私はといえば、武器を持たない人間だ！　私は砂糖をつくっている、剣ではない！」

「剣を持ったことは？　フェンシングをされたことは？」

「みんなと同じように、高校で、競技用の剣で。だから私は、剣術に関してはなにも学んでいない」

「もうこれ以上議論するのはよしましょう。あなたの介添人をお待ち申し上げます」

サトウダイコンはこのバカげた不意の出来事のせいでとても不幸に見えた。だが、ほかにしようがなかった。しぶしぶながらも言いなりになるしかなかった、いやはや、言いなりになるしかなかったのだ。彼は、仕事でつきあいのある技師のジェリネール氏と弁護士のブリュドー氏に会いに行き、彼らをド・ラ・ゲリニエール伯爵の介添人のところへ差し向けた。

伯爵が侮辱されたほうなので、彼が武器を選択した。彼は剣を選んだ。決闘は翌日、ヌイイ＝サン＝ジェームスの私有地でおこなわれることになった。

マテュー氏の介添人であるブリュドー弁護士は、同業者のモントルイユを知っていた。なので、その兄弟のロベール医師に、依頼人のサトウダイコンに付き添ってほしいと願い出た。想像できるように、この決闘は二人の兄弟にとって非常に興味深いものだった。二人はすぐにこの決闘についてポーラン・ブロケに話した。

「行きます」刑事は言った。「ええ、行きますとも。われわれ全員で行きましょう」

「伯爵が犯そうとしているのは殺人です」

「どうでもいいですよ。ひとつ殺人が増えようと減ろうと、そんなこと気になりません」

「この犯罪は止められませんか?」

「いや! ただただ祈りましょう、不幸なサトウダイコンのために!」

㉙章　穴の空いた胸部

朝早くブリュドー氏とジェリネール氏は、ロベール医師を同伴して依頼人を迎えにきた。サトウダイコンは身支度を終えていた。

「さて」一同は彼に尋ねた。「しっかりお眠りになりましたか?」

「ええ、気分はいいですよ」

しかしそうは言ったものの、彼は大いに当惑していた。彼にとってこの目覚めは、死刑囚の目覚めとたいして差はない。しかし、認めなければならないが、彼は大きな勇気を見せて、完全無欠の、ああ！　情け容赦ないド・ラ・ゲリニエール伯爵の剣の前へと果敢にも出向くのだ。

決闘は十時頃におこなわれた。それは完全に非公開だった。観客はない！　誰もいない。伯爵がそれを願ったのだ。

「俺は決闘で芝居がかっていると批判されているからな」彼は言った。「そんなことは望んでいない」

しかしながらラウールは、私有地の建物のひと部屋のカーテンに隠れていた。彼の知らない人々が同じようにほかの窓のうしろに隠れていた。おそらく伯爵の友人たちだろう。そしてもちろんポーラン・ブロケとその部下たちも、植え込みや馬小屋に身を潜めているはずだ。

決闘する二人はやわらかなシャツだけを着て、腕カバーのない手袋をつけていた。この陽気な工場主のような経験の浅い相手を前に伯爵が一度くらい寛大になって、自分の名誉のために彼の腕をわずかに突いて満足してくれることが期待された。そう、サトウダイコンの介添人たちは厚かましくもこんなことを願っていたのだ。伯爵のことを知る人々はといえば、いかなる幻想も抱いていなかった。

伯爵がまず決闘場に現れた。あいかわらず彼は武器を手に美しく堂々とし、いつものように少し青白いが、笑みを浮かべ、自信に満ちていた。

その直後、サトウダイコンは二人の介添人に挟まれて姿を現した。かなり顔色が悪く、青ざめ、ぽっちゃりとでっぷりとし、イヤイヤながら歩き、頭を垂れて、鼻を地面に向け、そうとう困惑し、意地の悪い、いくつかの攻撃を覚悟していた。このとき彼は、リュセット・ミノワとその笑顔に出会ったことを後悔していただろう！　この女に花を贈ったせいで、明日その花が自分の棺の上に投げつけられるかもしれない、彼はきっとそう思っていたのだ！　少しも明るくない見通し！　かわいそうなサトウダイコン！

医者たちによって火炎消毒された剣が闘う二人に手渡されると、決闘の仕切り役は――今回は見栄えのいいデュポン男爵ではなかった――ルールに従って尋ねた。

「準備はいいですか？」

「はい！」決然とした声で伯爵は答えた。

「もちろん、ムッシュー」工場主は口ごもった。

「はじめ、お二方！」決闘の仕切り役は仰々しく宣言した。

ド・ラ・ゲリニエール伯爵は熟練した剣士の構えで、自分の意にかなった突きを打ち込むため、敵の動きを探ろうとした。工場主はといえば、足許もおぼつかず、教会用の大きなロウソクのように剣を持ち、本当になにをすればいいのかわからない様子だった。


すぐに伯爵は笑みを浮かべながら攻撃を開始した。ところが、即座に、きっと本能的に、しかしながら巧みに、驚くほど運よく、サトウダイコンは攻撃をかわし、その剣先を相手に向かってまっすぐに保った。サトウダイコンが予想以上に防御するので、伯爵が哀れな腑抜けを串刺しにすることはないだろうとそのときわかった。

伯爵は攻撃を繰り返した。彼は相手を攻め立てた。サトウダイコンは身体を離しては攻撃の圏外にいて、剣先はあいかわらず相手に対しまっすぐだった。伯爵の攻撃は毎回失敗した。不格好で滑稽なさまの防御に、彼の剣は逸れていった。ぎこちない動きや臆病なさまのままサトウダイコンは見事な精度で攻撃をかわし、ただ応戦はしなかった。きっと攻撃を知らないので、反撃を知らないのだろう。しかし、とらえどころない彼の剣はプリーズ・ド・フェール〔攻撃をしやすくするために相手の剣を捉えコントロールする技術〕を許さなかった。

いまや伯爵はイライラしていた。熟練したフェンシング剣士である自分が、こんな砂糖製造者によって窮地に追い込まれているのがバカらしく思えた。それは腕を少しだけ突こうと我慢したがゆえ、決め手にならない攻撃のせいだと彼は思った。だから彼は敵に気を使わないと決めた。

第二ラウンドになると、彼はさらに激しく攻撃した。彼は、胴体を、深刻で致命的な傷を狙った。ところが彼は、工場主の前で貫通できない幕のようなものを生み出す剣に出くわした。サトウダイコンの剣は、相手の剣を退ける鋼の盾のようだった。

伯爵はいまや猛り狂い、強敵にのみとっておいた攻撃、不意をつく攻撃、スポーツマンシップが禁じる攻撃を試みた。しかし、なんの役にも立たなかった。不意打ちと強烈な攻撃は、その値打ちに気づかない、この驚くべき手で操られる剣によって止められたのだ。それは驚異的だった。

伯爵は、これまで誰にも防がれたことのないプリーズ・ド・フェールを試みた。サトウダイコンの剣を捉え、抑え、押しつけた。身をかがめ、自分の剣をすべらせ、いまやとどめの突きを確信すると突進した……それは人間の矢のごとき一撃だった……それは敵の胸に剣のつばを置くような一撃だった。

すると恐怖に叫び声が上がった。サトウダイコンが貫通されたようだ。二人の男はいまや胸と胸を突き合わせくっついていた。ひと振りの剣が地面に落ちた。

ド・ラ・ゲリニエール伯爵の剣だ！

サトウダイコンは一歩後ずさりした。彼は赤い剣を手に握っていた。伯爵のシャツの大きな断片が柄頭（ポンメル）に引っかかっていた。彼の剣は、ド・ラ・ゲリニエール伯爵の胴体の右側に、そのつばまで突き刺さったのだ。

伯爵はよろめいた。唖然とした介添人たちがわれに返り動きだす前に、彼は地面に向かって仰向けに倒れた。彼は腕を組み、胸をはだけていた。三角形の傷口から、不規則に血がか細く流れていた。

そして、サトウダイコンが注意深く見ていたこの胸は、ド・ラ・ゲリニエール伯爵の胸は、ポーラン・ブロケが付けた消すことのできない印をとどめていなかったのだ！

㉚章　死にゆく者は告白を望む

パリは、パリのフェンシング界は、稀代の剣士、無敵のド・ラ・ゲリニエール伯爵が北フランスの温和な工場主、砂糖製造者のすさまじい剣の一撃を右胸部にもらったと知ってすっかり唖然とした。こんな腑抜けに打ち負かされるのは、二度打ち負かされるに匹敵する。いまだその権威を失わないパリ流ジョークで言えば、彼は砂糖大根の一撃で死にゆくのだ！

伯爵が使っているボワ＝ド＝ブーローニュ大通りの小さな館には、様子を聞きにきた友人や野次馬、フェンシング仲間たちが長い行列をつくり、名刺を置いていった。絶対に誰もなかへ迎え入れられなかったのだ。その日、新聞記者たちは慌てふためいていた。最高にセンセーショナルな事件で、とてもパリ的な出来事ながら、誰も詳細を得ることができなかったのだ。伯爵のほうでは扉を固く閉ざしていた。もっとも死にかけの男にインタヴューなどできないだろう。また工場主のほうにも、なにも期待できなかった。サトウダイコンは姿を消していたのだ。北部の県という県のマテューという名の工場主に問い合わせなければならなかったが、これらのサトウダイコンのところで彼は見つからなかった。

さて、例のマテュー氏はパリから去っていなかった。まさにインタヴューを回避するために、彼に協力したロベール医師と介添人の一人の友人であるラウールに、隠れ場所を頼んだのだった。モントルイユ兄弟は快く彼の頼みに応え、その望み通りに母の館で自分たちの使うアパルトマンを自由に使わせたのである。こうして彼は対戦相手とすこし離れたところにいて、アパルトマンにある電話でロベール医師から負傷者の様子をときどき聞いたのである。

決闘場でロベールはド・ラ・ゲリニエール伯爵に付き添う医者に協力しようと申し出た。この医者はそれをありがたく受け入れた。いまや二人は、自宅に運ばれたかなり深刻な状態で横になる負傷者のベッドのかたわらにいた。彼はまだ生きていたが、その命は風前の灯(ともしび)だった。その強靭な体力で死に対抗しているだけで、魂がこの頑丈で見事だが生命の源を傷つけられた身体から逃れるためには、いまやごく些細のことで十分だった。

傷はかなり重症だった。驚くべき奇跡のおかげで伯爵は即死しなかったのだ。サトウダイコンの剣は彼の心臓から数ミリのところを貫いていた。剣は胴体の右側に入っていた。今回もまた伯爵は右手で戦ったのだ！　あらゆる決闘で時に生じるあの幸運のひとつによって、剣は肺に小さな穴を開け、肩甲骨の下の、脊柱の前にすべり込んだ。もう少し剣が脊柱のうしろを通ったなら、二つの肺を貫通し、確実に心臓が傷ついていた。

そのため傷は非常に危険な状態だった。だが、傷がそうであろうとも、医者たちは負傷者について絶望はしなかった。

このとき、素晴らしい光景が目撃された。その悲惨な内幕を知っている人々だけが、この光景の稀にみる悲劇を理解することができた。伯爵の介添人たちが連れてきた若い医者がロベール医師の知識と名声に敬意と配慮を示し、彼に場所を譲ったのだ。ロベール・モントルイユ医師がその全知識をかけて、この男を、この負傷者を、この死にかけた人間を、このド・ラ・ゲリニエール伯爵を死から引き離すために闘ったのだ！この状況に尊さは欠けていなかった。ロベール・モントルイユを極度の悲しみに陥れたこの男の命が、このときロベール医師の手のなかにあったのだ！　そしてロベール医師は、自分の父を殺害したと信じるこの男を生かすためにすべての知識を使っていたのだ！

決闘場で施された応急処置のあと、介添人たちの強い意向で、負傷者は自宅に細心の注意を払って移送された。ロベール医師は彼を診療所へ搬送したかったが、介添人たちがそれを拒んだのだ。もっとも伯爵の館はすぐ近くだった。負傷者はおそらくそれよりも長い移動には耐えられなかっただろう。ロベール医師は従った。彼は外科用の医療器具と、負傷者を適切に手当てするのに必要な一式を車でとりにいかせた。一日中、一瞬たりともそばを離れることなく、彼はド・ラ・ゲリニエール伯爵の枕許にいたのだ。

関心するほど丁寧に、驚くほど器用にロベール医師が手当てを施すと、伯爵は少し苦痛が和らいだようだった。彼は自分に施されたカフェイン注射の効果を感じ、ようやく目を開いたのだ。自分のベッドのまわりにいる人々を見分けたのか？　おそらく！

彼の視線はロベール医師に注がれ、彼に定められた。

「ありがとう！」負傷者は口ごもった。「申し訳ない！……」

そして彼はふたたびあのぐったりした状態に陥った。眠っているというよりは、すでに昏睡状態に近かった。

伯爵の愛人で、この悲劇的な決闘の原因であるリュセット・ミノワはすぐにこの不幸を知らされた。彼女は大急ぎで駆けつけ、付き添った。リュセット・ミノワは、女優がその愛人を愛するように伯爵を愛していた。彼は醜い男ではないし、よく響く名前を持ち、面白い、それにたくさんのお金を与えてくれるし、彼と一緒にいるのを見て女優仲間は嫉妬するからだ。伯爵はといえば、リュセット・ミノワを人が想像するよりも誠実に、外から見るよりも深く愛していた。彼は彼女を自分のそばに感じて幸せだった。

負傷者の寝室は広く、贅沢に家具が備えつけられてあった。より正確に言えば、スポーツマンの現代的で健康的な部屋ではなく、ふんわりとし、ひっそりとした、金持ちの男の快適な部屋だった。それは、独立し、人目につかない、心落ちつく住処、つまり、彼のアパルトマンのなかの特別な部屋になっていた。分厚い絨毯が床を覆い、足音を吸収し、厚い垂れ布がかけられた壁やドアはすべての音を遮断していた。

夜頃、ド・ラ・ゲリニエール伯爵はわずかに体力を取り戻したようだった。

「彼は助かります、ほとんど確実です」ロベール医師はリュセット・ミノワにそう言うことができた。「大きな希望をお持ちください」

伯爵は話すことができるようになった。彼はいまや心の落ち着きと知性をすっかり取り戻した。

「ああ！　あなたがここに、モントルイユ先生」彼は言った。「よかった、もう少し私に力をください、私を一時間だけ生かしてください。私はあなたに話すべきことがあるのです……私はあなたに話さなければならない」

「私に？」不安そうにロベールは言った！

「そうです、あなたロベール・モントルイユさまにです。それから、あなたのご兄弟のラウールさまにも私の話を聞いていただけるなら、なおさら幸せです」

この言葉はロベールに激しい動揺を引き起こした。

さらに低い声で、さらに弱々しく負傷者は加えた。

「ですが、先生、われわれだけになる必要があります。誰にも聞かれてはなりません……誰にも……」

ロベールはポーラン・ブロケから疑うことを学んでいた。彼は伯爵の召使いを信用したくなかった。自分のまわりにいる誰であろうとも、この奇妙な打ち明け話に介入させたくなかった。それゆえ彼は、密かにすばやくラウールに知らせる方法を探した。彼は自分を全面的に手伝ってくれていた若い医者に、最終的な手当てに必要な医療器具を持ってくるよう頼んでいたが、同時に一人か二人の看護師を連れてくるよう指示を出していた。その看護師の一人とは、ほかならぬ元ピエロのシモンだった。彼は自分だと気づかせることができた。信頼できる召使いがいなかったので、ロベールがラウールに知らせる労を委ねたのは当然のことながらシモンだった。

それに建物のなかは、かなり混乱しているようだった。主人が負傷したことや、最悪もうすぐ死ぬかもしれないということがこの動揺や混乱の原因だった。また、それ以外にも、絶え間ない人の出入りがあり、召使いたちが外から来た人々とひそひそ話をしていた。館への訪問がすべて禁止されたにもかかわらず、詮索好きな訪問者が折りをみて入ってきたのだ。

絶えず負傷者のそばにいたロベールはこれらすべてをまったく知らなかった。しかし彼は、簡単にうかがえるさまざまな理由のゆえに、ラウールを呼びにいく任務をシモンに与えるのが適切だと思ったのだ。いくつかの新しい薬を探しにいかせるという口実で。

リュセット・ミノワは恋人のそばに残りたかったろうが、舞台の代役がいなかった。あまりにも突然の出来事で誰も彼女の代わりができず、公演は休めないし、演じないわけにはいかなかったのだ。もっともロベールは、劇場から戻ってくるころには伯爵はもう少し体力を回復しているだろうと彼女を安心させた。それで彼女は、公演が終わり次第戻ることを約束し、〈リュテシア座〉へと向かった。

当然ながら、劇場でド・ラ・ゲリニエール伯爵が目撃されないのなら、サトウダイコンもまた目撃されなかった！　ところで、その夜の客席は満員だった。物見高い聴衆が、二人の男を決闘させたリュセット・ミノワを、この悲劇的な決闘の原因たる歌姫を見たかったのだ。

ド・ラ・ゲリニエール伯爵の家ではなにも得られず、また勝利者のマテュー氏を発見できなかった記者たちは、この美しい歌手に殺到した。彼らは彼女の楽屋を包囲し、リュセット・ミノワもできる限り答えた。彼女は自分の恋人に起こったことにひどく苦しむと同時に、一方でそれによって自分が宣伝されることに満足してもいた。

シモンはモントルイユの館の前でラウールに合流した。ラウールは、あの悲劇の日に手助けした工場主に会いに来ていたのだ。また電話でロベールがどうしているか、負傷者がどんな具合かを知りたかったのだ。

アパルトマンに入るとラウールは驚いた。その客人に仕えるべき召使いのマルスランが見あたらなかったのだ。

「彼についてはご心配なく」さりげなく工場主は言った。「マルスランは私の世話をしてくれましたよ。彼はとてもよく自分の仕事をしていました。用足しに遣わせたのです！」

ロベールは、シモンにラウールを呼びにいかせた際、ラウールに何枚かのハンカチを持ってくるよう頼んでおいた。工場主の付き添いのため朝出発するとき、持っていくのを忘れたのだった。ラウールはロベールの下着用タンスからハンカチをとろうとしたが、クローゼットには鍵がかけられており、錠に鍵は挿(さ)さっていなかった。

「ロベールが持っていったのかな」彼はつぶやいた。「驚きだ、アイツはこんなこと絶対にしないからな」

「彼は」サトウダイコンは言った。「鍵を自分のポケットに入れたにちがいありませんよ、ハンカチをポケットに入れたと信じてね！」

「おそらく。注意散漫なヤツです！　私のを持っていきますよ」

工場主は金色の髭のなかで微笑んでいた。

「こんな不注意もときどきありますよ！」彼は口ごもった。「そしてこれからとっても驚くんです！……とっても驚くんですよ」

サトウダイコンはそれ以上モントルイユ兄弟の好意に与りたくなかった。彼はいとまごいする意向を示した。そういうわけでラウールとマテュー氏はモントルイユの館を出た。彼らはグランダルメ大通りのレストランに急いで夕食をとりに行った。それから若き弁護士は、列車に乗って北部の自宅に戻る工場主と別れ、ロベールが定めた時間にド・ラ・ゲリニエール伯爵のところへ向かった。伯爵は休んでいて、かなり夜遅くにならないと目覚めなかったのだ。

ラウールを伯爵の小さな館に入れるのに少し苦労した。負傷者の依頼として、ロベールの助手が彼を迎えにいって寝室まで案内する必要があった。

しばらく前からド・ラ・ゲリニエール伯爵は目覚めていた。医者たちは彼にいくらかの食べ物と強壮剤をとらせた。

「かなりよくなりました！」彼はロベールに言った。「少なくとも、よくなったと思います！　さあ、力を与えてください、そう、力をです……私にはそれが必要なのです」

ラウールが現れたとき、彼は微笑んだ。

「来てくださりありがとうございます、ムッシュー」彼は言った。

自分たちの父親を殺害したと信じているこの男を、二人の兄弟は驚いてながめていた。自分たちにとって犯罪の象徴であるこの男を、大胆で、強靭で、あれほど激しくポーラン・ブロケが戦ったこの男を。そして、熱で汗をかき、ガタガタ震え、息を切らし、衰え、うめき……もはやほとんどこの世に属していないこの人間を、彼らはすっかり驚いてながめていたのだ。死が差し迫ったからといって、あれほど人々を震えあがらせた闘争的な人間がこんなふうになってしまうこと、あの男がこんなふうに変わってしまうこと、不適切に使われたもののあれほどの驚くべき活力と覇気がなくなってしまうことなどありうるのか！

誰しもが思い描くように恐怖を撒き散らし、怒り狂い、冒瀆の言葉を吐き、犯罪の壮麗なフィナーレに華麗にではなく、ジゴマはうち負かされて弱々しく死んでゆくのだ！　このときジゴマは屠られた子羊であって、自分の脇腹に突き刺さる槍に噛みつき、最後のひと息まで戦うトラではなかった。

だが、これはこの卑劣な男が演じる巧妙な芝居ではないのか？　自分の家に二人の兄弟をおびき寄せ、命を賭して恐るべきやりかたで彼らを討ち果たし、死にゆきながら勝利し、残酷で究極の復讐という不吉な栄光のなかで、本物の悪党として死ぬために、この巧妙な芝居を思いついたのではないか！

㉛章　私は卑劣な男だ！

ベッドの前でいまやこんなことを考えながら二人の兄弟は、不安げな視線をこの面喰らわせな男に向けていた。

しかし、ド・ラ・ゲリニエール伯爵の目はいかなる悪意も表していなかった。二人はまっすぐ見ていたが、血の気のない青ざめた彼の顔は、痛みからくる刺激によるこわばりをのぞいては、悪意あるこわばりも、いかなる不実も、秘密の考えも示していなかった。

決闘場で自分に付き添った医者とロベール医師の助手に退室するようおだやかにうながすと、彼は二人の兄弟にそばに来るよう願った。

「お二方、ロベール先生の知識と献身のおかげで助かるにしても、裁きによって死ぬにしても、私はあなた方にひとつ告白をしておきたいのです。あなた方にそれを聞いていただきたいのです」

ロベール医師は一杯の強心剤を準備し、ときどき負傷者にスプーンに一杯飲ませていた。

「私は」ド・ラ・ゲリニエール伯爵は続けた。「この告白をあなた方と同時に、ポーラン・ブロケや予審判事にも聞いてもらいたかった。でもそれはかないません、待つことはできない。時間はもうわれわれの思い通りになりません。それでも私は話さなければならないのです……聞いてください。もっとも、あなた方が、モントルイユ家の方々が、死にゆく私のベッドの前におられ、私の話を聞くことになったのは、いくつもの不測の事態が絡み合ったゆえですが、私はそれをうれしく思っております」

短い沈黙のあと深呼吸をして、ド・ラ・ゲリニエール伯爵は話しだした。

「お二方、私は卑劣な人間です！　私は誠実で公正な人々からの軽蔑に値します。私は卑劣な人間だ、そうです、まったく卑劣な人間なのです！　しかし私は、あなた方が想像しているような極悪人ではありません！　私は、不幸なモントルイユ銀行家を殺そうとした犯人ではないのです」

「われわれの父を殺していない？」震えながら二人の兄弟は叫んだ。

「ええ、お二方、そうです！　信じていただきたい！　話をさせてください。私は男爵夫人のダイヤモンドも盗んでいません！　口をつぐませるために捕らえられた仲間のド・マルネ伯爵とあのもう一人の不幸者を殺したこと、殺害したこともありません。身元が特定できないように顔を焼いたこともありません」

「でもあなたがまさにド・ラ・ゲリニエール伯爵でしょう？」

「確かに私はド・ラ・ゲリニエール伯爵ですが、私はジゴマであるド・ラ・ゲリニエール伯爵ではありません。ちがうんです！　私はジゴマではない！」

「ジゴマじゃない！　じゃあ、あなたじゃないとしたら、みずからをド・ラ・ゲリニエール伯爵だと思わせているあの強盗は誰なんです？　それにあなたは、あなたはいったい誰なんです？」

「お二方、私は自分が卑劣な人間だと言いましたね……聞いてください、ご理解いただけますよ」

呼吸を整えて負傷者は加えた。

「私の人生が突然変わり、この館に住み、あなた方がご存じのような騒々しい快楽の生活を送るようになる日まで、非合法すれすれの、うさんくさい財力でどうやって私が生活してきたかは、私に関して詳細な調査をおこなったポーラン・ブロケから教えられるでしょう！　先に進みましょう、一分一分が私には貴重なんです。私は力が、時間がほしいんです、まさにあなた方に関わることをお話しするために」

彼はロベールに強心剤をひとさじ頼むと、ふたたび話しはじめた。

「私は追いつめられた人間が犯しうる最悪のことをしたのです。盗みを働きました！　ある男がこの盗みを知った、デュポン男爵です！」

「デュポン男爵！」二人の兄弟は叫んだ。

「はい。彼は私を警察に引き渡し、破滅させることもできましたが、そこで、彼は私に同情し、助けてやろうと申し出たのです！　私は承諾しました！……その理由はこうです。私は少し前からリュセット・ミノワと知り合い、いまもそうであるように惚れ込んでいました。彼女のために、彼女の唯一の恋人となるために、彼女のための大金ほしさに、こともあろうか私は彼女のところで素晴らしい首飾りを盗み、ある隠匿者に売りに行ったのです。この男がデュポン男爵の友人だった、そうでなければデュポン男爵本人だった！　これがどのように彼が私を支配したかのあらましです！　さて、私を救う代わりに、男爵が私に求めたことはこうでした……。彼はこの館と金を提供しました。私が切望していた派手な生活を送るため、リュセット・ミノワの愛人となるためにです。そして見返りに、私は自分の人格を彼に譲ったのです」

「あなたの人格を？」

「つまり、私に異議を申し立てられることなく、好きなようにパリという社会で行動できるもう一人のド・ラ・ゲリニエール伯爵がいるということです」

「なるほど」

「デュポン男爵の友人がいつも私のそばにいました。彼は私に毎朝、毎晩、指示や命令を与えたのです。私は異議を挟むことなくただちに従わなくてはなりませんでした。もっとも、私がやるべきことはただ単に、ある場所にこれ見よがしに現れたり、突然姿を消したりすることでした。そのあいだもう一人のド・ラ・ゲリニエール伯爵が行動したのです」

「わかりました」

「お二方、私は拒み、抵抗し、自分の盗みの罰を受け、あるいは償い、そして自死すべきだったのです！　でも生活はあまりにも豊かで、素晴らしかった……私はあまりにもリュセット・ミノワを愛していたのです！」

「あなたには自分の過ちを償う意志がなかった」

「ええ！　でも、自分の名前が巻き込まれた数々の犯罪を私は知らなかったと、はっきり言わねばなりません！　知らなかったんだ、ド・ラ・ゲリニエール伯爵がジゴマであることを！」

「ジゴマだと知らなかった？」

「ル・ペルティエ通りの事件を知ったとき、ようやくそうなんじゃないかと疑いました。あなた方のお父上が殺人未遂されたときです……」

「あのときあなたはどうしたんです？」

「私は逆らいました！　警察にすべてを打ち明けたかった。でもヤツらが私をここに閉じ込めたのです、鍵をかけて数日間を。ポーラン・ブロケがここに迎えに来たのは私ではなく、ジゴマです。あなたたちの不幸なお父上と対質したのはジゴマです！　この対質のために、ジゴマの手柄のために、すべては準備されていました。私はといえば、ド・ラ・ゲリニエール伯爵の無実が公言されるときまで、囚われの身でした」

「それから？」

「それから、お祭騒ぎの、快楽の生活をふたたびはじめました。これは私の誤りです、それは認めます。警察に話し、知らせるべきだった。でも、すべてを打ち明けることは、リュセット・ミノワを失うことだった……私は弱さから沈黙してしまった。しかし、この事件以降、デュポン男爵とその甥のジゴマはもう私を信用しなくなった。私はヤツらに迷惑をかけていたのです、ヤツらは私を恐れていました。だからヤツらは私に刑を宣告しました。私がちょっとでも過失を犯したり、良心の呵責に苛まれて反抗したりしたら、ヤツらは私を殺すはずでした」

二人の兄弟は筆舌に尽しがたい動揺を感じながら、この胸を刺すような物語を聞いていた。

「私の恥ずべき契約において」伯爵は続けた。「ヤツであろうと私であろうと、ド・ラ・ゲリニエール伯爵が申し込まれたら、私は決闘しなければなりませんでした。ときどき、敵が手強くない場合、仕方なく男爵の甥が決闘したこともありました。ご存じでしょ、ヤツは剣の腕前は一流で、いつもよい結果をもたらすイナズマのようないくつかの攻撃を身につけています。そういうわけで、ヤツはド・レンヌボワ大尉を簡単に打ち負かせるだろうと思っていたのです。この私はといえば、大尉と決闘することを拒みました。そうしろと命令されていましたが、彼を殺すことを断固として拒みました。だからジゴマが決闘とこの殺人を引き受けなければならなかった」

「卑劣な男だ！」

「反対に、ヤツはマテュー氏を私にまかせました。工場主のサトウダイコンは、リュセット・ミノワを口説いていましたからね。この件は、ヤツの指示にもかかわらず、ヤツの意に反して、私自身の落ち度によって起こったように思われました！　本当に、なによりも私は状況に流されていたのです！　実際のところ、一見平凡なこの恋愛のいざこざにおいて、ある断固としたかたくなな意志が出来事の行方を決定しているようでした。デュポン男爵もジゴマもこれらを止めたり、その流れを変えたりはできませんでした。それに、少し前からジゴマは姿を消しています。デュポン男爵とヤツはパリを離れ、新たな仕事に乗り出したという噂です。でも私はこう思っています、ポーラン・ブロケによってかなりの傷を負って、ヤツは身体を休めに、回復しに行ったのだと。ところがジゴマは私にこう伝えてきたのです、この件のすべてにとても腹を立てている、この件に非常に不満を抱いていると。ジゴマとおじは、できるだけ早くサトウダイコンとケリをつけろと私に強く勧告してきたのです。私としては、相手の腕を刺して、大事に至らずに決闘を終わらせようと願っていましたが、私は思ってもみなかった敵を前にしていたのです。そこで、お二方、私はすべてを見抜きました。私は罠に気がつきました、私は理解したのです！……私は知っているのです！」

「なにをご存じなのです？」

「この件は見事なまでに仕込まれていた。ヤツらは私の嫉妬心をあてにしたんだ。このマテュー氏という工場主は、決して存在しなかった。サトウダイコンは手先、メンバー、Zなんです。Z団の男なのです！」

二人の兄弟はこの告白を聞いて激しく身震いした。

「Z団の男！」二人は叫んだ。「なぜそうだと？」

「すべてがです、結果がです、この男が演じた芝居と私の怪我がです……。ヤツらがこの男を私に差し向けたのは、この男によって殺されるため、最終的に私を片づけるため、警察に咎められないような殺人を犯すためです。だってヤツらは決闘で私を殺そうとしたのですから！」

「ありえますね！」

「そうなんです！　私は最初に剣を交えたときにわかったのです。温和で臆病な見た目の私の相手は、従順な子どものようなふりを見事に演じていると。私の相手は、もっとも手強い男で、熟練した剣士だった！すぐにわかりました、この男は私を殺すつもりだと。だから私は防御しました！　私はうち負かされた、ヤツらが勝った。私は殺害されて、死ぬのです。私、ド・ラ・ゲリニエール伯爵は、ジゴマに殺害されるのだ！」

　負傷者は疲弊して枕に倒れ、つぶやいた。

「死ぬんだ！　仕方ない……私にはそのほうがいいんだ！　だけど、私は恨みを晴らしてもらえるだろう！あなたたちによって！　殺害されたモントルイユ銀行家の息子であるあなたたちが、私の名前を激しく呪ったあなたたちが、あなた方が事情を知ったいま、あなたたちがこの恥ずべきド・ラ・ゲリニエール伯爵の仇をとるのです」

　ロベールは伯爵の上に身をかがめ、言った。

「がんばってください！　あなたの過ちは償うことができる。断言します、この剣の攻撃によってあなたが死ぬことはありません。断言します、あなたは助かったんです。数日後には、あなたは回復期に入るのですよ」

　そして彼は加えた。

「さあ、もう話さないで！　休んでください。あなたには休息、安静、辛抱だけが必要なんですよ！」

「はい、助けてください！　ああ！　生きることができるなら、復讐できるのなら！　はい、眠ります……。では、お願いします、リュセットが戻ってきたら、私を起こすよう言ってください」

「わかりました」

　リュセット・ミノワがそれとほとんど同時に到着した。彼女は、恋人の具合がよくなっていてうれしかった。

「ここにいます」彼女は言った。「彼のそばに、ひと晩中」

　二人の兄弟はベッドのすぐそばに寝椅子を差し出した。リュセットはそこに横になった。彼女を見て微笑んでいるうちに、負傷者は眠気に襲われるのを感じた。

ラウールとロベールはこの出来事に深い苦悩を抱いて退室した。二人は館のサロンへ行ったが、その窓は、鉄格子で通りと隔てられた小さな庭に面していた。彼らは少し空気を吸い、熱っぽい額に冷気を感じたかった。そして、二人してこの不測の出来事について話し、できるだけ早くこの奇妙な打ち明け話をポーラン・ブロケに知らせる方法を探したかった。

そのとき、看護師を演じるシモンがこっそりと二人のところに忍び込んできて、急いで言った。

「刑事長が網を張りました。館は完全に包囲されています。今回はきっと本物のジゴマを捕まえますよ！」

「本物のジゴマ！　ではポーラン・ブロケは知っているんですか？」

「当然ですよ。刑事長がここから動かないようにと言っております」

建物はいまや深い静寂に支配されていた。なにか深刻なこと、悲劇的なことが起こりそうだった。そしてすべては暗闇のなか、静けさのなかで進行していた。それは本当に印象的だった。

すると突然、叫び声が響いた。狂ったような激怒の叫び、怒号。それと同時にリボルバーがパンパンと音を立てた。

「こっちだ！　こっちだ！」ある声が叫んでいた。

この声を、ロベールとラウールは聞き分けた。それはポーラン・ブロケの声だった。壁掛けがあるにもかかわらず聞こえ、特定できたこの声は、ド・ラ・ゲリニエール伯爵の寝室からだった。

ポーラン・ブロケがこんなふうに応援、助けを呼ぶからには、彼が危険を犯し、危機にあるにちがいない。彼は撃たれ、負傷したのかもしれない。動いてはいけないというシモンが与えた忠告にもかかわらず、二人の兄弟はすぐさま友人の救助に向かい、急を要する呼び声に応じた。いまや確実に部屋に侵入し待ち受けているだろう強盗団のリボルバーも気にかけず、二人はそこに駆けつけたのだ。

「灯りだ！」ポーラン・ブロケは叫んだ。「早く！　灯りを！」

アパルトマンの内部を知るロベール医師は電気のつまみをまわした。すぐに天井のシャンデリア、壁掛け照明がつき、部屋を光で満たした。

そこで恐るべき光景を目にした二人はたじろいだ。

㉜章　またもジゴマ！……つねにジゴマ！……

二人の兄弟が出ていくと間もなくして、リュセット・ミノワが不安だったその一日の疲れと動揺に屈してたちまちのうちに深い眠りに落ちたとき、ド・ラ・ゲリニエール伯爵もうとうとしはじめた。すると突然、一人の男がそっと隠し扉を覆う壁掛けから出てきた。その男は静かに、最大限の注意を払って寝室に侵入した。用心深く耳を澄まし、リュセット・ミノワの眠りを確認すると、負傷者のベッドに近づいた。すると、ド・ラ・ゲリニエール伯爵の腕をとり、強く揺さぶった。

「起きて！　さあ……起きてください！」男は言った。

ゆっくりと苦しそうに伯爵は目を開けた。目覚めるのにしばらく時間がかかった。

「ロベール先生でしょうか？」彼はつぶやいた。

だが彼は医師を見分けなかった。すると彼は、顔がブロンドの髭で縁取られた男を見てハッとした。不安というものによっていつもそうなるように、彼は一瞬で目を覚まし、われに返ったのだ。

「あなたは誰だ？」彼は大きな声で言った。「なにがしたい？」

男は黙るよう合図した。

「もっと小さな声で……静かに！　もっと小さな声で！　デュポン男爵……ド・ラ・ゲリニエール伯爵があなたに命じています、誰であろうとなにも話すなと。あなたたちの取り決めについてはなにも打ち明けないでください。ご自分の言葉にご注意ください。そして、司法官たちが来ても、あなたが引き受けた役割をやめないでいてください」

「やめたら？」

「やめたら、司法官らはド・ラ・ゲリニエール伯爵の本当の姿を知ることになります。リュセット・ミノワの首飾りを盗んだのは誰か、賭博でイカサマをしたのは誰か、非合法すれすれの生活をしていたのは誰か、ド・ラ・ゲリニエール伯爵がどのようにしてなぜ自分を売り渡したのかを、司法官たちは知ることになります」

負傷者は目を憎しみで輝かせた。

「遅すぎたな！」彼は言った。

男は飛び上がった。

「おまえ、話したのか？」男は叫んだ。

負傷者は身を起こした。

「そうだ！」彼は堂々と答えた。「そうだ、話した。ああ！　おまえを寄こしたヤツらに言うんだ、俺はしっかりと恨みを晴らすとな。俺は話したんだ……」

「嘘だ！　ちがう、おまえは話してはいない」

「話した」負傷者は言い返した。「そう、話したんだよ。おまえたち悪党は俺を殺そうとした。だが、俺の死はジゴマの役には立たない……俺はすべてを話したんだ」

「ありえない。おまえにはそんなことをする体力はなかった」

「ロベール先生がそれを与えてくれたんだ。わかるだろう……すべてを打ち明けるための体力が俺にはまだ十分残っていた！」

「話したのか……ロベール先生に？」

「ロベールに、ラウールにな、二人ともここにいた。二人はすべてを知っているし、ポーラン・ブロケもすぐに……」

彼は言い終えなかった。男は激怒し、悪態をついて彼に飛びかかった。

「ああ！　卑劣な野郎だ！　だがな、俺たちもしっかりと仕返しをするぞ。おまえは無駄に話したことになる」

すると怒り狂った悪党は伯爵の胸から包帯を引き剝がし、事を急ぐのに包帯をナイフで切って、負傷者の喉元と脇に両手を押しつけ、傷口から無理やり出血させた。そしてこの傷口から血が流れ、この男の命が血とともに立ち消えていくのを冷酷にながめていた。

突然彼は、この悪党は、この冷酷な死刑執行人は、ベッドから引き離された。持ち上げられ、荒々しく部屋の奥へ投げ飛ばされよろめいた。しかし彼は俊敏に立て直し、一気に体勢を整えると、リボルバーを手に出口へ向かった。

彼の不意をついた男は突進した。そしてリボルバーの二発、三発の発砲に気にかけるそぶりも見せず、彼に追いつき、取り押さえようとした。二人の男はともにかなり屈強で、およそ同等の体力、同等の格闘術を備えているようだった。

この部屋で起こったのは最高度に激しい格闘だった。たがいに引き裂き合う野獣の喚き（わめ）とともに二人の男は床に倒れ、転げまわり、引っぱり合い、すさまじい戦いを続けた。決闘は情け容赦ないものとなった。

数分後に戦いの決定的な最終局面が訪れた。我慢できない痛みに叫び声が上がった。

するとある声が呼びかけた。

「こっちだ！　こっちだ！」

それはポーラン・ブロケの声だった。

この呼びかけに、ロベールとラウールは負傷者の部屋に駆けつけた。ポーラン・ブロケにうながされてロベールが灯りをつけたとき、ロベールとラウールが目にしたのはド・ラ・ゲリニエール伯爵だけだった。ベッドから引っぱり出され、床の血だまりに横たわり、もう生きている気配はなかった。ロベールが丁寧に傷口に施した包帯は乱暴に引き剝がされ、切られていた。むきだしの傷口はまだなお出血していた！

二人は寝椅子の上に生気のないリュセット・ミノワを見たが、動かず、同じく死んでいるようだった！

ところが、助けを呼んだポーラン・ブロケが見あたらない。ロベールとラウールは彼を虚しくも目で探した。

「ここです！」息を切らした刑事の声が言った。「こっちです、お二人さん！」

ロベールは医師としての使命感から負傷者に近づいた。ラウールはポーラン・ブロケの呼びかけに駆け寄った。彼と同時にシモンが駆けつけ、そのあとガブリエルが続いた。

ベッドのうしろの床に――それゆえ最初は彼が見えなかったのだが――ポーラン・ブロケがいた。だが、ポーラン・ブロケは一人ではなかった。彼は柔術の恐るべき秘儀を使って制圧した、髭がブロンドで、髪が赤銅色の男を強く締め上げていた。力尽き、うちのめされていたが、まだ逃れようと無駄にあがいて、痛みと怒りで無意味な叫びをあげていた！

ガブリエルとシモンはこの男を取り押さえ、手を背中のうしろでしっかりと固定し、立たせた。そうしてポーラン・ブロケも床から立ち上がった。

すると、ラウールにはその背中しか見えていなかったポーラン・ブロケが、弁護士のほうを振り向いた。ラウールは叫んだ。

「マテューさん！……」

「サトウダイコンです！　そう」ポーラン・ブロケは言った。「サトウダイコン！」

カツラと付け髭をとると彼はいつもの姿で現れ、いまやよろこびで輝いていた。

「さあ」芝居を見事に演じた彼は大きな声で言った。「芝居はもううんざりです。ジゴマを捕まえましたよ！　ジゴマは終わりです！」

この言葉に大笑いが続いた。笑ったのは捕らえられた男で、刑事に言い返した。

「ジゴマは捕らえられていない、ジゴマは決して終わらない！」

強盗の挑発にやり返さなかった刑事長の合図で、ガブリエルとシモンは捕らえた男を抱え、椅子にしっかりと固定した。ジゴマは具合が悪そうだった。

「ちょっと強く締めすぎたかな」ポーラン・ブロケは言った。「それも当然だろう。このタイプの抜け目ない野郎には腕っぷしが必要なんだ！」

このときロベールが囚われた男に顔を向けると、叫んだ。

「ド・ラ・スール子爵！」

ポーラン・ブロケは、ガブリエルとシモンがいまだしっかりと押さえつけているこのド・ラ・スール子爵のところに戻った。すぐさまポーラン・ブロケは彼のベストを剝ぎ取り、シャツを破り、そのたくましい上半身をむきだしにした。

「見てください」彼は言った。「これを見てください……」

それで彼は、囚人の胸の浅黒い大きなアザを見せた。そして彼は加えた。

「前々から、ジゴマを相手にするときに、敵として遭遇する二人のド・ラ・ゲリニエール伯爵のうちの一方を識別する方法を探していました。最初から、二人のド・ラ・ゲリニエールが存在するとわかっていましたからね。そこで、はっきりとその証拠を確立したかったんです。戦いで毎回、私はジゴマに怪我を負わせました。それは十分ではなかった、もっとしっかりとやるべきでした……それで、この卑劣な野郎が決闘でド・レンヌボワ大尉を殺そうとした日、私は召使いを演じて、コイツの服のポケットに腐食性液体の入った小瓶を入れました。絶対に消えない跡をコイツに付けるためにね。そのあとはド・ラ・ゲリニエール伯爵と遭遇する方法を見つけるだけでした。そこで思いついたんですよ、マテュー氏という人物を、リュセット・ミノワに恋するサトウダイコンです。だから決闘はポーラン・ブロケとジゴマのあいだでおこなわれる、私の最後の切り札だったんです。この男は驚くべき剣の腕前を備えていますし、それに今回、冷酷なところを見せるにちがいなかった。だが、私の相手はヤツではなかった。ヤツは本物のド・ラ・ゲリニエール伯爵を送り込んできた。告白しますが、この私は騙されたんですよ、二人が似ているから。そして、自分が付けた印を確かめようと相手の胸を露わにしたかった私は、この不幸な男の身体に剣を貫通させた。彼の胸には印はなかった。それは私の目的の男ではなかった！　印の付けられた胸はここです……。この男はド・ラ・スール子爵、ド・ラ・ゲリニエール伯爵、あるいはまた別の誰かだった。しかし、コイツはなによりジゴマなのです」

「ジゴマ！」みなが叫んだ。「ジゴマ！」

ポーラン・ブロケは、負傷者の手当てに使っていたテーブルのいくつものフラスコが並ぶなかからアルコールの入ったガラス小瓶をとった。そしてその中身で囚人の頬を擦り、頬を剥がし、ブロンドの髭を落とした。ジゴマの顔が現れた。その顔は、かつては黒だったが染められて赤銅色がかったブロンドの口ひげをのぞいて、ド・ラ・ゲリニエール伯爵の顔と奇妙な類似を見せていた。一見すると、彼と不幸な負傷者の顔を混同してしまいそうだった。これですべては説明されたのだ。デュポン男爵は、ド・ラ・ゲリニエール伯爵に白羽の矢を立てたとき、自分のするべきことを、そしてこの選択の重要性を熟知していたのだ。

　そのあいだロベールはふたたび負傷者に身をかがめ、彼を観察していた。それから身を起こした。

「この不幸な男は」彼は言った。「息を引き取りました！　裁きがなされたんだ！……彼は死んだ！」

「この卑劣な野郎に殺されたんです！」ポーラン・ブロケは言い放った。「これがコイツの最後の犯罪になる！　私はあまりにも遅く着いてしまった。もう一人のド・ラ・ゲリニエール伯爵を、つまりこの野郎を相手にしてると思い込んで負傷させてしまった男を救えなかった。この不幸な男が打ち明け話をするかもしれないことを心配したジゴマは、そうはさせたくなかった、私の剣の仕事を仕上げることでね。コイツはロベール先生の治療の結果を台無しにした、コイツは永遠にこの口を閉ざすことに成功したんだ。でもそれもまた遅すぎた、この口は言うべきことのすべてを語った」

「聞いたのですか？」二人の兄弟は叫んだ。

「そこにいたんですよ、この不幸な男が打ち明け話をしていたときにね。網を張るために、この家にいることがわかっていたジゴマを捕まえるために、ちょっと離れましたけれど。そしてこの卑劣な野郎はそのときを利用して、この残忍な殺人をおこなったんです」

　医師の助けを借りて、ポーラン・ブロケはド・ラ・ゲリニエール伯爵の身体を抱き起こし、ベッドに置いた。ポーラン・ブロケは恭(うやうや)しくシーツで覆った。

「リュセット・ミノワは」彼は言った。「心配ありません。彼女は眠っています。その恐るべき犯行を成し遂げるためにリュセット・ミノワの眠りが必要だった悪党は、入念にも準備しておいたシャンパンを楽屋で彼女に飲ませたのです。彼女は寝ています、そのままにしておきましょう……」

　すると一同は、ド・ラ・ゲリニエール伯爵またはド・ラ・スール子爵と名乗る男のほうに戻った。悪党は確かにかなり負傷しているようだった。

「飲み物！」彼は要求した。「飲み物だ！」

苦しむすべての存在に哀れみの情を持つロベールは彼に、死んだばかりの男のために準備した強心剤の混ざった水を、犠牲者と同じコップで少し与えた。

ジゴマは嫌がることなく、ガブガブと飲んだ。それは彼に大いに役立った。

すると彼は顔を上げ、自分を取り囲む人々をおもむろにながめ、ふたたび大笑いした！　大きなよく響く笑い声、挑発、侮辱、怒りの笑い。それはまさに、ロベールとラウールが期待していた悪党だった。二人がまだこの不幸なド・ラ・ゲリニエール伯爵のことを、恐るべきジゴマだとみなしていたときに想像していた姿だった！

荒っぽい声でならず者ジゴマは叫んだ。

「放せ！　さあ！　俺は捕まったんだ！……おまえたちは多人数だ、家はサツでいっぱいだ！　逃げられやしない……俺の腕をこんなふうに使えなくする必要はないだろ」

そしてポーラン・ブロケに向かって加えた。

「おまえに会いたかったよ、ポーラン・ブロケ。おまえの復讐はたいしたものだ……おまえは俺を捕らえている！　おまえは俺をしっかりと支配している。腕を放すように言え！　おまえはわかっているだろうが、戦いで俺の手足の大半を壊したんだ。それからロワール河岸でのおまえの正確なリボルバーのせいで脚が半分イカれたんだ……わかるな、俺は逃げられない……」

ポーラン・ブロケはなにも答えなかった。

「それにな」ジゴマは続けた。「俺を捕まえても無駄だ。すぐに俺を解放することになる」

すると刑事は部下の男たちに合図した。

「コイツを連れていけ！」

「まだだ」ジゴマは言った。「まだだ、ロベールとラウールに話すことがある」

「コイツを連れていけ！」腹立たしげにポーラン・ブロケは命令した。「さあ、コイツを連れていくんだ！」

ガブリエルとシモンはジゴマを立ち上がらせ、ドアのほうへ向かった。

「コイツらの親父について話したいんだ！」悪党は言った。

この言葉にラウールが割って入った。

「とまってください！」彼は言った。「とまってくれ！」

そしてポーラン・ブロケのほうを向いて、

「ブロケさん」彼は言った。「この男は話すべきです！」

「ダメです、ダメですよ！」刑事はイライラして言い返した。「必要ない！　コイツがあなたたちになにを言うんです？……なにかの嘘ですよ！」

「真実だ！」ジゴマは叫んだ。「真実だ！」

「聴きましょう！　許可してください」ラウールは主張した。

「いいでしょう」苦々しく少しためらったあとポーラン・ブロケは言った。「いいでしょう。では、恐るべき苦悩を受け入れるための心の準備をしてください」

ジゴマはそれまで座っていた椅子に戻された。彼は二人の兄弟に向かった。

「おまえたちは」彼は言った。「ベジャネ先生と、あの気立てのいいグリヤール先生がモントルイユ銀行家に見せた文書の内容を知ろうとしたな？　俺が教えてやる。思い出してみろ……おまえたちはジゴマの手に落ちた、おまえたちを簡単に消すことはできた。なぜ消されなかったかを考えたことはあるか？　あるだろう！　でも、おまえたちにはわからなかった、それをいまから教えてやる……おまえたちは、銀行家が殺人未遂犯としてド・ラ・ゲリニエール伯爵を名指ししたあと、その告発を撤回し、同時にヤツが無実であると公言したのを見て驚いたよな？　それも同じ理由だ……。だから、いいか、おまえたちが生かされたのはな、おまえたちが俺の兄弟だからだ！」

ラウールとロベールは飛び上がった。

「嘘だろ！……嘘を言ってるんだろ！……」

「俺の兄弟だ！　そして、モントルイユ銀行家が無実だと公言したのは、俺がヤツの息子だからだ」

「間違いだ！　間違いだ！」

ジゴマは笑いだした。

「ベジャネ先生とあの尊敬すべき執達吏のグリヤール先生が友人のモントルイユに見せたものが証拠だ」

「おまえはペテン師だ」

「じゃあ、おまえたちのお友達のポーラン・ブロケに尋ねてみろ。俺の母親、メニルモンタンのあの善良なヴェルディエ夫人がヤツに語ったことと、俺の話が違うかどうかをな。モントルイユ銀行家は長年にわたって彼女に金を送っていた。おまえたちを困らせたあの不可解な書類が証明するようにな」

ラウールは刑事に言った。

「この男、嘘を言ってるんでしょ？　これは、すべて作り話……この男の新たな陰謀だ！」

ジゴマはさらに大きな声でせせら笑った。

ポーラン・ブロケは二人の兄弟にただこう答えただけだった。

「言いましたね、恐るべき苦悩を受け入れるための心の準備をしてくださいと」

ロベールとラウールは叫んだ。

「それじゃ、この男は本当にわれわれの兄弟？」

「おまえたちの親父の息子だ」ジゴマは言った。「そう、その通りだ……おまえたちの兄弟だ！」

「おお！　恐ろしい！　恐ろしいぜ！」

そこでジゴマは、動揺したガブリエルとシモンが締めつけを緩めたすきに少しずつ抜け出し、立ち上がった。負傷していた彼はようやくゆっくりと少しだけ歩くことができた。

「そう、俺はおまえたちの兄弟だ」彼はふたたびはじめた。「おまえたちの兄だ！　ダラダラとそんなことを証明する必要はない。もっともおまえたちは自身の心の奥でそれが本当だとわかっている」

それから重い沈黙のあと、彼は加えた。

「さて、さあさあ、愛すべき弟たちよ！　状況を検討してみよう、検討するに値するんだ！……俺に裁判所に出頭してほしいかどうか言ってみろ！　おまえたちは自分たちの名誉をあまりにも気にかけている、ジゴマの父にふさわしいモントルイユ銀行家がしっかりと稼いだ金を返すほどにな！　俺をあの悪名高い席に座らせるのか、俺の弁護士が裁判官らにこのクダラナイ話をするのを許すのか！……」

ロベールとラウールはうちのめされていた。彼らは嗚咽しはじめた。

「おお！　ありあまる恥辱だ！　ありあまる汚名だ！……」

ポーラン・ブロケが二人のところに来て、思いやりを込めて手をとった。

「二人ともしっかりしてください……がんばるんだ」

ジゴマも彼らのところに来た。そしてあいかわらずかなり苦しそうになんとか歩き、ロベールとラウールが崩れ落ちた肘掛け椅子のうしろにまわった。

「そうだ、ラウール」彼は言った。「そうだ、ロベール……言え！　俺を重罪裁判所に行かせるのか。おまえたち次第なんだ……兄をギロチンに送るのか？」

二人の兄弟は嗚咽し、答えられなかった。

すると突然、ジゴマは体の向きを変えた。彼の背後には、サロンの窓と同じような窓があり、小さな庭に面していた。彼はその窓を一気に開けた。

「ポーラン・ブロケ」彼は言い放った。「おまえはまだジゴマを捕まえていない！　ジゴマは終わっていない！」

彼は飛び上がり、宙におどり、暗闇に紛れた。

ポーラン・ブロケは窓に急いだ。彼はリボルバーを手にしていた。ジゴマが走り、通りに向かって扉が開いていた庭の鉄格子の門に到達しようとしたとき、ポーラン・ブロケは撃った。

ジゴマは苦痛に叫び、急に止まった。よろめき、冒瀆的な言葉を吐き、腕を組んで顔面から地面に倒れた。

ポーラン・ブロケは叫んだ。

「ほらほら、よくわかっただろ、ジゴマ。正義からは逃れられないんだ！」

すると今度は彼が庭に飛び込んだ。ところが、彼はこの窓の下にいた男の上に落ちた。

ポーラン・ブロケは地面に転がったが、すぐに立ち上がり、この男と戦いをはじめた。窓からの灯り（あか）りで彼はこの男を見分けた。デュポン男爵だった。見栄えのいい男爵は短刀で武装していた。

そうして短刀で刑事を刺そうとしたとき、彼は頭に棍棒の一撃を喰らった。塊のようになって地面に崩れ落ちた。

「私です、刑事長」タイミングよく介入したラモルスが言った。「男爵をうちのめすのは私の特技です！」

「ジゴマだ！」ポーラン・ブロケは言った。

彼らは急いだが、バラの木のやぶに引っかかり数秒を無駄にした。ふたたび走って、ジゴマが倒れた芝生に着いたとき、もうそこにジゴマはいなかった。

ポーラン・ブロケは鉄格子の門まで急いだ。鉄の扉は閉まっていた。そして歩道の前に、レーシングカーが力強い唸りを立てて停まっていた。急発進の準備が整っているようだった。ある男がハンドルを握っていた。

「トム・トゥウィック！」ポーラン・ブロケは叫んだ。

彼はリボルバーを構えた。だが撃つことができなかった。トム・トゥウィックと自分のあいだに、ジゴマを腕に抱えた若い男が突然身を置いたのだ。若い男は生気を失ったこの身体を車のなかに投げ入れると、すぐに飛び乗った。

彼が乗り込むとき、ポーラン・ブロケとラモルスには、自動車のヘッドライトに運転手用のハンチングの下で鹿毛色の微光が輝くのが見えた。

「彼女だ」ポーラン・ブロケは叫んだ。「彼女だ、赤銅色がかったブロンド髪の女だ！」

すると彼は武器をおろした。

敵であるトム・トゥウィックを狙って、ジュルマの家でのぞっとするような死から自分を救ってくれたこの女を負傷させる危険を冒せなかったのだ。驚くほどに美しく、この不可解な未知なる人物を、このミステリアスな赤銅色がかったブロンド髪の女を、彼は撃ってはならなかったのだ！

車は急発進し、ジゴマの身体を運び去った。すると、ポーラン・ブロケとラモルスは、エンジンの激しい音のなかに、トム・トゥウィックがZ団の集結の叫びを発するのが聞こえた気がした。

「ザラヴィ！　ザラモール！」

エピローグ

ド・ラ・ゲリニエール伯爵のシャレた小さな館はいまや警察の手にあった。ポーラン・ブロケとその分隊は館を隅々まで検分した。ジゴマの子分たちを見つけ次第、逮捕した。彼らはいろいろな役割を担い、ジゴマ最後の企みに駆けつけ、多かれ少なかれ巧妙に隠れていたのだ。なかなか捕まらなかったZ団のメンバーたちは手錠の手触りのよさや、自分たちを留置場へと連れていく「サラダかご」の震動を味わった。それはポーラン・ブロケにとって完全な勝利だった。

デュポン男爵はといえば、ある一室に運ばれた。献身的なロベール医師がまた応急処置を施すことを引き受けた。あの勇敢なラモルスが加えたゴム製棍棒の一撃でも、このならず者の見上げた魂は、かなり損傷した肉体をまだ離れていなかった。ロベール医師が男爵の頭に包帯を巻き終えると、死んでいたようなジゴマのおじは、少しずつ生気を取り戻し、回復したのである。

「悪党というものが」ラモルスは言った。「どれほどしぶとい生命を持っているか想像できないな。俺が男爵に喰らわしたような一撃で、まっとうな人間なら死んでいるだろうが……コイツはよくなってきている」

だが数時間後、デュポン男爵は精神に錯乱をきたした。支離滅裂なことを口走り、脈略のない話をはじめたのだ。

するとベッドに身を起こし、叫んだ。

「モントルイユ……ああ！　おまえは拒むのか、モントルイユ……おまえはゆすられたくないのか、自分の息子のために金を支払うのにうんざりしているのか！……おい、もっと払うんだ！……イヤか？　じゃあ、奪ってやる、俺たちが奪ってやる！……払いたくないのか……さあ……ほら！……」

そう口走りながら彼は、殺人のシーンを演じた。枕を右手でつかみ、まるで誰かの首を絞めるかのようにそれを強く締めると、短刀を持っているだろう左手で枕を突き刺した。銀行家を殺害したと思っているのだ。

ポーラン・ブロケとモントルイユの二人の兄弟は、この恐ろしい場面を目撃した。

「さあ」ポーラン・ブロケは言った。「これがモントルイユさんの殺害の秘密をわれわれに暴き、ジゴマの打ち明け話がこの事件につけ加えた恐怖を、少しばかり取り除くものです。銀行家を刺したのはジゴマではない。不幸な父親はその卑劣な息子に殺されなかった！　親殺しではなかった！……殺人犯はコイツです！……見てください、ヤツは左利きです！　ヤツは左手で刺した！　これで私の仮説が裏付けられます、捜査の初手から私が言っていたことがね！」

「ブロケさん」ラウールは言った。「あなたには驚かされますよ。讃えても讃えきれません、感服します」

これらの出来事から数時間経ってラウールとロベールがようやく自宅に戻ろうとすると、ポーラン・ブロケは言った。

「送っていきますよ。あなた方がとても快くサトウダイコンに提供してくれたアパルトマンに、非常に大切な、しっかりと紐でくくられた小包を忘れてきてしまったんです」

「明日、マルスランに送らせますよ」

「いやいや！　すぐにとりに行きたいんです！」

彼らは三人で若者たちのアパルトマンにのぼった。ロベールとラウールは召使いがいないのに気がついた。

「逃げたにちがいない」ラウールは言った。「仲間たちの、ジゴマの敗北を知って」

すると、ポーラン・ブロケはロベールのクローゼットを開けた。彼はその鍵を持っていっていたのだ。そこで、固く紐で縛られた召使いのマルスランを見せた。ドアで聞き耳を立てていたマルスランは、そのスパイ行為の最中にポーラン・ブロケに捕まり、安全な場所に置かれたのだった。公証人の金庫に対して試みられた強盗をジゴマに知らせたのが彼だったことを、刑事は二人の兄弟に伝えた。武具飾りから短刀を奪って持ち出したのも彼だった。警察の捜査を撹乱しようと、その短刀でもってベジャネ氏の夜警は傷つけられたのだった。

召使いのマルスランは留置場で仲間たちに合流することになった！

このなかでもっとも驚いたのはマテュー氏、すなわちサトウダイコンだった。夜、目覚めると、彼は自分がド・ラ・ゲリニエール伯爵と決闘し、彼を殺したことを知ったのだ。

サトウダイコンはなにも理解できなかった。ポーラン・ブロケは、彼を眠らせてその代わりをしたことを、気が向いたときにもなに食わぬ顔のまま打ち明けなかったからだ。結局サトウダイコンは自分が決闘したのか、そうでないのかわからなかった。最終的に彼は祝辞を受けることにした。そして彼は、砂糖大根の産地で恐るべき剣客とみなされる栄光を味わったのだ。

悪党たちから解放されたいま、誠実な人々がどうなったのかを見てみよう。それでは愛し合う人々の輪に入ってみよう。

リリーとラウールの合意は承認され、公言された。すぐに彼らは婚約した。

ド・ヴァルトゥール伯爵は娘の美しいイレーヌをロベール医師と婚約させ、すっかり幸せだった。

ポーラン・ブロケは、レーグルでイトンヴィルのあの恐るべき村長に、盗みは不幸な義理の息子ではなく、プロの犯罪者集団、Zたち、Z団の仕業であることの証拠を提供できた。ポーラン・ブロケは、ロラン氏がその財産を取り戻し、かなりの額を稼いだことを彼に伝えた。それゆえビルマン氏はその告訴を取り下げることに同意し、義理の息子と娘を抱きしめにパリまでやってきた。

ロラン氏はすべてを知り、妻がいつものように優しく慈悲深く、献身的だとふたたびわかり幸せだった。牢獄から出るとすぐに、アンドレ・ジラルデのところへ駆けつけ、自分のためにしてくれたことに礼を言った。

婚約者たちはオルレアンへ行って、ド・カゾモン大尉とアリス・ド・ブリアルの結婚に立ち会った。二人はパリへ新婚旅行に来て、今度は友人たちの結婚式に出席した。

レモンドとド・レンヌボワ大尉、リリーとラウール、イレーヌとロベールの三つの結婚式は同じ日に執りおこなわれた。当然ながらポーラン・ブロケ、ガブリエル、ラモルス、そして元ピエロのシモンさえもが出席し、少しばかり彼らの所産でもあるこのよろこびを分かち合ったのだ。アンドレ・ジラルデも式に連れてきてもらった。彼もそれに出席したかったのである。そのあとでさらに、祝宴は花でいっぱいの彼の邸宅でおこなわれた。それから三組の夫婦はちりぢりになり、やがて再会するのだった。

どちらも身体が不自由で、二人とも愛でもって愛されることはない背中の曲がったマリーとアンドレ・ジラルデは、その不幸によって結ばれていると感じていた。

「幸せになるために」背中の曲がった娘は身体の不自由な男に言った。「私たちは二人とも、私たちを愛する人々の幸せを語り合わなければならないのです！」

そして、支えられ、大切にされ、慈しまれる二人には、語り合うべきたくさんの物語があった。二人のまわりには、たくさんの幸せがあったのだから！

一方で、ポーラン・ブロケは、最後の挑発としてZ団の叫びを発して逃げたトム・トゥウィックのことをあいかわらず考えていた。

「ザラヴィ！　ザラモール！」

そうしてまたポーラン・ブロケは、あの驚くべき未知の人物、あの輝くような赤銅色がかったブロンド髪の女のことを考えていた……。

訳者解説

ジゴマの栄光と凋落

本書は Léon Sazie, *Zigomar*, Le Matin, 1909-10 の全訳である。Léon Sazie, *Zigomar*, Tome 1, Tome 2, Les moutons électriques, 2016 を底本とした（《ル・マタン》紙の連載と同一テキストであるが、一部改行が変更されている箇所がある）。翻訳に際して、大衆小説としての読みやすさを考慮して、簡略的あるいは説明的に訳した箇所があり、また適宜改行を施した。

めかしこみ高級デパートで花めく有閑マダム、退屈しのぎに居酒屋で酔っ払う労働者、エッフェル塔に群がりたまげる田舎者、電飾きらめく歓楽街に気持ち華やぐ若者たち――かりそめの豊かさに浮かれるベル・エポックのフランスで大フィーバーを巻き起こし、時代の徒花と散った伝説的な大衆小説『ジゴマ』。稀代の悪党ジゴマ対ポーラン・ブロケ刑事のめくるめく大対決は、味気ない日常にとびきりのスリルをもたらす新聞連載小説（ロマン・フィユトン）として連載された。この変幻自在の悪の化身ジゴマは、P・スヴェストル&M・アランのファントマのみならず、江戸川乱歩の怪人二十面相のモデルとなったとも言われる。さらに明治末に映画が公開されると翌大正元年に少年たちに「ジゴマ・ブーム」が起こる大ヒットとなったという。

1　レオン・サジ

日仏をまたにかけて一大ブームを巻き起こした『ジゴマ』の作者はレオン・サジ。フランス文学史から追放された、いわゆる「産業文学」(サント゠ブーヴ)の書き手のひとりである。サジの経歴[*1]については未知の部分が多い。サジ家はスペイン国境のバス゠ピレネー(現在のピレネー゠アトランティック)県アソンで古くから農業を営んでいたが、レオンの父は商人としてアフリカのアルジェリア・オランへ渡り、そこで商工会議所の会頭に就任している。レオンが誕生したのはこのオランの地で、一八六二年のこと。その後フランスのオルテス(ピレネー゠アトランティック県)のイエズス会系の学校で教育を受けた。根っからのフェンシング好きで決闘で戦うこと数知れず、フェンシング界で名を馳せた。それは本書でもいくたびの決闘シーンでうかがい知れる。

そんなサジが物書きの道へと進むのが一八九〇年代——大衆小説が大量消費される時代である。作家を志す当時の若者の例にもれず、まずは新聞に雑文を寄せる。社会主義に傾倒し、一八九四年のドレフュス事件(ユダヤ人将校のスパイ冤罪事件)の際はドレフュス擁護の立場をとった。この頃から彼は、作家のジョルジュ・グリゾンとともに戯曲の脚本を書くが、不発に終わる。その後サジは、新聞や雑誌に小説を連載するようになった。無類の歴史好きで、アレクサンドル・デュマの像が置かれた書斎で立ったまま執筆していたと伝えられる彼は、本当は歴史小説を書きたかったらしいが、当時の流行のジャンルを手がけた。それはメロドラマ的小説、冒険小説、恋愛小説、犯罪小説である。サジはおよそ七五篇の小説を書いたが、そのなかでもっとも大きな成功を収めたのが本作『ジゴマ』である。

2　新聞連載小説と三面記事

大ブームとなった『ジゴマ』は一九〇九年十二月から翌一九一〇年五月まで大衆紙《ル・マタン》（一八八四年創刊）に連載された。新聞に小説を連載するという営みは一八三六年に誕生し、一八四〇年代になると大衆小説の主要な発表媒体として定着する（このころ一般の識字率も上がり、いわゆる読者獲得の販売促進のためであった）。この新聞連載小説の創成期を支えたのが『パリの秘密』（一八四二－四三年）で大成功を収めたウジェーヌ・シューや『モンテ・クリスト伯』（一八四四－四六年）で有名なアレクサンドル・デュマ。それぞれの主人公ロドルフやエドモン・ダンテスといった、不正を暴き、悪人を懲らしめ、弱き者を助けるカリスマ的ヒーローに、人々は陶酔した。バルザックはシューに嫉妬し、またユゴーは『パリの秘密』に着想を得て『レ・ミゼラブル』（一八六二年）を書いたという。

第二帝政期（一八五二－七〇年）に新聞検閲が厳しくなると、新聞連載小説は消えていくと主張する向きもあるが、これはまったくの誤りで、まさにこの検閲のおかげで政治色を排し、その代わりに三面記事や連載小説を売りにする娯楽紙が誕生する。すなわち《ル・プティ・ジュルナル》（一八六三年創刊）、《ル・プティ・パリジャン》（一八七六年創刊）、《ル・マタン》、《ル・ジュルナル》（一八九二年創刊）といった娯楽紙が次々と刊行され、人気作家の作品を競って連載した。ここに新聞連載小説の黄金期の幕が上がり、百花繚乱のごとくさまざまなジャンルが確立する。

一八六〇年代になって、かつて一斉を風靡したエドモン・ダンテス型の正義のヒーローは影を潜め、代わりに登場するのが、ポンソン・デュ・テラーユ〈ロカンボール〉シリーズ（一八五七－七〇年）のロカンボールのようなダークヒーロー。自分の欲望を満たすためならなにものも辞さない、この筋金入りの悪党のなかに、やがてベル・エポックのフランスで騒ぎを起こすジゴマやファントマといった怪人のモデルを見出すこともできよう。

一方で、エミール・ガボリオ『ルルージュ事件』（一八六五年）を手本として難事件を鮮やかな推理で解明する探偵小説（当時は司法小説と呼ばれた）の人気が高まる。それと並行してギュスターヴ・エマール『ミシェル・アルトマンの奇妙な冒険』（一八七三年）のように、スパイという新たな登場人物が大衆小説に現れた。またジュール・ヴェルヌの冒険小説は人々を異国や異世界へと誘った。そして一八八〇年代からはグザヴィエ・ド・モンテパン『パン運びの女』（一八八四－八五年）に代表される、不幸な女性をヒロインとする犠牲者小説が女性読者を中心にブームを巻き起こす。さらに同じ頃、アルベール・ロビダが『二十世紀』（一八八三年）で近未来を描き、SF小説の流れを作った。

娯楽紙を賑わせたのは大衆小説ばかりではない。殺人や強盗を連日報じるノンフィクションたる三面記事もまた読者を熱狂させた。三面記事の書き手はしばしば駆け出しの大衆作家だから、えてして無味乾燥になりがちな犯罪報道も彼らの手にかかれば立派な読み物になる。犯罪は大衆小説と同じ文体、同じボキャブラリーで物語化されるのだ。なかには、捜査の進展に応じて、数日間あるいは数週間にわたって連載される三面記事もあった。読者は三面記事を毎日ワクワクしながら読み、捜査の行方を追ったのだ。こうして、自分たちとは無縁の闇世界で繰り返される凶行や強盗をのぞき見たい人々はそれを娯楽として消費するようになる。

この犯罪へののぞき見趣味的な熱狂こそが、二十世紀初頭の犯罪冒険小説を歓迎する素地をつくったと言ってよい。こうした作品は三面記事が普及させた犯罪表象をベースに怪事件や凶悪事件を描きだし、読者の渇望を満たす。そしてその模範的な一例が本書『ジゴマ』である。それでは読者の過熱ぶりを見てみよう。

3 〈ジゴマ〉シリーズ

『ジゴマ』が《ル・マタン》紙に連載された一九〇九年から一九一〇年の新聞の発行部数は約七十万部。連載小説に関心を示さない人々を考慮しても、けっこうな数の読者が『ジゴマ』を読んだことになる。当時の新聞や雑誌は「ジゴマ・ブーム」を証言している。

ジゴマの名前を聞いただけで何百万の人々が色めきたった。一年前《ル・マタン》紙が連載したあの小説の大成功は記憶に新しい。

（《ダンケルク＝スポーツ》紙、一九一一年十月一日）

八時頃に出勤する何十万の人々は、通りや地下鉄、路面電車やバス、あるいは列車で、《ル・マタン》紙に連載された『ジゴマ』を読んでいた。

（《ロマン＝ルヴュ》誌、特別号「《ル・ジュルナル》紙」一九一三年）

連載を読み損ねた読者はどこで『ジゴマ』が入手できるか新聞社に問い合わせた。さらに『ジゴマ』を読んだ興奮を伝えようと《ル・マタン》紙へわざわざ手紙を書き送った読者や、ジゴマを題材に詩を書き送る者もいた。

『ジゴマ』に熱中したのは無論庶民だけではない。大物政治家アリスティード・ブリアンをも虜にしてしまう。ブリアンは出張先のサンテティエンヌの駅でパリ行きの列車に乗り込む前に『ジゴマ』を購入し、同僚たちを驚かせたという。[*2] ブリアンと同じく社会党の代議士マルセル・サンバが「若者の犯罪の増加は、かなりの程度まで犯罪文学がもたらした結果にほかならない」[*3]と議会で述べていたことを思い出すならば、国家の安寧を守る政治家が国家の安寧を覆す犯罪を繰り返す悪党ジゴマの冒険譚を、人目を憚らず読むとはけしからん、と同僚たちが思ったとしても不思議ではない。

ジゴマ人気は小説だけにとどまらなかった。見本市では「ジゴマ」と名付けられたカラクリ人形が人々を楽しませ、ジゴマ模様の入ったパイプやマッチ箱が出まわり、露天商ではジゴマ型キャンディー、石膏やゴムや布でできたジゴマ人形が飛ぶように売れた。眺めるだけでメランコリーを晴らしてくれるこれら幸せの「ジゴマ」は、マダムやマドモワゼールのお気に入りとなったという。[*4]

『ジゴマ』の大成功を受けてサジは、同じジゴマとポーラン・ブロケが主人公の続篇『赤銅色かがったブロンド髪の女』(一九一〇年)、続いて『ウナギの皮』(一九一二年)を《ル・マタン》紙に連載。この三作品は一九一三年にフェレンツィ社から二八分冊で出版された。各分冊は一二八ページで価格は二十サンチーム、発売日は毎週水曜日。

また、サジは一九一六年に『ドイツに与するジゴマ』をグルノーブルやボルドーなどの地方紙に連載し、同時にフェレンツィ社から単行本で出版するが、これは『ウナギの皮』の前半部を簡略化したリメイク作品である。続いて一九一七年に《ル・プティ・ジュルナル》紙に『歪んだ口』が連載され、一九二四年に『ジゴマ対ジゴマ』がフェレンツィ社から八分冊で出版された。残念ながらこの作品は管見の及ぶ限り現在はアクセスできない。そして一九三八年の《ル・プティ・パリジャン》紙における『ジゴマの新たな悪事』の連載をもって、全七作の〈ジゴマ〉シリーズは幕を閉じる。ただし、この最終作品に登場するジゴマは一九〇九年のジゴマとは別人。そしてその翌年、レオン・サジは七十六歳で亡くなった。

4　ジゴマとZ団

さて、本書『ジゴマ』の舞台を見ていこう。それは、光り輝くベル・エポックのパリだ。ここで作品は、三面記事が執拗に描いた、あの犯罪と暴力のパリを読者に喚起し、物語のなかへと一気に引きずり込んでいく。そして読者がそこで目にするのは、ル・ペルティエ通り、マテュラン通り、マドレーヌ、オペラ座など

――華やかなパリの裏社会で暗躍する無法者たち、それらの記事で目にしたあのゴロツキたちだ。グルネル、モンマルトル、ラ・シャペル、ビュット＝ショーモンの空き地、ロワール河岸などなど――夜になると一般人が寄りつかないこうした危険ゾーンを、盗人、チンピラ、アパッチといった連中が徘徊している。働くことを拒み、共和国的理念から弾き出されたアウトローたちは、飲み代を稼ごうと獲物を求めてウロウロしているのだ。そして連中は酒場〈アヴェロンっ子たち〉やアジトとなるラ・バルボティエールに集まり、Zを描いて仲間にサインを送ると、サイコロ遊びやマニラに興じる。それから一杯ひっかけて、ヤツらはゲルマ袋小路の作業場から地下坑道へとゾロゾロと降りていく……。

ずいぶんと昔からパリの地下には、石膏や石灰岩などの採掘場が存在していた。掘り尽くされると、これらの地下坑道は納骨堂（カタコンブ）として利用された。それは現在のパリにも残っている。また、四百人の手下を束ねた十八世紀初頭の盗賊カルトゥーシュとその仲間たちも地下採掘場に潜伏し、また十九世紀に政府軍に追いつめられた反乱分子もそこに身を隠した。Z団が集会をおこない、裏切り者や敵対者を裁き、処刑を執行する、あの秘密のアジトはこれらの打ち捨てられた地下採掘場のひとつである。

そして、このZ団を束ねるのが稀代の悪党ジゴマ。ジゴマとは「誰も見たことがなく、知ることができない、しかし、誰もがその力を感じ取れる者の名」だ。この名の起源はラモギズ（「Ramogiz」を逆さ読みすると「Zigomar」になる）。これは、ツィガーヌやヒターノやロマニシェルといった放浪民のひとつとしてサジが創作した名称である。ちなみに、犯罪者秘密組織がこうした放浪民と結びつけられるのはフランス大衆小説の伝統のひとつ。これには「ロマ＝泥棒」という、きわめて十九世紀的な社会的イマジネールが関わっている。

ところで、ジゴマはいかにしてZ団の首領となったのか？ 詳しいことはわからない。モントルイユ銀行家の愛人ヴェルディエ夫人の息子であり、おじの見栄えのいいデュポン男爵に悪の英才教育を受けたらしいが、この男の実態はナゾのままだ。ド・ラ・ゲリニエール伯爵と瓜二つらしいから、彼と似た顔なのだろうが、果たしてその顔が本当にジゴマの顔かどうかは定かではない。なにしろジゴマは変装の名人なのだ。オペラ座の前ですれ違ったあの大貴族がジゴマかもしれない、リュテシア座の桟敷席に陣取る宴会好きのあのジェントルマンがジゴマかも知れない。赤子を抱いてアンヴェール通りを散歩しているあのブルトン女がジゴマかもしれない。あるいはカフェ・ギャランで食後のコーヒーを嗜むあの平凡なセールスマンがジゴマかもしれない。悪事を働くときはいつもＫＫＫ風の赤い長衣と頭巾をまとい（動きづらくはないのだろうか？）、フランス中を恐怖に陥れる、変幻自在の悪の化身、それがジゴマだ。

ジゴマ率いるＺ団は国際的犯罪組織という設定だが、『ジゴマ』においてＺ団は、アメリカ人トム・トゥイックが登場するものの、あまり国際色は感じられない。こうした性格はシリーズが進むにつれてはっきりしてくる。たとえば、五作目『歪んだ口』では、ジゴマの支配下にあるサンフランシスコのチャイナタウンの犯罪組織が登場する。アメリカに暮らすポーラン・ブロケは、ジゴマと中国人らと戦う。フランスに残っているガブリエルやラモルスに代わって刑事の補佐役として活躍するのは「ハヤマキ」という日本人。ラ・バルボティエールでのジゴマの演説を聞くと、Ｚ団は、弱者を不当に搾取する金持ち連中から金を奪い返すという、それなりにまっとうそうな使命をもっているように思ってしまう。だが、結局のところ彼らは、金が、それもたくさんの金が欲しいだけ。『ジゴマ』でジゴマはメナルディエ家の財産を手に入れようとリリーに悪さを働くが、二作目『赤銅色がかったブロンド髪の女』ではミス・ヒドゥン（英語で「ナゾの女」の意）の財産を狙い、彼女に性暴力を働き、身ごもらせ、女児を産ませる。『歪んだ口』では、サン＝リオン伯爵を殺害し、彼になりすまし、その妻マドレーヌの財産を略奪しようとする。

三作目『ウナギの皮』は少し趣が異なる。ジゴマが狙うのは財産ではなく、トルコと欧州諸国の要衝ダーダネルス海峡協約に関わる機密文書と七十五ミリ砲の設計図だ。この大砲の部品を手に入れようと「オオサカ＝イッチョ」というヘンな名前の日本人（日本軍の将軍）がジゴマと接触する。また、この作品では、ジゴマが〈ブロケ精鋭部隊〉にスパイを送り込むなど、諜報活動が盛んに描かれる。ここには、一八七〇年の普仏戦争敗戦から増えつつあったスパイ小説の影響が認められる。

5　フランス一の悪党とフランス一の刑事

これまで大衆小説はいろいろな悪党を創出してきたけれども、冷酷非道さにおいてこの男に匹敵する悪党は一九〇九年の時点ではいないのではないか。ベル・エポックを代表する悪党ファントマはまだ姿を現していない（なお、ファントマは本〈ベル・エポック怪人叢書〉にラインナップされている）。

ここで、本書『ジゴマ』におけるポーラン・ブロケの拷問シーンを思い出そう。ジゴマは刑事をスペインの恐ろしき絞首刑装置ガローテで拷問した挙句、ダイナマイトとともに刑事を椅子に縛りつけ、〈ブロケ精鋭部隊〉のなりすましの集合図を発し、駆けつけた隊員もろとも吹っ飛ばそうとする。同様の場面は次作『赤銅色がかったブロンド髪の女』でも描かれる。そこでジゴマは財産の譲渡を拒まれた腹いせにソバロフ将軍をやはりガローテで拷問したあと地雷で殺害する。あるいは『ウナギの皮』でジゴマは自分が殺害したシュミットの家にポーラン・ブロケを誘き寄せ、クローゼットに仕掛けた爆弾で殺そうとする。

エドガー・ポー『モルグ街の殺人』（一八四一年）に登場する殺人オランウータンは有名だが、ジゴマもまた動物や虫を使った殺人を思いつく。『ジゴマ』においてはペスト菌を吸わせた蚊がアリス・ド・ブリアルの殺害計画に使われ、『赤銅色がかったブロンド髪の女』でジゴマはポーラン・ブロケをミス・ヒドゥンの家の温室におびき寄せ、刑事を閉じ込めたところで大蛇を放ち、殺害しようとするのだ。ただし、最新の科学を取り入れるファントマに対して、ジゴマはアルカイックな手法を好むようだ。

さて、こんなふうにジゴマに酷い目に遭わされ何度も死にかけるものの、決して怯まないのがわれらが勇猛果敢なポーラン・ブロケ——警視庁治安局の刑事だ。ジゴマと同様その経歴はナゾのままで、どんな経緯で刑事になったのか誰にもわからない。変装の名人というところもジゴマに似ている。見上げた勇気の持ち主で、ジゴマの策略を見抜き、それを逆手にとってジゴマを罠にハメるインテリジェンスをそなえている。ただ、いささか向こう見ずなところがあり、敵の巣窟に単独潜入して捕まり下水道に突き落とされたり、腹にくくりつけられたダイナマイトで吹っ飛ばされそうになったりする。

そんなムチャクチャなポーラン・ブロケではあるが、『赤銅色がかったブロンド髪の女』で恋に落ちる。そのお相手はミス・ヒドゥン。じつはこのミス・ヒドゥン、『ジゴマ』でポーラン・ブロケを助けたり、ジゴマを助けたり、アンビバレントな役割を果たしたあの「赤銅色がかったブロンド髪の女」にほかならない。ジゴマは彼女の協力を得るため娘ダーリンを人質にとる。彼女は仕方なくジゴマに協力していたのだ。彼女はこれらすべてをポーラン・ブロケに打ち明け、刑事の介入で娘を取り戻すことに成功。そして物語はこんなふうに終わる。

「そんなこと放っておきましょう!」ミス・ヒドゥンは言った。「ダーリンと私たちだけのために生きていきましょう。ねぇ、私はあなたが好きなの。私はあなたのものよ」

「ザラヴィ!」ポーラン・ブロケは言った。

「ザラモール!」赤銅色がかったブロンド髪の女は答えた。

大衆小説でお決まりのハッピーエンド。ところで、家族ができてポーラン・ブロケは、少しは向こう見ずな行動を慎むようになったのだろうか? どうもそんなことはなさそうだ。たとえば、第六作の『ジゴマ対ジゴマ』で、偽ジゴマの拠点ラ・バルボティエールに単独潜入し、死刑を宣告され、トラに食い殺されそうになる。部下のガブリエルが言うように「危険というものは少しばかりポーラン・ブロケを酔わせてしまう」のだ。
またポーラン・ブロケは、けっこうヘマをやらかす。最後の最後でジゴマを逃してしまうのだ。それは本書『ジゴマ』の結末で明らかだ。それは『ウナギの皮』でも同様だ。ポーラン・ブロケは、機密文書を奪うためフォングリーヴ大佐のところに侵入したジゴマを見事に捕獲する。ジゴマはラウール・モントルイユ弁護士の立ち会いでユルバン予審判事の尋問を受けるが、味方を導き入れて自分に毒を盛らせる。ポーラン・ブロケは死体公示場に移送されたジゴマの遺体をミイラとして保存するためにホルマリンを注射するよう医者に頼む。だが、彼が目にするのはいつものごとくZのサインだけ。

ポーラン・ブロケは、ジゴマが移送された死体公示場の部屋に入ると、白い大理石の台の上に血で描かれた赤い大きなZを見た……そしてジゴマはもういなかったのだ！

ポーラン・ブロケのヘマをネタに警察としてあるまじき失態だなどとマジメに断罪するようでは、〈ジゴマ〉シリーズの読者としては失格だ。「悪を永続させること、それはシリーズを継続させることだ」[*5]といみじくもダニエル・クエニャは述べている。したがって、フランス一の刑事という栄誉ある称号を汚すリスクを冒(おか)してまでも、ポーラン・ブロケはあえて「悪を永続させ」、そうして〈ジゴマ〉シリーズを継続させようとしている、すべてはわれわれ読者を楽しませるために、と考えるのが一流の読者といえよう。
そんな二人の抗争に終止符が打たれるのが『ジゴマ対ジゴマ』。モンタルビという架空の王国の財宝を偽ジゴマが略奪しようとする。王国のカリタ姫に諭されてジゴマは偽ジゴマを打ちのめし、その身柄をポーラン・ブロケに引き渡す。そしてポーラン・ブロケとジゴマの二人は無言で抱きしめ合う。

6　小説から映画へ

『ジゴマ』が人気を博したのは小説の世界だけではない。新聞連載で好評を得た名作は戯曲に翻案されるのが十九世紀から続く大衆小説業界の伝統だった。サジもまた自分で脚本を書き『ジゴマ』を大衆劇場アンビギュ座で上演している。一方で彼は、そこまで乗り気じゃなかったものの大衆小説の新たな表現形式として映画を無視できなかったのだろう。すでに『ジゴマ』連載中の一九一〇年に映画化の話がもちあがり、一九一一年九月に『ジゴマ、強盗の王』（以下、『ジゴマ』）が上映される。

監督はヴィクトラン・ジャッセで、ポーラン・ブロケ役にアンドレ・リアベル。ジゴマを演じたのはアレクサンドル・アルキイェール。一八八八年に役者としてデビューしたアルキイェールがジゴマ役を演じたのは四十一歳のときで、この出演がきっかけで一躍有名になった。小説におけるジゴマは、ド・ラ・ゲリニエール伯爵と瓜二つだそうだから、まだ若くかなりの美男子だろう。ところが、このアルキイェールの顔はかなりいかつい。いかにも悪党の面構えで、小説で描かれるジゴマよりもジゴマらしい。そんな風貌のアルキイェールがジゴマ役に抜擢されたのは、顔が怖いから。その怖さをさらに強調しようとジャッセ監督はレールにカメラを走らせるいわゆるカメラドリーを巧みに使い、スクリーン上のおっかない顔のジゴマが観客に向かって走ってくるような効果を生み出した。[*6]

『ジゴマ』の放映時間はおよそ四十分。映像の合間に短いテキストが挿入される無声映画であり、その上演には簡易オーケストラの演奏がともなった。

『ジゴマ』はパリのみならず、地方やサジの生まれ故郷のアルジェリア・オランでも上演された。

『ジゴマ』はもっとも驚異的な現代警察ドラマだ。全オランが、イデアル゠パヴィヨン座がその放映権をもつ『ジゴマ』を見るだろう。

『ジゴマ』とはなにか？　『ジゴマ』、それは一九一一年の映画界における、もっとも美しく、もっともセンセーショナルな、もっとも大きな成功である。

（《ル・プティ・オルネ》紙、一九一二年三月四日）

（《ラ・プレヌ・ド・ランス》紙、一九一一年十月八日）

この大盛況を受けてジャッセ監督は一九一二年に第二作『ジゴマ対ニック・カーター』を発表する。タイトルが示すように、この作品ではポーラン・ブロケに代わってニック・カーターがジゴマと対決する。シャルル・クラウス演じるニック・カーターはポーラン・ブロケの友人という設定。するとポーラン・ブロケはどうしたのか？　ジゴマの罠にハマり殉職してしまったのだ。

ついで一九一三年に『ジゴマ、ウナギの皮』が映画化された。だが、この作品をめぐって問題がもちあがる。サジは映画の内容と原作とがあまりにかけ離れていると思ったらしい。原作者はエクレール社を相手どり、裁判を起こし、第一世界大戦の影響で判決は延び一九一九年に下され、エクレール社はサジに対して一万フランの損害金の支払いを命じられている。

7　ジゴマ、日本を襲撃する

ジゴマはフランス国内にとどまらない。ヤツは国際的犯罪組織Z団の首領なのだから、それも当然だろう。フランス中をパニックに陥れたあのアウトローは日本襲撃を企てて、明治末から大正初めにかけて日本を震撼させるのだ。

ジゴマの文字が浅草映画街の絵看板に現れたのは一九一一（明治四十四）年十一月のこと。フランス公開からわずか二ヶ月後に金龍館にて『ジゴマ』は封切りされた。翌一九一二（明治四十五／大正元）年には『ジゴマ対ニック・カーター』が『ジゴマ後編』というタイトルで、そして一九一四（大正三）年には『ジゴマ、ウナギの皮』が『探偵の勝利』というタイトルで次々に上演される。「当初、穴のあいた上演プログラムの埋め合わせとして『ジゴマ』は映画館に出され、貿易商から買い入れた福宝堂は大入りを期待していなかった」[*7]という。

ところが、そんな予想とは裏腹にこの映画はたいへんなブームを巻き起こし、地方でも上演され、たとえば、活動写真弁士として活躍した駒田好洋は一九一二（明治四十五／大正元）年に静岡を出発し、九州地方まで巡業している。[*8]当時まだ名古屋にいた江戸川乱歩は、この駒田の公演を回想している。

私の映画歴は、笑ってはいけない、『ジゴマ』に始まるのだ。当時小学の何年生かであった私は、名古屋御園座（みそのざ）に於いてスコブル大博士駒田好洋（？）説明の『ジゴマ』全何巻を、どれほどの感激を以て見たことであったか。[*9]

この幼少期のジゴマ体験は、乱歩のその後の創作活動に影響を与えたのだろうか？　松村喜雄は「映画〈ジゴマ〉には、随所に乱歩が書いた長編の明智もの、子供向けの怪人二十面相ものと同じ趣向、トリックが散見されて興味深い」[*10]と述べ、高橋康雄は「見るたび郷愁を誘うこの作品は乱歩の創造の原点であったといっても過言ではない」[*11]と書いている。

ジゴマ映画に魅了されたのは乱歩少年だけではない。尋常小学校の高学年の児童たちを中心に「ジゴマごっこ」なる遊びが流行する。子どもたちはジゴマになりきり、厚紙で拳銃を作っては警官を斬るマネをしたという。[*12] 一方で本当に犯罪に走った少年もいた。これはフランス本国でも同様で、たとえば、シャンパーニュ地方トロワで、自動車盗難で捕まったZ団を名乗るギャングがジゴマ映画を見たと証言し、これを機に市長は犯罪映画の上演を禁止した。[*13]

フランスでは上演禁止は都市レヴェルにとどまったが、日本の警察はこのフランスのダークヒーローに対して厳しい措置をとった。ジゴマは日本の少年たちに拳銃の使い方や警官の斬り方を懇切丁寧に指導している、ジゴマがZ団の日本支部をつくるなんてことになったらシャレにならない。かくして映画公開からおよそ一年後の一九一二(大正元)年十月にジゴマ映画は上演禁止となる。結果的にジゴマは日本の映画検閲の制度化に貢献したことになる。そして上演が禁止されると、ジゴマ・ブームは一気にしぼんでいく。パリ警視庁治安局のポーラン・ブロケ刑事でさえ止められなかったジゴマの悪事に日本の警察は終止符を打ったのだ。

それからだいぶ時間はくだり、一九八八(昭和六十三)年に寺山修司と和田誠がアニメ『怪盗ジゴマ音楽編』を発表する。「ドレミファソラマメ♪♪♪」と歌う歌姫がジゴマの犠牲者。ジゴマは彼女から「心の歌」を盗む。これなら検閲に引っかかることもないだろう。同年、石ノ森章太郎原作『じゃあまん探偵団魔隣組』がテレビで放映された。「ジゴマだかベイゴマだか知らないけどもこんなものに関わってないで勉強しなさい!」と先生から叱られた落ちこぼれ小学生五人組(そのうちひとりは優秀な女の子)が怪盗ジゴマを捕まえるというもの。どんな変装のもとでもジゴマを識別できる「ジゴマ探知機」なるものや、ファミコンのソフトが発売されるのもこの頃だ。子どもたちのあいだでジゴマ人気は健在なのだ。

自分が生み出したダークヒーローがおよそ八十年後に極東の国で、歌姫から「心の歌」を盗むカワイらしいキャラになり、一方で、子どもたちに追っかけまわされるコミカルな人物に成り果てたのをサジが知ったらどう思うだろうか、と考えてみたくなる。「ジゴマよ、もうフランスはファントマ一色だ。これからは日本でがんばりなさい」と言ってサジはジゴマの新たな門出を応援するかも知れない。時空を超えていろいろなかたちで語り継がれることは、ジゴマが本物の大衆的（ダーク）ヒーローとなったことのなによりの証なのだから。

8　久生十蘭の抄訳との比較

さて、上映禁止になってしまったジゴマ映画ではあるが、その大ヒットにあやかり、映画のノベライズが盛んになったのも興味深い。これは日本特有で、本国フランスではそのようなことは起こっていない。わずか半年間で、映画を小説化した作品は二十三点にものぼる。映画に忠実な作品もあれば、別物と言わざるをえない作品もある。たとえばそれは、日本ジゴマの異名をとる荒島大五郎が東京を荒らしまわる、江澤春霞『日本ジゴマ』（一九一二年）だ。あるいは筑峰『探偵奇談女ジゴマ』（一九一二年）なんていうのもある。

和製ジゴマが氾濫するなかで、原著者レオン・サジの『ジゴマ』をわが国にはじめて紹介したのは久生十蘭だった。雑誌《新青年》に一九三七（昭和十二）年四月号の別冊付録として発表され、一九九三（平成五）年には中央公論社から文庫本で刊行された。二〇一二（平成二十四）年には国書刊行会の『定本久生十蘭全集第11巻』にも収録された。文庫版に「解説」を寄せた中島河太郎が述べているように、久生は「地の文は文語体、会話は口語体といった工夫をこらしている」。

本書のタイトル『ジゴマ』は久生訳にならっている。フランス語でジゴマ（Zigomar）は「ジゴマール」と発音されるが、わが国では久生訳以前の映画のタイトルでもジゴマが普及しているがゆえ、それを踏襲した。

さて、久生訳は抄訳・翻案であることをまず指摘しておこう。『ジゴマ』はこれまでのところフランスで縮約版は出版されていない。久生は底本としてどの版を使用したのか明記していないので確かなことはわからないが、おそらく《ル・マタン》紙に連載されたテキスト、あるいはフェレンツィ社から分冊出版されたテキストをもとに、抄訳・翻案をおこなったと思われる。興味のある向きは久生訳を読んでいただくとして、ここではいくつかの例を紹介しよう。

たとえば、ポーラン・ブロケの部下として活躍するラモルスは久生訳には登場しない。ポーラン・ブロケの貴重な情報源たるクラフも、リリーの後ろ盾となるアンドレ・ジラルデやロラン夫人も、ロラン夫人の父ビルマン氏もいない。あの天才的前衛詩人アンティム・スフレもヴァン・カンブル男爵夫人も、メリドン氏も、ジュルマも久生訳では姿を消している。そしてこうした登場人物が関わるサイドストーリー的なエピソードも当然ながら久生訳から削除されている。また、登場人物の役まわりも変更されていて、たとえば、サトウダイコンことマテュー氏になりすましてド・ラ・ゲリニエール伯爵と決闘で戦うのは、原作ではポーラン・ブロケだが、久生訳ではジゴマである。

さらに、久生は原作を大幅に六分の一ほどに縮小している。『ジゴマ』は五ヶ月半にわたって連載された作品で、全一〇三章（第一部は三七章、第二部は三四章、第三部は三二章）とエピローグからなる。他方、久生訳はわずかに全一四章を含むにすぎない（久生は「章」ではなく「回」を使用している）。つまり、大きな見どころとなるポーラン・ブロケ率いる〈ブロケ精鋭部隊〉とジゴマ率いるZ団との直接対決のほとんどが削除されているのだ。久生訳では、ノルマンディー地方レーグルでのカーチェイスも描かれないし、ポーラン・ブロケがZ団の巣窟ラ・バルボティエールへ単独潜入するエピソードも完全に削除され、それに続くパリの下水道での冒険も描かれない。ジュルマの家の屋根裏部屋でのポーラン・ブロケの拷問やロワール河岸での〈ブロケ精鋭部隊〉とZ団の乱闘も、久生訳では描かれない。

こうしたシーンで久生訳に残っているのはヴァン・カンブル男爵邸に強盗に入るZ団と〈ブロケ精鋭部隊〉の戦いだが、このエピソードにいたってもかなり縮小されている。原作では三章にわたって繰り広げられるが、久生訳では約十五ページが割かれているにすぎない。また、ド・マルネ伯爵と殺人蚊のエピソードは原作では六章にわたるが、久生訳では約四十ページにまとめられた。したがって、原作を特徴づける犯罪冒険活劇的な性質はかなり薄れている。

十九世紀イギリスの新聞小説を分析したドイツの受容理論家ウォルフガング・イーザーが述べているように、新聞に連載されることを想定して書かれた作品は「ひと区切りごとに読んでこそ興味がつなげるが、本の形では読み通せるものではない」[*14]。したがって、久生は物語の進行を緩慢にさせる冗長な戦闘シーンや副次的なエピソードを大胆にカットし、モントルイユ銀行家殺人未遂事件を中心に物語を再構成し、語りを加速させる。そのため、原作の筋の複雑さは解消され、場面展開が素早く、読みやすい。その手腕はみごとである。物語の筋を破綻させることなく、『ジゴマ』のような長篇作品を縮約するのはそうとう難しい仕事だったと想像できる。

ただしここで重ねて言いたいが、惜しむらくはジゴマとポーラン・ブロケの直接対決がカットされ、またサイドストーリーが省かれていることだ。本書でそれを存分に味わうことができる。

なお、一九五七（昭和三十二）年に沖浩一は『兇賊ジゴマ』（芸術社）を刊行しているが、これも抄訳であることを付言しておこう。久生訳と章立てが同じで内容も似ており、もしかしたら久生訳をもとに書かれたものかもしれない。

9　ジゴマは忘れられたのか？

一大ブームとなったジゴマだが、その後フランスでは少しずつ忘れられていく。「全四〇巻で百万部売れた『ジゴマ』はほとんど忘れられている」[*15]と批評家ジョルジュ・シャランソルは一九三一年に書いている。この『ジゴマ』はもちろん〈ジゴマ〉シリーズのことだが、一九二〇年代以降、再版されていない（ただし一九三八年にシリーズ最終作品『ジゴマの新たな悪事』が発表されている）。そして第二次世界大戦後にはすっかり人々の記憶から消えてしまった。二十世紀後半の大衆小説リバイバルでロベール・ラフォン社が一九七九年にコレクション〈ブカン〉を刊行し、十九世紀大衆小説の古典やベル・エポックの傑作が復刻された。だが、〈ジゴマ〉シリーズはこの大衆小説の〈プレイヤード叢書〉に収録されていない。

〈ジゴマ〉シリーズの凋落の原因としていつも引き合いに出されるのが本書『ジゴマ』の二年後に発表された犯罪冒険小説〈ファントマ〉シリーズの成功である。どちらも同じ変幻自在の悪の化身ではあるが、ファントマのほうがジゴマよりも邪智深い、それゆえに〈ファントマ〉シリーズのほうが〈ジゴマ〉シリーズより優れていると評価する向きもあるが、訳者としてはそんなことは認めたくない。もっとも、「ある作品の成功や忘却をその『価値』あるいは『質』で説明しようとすることはむなしく、さらには不可能でもある」[*16]。

作品の「成功や忘却」を決定する要因のひとつは、作品の内容ではなく、その媒体なのだ。〈ファントマ〉シリーズはファイヤール社の廉価本コレクション〈国民の書〉（一九〇五年創刊）で出版された。一冊のページ数は四百ページから五百ページ。作家はこの規模に合わせて読み切り作品を構想する。したがって、〈ファントマ〉シリーズの作品は単行本を想定して書かれたがゆえ単行本でリサイクルしやすい。それに対して、〈ジゴマ〉シリーズは、新聞に連載された。作家はだいたい四ヶ月から五ヶ月ものあいだ連載が継続されるよう作品を執筆する。したがって新聞連載や分冊といった出版ならまだしも、単行本で出版するのは難しいのだ。そして、二十世紀初頭から大衆小説の主要媒体は単行本にかわり、それゆえ〈ジゴマ〉シリーズは復刻されるチャンスに恵まれなかったのだ。

幸運にも〈ジゴマ〉シリーズ初期四作品——『ジゴマ』、『赤銅色がかったブロンド髪の女』、『ウナギの皮』、『歪んだ口』——が二〇一四年から二〇一五年にリュリュ社から出版された（各作品三巻本）。また二〇一六年に、『歪んだ口』を除いた三作品がムートン・エレクトリック社から刊行された。そして久生十蘭の抄訳から八十三年、このたび『ジゴマ』が完訳として復活した。

＊　＊　＊

最後に、〈ベル・エポック怪人叢書〉を企画し、その第一作品として『ジゴマ』の翻訳をご提案してくださった国書刊行会の鈴木冬根氏に心からの感謝の気持ちをお伝えしたい。訳者の力不足から当初の予定をはるかに超える年月を費やし、だいぶお待たせしてしまったうえに、未熟な翻訳原稿のチェックと校正は大変な作業だったと想像する。鈴木氏の的確な編集とアドバイスのおかげで本書を仕上げることができた。同シリーズはまだ、シェリ＝ビビ、ファントマと続く。またちがったダークヒーローぶりを期待していただきたい。

本書の校正をしている段階で、装画を担当してくださった榊原一樹さんの突然の他界という不幸があった。ベル・エポック当時の『ジゴマ』の連載開始を告げるポスターを彷彿とさせる素晴らしい装画を提供していただいたことに感謝の気持ちを表すとともに、同氏のご冥福を心よりお祈り申し上げます。

英仏通訳・翻訳家として活躍するジョフレ・レオスト氏にはお礼の言葉しかない。疑問に突き当たるたびにフランス語の質問に懇切丁寧に答えてくださった。ジョフレ氏の助けがなければこの翻訳を終えることはなかっただろう。私のフランス留学時代の恩師、リモージュ大学のジャック・ミゴジ教授と、パリ第三大学（新ソルボンヌ）のダニエル・コンペール准教授にも感謝の念を伝えたい。ミゴジ先生は同大学付属の「大衆文学・メディア文化研究センター」の責任者であり、私を大衆小説研究に導いてくれた張本人である。コンペール先生には〈ジゴマ〉シリーズやジゴマ映画、著者レオン・サジに関するご教示をいただいた。両先生ともに『ジゴマ』が翻訳されることをことのほか喜んでおられた。最後に、翻訳に集中する環境をつくり、いつも支えてくれた家族にも感謝したい。

二〇二二年五月三十一日

安川孝

註

＊1　レオン・サジの経歴について以下を参照にした。Alfu, *Léon Sazie. Zigomar et Cie*, Amiens, coll. « Lectures populaires », 2017, p.11., Daniel Compère dir., *Dictionnaire du roman populaire francophone*, Paris, Nouveau monde, 2007., Daniel Compère, « Les lieux horribles dans *Zigomar* de Léon Sazie », in *Le Locus terribilis. Topique et expérience de l'horrible*, Julián Muela Ezquerra (éd), Peter Lang, 2013, p.189.

＊2　Pierre Mortier, « Zigomar, Briand et Pressensé », *Le Monde illustré*, 4 février 1939.

＊3　小倉孝誠『近代フランスの事件簿　犯罪・文学・社会』淡交社、二〇〇〇年、二六一ページ。

＊4　*La Lutte sociale de Seine-et-Oise*, 6 juillet 1912.

＊5　Daniel Couégnas, *Introduction à la paralittérature*, Paris, Seuil, coll. « Poétique », 1992, p.177.

＊6　*Le Tell*, 30 septembre 1933.

＊7　洞ヶ瀬真人「『女ジゴマ』について」筑峰『探偵奇談女ジゴマ』（一九一二年）、ゆまに書房、二〇〇六年、二七一ページ。

＊8　永峰重敏『怪盗ジゴマと活動写真の時代』新潮新書、二〇〇六年、八一ページ。

＊9　『江戸川乱歩全集16　鬼の言葉』「映画横好き」講談社、一九七九年、一一五ページ。

＊10　松村喜雄『怪盗対名探偵　フランス・ミステリーの歴史』双葉文庫、三〇三ページ。

＊11　高橋康雄『キネマ浅草コスモス座　乱歩』北宗社、一九九六年、二六ページ。

＊12　永峰重敏、前掲書、一三九－一四四ページ。

＊13　*La Gazette paroissiale de Vigeois, bulletin mensuel des familles chrétiennes*, mars 1917.

＊14　ウォルフガング・イーザー『行為としての読書　美的作用の理論』轡田収訳、岩波書店、二〇〇五年、三二八ページ。

＊15　Georges Charensol, « Les illustres inconnus 3. Léon Sazie », *Les Nouvelles littéraires, artistiques et scientifiques*, 11 juillet 1931.

＊16　ダニエル・コンペール『大衆小説』宮川朗子訳、国文社、二〇一四年、二三七ページ。

レオン・サジ

Léon Sazie　1862-1939

仏領アルジェリア・オラン生まれのフランス人作家。演劇の脚本書きで大成せずも小説家になり、新聞連載小説『ジゴマ』で大ヒットを飛ばす。以降シリーズ化され、『ジゴマ』（1909-10年）、『赤銅色がかったブロンド髪の女』（1910年）、『ウナギの皮』（1912年）、『ドイツに与するジゴマ』（1916年）、『歪んだ口』（1917年）、『ジゴマ対ジゴマ』（1924年）、『ジゴマの新たな悪事』（1938年）の全7作を執筆。小説としては75篇を書いた。1911年、日本で映画『ジゴマ、強盗の王』が公開されると少年たちにジゴマごっこが大流行、ついに上映禁止となる爆発的人気となった。抄訳に久生十蘭訳『ジゴマ』。

安川 孝

やすかわ・たかし

1978年生まれ。明治学院大学大学院文学研究科フランス文学専攻博士課程中途退学後、2013年フランス・リモージュ大学博士号取得（文学）。専門は19世紀とベル・エポックの大衆小説。現在、明治学院大学、東洋大学ほか非常勤講師。著書に『フランス大衆小説研究の現在』（宮川朗子、市川裕史との共著、2019年、広島大学出版会）。

ベル・エポック怪人叢書

ジゴマ　下

2022年7月25日　初版第1刷発行

著者　レオン・サジ

訳者　安川 孝

発行者　佐藤今朝夫

発行所　株式会社国書刊行会

〒174-0056 東京都板橋区志村 1-13-15

Tel.03-5970-7421　Fax.03-5970-7427

https://www.kokusho.co.jp

印刷・製本　中央精版印刷株式会社

装幀　コバヤシタケシ

ISBN978-4-336-07356-3

落丁・乱丁本はお取り替えいたします。

ベル・エポック怪人叢書

【全3巻4冊】

四六変型判上製

首都パリ震撼、怪人たちが跋扈する！　ベル・エポックの華やかなりしフランス新聞連載小説と廉価本から、キャラクター随一の悪のアイコンを一挙集成。怪人ものの源流たる、初訳・完訳のダークヒーロー犯罪小説。犯罪は文学を刺激し大衆の欲望を満たす。

レオン・サジ

ジゴマ

上・下

安川孝 訳

上　520頁　ISBN978-4-336-07355-6　3,520円
下　512頁　ISBN978-4-336-07356-3　3,520円

ガストン・ルルー

シェリ=ビビの最初の冒険

宮川朗子 訳

ISBN978-4-336-07357-0　近刊

ピエール・スヴェストル
マルセル・アラン

ファントマと囚われの王

赤塚敬子 訳

ISBN978-4-336-07358-7　近刊

10%税込価。価格は改定することがあります。